北方奇侠传

民国武侠小说典藏文库·赵焕亭卷

赵焕亭 著

赵焕亭及其武侠小说（代序）

赵焕亭，民国时期著名武侠小说家，被评论界和学术界称为"北赵"。他本名赵黼章，但发表作品上均写作赵绂章，生于清光绪三年正月初六，卒于1951年农历四月，籍贯直隶省玉田（今河北省玉田县）。

据新的有关资料记载，赵焕亭祖上是旗人，隶汉军正白旗，始祖名赵良富，随清军入关，携家落户在距离丰润与玉田交界线不远的铁匠庄。第五代赵之成于乾隆三十六年考中辛卯科武举，于是赵家迁居至玉田县城内西街，由此在玉田生活了一百多年，至赵焕亭已是第十代。

赵家以行伍起家，入清后应有相当经济地位，但无籍籍名。自赵之成考中武举，赵家在地方上开始有了一定名声。之成子文明曾任候选布政司理问，孙长治更颇受地方好评。据光绪《玉田县志》载："赵长治，字德远，汉军旗籍，监生，重义气，乐施济，尤能亲睦九族，世居丰之铁匠庄。悯族中多贫，无室者让宅以居之，捐附村田为义田以赡族。卜居邑城西街，遂家焉。嘉庆癸酉、道光庚子，两值饥，豁全租以恤佃者，计金三千有奇，乡里称善人。"

赵长治的儿子赵大鹏克承家风，再中己酉科武举人，至其孙赵英祚（字荫轩），则一变家风，于清同治九年中举人，同治十年连捷中第二百七十二名进士，位列三甲，曾三任山东鱼台知县，一任泗水知县，还曾署理夏津、金乡等县，任内主修过鱼台和泗水县志。

赵英祚生四子，长子黼彤，附贡（即秀才）。次子黼清（字翊唐）光绪二十年中举，二人似未出仕。三子黼鸿，字青侣，号狷庵，光绪十九年举人，二十一年二甲第七十六名进士，入翰林院，三年后散馆以工部主事用，1903年复入翰林院，1907年选任为江苏奉贤知县，但被留省，直至次年年底方才正式到任。辛亥革命爆发，他弃官而走，民国时又担任过常熟县知事。据说他和著名藏书家铁琴铜剑楼主人有交往。赵黼鸿大约于1918

1

年去世。四子黼章就是赵焕亭。

抗日沦陷期间，《新北京报》上曾刊登了一篇署名雨辰的《当代武侠小说家赵焕亭先生小传》（以下简称《小传》）。作者自承"与先生为莫逆，知之甚详，因略传梗概"。据该文介绍，因赵英祚长期在山东为官，赵焕亭的出生地实际是济南，玉田系籍贯所在。

赵焕亭在济南念私塾，还和其二哥、三哥一起，拜通家至好蒋庆第和赵菁衫二人为师，学诗和古文。

蒋庆第，字箸生，玉田人，咸丰壬子进士，文名响亮，著有《友竹堂集》。他历任山东武城、潍县、峄县、章丘等地知县，官声很好，甚得百姓拥戴。赵菁衫，名国华，丰润人，进士出身，曾为乐安知县，"以古文辞雄北方，长居济南"，著有《青草堂集》。《清稗类钞》中说他"清才硕学，为道、咸间一代文宗"。赵自署的集句门联很有趣："进士为官，折腰不媚；贵人有疾，在目无瞳。"（赵的左眼看不见。）

赵焕亭的开蒙师父叫赵麟洲，栖霞人，学问好，对教学有独到见解。

兄弟三人在名师的指导下，学业大进，在济南当地读书人中号称"玉田三珠树"。据《小传》所述，赵菁衫看了兄弟三人的习作，曾感叹道："仲、叔皆贵征，纪河间皆谓兴象，且早达。季子虽清才绝人，然文气福泽薄，是当作山泽之癯，鸣其文于野耳。"

果然，黼清、黼鸿二人很快先后中举、中进士，黼章则"独值科举废，不得与焉"。根据赵焕亭在小说中留下的只言片语，他参加过乡试，而且应该不止一次。在短篇小说《浮生四幻》开头，他写道："光绪中，予应秋试于洛（时功令北闱暂移河南）……"

北闱秋试移到河南举行，在清代科举考试历史上是独一无二的，发生于光绪二十八年和二十九年，考试地点在今河南开封。原因是受到义和团运动和八国联军攻占北京等事件的影响，本该于光绪二十六年举行的乡试被迫停办。赵焕亭究竟参加了其中哪次乡试不详，但显然没有中举，之后科举就被清政府宣布废除。

在其武侠小说《大侠殷一官逸事》第十七回中，也有一小段作者的插入语："……原来那四十里的石头道，自国初以来，一总儿没翻修过。您想终年轮蹄踏轧，有个不凹凸的吗？人在车子里，那颠簸磕撞，别提多难受咧！少年时，入都应试，曾亲尝这种滋味……"

据最后的寥寥十几字推测，赵焕亭在河南参加乡试之前，还曾经参加过在北京的顺天府乡试，估计以光绪二十三年丁酉科可能性最大，他当时已经二十一岁，正当年。其兄赵黼鸿、赵黼清分别于光绪十九年、二十年中举，那时他不过十六七岁，一同参加的可能不是完全没有，但应该不大。

无论如何，赵黼章一袭青衿的秀才身份应该是有的，只是两次乡试都不成功，待科举废除，就再没机会了。传统上升之路中断之时，他还不到三十岁，但没有因此而茫然，继续认真读书。《小传》中说他"矻矻治诗文辞如故"，同时大约为践行"读万卷书，行万里路"的古训，"北之辽沈，南浮江汉，登泰山，谒孔林，登蓬莱、崂山，揽沧溟，观日出而归"。游历之余，他还注意记录、搜集山东、河北等地的风土人情、逸事趣闻，老家玉田本地的名人掌故逸事更是他一直关注和搜辑的对象。这一切都为他后来的小说写作积累了大量素材。这些素材和人生经历是上海十里洋场中的才子们所不具备的，也是赵焕亭终成为"北赵"，并与"南向"分庭抗礼，远胜同期南派武侠作者们的一个重要原因。

赵焕亭正式开始投稿卖文的写作生涯，据其在1942年《雨窗旅话》一文所述，始于民国初年。文中写道："民国初，颇尚短篇之文言小说。一时海上各杂志之出版者风起云涌，而文字最佳者，首推《小说月报》并《小说丛报》，以作者诸公，如恽铁樵、王西神、钱基博、许指严等，皆宿学名流，于国学极有根底也。余见猎心喜，乃为《辽东戍》一篇，试投诸《小说月报》，此实为余作小说之动机，并发轫之始。"

《辽东戍》刊登于《小说月报》第五卷第二期，时间是1914年4月。但据目前发现，早在1911年6月的《小说月报》第二年第六期上就刊有署名玉田赵绂章的短篇小说《胭脂雪》。关于这篇小说，赵焕亭在《辽东戍》篇末自述中是承认的，他写道：

……有清同光间，吾邑以诗古文辞鸣者，为蒋太守著生、赵观察菁衫，世所传《友竹堂集》《青草堂集》是也。予以通家子，数拜榻下，伟其人，尤好拟其文，随学薄不得工，顾知有文学矣。时则随宦济南，书贾某专赁说部，不下数百种，于旧说部搜罗殆尽。余则尽发其藏，觉有奇趣盎然在抱。后得畏庐林先生小说家言，尤所笃嗜，复触夙好，则试为两篇，各三万余字，旋即售稿去，复成短章《胭脂雪》一首，邮呈吾兄于京邸。兄颇激赏，以为殊近林氏。兄同年生某君，则驰书相劝，后时时为之……

赵黼鸿1907年离京赴江苏任职，辛亥革命爆发方逃回北方，是否在京无法确定，由此推测，赵焕亭的两篇试笔小说以及《胭脂雪》或许写于1906至1907年间。只是《胭脂雪》何以迟至1911年才发表，且赵焕亭似乎并不晓得此事，令人有些费解。倒是他自承笃嗜林氏小说，连所写短篇小说路数都被赞极有林氏风格，倒是研究赵焕亭包括晚清民国作家作品的一个新方向。

林译小说曾带动鲁迅、郭沫若、周作人等主动了解、学习西方文学，并促进了西方文学名著在中国的进一步译介，在文学史上已有定评。俞平伯先生晚年更认为"林译小说是个奇迹，而时人不知，即知之估计亦不高"。林译小说对于当时青年人的影响，用民国武侠、言情名家顾明道的话说："青年学子尤嗜读之，无异于后来之鲁迅氏为人所爱重也……以为读林译，不但可供消遣，于文学上亦不无裨益。"范烟桥在《林译小说论》中说，民初众人都在模仿林，赵焕亭之言正可为一有力旁证。

关于赵焕亭中青年时期的其他职业信息，目前仅知进入民国后，他曾经有若干机会可以入幕当道要人帐下，但他放弃了。雅号"民国老报人"的倪斯霆先生曾提及，据说赵焕亭民国后曾做过《汉口新报》的主笔，可惜未能找到这份报纸和相关资料，也尚未发现相关的新资料。

自1911到1919年之间，赵焕亭在《小说月报》和《小说丛报》上共发表小说十七篇，有十余万字。是否同期在其他报刊上有小说刊登，目前尚无线索，但凭这些精彩的"林味"文言短篇小说，"当时名士如武进恽铁樵、常熟徐枕亚、无锡王蕴章、桐城张伯未、费县王小隐、洹上袁寒云、粤东冯武越，皆与先生驰书订交或论文"。

赵焕亭后来稿约不断，小说连载与副刊专栏在京、津、沪等地报纸杂志全面开花，持续二十余年之久，应与结交了这么一大批南北方的著名报人、编辑和文化人有很大关系。

当1923年来临之际，赵焕亭进入了小说创作的"爆发期"。

1月，《明末痛史演义》六册出版。

2月上旬，武侠小说名作《奇侠精忠传》开笔，此时他已四十五岁。该书直接就以单行本面貌出现，初集十六回初版于1923年5月，此时"南向"的《江湖奇侠传》第十回刚刚连载完毕，结集的第一集似尚未出版。赵焕亭的写作速度相当惊人。

10月，长篇武侠小说《英雄走国记》开笔，取材于明末清初的各家笔记，描写南明志士的抗清故事，全书正续编共八集。

自1923年到1931年这八年间，赵焕亭除了完成上述两部百万字的长篇武侠小说之外，还陆续写下了《大侠殷一官逸事》《马鹞子全传》《殷派三雄》（含《殷派三雄续编》未完）、《双剑奇侠传》《北方奇侠传》（未完）、《山东七怪》（未完）、《南阳山剑侠》《昆仑侠隐记》（未完）、《惊人奇侠传》《奇侠平妖录》（《惊人奇侠传》续集）、《情侠恩仇记》（连载未完）、《蓝田女侠》和《不堪回首》（历史小说）、《景山遗恨》《循环镜》《巾帼英雄秦良玉》等十六部各类体裁的小说，至少五百万字，创作力之旺盛十分惊人。

进入20世纪30年代后，赵焕亭的新作以报刊连载小说为主，多数是武侠小说，少数是警世小说，如《流亡图》。1937年"七七事变"爆发，华北彻底沦陷，遍地战火，赵焕亭的连载就全部停了下来。截至1937年7月15日《酷吏别传》从报上消失，目前已知和新发现的京、津、沪三地报纸上的小说连载共十三部，分别是：

北京：《范太守》《十八村探险记》《金刚道》《剑胆琴心》《鸳鸯剑》；

天津：《流亡图》《姑妄言之》《龙虎斗》；

上海：《康八太爷》《剑底莺声》《侠骨丹心》《鸿雁恩仇录》《酷吏别传》。

以上这些小说多数都未写完即从报刊上消失，连载完毕的几种，如《流亡图》《剑胆琴心》等也没有结集出版单行本。需要单独提一下的是，《剑底莺声》就是《马鹞子全传》，只是在结尾部分做了一点儿删改。

此时的赵焕亭已经年近花甲，岁月不饶人，伴随而来的是精力和体力的持续下降，对于写作质量的影响不言而喻，这一点其实在20世纪20年代的写作大爆发后期就已经有所显现。当然，稿约缠身、疲于写作也同样影响到写作质量。而20世纪30年代全国时局的不停动荡——"九一八事变""淞沪抗战""华北事变"……对于社会的安定造成相当的影响，自然也波及报纸的生存乃至写稿人赵焕亭的生活和写作。

再有一个影响赵焕亭写作状态的重要原因，即赵妻张引凤于1932年夏天去世，对赵焕亭的打击异常大。他曾写了一副悼联，刊登在《北洋画报》上，文曰：

夫妇偕老愿终违何期卿竟先去；
儿女未了事正重此后我将如何？

张赣生先生评此联语"痛极反似平淡，一如夫妇日常对语"，可谓一语中的。赵焕亭本来于1933年开始在上海《社会日报》上一直连载武侠小说新作《康八太爷》，到3月份突然暂停，刊登了一批于1932年10月间写下的文言掌故小品，在开篇序言中更道出了对亡妻的深切怀念之情："则以忆凤庐主人抱奉倩神伤之痛，以说梦抵不眠，复冀所思入梦耳……以忆凤为庐"，专栏名"忆凤庐说梦"。原来，妻子周年忌辰临近，勾动了他的伤痛，于是停下武侠小说连载，转发"忆凤庐说梦"，足见伉俪情深。但从另一方面看，丧妻之痛对武侠小说创作有着直接的影响，也毋庸讳言。

当北方京、津及至上海一带战事暂告一段落，沦陷区的生活和社会局面也相对稳定下来，赵焕亭与报纸的合作又有所恢复。自1938年至1943年的六年间，他陆续写下《侠隐纪闻》《黑蛮客传》《白莲剑影记》《天门遁》《侠义英雄谱》《风尘侠隐记》《双鞭将》《红粉金戈》《荒山侠女》等九部小说，不过遗憾仍然继续，这些小说中只有《双鞭将》的故事勉强告一段落，聊算是不完之完。其他的均是半途而废，有的甚至只连载数月就消失不见，最长的《白莲剑影记》连载三年多，但从情节看，似还远未结束。

从有关信息推测，"七七事变"前后，赵焕亭已在玉田老家居住，抗战期间似也未曾离开。作为当时知名的小说家，自然经常有人向他约稿。从作品遍地开花的情况看，赵焕亭对于约稿有求必应，或许因此备多力分，造成不少作品烂尾，当然不排除有报方的原因。另外一直流传一个说法，谓那时不少作品实为其子代笔，或许这是造成作品连载未完就遭下架的另一个原因，不过目前没有发现确凿证据，仅聊备一说而已。

1943年以后，报刊上就看不到赵焕亭的作品了。目前仅发现一篇《忆凤庐谈荟·名士丑态》于1946年发表在上海的一家杂志上。同年12月，北京《一四七画报》记者曾发文，征询老牌作家赵焕亭近况。两周后，《一四七画报》报道："本报顷接赵焕亭先生堂孙赵心民来函，谓赵焕亭先生及其哲嗣彦寿君，刻均在玉田，此老仍康健如昔，知友闻知，均不胜欣慰。"

之后的报刊和市场上，再也没有出现赵焕亭的作品，但他在武侠小说史上，已经占据了应有的位置——"北赵"。

1938年金受申《谈话〈红莲寺〉》一文中即出现"南有不肖生，北有赵焕亭"一语，估计这一评语的真正出现时间应当更早，因为针对二人的武侠小说成就，在1928年5月的《益世报》上，就刊有署名木斋的读者发表了《评〈北方奇侠传〉》一文，该作者指出："近时为武侠小说者极多，而以（赵焕亭）氏与向恺然氏为甲。"并认为："（赵焕亭）氏之长处为能以北方方言、风俗、人情、景物，一一掇取，以为背景。盖氏本北人，于此如数家珍，而向来技勇之士，亦以北人为多，故能融合于背景之中，使卖浆屠狗之徒跃然纸上，读者亦恍若真有其人，为其他小说所不易见。其描写略似《七侠五义》及《儿女英雄传》，而卓然自成一家，盖颇具创造之才，非寄人篱下者也。"

对于与赵焕亭齐名的、同为武侠小说"甲级高手"的"向恺然氏"及其小说，木斋却并没有做进一步评价和比较，反而以当时著名的南派通俗小说家李涵秋与赵焕亭做比较，认为"苟取二氏全部著作之质量较之，则赵之凌越李氏，可无疑也"。

从这个角度看，木斋虽然把赵焕亭与向恺然相提并论，但他对赵氏武侠小说特色的评论，可以用之于任何小说。或许木斋心中对于小说类别并无定见，一定要遵循小说上的标签，但从另一方面来说，赵焕亭小说的"武侠特征"与向恺然相比，颇不相同。

简而言之，"南向"偏"虚"，而"北赵"重"实"。"南向"《江湖奇侠传》等小说是玄奇怪诞的江湖草莽传奇故事；"北赵"《奇侠精忠传》等小说则是在一幅幅市井、乡村生活画中，讲述的历史人物传奇故事。

虽然是传奇故事，总的来说，赵焕亭小说中的大部分故事都有所依据而非向壁虚构。《奇侠精忠传》据一部《杨侯逸事纪略》敷衍而成,《英雄走国记》则采明末笔记中人物和故事而成书,《大侠殷一官逸事》来自河北蓟县大侠殷一官生平逸事,《山东七怪》《双剑奇侠传》则依据山东济南、肥城一带真实人物的乡野传闻等。对于情节中涉及的历史事件,他的基本态度也是尊重历史记载,如《双剑奇侠传》中,浙江诸暨包村人包立身率众抗拒太平军,最后兵败身死。赵焕亭基本是完全采用相关笔记记载,连所谓的法术传说也照搬。为了故事情节的充实与好看,他当然会做一些发挥和演绎,比如把包立身这个普通农人改为武艺高强、韬略精通的英雄,同时还有好色的毛病,但这类演绎都不会改动历史事件本身的结果。

而对于不涉及历史事件本身的内容,赵焕亭就表现出化用材料的本领。在《续编英雄走国记》中,有一段谈到广西的"过癞"(俗称大麻疯,一种皮肤病)之俗,当地女子若不"过癞"给男子,自己就会发病,容毁肤烂,于是,很多过路人因此中招,而一个广东公子因女方多情善良,得以免祸。该故事原型出自清代著名笔记《客窗闲话》,发生地本在广东潮州府,"发癞"人也是男方,不惧牡丹花下死而中招。幸得女方情深义重,主动上门照顾,后来无意中让男的喝了半缸泡了乌梢蛇的存酒,癞病豁然痊愈。赵焕亭改变了故事发生地,发病人则改为女方,于是,一方面表现了女子的多情重义,另一方面又展现了男子一家的明理与知恩图报。治癞之方则仍然是那半缸乌梢蛇酒。

"北赵"的重"实",还体现在小说内容的细节上。举凡山东、河北等地的风景名胜、美食佳肴,或出自前人笔记如《都门纪略》之类书籍,或出自作者往来京、津、冀、鲁各地的亲身经历。就连书中不经意间写到的地方风物,也同样是实景实事。《北方奇侠传》中有一段情节写向坚等几兄弟于苏州城外要离墓前给黄鼎饯行。此地风景如画,"左揖支硎山,右临枫泾",不远处是"隐迹吴门,为人赁舂"的梁鸿墓。笔者曾根据上面这段描述向苏州一位熟悉地方文史的朋友询问,他证实苏州阊门外确有支硎山这个古地名,今天见不到小山了,清代曾在那里挖出过古要离墓的石碑。

赵焕亭的长篇武侠处女作《奇侠精忠传》,洋洋洒洒上百万字,以清朝乾嘉年间杨遇春兄弟平苗、平白莲教事为主干,杂以江湖朝野间奇侠剑客故事以及白莲教的种种异术奇闻，历史味道看似浓厚，然而里面有关奇侠剑客的内容所占比例并不算大，平苗和平白莲教的战争与武打场面也有限，倒是杨遇春师兄弟及各色人等的日常生活与交际、各类生活琐事的碰撞与解决则占了相当大的篇幅，农村空气中漂浮的乡土气味仿佛都能闻得到。其他长篇小说如《英雄走国记》《北方奇侠传》《惊人奇侠传》等也莫不如此。

一触及生活内容，赵焕亭手中的笔就显得格外活泼，村夫野叟村秀才，恶棍强盗恶婆娘，还有诸如闲唠家常和赶庙会的农村妇女、混事的镖师之类过场人物，其言语举止、行为谈吐，或粗鄙，或斯文，或虚伪，或实在，展示着世间的人情百态、冷暖人生。比如《大侠殷一官逸事》中，名镖师李红旗的镖车被劫，变卖家产后尚缺几百两银子赔款，以为和北京镖局同行交往多年，这最后一点儿银两多少能得到点儿帮助，结果各位大小镖头该吃吃，该喝喝，拍胸脯的、讲义气话的、仗义执言的……表演了一个够，最后镚子儿不掏，躲的躲，藏的藏，还有捎回点儿风凉话的，把李红旗气得半死。已故著名民国通俗小说研究学者张赣生先生称赞这段文字不让吴敬梓《儒林外史》专美于前，而类似的文字在赵氏小说中也不止一处。

虽名"武侠小说"，而满纸人世间的生活百态与人情勾当，使得赵焕亭小说表现出与大部分武侠小说颇为不同的特色。书中的侠客奇人们更多地表现出"世俗气息"或曰"世情味"，而缺乏"江湖气"。他们活动的地方多在乡村、市镇乃至庙会中、集市上，除了头上被作者贴上个"大侠""武功家"之类的武侠标签外，其日常言语、行为与普通市民、村民并无二致。若说"南向"小说中人物是"江湖奇侠"，那么"北赵"书中人物最多称得上是"乡村之侠"。即使是已成剑仙的玉林和尚、大侠诸一峰、南宫生等，也没有在名山大川中修炼，反而在红尘中如普通人般生活，有当塾师的，有干算命的。《奇侠精忠传》和《英雄走国记》属于赵焕亭小说中历史类武侠，书中正反面人物各个盛名远播，也仍然近似普通人，而无我们常见的武林人面目。

应该说，这样的侠客源自他心中对"侠"的认识。在《大侠殷一官逸事》（1925年）序言所述："予独慕其生平隐晦，为善于乡，被服儒素，毕世农业。侠其名，儒其实，以是为侠，乌有画鹄类鹜之虑乎？……俾知真大英雄，必当道德，岂仅侠之一途为然哉。"

再如次年所写的《双剑奇侠传》，男主角山东大侠梁森武功大成之后，"恂恂粥粥，竟似一无所能，武功家的矜张浮躁之习，一些也没得咧。……绝口不谈剑术。春秋佳日，他和范阿立有时巡行阡陌之间，俨然是一个朴质村农"。活脱脱是大侠殷一官的又一翻版。

可见，"儒其实"才是赵焕亭认可的"侠"之本质，侠行、侠举只是外在表现。真正的英雄豪杰，必是重操守、讲道德的人物，苟能如此，又不一定只有行侠一途了。他有这样的认识，无疑与前文述及的自幼年即长期接受儒家思想的教育密不可分。其实，在更早的《奇侠精忠传》中，他就是完全按照儒家的做人标准来写主人公杨遇春，一个类似《野叟曝言》主人公文素臣般的完人。其人武功高强，处处以儒家的忠孝礼义廉耻观念要求自己，也教导、劝诫贪淫好色的师弟冷田禄，更像个老夫子，不像个名侠，刻画得不算成功，但"侠其名，儒其实"的观念已经形成，并一直贯彻到后面的作品中。如1928年写的《北方奇侠传》，主人公黄向坚事亲至孝，终于学成绝艺，最后万里寻父，同样也是"儒其实"的表现。

就这一点而言，"北赵"之侠或又可称为"儒侠"。"南向""北赵"之别不仅在于两人的地理位置之不同，也在其侠客属性有所不同。

作为"儒侠"的对立面，自然是"恶徒"，武侠小说中不能没有这样的反面角色。赵焕亭自然不能例外。值得一提的是，赵焕亭小说中的不少主要的反面人物并不是一出场就开始作恶，甚至很难说是一个恶人，如《奇侠精忠传》中的冷田禄，虽是名师之徒，但屡犯淫行，品行不佳，但在杨遇春的不断劝诫与行为感召下，心中的善念在与恶念的斗争中，曾一度占了上风，于是冷田禄力求上进，千里赴京，追随杨遇春投军，在平苗战役中立了不少功劳，但最后还是恶念占了上风，彻底滑入邪魔外道中。又如《大侠殷一官逸事》和《殷派三雄》中的赵柱儿，本是聪明孩子，性格上有缺点，虽有师父、师兄的提点、劝告，但终不自省，终于蜕变为真正的淫贼。《马鹞子全传》中的主人公马鹞子，由乞丐小童成长为武林高手，然而不注重品德修养，逐渐热衷功名富贵，不论大节与是非，反复无常，最后羞愧自尽而亡。马鹞子王辅臣是真实的历史人物，最后结局确实如此，小说中发迹前的故事多是赵焕亭的自行创作，讲述了一个武林好汉如何变为热衷功名、三二其德的朝廷走狗的历程。

上述这类角色身上都或多或少反映了人物性格的复杂和多变,赵焕亭或许并非有意塑造这样另类的武林人物,但与同期包括之前的武侠小说相比,大约是最早的,有些角色也是比较成功的。

对于这些角色包括书中的真恶人,其为恶的途径与发端,赵焕亭却处理得很简单,基本归于一个字——淫。恶人无不是好色之徒,也往往由各类淫行,终于走上为恶不归之路。更有甚者,普通人物也往往陷入其中,招致祸端。如此处理人物未免过于简单,只是赵焕亭在这类事情上的笔墨也花得有点儿过多。

顺带一提的是,时下论者都认为"武功"一词用于形容功夫系赵焕亭所创。其实他用的也是成品。清朝著名笔记《客窗闲话》续集里有《文孝廉》一文,其中就有"我虽文士,而习武功"一语。准确地说,赵焕亭的贡献是在民国武侠小说中率先使用而非创造该词的新用法。赵焕亭自己肯定没有想到,这个词竟然成为日后百年间武侠小说作者的必用词语,也成为日常生活中的常用语。

赵焕亭的武侠小说具有其他名家所没有的"世俗风情",以此似完全可以单独撑起一个"世情武侠"的门户,与奇幻仙侠、社会反讽和帮会技击诸派别并立于武侠小说之林。

作为掀起民国以来武侠小说第一波高潮的领军人物"北赵",作品无疑极具研究价值,可惜一直未能得到应有的重视。1949年新中国成立后,直到20世纪90年代才有零星的赵焕亭武侠作品出版,至今二十多年间,仅出版过四种。

此次中国文史出版社全面整理出版的赵焕亭武侠作品,大部分是新中国成立后从未出版过的,所用底本也尽量选择初版或早期版本,即使如出版过的《双剑奇侠传》《奇侠精忠传》《英雄走国记》和《惊人奇侠传》,也都用民国版本进行校勘,由此发现了不少严重问题。《奇侠精忠传》漏字、漏句和脱漏段落十余处,近2000字;《惊人奇侠传》漏掉了大约15万字;《英雄走国记》20世纪90年代的再版只是正编。这些意外发现的问题已经在此次整理中全部加以解决,缺漏全部补上,《续编英雄走国记》也将与正编一起出版。

此次出版的作品集中,还有几部作品需要在这里略做说明:

《南阳山剑侠》是赵焕亭写于20世纪20年代的文言武侠小说;

《江湖侠义英雄传》，又名《江湖剑侠英雄传》，系春明书局1936年出版的长篇武侠小说，封面、扉页均未署有作者名字。从赵焕亭所撰序言看，也许另有作者，他则如版权页部分所示，为"编辑者"；

　　《康八太爷》和《风尘侠隐记》都是未曾结集的报纸连载，也没有写完。为了让广大读者和研究者全面了解赵焕亭20世纪30年代和40年代不同时期的小说特点，特地予以抄录，整理出版；

　　《殷派三雄》在天津《益世报》上一共连载四十回，未完。天津益世印字馆出版单行本三册，仅三十回。此次出版据报纸补充了未曾出版的最后十回，以示全貌予读者。

　　笔者多年来一直留意赵焕亭的有关资料，幸略有所得，今效野人献芹，拉杂成文，期副出版方之雅爱，并就教于识者。

　　是为序。

顾　臻
2018年8月20日于琴雨箫风斋

目　　录

自　序 …………………………………………………………… 1

初　　集

第一回　解饷官忧愁困旅店
　　　　某大员冒昧认英雄 …………………………………… 3
第二回　武灵山大吏访贤
　　　　孝虎庄异人寄迹 …………………………………… 9
第三回　深夜探奇客来不速
　　　　赤手夺刃艺较群雄 ………………………………… 19
第四回　解京饷三侠取盗首
　　　　送部收一客显飞踪 ………………………………… 24
第五回　水月庵老僧救难女
　　　　颅骨酒大盗逞凶锋 ………………………………… 30
第六回　武灵山大侠托高踪
　　　　苏州城三英入武社 ………………………………… 37
第七回　闹武社向坚挨大杖
　　　　觇密约黄鼐戏痴儿 ………………………………… 45
第八回　老书生打破高唐梦
　　　　小兄弟饮饯要离坟 ………………………………… 50
第九回　陈辩论凭吊英雄
　　　　为酒食勃豀姑妇 …………………………………… 54
第十回　强中强起衅臭馎饦
　　　　绳还绳大闹法雨寺 ………………………………… 59

1

第十一回	诫斗狠严亲训正义 感家境名士赴春闱	63
第十二回	孝子顺亲持梵典 书生垂老占龙头	69
第十三回	叙情话演说杨再生 赴云南得官大姚县	75
第十四回	御欺侮双侠赴京都 矜阅历老客落骗局	82
第十五回	双侠却敌黑风林 土人闲述榆林寨	89
第十六回	开路鬼酒醉打商店 涿州城梅氏显双雏	98
第十七回	唱道情两次来揶揄 闯卡汛群卒阻乞丐	103
第十八回	榆林寨巧觇梅英嫄 天门凤狎戏鲍大嫂	107
第十九回	通州店闲谈侠女 少年场群接豪宾	114
第二十回	闻黑语处分金资 入国门慨叹乱象	121
第二十一回	杨再生寻仇搅商店 安敦书病榻诉愁肠	126
第二十二回	赠白马送客出榆关 游燕市把臂逢故友	132
第二十三回	天门凤制胜猇猴拳 玉美人偏遇天魔女	138
第二十四回	山果园一场笑话 火神祠大好奇逢	147

二　集

第 一 回	窥奇迹郊野访异人 走荒祠深宵拜大侠	157

第 二 回	一客订交飞白刃	
	二侠赴约叩禅关	162
第 三 回	净慧尼荒庵述萍迹	
	方守备高宴试梅桩	168
第 四 回	挂金珠武师玩海盗	
	钻壁洞巧妇弄偷儿	174
第 五 回	震泉州双美捉盗	
	闹淮安远客寻仇	180
第 六 回	琏珍立志寻血仇	
	名世窥奸擒女谍	187
第 七 回	兴安卫气慑名王	
	跑马川春窥野合	194
第 八 回	游马市姊妹露艳迹	
	莅操场夫妇中阴谋	201
第 九 回	某王子纵兵掠卫镇	
	邢壮士侨服侦坚屯	207
第 十 回	占奎觇敌姜女墓	
	琏珍夜奔黑山岭	213
第十一回	入屯幕剑斩金毛犬	
	火草场计盗赭云駮	218
第十二回	托禅栖侠女避仇	
	辞故友壮夫折节	223
第十三回	偷攘邻鸡招来恶詈	
	戏作口技添得笑资	227
第十四回	逞骄矜窃窥趺坐法	
	识忠孝明示武功基	232
第十五回	南宫生量才传剑术	
	武灵山四侠别师尊	238
第十六回	传奇迹间述剑虹娘	
	伤乱象闷饮燕市酒	244
第十七回	赌盗术美人名马	
	别弟子豹隐鸿冥	252

第十八回	方黄游戏惩淫贪	
	群侠慷慨怀忠愤 ……………………	258
第十九回	遗民闲话摄政王	
	美女拳惊阿鲁特 ……………………	263
第二十回	逗凶淫奇闻龙女椅	
	谋行刺详拟蟠桃宫 ……………………	268
第二十一回	装鬼神夜救难女	
	扮童竖昼赴琳宫 ……………………	274
第二十二回	充扫夫计入蟠桃宫	
	取鸟巢险试乾坤塔 ……………………	280
第二十三回	一客盗取莲珠灯	
	四侠攒斗阿鲁特 ……………………	287
第二十四回	武灵山义仆寻少主	
	还乡坞贤令感穷居 ……………………	295

三　集

第一回	赠金亭良友嘱良言	
	黄石村侠徒遇侠女 ……………………	303
第二回	剑虹娘较武招婚	
	火龙标劫村授首 ……………………	309
第三回	争意气良友受离间	
	取人头侠女成剑术 ……………………	315
第四回	走天涯侠女遇严亲	
	闹花筵豪宾逢逐妾 ……………………	321
第五回	黄向坚辞姻剑虹娘	
	玉美人巧遇白湖主 ……………………	325
第六回	望江驿双侠倾谈	
	梅大郎人头侑酒 ……………………	333
第七回	较剑术大郎邀客	
	探山寨黄萧称雄 ……………………	338

第 八 回　凤啄山寨主款豪宾
　　　　　庐州城侠士挫恶霸 …………………… 344

第 九 回　闹官捐诳人败类
　　　　　作淫孽李戴张冠 …………………… 351

第 十 回　钱举计图双龙寨
　　　　　英嬺巧设美人局 …………………… 360

第十一回　白湖主联姻得快婿
　　　　　黄毛怪纠众闹灵堂 ………………… 364

第十二回　黄鼐灵堂设裸筵
　　　　　英嬺野店系情丝 …………………… 369

第十三回　引枭雄钱举失谋
　　　　　决行止雪庵卜卦 …………………… 375

第十四回　试官刑戏闹公堂
　　　　　赴友约惊闻火并 …………………… 380

第十五回　奋钢镖石全复仇
　　　　　闻密谋向坚弃友 …………………… 386

第十六回　落叶庵群贤饮饯
　　　　　黄向坚万里寻亲 …………………… 391

第十七回　逞强梁兵丁闹袜店
　　　　　示暇逸主客接清谈 ………………… 398

第十八回　傻二领苦力养亲
　　　　　德阿普刀圭赠客 …………………… 402

第十九回　满兵肆扰剿玉山
　　　　　向坚山村逢浣妇 …………………… 408

第二十回　钱招弟憨态留宾
　　　　　黄向坚奇观出浴 …………………… 414

第二十一回　谈老佛一言感憨妇
　　　　　　走山径二憨逞奸谋 ……………… 420

第二十二回　壮士戏贼显内功
　　　　　　逸客读书觇雪夜 ………………… 426

第二十三回　草衣论卦得婚象
　　　　　　少妇乘船遭恶骗 ………………… 432

5

第二十四回　黄壮士游戏惩淫
　　　　　　杜老者颓唐对客 …………………… 438
第二十五回　用人血食杜老谈神
　　　　　　吞火踏刀妖巫作祟 …………………… 443

自 序

往读文信国《正气歌》，未尝不废书三叹也！曰：嗟乎！士穷正气乃见，不有正气而乾坤几乎息矣。是正气者，伦常之极，所以维世道人心于不弊也。孔曰成仁，孟曰取义。古之烈士，愤宗社之墟，感黍麦之痛，或为博浪椎，或为燕市筑，其所以百折不回，不辞抉目断脰，披发佯狂，以思一逞报吾君于地下者，无非浩然沛然，行吾心之所安，求正气之伸而已。语云：英雄三尺剑，忠孝一生心。斯二语者，足为书中群侠下一注脚。是书取材，咸由明末遗老之笔录，灼然事实，在人耳目。而逸闻奇行，或得自故老流传。串综其散佚，详略其所闻，已为蔚然大观，而教忠教孝、惩恶罚淫之旨，复于斯编，三致其意。窃谓斯编于古今之游侠传者，亦正气之作也。嗟乎正气，杂然赋流形，凛烈万古存。然起视吾国今日何如乎？内讧连年，杀人盈野，伦纪荡然，等于初民。沛乎以塞苍冥者，除暮气、戾气外，唯吾民之怨气已耳。是安可不以吾书中之正气，以救其失乎？爰缀数语于简端，以寄吾慨。所望以英雄自命者，谨葆其正气，则是书之作，为不徒然也。

中华民国十六年阴历十月初三日
焕亭氏序于潜庐

初　集

第一回

解饷官忧愁困旅店
某大员冒昧认英雄

疾风劲草苦相持，故国苍茫亦可悲。
几许侠徒扶正气，河山黯黯夕阳迟。

弹铗未防疏剑术，最难忠孝致吾身。
挑灯细读寻亲记，游侠从今大有人。

　　两首例诗提过，引出一部磊落轩天地、精诚动鬼神的侠义奇书。书中人奇事奇，无一不奇，然而这个奇字，诸公莫要认作怪力乱神，如《济公传》《施公案》《彭公案》一般，专以装神弄鬼、狠砍蛮杀，细按之都无情理。稗官小说虽不登大雅之堂，然而命意立言端须慎重，因为小说之力很能深入于人心，此中关系不在小处，断不可无端诲乱，推助叔季不靖之人心。起看中国，干戈满地，只要长个脑袋的人，都自命为造世局的尚武英雄，其实谬以毫厘，差以千里。因为他们只管枪儿刀儿整年价要个不休，哈哈！却没一个从性情伦常老根上做去的。"义"既绝对没有，"侠"字更提不到。侠、义的正义不明，以致一班好勇斗狠的人妄弄干戈，万民涂炭，当此之时，岂可不揭示侠义真诠，以当振聋发聩呢？所以这部书虽人奇事奇，但是那奇却都从正中生出。或不忘故国，精忠贯日；或间关万里，纯孝格天；或绝俗离群，翛然入道；或游戏三昧，专铲不平。虽踪迹不同，要皆从真性情中驻脚。古语云：真事业从五伦起。这方是侠义真谛，并且必如此，任侠之道乃尊。不然，虚慕侠义，刻鹄类鹜，乱人而已，暴徒而已，真把"侠义"两字给冤苦咧！你但看古来豫让报君、专诸孝母，那是何等人物！所以历来剑术之传必择端人正士，就恐其传人不慎，为害匪浅哩！书旨既明，且入正文。

话说明朝崇祯末年，流寇猖狂，满洲肆扰，当时纷乱之状，真是一言难尽。休说是边远省份群盗如毛，行旅裹足，便是畿辅之间，国门左右，公然地成大帮价盗贼出没，杀人越货，无所不至（不意此等光景复现于今日，可叹）。皆因那时溃兵游勇到处皆是，偏搭着苛征暴敛，民不聊生，已成了铤而走险之势。精壮少年不甘自填沟壑，和溃兵等一勾搭，百数十人可以一呼而集（吾思今日现状，不寒而栗），除打家劫舍外，便是伏莽剪径。当地官吏但恐怕老鞑儿们从不防撞来作闹，哪有心情去捕捉群盗。只要强盗不闹上公案桌子，搀得太太去，便两眼一合，一概不问。闹得行旅惴惴，非结作大帮，不敢登程。若携带银款，越发是剃头刀擦屁股——险门子咧！

其时，有一位朝中大员因事赴都。一日行抵庆云县地面，只见许多百姓携男抱女，一队队号哭奔走。大员问其所以，却是清人入寇，边烽又急，大家害怕，所以胡乱奔避。这当儿大道上群盗行劫，全然梗塞。大员见此光景，又搭着长途劳顿，左臂犯寒，十分痛疼，便一径地寓在庆云城外一家旅店中，暂为休息，并医治臂寒。那店翁是个老世故，十分和气。某大员客中寂寞，便不时地寻他谈天。

一日，两人在柜房中闲谈。某大员问起城门启闭有时之故。

店翁笑道："这就叫贼过关门的勾当。因这几日由此赴京的大道出了一伙强人，那为首的叫什么盐山王郝大旗，专以在杜林铺、黄草岗一带劫掠行客，厉害得紧。这里官儿防他冷不防来搅闹，所以城门甚紧。其实郝大旗是大手把儿，专以掠夺像样的大买卖。像咱这穷气嗖嗖的所在，他还不高兴来照顾。"

某大员听了，方在太息，只听临街窗外有人洪钟似的唤道："某店翁在吗？快再给俺一壶酒，再押给你一张宝贝字儿！"

某大员向窗外一望，却是一个六十多年纪的老头儿，生得身高七尺，猿臂蜂腰，深目长眉，配着一张赤红脸，一部银条似的长须，端的精神炯炯，直挺挺站在那里，俨似一株古松。穿一件大布直裰，秃着头儿，足蹍革履，手拎一张旧字纸，一面向店翁招展，一面哈哈大笑。

某大员方暗想这老头儿好生矍铄，便见店翁趋进窗口，笑道："你老用酒，尽管来取，不须这宝贝字儿来当押。俺一总儿收了您四十多张，还须与您收拾好，又怕潮浸，又怕虫蛀。昨天俺那老伴儿竟要拿一张剪鞋样儿，亏得被俺夺过来了。"

老头儿一面递过字纸，一面笑道："如今这劳什子也只配做鞋样儿。老伙计不要唠叨，俺只剩了这一张，索性都押给你。等俺有钱时，一总儿来赎。"

店翁接过，随手置在案上，便提了十来斤重的一大壶酒，由窗口递出去，因笑道："南宫爷进来坐坐再去吧。"

老头儿道："不须咧！"

正说着，只见两骑马泼刺刺跑到店门，马上两人翻身下马，都是遍体行装，风尘满面，似乎是主仆模样。

那仆人拉了马，直入店门，一路吆喝道："店家哪里？快寻干净房间，俺主人是某省解京饷的差官，少时饷驮就到。"一言未尽，后面人骑喧阗，饷银果到，登时乱糟糟挤满店门。

某大员望那老头儿业已大踏步提酒趱去，便见店翁苦着脸子，一面跑出去指挥店伙们安置众人，一面向那位差官赔笑道："您老辛苦哇！如今地面上不好走，您又解了许多饷银，俺不是拿财神爷往外推，依俺看来，您不如在城里落店，毕竟妥当些儿。"说着，笑吟吟用手巾去给差官掸土。

不想那差官忽然怒容满面，啪的声用马鞭一击门凳。店翁吓得一哆嗦，赶忙道："这是小人多嘴咧！您老愿意照顾小店，不更好吗！"

差官道："你不晓得，俺方和你这里的县官儿怄了一肚子的气。俺喊了半晌的城门，他怕饷银招风，就是闭门不纳，只好暂且落店，再作计较吧！"说着，和店翁都赴院中，安置饷鞘。

你想，一个旅店中有甚严密所在？只得都堆在后院一处敞厅上，胡乱用席子盖了。那敞厅对面便是某大员的房间。

当时某大员在柜房内替店翁看了半天屋子，只见押饷的众人役纷纷出入，一面向店人打听前途的道路，一面交头接耳，外挂着咳声叹气。某大员料是他们不得主意，不由也替他们暗暗筹思。忽一眼望见沽酒老头儿置下的那张字纸，随手拈起一看，却是一张军功的告身，业已破烂不堪，上面的字迹还依稀可辨，并且有辽蓟总督的印信，就是辽蓟总督的官衔并姓儿都已不全，细辨那姓儿，只剩半个"系"字，再寻思那得此告身的人姓名，连半个字都无，只剩了个宝盖头儿。

某大员端相一番，不由得暗笑道："真是说什么有什么。书上说五代混乱时，军功告身堪搏一醉，如今那老头儿真个以此押酒，可见近些年连年荒乱，军功冒滥，那老头儿不知何处得此废纸，却把来换酒饮。"沉吟之间，忽又懼然道，"那老儿体格伟壮，难道这告身便是他自己的不成？"想到这里，方要问问店翁，恰值有几个人役也趑向柜房中，纷纷笑语，某大员不耐再坐，便逡巡趑赴己室。方步入后院，早望见若干饷鞘都纵横堆积在敞厅内，那差官便住在敞厅里，正在屋内低头闲踱。某大员自行入室，恰值那差官信步到院中徘徊四望，似乎是焦急光景。这时已近黄昏，某大员也没在意。

次日，臂寒又作，一连卧榻三两日，但听得那差官吃喝人役，整日价没好气。某大员不由替他怙憾道："刻下部中库帑如洗，皇上望外省接济饷银，十分要紧，这等事如何耽搁得？"沉吟之间，医生来诊脉定方后，大员送他出去，又信步去寻店翁谈天。

店翁笑道："你老大好啦！"

某大员道："承问，承问。怎的这份饷差还没去吗？"

店翁攒眉道："便是哩！那位爷只会发咆躁，一筹莫展，俺也不待价去理他。这时光，你不求人想法儿，只摆那官架子，济得什么事？"

某大员听他口气有异，因笑道："莫非主人家有些道理吗？"

店翁笑道："俺有什么道理？"

正说着，只听窗外有人大呼道："拿酒来！"便如舌尖上猛起个霹雳，接着一柄长剑唗一声由窗眼伸入，恰好擦着店翁脖儿过去。

店翁忙缩颈，啊呀一声，急向外一张，便大笑道："南宫爷，你这等玩法俺可架不了。你有什么要紧的事，怎连你的性命都把来押酒吃呢？"

某大员向外一望，却又是那个老头儿，业已吃得酒气醺醺，那秃脑门上亮澄澄的，似乎有气蔚然。

便见他拍掌道："今天儿辈们出游，回途经过老夫舍下，一定要叫俺看他们近来的造诣，并且吃嚼老夫。今天人多，没奈何，你且押给俺两大壶酒吧！"

店翁一面收剑，一面笑道："你老人家真是兴会得很，你只管尽量吃酒吧，俺又开了新酒瓮咧！"于是立唤店伙，提出两大壶酒，交与那老头儿。

老头儿哈哈一笑，某大员略一眨眼，他已健步如飞，趑出多远。

店翁不由远望慨然道："假如这个老头子退却二十岁，这一带群盗鼠辈哪敢如此猖獗？如今老了，只整日价和酒拼命，不管闲事哩！"

某大员心中一动，正要叩问那老头儿的来历，只见店翁持剑自语道："他时时夸他这把剑，比作他的老伴儿，又说此剑饮人鲜血少说着也有两大瓮，俺倒要看看此剑怎样个好法。"

说罢，锵啷声抽剑出鞘，便有一片精光随手飞出，冷森森寒芒四射，照得两人面目异色。只见那剑湛湛如水，长可三尺有零，窄似肥蒲，薄如厚纸，刃两面铸有云气雷鼓的花纹，颤巍巍刚中带柔。店翁略用手按，便屈作个半环形儿，猛一放手，铿然有声。

某大员虽非知音之客，然而见那剑光气作，不由失声道："端的好剑！"随手接过，仔细审视，却是云贵间上好苗铁铸就的，剑柄上嵌着"奔雷"两字篆文。原来苗人们炼铁最精，苗人小儿初生时，凡有贺客，都是送精铁。其父母便就那铁，随小儿之年岁锻炼，及至小儿成人，可以佩刀，便取此铁，打作刀剑，真是吹毛立断，锋利非常。

当时某大员既见此剑，越发要叩问那老头儿的来历。方递过剑去，忽听后院内一阵喧闹，便闻那差官骂道："你这奴才，守着许多饷银，如何白日价便打盹睡呢？"

店翁听了，连忙趋出，少时笑着转来道："那差官想不出法儿去送饷，却拿仆人煞气哩！"

某大员未及答语，恰好又有住客来，店翁忙去接待，某大员也便踅回己室，但闻那差官只管长吁短叹，少时竟自呜呜饮泣。

某大员暗道："这个人也太没抽展，不想法儿去送饷，只管哭一回，当得甚事？但是这许多饷银搁在店中，更是险事，俺且问问他，有无善计。"想至此，便整整衣冠，命仆人先去投刺，自己随后便步进厅。

当时那差官一见某大员的职名，早屁滚尿流地接将出来。两人相逊入室，见礼后，宾主落座，彼此间略询行止，某大员便动问送饷之事。

那差官落泪道："不瞒大人说，俺如今只有死的数儿了。刻下进退两难，前行既盗贼可虑，留此亦是险事。况且解饷进京，公文上原有期程，倘长此耽延，俺如何担得起呢？"

某大员见他苦恼，想给他设法儿，又想不出，倒闹得自己十分焦躁，便道："这饷银终须设法儿进京才是，足下不必愁闷，咱大家慢慢想法儿。"

在某大员，这句话原是随口安慰他，不想语才出口，那差官登时矮了半截，满面流泪，并且连连叩首，这一来，登时将千斤重担搁在某大员身上。俗语云："是非只为多开口，烦恼皆因强出头。"当时某大员没法推辞，只得扶起差官，允为设法，踅回己室，瞑目深思，越想越不得主意，逡巡之间，只躁得直抹大汗。

忽闻店翁在院中笑呵店伙道："你快叫某伙计来帮你掮这马槽。世界上还有万事不求人的吗？"

某大员一听，忽触起店翁那会子讥诮差官的一番话来，不由暗想道："莫非此老是个江湖异人吗？古来侠客隐身于佣保贱业的很多，并且他口气有异，焉知他不是异人呢？送饷这事，他定然有法儿，等俺悄去觑觑他再讲。"

怙惚间向外一张，恰见那店翁负着手儿，高视阔步地由窗下踅过，直奔东墙边一个角门，并且高吟道："仗剑行千里，微躯敢一言。曾为大梁客，不负信陵恩。"一面击节，一面径入角门，只余音袅袅的当儿，某大员早跃然而起。原来角门内的跨院儿，便是店翁的住室。

某大员听店翁居然高吟这等诗，越觉着自己所料不差，于是踉跄跟去，方一脚踏入角门，便闻店翁大声道："家里的（谓其妻也），快将革囊药末都与俺准备停当，俺今夜非杀他不可！"

某大员暗喜道："谢天谢地，原来黄衫昆仑之流就在眼前。此一去，俺须冲口叫破他，使他遮掩不得方妙！"于是三脚两步赶至正房前，只道得一声："老壮士，你好一番高情胜致呀！下官两目虽盲，还能识得英雄哩！"说着一笑，闯然竟入。正是：

驽骀骐骥浑难辨，伯乐忽来夸赏真。

欲知后事如何，且听下回分解。

第二回

武灵山大吏访贤
孝虎庄异人寄迹

且说某大员冲口叫破,一脚踏入去,只见店翁老两口儿正在榻几上摒挡什物,果然有具黄黑色敝革囊置在榻头,从囊下露出寸许亮晶晶小刀儿。某大员到此,更无疑义,于是不容分说,向店翁纳头便拜,慌得店翁跳下榻搀扶不迭,没口子乱噪道:"某老爷,这是怎的?可不折煞小人!"

某大员自诩真赏,如何还肯放松,因长跪慨然道:"老丈侠隐行踪,俺已都知。今俺有大事奉求,老丈如不见许,俺便跪煞在这里。"

店翁听了,正在摸头不着,那店婆儿早嗖一声跳下榻,帮着搀扶,一面向店翁噪道:"你这老怪物也会装蒜!无论他娘的什么大事,你先应下人家就是咧!值得让人家磕头礼拜,什么意思呢?"

某大员一听,越发得了主意,索性跪得直撅撅的。(人谓某大员可笑,吾谓某大员可敬,今安得如此尽心国事之大员哉!)

店翁无奈,只得含糊应允,一面价扶起某大员,彼此落座,便叩来意。

某大员道:"俺若因平常小事,也不敢渎求老丈。今某差官解京的饷银留滞于此,倘误国用,不是耍处。为今之计,只好求老丈仗义,将此饷送赴京中,不但某差官感恩匪浅,便是下官也拜德无涯哩!"

店翁听了,惊得连连吐舌,反笑道:"某老爷,这不是戏弄小人吗?小人有甚本领担当这事?休说是郝大旗盘踞前途,便一遇寻常强人也不得了哩!小人只会开客店,哪会保大镖呢!"

店婆儿道:"哟,真个的呀!你虽没本领,你不会求南……"

店翁赶忙瞪了她一眼。

某大员笑道:"老丈不必推诿,你的行藏怎瞒得俺的耳目?快请仗义报国，不必多说。"因将闻他吟诗并乱噪革囊药末等语一一述出。

店翁正含了一口茶，一听此话，扑哧声喷了一地，方张大了口，急切间合不拢来。只见店婆儿业已笑得只揉肚皮，尽力子挣出一句道："某老爷呀，您这可是张三的帽子给李四戴上咧！您不信，瞧瞧这套玩意儿就晓得咧！"于是从榻头拿过革囊药末包儿。

某大员先瞧见囊底小刀儿，已不像什么徐夫人的匕首，再看那药末包儿上面注着"鼠药"两字。逡巡间，店婆儿一抖革囊，却是些干馍块儿。某大员见此光景，料店翁欲杀的是耗子老哥，正在搔首沉吟，店翁已大笑道："小人这副本领，只可去摆布鼠儿，你老可明白咧？"

某大员嗫嚅道："老丈无端吟那等侠气的诗句，怎怪俺起疑呢？"

店翁一笑，随手由抽屉内拎出一本破烂不全的《千家诗》道："俺小时节念过此书。如今还时时唱着玩，您不信，由'云淡风轻起'，一直到'朕与先生解战袍'，您提到哪里，俺背到哪里，莫非这就算本领吗？"

某大员一听，也不觉好笑起来，因叹道："如今这世界，料没得非常侠士了，但是这饷银怎处呢？"说着，深锁双眉，忠荩之诚溢于颜色。

那店翁尚未答话，店婆儿却慨然向店翁道："你看某老爷为皇家事愁烦如此，你既识得南……"店翁喝道："痴婆子，怎单显你能说话呢？"

某大员料其中定有缘故，于是重新来了个死蛇缠腿，连求设法。

店翁慨然道："老爷既忠诚如此，俺引你去求一人。休说是这点儿饷金并前途一班蟊贼，便是饷银再多些，前途有千军万马，他也能来去自如哩！"

某大员喜道："竟有这等奇士！老丈快说此人是谁，等俺遣人唤他来，当面恳求。"

店翁笑道："此人似乎唤不来，您要求他，必须亲去。好在俺引您去，他看俺酒债主儿的面孔，一定应允。却有一件，你老人家千万别摆出大官府的面孔，他是不理会什么官不官的，巧咧还许误事。"

某大员道："俺自晓得，但老丈说什么酒债主儿，莫非此人便是那押酒的老头儿吗？"

店翁微笑之间，店婆儿已长长地出了一口气道："正是他，正是他，他叫南宫生。"

店翁笑道："快嘴婆子，你还能说什么？"

店婆儿一撇嘴，道："我就不待价见你吞吞吐吐的。"

某大员急忙跟问，店翁道："您都不必问，单等黄昏之后，俺引您去求他就是，并且今天机会很好。"

某大员一问怎的，店翁却笑而不语。于是某大员殷勤辞出，暗想："那南宫生既常来押酒，所居定在左近，少时去求他，且须当意。"思忖一番，且不去知会那差官。

须臾日色烓西，晚饭毕，业已暮色四起，某大员正在室内整饬衣履，只见店翁笑吟吟地踅来，业已结束停当，头戴草笠，身着短衣，足下是双爬山的薄底大布鞋，手内持着两根齐眉的竹杖。一见某大员长袍丝履，便笑道："您这身打扮须不成功。若坐乘山轿儿还可以的，然而又非访贤求人的诚意。"

于是放下竹杖，转身跑去，须臾持来草笠、短衣，并一双褪旧大布鞋，立逼着某大员换起装来。

某大员一面换，一面道："难道此去还有多远的路？那位南宫生还住在山中吗？"

店翁笑道："您不必管，反正这身打扮都有用处。笠儿是挡夜深的露水，短衣省得荆棘牵碍，竹杖可接气力。"

这时，某大员正啪啪地一摔布鞋上的尘土，要向脚上套，因笑道："这鞋儿呢？"

店翁道："那鞋儿更要紧哩！这鞋儿虽不好看，然而穿在脚上，软硬适中，抓地有力，比您那厚底官样云履就强得多咧！错非你老人家老气横秋的，彼此间没讲究，若换个个儿，俺还不借与他这鞋哩！"

某大员随口道："多谢，多谢！"随即蹲下脚去，用脚指一抓挠儿，果然觉得舒适异常，正要站起，忽一眼望见鞋帮儿上面似乎花花搭搭，忙抱着脚就明处细看，原来帮儿上还扎着暗纹的四季花儿，再一端相，越发好笑，简直的是鲇鱼式的女鞋。

某大员失声道："哟，老丈，您瞧瞧，俺穿这种鞋子可以吗？"

店翁忙握手道："悄没声的，人家鞋主听得了，就须费话哩。如今黑夜里跑路，只要脚舒适就好，管他男鞋女鞋哩。咱马上就要拔步，哪里再换去呀！"

于是不容分说，彼此各拎了一根竹杖，店翁在前，某大员随后紧跟，便如刘粗腿夫妇叫街乞讨一般（昆剧中有此诨剧），方大步小步地踅过东墙边的角门儿，便听得店婆儿在跨院中叫道："好奇怪！俺在阶下方晾得了一双鞋子,怎俺到后面撒泡溺的工夫,硬会没得咧?准是那只老癞狗,闻得嘴发痒,衔了去咧。不消说,准叫狗爪子一顿刨烂。"

某大员暗道:"这倒不错。她糊里糊涂这阵骂,倒也没偏没向,自然是他衔来,俺刨烂咧。好在为国事挨骂,总还值得。"(今求一为国事挨骂者,宁可得乎?)

那店翁更不言语,当先引路,如飞便走。这时一痕月色飞出东溟,清光照路,约略可辨。某大员随后紧跟,须臾趱出四五里路。渐向南都是些纵横窄道,地势凸凹,类似山坡儿。

某大员一面竭蹶,一面道:"此去山中还有多远呀?"

店翁笑道:"远得多哩!这才到山麓的伸脚坡陀,距苍水峪的山口还有十来里哩。"

原来这庆云城南有座武灵山,山虽不甚高大,却甚是险峻幽奥,其中山民错处也有千余家,都是凿井种田,过他那熙皞的日月。

相传当年赵武灵王变胡服骑射时,曾在此山合围大猎,昭示国人以尚武之风,所以民化其俗,至今山中人还彪悍异于他处,因以武灵名山。

当时某大员一听距山甚远,登时便觉疲倦起来。本来某大员出入舆马,安逸已惯,何曾半夜三更地两脚打地,硬跑山路。今为国家大事,也说不得,于是一振精神,居然能追逐店翁。

两人厮趣着,就月光下且行且语,只是清辉遍野,一处处村落烟楼,十分静悄,间有远寺疏钟,村墟夜柝,并遥遥狗吠之声。两人的履声藉藉并竹杖曳地之声,亦复清邈可听。

某大员久困劳尘,不觉心神一爽,因叹道:"可恨如今盗贼蜂起,凡名山胜地,往往被他们盘踞住,做了巢窟。"(自昔已然,于今为烈。)

店翁笑道:"如今山中却再也安静不过,大家困觉都大敞着门儿,五六年前谁敢去山中踏脚呢?"

某大员道:"莫非此山往年时也有强人吗?"

店翁笑道:"若没强人,怎招得他老人家来呢?"

某大员追问其故,店翁却笑而不语。

须臾穿过两处长林,风鸣树响,黑魆魆的甚是可怖。荒草乱石,窄径崎岖,那店翁以杖披路,大步前进,又信口高歌道:"偶来松树下,高枕石头眠。山中无历日,寒尽不知年。"

某大员惊道:"您快悄没声的,这等荒僻路上,倘引出虎狼盗贼怎好？"

店翁大笑道："您放一百个心！如今世界，只有这武灵山可称乐土了。虎狼早已吃山民杀绝，盗贼是不敢傍影儿的哩！"

某大员唯唯之间，忽听头顶上有人磔磔大笑，某大员踉跄却步，脚下一滑，险些栽倒，亏得足下大花鞋抓地得力，趁势一撑竹杖，方才站稳，便见店翁举杖一跃，却惊起枝顶上一只老鸦。于是两人一笑，踅出长林。半里之外，却现出嵯岈山口，盘纡磴道，十分屈曲，并有一条小瀑布由口左石岩上旋折而下，月明中碎光乱闪，甚是有趣。某大员恍悟地名"苍水"之故。

正在徘徊四顾，那店翁忽遥指道："老爷请看，那山口石壁下，影绰绰似个人。"

某大员仔细望去，果见一人雄赳赳叉手而立，因惊道："这当儿此间有人，怕不妙吧？"

店翁笑道："如何？俺就怕您走到那里，冷不防地吓一跳，其实没相干，您但放心走吧，那是他老人家留的一手古迹儿，不然这山中会如此安生吗？"

须臾两人到得山口，某大员留心细看，哪里是什么人，却是一块人形的立石，高可六尺余，俨似个奇伟丈夫，粗估去，何止一二千斤重，便在那山口旁作个一夫当关之势。更奇的石脉不连，分明是人工移向这里的。

某大员近前摩挲道："这也可称为石丈人了。"

店翁笑道："这是武灵山有名的石壮士。您看他肚皮上还有几个字儿哩。"于是踅近前，就石腹上用袖儿一阵擦抹，某大员趁月光极目审视，只见石腹上面镌着两行大字：

剑花一落群盗伏，壮士当关镇兹土。
石兮石兮吾与你。

某大员看罢，连连称奇，便叩缘故。

店翁笑道："您且莫问，等咱事体办毕，再说这段古迹儿不迟。"

于是两人厮趁入得山口。那道路越发崎岖，约莫踅入十余里，忽闻前面涧水雷鸣，便有一条长虹似的石梁凌虚高架，宽里下仅可尺半，却有三丈来长，上面苔草滑滋，向下一望，深不见底，但闻山淙奔注。

某大员踏到石梁边，腿子一软，方拖住店翁，想作计较，忽听石梁那边深草中有人大喝道："来人住步！你等是干什么的？"声尽处，由石梁上抢过两人，各挺明闪闪镖枪就要动手。某大员啊呀一声，趁势坐在地下。

便见店翁道得一个"酒"字，那两人登时失笑道："某翁怎这时光还给俺庄主送酒来呢？方才唐突，莫罪，莫罪！"说着，从地下扶起某大员，连连道歉。

某大员细看那两人，都是精壮少年，蓝布包头，结束劲健，正在心下莫测，那店翁却以杖划地道："俺哪里有许多酒给他吃？如今却有桩事来求他，叫他醒醒酒哩！"于是向两人附耳数语。

两人笑道："原来就是这点点事呀！他老人家但高坐指挥，就把事办停当咧。妙在今天正是机会，他这当儿正在东跨院看弟子们较艺哩。您老既有贵干，便请吧。"说着拱拱手，就要交臂而过。

店翁机灵，情知某大员渡此石梁有些不成功，便随手拖住一人，道："没别的，长脚哥，你须辛苦一趟，将某老爷背过去。"

某大员忙望那人，偏偏是个晃悠悠的细高条子，然而这时无奈，只得谢一声，由那人背将起来，跟店翁便走。

方趑至石梁中间，不想那人驻足逡巡道："喂，某翁啊，俺今天摸着女人鞋，有些丧气，等过日你须好好地谢俺些酒吃。不然，咱就此卸载吧！"说着一蹲身儿。

某大员紧闭两目，但闻石梁下水如牛吼，正在急得不可开交，却闻店翁微笑道："你卸载不卸载关俺甚事？酒却没得咧！"

某大员乱噪道："你老哥莫信他话，酒，酒，有，有！"

于是那人哈哈一笑，望得店翁已下石梁，他却猛然站起，一口气疾驱而下，一矬身放落某大员，然后笑道："您老莫怪。俺因某翁挡在前面，放不开脚，所以歇了一霎儿。"说罢，一拱手，返登石梁，顷刻间影儿不见，直将某大员望得诧异非常，叹道："这两个少年想都是南宫生的弟子。弟子如此矫健，其师可知哩。"

店翁笑道："您真把南宫生的弟子瞧扁咧！这两人不过是山中团卫的居民，照例地轮替夜巡哩。"

某大员听了，不禁又是一阵暗叹道："国家有如此壮士却不能用，以致世乱日深。看起来俺们做大员的一班人也就可愧得很。"

须臾路径渐平，又转过一带平冈，忽地豁然开朗，四外远近间，黑团团烟树依微，料是山中村落。

店翁遥指道："您看向左偏，里余地外，一带溪光明晃晃的，过得此溪，便是南宫生所住的孝虎山庄。"

某大员道："这庄名儿倒也别致。古来有义虎、义猿、义象等事，却不闻有什么孝虎。难道这山庄当年还隐着一桩故事吗？"

店翁道："正是哩，说起这段古迹儿，还是俺七八岁时听俺外祖母说过哩。因俺有一天随俺娘到外祖母家，恰值落雨，庭中积水急切间流不迭，俺便单用新鞋子踏水玩。方咕咕唧唧地得意，忽觉脑后一掌，俺娘揪住俺马厮盖（小儿顶圈也）便扯。俺一天高兴忽被打断，哪里会是意思？只低着头一抡风，倒将俺娘抡了一跤。于是俺外祖母道：'你这孩子怎的不知孝顺？你看那吃人的大老虎还知孝顺孩儿呀！莫拗着你娘，等俺与你说个孝虎古迹儿。'你老想，小孩子们听说有古迹儿可听，简直地乐煞哉。当时俺外祖母便滔滔汩汩说出这孝虎故事。

"原来，那片山庄当初没有多少人家，只有个贫姥和数家山民结茅构屋，过她那穷苦日月。一日贫姥偶去挑菜，来至一处山环内，忽闻得一片深草内只管呜呜有声，也不像狼嗥，也不像狗叫，并且空中老鸦盘旋。贫姥趑去，拨草一望，倒吓得一哆嗦，原来是一只乳虎，有半大狗大小，卧在那里，业已一丝两气，浑身是癞疮，脓血淋漓，一见贫姥，只将虎目略睁，又呜呜两声，大有望救之意。

"那贫姥叹道：'你本是山中王，一旦落了困难，就如此可怜。'

"于是慈悲心一动，一面弯下身去细看，一面暗道，这定是山中大虎被猎人打去，所以这乳虎竟成了舍哥儿。但见那乳虎小牙儿才微微萌出，料它不能咬人，于是抓把草与它略拭脓血，竟自提入菜篮中拎将回来，招得邻舍家都道：'这种物儿是养不熟的，没的它大起来，一口吞下你去。'

"那贫姥都不理会，竟如抚养猫儿似的，按时喂它，夜晚时就叫它卧在榻下。可喜那乳虎十分驯顺，过得几日，癞疮都愈，新脱出一片斑纹，花梨豹似的，摇头摆尾，倒也十分有趣。不及半年，已长得大牛犊子一般。有时节卧在当门，休说是贫姥门首偷儿不敢来，便是这庄中竟可以夜不闭户，邻舍家见惯乳虎，既不害怕，又喜欢它可以御盗，于是各家中所剩饭食都把来给它吃。过得两年，乳虎业已长成，贫姥到哪里，它跟到哪里，闹得远近村落男女聚观。那大胆顽童们竟跑去抱虎头，捋虎须，那虎却岿然不动，反将大爪缩着利甲，和顽童们扑戏。

"不想一日贫姥偶到一屠户家乞些豆种，恰值屠户卖肉回来，肉架上还剩了两块刀前刀后筋头蔓脑的肉。那屠户由市上吃得半醉，便乘兴将剩肉喂了那虎。这一来不打紧，那虎忽尝血食，引起本性，当晚回家，便将邻舍家一口小羊抓去吃掉，累得贫姥没口子向人家说好话，方才了事。

"只过得两天，有一个贩猪崽的从庄外经过，那虎赶去，衔起一只便吃，吓得贩猪的狼嚎鬼叫。亏得贫姥赶到，虎方跑去。贫姥没奈何，现从邻家借了些钱，赔偿猪客。于是贫姥大怒，寻了根大棍，敲着虎头数落它道：'俺好意抚养你一场，到如今却吃你累煞，你如不悛改，便回你的山中去吧！'

"那虎听了，将头儿直低至地，却用大嘴去揾贫姥之脚，意思是谨遵台命了。贫姥又着实教训了它一场，过得月余，居然没事。哪知合该有个倒霉的催租官，这日到庄中，正招齐了庄中官佃吹胡子瞪眼，不想那虎悄悄地趑来，就他后臀上老实实便是一口。亏得庄众急救，那官役才幸免整个儿填了虎口。

"官役惊痛既定，顷刻觉得屁股轻了许多，他无端失掉一块肉，如何肯依？便大闹道：'你等养虎害人，分明是什么邪教门，如今官中正捉拿妖人，快都跟俺赴官吧！'

"庄众一听，不由面面相觑，其中有机灵的便暗暗商议，大家凑了一笔大钱，把与官役作为伤费。这件祸事虽搪过去，大家一想，这只大老虎终是祸根，于是立逼着贫姥将虎撵掉。

"贫姥虽觉热刺刺地舍不得，当不得庄众催促，于是狠狠心，将历年所积的数串钱买了一口大肥猪，缚在那虎面前，落泪道：'如今咱两个缘法已满，俺无儿无女，原想你伴我终身，不想你招灾惹祸，倒苦累了老身。你从山中来，还向山中去，风云终有时，岂是牢笼物。但愿你此去潜伏爪牙，莫逞凶性。你今便就俺面前吃得饱饱的，快快去吧！'说罢，将肥猪一推。

"哪知那虎正眼儿也不瞅，伏在贫姥面前，止不住泪落如雨，只将个懒龙似的大尾巴微微摇动。

"贫姥揾泪道：'你舍不得我呀？但是这是没法儿的事。你便就此去吧。'

"那虎听了，越发泪如泉涌，便连连点头，似乎是叩谢的光景，趋近贫姥，只顾嗅衣扑足。忽地一转身，贫姥只当它要去咧，哪知它在院中前前后后地巡视一阵，忽然又跑向贫姥跟前，喉咙内呜呜有声。

"贫姥揣知其意，越发地伤感道：'虎儿呀，你争不成惦念老身贫老无依吗？却是咱人畜异类，是没法儿想的。如今俺便送你出庄，自向山中去吧。'

"那虎听了，只好垂头耷脑地跟定贫姥，一径出庄。不想贫姥方慢慢踅回，只听得背后一阵风响，贫姥脚踵儿还没到家，那虎已跳向门首，摇着尾巴迎来咧。直累那贫姥送它三次，它方大吼一声，奋迅而逝。

"庄众知得此事，这才放下心来，然而其间却想坏了个贫姥。每至日暮掩门，便四下里望望那虎，过得月余，方暂时忘掉。只是这当儿越发贫苦，又去了虎儿做伴，贫姥有时思想起它来，还伤感不止。

"一日正当冬令，风雪交加，贫姥无处觅食，困在家中，好不心烦。正这当儿，忽闻大门上嘭嘭地有人撞了两下。贫姥以为是街坊家怕她饿煞，或有发善心的，给她些残粥剩饭也未可知，连忙跑去，开门一望，没人影儿，只有半只啃残的死鹿置在门首。贫姥诧异之下，一望雪地上，不由且骇且喜，原来雪中有许多大梅花点子的虎迹，情知是虎儿不忘抚养之恩，来效反哺之报。当时一路张扬，轰动全村，其中天性凉薄的人未免觉着世界上不会有这等事的。不想过得些时，贫姥家中时时得些野味之类，大家方深信是虎儿前来尽孝。

"说也奇怪，远近村中知得此事，颇有两个打爹骂娘的人居然改了素日的行为，可见忠孝至行最能感化人。您但看这虎儿，以一畜类还能感动人，为什么而今大爵大位的人只口口声声叹息人心不古，世道凌夷？仔细想来，恐还是你老人家遗行甚多，不足为人伦师表吧。

"当时那贫姥既得虎儿之养，不但大大温饱，并且稍有积蓄，便不时地周济贫苦，以扬虎儿之德，竟安享了数年福儿，至八十来岁方无疾而终，身后之事都早托了庄众们。

"这日，庄众们会齐，送贫姥下葬，送终之礼颇为风光。大家正聚在一片义地高原上看工人开掘墓穴，忽地唰啦啦长风暴起，木叶乱飞，便闻远远的震天价一声吼，尘沙卷处，早由远林里跳出一只纹彩斑斓的大黄虎。当时庄众们一声喊，撒脚便跑，其中有个老头儿腿子一软，吓倒在地，便见那虎直奔向贫姥棺前，以头触棺，哀鸣雷动，伏仰良久，便用爪去刨墓穴，不消几下，早已深可数尺。那老头儿抖作一团之际，那虎却两爪据地，猛跃而去。须臾惊定，庄众毕集，扶起老头儿，问知所见情形，无不称奇赞叹，于是即就虎掘之穴下葬停当，从此便庄名孝虎。

"后来人故意粉饰，说那虎至孝达天，转世为人后，竟做了某朝的一员名将，功名赫赫，彪炳千古。虽是无稽之谈，倒可以见是真英雄必从忠孝上立脚之意。某老爷，您看那庄儿树木葱茏，端的藏风聚气哩！"

某大员听了，连连点头。须臾溪声潺潺，两人渡过一处溪桥，正要循窄径直奔庄中，忽闻一阵钣铮金铁之声顺风吹来。某大员不由大惊。正是：

　　白驹维系临空谷，玄豹隐伏只此山。

欲知后事如何，且听下回分解。

第三回

深夜探奇客来不速
赤手夺刃艺较群雄

话说某大员忽闻金铁相撞，不由惴惴却步。

店翁笑道："您只管放心吧。这光景咱来得正是当儿，快跟俺来。少时节您无论见了什么，不必大惊小怪，只看俺眼色行事就是。"

于是引某大员循窄径直入庄中。只见街坊宽阔，那两旁人家果然很有虚掩门户的，并且灯火隐约，这夜深时分，还有妇女纺织、儿童读书之声。

某大员道："这庄风倒勤朴得很。"

店翁道："这皆因南宫生居此以来，才有这般光景。他常说人不可一日贪安逸，只一个'逸'字，便生出多少不好的事来。大家都听他话，所以庄众们白日里耕作，夜晚间家人妇子还都各有夜课。像从先时，这庄中好不落拓，一到夜间，不是这家玩钱，便是那家闹酒，卖消夜的小贩穿梭价来往喝卖，串胡同的混混、站门子的妇女总须后半夜寺钟声动，方才绝迹。"

两人一路讲话，趃过两条街坊，只见一片槐树逶迤相接，向左岔道上早现出一带庄院，墙垣缭绕，十分整齐。

庄院前有条小溪，上有石桥。两人方渡过，趃了两步，恰见庄门半启，里面出来两人，后跟一人相送道："二位慢走，明天再来看较拳吧。"

两人回身，哈着腰道："就是吧，您便请回。那会子这场较剑真精彩呀！"说着，一转身，向庄院西匆匆而去。

相送的那人方要掩门，店翁忙叫道："喂，老贺，慢去，这里还有远客哩！"

那老贺道："噫！这当儿你这老物儿跑来做甚？没的向俺主人家来讨

酒钱吗？"于是匆匆跑近来，不容分说，捉住店翁一阵撕扭。

原来这老贺却是专管庄门的，平日和店翁有个小唏溜儿（开玩笑之意）。

当时店翁笑道："俺引了个远客来，要瞧瞧南宫老爷。方才俺闻有刀剑相撞之声，想是南宫爷的弟子们都来了吗？"

老贺道："别提了，虽没都来，也来了大半儿，只有安徽黄鼐黄爷没来。俺听说他因山东沂州府地面有一个卖解的女子，自称什么剑虹娘，不但武功绝伦，并且姿容绝世。她只跨一匹健驴儿孤身游行，在武定卖艺还不奇，并且揭出较艺招夫的榜文，所以黄鼐特地赶去，想闹个花不溜丢的媳妇。至于其余的人，因打猎回头，都在这里。吓，昨天他们来时，好不热闹。如今正在跨院中较拳，便是俺主人也在院中。你要去，等俺与你引路。"

店翁道："俺也不是生人，又长着两只脚子，稀罕你来引路。"

老贺笑道："你这老物儿，真不懂好歹。"于是随手一个脖儿搂，打了店翁一下。

三人一同来至庄门。某大员留神看门上嵌了一块石额，镌着"孝虎山庄"四个大隶字，字径数尺，笔势横逸，真有怒猊抉石之概。

店翁道："您看这字怎样？这便是南宫生乘醉写的，他们都说字写得很好。依我看，老树杈子似笔画，终不如秀才相公们的字，光溜溜，软笃笃，怪好看的。"

某大员听了，不由一笑。三人跨进门，老贺便道："喂，你这老物儿是怎么样吧？若不用俺引路，俺就找补回头觉去咧。"

店翁哼了一声，引某大员向内便走不提。这里老贺自去关庄门，睡大觉。

且说某大员怀着一肚皮的怯懑，也无暇向四下细望，但跟定店翁低头撞去。须臾松竹夹道，宅门在望。左边却是个大车门儿，一列儿青石板的大石凳，十分整洁。那店翁一直奔去，推门便入，却听得门房中仆人从睡梦中问道："老贺吗？你真有这份精气神，不去困觉，看这班傻小子们苦卖力气怎的？"

店翁含糊答应，业已和大员暨入二门。里面是处很宽敞的院落，坐北朝南的五间大敞厅，厅上面灯烛辉煌、酒筵罗列，似乎是宴客光景，却静悄悄没得一人，却听得厅后院一阵阵步履之声，十分沉着，似乎是武功家练步伐、活筋骨、运气力一般。于是店翁拖了某大员便从厅左边夹道儿绕向后院，就一株大树后隐住身体。

某大员偷张时，只见那后院更为宽敞，其平如砥，北面上几具长凳，上置刀剑等物，中间一片广场，大可四五亩，四面各有立竿，上挂提灯，辉映着一天月色，亮如白昼。长凳上，一位老头儿按膝而坐。

某大员仔细一望，正是那押酒的老儿，因悄扯店翁道："你看，这不是南宫生吗？"

店翁忙悄悄点头，依然屏息张去，早见南宫生身旁还侍立着一个白衣少年，两手叉腰，卓然山立。这当儿，广场中还有两个少年，一衣紫，一衣褐，一色的短衣劲装，正在洒开流水步法，态若行云，轻尘不起，厮趁着绕场两匝，忽地豁然一分，各趋东西场角，一个健鹘翻山式，趸转身形，啪的声一踩脚，使个旗鼓，登时都形同木鸡，全神俱振。于是那白衣少年猛喝一个"进"字，语音未绝，那紫衣少年已单拳独奋，风趋而前。褐衣少年双拳一分，闪过攻势，滴溜溜一转身，早已趋向紫衣少年背后，一脚平蹚，只脚势未到之间，那紫衣少年猛旋如风，趁势一矬身，横扫一腿，直扫向褐衣少年立地一足。说时迟，那时快，褐衣少年蹚脚已落，便用个平地上升势，腾踔而起，趁势一落，又是个饥鹰扑兔。紫衣少年就地一滚，闪开来势，猛跃而起。这一路轻妙扎实的解数，在三十六路大手搏法中，名为双凤翱翔，非眼明手快、体轻气沉不可，然而外行家看来，却不免不见热闹。

某大员正看不出什么奇处，不想须臾之间，竟自舌拸不下。原来那紫、褐两少年早已四臂纵横，门户一变，这一阵背拦靠抱，拳脚纷纭，移步换形，风旋电掣。彼此间顺格逆拒，变化飞腾，须臾两团飙轮化作一片风气，飕飕飕着地乱卷，眩耀得某大员眼花缭乱。

便见南宫生哈哈大笑，一面价连连点头，因左顾白衣少年道："他两个近来武功倒也纯熟，黄鼎如何呢？为何单单他去寻什么剑虹娘？他功力未沉，总好务外……"正说着，猛闻紫衣少年喝声"着"，倏地人影一分，便见那褐衣少年往后便倒，只背脊立地分寸之间，紫衣少年一脚蹚去，褐衣少年却鱼跃而起，趁跃势双足一蹦，正迎来脚，但听啪的一声，两人都跌翻在地。这一招儿硬碰硬，名为日月合躔，两下里都有千钧重力，若哪个气力稍差，登时便筋挛腿挫，立中内伤哩。

当时紫、褐两少年爬将起来，余勇可贾，各不相下，方要摆拳再来，南宫生却拊掌道："你两个功力悉敌，不必再为较量。那会子较剑已毕，都还罢了，如今良宵大月，正好饮酒，吃完了明天咱再去取，没的便宜了那悭吝老儿。"

店翁听了几乎要笑，便见那紫、褐两人同声道："那会子较剑，黄兄一人敌俺两人，俺知道黄兄还有赤手夺白刃之法，吾师何妨命他试验一番呢？"说着，两人一搭手儿。

某大员不由暗惊道："这赤手夺刃，虽然古书上有如此说法，却也未可尽信，难道世界上真有这等武功不成？"于是凝神呆望，反将自己所事忘掉。

便见南宫生笑向白衣少年道："向坚便去演来。这曲终雅奏，倒也有趣，但须给他个简急忙溜快。可知老夫喉燥得紧，还是吃酒是大事。你们无端乱吵，赤手夺刃，倒触起俺十几年前的感想。"说着猛然站起，双臂一张，咯巴巴骨节作响，作个开弓式，哈哈大笑道，"俺那年随高阳公杏山之战，陷阵浴血，若不亏赤手夺刃的能为，哪里还有今日。俺至今恨煞那满酋只差毫厘之间，没被俺一把拉煞哩！光阴真快，如今想起来，竟成了古话儿咧。"

白衣少年微笑道："你老人家那次的军功告身都已押酒入肚咧，可知是古话儿哩。"

南宫生大笑道："所以俺说吃酒是大事。向坚快些下场，莫误大事。"于是从凳上提起双剑，和那白衣少年拔步入场，霍地寒光一闪，双剑怒飞，紫、褐两少年早已踊跃而进，分接一柄剑，趁白衣少年足势未稳，便已大呼突进，两柄剑翻飞上下，俨似双龙夭矫，登时将白衣少年裹入一片剑光中。

说也奇怪，但见白衣少年不慌不忙，赤手纵横，跟定紫、褐两人，风团儿似的旋转，从剑光霍霍之中，时露一拳半脚，便如神龙挐云，偶现鳞爪，倒引得紫、褐两少年前攻后取，忽合忽离，又如二龙戏珠一般，用尽身段，使尽解数，却休想一下命中。顷刻之间，三个人已绕场两周，觑得某大员目定口呆。

正这当儿，忽闻白衣少年喝声"起"，唰的声一柄剑凭空飞起三丈多高，剑锋一顺，明闪闪向下便落。紫衣人空手大呼，忙去抢接，只相去咫尺之间，势已来不及。原来，这较艺规矩，只要身不倒，兵器没落地，便不算输，所以紫衣少年忙去抢接。

当时紫衣少年心下一慌，一个箭步蹿上去，不先不后，只剑锋刚刚没插地之间，他飞起一脚，恰巧搭着那剑的护手。紫衣少年大喜，忙用软巧功夫，哈的声一运气，一跐脚尖，便如踢毽子招数中的"奔尖儿"一般（奔尖儿者，足后趾仅仅离地，力在足尖，猛力上绷），用力一挑。他原想挑起丈把高，然后从容一接，哪知剑护手既窄且滑，一挑没挑起，竟哧的一声横逸出去，一道寒光亮晶晶直奔大树。说也不信，偏巧某大员正在那里探头探脑，忽觉一股冷风，剑锋已到，只吓得一缩脖儿，大叫啊呀，但听铮然一声，剑锋儿立戳入树，扑嚓一声树皮裂掉，和那剑同落于地，接着扑通一声，某大员抖倒在地。这一来不打紧，便见那褐衣少年挺剑大呼，飞步抢来，不容分说，向某大员劈头便刺。正是：

深宵较剑觇奇士，空谷传声诧足音。

欲知后事如何，且听下回分解。

第四回

解京饷三侠取盗首
送部收一客显飞踪

且说那店翁见某大员一跤栽倒，正在忙着搀扶，忽见褐衣少年剑到，不由大叫道："慢着来，是我！是我！"

声尽处，南宫生等也都赶到，一看店翁正在撅着屁股，搀扶一位四方大脸的老翁。那老翁体格丰胖，百忙中爬不起来，一伸脚儿，却又将大花鞋子甩落。大家摸头不着，便索性连店翁都扶起来，一径地由夹道趸赴前院敞厅。

三少年侍立于旁，南宫生和店翁等宾主落座。南宫生向店翁道："你这老儿也作怪得紧。深夜来此，又引远客，为何蝎蝎螫螫地藏在树后呢？"又向某大员道，"先生尊姓？俺近些日屡去押酒，似乎曾见尊范哩。"

某大员尚未答话，店翁道："好叫南宫爷得知，此位便是京中大官某。"

南宫生冷然道："原来是位大官府。既蒙枉驾，俺也不说不敢当三字。当此良宵，吃酒要紧。来来来，便请入座，痛饮三杯。人的姓名本没甚要紧，咱彼此竟可以不必通名道姓咧！"说着，扠手站起，颇有逐客之意。

某大员见此光景，知南宫生是不羁之士，正怙惙请求的言辞，只见店翁道："南宫爷，你这性儿俺是不理会的。如今实向你说，便是这位老爷有点儿小事体托到俺跟前，前来求你老。实说俺答应人家咧。你愿意，也须算着；不愿意，加个更字，更须算着。我老汉百无能为，就是单能制服你。你只要酒虫不往喉咙外爬，便不答应俺这件事。"

南宫生大笑道："你这老儿，尽管发疯性儿唠叨不清。你若求我，自然好说。"

店翁道："可知是好说哩。"因指某大员道，"这位姓某名某。"

此语一出，不但南宫生色然而骇，便连三少年也都相顾吃惊。

南宫生拍手道："我的老哥，你早说明白是某老爷不结了吗？如今朝中只有某老爷堪称官府，但有驱策，只需吩咐，哪里说得到求字。"于是向某大员重新为礼，然后恭敬敬陪着落座。

某大员略一定神，便娓娓一述来意。

南宫生一面听，一面点头，双眸霍霍，只管上耸，忽慨然道："尊官只管放心，三日后俺当遣人送饷入京，不出旬日，便为尊官取得部收来如何？"

某大员且惊且喜，急忙称谢道："此去前途还有大盗郝大旗，须防他来做手脚。如需兵弁若干，下官当向县令商量。"

南宫生大笑道："县官兵弁若有用处，何致行旅戒途呢？郝大旗蕞尔鼠辈，不足置念。尊官若要他首级，俺便吩咐儿辈顺便取将来。"

某大员道："那么盘费总须用的，下官回头当去筹措送到。"

南宫生摇手道："这个越发不必。如今俺一诺既定，尊官但静听消息吧！良宵好月，不可辜负，快请吃酒是正经。"于是站起长揖，即便让座。

某大员不由目视店翁，店翁却微微摇首。不想被南宫生一眼张见，便大笑道："原来是你这老儿作怪。"

于是双手一分，将两人拖就客位，又向三少年道："你等快来参拜某老爷。这是朝中第一好官哩。"

三少年一声嗷应，登时罗拜筵前，慌得某大员拉扶不迭，一面道："君等都是豪士，快请同坐了，以便畅谈。"

南宫生道："小儿辈只宜行酒，尊官不必太谦。"于是目光一瞬，三少年便分侍左右，一面价斟起酒来。

宾主落座，吃过两杯，某大员这时才将三少年仔细一看。只见那紫衣少年面目森耸，瘦削脸膛儿，精神恬静，两道长眉几乎连成一字，生得七尺身材，形同松鹤；那褐衣少年却又是一种风度，生得短小精悍，五官紧凑，黑黝黝面庞儿，油而且亮，两道疙瘩眉，一双鲜眼睛，开合之间，闪闪有光，更衬着隆准薄唇，颊辅之间，恒蕴笑意；再看那白衣少年时，那气象却端厚得紧，同字身材，方面大耳，两道剑眉斜飞入鬓，虎目海口，高鼻重颔，从英光岳岳之中，却透着沉重敦厚。三人便如三株玉树，皎然临风，再衬着南宫生支离偃蹇，老气横秋。某大员当此之时，恍如身涉异境，不由停杯致问道："南宫君，你如此高致，不消说是当代大侠，但世乱方殷，国家求材甚急，足下为何甘自隐沦呢？老夫不才，自揣尚能荐贤于当途，便请见示生平如何？"

南宫生一听，不由拊掌大笑良久，慨然道："多谢，多谢！但俺放弃以来，无志用世，说剑饮酒，足了此生。如今国事，便是佛也救不得咧！俺方惜尊官偌大年纪，还在奔驰仕途，按理说，俺应劝您归隐才是，您如何反颠倒说将来呢？"

某大员愧谢道："聆君此语，愈见高致。那么足下生平何妨见示一二呢？"

南宫生笑道："那些陈迹，说它怎的？如今杯在手，月当头，难道尊官你就没些块垒，不用酒浇浇吗？"

店翁笑道："他人俺不晓得，俺心头便有个老大疙瘩，您快来浇俺一下子吧。"

南宫生笑道："你这老儿只知吃饱困觉，又有什么块垒需浇呢？"

店翁道："俺就愁着收你的许多废纸没处销发哩！"

于是宾主三人哄堂大笑，就这笑声里，三少年次第进酒，业已数巡，某大员料那南宫生来历有异，也不敢再问，便和店翁站起告辞。南宫生也不挽留，一面率领三少年送出庄门，直过溪桥，一面道："尊官回头便准备饷银起行，三日后，俺命儿辈自去料理。"说罢，拱手为别，即便回步。

这里某大员恍惚拔步，方趑出半里来远，却闻一声长啸，发于背后，迥若鸾凤之音，夜深山虚，清响四彻。某大员回头一望，只见那孝虎山庄静宕宕地浸在月明之中。

店翁笑道："这是南宫牛吃多了酒，又撒酒疯哩。时光不早，咱快走吧。"

于是两人循旧道一径趑转，既到店门，业已鸡声喔喔。

某大员有生以来没受过如此辛苦，到得室中，连脚上那双大花鞋也顾不得脱，即便倒头大睡，直至次日大午后，方才一觉醒来。先换上衣履，拎了那双大花鞋去寻店翁。不想刚趑到角门前，恰好店婆儿一脚迈出，两下里撞个正着。

店婆儿虽然上了年纪，但见了自己那鞋子，未免脸上汕汕的。哪知某大员更来得干脆，趁势恭敬敬递过鞋子，然后长揖致谢道："亏得尊嫂这双福履，增人气力，助人精神。俺昨夜闹了一夜，竟不觉乏哩。"

店婆儿听了，不好说什么，只得红着脸接过来，一面却肚内暗骂。须曳店翁趋出，两人便寻那解饷差官具说所以。差官一听，真是喜出望外，当时感激之状不可言喻。

不想这天傍晚，店中忽来了一帮北京的客人，一个个形容狼狈，行李都无，巴巴地质当衣衫，前来投宿，其中还有两人略带刀棍的微伤。店翁盘问他们，却正是在杜林铺地面被郝大旗手下喽啰劫抢了个一干二净。店客听了，都吃一惊。唯有某大员和那差官越发地心下怙惙，与众不同。

店翁便笑道："你二位不必多虑。南宫生是千金一诺的角色，他既应允，再不会失事的。巧咧，郝大旗恶贯满盈，腔子里的血该洗人家的剑锋儿咧！"

某大员听了，心下稍安。

转眼三日已过，南宫生处通没动静。这日巳分时，某大员正在店翁柜房中闲谈，只听街坊上行人乱跑，并且嘈杂道："大家莫乱，且探个底细。难道平日的就有大队强盗来攻城吗？"语声绝处，业已闻得远远的马蹄雷动，势如风雨之遽至。

某大员大惊，忙和店翁趋出店门一望，只见十余骑马早已泼剌剌当头跑来。

为首马上那人全身劲装，腰横长剑，正是那白衣少年。其余马上的人一色的帕首佩刀，精壮非常。再向后一望，但见密层层许多骑士分两翼衔尾而进，中有两骑，越众而前，电光似的飞到店门首，却是那紫衣、褐衣两人。

当时三少年翩然下马，先向后举鞭一挥，列定余骑，马上人纷纷跳下，控马卓立，肃然无声。

某大员惊定大悦，连忙拱手趋进道："壮士等多有辛苦，便请进店少憩，慢商起饷之策吧。"

白衣少年笑道："尊官出山后，俺们师尊便连夜知会山中团众，并加选拔，今已集得千二百人。饷在哪里？便请交付俺手，就此起行，不必耽搁咧。"

某大员沉吟道："整鞘饷银还须原来的驮骑同去吧？"

白衣少年道："无须如此，俺自有道理，但某差官解饷的公文须交与俺，以便抵京投递，领取部收。"

某大员一面唯唯，一面和三少年转身进店，先一看后面敞厅上堆的饷银。

白衣少年笑道："这只需分携，即便停当。"

于是紫、褐两少年复趋出。这里某差官方取出公文，由某大员交给白衣少年，紫、褐两人早已引了数十骑士纷纷并入，七手八脚先将饷鞘舁至院中，然后各抽佩刀，一一劈开。

白衣少年向众骑士道："你等便各自量力，分携饷款，轮替来取。一俟结束停当，然后起行。"

骑士等应诺，便纷纷随意取银，即行趱出，接着又来一班人。不消半个时辰，店院中只剩了一堆空鞘，望得店内外许多人无不骇诧异常。

其中有两个老客人便蝎蝎螫螫地凑向某差官道："你老今天将这些饷银交与这班人，这干系却不轻哩。你看他们雄雄实实，不像些大强盗吗？半路上他们一挤眼，唰啦啦四下一散，我的老哥，你只好咧着乖乖叫妈啦！"

某差官一听，真个心下有些打鼓，无奈这时箭将离弦，只得一挫牙关，任命去挣。当时便抛了两个淡嘴的老客，和某大员送白衣少年等直出店门，抬头一望，又是一惊，只见街坊上人马都无，并且两旁店肆忽然都关门大吉。原来千余骑一面携取饷银，一面出发，街众们见若干人马闹得烟尘乱抖，恐生意外，胆小的一家关门，其余未免盲从，所以顷刻间街坊都净。当时某差官见此光景，直然地言语不得。

白衣少年转身抱拳道："咱们十日后准这里相见。俺就此去咧！"说罢，和紫、褐两人攀鞍上马，各抖辔头，泼剌剌直奔官道。望得某大员拊掌大悦，忽一眼望见某差官的脸色，不由惊询其故。

某差官一述两个老客之话，某大员笑道："没事，没事。俺看那南宫生的确是隐迹大侠，不会有差池的。咱且登高处去望望他们。"

于是两人匆匆价趱出街坊，登高一望，只见官道上行尘涨天，一溜烟似的业已飞驰出三四里外，便如一标军马直趋京都。

不提白衣少年等解饷赴京，且说某大员和某差官从容趱转，这次街坊上却热闹非常。原来大家自惊自怪地闹了一阵子，见静悄悄地没事，也便次第开门，不由一处处攒三聚五，交头接耳，更有些好事的围拢在店门首探头探脑。后来，大家知得是南宫生遣来的人，方才放心散掉。

转眼间已过八九日，这时某差官屁股上便如长刺，坐立不安，外挂着足无停趾，每天总要到官道上张望两次，还是某大员镇静得多。

这天到十日上，店翁高兴，便拖了某大员和某差官也去官道上张望。恰值有两个行客各肩行李匆匆趱来。

一人道："喂，老五呀，如今京道上既然肃静咧，我看你这趟回来后，还是贩些京货到外县里卖卖，很得利哩。"

老五道："俺也是如此打算。这两年都是郝大旗杀千刀的盘踞在杜林铺一带，闹得商旅裹足，耽误人多少买卖。如今老天开眼，他也碰到岔儿上咧！"

店翁听了，忙笑吟吟向某大员一竖大指，然后迎上拱手道："二位客官莫非从京道上来吗？郝大旗碰着岔儿是怎么回事呢？"

客人笑道："如今郝大旗被人取了首级，盗党四散，至今那颗贼头还挂在大道旁一株高树上。俺来时，杜林铺当地人都说，五六日以前，有三个少年壮士领了千余人马经过那里，他们贼中探子眼睛也是亮的，一看那马足行尘，扬过人顶，便知是一注大镖项，于是急去报知郝大旗。大旗领众来劫，哪知那班人非常勇壮，两下里一交手，贼众大败，其中有个白衣少年，一骑马单战郝大旗，不消四五合，大旗便尸横马下。刻下这桩大快人心的事，京道上纷纷哄传，所以俺两人偶然闲讲。"说罢，拱手自去。

这里店翁等各自会意，好不欢喜。

次日，某大员绝早爬起。方一启室门，只见某差官业已在院中乱踱，但看浮尘上脚迹纵横，料他半夜时便爬起来，因这日已是十日以后，该有佳音来报咧。

两人相视会意，正在院中连说带笑，恰好店翁从角门内趿履而出，便笑道："像这种十拿九稳的事，您二位若胡估惙，少睡了觉，真是一百个想不开咧。今天就来，就有喜信儿。"

于是三人同到前面柜房中，相与闲谈，不知不觉早已消磨一日。傍晚时分，某差官从官道上闷闷地踅回，望得两只眼酸痒痒地流泪，却不见回头的人骑。某大员至此，不由心中也稍犯含糊。当时，某差官只愁得晚饭也没吃，自去歇息。某大员晚饭后枯坐一回，堪堪二更敲过，料想今天是没指望咧，便信步仍去寻那店翁闲话。

两人方在柜房中彼此落座，剪剪烛花儿，只听柜前扑啦一声，俨如飞鸟振羽，飕飕飕凉风射入，烛光微摇，便闻白衣少年拍窗笑道："幸不辱命，今取得部收在此。"说罢，窗棂间人影一晃，便有一角纸封从窗眼中塞将进来。正是：

有客悬心方切切，这番妙手识空空。

欲知后事如何，且听下回分解。

第五回

水月庵老僧救难女
颅骨酒大盗逞凶锋

且说某大员忽听得白衣少年语音，惊喜得咯喇站起，也不暇去看纸封，往外便跑。

偏巧这时店已关门，及至开得门，抢出去四下一望，早已人影都无。情知白衣少年去远，只得叹息踅转，和店翁拆开纸封一看，越发惊叹不已。原来纸封内正是一张户部的收据，部印粲然，上标年月日，再也不会是假的咧。于是店翁拊掌欢笑，得意到十二分，便如他的功劳一般。

当时便命人从睡梦中将某差官唤将来，一说所以，并将部收珍重交付。某差官这时唯有舌拆不下，连声感激。次日便谢过某大员并店翁，自领原来人骑鞑回原省销差，无须再表。

且说某大员办了这件痛快事，心下一畅快，臂寒亦愈，便和店翁商量，再赴山中面伸谢意。

店翁笑道："此举大可不必。您便是再去，那南宫生定然闹个逾垣而避之。老实说吧，他就瞧不起如今的纱帽头。若非你老官声素著，休说是求他事体，便是见他一面都不成哩。如今事体已毕，他如何还肯和你缠账？你但看他弟子来送部收的光景，便可知其用意了。"

某大员听了，不由爽然若失，只得嘱咐店翁，代伸谢意。即便料理登程，当晚置酒和店翁话别，不由叩问起南宫生的来历。

店翁道："俺只知南宫生初到这里时，业已五十多岁，骞驴袱被之外，还有押酒的那口长剑，游行城镇，只以卖艺自给。那时武灵山中盘踞着百余名强人，为首的姓何名理，绰号盖天王，是陕西流贼紫金梁手下的第一悍目。金梁被官军剿散后，他却窜到这里。这小子面目狰狞，力大无穷，简直地生铁弹一般，善用一口厚背大砍刀，挥霍如风，百十人近他不得。

占山以来，无恶不作。他却假意哄着山中居民，自居保卫之任，并立出什么贼条规，百里以内不许行劫，但是百里外他却任意价杀人放火。居民等没法儿，只得大家把出汗血钱，喂养这群生狼恶虎。

"不想日复一日，何理越发凶恶，杀劫之外，又添了淫掠，但遇美色小娘儿，便硬硬地抢入山巢。于是山民大惊，稍有财力的便悄悄移家，其余贫民只好在山中苟延残喘。那时武灵山中简直不像世界。您当是像如今的气象吗？您看送饷的千余骑士，都是从南宫生居山以来，才选拔山民训练出来哩。"

两人吃过两杯，店翁接着说道："俗语说得好，便是泥人也有些泥性儿。当时山民等耕种力作之余，先将上份儿供给群盗，一家儿吃糠咽野菜，还愁不饱，百忙中还须去当苦役，一不留神触怒群盗，便顷刻丧命。

"其时，山民中便有两个血性男子，悄悄地鼓励山民，意思想起义逐盗。哪知事机不密，被何理探知底蕴，这小子勃然大怒，登时凶性发作，并欲威服山民以惩后患，便大屠山民百数十人，并极恨那首倡之人，竟将那人的一片颅骨漆作酒瓢。从此山民等屈于猛虎爪牙之下，再也不敢发作。

"那何理虽然凶到极处，有时节淫杀得不耐烦了，还要寻个清净所在醒醒头脑，再高兴还寻和尚谈谈。因此之故，那武灵山中有座水月庵，便距苍水峪山口不远，他不但不去骚扰，还和那庵中老僧名叫湛然的很说得来。

"有一日夜间，老僧湛然梵诵方罢，正在禅堂里垂眉打坐，忽听外边山门擂鼓似的敲了一阵，接着有人大叫道：'湛师父，快些接进去，仔细看守。若有疏忽，仔细着俺家大王立取你的脑袋。'

"湛然一听，是常跟何理来庵的喽啰声音，不由骇诧非常，赶忙趋出，只刚将山门一启，火燎照处，早有一群喽啰一拥而入，其中两人各背一件挺粗大的被裹，急切间也望不清是何物件。湛然以为他们定奔禅堂，方趱行两步，想去引路，只听一个喽啰噪道：'这样宝贝若搁在和尚房中，恐有些不方便，须得静室安置方妙。'

"湛然听了，便引他们直入东厢，于是众人七手八脚地将那两人所负的大被裹稳帖帖安置于榻，即便一哄而出，一面吩咐湛然道：'俺家大王有两个人暂寄你处，你须好好照料。'说罢，拥出山门，一声呼哨，火燎腾处，又复奔向山口。

"这里湛然伫望半晌，料何理又是贪夜出掠，不由暗叹道：'俺近些日把那佛理果报之说警劝何理，他当时频频点头，誓戒淫杀，为何又去胡作？并且劫得两个人来，大概是他的什么仇敌，被他们一绳捆将来，这两人的性命也就好险哩。'一面怙惚，依然关了山门，先到禅房中取了提灯，想瞧瞧这两个遭难的人。不想方一脚踏进东厢，只听室内人嘤咛一声，接着娇滴滴长呼一口气。

"这一来湛然越惊，情知何理又要做入地狱的勾当。于是匆匆趋入，置下提灯，就榻前解开被裹一看，可不是一对儿画上似的人，都紧束双手，卧在那里。一个是十八九岁的大闺女，那一个丰艳无匹，却是二十四五的媳妇子。一见湛然，又惊又羞，只紧合双眸，簌簌地抖。

"湛然叹道：'你两个女菩萨落此困难，好生可怜。但是老僧虽可怜你，无奈……'

"那媳妇慨然道：'师父不必如此。俺今只求你大发慈悲，取戒刀来借与俺们一用。俺们落个身子不辱，便是死后也感激你的。'说罢，和那闺女一齐痛哭。

"湛然见状，十分恻然，踌躇一回，好生委决不下，因漫问道：'你等家在哪里？为何今日双双落难呢？'

"那媳妇道：'小妇人家住在饮马川，距此百数十里。夫家姓秦，这闺女便是俺小姑儿。不想今天早晨祸从天降，那何理从远处劫掠回头，路经饮马川，坐索饮食。小妇人一时大意，出门汲水，却被何理那厮一眼张见，因此连俺小姑儿都劫将来。那厮押俺们行近山口，又绕道去别处行劫，所以将俺们暂寄此间。不瞒师父说，俺秦家世代书香，清白门第，岂肯见污贼手。快请你借俺戒刀一用吧！'

"那闺女大哭道：'嫂子，你还借什么刀，便请这师父将咱俩一刀一个，倒也痛快。要死便快些儿，少时那贼倘撞了来，咱还求死不得哩！'说着，俊目一张，倒咯噔地止住泪痕。

"湛然忙道：'你们切莫想寻短见。如今俺便放掉你们，不知贪夜之间可有投奔处吗？'

"那闺女忙道：'有的。出这山口向西去，十来里远近，便有一处山村儿。俺姊家就在村中。'

"湛然道：'如此甚好，俺便领你出山。'说着，给她姑嫂两人解开缚绳。

"两人下榻,一齐拜倒在地。那媳妇哭道:'俺两人虽蒙师父搭救,但何理那厮怎肯和师父甘休,岂不是有累师父吗?'

　　"湛然尚未答语,那闺女忙道:'嫂嫂快走吧。依俺看,连师父都跑他娘的,反正咱家中有的是钱,不会照样儿盖座庙与师父住吗?'

　　"一句话倒招得湛然好笑起来,暗道,若半夜三更地一个闺女、一个媳妇拉着个老和尚跑,倒也是场笑话。便道:'你们不必管俺,俺自有道理。'于是更不怠慢,拎起提灯,即便引路。

　　"三人出得山门,湛然回手将山门带上,先隐住提灯,侧耳远听,但觉空山寂寂,万籁无声,料得喽啰们早已去远,于是披起衲衣,迈开大步,引她姑嫂两人一路好跑。且喜她姑嫂虽然是鞋弓袜小,一来是生死关头,二来是山村妇女纵然娇弱,却都惯跑路。当时两人四只小脚儿不但跑得飞快,并牵拉得老和尚倒有点儿微微气喘。然而这时湛然慈悲念切,虽在深山黑夜,只觉前路上明坦异常,尽力子奔去,毫不觉累。这就是心地光明,自增气力的缘故。

　　"须臾出得山口,幸得这夜是月之下旬,夜深上月。姑嫂两人谢过湛然,便匆匆去投她姊姊家,这且慢表。

　　"且说湛然做得这件好事,回到庙中,好不心下畅快。你道湛然为何毅然出此义举,竟敢将血海干系弄到自己身上,不畏何理呢?

　　"原来他不曾细想,竟将个兽性的大盗当作人看,因这些日何理听得湛然讲说佛法,曾自誓力戒淫杀,并且素日待湛然甚是有礼。湛然恃此不恐,所以将秦家姑嫂放掉。不想人虽救咧,自己倒几乎丧命。

　　"如今且说何理,次日下半晌,从远处劫掠回头,饱载而归。大家分赃事忙,也不暇去取秦家姑嫂。直至傍晚,何理这小子高起兴来,一面在巢中和群贼置酒高会,一面遣人去取两个美人,准备左拥右抱,席间作乐。

　　"这群强盗狗嘴里有什么正经咀嚼?大家便凑趣乱噪道:'那媳妇虽然俊样,究竟不如黄花女儿。大王娶那闺女做压寨夫人就够乐咧,没别的,将那媳妇赏给俺大家吧。咱们话先讲明,不许为这档子事伤了和气。咱是拈阄儿分先后,哪个他娘的要硬抢头水儿,咱是白刀子进去红刀子出来!'

　　"何理听了,一举颅骨酒瓢,哈哈大笑。正在得意,只见遣去的人匆匆转来,一言不发,呈上湛然一纸书札。群贼觉得蹊跷,便攒肩叠背地围拢来。只见何理瞪起牛卵似的眼睛,磕磕巴巴地逐字念道:

"'大王既戒淫杀，何得痴爱念起？老僧为尔解脱，羁鸟已归林里。急须忏悔皈依，佛法乃成欢喜。'

"何理胡乱念完拦路虎（俗谓不识之字也），有七八处字是别了好几个，至于书中之意，满不晓得。正待跳起来向来人发作，群贼中有个稍通文理的大笑道：'湛然这秃厮真把大王给冤苦咧。他竟敢擅自放掉两个美人，还叫您去当和尚受戒哩！'

"何理一听，只气得三尸神暴跳，耐着性细问使人，可不真是这么档子事，于是沉吟一番，反倒哈哈冷笑。

"次日那湛然方在佛前上了香，自持竹帚扫地，只听背后有人笑道：'湛长老，好一个忏悔皈依呀！'

"湛然回头一看，正是何理，满面赔笑地站在面前，却佩着一口短刀，还用红绒绳儿佩系着那具颅骨酒瓢，神色和平，毫无怒容，并且拱手自谢道：'俺昨天做错之事，至今后悔不迭，亏得长老放掉那两个女子，减俺罪孽。俺此来，一来谢过，二来还要在佛前誓戒淫杀，还望长老方便则个。'

"湛然一听，颇觉出其不意，然而见何理面色和平，也复心下稍安，便趁势让何理佛堂坐了，殷殷劝诫一番。何理唯唯，忽地手按刀柄，面上冷森森陡起一团杀气，顷刻间却收敛来，笑道：'俺今来誓戒，便连酒也要戒掉，以免将来酒后破戒，但俺未戒之先，却要痛饮一回。如今山口外村店中便有好酒，就烦长老去沽一瓢何如？'说罢，从腰下解了颅骨，啪的声抛与湛然，然后双手叉腰，挺然而坐。

"这湛然猛见颅骨凶物，不由激灵灵一个寒战，没奈何，只得拾起。

"何理喝道：'长老快去快来，莫误俺佛前誓戒。'说着，凶睛一瞪，竟将湛然偷瞧的眼光给碰回去。

"湛然不暇怙惙，捧定那颅骨瓢，匆匆便走。一气儿出得山口，直奔村店。到门前抬头一看，叫声苦，不知高低。只见那村店门儿关得结实实，上面贴了'此房出租'的帖儿。原来这酒店关门大吉咧。你想，湛然本是一戒行老僧，不比酒肉和尚知得哪里还有酒家，又搭着庙内一个大强盗急待饮酒，百忙中还不知他葫芦内卖的什么药。

"当时湛然心下着急，正在眼张失落地四下乱望，想别处去沽酒，忽闻蹄声嘚嘚，恰好一个五十多岁的伟丈夫拉着头骞驴儿大踏步踅来。驴子行装上斜束一柄长剑，还有个酒葫芦儿露着歪嘴。湛然见了，以为是江湖

上耍溜口、卖金疮药的朋友，便一面抹秃头上的汗，一面道：'借问居士一声，你这酒是从哪里买的？俺正在寻酒家不得哩。'

"那伟丈夫驻足将湛然面色仔细一看，不由噫了一声，一面目注那颅骨酒瓢，一面道：'好叫长老得知，俺这酒是从来途十里外酒家沽得。'

"湛然一听，慌张张拔脚要走，伟丈夫道：'长老且慢！你要用酒，便将在下这酒葫芦将去，也不值什么，但俺看你面色不正，仿佛是有什么大不了的事一般。再者，你一个慈悲出家人，为何拎着个凶煞人的颅骨酒瓢，也就够可怪得紧。'

"湛然叹道：'客官你不晓得，敝刹便在武灵山中，刻下大盗何理占山，客官想也耳闻。他如今拿此瓢命俺来沽酒，俺如何敢违拗他？'于是将自己放走被掠妇女并何理在庵中一番情形一说。

"伟丈夫一听，不由长髯飘拂，目光如电，大笑道：'何理这厮竟敢如此胡为，他有什么真心誓戒？长老，你既得罪于他，俺看你这一回去，凶多吉少哩！'

"这时湛然本揣着一肚子鬼胎，一听此话，只吓得面目更色，便战抖抖地道：'客官此话有理，但是他们党羽众多，俺一个年老僧人便想逃脱，也怕逃不掉哩。'

"伟丈夫道：'长老休慌，如今此贼遇着俺，算是他报应到咧！俺趁势为此方除害，也是一件快事。你今持酒快些转去，俺自有道理前去救你。'说着，从驴上摘下酒葫芦，递与湛然。

"湛然到此，也只有战战兢兢地称了谢，便奔回路。趑出几步一回头，却见那伟丈夫敲开一家店门，拉驴而入。这里湛然哪敢怠慢，真是一心似箭，两脚如飞，一路上屡屡回头，只盼那伟丈夫随后赶来，自己好壮壮气儿。哪知一条脖筋向后扭得生疼，也不见人的影儿。不一时，山门在望，这时湛然一颗心直要跳出嘴外，简直像赴杀场一般。

"他正一步懒一步地往前挣，只听何理喝道：'你这秃厮，好生急懒，须知老子喉燥得紧，就等你项血解渴哩！'

"湛然一听这口气，登时觉脊背上凉气嗖嗖，情知那伟丈夫所见不差，勉强抬头望去，只见何理剔起两道贼眉，圆翻一双怪眼，凶神也似的立在山门下，早翘首而待。

"他一摆明晃晃的短刀，指着湛然冷笑道：'你这秃厮既慈悲了人家，没别的，今天俺也须慈悲你哩！'

"湛然这时只得伪作不知,硬着头皮趸到山门。那何理冷笑一声,回头便走。可怜湛然两只脚简直地挪不动咧,方一手扶住门框,尽力子回头远望。何理大怒,突地掉转身,抓了湛然,直奔佛堂,方一脚踏入,早有两个壮健喽啰从佛龛后大步抢来,一个先去夺了酒葫芦儿、酒瓢,那一个趸至湛然身后,咔嚓一声将他双臂向后一拧。何理大笑,一回身,劈胸一把,先将湛然衲衣一裂至肚,那个夺酒的喽啰早打开葫芦,倾入酒瓢,半跪式献将上去。何理一脚踏住湛然,一俯身就酒瓢中咕嘟嘟吸了一口,然后伸左手将湛然心窝按了一按,随即挺腕,虚拢刀背,只那右臂攒力,刀锋儿离肚皮毫发之间,但听扑通一声,红光迸现,四人中倒了一个。"
正是:

　　　　杀机倚伏浑无定,佛地屠刀放转难。

　　欲知后事如何,且听下回分解。

第六回

武灵山大侠托高踪
苏州城三英入武社

且说何理因湛然擅自放掉他所掠的妇女，凶性发作，正要用刀划肚，生割湛然的心肝下酒，只右臂蓄势之间，忽觉眼前白光一闪。何理叫声不好，忙一侧头，但听扑哧一声，早有一个飞石子儿打入左眼。何理大叫一声，血流满面，顾不得疼痛，赶忙踹开身旁喽啰，从斜刺里一拧身，用一个苍鹰掠地式，嗖的声撞开一扇殿槅，跃向院中，脚尖儿方落地，便闻脑后嗖的金刃劈风的声。

好何理，委实不弱，只略一侧身，趁势反手一刀，只听锵啷一声，两件兵器火星乱爆，便闻有人大笑道："好强盗，真还有两手儿！如此越发饶你不得！"

这时，何理早已翻转身，先用刀护住面门，然后睁右眼急忙望去。只见来人有五十多年纪，衣冠朴实，凛凛一表，手提一把蓝莹莹、颤巍巍的长剑，大喝道："你这厮占山扰民，已经罪不容诛。今更要逞肆凶淫，杀人佛地。"

何理大喝道："你这厮是什么人？快些说来！"

那人喝道："杀却你这狗强盗，俺再通名不迟。"

何理大怒，一耸身，抡刀便剁。那人从容容展开长剑，不消顷刻，早将何理裹入一片剑光中。但见何理跳荡大呼，一柄短刀上下翻飞，气恨之余，又加着左目瞎掉，痛彻心肺，那股锐猛之气倒也十分厉害。无奈来人棋高一着，凡何理来的招数儿，还没变化出来，人家业已早走到他前头咧。

两人酣斗良久，何理本已堪堪不支，不想佛堂内一个喽啰悄地里看出便宜，赶忙挺镖枪在手，伏在殿门之后。趁两人追逐到殿阶之下，那喽啰觑准那人的后脊,一个箭步蹿出,尽力子一枪。只听嗖一声,那人凭空跃起两丈余,对面何理收脚不住,却扑哧一声,正中枪锋,直透后背。那喽啰用力过猛,拔枪未起这会儿,那人飘落身形,手起一剑,那喽啰就交一跌,也便了账了。

那人提剑大笑,方要跫入佛堂去看湛然,只听庙外远远的人语嘈杂,并夹着顺风呼啸之声。那人跃登殿脊,抬头望去,便知就里,于是一跃而下,倏地割了何理的头颅,提在左手,大踏步走出庙门,就一株白杨树下隐住身体,向外张望,只见西边山道上百余个壮健喽啰蜂拥而至,枪刀晃耀,火杂杂便扑庙门。原来那会子捉拧湛然的那个喽啰,见何理忽被人打瞎一只眼,料事不妙,便趁空儿从庙后墙跳出,直奔贼巢去告警咧。

这时群盗挤在山门外,虽然攫挲跳跃,却没一人敢闯然直入。乱了半响,通没做理会处。其中有两个黑大汉似乎是副头目模样,便噪道:"据喽啰报说,那人既伤了何头领,还居然敢对敌,一定不是弱茬儿。为今之计,咱给他个前后夹攻,快分一半人,由庙后打入。"

众人吵道:"对呀!"一声未尽,只听啪啪两声,两个黑大汉应声而倒。大家一怔之间,却张见一个石子从杨树后飞出。于是众人大呼,各举兵器,一齐抢来。

说时迟,那时快,剑光闪处,早由树后转出一人,左手拎着血淋淋一颗人头,正是何理。群盗见了,都吓得倒退数步。

那人喝道:"你等不知死活,甘心从贼,如今为何理到此,总还算有些义气。且待俺寄放下这颗头,再来较量。"说着,长剑归鞘,衔了人头,只略一怃身,双足不离原处,两臂一张,便如飞鸟振羽,嗖一声,跃起三丈多高。手足一蜷,早已抱住树身,哧哧哧,不消顷刻,早已直上树顶,就横柯上挂了人头,然后手移足随,盘旋而下。这一手儿名为平地升仙,纯是轻身使气的内功。

当时群盗惊得目定口呆,一个个塑在那里。那人喝道:"俺不滥杀你等,快回贼巢,少时听俺处置。"

于是群盗罗拜于地,纷纷跫转。这一来惊动山民,便有几位父老闻信儿赶来,一面价进庙去救起湛然,一面价问那人,询知杀掉何理的原委。大家惊喜之下,无不念佛,便一齐跟定那人,直入贼巢。一面分别遣散群盗,都令他立誓自新;一面搜刮巢中积蓄,交付父老,为本山善举之用。

那人处分已毕,就要跫去,山民们哪里肯听,便殷殷留住山中,从此那孝虎山庄才有南宫生的足迹。至于那人为谁，不劳作者来点明了。

当时店翁这一阵娓娓长谈，听得某大员只是出神。他飞过一杯与店翁润润燥喉，不由慨然道："南宫生真是奇士，但他住山以来怎的光景呢？"

店翁笑道："他有时乘兴出游，有时教人武艺，再高兴时，便是痛饮高歌，拔剑起舞，往往酒后拉开话匣儿。你听他谈起数年前的边塞形势并军垒战争等事，真是说得一朵鲜花似的，就像他身临其境一般。"

某大员沉吟道："俺看他颇有幽燕老将的气韵，或者当年从过军伍也未可知，但是你说那山口的石壮士是他留的手迹儿，却是怎么回事呢？"

店翁恍然道："噫，还是你老记性好。你看俺就忘掉说这故事咧。那是南宫生发放群盗，将那班人一总儿驱至山口，各给资斧，命他们明誓自新，还恐他们不知畏惧，特手举一块卧石，立向山口，向他们喝道：'你等如不自爱，便在千八百里外，俺也能飞剑立抉汝首！'

"当时群盗一瞧，那立石少说也有一二千斤，无不惶然，叩首誓为良民，所以南宫生又镌字其上，永镇此山哩。"

某大员听了，称叹不已，次日便别了店翁，自行赴都。

哈哈，作者说了半天，便如画龙一般，南宫生才现了一鳞半爪，至于那白衣少年一班人，还整个儿隐在云雾里。阅者诸公性急些的，未免心头闷了个大疙瘩，不知以上所述不过是本书开场的楔子，此后方入诸侠本传，且待作者来个倒插笔，慢慢叙来。

如今且说江南苏州府地面，有一家世代书香的黄姓人家。起先本是常熟县的名族，当建文年间，有位名钺的两榜出身，官居给事，为人恺悌惇厚，生平内行端谨，不欺暗室，后来殉了靖难之役。从此黄钺后裔便移居苏州，世居城中专诸巷，耕读传家，代有闻人。到得崇祯年间，却出了一位品学兼优的孝廉公，此人双名瑞符，有个胞弟名叫瑞清，有羸疾咳血之症，便分居在距城数里的邓尉山中，稍治农圃，借以养疴。兄弟俩孝友异常，自不必说。不想那瑞清三十来岁便自死掉，抛下的寡妻弱子只好仰赖瑞符。那瑞符成名之业已四十多岁，见世乱日深，便也无心仕进。

一日又当春闱之年，瑞符的同年生等不免此来彼往地来约瑞符北上春闱。瑞符的夫人安氏自然高兴异常，忙着治具供客。瑞符暗笑，落得且和朋辈们杯酒盘桓。

一连接待了两天宾客，安氏有时去窃听听，只闻得瑞符和朋辈们纵谈山水并诗呀、赋呀的，吵个不清，并不提北上赴考等事。

安氏暗喜道："他往年赴考都是头些日便如热锅上蚂蚁一般，这番从容如此，一定是自揣学力充足，稳稳将一名进士装在腰包里咧。"于是仍然高兴地治具。

瑞符家本清寒，向来是不问家人生计，这时安氏更不愿将柴米琐事烦扰夫子，只得暗典簪珥等物，以供宾客。不想过得几日，探得朋辈等都已赴京，只有瑞符便似没事人一般，依然地徜徉自适。

一日夫妇燕坐，安氏忍不住问道："如今春闱试期已经不远，咱北上的行装资斧还没预备，相公也该想个计较才是。"

瑞符笑道："娘子你好发呆。刻下这种年光，朝政不明，群盗蜂起，你还盼俺登第做官做甚？俗语云：'无官一身轻，有子万事足。'咱守着先人庐墓，缩了脖儿喝粥。趁俺精神尚壮，再补读几卷未见之书，好歹调教着向坚孩儿，做个性情中的子弟、乡里间的善人，无灾无难，以了此生，也便是咧。巴巴地去驰逐名场，倘一日侥幸选个近处官缺，还倒罢了，倘若选个边远省份，岂不是自寻苦恼吗？"

安氏听了，方有些不高兴，忽听街坊上一阵喧哗，接着人声乱喊："别打，别打，打煞是要偿命的！"

安氏猛闻便惊顾道："向坚没在家吗？"

瑞符也忙站起道："等俺瞧瞧去。"

正这当儿，只见一个老仆人飞步跑来道："主人快去！如今小相公正在对面施秀才门首和一个屠户厮打哩！"

瑞符一听，撒脚便跑，这里安氏便气愤愤一问所以。

老仆道："便是方才小相公在门首闲望，恰值南街上某屠户吃得醉醺醺的，跑来向对门施秀才讨要肉账。两人三言两语就口角起来，那屠户恃醉逞凶，张口便骂。施秀才本来厚道，只气得言语不得。俺家小相公见此光景，业已气得鼓鼓的，不想那屠户越骂越凶，竟骂到施老奶奶身上，所以小……"

安氏忙道："那孩子就是这莽牛性儿，见不得不识人伦的混账人。"于是挥退老仆，也便赶出。方一脚踏出大门，早见街坊上围了许多人乱喊乱劝，但听得打场内嘭嘭嘭拳头声响，便如捶牛一般，又听得瑞符大喝道："你这畜生，还不放手！你安家表弟这等拉劝你，如何还逞性儿？"

正说着，众人一声喊，忽地一分，便见个伶俐少年，只有十六七岁，一手拖了个披头散发、脸肿鼻歪的屠户出来。

那屠户一面跳挣，一面大叫："好打，好打！姓黄的小子，咱们是怎样说吧，官私两面，由你挑，咱老子怕不着你！"

那少年也不管他，脚不沾地价撮了他，如飞而去。

安氏方暗道一声惭愧，只见众人又是一声喊，眼睁睁见向坚虎吼而出，捻着两只拳头，东张西望。瑞符随后赶出，方要去拖他，只见人丛中挤出个朴实的少年，短衣戴笠，背着一条空米袋，一把拉住向坚道："阿弟，你怎的又逞性儿？你看，俺大妈（俗谓伯母也）站在门首，脸儿都气白咧！"说着，举手一指。

向坚随望去，登时悍气全消，笑嘻嘻拖着那少年直扑过来道："娘啊，俺阿哥来咧。"

安氏这时心头还在乱跳，急切间气不得舒，先狠狠地瞪他一眼。向坚拍手道："噫，噫，便是俺安家表弟，那会子也来咧。"说着，蹭近安氏，正要搀扶，恰好那伶俐少年也自跫转，已和瑞符赶到门首。

向坚见了瑞符，不由低头悚然。那伶俐少年却闪在瑞符背后，望向坚只管做鬼脸儿。

这一来不打紧，招得街众们都大笑道："真也有趣儿。那会子黄小相公打那屠户，便似生龙活虎，如今一见阿妈，又似奶哥儿咧。本来那屠户也该挨打，谁叫他辱骂人的父母呢？"说着，嘻嘻哈哈，各自散掉。

原来，这向坚便是瑞符之子，就是上文所说的白衣少年。当瑞符二十多岁时，结婚四五年了，邈无子息，夫妇未免盼子甚切。其时，江南普陀山香火甚盛，每年价朝山进香的男女十分热闹，据说是求财求子，十分灵验。依着安氏，便欲发愿朝山，虔祈后嗣。

无奈瑞符是个道学先生，哪里信这些事，便笑道："依我看，拜神求佛全然无益。人只要宅心忠厚、伦常无亏，是不会没子息的。"

夫妇一笑，也便抛在脑后。不想这年秋间，瑞符有位杭州的朋友，偶邀瑞符赴杭州去观那钱塘江潮。

这年秋潮特煞地盛旺，真是云垂海立，天地为青。瑞符看得兴致勃勃，便拉了友人，就江岸上茶肆中品茗小坐。这时茶客纷纷互谈风景。

有的道："潮起海门，到蒋侯祠下便回头的。"

有的道："潮头轰怒，是当年伍子胥的英灵在内作怪的。"

一片话夹七杂八，招得那友人匿笑不已。

瑞符慨然正色道："老兄莫笑。这些话虽是附会，也颇可劝忠劝孝。

不过，当年伍相国遭君父之难，处人伦之变，没法儿忠孝两全罢了。至今怒涛呜咽，焉知他不是自伤遭遇、千秋遗恨呢？"说着，竟自泫然泪下。

那友人见他痴气发作，正要换话儿揭过，只见一群游人各持香烟，从茶肆前趑过，一边道："今天向于祠内祈梦的，倒着实不少。"

那友人趁势搭话道："真个的哩，黄兄时常谈起没子息，今晚何妨向于祠内祈个梦呢？"

原来这于祠所祀的神道便是于忠肃公谦。于祠祈梦，无论你所问何事，总要给你个梦兆，现示不同，其中都寓妙解，是再灵验没有的，便如后来清朝正阳门的关帝签一般。那于祠祈梦曾有段笑话，甚是有趣。

有父子两人，当考试以后都去祈梦，问哪个能中。其父白困一觉，没得梦兆，其子却梦一白须老人指示道："你但向祠外沿湖岸东去，寻问王歪嘴娘子，她便知你父子哪个能中。"

其子次日醒来，果然一如神指，向湖岸东趑半响，好容易见一洗衣少妇正在柳荫下支颐歇坐，便贸然道："借问娘子，此间有个王歪嘴娘子住在哪里呀？"

少妇登时红着脸儿道："你问她做甚？"

其子道："俺问她，俺爷儿两个是谁能中。"

少妇嗔道："倒是操你娘的能中哩！"

其子被骂，不解其故，及至揭晓，其父果然高中。后来方知那少妇被当地土豪王歪嘴包占着，当时疑惑人去打趣她，所以开口便骂。

当时瑞符听友人之语，不觉触动心事，当晚去祈梦，却没甚兆示，只恍惚见金戈铁马，烽烟匝地，忽地清风起处，万象都杳，仰视天云中，却现出了斗大的个"孝"字。瑞符醒来，思索莫测，也便一笑置之。

哪知瑞符自杭回头后，为日不久，安氏居然怀孕，十月胎满，生下个孩儿。那落生的啼声且甚洪亮。瑞符大喜，不由触起那孝字的梦兆，因与那孩儿取名向坚，字之曰端本，无非是取希慕宋贤黄庭坚的孝行，并孝悌为人之本之意。这也不在话下。

单说这黄向坚长到八九岁上，端的身体魁梧，并且有天生勇力，同岁的孩儿们和他玩耍，没一个不吃他的亏。他有时顽皮起来，便提几十斤重的大石块堵了后园门，拘得一班孩子们哭哭叫叫，总须瑞符夫妇去喝止他方才了事。这其间许多淘气的事就不必说了。

这时瑞符还是秀才教学的生涯，同塾的学生只有向坚和两个学生最跳荡顽皮。一个便是向坚舅舅之子安觉民，只小得向坚一岁，便是那拖走屠户的伶俐少年，前文所述的那紫衣少年就是此人；一个却是安徽霍山人氏，姓黄名鼐，和向坚年岁相等，因他叔子黄朝奉在苏州经商，黄鼐父母亡过，来依阿叔，所以也在瑞符学塾读书。

这黄鼐更为活泼，并且形容秀美，一张嫩脸便如粉娃娃一般，同学都戏呼他为玉美人，却就是举止轻佻，性儿流走，在学塾中聪明是属他，顽皮起来也属他。他和这个好一场，转眼就翻脸，又和那个好一场。

安、黄两人也都好抢拳舞脚，所以和向坚最合得来。瑞符有时偶然出塾，你看他三个顽皮起来好不热闹，指挥群儿分作里国兵、外国兵，各持秸杖，一般地冲锋交战。但是领那外国兵的总是黄鼐，若推向坚去做，他死也不肯，反提着拳头，睁眼喝道："俺好好大明国民，为甚去做骚鞑子呢？"

招得街众们都向瑞符笑道："你老这书塾还不如改作武塾，倒合局势。"

瑞符吃人打趣，便狠狠将向坚等责饬一顿。无奈他三个天生好武，仍然地私自跳荡。

这时苏城中很有几个拳师，教着一班花拳绣腿的纨绔少年，名为南强武社，分东西两处。东社教师名叫李通，是个边镇上的退伍军官，绰号射雕手，教着一班富家子弟，未免趾高气扬，端的好体面架子，门首是气象阔绰，兵器架上诸般刀剑耀眼增光；那西社教师却圆和异常，名叫镇南州崔化凤，是个年老镖师，教着市井子弟。论起两人的武功，都是稀松平常，挡怯眼的勾当，然而无佛处称尊，又搭着一班子弟们无非是凑热闹、趁高兴的事，也没人真讲什么武功，却是那虚浮自矜的意气都冒得丈把高，背地里互相菲薄，东西社中子弟们偶然相遇，往往乌眼鸡似的，掉臂径过。

那黄鼐却三不知地先到东社中，想要入社。不想李通白不偢睬，那黄鼐大怒，便暗地里纠合了向坚等，各持素常玩的水唧筒，内装秽水，趁月黑之夜，分伏在东社门首。黄鼐却趴在一株大树上。不多时，提灯一闪，李通踅出，只听咕叽一声，两股臭烘烘的秽水由左右射来，闹得李通浑身淋漓，正在张皇愕望，又有一股秽水灌顶而下，便闻黑暗中一阵乱跑，还有童子匿笑之声。黑夜间无从查看，李通也罢咧，不想次日由门外草地里寻着个坏裂的唧筒，有人认得是向坚的。原来向坚力猛，一下子弄裂筒儿，便随手丢入草间。于是李通寻瑞符大闹一阵，累得瑞符赔罪不迭，呵责向坚自不消说。后来察知是黄鼐作怪，除自己责打他外，还命他叔子黄朝奉狠狠打了他一顿。这一来，黄鼐将个李通算黑上眼，便一声不响径入西社。

　　他本是绝顶的伶俐，不消几日便已会了许多拳脚。向坚、觉民瞧得眼热，便一齐入了西社。起初瑞符还加禁止，后来禁他们不得，又因世乱方深，会些武功正自有用，也便不去管咧。但是向坚等读书却不约而同地都是略观大意，其中能耐心学习举业的，便是黄鼐。

　　瑞符尝叹道："黄生才气有余，颇有不羁之势，若不辅以学养，就怕将来会泛驾偾辕哩。"

　　黄鼐听了，却暗暗自喜，从此和向坚等同塾三四年，不知不觉黄鼐却闹出两件事来。正是：

　　　　慢诩才如不羁马，总输品似后凋松。

　　欲知后事如何，且听下回分解。

第七回

闹武社向坚挨大杖
觇密约黄鼐戏痴儿

且说黄鼐等自入西社，端得武功大进。崔化凤虽也是江湖派的武功，然而他当年保镖为业，遨游南北，论起眼界，总比那颓唐老营混子李通强得多咧。一切稍高的拳脚他虽做不到家，说来却原原本本。又搭着向坚、黄鼐、觉民三个人都有悟性，并富膂力，少年人眼明手快，凡经化凤略为指点，他们就能自悟许多，因此三人在西社中铮铮有声。东社中一班子弟未免愧妒交并。大家不知李通是空架子、纸老虎，便有人撺掇李通和西社定期较艺。那李通是个老滑头，一来自觉无能为，二来他是哄着一班阔大爷混饭吃的勾当，如何肯无端去栽这硬跟头？于是只装作不屑与较的样儿，花说柳道地将一干茅包少年好歹按住。西社中人探得这个消息，越发地扬扬得意，每遇见东社中人，未免有些俯视一切之慨，两下里火头儿越积越大，堪堪一碰就着。恰好这当儿来了个点火线的。

一日，黄鼐偶然备酒独步街坊，只见有一处围拢了许多人，不住地连连喝彩。

黄鼐趸去挨人人丛，一望却是个卖艺的汉子，正在那里上托天、下拔地地走练拳脚，一面侉声侉气地道："会看功夫的看门道，不会看的看热闹。俺山东人玩功夫是实打实摔，不会求人靠面子。您看着值呢，多少帮助俺些；不值呢，哈哈一笑，咱卖个力气人缘儿，这就叫既到龙门，就须跳浪。诸位上眼瞧着吧！"说罢，啪的声一跺脚，拉开身段，真打了个龙争虎斗。

黄鼐见了也没在意，忽见人丛高处站着一人，只是微微冷笑。黄鼐见那人是东社中人，赶忙一隐身，躲向人背后，略一沉吟，早已瞧科三分。

那汉子打罢一套拳脚，向众人一躬到地，方说得"见笑见笑，随意乐助"两句话，忽见众观者纷纷走动，便是趔趄着脚儿没动的，也都微微含笑，却没一人抛半个老钱。

那汉子见此光景，那股火头儿就大咧，因拍胸道："诸位这就不对咧。俺学艺不精，诸位尽管当场指点。有钱的结个财缘，没钱的帮个场儿。若这么暗含着塌人的台，便不够朋友了！"

众人听了许多时光，登时都注向人丛高处。便见东社中那人大喝道："你这厮既走江湖，如何眼也不睁，难道你不晓得南强东社吗？便许你这般没礼数，俺看哪个混账人敢给你钱！"

原来那南强东社武功虽平常，却单好矜意气、摆臭架子，所有江湖艺人等凡到苏城，先须去拜谒款洽，然后方许作场。这个卖艺汉子初到此间，不晓得此例，所以一下子便已弄僵。

当时那汉子自揣强龙难压地头蛇，长叹一声，便要收场趄去，忽闻背后有人笑道："老兄慢走，这里有个混账人偏要给你些混账钱哩。那自称不混账的且叫他去咬俺的鸟！"声尽处，趄过一个漂亮少年，笑吟吟瞟着人丛高处，手拈两锭碎银，竟自塞入那汉子衣袋中。

众人一望，那少年是西社中铮铮有声的黄鼐，料今日有场快活拳头瞧瞧。凡大邦之地的人，都有一种说不出来的凑趣兴致，单爱坐山观虎斗，何况东社中人只管臭美得过火，本来犯了众恶，于是大家一挤眼，登时暴雷似的一声喝彩。

这一来不打紧，只听人丛中大喝道："打、打、打！"

顷刻嗖嗖嗖跳过三四个东社中的少年，不容分说，向黄鼐蜂拥攒击。原来东社中人本混进来想暴打那卖艺的汉子，今见黄鼐来撅他们的尖儿，登时迁怒。

黄鼐哈哈大笑，只双拳一摆，旋风似的卷入敌人中，指东打西，蹿上耸下，不消半盏茶时，只打得东社众少年跌跌滚滚，一个个鼻青脸肿。

那卖艺汉子瞧得眼热，方一抡胳膊，要寻那人丛高处那人，只见一人如飞跑来，大叫道："住手！住手！都是自家人，这是何苦呢？"

众人望去，却是西社教师崔化凤，背后面还跟着个威风凛凛的少年，向黄鼐拍手道："黄兄只管打，咱西社中的怕不着他。"

化凤赶忙喝道："向坚，快住口！还不去搀起人家！"

这时，黄鼐也便笑嘻嘻敛手而立。化凤向东社中众少年连连赔礼。众少年没奈何，只得忍气，大家唱个无礼喏，一哄而散。

原来化凤听得街众们报说黄霔折服东社,所以领向坚前来排解,当时化凤略斥黄霔数语,也就将此事抛开。不想哪庙里都有屈死鬼,这事哄传开来,都说黄霔、向坚折辱东社。瑞符知道了勃然大怒,便一迭声地唤了向坚来,不问情由,登时一顿大杖。安氏闻信,忙赶来劝。

瑞符气吼吼地道:"娘子不必姑息!他这样好勇斗狠的孩子,如何不加惩治?"

安氏一看向坚没事人似的,因恨声道:"你这孩子,空念回书,怎的连'大杖则逃'的道理都不省得?倒实拍拍卧在此,和你父亲较劲儿。"

一句话没说完,只见向坚放声大哭,赶忙跳起来,拔脚要跑。这一来倒招得安氏扑哧声笑了,便命他谢过瑞符。瑞符叹息一回,便向安氏一说向坚折辱东社之事。

安氏惊道:"咱们居乡,累世是端谨之风,你这孩子如何轻言意气,开罪乡里呢?"

向坚逡巡道:"如何娘也不晓得?那天打东社中人却是黄霔哥,俺只和崔教师去解劝来。"说罢,泪下不止。

瑞符诧异道:"既如此,你如何不早说?"

向坚哽咽道:"俺恐黄霔也遭嗔责哩。"

瑞符暗道:"此子心地倒特煞地厚。"思忖间,见向坚仍揾泪不已,笑道:"俺虽错责你,难道你还怨怼为父吗?"

安氏也道:"孩儿呀,快不许如此。"

向坚急道:"俺这里自恨没逃大杖,无端地惹父母生气,如何是怨怼父亲?"

瑞符一听,不由怒气全消,百忙中向安氏点点头儿,便登时要去寻黄朝奉,想削去黄霔弟子之籍。亏得向坚母子竭力劝止。黄霔知得了,居然驯谨了好些日子。一日,他和向坚、觉民谈起此事,说到拳打众少年,不由眉飞色舞地道:"这件事老师虽不喜欢,俺到底屈辱了李通的面孔,总算出口鸟气,却有一件不当,反叫向坚老弟误挨一顿打。"

觉民笑道:"你总是火杂杂的性儿。东社中没来撩拨咱,咱为甚自己先动呢?老子云:'知其白,守其黑;知其雄,守……'"

黄霔大笑道:"你别怄俺啦。俺知你偷偷摸摸好看这些老子啦、庄子啦的书,你再着魔,怕不成了老比丘吗?"

原来觉民为人天性恬静,自小便爱独坐独游,或倚楼望云,或临流戏水。人家寻他去，他便玩耍；人家不寻他，他便独坐。往往大家玩到热闹当儿，舍不得散场，唯有觉民撒手便去。更有一桩奇处，是落地一声哭后，永远不会撒酥儿（俗谓哭也），终日怡然，竟有些行云流水的意思。最好的是霜钟清磬，钟不便置，便拿磬儿当玩物。他不但游戏如此，便是读书习武功也是随随便便，通没少年人好胜之气。

当时三人谈笑一回，依然地读书习武。

也是黄鼐缘法当去。一日傍晚时光，黄鼐在塾中读得有些闷倦，便信步踅至塾后一片竹林中，徘徊自适。

这塾后除竹林、菜圃外，还有许多槿篱茅舍的人家，鸡犬相闻，颇有村庄气象。这时暮霭霏霏，炊烟四起，黄鼐独步竹林中，方望得有趣，只见一个飘巾艳服的男子，由斜刺里小道上探头探脑地匆匆踅来，一径地奔到一家门首，徘徊四望，觑得没人，径趋到一株桐树跟前，用力摇那树。

黄鼐方暗笑偌大一个人却这般孩子气，忽见那家门儿一启，登时遮遮掩掩闪出个小媳妇。家常打扮，浑身儿堆着俊俏，先向四外一溜眼光，然后向那男子抿嘴一笑，随即用手指指天上，又伸了三个指头拍打声，门儿一掩，竟自翩然而入。再望那男子时，也笑眯眯低头自去。黄鼐见状，恍然知是男女幽期之事。这时他情窦初开，又搭着他天性流动，况且自折服东社以后，黄鼐意气业已盛到十二分，不由心猿大动，自语道："今天这机会，却不可当面错过。那媳妇向天三指，明是约期在今夜三鼓，且待俺届时伏在这里，先捉弄住那男子，再替他径去赴约，料那媳妇子也不敢违拗于俺。"想得得意处，不由伸起三指，只管在林中来回大踱。

正这当儿，只听背后有人笑道："好不害羞！你没的钻在这里瞅人家小娘儿做甚？"

黄鼐回望去，却是向坚，还将指头儿削自己的脸。原来这时向坚只有十三四岁，还是一团浑然之气。

黄鼐笑道："你懂得什么？俺在此闲踱，哪个去瞧小娘儿？"

向坚道："噫？俺在你背后瞅了半天了，方才你还自言自语地要替人家赴什么约，想是很好玩的勾当，你不挈带着俺去吗？你不告诉俺，看俺与你禀老师去。"

黄鼐听了，一来着忙，二来因向坚浑沌沌的，忙笑道："等我告诉你，你却不许说与别个。方才那踅去的男子暗含着约定那媳妇今夜三鼓时分，两人说回体己话儿。俺见那媳妇怪有趣的，想到那时捉弄住那男子，替他

48

去说回话。就是这点子事,老弟听明白啦?"

向坚沉吟道:"这也怪咧,你和人家陌生的媳妇子去说什么话呢?并且是替人家去谈话,难道趸去的男子嘱咐你替他说吗?"

黄鼐一听,只乐得打跌,便道:"我的老弟,你真怄人。今实对你说,俺这一去,就是要和那小媳妇好一下子。"

向坚愕然道:"怎么叫好一下子呢?难得她也会玩拳脚吗?"

黄鼐揉着肚皮,忍笑道:"对,对,咱且散吧。"

向坚大悦道:"这倒有趣。一个媳妇子也会拳脚,等你和她好下来,也领俺去和她好一下子。"

黄鼐大笑,便和向坚趸出竹林,自行取路回家,准备着身赴高唐,这且慢表。

且说向坚转回书塾,业已上灯时分,和同学们习过一段书,瑞符便拈一题目,命他们作文儿。偏巧是个理境题,向坚哪里弄得清爽,正在着急,只见同学们业已飒飒起草,向坚越忙,竟闹得大汗满头,便搁笔趸向安氏房内,灌了两碗清茶,杀杀火气,不由噘起大嘴,嘟念道:"好晦气!今晚这个题目弄不清爽,偏偏黄鼐哥又家去了,不然问他个讲解也好。"

安氏道:"黄鼐没在塾中吗?怎的荒了夜课呢?"

向坚失口道:"他只惦着和人家的媳妇子好一下子,还有空儿上夜课吗?"一言方尽,只见安氏直站起来。正是:

憨言竟揭狂且秘,奇语翻劳阿母惊。

欲知后事如何,且听下回分解。

49

第八回

老书生打破高唐梦
小兄弟饮饯要离坟

且说安氏猛闻向坚说这等市井混账话，不由站起来，且惊且怒道："好孩子，你说什么？"

向坚忽见母亲声色俱厉，不由怕将起来，便道："这是黄鼐对俺如此说。他今晚要和人家的媳妇子好一下子，他还许俺去好一下子哩。"

安氏唾道："你这孩子还胡说！等我揭掉你的皮！原来你等暗地里不学好，这还了得吗？"

向坚茫然道："这有什么不好的呢？"

安氏喝道："你知怎么叫好一下子呀？"

向坚道："俺怎不知？黄鼐说得明白，他说好一下子就是打拳脚哩。"说着，没事人似的往外便走，招得安氏又怒又笑，料想黄鼐成日价鬼头鬼脑的，这其间定有缘故，于是喝住向坚，一问其故。

向坚迟疑道："俺已应了黄鼐哥，不和人说他这事。若说了，岂非失信吗？"

安氏道："糊涂东西！为娘岂比他人！哪有孩儿有话瞒娘的呢？"

向坚道："娘说得是，但是娘知道就是了，可不许再向别人说啊！"于是一字不剩将黄鼐要捉弄男子等事和盘托出。

安氏听了，大吃一惊，便吓向坚道："这不是好事，你快去作文，并将你父亲请将来。"

向坚摸头不着，只得去请瑞符。自己方在位儿上写了两行字，只见瑞符沉着脸儿踅回，一言不发，便命一学生去寻黄鼐。

须臾，黄鼐踅进，一望瑞符面色，便觉不妙。

瑞符开口道："明天咱这学塾须歇课几日。今有两篇文字，你须今夜作好誊清，以便俺便中改正，作毕之后，你就宿在塾中吧。"说罢，写了题目抛与黄骉，竟自拂袖而出。

黄骉拈题一看，登时塑在那里，不由面红过耳，汗下如雨。

大家瞧他神情儿有些诧异，争去看那题目，却是"戒之在色"，并一个截上小题"行矣"两字。大家不晓就里，还一个个摇头咂嘴地道："这两个题目平头正脸，比俺们那枯窘沉晦的理境题就好办得多了。拿黄兄如此大才，怎么见了题至于出白毛子大汗呢？"

黄骉听了好不难受，情知自己那悄秘之事被瑞符晓得了，这两个题警诫他还不算，竟大有摈之门墙之外的意思。当时心乱如麻，还亏他才思敏捷，居然胡乱成篇，既至誊清，业已鸡声喔喔，不但高唐梦没做着，便连寻常梦也丢掉，白白熬得头昏眼花，只得一溜烟跑回家去，倒头便睡。

不想没过得一天，瑞符辞师之柬早已送来。黄朝奉莫名其妙，便问黄骉道："你怎的得罪你老师？为何忽然不要你这弟子呢？"

黄骉没的说，唯有暗恨向坚。过得两天，恰值黄朝奉苏城生意不甚得利，想趱回霍山另做营生，因此之故，也便搁下此事。

那黄骉和觉民，一个是流动性儿，一个是冷静性儿，虽然同学们热剌剌地散掉，却都不理会。唯有向坚，自黄骉出塾后，便似心头上掉了什么一般，偷空摸空便到西社中寻黄骉谈天。

黄骉未免抱怨道："准是你口头多话，向老师说俺和那媳妇子好一下子的话来，不然老师怎除掉俺呢？"

向坚急道："哪个向老师说你便是乌龟！俺不过向俺娘说来罢了。哪知她老人家更盛不住话，当时请俺父亲进去，想是学说此事来。但是咱在这社中成日价玩拳脚，老师也没生过气，怎的一听你要和那媳妇玩拳脚便生气呢？"

黄骉听了，只好大笑。

那向坚过了两天，究竟闷不过，便向觉民一说这段事。觉民恍悟黄骉被逐之由，当时大笑，便附了向坚耳朵低低数语。

向坚大跳道："该死，该死！原来好一下子是这么回事呀！俺还真当是玩拳脚哩。走，走，咱们快去嘱咐他，这等事是干不得的。"

觉民笑道："多一事不如少一事。反正他要随叔子回家，不必去管他啦。"

向坚叹道："好端端的，他就要去了。"于是垂头耷脑，十分闷闷。

觉民笑道："你怎的这般呆滞？天下事都如此恋栈起来，有的苦头你吃了。人生一世，本是偶然，何况区区聚散，便如咱两个，能够永远不离吗？"

向坚知觉民性儿冷静，便不理他，自寻黄鼐谆谆劝诫一番。黄鼐深自引过之余，不免也动离群之感，因黄朝奉不日便携家回籍，便和向坚、觉民逐日价快聚畅谈，有时还联袂出游。西社中少年们知得黄鼐要去，也便连日价整治酒榼，追随作饯。

苏州左近本多胜地，什么虎丘啦、邓尉啦、吴王姑苏台啦、西施采香泾啦等许多好玩的所在，大家足迹都各个踏遍。这一班意气少年，倒也倾动一时。

过得数日，黄鼐启程在即。

这日西社少年等便约了向坚、觉民，携樽提榼，群饯黄鼐于城外要离墓旁。这所在长林映带，趁着一片平芜，北望则雉堞参差，南眺则平原阔莽，左挹支硎山，右临枫泾。那西南角上距要离墓百步之遥，却有一处竹树萧疏，碧草芊芊，中有一墓，隆然而高。前有短碣，大书曰：汉高士梁鸿墓。相传梁伯鸾隐迹吴门，为人赁舂，没后便葬于此。这两座古墓，一为断臂的大侠，一为五噫的高士，落落千秋，死后为邻，倒也相映成趣。

这时深秋天气，风高日淡，一行人便穿林拨草，就两墓之间浅草上置下酒榼，随意价席地而坐。大家饮过数杯，彼此相看，都有些惘惘惜别之色。

正这当儿，恰好一群征雁从辽空嘹唳而过。

一少年便叹道："咱们只管吃别酒，明天黄兄一去，不让这群雁儿笑人吗？"

大家听了，不由一阵唏嘘。

黄鼐笑道："诸兄别做此态吧。古语说得好，壮士虽有泪，不洒别离间。诸兄这般恋恋，没的招得向坚弟要哭咧。"

一语未尽，果见向坚泪眦莹然。那觉民却白眼看天，箕踞而坐，欣然自饮一杯，竟对着秋空云物舒啸起来。遒音远被，林木为摇。

黄鼐拍手道："如何？都是诸兄做此儿女态，招得他两个哭的哭、啸的啸，闹得俺这当儿也有些不得劲儿，等我来舞回剑壮壮气吧！"

众少年拍手笑道："妙，妙！俺们只顾惜别，把这件事竟忘掉了。黄鼐兄远别在即，如何不舞回剑以识别意呢？日后倘风云际会，鹏抟万里，今日舞剑便是绝好的一段名人逸事。再到了作书的笔下，又是绝好的书料哩。"

原来黄鼐平日价信口大言，很以建功立名、驰骋时会自负，所以众少年便凑他趣儿。

黄骦大悦，霍地跳起来，略为扎曳衣襟。

一少年从仆人手中抽出捧剑，方要递过去，只见觉民微笑道："你们鸟乱的什么际会啦、万里啦，好不厌气！"转向黄骦道，"老哥，你竟敢在此舞剑，好大胆子呀！他老人家一高兴，冷不防地钻出来，给你一只残疾胳膊，就够你受的哩！"说着一指要离墓。

黄骦大笑道："没事没事，别说是个过了时的残疾鬼，便是过了时的活龙，俺也不理会它。依俺看，你躲开这里，且和那位老先生瞅笑面去吧。"说着也向梁鸿墓一指。

大家见了，不由大笑，便连向坚也破涕为笑，踊跃站起。

这当儿黄骦早接剑在手，倏然一挫步，飞趋广场，猛一旋身，一摆剑，放开门户，便前超后耸地舞将起来。须臾舞到酣畅处，势如风雨，但见一片寒光，闪闪霍霍。

众少年喝彩不迭，一人大赞道："咱苏州剑派真不含糊！将来黄骦兄走到哪里，千万别将剑法传人。"

又有一人道："你不须多虑，黄骦兄精灵煞人的，如何肯轻易传人？就怕向坚兄厚道得过火，他要走到哪里，哪里若是遇着对劲儿的人，便没准儿啦！"

众人听了，居然一阵啧啧咂嘴，似乎惜虑不置一般。这时黄骦业已舞罢，目视众人，十分得意。

觉民微笑道："你们脸皮也特煞地厚，如何只管与黄骦哥戴高帽儿，令他自满呢？俗语说得好，长到老，学到老。咱自己略晓武功，只在苏州巴掌大的地处叫个响儿，算得什么？俺方虑不得明师增进武功，如何就虑到传人剑法呢？"

众人不服道："俺们不信别处还有比咱苏州剑派强的。若想再强，只好向河南少林寺去啦！"觉民大笑道："哪里没有奇人异士，你们就这般看死煞了。"

大家只顾乱吵，却不见向坚。一少年四下一望，忽然拍手惊笑道："哟，哟，你看向坚兄是怎么了？"众人望去，不由一齐大笑。正是：

英雄契感无古今，凭吊苍茫见性情。

欲知后事如何，请看下回分解。

第九回

陈辩论凭吊英雄
为酒食勃豀姑妇

且说众人望见向坚独自在要离墓前徘徊太息，对着那一抔黄土，竟自揾泪不止。

原来向坚见黄鼐舞剑为别，踊跃纵观之下，不知不觉又生别离之感，便索性踅向墓前，想自己静一会儿。不想这当儿西风萧瑟，落叶如潮，那向西的残阳斜挂，淡微微地照在墓上，使人增加无限感触。

向坚本是富于性情的人，暗想要离当年那片精诚侠气，真可飞虹贯日，然而到如今，也只落得一个土馒头。想到这里，竟痴怔怔呆了半晌，倒把一腔离绪抛在脑后，就对着地下这陈死人洒起泪来。

当时大家一哄而前，硬生生将向坚拖转，就势大家席地落座。那柄剑自有仆人收去。

大家举杯道："向坚兄真也好笑，不来看黄鼐哥舞剑，却到那里去徘徊流泪，难道真个怕他老人家伸出残疾胳膊来吗？"

向坚道："你们胡吵的是什么？这要离使人钦慕的就在不计成败利害，径情直往，行其心之所安。你看他勇不如公子庆忌，至于断臂求伸，却卒能成功哩！"

大家听了，方在点头，只见黄鼐拊掌道："俺看要离却是只大大的呆鸟！明知公子庆忌勇力绝伦，为何去以卵击石，自送性命？再者，凭自己一身材武，又当列国纷纷致士之时，正大丈夫趋时审势、建树功名的当儿，却没来由大材小用，和人去拼命。若是俺当他，公子庆忌既放掉不杀，俺便不客气跑他娘的，为何又自己死掉呢？"说罢，举杯一饮而尽。

觉民笑道："你两人各有见解，都也言之成理，但依我看，古人已往，都成陈迹，你们还对他的空空遗蜕只管嚼蛆，这才是一对儿大呆鸟哩！"

众人听了,拊掌大笑,于是欢呼畅饮,尽兴而散。

次日,黄鼐去叩别瑞符,瑞符又勉励了许多言语,便随他叔子黄朝奉自回霍山。这里向坚等依然地读书习武。不想东社中人觇得黄鼐既去,以为是没了健者,便渐渐地试肆欺侮。向坚大怒,就要血淋淋地定期决胜,亏得被瑞符晓得了,痛责一番,将一场麻烦好歹按下,将个安氏愁得什么似的。

瑞符道:"我看向坚天性甚厚,就是气质粗暴些,将来多读些书,识得道理轻重,也许能变化气质。如今苏城中风气甚坏,又加着东西两社都是些嚣悍少年,向坚日被熏习,却也可虑。向高侄儿奉母山居,日事农圃,倒是个很端谨的气质,我想命向坚读书之余,常赴山中帮着向高料理农事。一来可以晓得些稼穑艰难,并服些勤苦;二来近朱者赤,也可学学向高端谨之风。"

安氏听了,连连点头。这向高便是瑞清之子,上文所说的那个负米袋的少年。从此,向坚便遵父母之命出了西社,春夏间在家读书,一到秋冬便趱赴邓尉山中,助向高料理农圃,隔三两日一来家省视父母。

那觉民在西社中本是逐队游戏,如今二黄既去,他如何还肯在内胡混?他家住城外七里塘,是小小一片村落,罨画溪山,甚是潇洒,距城虽近,却尘嚣不到,每当春秋佳日,一片烟波杂着菱歌渔唱,倒也使人尘心一涤。向坚除来往山中外,便时时去寻觉民。过了年把光景,瑞符暗察向坚气质,居然似好得多了。

一日夫妇方在坐谈家事,只见向坚和觉民双双趱来。因方才落雨不久,两人都是草笠芒鞋,勒着赤腿胫,溅满黄泥。觉民用脱下的渔蓑包着数尾鲜鱼,再用半段青竹竿荷向肩头,那向坚却掮着一柄泥锄头,上面还挂着百十文老钱。两人笑嘻嘻,各释负荷,问候过瑞符夫妇起居。

瑞符喜顾安氏道:"你看他兄弟这番光景,方是居家子弟的样儿。"

安氏笑道:"啊哟,俺方才猛见他两个,还当是哪里的村社散会了,也有打鱼的,也有耕地的。向坚孩儿,你掮柄锄头做甚?怎不将你哥子的老黄牛也牵来,不越发热闹吗?"

向坚道:"娘倒会说哩,若是牵得他的老黄牛来,俺还须驮一堆干草来。娘看这把锄坏了些儿,他叫俺带进城来,请人修理,还巴巴地给俺百十文的工钱。"

安氏笑道:"可了不得,你真学了你哥子的老凿性儿来了。他居然给你这钱，你居然就接这钱，这才是哥儿俩哩。"

向坚一愣，道："难道不该接这钱吗？"

安氏忍笑道："你只一个心眼儿吗？就是通通地没些惦算，这工钱咱不该替他出吗？"

向坚听了，方张着嘴一望瑞符。觉民插嘴道："姑母别吵啦，人家表兄接这钱是有典故的。说个俗话儿，便是在本的。"

瑞符听到这里，不由微微含笑。

觉民接着道："便是那会子俺网得几尾鱼，想给姑父送来。方趸至城关，正遇着俺表兄。俺见了那锄上挂的钱，也说是不该接受。俺表兄却说是长者赐，少者不敢辞，向高兄便是比他长一天也是长者了。"

瑞符听了，不由大笑，却暗喜向坚端谨了许多。不想没过得几天，向坚性儿发作，竟几乎闹出一条人命。

原来这邓尉山中有个猎户，名叫解小山，为人粗暴，三句话不投机，便和人瞪眼睛。家有老母，起先也是个打街骂巷的悍婆娘，人都呼为解风婆，横（读仄音）了半辈子，不想落到儿子儿媳手中却撅了尖儿，不但撅尖儿，还受了好体面的苦楚。

原来小山的妻子耿氏也是个猎户人家的女儿，生得高高的身量，大颧骨，叠暴眼睛，声如破锣。走起路来总是扬头挺胸，踹得地嘣嘣山响。不但泼悍异常，并且很有劲头儿，会些手脚。当小山打光棍子时，不断地和他娘怄气，风婆正恨得牙痒痒。恰好有人来提耿氏这门亲事，风婆大喜，一口应允。一来想给小山树敌，杀杀他的悍性；二来妄想耿氏壮健，必能作家，和小山水鱼相帮，过这份火罐似的小日子，那有多好。

哪知打算得虽不错，天下事偏不如人意。耿氏过门之后，哪里将婆婆放在眼里，没过得十来天，便因小事和婆婆吵了一场。风婆大怒，以为这下马威无论怎样须施展出去，不然惯得媳妇顶了天还了得吗？于是一迭声唤过小山，命他去整治老婆。

那小山却瞪起大眼，嚷道："我看你少去招事好得多哩！你要整治她，自己出马，我是挨不起她的拳头的。"说着一摔袖子，竟自趑出。

原来小山新婚未过三天，两口儿便因拌嘴交起手来。在小山原想振起乾纲，不想耿氏手脚很不累赘，三晃两晃，耿氏莲船起处，小山仰面便倒。这时内院中还有些女贺客，自然是一哄而前，想去劝架。哪知耿氏更来的老气，先扑上去，一把揪裂小山的裤儿，使那雅相物儿去拒劝客。众妇女一见，果然啊呀一声，掩面飞跑，于是耿氏大得其手，竟将小山捶了个七佛勿出世。你想，小山既吃过这种横亏，如何敢去撩拨那只母老虎呢？

当时风婆盛怒之下，料想耿氏虽凶，还不至于便敲打婆婆，便一抖当年的威风，一阵风似的抢到耿氏屋内。恰值耿氏背着脸子，坐在地下小凳上，正叉开八字脚，摆开了四六句子，一壁价扑嚓（吸也）老旱烟，一壁价老娼根、老劈叉地乱骂。那风婆不声不响奔过去，便是两记耳光。大概这两下儿颇有些斤两，只打得耿氏身形一晃，向前一栽，百忙中拔那烟筒不迭，咯嘣一声正戳在牙床上，顷刻间长血直流。耿氏刚哟了一声，已被风婆一把按住。

若说耿氏气力，只消一挺身便挣起来。哪知她怕惊左邻右舍，摆布得婆婆不畅快，于是一面价连连称改，满口央告，一面价暗取法宝在手。

风婆信以为真，只骂得一声"小蹄子"，手势略松之际，耿氏一脱手，早已鱼跃而起，一伸腿将风婆绊翻。她便骑马式跨将上去，只将屁股略一起落，风婆业已腰脊如折，一咧嘴方要哭号，耿氏喝一声，手中法宝便已填入她口，只噎得风婆气息倒抽，原来是个气蛤蟆似的烟荷包儿。接着耿氏手口齐上，尽力子连撕带啃，外挂着大把价捋头发，那老大耳光登时扇得风婆两腮胀猪一般。那风婆想嚷不得，只翻白眼。

耿氏料想够她受的了，这才放起她，喝道："你只要哭号一声，或向人说一句，我便生生结果你！你有能为，只管叫你儿子给你出气！"说着，啪嚓一脚将风婆踢出老远。及至小山回来，连个屁也没敢向耿氏放。从此风婆倒成了受气媳妇，一切苦役都是她去，每日价驴子似做活，还须强笑吞声，承迎耿氏。饶是如此，还得不着耿氏的笑脸儿，那挨打受骂、忍饥受冻自不必说。左邻右舍先还不平，皆因惹不起耿氏，又搭着小山撑不起脊骨，大家也便听其自然了。

也是合当有事，一日耿氏探听得小山去钻狗洞，近些日所得猎资都把与那荡妇了，一气非同小可。偏巧小山事忙，连日价没来家，这耿氏火头儿越闷越大，肚皮中直如发火一般。不消说，且拿婆婆醒脾，吓得个风婆熛毛鸡一般，正不知怎样讨媳妇的欢喜才好。恰值耿氏母家送得一块陈社肉来，依着耿氏，便要腌起来。

风婆却笑道："媳妇呀，你连日不舒畅，饭也吃不多，痛得俺什么似的。等俺给你做些肉馎饦吃，你开开胃口，也让人心里好受些。"

耿氏听了，只哼了一声，于是风婆尽心竭意地将肉馎饦整治停当。方烧得水沸，要下锅去煮，只听耿氏在室内骂道："你这老物儿，干什么就像掉了魂似的，还没熟吗？"

风婆笑道："就得，就得。"说着，赶忙将馎饦下锅，只一搅动之间，忽闻一股子微微热臭的气味。风婆正在纳罕，忽见家中那只癞狗由她身旁蹭过去，风婆骂声"好狗臭气"，随手一抽柴草，只见那狗还屙了一堆屎在灶旁。

风婆骂道："你只顾快活馋狗嘴，却撑得你到处屙脓。"刚想去持帚扫那屎，哪知水沸，馎饦已熟。于是风婆不暇去扫，忙将馎饦盛出，却又闻似有臭气冲出。风婆以为是那堆狗屎的缘故，便没理会，竟自狗颠似将馎饦端到耿氏跟前，赔笑道："俺慢手慢脚，倒累你等饿哩。"

耿氏冷笑一声，连眼皮儿也不抬，拈起筷子，夹了一个馎饦，到口便吞。

风婆方手扶炕几，笑吟吟问咸问淡地闲兜搭，意思是想媳妇赏个笑脸儿。只见耿氏忽地眉头一皱，哕的声先将嚼烂的馎饦吐在地下，接着便跳下炕大呕大吐。然后不容分说，登时将风婆小髻儿一把揪牢。正是：

    姑妇勃豀何太甚，酒食是议反其常。

欲知后事如何，且听下回分解。

第十回

强中强起衅臭馎饦
绳还绳大闹法雨寺

　　上回书说到耿氏一尝馎饦，忽然大呕，揪住婆婆，难道是嘴急吃伤了？或是因饭来张口，过意不去，要请这做馎饦的婆婆吃一个儿呢？哈哈，原来都不是。诸公且听书中交代，再想想上文说的馎饦下锅，忽发微微臭气的话，便明白了。

　　原来耿氏母家这块社肉业已陈腐不堪，生切来却没气味，及至一沾热，发出臭味，却又被灶旁狗屎给遮掩了，所以风婆竟不觉得。

　　当时耿氏揪住婆婆，先恶狠狠几记耳光，然后骂道："你这老物儿好生歹毒，怕俺不死，拿甚秽物给俺吃呀？没的你还许下毒药哩！"

　　风婆只挣得一句道："怪呀！没的肉不新鲜啦？"一声未尽，早被耿氏直推出来。

　　那耿氏瞪起鸳鸡似的两只眼，就灶下一望，可巧看见那堆狗屎，不由冷笑道："好嘛，这就是了！你还嘴硬到哪里？"于是推倒风婆，拳脚交下，更趁风婆张口大号，扒开柴草，抹了臭烘烘一块屎塞入她口，噎得个风婆将头乱摆，扎手舞脚。

　　耿氏大怒道："你不受用？等老娘索性服侍你个快活！"于是寻根大绳，先将风婆腰中系好，然后纵横缭绕了个四马攒蹄的样儿，嗣的声抛入院中，她拉了总绳儿，便满院拖曳，每过门灶下，便抹一下狗屎。这一来，颠顿得风婆浑身直似散班儿，除号哭外，更无他语。

　　须臾耿氏手倦，方丢手骂道："你这老物儿敢动一动，俺就活活地煮熟了你，省得你再使促狭，馎饦中掺狗屎。"说罢，自行入室，闹腾着又漱口又刷牙，这且慢表。

　　且说风婆被她拖曳得半死，少时醒转，真是又痛又气，百忙中满口秽气，更为难过。情急之下，方要放声大哭，忽闻耿氏在室内鼾声大作，一面呓语道："好臭，好臭！停会子俺非将老物儿活摆布煞不可！"

风婆暗惊道："这婆娘非复人类，她气头上就许做出来。俺不如暂且躲避为是。"

她倾耳一听，且喜鼾声越浓，于是更不怠慢，顾不得手疼，先尽力子一阵挣扎。可巧手缚处是个活扣儿，竟被她挣脱，只是手皮指节上早已长血直流。先一回手掠掠乱发，擦擦眼泪，又就口颊间抹掏一回，除去屎渣，然后舒舒两臂，去解开两脚。方晃悠悠站将起来，要解系腰的绳子，忽听耿氏在室中略作转侧，风婆大骇，顾不得再解腰系，胡乱将那绳子向腰一围，拔脚便跑。

不提这里风婆暂避妇难，且说这日黄向坚午前和向高农事已毕，向坚忽欲进城。

向高道："兄弟你此去不是路过那法雨寺破庙吗？那破庙内就是左近张大户的一处粪场。俺听说粪价还公道，可不知货色怎样，你顺便到庙中瞧瞧那粪，若成色不差，俺再去寻张大户订商价儿。"

向坚应诺，随手戴上草笠，一径踅去。

那法雨寺虽近山中大道，却在道左边一带竹树深处，十分幽僻，久已破落不堪，没得住持。所以张大户每年把与会中几个钱，便在庙院中晾粪。

向坚迈开健步，不多时业已抵庙，抬头一看，不由失笑。只见那法雨寺果然破到极处，颓垣断壁，随处可入。山门上只剩上额，影影绰绰有"雨寺"两字，里面居然还有层破殿，天光由殿瓦射下，照着孤零零一尊大佛，背后装得毫光顶相，却似半扇破城门似的。仔细审视，上面还镌得有天龙八部等许多点缀，并且刻工真不含糊，料想当年此庙也是个繁盛丛林，如今却把来做粪场。

向坚无暇浏览，便一迈腿由缺墙跨入，见大殿阶左有一片粪晾得七裂八瓣，一块块便如龟坼。向坚低头细看，见内中乱草甚多，暗笑道："如今山中人也没些淳朴气儿了，这等藏奸使假，草掺粪中，怪不得人说各处里闹什么流贼，并鞑子们时时入寇，可见是人奸地薄，荒乱年头儿。"

沉吟间踅入正殿，正想穿入后院去望望还有好粪没有，忽见佛背后那破城门似的毫光竟微微地活动起来。

向坚是向来不信鬼狐的，然而在这等幽僻所在，却疑是乞丐、小偷等在此落脚。于是，他戏喝道："好嘛，你竟在这里弄得好玄虚！"

一声方尽，只见那亮光越发簌簌地乱响，接着有人颤抖抖地哭道："皇天菩萨，我的好媳妇，快饶俺这条老命吧！"

向坚大疑，赶忙跑向佛座后一望，只惊得倒退两步。

只见个披头散发的老太婆，满脸是血，浑身滚得泥母猪一般，衣服撕得一条一缕，腰间围着一根大绳，正狗也似趴在那里，只是打战。一见向坚抢来，越发抖作一堆，大哭道："好媳妇，好奶奶，你饶过我吧！"

向坚仔细一看，不由惊唤道："你不是解老奶奶吗？"

风婆一听，忙揩揩泪眼，也惊道："黄小相公，快救救我！你看天地间竟有这等事！"说着气儿一噎，几乎晕去，便勉强爬起来，哭述所以。气得向坚尽力摘下草笠一掷，道："解老奶奶不必苦楚，等我送你转去，好便好，不好连你儿子我都痛打一顿！"

原来向坚不断地往来山中，和风婆、小山等都认识的。当时风婆听了，赶忙握手。

正这当儿，忽闻耿氏远远地骂道："俺打个盹儿的工夫，你这老物儿便要作怪。若非有人张见你向破庙内跑，俺还各处里瞎寻哩！"

风婆一听，顾不得和向坚再说话，忙一拔步，却被腰内绳子拖拉下，一跤绊倒。

向坚忙帮她解下来，还没递向她手，风婆已三步两步跑向后院，竟从墙缺处一溜烟儿似的逃去。这里向坚气涌如山，方提着绳子大踏步转出殿外，只见耿氏手提衣杵，只穿件短衫，扎着裤脚，业已莽熊似的奔入庙门。

她猛见向坚，便叫道："黄小相公，你来得正好，可曾见俺家那个老不死的吗？"

向坚忍怒道："你家老不死的是哪个？"

耿氏道："好啰唆！就是那个其名儿叫俺婆婆的那个老劈叉。"

向坚一听，气冲脑门，却反笑道："不曾见。"

耿氏望见那绳儿，便指着嚷道："你小小人儿就会掉谎！这绳儿现在你手，你还说不曾见她哩。你要放掉她，咱须不得开交！"

向坚大笑道："你想开交也不成功。方才你婆婆将你交代给俺了，命俺照样儿摆布你哩！"

耿氏大怒道："好小厮！你竟敢打趣老娘！"说罢，扑过来便是一杵。

向坚随手接住她手腕向上一举，耿氏身量本高，这一来拔起腰板，一张大肚皮直贴向向坚头皮。向坚趁势便是个老羊触角，哪知这一下正撞在耿氏要紧所在，当时啊呀一声，往后便倒。双脚一扬之际，向坚一抖绳儿，早已套住她两条腿，把来一收，顷刻间拴缚停当，拖了便跑。

耿氏大骂道："你敢治煞老娘，算你是好些的。"

向坚也不理她，索性儿背转身，便如拉纤一般，就院中一团风似的转起磨来。耿氏越骂，向坚越跑，并且单向粪地上打旋儿。那向坚本是孩儿家，又搭着一听媳妇打婆婆，以为这是猪狗一般的人，便弄煞了，也不会有罪过的，于是连蹿带蹦，尽力一撒欢儿。这一来不打紧，只听耿氏起先还哭喊连天，继而骂声渐微，后来便声息都无。向坚回头一望，这才徘徊止步，只见那耿氏业已衣裤都碎，体无完肤，头面血殷，眼睁睁一丝两气了。向坚怔了一回，没作理会处，便抛下绳儿，扬长跫去。刚离庙没多远，却望见解小山气急败坏地迎面奔来。向坚明知就里，也不招呼他，两人便交臂而过。

不表向坚怀着鬼胎自行进城，且说解小山那会子偶跫转家来，还未及跨入门，早被左邻右舍们迎住，述说耿氏婆媳打架，以致婆逃媳追，有人见她婆媳前后脚厮赶着都奔那破庙去了。小山吃惊，撒脚便赶，虽遇见向坚，慌忙中也没搭话。当时小山直奔破庙，一看耿氏那等模样，几乎吓倒，赶忙先解缚，捶唤良久。幸亏耿氏悠悠醒转，及询知耿氏委顿的原委，不由跌脚道："咳！可惜，可惜！方才俺还遇着那黄家小厮来，今快回家去，等俺寻到他家和他辩理。"于是扶起耿氏，令她走动两步，活活血脉。

他一眼张见殿内地上的草笠，便拾起来道："你看他丢下的草笠，便是他来此行凶的证据。咱好歹须讹黄家一下子。可惜黄向坚是个毛孩子，你的模样呢，也不见得招人。不然咱借此题目，说向坚看中了你，诱你到此，想那么着，趁势发挥一笔好钱不好吗？"

耿氏听了，恶狠狠唾了一口。于是小山扶了耿氏，一步一哼地跫回家来，忙着将养调理。至于那个风婆子无非是悄悄蹿回来，也就不必提她了。

且说向坚到家过得两天，见解家没得动静，心下稍安。

这日在后院中，正探雀儿玩耍，只见母亲忙忙走来。正是：

步履张皇来阿母，心头怔忡笑奇儿。

欲知后事如何，且听下回分解。

第十一回

诫斗狠严亲训正义
感家境名士赴春闱

且说向坚正在探雀儿玩耍，忽见母亲绷着面孔走来道："向坚，你这孩子可怎么好！只管如此的脱缰马一般，招是寻非，不累煞你爹娘吗？干你甚事，你弄得那解家媳妇子几乎死掉，如今幸亏被你向高哥将事按住，这会子他在前庭和你父亲斟酌此事，气得你父亲只是跺脚，要揭掉你的皮哩，还不快去！"

原来向高从那日向坚去后，次日忽闻山中人传说，向坚摆布耿氏，解小山气愤愤地准备兴讼，并捡得草笠为证。向高大骇，忙寻小山问知就里，便商量寝息此事。那小山如何肯依，不消说是非打官司不可。亏得向高作好作歹，议论到把与小山些遮羞钱，彼此了事，小山方有些首肯。

不想那耿氏又逞起越扶越醉的性儿，嚷道："你这天杀的可要仔细！要是老婆被人拖着玩有了价儿，老娘还不是铁打的脊梁骨哩！"

一个邻居笑劝道："解大嫂，你省些事吧。如今你就跌一跤，得点儿钱钞，和解大哥吃香喝辣倒是便宜。若告到当官，反正你也没死掉，黄向坚一个孩子家，无知摆布你，除责戒之外也没什么大罪名。倒是你捶打婆婆一层，但是个明白官府，没有不动气的。你既免不了挨打，巧了还许照顾到小山哥的屁股，因他纵容你打婆婆哩。你请细想，到官好呢，是得钱罢手好呢？"

耿氏一听，这才噘了嘴，说没的说，却揉着小肚往内走，一面嘟囔道："我就恨煞那黄小厮，人儿虽不大，头儿却硬。"

于是那邻人一笑，便帮同向高和小山磋商停当，由黄家出十两银子作为耿氏伤费。当下小山将那草笠交还向高，之后向高一径去见瑞符。

向坚听母亲说罢，便直撅撅地道："那泼妇既打婆婆，休说是孩儿遇见了打她，便是无论何人遇见了，也须打她。向高哥怎的怕事？等俺去叫他不要管，由那泼妇闹去！"说罢，气得红虫一般。

安氏喝道："你还犟嘴！"领了向坚便奔前庭。

一路上安氏不住地回头嘱咐道："好孩子，你听你父亲说，不许犟嘴，惹他越发生气。"

向坚道："孩儿晓得。便是父亲叫俺给泼妇赔礼去，俺也去。"

安氏道："这便才是。"

说话间，跨入前庭，便闻向高在室内呱呱而谈，又听得瑞符叹息道："这废掉几两银子倒没要紧，只是向坚这等地好勇忘亲，不识轻重，未免可虑。"

安氏回头低语道："你可仔细些儿。"说罢，故意大声道，"向坚，你这孩子还了得吗？小树儿不攒，还长疯了哩！还不去领你父亲的责训！"

向高听了，连忙掀帘跑出，先一把拖了向坚，又向安氏一挤眼儿，便双双趋进，不容分说，直到瑞符面前一齐跪倒。

瑞符方道得一声"向高你且起来，今天若不大大地杖责他一顿，他哪肯便知改悔"，外面安氏早一迭声喊唤仆人，伺候大杖。这一乱，倒将瑞符的气头儿给乱下去。又见向高也直撅撅跪在那里，恨不得用两手去护掩向坚的脊背，不由长叹一声，命他兄弟都起来。向坚低了头站在一旁，哪敢仰视。

瑞符道："你这孩子，好生不知轻重，并不知体会亲意。俺叫你离却武社，时到山中，为的是亲近你哥子，学些端谨之风。你倒胡逞性儿，几乎闹出一条人命，难道你将'逞一朝之忿忘其亲'的那句话都不懂吗？天幸耿氏没死掉，倘若死掉，不消说是杀人偿命，你去受缧绁之苦、囹圄之残，还有不忍说的最后惨痛，这已足令你父母伤心惨目。再说到黄氏血脉由你断绝，不但你抱憾地下，便是我也罪通于天。那时节我和你母亲萦萦二老，生为负罪之人，死做若敖之鬼，恐怕你九泉有知，也悔恨不迭了。"说罢，凄然泪下。

这时，向坚兄弟早已泪痕满面，帘外安氏更是抽抽搭搭，大把价洒起泪来。

瑞符又道："你见耿氏行为不孝，陡起义心，这义心难道说是不该有？但是行侠尚义，这其间便有许多解说，所以古来壮烈之士，忠君报友，很有些为亲在而屈的，便是'父母在不能以身许人'的那句话了。古来慷慨明达之士，虽际遇不同，那一腔热血总要为君父而洒，那方是侠义的大道理。不然，逞忿忘身，因以及亲，岂不流入好勇斗狠中吗？即如你不假思索，摆布耿氏，是何等没分晓！倘不幸去偿她一命，真是一死轻如鸿毛了！"

向坚听到这里，满面悔色，不由重新跪倒，呜咽流涕。

向高道："伯父请息怒。向坚弟总是年幼，又搭着在父母膝下，自己少经事故。若像侄儿的处境，多接人事，便自然能遇事三思了。"

他这话本是无心来遮掩向坚，不想顿时触起瑞符手足之感，当时一阵伤心，泪下如雨。向高猛悟，一时想起亡父瑞清并自家孤露之苦，不禁也跪下来，抱住向坚，涕泪纷纷。

帘外安氏趑进，哽咽道："向坚还不搀起你哥子来，你们小人家反正是有过就改就是了，没的招得你父亲并哥子都伤心抹泪的。"

于是瑞符搀起向坚兄弟，又将逞忿忘亲之意细细向向坚解说一番。

向坚此时豁如梦醒，便道："这番道理孩儿也略解得些，只是见了那不平事，不由人不生气罢了。"

瑞符道："这便是你不明道理，意气用事，所以古人贵乎养勇呀！"

正说着，忽见帘外一人探头探脑，安氏一看，却是觉民，便笑道："你早来一步不好吗？且听你姑父长篇大套地来开讲。"

觉民笑着进来，道："俺当姑母在帘外暗抹眼泪的时光就来了，早已都听清爽。姑母不信，看窗外还有俺的脚印儿呢。"

安氏笑道："你倒会编派我，我何曾抹眼泪来？你看你表兄，不气煞人吗？俺恨不得你姑父狠狠地捶他一顿呢！"

不想那仆人一抖机灵，在帘外禀道："如今杖在这里，还用不用呢？"

安氏忙喝道："糊涂东西！"只吓得那仆人悚然而退。

这一来，招得瑞符都笑了。于是命向坚陪觉民随安氏且入内室，这里瑞符自取出十两银子交付向高，匆匆交代前途，不必细表。

从此向坚方知这行侠尚义中，还有许多大道理，便深自知悔，越发地和向高孝友非常。又搭着觉民是个恬淡性儿，日熏月染，向坚性儿也就柔和了许多。

光阴迅速，这年瑞符又当北上春闱，那向坚已是十八岁了，不想他旧病复发，又火杂杂地打了某屠户，幸喜向高、觉民趑来解了重围。

且说当时瑞符夫妇气愤愤地率向坚等进内，瑞符顿足叹道："俺有子如此，说不定几时便闯出祸事，越发使人无志功名。"又向安氏道，"好笑娘子你还挂念俺北上的行装呢！"

安氏也叹道："向坚这孩子可怎好？那天生牛性儿总改不掉，往年时打那耿氏，几乎闹出事来。你那等教训他之后，俺看他也知悔悟，如今却又这样儿。咳，看了也是家运所感，你不赴春闱便罢。十八岁的人了，还这等不知轻重，也只好随他去吧，难道做父母的能跟他一辈子吗？"

觉民不便插话，那向高慌得直撅撅地背了空米袋，立了个纹丝不动，并且满面红涨，额头上汗珠儿就有黄豆大小。

这满室静默的当儿，只见向坚向父母双膝跪倒，放声大哭，并回手连连自搏道："孩儿无知，致父母这等伤心，真是不孝已极。从前父亲教训孩儿，久已谨记。今见那屠户辱骂人的母亲，不由令人忍耐不得。若因孩儿不孝，父亲便无志功名，孩儿负罪越发地大了。此后孩儿谨慎就是。"

瑞符听了，连连叹气，觉民忙趁势劝慰。唯有向高背着个空米袋，呆呆地欲言又止，看光景比向坚还局促不安。

觉民笑道："向高兄，难道你肩背犯寒吗？却舍不得去掉米袋。"

向高听了，这才逡巡放下。于是瑞符喝起向坚，又和安氏开导他一番，然后向觉民道："你父亲近来有信吗？京中商业怎样呢？咳，光阴真快，俺和他也有好几年没见了。"

原来觉民之父安敦书一向在北京经商，生意甚好。上几次瑞符北赴春闱，都在敦书处住。敦书本想携觉民入京，一来因觉民性儿不是商业中的虫儿，并且家下无人照理；二来因北京纨绔游侠之风甚盛，子弟们一没把持，就要学得驴不像驴，马不像马，甚而至于沾染青皮光棍的习气，因此敦书便命觉民在家从瑞符读书。

当时，安氏趁势笑道："料想俺哥子也正在思念你会面呢，都是向坚这孩子惹得你没高兴。"

瑞符微笑。觉民道："俺正因俺父亲有信来，有句话特来告知，不想却遇着表兄打屠户。"安氏偷瞟向坚，却低了头，瞅着地下的米袋，觉民接着道，"俺父亲信中除问候姑父母外，却劝姑父从速去赴考，因今年的主考总裁，大家哄传说是礼部尚书钱谦益，此人衡文有真，这机会不可错过。"

瑞符登时色喜道："真是他吗？"

安氏道："这钱谦益是哪个呢？"

觉民道:"他便是咱江南常熟县人,号叫牧斋,很有文名的。"

瑞符笑道:"娘子真善忘事,你忘了那一年钱牧斋在家讲学时,俺也去想跟他授学。后来俺看他门下品流太杂,方士剑客等一切都有,还有那海上豪杰、名震一时的郑芝龙之子郑成功,也在他门下从学。俺因他们纯讲声气结纳,直然地唯名是务,所以俺便趑回,娘子你忘了吗?"

安氏凝想道:"是的。那一年,你回来不是说钱牧斋怎样豪华,竟讲究园亭声妓,并说那郑成功气度不凡,是个文武兼资的角色。好笑方才觉民一提钱谦益,俺就蒙住了。此人既善衡文,俺看这场考还是须去,便是你和俺哥子多年不见,只当是赴北京串趟亲戚不好吗?"

瑞符还是微笑不语。

大家这阵谈话,却将个向高晾在一旁,还是安氏忽望见地下米袋,忙笑道:"向高侄来得也巧,就拉开你那牛性儿弟弟。你负袋进城,想是有什么事吧?"

向高逡巡道:"没有甚事。如今弟弟既已知改,伯父母也别生气了,俺这便转去了。"说着,拎起空米袋,欲言又止,即蹭出室去。

瑞符道:"你和觉民都在此用过饭再走吧。"

向高道:"不了。"说着,逡巡到院。

这时向坚正低了头,听大家讲话,忽见向高米袋影儿在院中一晃,登时叫道:"阿哥慢去!你看俺就糊涂煞咧,你昨天不是向俺说来此借米吗?"说着如飞奔出,将向高脚不沾地地撮回。

安氏大笑道:"你兄弟俩的脾气匀一匀不好吗?一个是点火就着,一个是碌碡也压不出屁来。向高既来要米,怎不说呢?俺也被你弟弟气愣怔了,明明看见米袋,就没想到这事。"

瑞符听了,不由也笑,一迭声地命仆人提出袋去,前去装米。

向高笑道:"俺因伯父正为弟弟生气,所以不敢说了。"

安氏听了方在好笑,只见瑞符惧然动色,少时却慨然道:"娘子,你看咱和向高侄儿家都是清寒家境,由这一点看来,只怕不容俺不赴春闱哩!"

安氏喜道:"谁说不是呢!不然俺怎么劝你去考呢?不过俺不像碎嘴婆子,成日价拿家事聒吵你罢了。"

觉民笑道:"姑父这次去,真中了来,第一功劳便是向高兄这条米袋。"

大家听了，不由大笑，登时将方才一场啾唧化作一天高兴。

瑞符又笑道："你们看，什么叫奔功名，左不过是治肚皮饿罢了。俺此去倘成名得官，做个三年五载，只要有回家吃粥之资也就是了。这种年光，那风尘俗吏是做不得的。"

正说着，仆人掮进米袋，向坚高兴，登时雄赳赳接在肩上，拖了向高便走。

安氏笑道："你见父亲不生气，你又逞疯了。你见婶娘，替俺问好，并嘱咐你婶娘，米用尽了只管来取。若身子还是不康健，少劳碌些儿。"

原来向高之母家既清寒，又时时患病，十日中倒有五日卧床。当时向坚唯唯，那向高要接米袋，他如何肯依，兄弟俩竟喧喧趄去。

这里觉民也便兴辞，方趑出室外，只见仆人飞步跑来。安氏一见，不由吃惊。正是：

惊心怔忡劳贤母，谢意殷勤来比邻。

欲知后事如何，且听下回分解。

第十二回

孝子顺亲持梵典
书生垂老占龙头

且说安氏忽见仆人匆匆跑入，不由惊问道："莫非那屠户还寻来不依吗？"

仆人笑道："不是的。倒是那对门施秀才前来致谢，现已在门外候着。"

瑞符一攒眉头，便唤觉民道："你出去就势替俺挡他的驾吧。"

觉民唯唯，自行趋去。这里瑞符夫妇也便高高兴兴准备赴考的行装。因这时朋辈们都已北上，瑞符只得搭好船只，闹了个独客孤征。左近街坊们得知了，都请酒送行，热闹了两天。

瑞符择定出行吉日，前一天晚上，向高、觉民等都到黄宅，话别之际，瑞符又嘱咐向坚许多言语。

安氏向瑞符道："此一去水路，俺听说到清江浦、王家营地面，就可以走旱路，但是山东、直隶地面俺听说甚是难走，动不动便有剪径的强人。依俺看来，从水路直到北通州，还比旱路上安稳些。"

瑞符笑道："定法不是法，俺走着看吧。北省人就是性儿粗猛些，也未见得强人比别处多呢。"

大家谈至夜分，各自稍微盹睡。次日黎明，瑞符别了娘子，带了仆人，押着行李一同下船。向坚兄弟和觉民直送出老远方回。

不提瑞符匆匆北上，且说向坚自父亲去后，果然大闺女似的在家中闷了好几天，无事时只在母亲膝下谈笑。那觉民好静，等闲价不常来。偏偏向高不知怎的，好些日也没来，闷得个向坚蚰蜒似的。那安氏素常持诵一种高王观世音经，每天早上妆罢，定要虔诵数遍，风雨莫误。

一日，向坚见母亲又在榻上正坐默诵，便笑道："这种经卷母亲诵它做甚？但看它经后面数条引证，又是什么持诵此经刀斫不入了，又是什么名人孙敬德，这全是俗人编造来哄人的。"

安氏道："哟，可了不得！小小人儿莫作口过。哪里有佛家经典哄人的呢？你爹如今去赴考，跋涉风尘，途上咱就盼个平安。俺还不该多念上几遍吗？你是孝顺的，也来持诵才是，如何说这佛爷见怪的话呢？"

向坚笑道："这容易得很。母亲教给俺，俺就念诵。"

于是真个站在榻旁，听母亲念一句，他便念一句，但是那南无挈婆诃的，卷舌拗嘴，一时间哪里弄得清爽，倒招得安氏十分好笑。向坚向来好凿死理儿，当时念了几遍，口角煞溜，便一句句地问母亲怎的讲解。

安氏笑道："这可是稀奇事，谁家佛爷的经典还许凡人讲解来？但能持诵，便是功德。你没见人家还有只念阿弥陀佛的呢。"

这一讲解不打紧，倒听得向坚越发糊涂，然而向坚图悦母意，居然天天地随母亲持诵一回。

一日早晨，那安氏盥洗方毕，正要展诵，只见向坚手持一卷书，匆匆趸来，笑吟吟手舞足蹈，却又面挂泪痕，扑地跪倒，抱住安氏双膝，道："母亲啊，俺今天得了一卷好经来了！那佛爷不在灵山南海，原来你老人家就是孩儿的一尊活佛。俺从此持诵此卷好经，且是妙哩！"说着，将那书恭敬呈上。安氏一看，却是一卷《孝经》，上面许多蝇头密字的释义，就是瑞符的笔迹。原来瑞符释解此经，一向藏在巾箱中，昨日向坚因晾书籍，捡出细阅数遍，不由通身汗下，所以今日一见母亲，竟喜极而泣。

当时向坚欢喜得将颗头扎在母亲膝上，安氏笑道："你别胡说，折我寿数了。你少气你爹娘两场子，不比念《孝经》强吗？你看经上说，身体发肤，受之父母，不敢毁伤。你如知此意，就不该无端和人凶斗啊！"

向坚笑道："孩儿从此后一定不了，母亲不信就瞧着吧。"

安氏也喜道："你能如此，可知好哩！"

于是向坚欢欢喜喜站起，捧书而退。从此，向坚真个将《孝经》做了持诵的功课，至老不衰，此是后话，这且慢表。

且说安氏一日接到瑞符一封家书，书上说一路平安，直抵京都，教书处亦甚好。母子阅书罢，喜动颜色，这才一颗心扑嗒落地。

安氏道："你向高哥这些日子也没进城，你快将此信送与他瞧瞧，也好放心。"

向坚应诺，持书要走，安氏道："你可快些转来。少时还上平安供呢。"接着，兴冲冲指挥仆妇准备下香烛、酒果，堪堪日午大后，却不见向坚转来。安氏心急，方要命人去寻，只见觉民踅来道："俺姑父平安抵京，可喜得紧。那会子俺到向高兄家，恰逢向坚兄去送信，所以得知。如今向坚兄因他婶母病得沉重，不能转来，命俺致语姑母，明天须入山瞧瞧去哩。"

安氏惊道："这是怎么说呢？怪道向高好些日没来。既如此，明天你来，送我入山。倘他婶母有个山高水低，大家也好料理些。"

觉民唯唯踅去。这里安氏只好自己上过平安供，想起妯娌情肠，累得一夜也没好生睡。

次日，她便和觉民匆匆进山，一看向高之母果然病势沉重。当时妯娌俩病榻相见，自有一番伤感。于是安氏便住下来，调理医药。不想向高之母病入膏肓，沉绵数日，竟自撒手归西，只将个向高哭得死去活来。向坚母子痛哭一场，便立命觉民进城去制备衣衾棺椁，陆续遣人送赴山中，装殓停当，便择日在三七之后，与瑞清合葬老茔。这一耽搁就是十来天，一切丧葬之费都是向坚母子料理，因这时向高家道越贫，只有敞庐一区、薄田数亩。

这日安氏要回家去，向高流涕相送。

安氏见向高苦恼，也流泪道："侄儿不必苦楚。等消停些日，俺再来看你。等你伯父回来，大家商议，你便搬向俺家去吧，没的孤零零地自在山中。"

向坚跃然道："这番话俺和哥说了多少遍了，他只是不肯。"

安氏道："哟，反正都是一家人，伯父母比父母差多少呢？今说个高兴的话，将来你伯父倘若成名得官，携家赴任的时光，难道单单丢下你不成？"

向坚笑道："若丢下阿哥，俺也不肯呢。"

一句话招得安氏破涕为笑，便和向坚匆匆赴城。向坚紧跟在竹舆旁，东拉西扯，指点些山中景物给母亲看。

抵家后，过得月余，安氏屈指试期，业已都过，再过个把月便好闻捷音了。但是这个把月，安氏不知怎的，只觉度日如年，摸摸针线又撂下，裁裁衣裳又搁起，却有一件上紧的功课，便是念那高王经。偶见喜蛛网儿，偶闻喜鹊叫噪，也定要听听望望。向坚却不理会，因向高山居孤零，他越发向山中跑得勤了。

一日，觉民匆匆踅来，向安氏道："俺姑父还没得喜信吗？"

安氏一听，不由心头一跳，道："便是哩，你没听见说咱左近赴考的谁中吗？"

觉民道："俺就因听得东乡里李大棒槌都会中了，所以来探听姑父的喜音。"

原来这李大棒槌是一个教穷书的孝廉公。家既清寒，院子窄小，老师在屋内教书，师母往往在塾外捶衣，捶衣用的砧杵便置在塾厅下。李孝廉性子躁暴，有时因学生太淘气了，觉着夏楚不济事，便用棒槌替代，因此得了个大棒槌的徽号。

一日，有个学生被捶，恨极了，便暗暗寻了一种毒草汁儿擦在棒槌柄上。这草汁沾手就肿，顷刻发酵。他本想摆布老师，不想师娘忽然急急忙忙地踅去捶衣，偏偏凑巧，正捶着内急起来，便隔窗唤老师道："这里还有一件衣裳，你替俺捶捶吧。"于是抱起余衣，匆匆进内。

这里老师果然谨遵阃命，抄起棒槌，捶毕衣裳，只觉得手上热辣辣的。以为是皮肤太嫩，不常劳动之过，便吹吹手指，随便摸摸嘴上短髯，提衣入内。方一脚跨入室，只见师娘正低着头，弯着腰，在榻边托掌着一只肿手，那一手却褪入裤中掏摸。

她听得老师脚步之声，便背着脸子噪道："好奇怪，怎俺放下棒槌，才撒泡尿的工夫，连手带这个都肿起来了。"说罢一回头，只见老师一张嘴业已肿得猪刚嘴一般。师娘大骇道："真他娘的巧！俺方说这个肿了，你这个也就肿了。"

后来，两口儿一思忖查探，方知是某学生使的促狭，从此传为笑谈，李大棒槌之名却越发大着了。但是李孝廉学问有限，忽然高中，所以觉民忙跑来探听瑞符的喜音。

当时安氏沉吟道："莫非你姑父又落第了吗？"

觉民道："不能吧？连李棒槌都中了，俺姑父会落第吗？"

安氏叹道："这也难说，你可知有个文齐福不齐哩。"

正说着，忽听巷口上喜炮响亮，接着向坚跑入，道："嚄，中了一个喽！"

安氏大悦，觉民急问道："报条上第几名？俺想姑父总不出前十名吧。快预备喜钱，赏报子。"

向坚愕然道："你吵什么？俺说的是巷口上丁举人的喜报到了。"

安氏唾道:"好没来由!人家得中,你慌怎的?"

觉民道:"姑母放心,报子们也有个前来后到,俺想姑父不会落第的。"

正说着,便闻街坊上一阵喧哗,夹着有人喊道:"喂,升炮!升炮!此间便是黄老爷家啦!"

声尽处,哇啦啦喜号吹起,接着轰隆隆三声喜炮,便有四五人在门首齐喊:"捷报天喜,贵府黄老爷高中第五名进士啦!"但闻街坊上一阵欢笑,登时鼎沸。

安氏变貌变色地直立起来,向坚、觉民早已拔步齐出。只见门首许多人围了个风雨不透,四五报子早高举喜报,却不肯便把出。及问知向坚是本宅主人,便呼一声围上来,先讲喜钱多少,闹了半晌,方将喜报出手。觉民等一看,可不正是第五名进士!

两人这一喜非同小可,忙跑入去寻安氏,却又不见,直寻到后院静室。只见安氏焚香点烛,净几上高供高王经,正在俯伏叩首,嘴里颠三倒四价地祝谢。至于谢的是佛爷是菩萨,这就无从查考了。

向坚搀起母亲,道:"佛爷菩萨是不管这事的,娘快去打发喜钱吧!"说着,呈上报条。

安氏看罢,不由泪落道:"你父亲冷桌子热板凳地闹了半辈子,这算是受出来咧!"

于是,三人喜洋洋跫回正室,先打发过报子,即便在门洞内高贴喜报。这一来登时轰动,从这天起,贺客纷纷,接着府县里都遣人来贺,登时将个罗雀门庭闹得喜气充盈,往来如市。

诸公要晓得,明代尊重科甲,非同寻常。中个秀才便了不得,何况簇新新的一名进士呢!虽当时重文太过,劣性士绅未免有欺侮平民的事,然究竟能养士气。所以后来明社既屋之后,有许多气节之士奔走国难,总算能食养士之报。若像如今武人当权,士气消沉,还有什么气节可言呢?说到这里,诸公或疑作者是科名中人,所以借题发点儿牢骚。哪知作者却是一领大布衣,自到民国,又一变而为神圣不可侵犯的大公民。只这两大一凑合,便成了个饱阅沧桑饿不煞的古董先生。气节既非所知,牢骚更可不必,不过诌段书来糊口罢了。

且说黄宅上一连应酬热闹了两三日,向高得信,也来向安氏叩喜。不多日,瑞符信来,语气间甚不高兴,只说是殿试后放了个榜下的即用知县，却没说那分的省份，并言不日回家后，再定行止。大家见了信，依然喜悦异常，只当是瑞符有意京秩，不欲做有司官儿。但是当地亲友们一闻此信，却越发向黄宅跑得勤了。就有向安氏母子荐朋友并仆人的，因外官一握印把子，登时便能发财之故。向坚一概婉言推却，俟父亲回时再说。过了些日，却不见瑞符回来，安氏心下又未免稍微怙悇。

这日，觉民、向高双双踅来，大家在内室款谈。

安氏向觉民道："你姑父还没到家，想是路上有耽延吗？"

觉民道："或是俺父亲因姑父放了外官，多留住盘桓些日，也未可知。"

安氏笑道："你姑父也欢喜糊涂了，他自得向高母亲的讣闻后，每次来信都嘱咐俺照应向高。你看上次来信，忘掉了。"

大家听了都笑。

向坚摸腹道："闷人得紧，俺父亲到底是分的哪一省呢？"

向高道："最好是近几省。要闹个边远省份可了不得。"

觉民大笑道："喂，你看真了不得啦！"说着站起，向窗外一指，拔脚跑去。

向坚等忙望，却是个野模野样的黑大汉，手提行装，风尘仆仆，穿一件掩膝的大布直裰，头戴软胎疙瘩帽，眼张失落地业已抢到二门。一见觉民，却眨着大眼乱望，瓮声瓮气地道："你是这宅上什么人哪？如今俺主人到家了，你接进这件去，俺再去取。"说着，丢下行李，转身便跑。

向坚等大悦，连忙和安氏一齐迎出，方到二门，只见一人匆匆而入。正是：

  屡踏槐黄怜踬足，者番杏苑却分春。

欲知后事如何，且听下回分解。

第十三回

叙情话演说杨再生
赴云南得官大姚县

且说安氏等迎向二门，恰好瑞符匆匆步入。当时大家厮见，好不欢喜，便一齐进内。

向坚等依次叩见过，觉民又问过父亲的起居。安氏方要问一路情形，只听院内暴雷也似喊道："主人哪，这许多物件放在哪里呀？"一看又是那黑大汉，捎着提着许多的大小包裹，还有两柄雨伞，也挟在臂窝下。

安氏笑问道："此人是哪个？莫非是你新收的管家吗？"

瑞符一笑，便唤道："黄升哪，你将物件安置在厢房中，且来叩见你主母并少主人等。"

黄升嗷应，便奔厢房，须臾直撅撅地进来，望着安氏便是一个大揖，然后拜佛似的四平八稳磕了四个头。方要站起来，瑞符却指向高兄弟道："这都是你家少主人。"

黄升一听，更来得老气，就势跪着一转磨，先向向高，后向向坚，一总儿叩了八个大头，还一抖机灵，更不待瑞符盼咐，又一转磨，向觉民便叩。

觉民忙笑着来扶，黄升道："你老别客气。俺跟主人家在北京都逛够了，难道还不懂规矩吗？"

大家听了，方要笑，瑞符连忙摇手。正乱着，恰好跟瑞符的旧仆人进来叩见安氏等，这才将黄升撮将出去。

安氏忍不住笑道："你哪里寻来的这般漂亮仆人？你看他憨头笨脑，不像杜二老爷跟班的吗？"（见昆剧中《北平府》一剧。）

瑞符正色道："此人虽笨些，却诚实得紧，并极有气力。俺这次赴京，多亏了他，少受许多的累。他本是个推二把手车子的贫汉，姓孔，还是曲

75

阜县人。俺在山东道上便雇了他的车子。还一个车夫叫何柱，是个狡猾东西，专以为难客人，半路上换着法儿刁挟酒钱等。孔姓是受雇于何柱，没的车本，自然是听何柱的指挥。俺登车一日的工夫，何柱便已多方刁挟，动不动车绊一丢，便叫换车。咱家仆人和他嚷了两场，他瞪起眼睛，便要挥拳。孔姓气得什么似的，只好由他。

"这晚宿在一处村店，孔姓便悄悄向俺说道：'明天离店二十多里便是青靛洼的地面，四外十余里没得人烟。倘若何柱再向您无礼刁挟时，若是平常，您便把些酒钱给他；若太下不去了，您老不必害怕，都有我呢。'说着，气愤愤掉臂跫去。俺听了，也没在意。

"次日，走到青靛洼，何柱那厮果然咯噔一声停住车，俺和仆人都下车，问其缘故。

"何柱冷笑道：'这点点车价，俺不干了！你要坐车，须照样加份车价，并须马上给钱，不然请你换车吧！'

"咱那仆人大怒道：'岂有此理！难道你是强盗吗？'

"何柱喝道：'什么强盗不强盗！'说着，手起一拳，将咱那仆人揕翻在地。

"俺方喝道：'你这人好生无礼！便要加车价，也须好生商量。'

"何柱一听，登时提拳逼向俺身。"

向坚听至此，满面怒容，倏地起立。安氏也惊道："竟有这等事！"

瑞符道："俺当时大怒，正要喝咤于他，只见孔姓一言不发，霍地跳向何柱身后，夹脑领一把，下面扑的一脚，便如摔秋鸡子一般将何柱摔翻。赶一步用脚踏住，那拳头雨点似的落将下来。何柱想挣扎分毫都不能够，直至哭喊气竭，只管央告，孔姓方放起他来，喝道：'你如此刁难客人，俺便不容。以后你有甚话讲，只管向俺来！'

"好笑何柱贱骨头，经孔姓一顿打后，直至北京也没敢滋毛儿。俺因孔姓颇诚直，又有气力，倒堪做一名健仆，所以便将他收下。"说着，又叹道，"娘子你看这事也凑巧，就仿佛俺预知有远行一般，先收个随行的健仆。"

安氏听到远行两字，忙道："真格的呀，你毕竟分的是哪一省呀？"

瑞符叹道："好叫你们得知，就是那烟瘴窝儿和苗黎杂处的万里云南。"

安氏猛闻，不由激灵灵倒抽一口凉气，道："哟！我的老佛爷，怎么闹到极边烟瘴的所在去了？这一路可不容易。俺父亲当年有位朋友，便在云南做小官儿。据说起来，由咱这里到云南省城，单是水陆行程就需三两个月的时光。至于那道路险峻，民风谲诡，就不必说了。"

向坚不知就里，却欣然道："路途虽远一些，一路上倒好开开心胸、宽宽眼界。"

觉民也道："天下什么叫远近哪？不过是硬从人心里分罢了。除非是太虚碧落、海上三山，若说是远，俺还信些。"

向高道："天下没有走不到的路，一步步跫去，愁他怎的？"

安氏笑道："你们别说孩子话了。如今是慌乱年光，又这么远的路程，再者咱家中又非富足，第一旅费就是难事。你说是阖家都去，家中也不可无人。你父亲自己去吧，这迢迢万里，单人独马，说个背晦话，不像是充了军吗？俺如何能放心呢？这一件件不都是为难的事吗？"

瑞符道："就因这点子，俺赴省的部凭虽领来，但是俺的心意还在未定，只好慢慢斟酌吧。真格的，敦书兄还问候你哩，不然俺早到家了。因俺起身之前，敦书兄因地面上公益之事仗义出头，和北京一个恶棍怄了一场气，连气带累，啾唧了两天，俺等他病好才动的身。如今辇毂之下，市棍横行，当地官吏竟不理会。就此小节看来，国事可知，所以俺刻下远道赴官，甚是踌躇。"

安氏惊道："俺哥子为什么惹那恶棍呢？"

瑞符道："此事说起，本来气人。敦书兄住的那条街坊上，街心里有处关帝庙，是数百年的老香火了。住持僧人既老且病，外带着胆小怕事，偏偏被个九城著名的恶棍将那庙看在眼里，便硬生生召集徒党，盘踞在内，聚赌窝娼，没日没夜地喧哗胡闹。坊众们见不成事体，便怂恿住持去告恶棍，和他当官理论。那恶棍叫杨再生，外号儿闻土星，因他少年创光棍的当儿，曾被人通身划成棋子块儿，抛在野外一日夜，他居然复活，因此得了那绰号，取闻土再生之义。你想杨再生凶横如此，那住持如何敢惹他？过了几天，再生越发闹得不像话了，将庙中空地都赁与小贩并闲杂人等，偷儿是出入不绝，大殿内神像全丢在一处空屋内。他们便在殿内吃酒赌博，往往半夜价猫声狗气地大叫大闹，末后竟常招娼妓在殿上公然宣淫。街众们忍无可忍，便公推敦书兄承首，将再生告到当官。那再生累次价挟忿登门，裸体秽骂，敦书兄都不理他。费了许多的事，官中方将杨再生驱逐出庙，然而敦书兄也因此事气了一场小病，所以俺迟行了几天。"

安氏听了，向觉民道："你那会子还说你父亲舍不得放你姑父就走哩，谁知道还有这件事呀！如今的事真也没法说了，天子脚下竟有如此恶棍，难道关老爷的青龙偃月刀真不给他个见过儿，一下子斫落他的狗头吗？"

向坚笑道："亏得俺没在舅舅那里。俺在那里时，只需一阵拳头，便打跑那厮，哪有那么大工夫去告他？"

安氏忙瞪眼道："你……"

大家都笑了。

瑞符叹道："如今北京通是一团暮气，官中政务是不消说，但看这白昼大都之间就能容此恶棍，是何等的政象呢？俺听说，刻下北京杨再生之外，还有个出没市尘的逗气少年，人称为'方朔来'。人都说这少年行踪飘忽，时时游戏摆布人，与杨再生行径却不相同。北京人提起这两个宝贝来，无不攒眉。俺因出京匆匆，也没暇探听这班人。"说着，向安氏道，"敦书兄因俺赴官的心意不定，就着驱掉杨再生、整理关帝庙的当儿，命俺在帝君座前求得一签。"说着，由随身书箧内捡出签纸，向坚等都围来看，只见：

南天万里任抟风，皇路无端一望空。
记取相逢如梦处，点苍山畔月如弓。

大家看了，瞠目不解。

安氏笑道："可见是食禄有方，你看这劈头南天万里四字，不是分明叫你赴云南做官去吗？"

瑞符听了，不由大笑，忽地肚儿内咕噜噜一阵山响，因笑道："娘子，你只吵做官，毕竟当不了治饿，快吩咐他们来点儿饭吧，今天下船连早饭还没吃哩！"

一句话提醒了安氏，只笑得什么似的，便一面命厨下来饭，一面命向坚等烹茶、打洗脸水。闹了半晌，这才将个行尘仆仆的新进士给洗刷清爽。

于是，大家随意落座，觉民又问一回父亲的商业等事。

瑞符见向高一身素服，未免又慨叹一番，并询他近来家境。安氏却趁空儿去检点行装，都安置妥帖，须臾酒饭停当，便开在内室中。大家用罢，觉民自行趑去。当晚瑞符夫妇商量一回行止，夜深方寝。

次日一早，瑞符方衣冠整齐地先叩罢祖先，正要出门去拜望当地的官绅，不想门外鸣锣开道，本县官儿先已来贺，接着便是府太尊并本城绅衿，一趟趟应酬不迭，闹得瑞符一日价也没脱公服。次日，便是远近亲友并街坊们也都持贺礼登门。

大家谈论起赴官一节，有的道："做官是向远省，天高皇帝远，为所欲为，这才称得起百里侯哩。"

有的道："读万卷书行万里路，正是我辈壮举。你老先生恰当强壮之年，知将来高升到什么地位呀，为甚不去呢？"

有的道："依我看，越往南去越好。你看刻下北几省流寇蜂起，更有可怕的还有满洲鞑儿们。在云南做官，不用说别的，先躲得他们老远的，这一件儿先占了便宜啦！"

大家一阵七言八语，吵得瑞符越发心意不定，便笑道："诸公见爱的一席话怕不有理，但是瑞符家贫，远宦真也是件为难的事。"

众客大笑道："纱帽底下无穷汉，俺们如今不怕你拐掉钱债，你用多少，现成得很。"

正说着，瑞符的弟子们也约齐了踅来。原来瑞符设帐二十来年，从游之士甚多，很有些显官富家子弟，这时听到瑞符踌躇旅费一节，齐声道："老师不必虑此，这都在门生等身上就是。"

当时宾客散后，瑞符好不踌躇，但是人的功名心是不易消灭的，只得三两天，瑞符业已兴冲冲准备登程。因众弟子次第价各送馈赆，再搭着亲友等慨然贷给所需旅费，居然足用。这期间忙煞了个安氏，一面价检点长行的行装，一面价和瑞符斟酌，令向高随行，向坚家居。向坚哪里肯依，亏得安氏再四解说，并允瑞符抵省得缺后，再令他去。向坚没法儿，只好噘了两天嘴，也便罢了。

不几日，择定行期，瑞符去拜别先茔，接着又应酬过亲友的祖钱，风光热闹不必细表。

临行前一日，觉民早就踅来，当晚大家在内室叙谈。

向坚道："父母一路上只带孔升去，又不从家中雇仆妇，究竟伺候的人少些。依孩儿看来，不如将咱老仆也带去，再不然，昨天县尊荐的那杨安，人倒伶俐，也可以带去。"

安氏道："咱家老仆是留着和你看家的。那杨安人虽机灵，久当长随，有些滑头滑脑，所以俺不愿带他去。"

觉民笑道："俺姑父初到官场，也需有个有经验的仆人，到省后一切事体方才便当。若像孔升，怕不成功哩。"

瑞符沉吟道："此话也有理。既如此，你命孔升到县衙唤杨安来，明天随行。"

觉民趑去。这里安氏又嘱咐向坚许多言语，正说着，觉民趑回，安氏笑道："俺今天和你向坚哥哥只觉有一肚子话掏不尽似的，明天俺去了，便将他交给你啦。他倘若牛性发作，你只管捶他，书房中那根界尺便是俺封给你的。"

向坚忙拉觉民道："你还不谢恩？这不是徐彦昭的铜锤、八千岁的凹面金铜吗？"

众人听了，都各大笑，谈至夜深方才各自略睡。那向坚便卧在安氏脚后。

次日，瑞符夫妇结束停当，那杨安早就趑来，不待吩咐，早将竹舆、挑夫伺候齐了，先命孔升押行李下船。

这时瑞符等用过早点，安氏瞅瞅这里，望望那里，但觉那鸡儿、狗儿都挂些离别可怜之色，正在怔怔地拿袖儿抹眼角，忽听觉民吵道："表兄，你快别招俺姑父母伤心啦！走，走，咱送他老人家下船吧。"

安氏一望，只见向坚背着脸子，站在门旮旯里，业已哭得抽抽搭搭，急忙赶去道："好孩子，不……许……"

一个哭字未出口，向坚转身道："娘啊！"说着腿儿一矬，扑地跪倒，一颗头早偎在安氏膝盖。这一来不打紧，安氏身儿一颤，便扶定向坚两肩，痛泪纷纷，却一句也挣不出了。

正乱着，向高从外跑来，道："外边伺候齐了，就请动身吧。"

觉民忙扶开向坚，拥了安氏便走。瑞符又嘱咐向坚数语，父子俩便也随后趑出，方到门首，只见街众围观，啧啧叹羡。

那安氏方要登舆，忽向觉民道："你记着，东厢房内那纺车儿须收庋好了，等俺回头时还要用呢。"

觉民道："你老放心吧，便是你老用的布梭儿，俺都叫表兄收庋停当。"

街众听了，越发赞叹。

安氏等一径登舆，大家拥了直奔城外河下码头。登船后，向坚、觉民一齐拜送，自有一番留恋光景，不必细表。

不提瑞符夫妇万里长征，直赴云南。且说向坚垂头耷脑地踅回家，只觉行也不是，坐也不是，茶饭无心，只是奄奄盹睡。一合眼，便如在父母跟前欢喜跳跃，直过得个把月，方觉心神略定。

觉民怕他寂闷，便不时踅来伴他读书并习拳脚，有时见向坚痴痴地翘首南望，或见孤云南飞便凄然泪下，便笑道："表兄你好生发呆，人生聚散离合本是平常。你如此沾着怎的？你看俺，常阅老庄等书，便觉胸中旷朗得多呢。那云南不在天上，将来你不会去吗？"

向坚听了，果然觉得好些，从此和觉民时相往来，一面价督率老仆整理家务。过得数月，瑞符家信到来，已经安抵云南省城。又过得数月，瑞符信来，示知已蒙上宪委署为大姚县知县，就是地处万山中，号称难治。向坚、觉民喜慰自不消说，便是黄氏门前也越发地气象热闹。过得一两年，两下里常通书信，十分平安。

这一年正月后，春暖花开。向坚挂念父母，正想寻觉民商量着前去省亲。恰好由县驲里递到一封家信，向坚拆阅毕，不由满腔高兴化作一团冰冷。正是：

遥天魂断思亲梦，远道人贻诫子书。

欲知后事如何，且听下回分解。

第十四回

御欺侮双侠赴京都
矜阅历老客落骗局

且说向坚看罢来书，不由兴致嗒然，你道为何？原来瑞符书中除诫告向坚好好家居外，便述起刻下云南十分荒乱，屡次有山贼窃发，并有前几年川黔土酋奢崇明、安邦彦乱后的余党，自窜入云南后，一总儿没告肃清，藏伏得各处都有，所以道路之间非常难走，嘱咐向坚千万不可贸然南来。

当时向坚虽不高兴，且喜父母康健，署中公司亦均敉平，正要揣起信来去寻觉民，只见觉民匆匆趸来，一见那信便道："好巧哇，你这里也接到家信了。"

向坚道："难道俺舅舅有信来吗？"

觉民点头道："嗨，正是呢。俺正有事要和你商量，等我看看姑父的信再说。"于是匆匆阅罢道，"他二位老人家不叫你去，你便暂且不去，倒是俺刻不容缓，就须赴北京跑一趟呢。"

向坚惊道："怎么呢？难道俺舅舅又闹不自在吗？"

觉民愤然道："岂但不自在，竟被人家辱打了一顿，以致卧病在床。俺那会子接到信，命俺急速入京。你忘了那年俺姑父由京回家时，说的那恶棍杨再生吗？便是他怀着前恨去找茬了，至于详细情形，信中也没说，只命俺火速前去。"

向坚一听，不由双眉轩动，大叫道："竟有这等事！咱们快些都去料理那厮，不然他老人家那爿商店也不用在北京开了。"

觉民道："你且慢吵。你要同去也未尝不可，但到京后，须问明杨再生是怎的个欺侮情形，咱再设法料理。你却不可鲁莽从事，因为北方人若论武功，委实比咱南省人强得多。咱只在本地武社中混过些时，又随便儿学些拳脚，岂可便轻视那厮？"

向坚叫道："怕他怎的？咱这次北游，倒也是个机会，可是老弟说的话呢，北人的武功很有讲究，古称燕赵多慷慨悲歌之士，这句话想也不错。咱这次去，一来料理恶棍，二来寻师访友，不强如闷在家里吗？"

二人谈得投机，不由得兴致勃勃。觉民便匆匆转去安置家事，向坚这里也将老仆唤过来，托付他一应家务。

老仆道："老奴之见，少爷不必出门，便是表少爷北去省亲，也没多耽搁，不久便转来了。"

向坚哪里肯听，依然忙碌碌整备行装。过了一日，觉民趱来，订好行期，到得动身前一晚，向坚因觉民住在城外，便索性携了行装等宿在他家。

次日，两人结束停当。觉民是便帽直裰，商人打扮。向坚却内着短衣，外披一件英雄花敞衣，戴一顶范阳毡笠，各自携了朴刀。向坚素来好顽皮，从小时候学得飞石子打雀儿，百发百中，这时便佩起石子布袋。

觉民笑道："你这劳什子在路上不要乱玩。北省老哥们都是偃头直脑的，倘冲犯了他，恐不便当。"

向坚笑道："不打紧，咱有拳头对付他呢。"

两人一路说笑，厮趁着挑行李的挑夫，即便下船。只见船中众搭客十分热闹，各自占着行李座位，也有三两聚谈的，也有独自跂脚而卧的，见向坚等雄赳赳地入来，不由都注目而视。向坚等座位却在后舱中，两人趱去一望，向坚登时喊道："驾长（谓船家也），这所在须不成功，快移换座儿。"

原来后舱中左边榻上是个一嘴骚胡、两只眯缝眼的老客人，笑吟吟的，很带和气。右边榻上置着个花包袱，却有个油头粉面的小媳妇坐在那里。穿一身家常布衣，生得窈窕身段，俏生生脸儿略有碎麻子，水灵灵眼儿瞟上瞟下，正弯起一只腿，用手把握小脚儿，似乎是走累模样。

当时驾长趱来，向坚道："俺们那座位紧靠着这位娘子，须不方便，怎的换个座位才好。"

驾长搔首道："如今座位都定，就要开船，怎样能换呢？好在这位娘子明天搭坐到某处便下船，没奈何，你老将就着坐吧。"

众客人也趁势道："你这位小客官也特煞地腼腆。行路的勾当，哪里讲究得许多。你看人家娘儿们倒不避讳，你倒红着脸避讳起来了。"

觉民道："既如此，俺们便将就着吧。"

向坚正在踌躇，只见那媳妇抿嘴一笑，发话道："什么避讳不避讳呀，反正都是个人，这又不是谁和谁过日子。船到地头，各自散他娘的，俺们娘儿们倒没有什么不局气的，只要你们男……"说着，两颊微酡，拾起花袱儿就要下船。

觉民忙拦道："娘子莫去，快坐下吧。"

正乱着，只见那老客人道："咱们如今通融着办吧。我老汉上了几岁年纪，差不多当得那位娘子的……"

那媳妇忙道："什么呀？"

那老客拖着口涎，一挤三角眼，瞟着媳妇的面孔道："我老汉说个讨大的话，当你的叔子也使得。"

众人听了，不由都笑起来。

老客道："俺如今将座位和那两位小客人换个个儿，便彼此方便了。"

众客听了，都道："有理，有理，还是老江湖心思来得快。"

那老客登时得意道："出门的勾当，与人方便，自己方便。争不成那小客官不肯坐，这位娘子又要下船，眼睁睁便闹僵了。也无怪那位小客人，出门谨慎，刻下江湖上便是俺们老阅历，也不敢大意一点儿。"

众人听了，不由啧啧称赞。老客越发得意，便和向坚、觉民略一点首，顷刻将自家行李移到右边榻上。驾长和众客也便各自散掉，不多时，打鼓开帆。向坚等安置行李已毕，正要歇息一霎儿，只见那小媳妇的眼风儿不时地飞将过来。向坚脸儿越嫩，那小媳妇越瞅他，瞅得向坚不好意思，只得别转头去，向船窗外观玩风景。

只听得老客人先向那媳妇客气两句，然后和觉民叙谈起来，得知觉民等是北上京都，便笑道："你二位小小年纪走这么远的道儿，又是向北省去，一路之上，真须小心些。那北方地面，拐骗盗窃，离奇角色多得很，休说是遇着诧眼的男人须留意，"说着，似乎向那媳妇道歉道，"不怕娘子见怪的话，便是遇着女客们，也不可大意了。"

那媳妇笑道："你这老客人说得倒怕人，难道北方女客们会吃人吗？"

老客笑道："虽不会吃人，她却会摆布人哪！俺往年时有个朋友，在直隶州沧州道上，被一个妇人家剥得赤条精光，一匹大马、三四百金的行装都一股脑儿奉送给人家了。说起这件事来，也怨敝友自家不老成。他若像俺老气横秋的，何至于上当呢？"

那媳妇哧地一笑，自语道："自家不老成，还说什么呢？"

向坚听到这里，不由略一回望，只见老客人和那媳妇并肩而坐，正迷齐着一双老眼，注定人家的小脚儿，一面接着说道："那一年，敝友赴京，想办些京货。时当六七月之间，田禾甚茂，天气又热，这日傍晚走经沧州道上，那歪脖儿太阳火也似的烘人。敝友拉了马趱了一程，口干舌燥，只见前面黑团团一片村庄。敝友奔去，想寻口水吃。恰好距村不远大道旁有两间草房儿，外面皮着草棚，棚下柳木桌儿上摆着些熟食、茶水。有个大闺女坐在桌旁，低头缝纫，虽穿一身粗布衣，却生得甚是俏丽。

"敝友知道是卖茶点的，便拉马趱近。那女子含笑起迎，甚是和婉，笑语之间，忙将茶点捧上。敝友一面用茶点，一面和她兜搭。那女子始而只是含笑，后来却大方不拘，并且伶俐非常，不待敝友吩咐，便勒出雪藕似胳膊，提了一大桶水，竟去饮马。单是这桶水，便是大山汉也够提的，可笑当时敝友竟不理会。"

向坚听得有趣，便转面坐下，直瞅了老客的骚胡。

老客道："当时那女子饮罢马，便笑嘻嘻趱进敝友道：'客人还用什么食物，只管吩咐。'

"敝友这时正嚼了一口驴拉纲的硬面薄饼，便笑道：'如有软些的东西便取些来。'

"女子笑指棚上的挂篮道：'这里面有新出笼的鼓蓬蓬、白馥馥的大馒头，你老可喜欢哪？'

"敝友当时见那女子笑嘻嘻的俏模样，不由忘其所以，便凑趣道：'俺就喜欢这物儿。'"

向坚见老客人说到此，猛地一睃那媳妇，神情儿十分好笑，正在不解其意，觉民却笑道："你老先生简断截说吧，准是贵友就那女子摘取挂篮，便不老成起来，但是归根儿怎样呢？"

老客笑道："归根儿，敝友见那女子被他戏逗，并不发怒，便放大了胆，向女子低低数语。

"女子微笑，唤道：'阿弟快来，替俺看守一霎儿，俺去去就来。'

"一个蓬头童子由草房内应声而出，骨碌碌小眼一翻道：'阿姊快去快来，俺不耐烦伺候来往的臭牛子。'

"那女子一笑，便替敝友拉了马，两人一径趱赴田禾深处，就一株高树上系了马匹。这所在细草如茵，四外都是很高的田禾，不消说，两人一笑，各自脱得光溜溜。好笑敝友方自讶身到天台，只见那女子双眉一皱，哈哈一笑，忽地一伸胳膊道：'你只要弯得动它，便凡事由你。不然，却莫怪俺。'

"敝友这时已然着了迷了，还以为是女子故作娇态，于是含笑去攀，想就势放倒人家。不想人家一只玉臂滑似冻鳅，坚如铁石，休说是弯转来，便是稍稍晃动都不能够。这一来，敝友大悟，方暗道不好，早被那女子一把揪牢，便如提秋鸭子似的提到树下，用解下的腰带捆缚停当。敝友方张口要喊，一把土块业已填入口中。那女子却从容穿衣，解下系马，跨上便走，不消顷刻，早已影儿不见。

"直过了一夜并大半日，敝友方才遇人得救。一说遭事之故，那人大笑道：'你所遇的那闺女，准是高高的身材，嘴边一笑两酒窝的。你无端去撩拨她，却不是自找苦吃？她是俺这里有名的廖姑姑，矢志不嫁，独居奉母，时常价游戏市尘，谁也不晓得她住在哪里。你见的那草房儿是个贫病老妈妈子的，她不过偶在那里歇坐罢了。'

"敝友听了，似信非信，便谢过那人，忙跑向草房儿前一查，果然只剩个龙钟病媪。问起廖姑姑的来历，她一概不知，只知有个大闺女常携一童子来此歇坐，想是左近的村女罢了。"

向坚听得津津有味，便道："廖姑姑究竟是什么人呢？"

老客道："这个连敝友至今还不知，老汉哪里晓得，可见出门勾当须事事谨慎哪！"

那媳妇听了，只抿嘴而笑。当日大家款谈倒不寂寞，须臾停船，晚饭罢，向坚、觉民各就灯下看些带的书籍，一看老客人业已盹睡起来。那媳妇也自就一边舒开卧具，摘取簪环，包入花袱。一面价乱绾乌云，敞开上身衫儿，露着隐隐的酥胸玉乳；一面弯起腿来，扎抹莲钩，咬着唇儿，向觉民微笑道："你这两位小相公还不困吗？"

觉民道："娘子请便。"

那媳妇一笑，向衣卧倒，略作转侧，似乎也便沉沉睡去。不多时，满船鼾声相继而起，觉民等也便熄灯就寝。

两人初次做客，被大家一片鼾声相聒，急切间竟睡不着，但听得那老客忽地转侧，并嗽了两声，轻唤道："小客官们睡了吗？"

觉民等也不理他，便听得他榻上窸窸窣窣。少时，那小媳妇忽模糊糊地骂道："浪耗子，如何只管爬人家腿。"说着，似乎坐起，接着懒洋洋一声呵欠。

　　这时，向坚真个睡去。觉民朦胧一回，不由心头烦躁，方想转个身儿，只两股一并之际，忽闻甜馥馥一阵肌香发气，接着一张嫩脸儿偎到面孔。只那口脂散馥的当儿，忽觉有个软绵绵的手儿摸向肚皮，觉民大骇，却是转眼工夫早已瞧科，于是力并两腿，静观其变，但是被那手儿掇摸得只待发笑，只好竭力忍住。

　　少时，手儿忽去，却听得向坚呼啦一翻身，呓语道："表弟摸索怎的，难道有臭虫吗？"便略觉衣风一扬，微有小脚儿履声，待了一霎，那媳妇卧处忽又窸窣了一阵，也觉静了。

　　觉民暗想道："怪不得老客人说出门人须仔细，只这媳妇便有些尴尬哩。"待了一会儿，正要睡去，忽闻老客人转侧有声，少时似乎摸取他自己的行装，轻轻地提置榻下，那边小媳妇也便转侧相应。觉民也没在意，正在似睡非睡，忽地又醒来，这一醒来，觉民却再也睡不去了，但听得小媳妇卧处许多的微妙声息，直至那老客连喘带嗽地闹了一阵，方才声息都静，将个觉民暗笑得肚疼。但闻老客人顷刻之间，鼾声大作，睡得好不香甜得意。觉民倦极，也便沉沉睡去。次日醒来，早已巳分时候，船已快抵南桥聚的码头。

　　那小媳妇业已扎括得伶伶俐俐，又换穿一身簇新的小鞋儿，花袱包儿也置在身旁，却加了一条丝绳扎缚结实。那老客却四脚哈天，还睡得狗也似的。觉民留神他的行装，依然还置在榻上中间儿，正自暗想小媳妇做事周密，只见小媳妇忽地瞟着自己一笑。向坚却直撅撅地道："觉民老弟，昨夜里你只管掏俺大腿里子做甚？"

　　觉民未及答话，小媳妇连忙忍笑，别转头去。正这当儿，船到码头，于是有赴南桥聚的客人纷纷下船。小媳妇站将起来，一提花袱，直往下坠，看光景十分沉重。趁众客人抢攘之际，匆匆下船。这里觉民瞅瞅老客，忍不住向向坚低诉夜来的所闻所觉，向坚听了，不由大笑。

　　那老客正在春梦迷离、味美于回的当儿，忽被惊醒，揉揉老眼，知妙人儿已经走掉，便一百个不是意思，沉着脸子发话道："你们后生家真也不懂出门的勾当。像这般大惊小怪，除非我老汉能容得，你看人家那位娘子，便移向他座上去了。"

　　觉民笑道："好叫老丈得知，船已到码头，人家那位娘子早携着沉甸甸的花包袱下船去啦！"

老客人一听，登时顾不得拍老腔，一言不发，忙拎过自己的行李，急忙忙打开一看，两手一哆嗦，哇的声放声大哭。这一来不打紧，众客连驾长一齐拥进，但见那老客越哭越痛，少时竟两手自搏道："该死，该死！谁让你老不成材，如今血本银子三百多两一总儿被人骗去，你还自称什么老阅历！"说着，索性捶胸大哭。

　　众人听了，不由乱问所以，大家越问，老客越哭，一句话也没得。于是驾长趱近道："这船上人多手杂，你这行李快先整理起来，你到底是怎么回事呀？"说着，随手一理他散乱的行李。

　　只听啪嗒一声，有宗物件落在船板上，其中一个眼快客人一拍手："噫？"接着便哈哈大笑。正是：

　　　　莲钩一握余香剩，白镪公然不翼飞。

　　欲知后事如何，且听下回分解。

第十五回

双侠却敌黑风林
土人闲述榆林寨

且说那客人大笑道:"这只褪旧鸦青色的小鞋儿,分明是那下船的娘子的。昨天她一上船,俺已望得逼真,如何却弄到这位老客人行李中呢?这事儿就透着古怪喽!"

众人齐看那鞋儿,不由都恍然明白,便一阵乱唾道:"你这老儿还有脸号丧吗?俺们大家不揭破你面孔,便是情分。你虽丢掉银两,毕竟也不吃亏,快拿着小鞋儿当表记去吧!"

那老客一听,只好掩了老脸,趴在行李上,末后还是向坚看不过,便劝散众客打趣,并帮他整起行李,老客人没奈何,只得愧谢而去。这里觉民却拎起鞋儿抛入河中,招得众客拍手大笑。于是因话及话,大家又谈说些江湖上的骗局。不几日,向坚等由王家营下船,改走旱路。

这王家营地面虽是小小镇聚,却是南北冲衢,水旱码头,地皮硬人性刁自不消说。

这日向坚等落在一家客店内,只见店客们都纷纷议论道:"好摔跤的天门凤,真不含糊,无怪人家九城叫响儿,你看人家使出来的拳脚,格外地轻妙伶俐。昨天这一场子真热闹呀!"

向坚就人一问,却是昨天本地面上有两个把持码头的土豪,因有积嫌,各自邀人打架。这两个土豪,一姓李,一姓唐。李姓特出重金,从北京邀来一位能手,绰号天门凤,一下子占了上风儿,所以店客们把来谈论,向坚等就没在意。

两人落店稍息,用过早饭,一瞧日光还没到巳分时,向坚笑道:"咱们在南方时,除了步行便是坐船,如今咱也雇乘双骡车,尝尝滋味吧。"

觉民笑道:"那滋味不尝也好,咱们南方人提起北方的骡车来,没有不头痛的，不用说坐上去摇撞得浑身都散，便是那骡子屁和赶车的脊背汗臭气也够受的哩。咱又不是小脚娘娘，正好疏散步行。一来练练步下功夫，二来随路观玩，行止坐卧，一切由我，可不自在得多哩。"正说着，恰好店伙进来泡茶，觉民信步踅出，自到店外眺望眺望。

向坚随口道："伙计，你这镇上可有骡车吗？俺们是赴北京的。"

店伙笑道："我的爷台，这所在您要雇车，百儿八十辆，一招呼就来，并且把式（北方谓御者也）老实，骡儿硬砢，外带着价钱还公道。轿车、河南篷儿一概都有，您老由性儿挑吧。"

向坚道："轿车就好。"

店伙一缩脖子道："巧咧，您要轿车马上就有。"于是右手按住大水壶，左手一搭太阳角，拉开怪嗓子喊道，"喂，老朱哇！你的买卖到啦！不用发愁交不上李二太爷的车捐啦！"

便闻一人应声道："如此好嘞！"声尽处，踅进个蠢笨笨的车夫，直愣愣地问："哪位雇车呀？"

店伙一指向坚，道："便是这位老客和一同伴要赴北京，共是两个座儿。你瞧瞧，行装无多，轻松得很，一言抄百总，你就说个价吧。"

车夫龇着黄板牙，道："这还用先说吗？由老客瞧着赏吧。"

店伙道："喂，老朱，你怎么也学会玩这档子虚儿飘儿？那么俺与你做个价儿，不村不俏，人家老客是开眼的人，满不在乎这上头。"又转向向坚道，"咱就给他四十吊老钱，直送到地头，管装管卸，您道好吗？"

向坚初次出门，本不晓得应该是多少价儿，方在略为沉吟，店伙却凑向他耳根道："这是便宜价儿呀！他要不急等钱用，向您一要酒钱，便须四六吊了。您老放心，您既住在俺店中，俺还会胳膊肘往外扭吗？"

向坚听了，又瞧店伙那副神情儿，不由一笑。

店伙道："您瞧，这不结了吗！"就向车夫道，"老朱哇，快去收拾车，听招呼吧！"于是和车夫一齐踅出。

向坚微闻店伙道："老朱，你拉这趟买卖，什么价钱哇？先搛一笔账是真的。"

老朱道："俺也是这般想啊。"

向坚这里方暗想车价准是公道。恰好觉民踅回，向坚一说车雇妥了，觉民顿足道："咱步行登程，多么自在，没的自添麻烦。一路上便有名山胜水，多着一辆车，便不暇从容游玩啦。"

向坚笑道:"不打紧,方才俺是无意兜搭的,老弟既不欲坐车,咱就打退他。"说着,和觉民踅向店院去寻车夫,恰好那车夫正逼定鬼似的站在店门首,和一个人讲说。

那人有三十多岁,生得横眉溜眼,满脸凶暴之气。内着短衣,外罩青绉大氅,软疙瘩甩头便帽歪在一边。一手搓着浑铁球儿,一只脚踏在门凳上,翻起眼睛,向车夫道:"你不用哭穷说闲篇儿。你既请妥买卖,快先去支点儿车价交俺车捐,俺金大爷忙得很,不能久候哩。"

车夫赔笑道:"好吧。"说着,一转身,恰遇向坚,还未开口,向坚却唤道:"喂,老朱,对不住你,那车俺不雇了,你另寻生意吧。"

车夫愕然道:"客人别开玩笑哇,买卖是一句话,你怎又说不雇呢?"

向坚还未答语,便见那搓铁球的男子沙沙沙狠搓那球儿,微微冷笑。车夫一见,越发心慌,恨不得待哭的样儿。

觉民便道:"俺们委实用不着车,但是俺们既雇了车,如今又不用,却是抱歉。俺给你两串酒钱赔个不是吧。"

车夫听了,倒也没话可说。那男子却越发冷笑,忽地他顾,自语道:"这真应了俗语哩,见土鳖不拿,是有罪过的。"

车夫攒眉道:"得啦,俺的金大爷。俺就算土鳖吧,反正这两串酒钱,足够一月车捐,欠不下您的就是了。"

男子瞪起眼睛道:"你欠俺的,好叫你骨头渣子痒痒。"

觉民方暗诧男子凶横,只见向坚业已由室内取出两串钱,把与车夫。那车夫更不换手,赶忙递给那男子。觉民等才一转身,那男子却啪的声一蹾铁球,发话道:"便宜这厮们!今天俺金大爷是不得闲,不然你在这片地面上欺负苦哈哈,却不成功!雇了车又不用,难道长的是老婆舌头吗?"

向坚听了,嗖的声转身,大喝道:"你说什么?俺们自有交代,干你甚事?"

觉民忙拉他道:"别耽搁啦,快上路。"

一言未尽,那男子跳起来直奔向坚,一摆拳头,大喝道:"你这厮既这么说,咱们便干一下子,你好好赔人车价,算你识得起,倒不然……"话未说罢,当胸一拳捣来。

向坚略闪,大怒之下就要放对,刚一扬拳,只见一人如飞跑来,大叫道:"别打!"说着钻进来一横身,隔开两人,却是店伙。

这时,车夫也将男子生拖活拽地劝开,于是店客都出,一阵子排解,那男子方骂骂咧咧大踏步趱出。向坚余怒未息，便问店伙道："那厮是什么人，怎如此凶横？"

店伙吐舌道："俗语说得好，主多大奴多大。此人叫金二，便是这里李土豪的门下豪奴，又自觉会两手儿三脚猫儿，动不动便讲打架。李土豪包办车捐，都是他到处催取。昨天李土豪又邀得北京能手天门凤，打架赢了，所以他的奴才们越发地狗仗人势。你老是远客，强龙难缠地头蛇，不必理他啦。"

向坚听了，还在怒气勃勃，觉民却道："原来是个臭奴才，狗也似的人，咱不值得和他计较。"

于是，两人一笑，趱转来开过店资，各负行装，提了朴刀，便匆匆上路。方趱出半里来地，忽见店伙匆匆赶来，就像煞有介事似的。

这时觉民在后，便道："莫非那车夫也不依了吗？"

店伙一面摇手，一面四下一望，然后匆匆数语。

觉民笑道："谢你好意，俺们自会小心。"

店伙一面回步，一面道："您记着，趱过前面小桥，便是岔路小道啦！"说罢，匆匆趱转。

这里向坚就觉民一问所以，不由拊掌大笑道："这店伙倒是好人，然而咱们怕不着他。"

两人一面说笑，拔步前进。果然不多时，行经一处小桥，左右小道，两人相视一笑，仍奔大道。行未数步，却见个短衣汉子由道旁草中一探头，即便趋向前途。两人只顾高视大步，都没理会。须臾趱出十来里地，一望前途，川平路迥，四外杳无村落，距足下一里来路远，却有一片黑压压的短林。

向坚笑道："那店伙说的黑风林想就是这里了，难道金二那厮真个敢来吗？"

说话间，距那短林不过数十步，觉民方戏说道："这林内雀儿倒多，表兄怎不打些玩呢？"一言未尽，只见那短衣男子从林内猛一探头，接着呼啸一声，向坚急退步大叫仔细。

说时迟，那时快，喊声起处，早由林内拥出十余个彪形大汉，一色的花布包头，各持刀棍。为首一人提一把明晃晃大斫刀，正是金二，跳跃大叫道："朋友别走，这便是你的尽头路啦！"说罢，横刀一挥，众汉子一拥齐上。

其中有个细高条子，身长腿快，方一摆短棍，抢向前面，只听啪的一声，业已仰面栽倒。众人一怔，正在乱蛆似的四下张望，只见迎面敌人业已剩了一个，并且在两具行装上坐了个四平八稳，一把朴刀也倚在行装一旁，便如没事人似的。

众人见此光景，倒登时不敢前进。金二便喝道："没用的东西，还不快进！"

但见敌人一举手，又啪的一声，金二大叫，手掩鼻头，顷刻血流如注。众人这次望清是石子咧，正要一拥齐上，只见道旁小土冈后人影一晃，明晃晃朴刀飞出，直取金二。金二大怒，接战之间，坐的那敌人却哈哈大笑，跳起来手势一舞，但听得噼噼啪啪，那石子便如连珠撒豆，一气儿打将来，直打得众人跌跌滚滚，头破血出。喊一声，方要回卷，早见金二业已被土冈后那人杀得屁滚尿流，好容易跳出圈子，向林内没命地跑。于是众人争先恐后，回头便卷。

偏那细高条子膝盖被伤，正一只脚跳得好咯噔，早被飞石子的那人一把抓住，吓得他乱央道："爷台饶命，这不关小人之事，都是金二逞强，要折辱爷台。"

那人大笑道："便是你们新邀的什么北京能手天门凤来，俺也须采他把凤毛儿玩玩哩！"说着，手儿一松，细高条子鼠窜而去。土冈后那人也趱来，两人望着树林哈哈大笑，各自负了行李，提了朴刀，拔步便走。

原来向坚等因各负行李不便厮斗，所以向坚守了两具行装，仗石子神妙，给他个以逸待劳，觉民却伏在冈后，专取金二。

不提金二回头自有一番光景，且说向坚等一路上晓行夜宿，随路观玩，甚是逍遥舒畅。两人乍到北方，真觉一景一物另有一番趣态。一处处山川之雄厚，人民之健实，与南方尚文脆弱之风却大不相同。便是途中所遇的妇女辈，都骑驴跨马，拔着腰板，挺着脖颈，一般的秀眉俊眼，却另有一种优爽大方之气。

这当儿各处不靖，不但行客们挺棍带刀，便是大村大堡都筑起长圩坚垒。一处处旌旗鼓角，相继不断。便是本地人立的乡团，或名某寨或名某庄，许多的称号。那团董们大半是当地豪滑，出入间鸣角列队，俨如军伍，很有气势。

向坚等见此光景，便偶问土人道："你这里乡团如此兴旺，地面上盗匪一定是少的吧？"

土人笑道："倒也不哩。乡团自乡团，盗匪自盗匪，弄这种有名无实的勾当，不过给老百姓添些糜费，并添若干的大爷罢了（奇语！然吾思今之丘八爷，孰不有大爷资格哉！一笑）。你老想，当团董的，非贼诡溜滑坏五字占全坐不着这把交椅，及至交椅一坐，便不是他咧！捕盗一说，直然地没有那回事。能够和盗匪拉个交儿，人家过意不去，给个面孔不来作闹，这便是顶呱呱的团董。顶可恨的是挟贼自重，不但横敛小民，并且目无官府。还有一类更可恨可怕，并且是将来的大患，便是私通盗匪，坐地分肥，更且互相忮忌，唯恐自家失了势力。就外面看来，虽说是各团守望相助，其实各存吞噬之心。刻下官中虽知其弊，只得如哄骄哥一般哩。"

向坚道："难道各团中就无一正气团董吗？"

土人道："虽也有正气些的，却也是趋走声势之辈，借办团为由，想自己出息个人物。若说是保卫地方，以纾国难，这等人却是没得。客官不信，但看前途涿州地面榆林寨的乡团。那团董姓梅名国芳，本是安徽亳州人士，其父梅瑾是个豪侠角色，既善技击，复工货殖。他初来涿州时，仅有蹇驴袱被，出其橐资，开张一爿小店面，也没人知道他的来历。为日不久，他听他乡人们说起亳州地面被官府捉住一干江洋大盗。他嘤唶数日，忽地托邻佑们看守店面，自称要回家接眷。过了多日，果然喜洋洋接得眷属都来，车骑行装，十分煊赫。登时大作店面，阔绰起来了。过得数年，他那交游声望直然地倾动一时。但是他自接眷来涿，只是闭门纳福，不但对外人绝口不谈技击，并且和气异常，居然是个循循长者。

"哪知又过了两年，一日梅瑾正在厅室燕坐，忽有一虬髯豪客，结束劲健，跨一匹大青骡儿，闯然到门。自称为淮南于八爷，掏出名刺却无一字，仅画两把刀儿，撇开来恰如八字。

"那门公一见，方在诧异，豪客张目叱道：'快些通报！俺数千里间关至此，特来访你家主人！'说着，系骡于上马石上，两手叉腰，目光闪闪。

"门公大诧，只得赔笑道：'你老稍待，俺主人不定在家不曾，俺且望望去。'说着，如飞跑进，却听得豪客在外鼓掌大笑，那笑声十分惨厉。

"当时门公直入厅室，呈上名刺，梅瑾大惊道：'他、他、他如何竟寻向这里来？'说着，霍地跳起，便要去摘取壁剑。那门公大骇，返身出厅之际，早见豪客已大步趑到，只手儿略拨，门公已颠仆数步之外。但见他纵声大笑，掀帘直入。

"那门公爬将起来，就窗一瞅，越发地摸头不着。只见豪客把住梅瑾的两手，一言不发，只管端相梅瑾的面目，两目凶光，好不可怕。梅瑾却伏首至胸，面无人色。少时，豪客失声长叹，猛地一松手，梅瑾踉踉跄跄出丈余，趁势倚在榻前几儿旁，简直地形如木鸡，动也不敢动。

"豪客却挽袖勒臂，叉开巨灵似的五指，赶近喝道：'梅朋友，你忍心害理，恐同人们攀拉于你，便贿通亳州狗官们，将同人一十三众胡乱在狱里摆布煞。俺等历年所得赃金十来万两，一向寄顿在你家，你便从容笑纳。你的打算倒也不错，可奈天下事不容人算，偏俺于八从狱中滚将出来，历年避迹，依然不曾死掉。今天咱们相遇，岂同等闲？想是冥中同人想你这位老大哥，特遣俺十五小弟前来奉邀吧！不然，俺寻你数年，怎的今天才遇呢？你享用数年也就罢了，人生适意，不过如此。梅大哥，你先走一步吧！'说着，咯巴巴一拳五指俨似钢钩，就要动手。

"梅瑾战抖抖地道：'往日之事都是俺错。如今劣兄营运，何止数倍往日的银两，便尽数儿交与老弟都使得。只求恕俺一命，多少是好。'说着，双膝跪倒，泪如雨下。

"那豪客一听，不由剨然长啸，也不来理梅瑾，只管张着一只大手，在厅中来回大踱。忽地虎目中凄然泪落，说道：'梅大哥，你要听明白，俺此来并非为俺私怨。至于银两，更莫污俺的耳朵。俺此来，只完成咱们十五人当年结盟时同生同死的一句话，也见咱绿林中还有这点子小小义气。如今十三个兄弟久归泉下，咱两人一头一尾苟活世上，又有甚味？俺若先行一步，却恐你这位老大哥委实地靠不住，所以俺不能不先奉请台驾。'说着，奋拳抵案，其声砰然，大喝道，'梅大哥，你这么着，今天傍晚，你向城外某桑林内先去殓俺的尸骨何如？'

"梅瑾听到这里，忽地慨然站起道：'兄弟，你既然说到这里，俺也没别的求你咧，就是吧，咱们前后走着。但俺跟前有一双儿女，须命他们认识认识你这位叔父才是。'于是一迭声地喊过来，匆匆拜罢。

"窗外门公方瞅得糊糊涂涂，只见梅瑾端然正坐，哈哈一阵狂笑，向那豪客道：'兄弟，劣兄有累于你了，但是你也不必拘着什么桑林里殓你尸骨啦。'

"豪客拍胸大笑道：'于八生平说一句是一句，老大哥请放心吧。'说着，踅近梅瑾，就他背心上轻轻一掌，那梅瑾浑身一抖，豪客回身便走。门公急忙随后送出，豪客仰天一笑，解下青骡，顷刻超乘而去。

"那门公正在呆望那行尘滚滚，只见梅瑾苦着脸子踅来道：'你去买口

上好的棺木，少时傍晚时光就用。'

"门公一望主人的面色，一点儿血色都无，便如大病初起一般，也不敢问其所以，只得如命去买妥棺木。傍晚时光跟着梅瑾便到某桑林中一望，只见那豪客业已自刎在林，血淋淋的一柄匕首还在身旁。那门公正惊得目定口呆，梅瑾却一言不发，只跺跺脚，长叹一声。立时命门公去唤人，抬得棺木来，将豪客装殓停当，便埋在左近一片荒塚丛中。及至回头，业已二鼓打后。

"那梅瑾歇息一回，自觉不妙，便将一双儿女并家人等叫到面前，慨然道：'俺如今命在须臾，特将从先一段公案说与你等，以为贪财负友之戒。方才那于八，骁健绝伦，并习得一手绝技，名为铁砂掌，真有竖搠可穿象腹、横斫可断牛项之能。在淮南一带久著勇名，人称双刀于八爷。因他每做劫案，必在人家门墙上画就两刀，形如八字。他和俺外，还有十三个弟兄，大家歃血结拜，誓同生死。俺年长居首，唯有于八最幼，便居最末。江湖上人称为十五兄弟，各处里所做劫案，不一而足。

"'后来，俺独身远游北方，却闻得他们十四人被拉到官，俺不合见财昧良，便回到亳州。一面价贿通狱卒，时时地入狱，与他十四人周旋打点；一面却用大家寄顿在俺手的银两行贿官中，将他们不分首从，次第价设法弄毙。俺那时做事严密，诸人至死见俺不断地来狱看望，十分殷勤，都道梅大哥真够朋友。唯有于八却有些犯疑心，几次价想攀出俺来，无奈那十三人都不答应。及至仅剩了于八一人，恰巧有个小狱卒无意中和同伴讲说俺的暗计，被于八潜听了去。于是于八大恨，当夜便施展手脚，越狱在逃。因那时全案盗犯只剩于八一人，禁卒等未免看守懈怠。只那一夜中，天幸俺适值他出，次早回头，却见俺榻褥中断，并且壁上明白白画着双刀。不多时于八越狱消息早已轰动全城，赶紧缉拿，自不消说。俺那时惴惴数日，还暗幸俺流寓涿州一事，于八等都不晓得，便忙忙移家，一径来涿。

"'不想事隔多年，那于八居然寻来。俺如今已受他的铁掌内伤，命在顷刻。'说着，喘息一回，望望他一双儿女，长叹道，'俺虽死掉，所有家资尽足你们过活。俺教与你们的武功，从此务须丢开，即如俺纵横一世，如今还吃人一掌击煞，又有什么结果呢？'说罢，两目直视，大叫一声，竟自呕血死掉。

"原来梅瑾一双儿女这时都才十来岁，儿名国芳，便是刻下榆林寨的团董。女名英嫄，只小国芳一岁。兄妹俩一对儿绢制的人似的，自小儿便爱武功。那梅瑾闭门纳福，便教给他们许多武功，以为消遣。当时兄妹痛哭一场，办过了丧葬之事，守着偌大事业。因只两个十来岁的孩子支撑，并且是流寓的人，那当地的豪滑人等未免有些欺生，所开店面常有无赖辈前去搅闹。

"国芳性稍柔和，还不愿与他们为难。英嫄便道：'世界上的事都是欺软怕硬，咱不大创他们一下子，不但涿州着不得脚，任是到哪里也不能安生。俺的性儿是不受揉搓的。'

"于是兄妹俩暗暗留意，可巧涿州有个著名的地痞，绰号儿开路鬼。生得黑粗傻大，头似笆斗，拳赛油钵，有数百斤的笨气力，在涿州市上真是掉臂横行。那涿州地面贩粮的车帮最为霸道，粮贩一来，便是千数百辆，都是人推的侉车儿（独轮车），填途溢巷，一过便须半月。便是本地官府遇着，也须与他们躲路，行人们稍有冲动，便被车帮上人围上来，打个臭死。其实帮头儿并不一定便有什么本领，无非仗人多势众。帮头儿扎括得凶神似的，带上两把明晃晃的牛耳朵长攮子吓吓人罢了。

"一日开路鬼喝了两壶酒，醺醺地愣着眼儿，又在街上胡撞。只听吱扭扭侉车震耳，抬头一望，一帮贩粮车各插小旗，长可二里余，业已黑压压地卷将来。一片喧呼骂詈之声，便如王八吵湾一般，吓得道两旁行人跌跌撞撞地乱躲。恰巧有一辆乡下老牛车，上面坐着个老太婆，正含着挺长的旱烟袋，和一个小媳妇子嘀嘀叭叭地讲话，正走到一处大宅门上马石前。

"那赶车的是个驼背老头子，方跳下车，想要引牛闪路，猛一抬头，帮头儿已到面前，大骂道：'瞎眼的老死囚，真要找死吗？'说着，向驼背抬手两拳，老头儿痛得乱翻白眼，慌了手脚。连忙开车之际，帮头儿一脚踢去，那老儿一脚跌翻。老太婆方啊呀一声，由干瘪嘴内拔出烟管，帮头儿不容分说，带车便开。

"哪知那老牛性儿且是古怪，它是认得主人家的，今见生人来开车，它如何肯动？正在一低犄角、回蹄踏定的当儿，只听哗啦一声，又咔嚓一声，街坊上登时大乱。"正是：

　　　　争道挥拳方入望，移石示勇在须臾。

欲知后事如何，且听下回分解。

第十六回

开路鬼酒醉打商店
涿州城梅氏显双雏

"且说街众们见帮头儿硬开那牛车，正在吃惊，只见那牛竟犯了老牛性儿，立了个纹丝不动。

"这时车上的小媳妇早吓得粉面焦黄，方伸伸脚儿，向老太婆道：'娘啊，咱们快些下去吧！'

"一言未尽，便见帮头儿一打口哨，早由后面车上抢上四五人，喊一声，便拉那车。不想老牛性儿委实倔强，当时哞一声，头低尾竖，趁众人牵拉之力，向那宅门口猛地一败道。这一来，咔嚓一声正撞在上马石上，顷刻间车翻人倒。

"可笑老太婆这当儿一根长枪似的烟筒还不肯等闲离嘴，一声啊呀没喊出，扑哧一跤。亏得街众中一人眼明手快，赶忙一把与她夺去烟筒。饶是如此，老太婆口角边鲜血立出，原来是银烟嘴儿戳伤牙床。

"老太婆方拉开倭瓜瓢的嗓音骂道：'你们这干强盗，难道要抢人吗？'

"只听街众一声喊道：'反了，反了！'

"老太婆一望，登时一头撞去，却被街众拉过一边。原来那小媳妇跌在车下，百忙中脱了一只小鞋儿，刚气急败坏地拾起来往脚上穿，却被个车夫劈手夺去，抛出多远。当时街坊上这阵乱，往来行人顷刻挤成大疙瘩。

"此时，便见一个黑壮汉掉臂闯到，一声怪叫，真如舌尖上起个霹雳，不容分说，骑马式子向上马石旁一站，一伸粗臂，赛如铁梗。用两手抠定系马的石孔，只左右一晃，登时石下埋土松动起来。那汉身形一长，喝声'起！'

"众人大惊，只见那汉提起那上马石，趸到街心，砰的声置向当路，大笑道:'今天没别的,你们哪个是朋友的,且和俺玩一下子。只会欺负妇人家,算得朋友吗?'说着,山精似捏定双拳。

"站在石旁、对面、后边的车伙们不知就里,还在乱骂。帮头儿识得是开路鬼,如何敢惹他一顿拳头,于是满面赔笑,向开路鬼连连拱手,你兄我弟地闹了一阵。开路鬼方微微冷笑,提归上马石,放一帮车子过去。

"从此,车帮气焰为之大减,那开路鬼勇横之名也便为之大增,真是跺跺脚四街乱颤,走到哪里都是大爷啦!

"这一天下午时分,开路鬼从赌场回头,因为输掉了钱,很没好气。方趑到梅瑾家所开的杂货店面左近,只见一个老妈妈子手端一只空碗,一面嘟念道:'俺一文钱也是顾主,你就这等甩大鞋,饶不卖还笑话人。'

"开路鬼一看,却是他街坊张妈妈,因笑道:'妈妈,向哪里抓孤老去来呀?怎的气得小髻都梗起咧?'

"张妈妈道:'你可说吧,便是方才俺到梅家店内打一文钱的高醋。你猜他店中站柜的小蛋蛋子们怎说呀?他说这一文,俺实在卖不着,你老偌大年纪,少吃些醋吧!吃俺骂道:"放屁!你妈倒会多吃醋哩!"正乱着,从外面来了粉团儿似的两个男女孩儿。店中人们登时捧宝贝似捧进去。俺也便翻身出来,凭空地惹他娘这么一肚子气!'

"开路鬼道:'噫,真的吗?你这么着,快把这只碗给俺用用,你回家等着去吧。少时,俺不但叫你酸酸的,还叫你香香的、咸咸的,外带着还辣辣的、麻酥酥的,五味作料,一概俱全。俺若花上两文钱,便是你养的何如?'说着,一歪帽子,敞着大衫,从张妈妈手中夺过大碗,一径便奔梅家店面。

"街众见此光景,情知开路鬼今天又要耍熊,便有好事的跟了去瞅。只见开路鬼腆着大肚皮,一路漫骂。须臾到得店中,啪一声将空碗向柜台上一蹾,从怀中掏出一文钱,瞪起凶睛道:'呔!俺这一文钱四个宝字,你便给俺来四样油盐酱醋外挂麻辣胡椒面,算是填你老板的眼子(指钱眼买物)。'说着,竖拿那钱,向台面一斫,登时斫入。

"店伙一见,登时提起一把汗,赶忙赔笑,拎过那只碗,七手八脚打全作料。

"开路鬼喝道:'这一股脑儿糊糊涂涂是你娘的什么水儿呀?快与俺样样另打!'

"店伙没奈何,只得拿出四五只小碗,将作料重新打好。你想,那一

99

文钱打若干作料，不过每碗中有一眼泪罢了。

"当时店伙哈着腰儿道：'你老拿不了许多碗，俺们送送吧。'

"开路鬼道：'稀罕你送哩。'说着，向柜内一瞟眼光，只见金漆桌儿旁果然坐着一对粉娃娃似的男女孩儿，正在那里嘻嘻哈哈，似乎是指点说笑他。那女孩儿并且抹搭着小眼皮，咕嘟着小嘴儿，捻定粉团儿似的小拳头，望着他只管撇嘴儿。

"开路鬼料得是国芳兄妹，便招手道：'喂，你两个这里来，且与俺送这碗去。店中事忙，东家正该帮个忙哩。'

"一店伙赔笑道：'您莫取笑，那是俺少东兄妹。'

"开路鬼大喝道：'俺怕不认得这两个崽子！他跟俺去，俺一高兴，还许收他们做干儿女哩！俺们爷儿们自有交代，干你鸟事！'说罢，抄起那大碗，向店伙便是一下。

"店伙忙闪，脖项间业已中着，作料淋漓，登时闹得一塌糊涂。众店伙一阵大乱，开路鬼一甩长衫，跳至街心，破口大骂。

"忽听店伙等喊道：'少东慢去！'接着，嗖嗖两声，国芳与英嬜已由柜内一跃而出。

"开路鬼俯视国芳等哈哈大笑，一伸大掌，就要来抓国芳。国芳滴溜一转身，猫儿似闪出数步。开路鬼大宽转赶去又抓，方弯了身，稍撅大屁股，后面英嬜赶到，向他臀阴之间便是一脚，开路鬼大呼转来，来取英嬜。背后国芳一跃丈把高，双足一绷，向他肩背之间来个蹬倒泰山式。开路鬼往前一栽，一个狗嘴啃地。英嬜趁势提起小脚儿，向他腰脊骨啪啪啪便是几脚。开路鬼就地一滚，大喊跳起，莽熊似方扑英嬜。不想国芳又早绕向他身后，瞅着冷子，单拳独马，砰一声正打在他尾巴骨上。

"当时，街众见两个猫儿似小孩儿前蹿后跃，闪闪霍霍，弄得个山精似的开路鬼跌跌撞撞，又是惊异，又是痛快，不由震天价一声喝彩。

"这一来，开路鬼恼羞成怒，便放出笨牛的气力，伸出两只大手，东扑西抓，瞪起铜铃似的大眼睛骂道：'只要俺捉住你们，都摔成肉饼子！'

"哪知国芳等灵便非常，少时两个小身躯便如两点黑子，围住开路鬼嗖嗖乱转。这其间开路鬼吃的暗亏简直地就大咧。别处还在其次，唯有下部挨的拳脚最多。因敌人矮小之故，又搭着自己身躯特煞长大，搏取矮小便如人捉猫儿，焉有不受累的道理呢。

"当时三个人大闹街坊，只累得开路鬼气喘如牛。不消说，放出无赖样儿,一面扑捉,一面尽口秽骂。

"英嬛怒喝道:'你这厮!'一耸身形,兀地飞起,伸出两指,就要去点敌人眼睛。这一手儿名为二龙戏珠,端的厉害。但见开路鬼脑袋一偏,两臂一张,那英嬛去势扑空,只衣带一漾之间,却被开路鬼狠命地两手一扑,抓个正着。

"街众一声喊,就这声里,但见开路鬼双撑铁臂,便是个霸王举鼎的架势,早将英嬛头下脚上,举向半空。

"英嬛两只小脚儿竖得笔直,两手竭力抓挠敌人的两臂,无奈开路鬼皮肤粗厚,通不理会。正咬牙切齿,要这么向下一掼的当儿,但见英嬛猛张两手,喝声'着!'登时一个双风贯耳。诸位要晓得,拳术家诸般险解数,专能败中取胜,种种名目,不一而足,有诸般拿法、诸般解法。若两下里都是惯家,但看敌人一举手、一动脚,便知敌人要用什么招数,就须预为之备。就如名手对弈,总须看下两步棋去。你想开路鬼本是个笨匠儿,他如何晓得其中奥妙?但知捉住英嬛,喜得发昏便了。

"当时开路鬼猛受两掌,但觉脑袋内轰的一声,两眼一发黑,往后便倒,两手一撒。那英嬛趁势雀跃而起,兄妹俩四只拳头一齐上,按住开路鬼这阵好打。也就稍有须臾,开路鬼口鼻血出,一丝两气。街众们怕打出人命,这才将开路鬼抢过一边,劝住国芳兄妹,从此涿州无赖等方才不敢小视那梅氏双雏。

"当梅瑾临终时,虽有感慨的话,戒习武功,无奈国芳兄妹天性好武,自撑起门户以来,越发地打熬气力,并不惜重金,延聘那远近的名师。只五六个年头,兄妹俩早武功大就,步下是蹿高跃下,马上是大戟长枪,真是十八般兵器件件皆精。那英嬛自出心裁,更练得蜕龙鞭和梅花刀两般绝技。

"蜕龙鞭形如软索,节节连环,伸开来长可两丈余,盘曲来只盈一握。系用软硬精钢制就,鞭梢儿是一錾金的蒺藜骨朵。至于梅花刀更为别致,是用精钢打就十二把短刀,宽如蒲叶,长仅五寸。刀柄上打就一朵凸出的梅花儿,为的是抛出去沉着有力,百步外刺取飞鸟百发百中。

"那英嬛长到十六七岁上,出落得风姿如画,百媚千娇,就是性儿娇伉,不受羁勒,便是国芳都怕她三分。每当高兴时和国芳并辔出游,望得一班游侠子弟们咽咽地老大馋涎只管往肚内咽。

"其中就有不自菲薄的浼媒人前去求亲,英嬛却笑道:'俺这时节还不高兴娶丈夫哩,你问他归我之后,可能听我指挥吗?(愈说愈奇,然在今日妇女解放吵成一片时却不奇了。)话须说明,免得临时淘气.'

"求亲人听了这般口气,唯有舌挢不下,从此国芳兄妹在涿州声威日起,比梅瑾在日还要火爆三分。不消说是交游日广,出入官府居然是豪绅模样。可巧涿州西南乡忽然撞来一群游匪,盘踞在一片山洼里,不但打家劫舍,并且恣意淫掠。

"国芳大怒,便禀知州官儿,领了在官的壮健数十人,自和英嫄两骑马驰入贼巢,杀了个落花流水,一把火烧掉寨窝儿,并救出被难妇女数十名。州官儿大悦,便要详报上宪,与国芳大请奖励。国芳一笑,极力辞掉,从此梅氏声威越发大起。那榆林寨正临大道,本是梅氏的一片荒庄院。自国芳被当地官绅推为团董以来,他便移居在寨,为的是地面宽敞,又有长圩,地形极佳。一来便于操练乡勇,二来和城中取掎角之势,倘有缓急,彼此可以呼应。

"客官您到前途,您看人家那片雄寨,那片布置的气势,端的是铁桶一般哩。却有一件,那梅国芳兄妹这当儿便是当地的大头脑咧,便是本州官儿都须仰他的鼻息。如今就是这般耍硬胳膊的年光,您要凿死理儿,是没得的。"

向坚等听了,连连称奇。两人一路上随意徜徉,拔步前进。连过几处乡团所在,虽也设有汛卡等,那卡上乡勇一个个稀松懈散,有的三五攒聚,胡拉八扯,有的就卡门上直打瞌睡,破枪锈刀丢得横七竖八。见行人过来,没奈何睁开睡眼望望,呵欠连天地问两句淡话,便算了事。

觉民笑顾向坚道:"真是闻名不如眼见。你看那日土人说的北方乡团,赛如活龙一般,但看他们如此光景,那榆林寨还能强到哪里去吗?"

向坚笑道:"正是哩。由此看来,可见北方人也会吹牛胯骨。俺想北京那个杨再生并咱在王家营所闻的那个什么天门凤咧,想都不是什么了不得的角色。咱这一去,先毁掉杨再生再说,也显得咱南方武功殊不为弱哩。"

一言方尽,只见觉民哈哈大笑。正是:

   欲知客路怀人意,尽在解颐一笑中。

欲知后事如何,且听下回分解。

第十七回

唱道情两次来揶揄
闯卡汛群卒阻乞丐

且说向坚正说得意气勃勃，忽见觉民一笑，便道："老弟笑什么？"

觉民道："俺不笑别的，俺是忽然想起黄鼐兄来咧。他若同咱们赴京时，到前途榆林寨，他必要设法儿瞅瞅梅英嫄的小模样儿，才是意思哩。"

向坚笑道："他那性儿，真许有这等的高兴。光阴真快，咱和他又相别多日咧。他如何有机会到得北方呢？"

觉民笑道："那也难说。人生行踪，本如萍蓬，安知他不能来北呢？"

两人一路谈笑，这日已抵涿州地面。过得蚩尤河，一路长堤，直接楼桑村。两岸桃林弥望皆是，偏北向便是榆林寨。老远地望去，果然烟树苍茫，气象甚旺，并徐闻画角隐隐。这楼桑村便是汉昭烈帝的故里，因为撰那《三国演义》的人点缀出桃园结义的故事，累得后人们本钦慕英雄之心，便硬生生种植了许多桃树，以为必如此，方足为山川生色。虽是可笑，却见直道自在人心。像如今的群雄纷争，又谁不自命为大英奇雄呢？却断断乎没人与他们点缀故事，这其中缘故也就可想而知了。

当时向坚等纵步长堤，一面眺望风景，一面纵谈些三英故事。正走得起劲，忽地一个褴褛乞丐手抱双肩，奔马似的由后面赶来，和向坚等忽前忽后，尾缀而行。起初，向坚也没理会，三个人趱得四五里，那乞丐只是不去，并且扬起一张尘垢脸子，哈哈呵呵地憨笑，似乎是一哑巴。向坚等拔步，他也拔步；向坚等稍歇，他也就一旁坐下，和人瞅笑脸儿。

向坚不耐烦，便喝道："俺们行客是没得周济你的，只管跟定俺做甚？"

那乞丐喃喃两声，只龇牙一笑，忽地掏出个气蛤蟆似大馒头，只咬得一口，便用脚踏入土内。

觉民笑道："这厮不但哑巴，还有些癫性，咱理他做甚？"

于是和向坚一挤眼，两人站起来，施展开飞行脚步，一气儿蹚出二三里地。回头一望，果然不见那乞丐。

向坚笑道："老弟，你这躲厌物的法儿倒也不错。"

正说着，忽由道旁丛莽中飞起一群野雀儿，叽叽喳喳便奔一株高树。向坚掏取石子，方要打取耍子，只听嗖嗖两声，由前面道沟深草中飞来两枚土块。一土块打落一雀，另一土块却啪的声正打中向坚的帽檐。那群雀儿呼啦啦纷纷四散。

觉民诧异道："这土块是哪里的？"

向坚一望日色，业已近午，便道："快些赶路吧，今天咱到榆林寨还须瞻望瞻望哩。"正说着，已行抵前面道沟，忽闻一片鼾声沉雷一般。仔细看那沟内深草中，却是那乞丐正在酣睡。

两人一怔，向坚道："噫？怪呀！他几时却赶到咱前面来咧？准是别处有抄近的道儿，不要惊醒他，又来讨厌。"

于是两人紧赶两步，悄然而过，不一时，行抵楼桑村。好大一片聚落，两条长街，人烟稠密。两人蹚入一家客店歇息午尖，一望日影，方交午。

那店东是个老头儿，款待客人十分殷勤。见向坚等各携朴刀，便笑道："客官来途上还安稳吗？如今年光，出门的人是不易的，但是您既到这里，从此直到京门脸子上，也是万安的了。"

觉民道："为何呢？"

店东道："左不过是榆林寨的声威远被，所以这条北上的大路安静许多，便是前些日梅英嫄还领团众捕捉了一班劫盗，都一个个割下首级，悬示圩门咧。"

觉民道："她捕盗应该送官惩办才是。"

店东道："如今办乡团的跋扈得很，大半是捉住强盗，先斩后奏，只将这档事报到官儿跟前，就是多大的面子哩。"

向坚道："老店东，俺且问你，这梅家兄妹的大名俺已闻得，像梅英嫄一个姑娘家，真有什么本领吗？"

店东吐舌道："若没得本领，镇得住榆林寨那班虎狼团丁吗？客官你不晓得，俺这里把榆林寨里的梅英嫄就比作穆家寨的穆桂英哩！"

向坚听了，不由哈哈大笑，便与觉民匆匆饭罢，正在吃茶稍坐，只见店东踅来道:"天光不早咧,客官快些上路吧。"

向坚笑道:"你这老儿也古怪,人家都是巴不得客人住下,你却撑客。"

店东失笑道:"客官非知,俺请你上路,正是一片好意。前途榆林寨盘查过客甚是严紧,到那里天光过晚了,许多不便。"

向坚捻起拳头道:"俺怕他什么盘查!"

店东忙赔笑道:"由你,由你。"于是自行踅去。

这里向坚等稍微歇坐,开清店账,也便拔步登程。方踅过街心到一条横街口上,只见有两人从巷中赶出来,一面相语道:"这花子生得精精壮壮,干什么不吃碗饱饭,却手背子朝下和人要钱?"

一人笑道:"这花子轻薄得很。你别看他伸手讨要,方才俺见他坐在人家门首,左一鼻子的,右一鼻子的,直闻鼻烟,并且吃得好体面的枣儿槟榔。人家从先或者过过大日月,也未可知。"

两人一路胡噪,竟自踅去。向坚等略一让路的当儿,却听得横巷内声亮亮地有人高唱道:

　　小乞儿,尽逍遥。踏红尘,意气豪。筠篮贮月游千里,歌板临风动九霄。兴来时,幕天席地鼾鼾睡;闷来时,使脚抡拳跳跳高。莫笑俺墙间乞食没风骨,终胜他昏夜朱门丑态骄。放开眼尘寰游戏,撑破肚世事牢骚。待何时不平划尽,俺可也放下屠刀!

唱声绝处,由巷中大步小步地闯来个花子。向坚一望,又是那道沟中的乞丐,不知何时他也踅到这里。但是这身打扮越发离奇,不但蓬头垢面,并且赤膊露胫,只用幅破麻布片儿围在腰下。肩上一条破布袋,装着闷筒(乞儿吹以乞食者),并有一块长砖露出半段。他却手执竹板儿,且拍且舞,忽地一个胡旋舞的式子,竟由向坚等身旁跳过,颇有揶揄之势。

觉民笑道:"这厮倒好快腿,咱只一顿饭的光景,他也赶来咧。"

再望乞丐时,早已混入人丛中,顷刻不见。于是向坚等一径出村,便奔大道,且喜那乞丐没跟来讨厌。一路上来往行人时时谈论榆林寨怎的了得,竟至于支离荒诞。向坚等暗暗好笑,踅过二十多里路,遥望那榆林寨越发真切。一带长圩,势如蛇盘,就着地势高下,相为起伏,雉堞隐隐,俨如严城。

有同行的客人向觉民等道："你二位若过榆林寨时，不如将朴刀藏在行装中，免得向卡上费话。"

向坚笑道："多承指教。"

须臾距那寨只有十来里，果见前面有一处卡房，有四五个团丁正在那里相扑为戏。向坚等瞟得一眼，大踏步便过，行未数步，只听背后一声喊，火杂杂地有人赶来。正是：

  行客匆匆方觅宿，团丁赫赫又惊人。

欲知后事如何，且听下回分解。

第十八回

榆林寨巧觇梅英嫄
天门凤狎戏鲍大嫂

且说向坚等方过得卡房，却闻背后有人赶来，并大骂道："瞎眼的死囚，这是什么所在，就这般不哼不哈闯你娘的，住着，住着！"

向坚大怒，停步回望，原来没相干，却是一班团丁拦住那乞丐，乱吵道："你这厮口音不对！明是北京人，如何是乞丐呢？"

乞丐大笑道："这话奇咧！难道北京人不许没落儿（京语谓穷也）吗？便是皇帝老儿也管不得人穷哩。"

一句话倒招得众团丁哈哈一笑，便道："俺的穷爷，你便请吧。"

向坚等方怔望，那乞丐掉臂竟去，众团丁已赶到面前，道："喂，你两个是什么人？挂刀带剑的，向哪里去呀？"

向坚等方通姓名，其中一团丁便笑道："原来是南方老客，这样儿不像有差头。"说着，道声打搅，一齐转步。

向坚一望那乞丐，早又影儿不见，因顾觉民笑道："你看这乞丐，他算是跟定咱咧。难道他也到北京玩玩吗？"

须臾行抵寨前圩门，抬头一望，果然气象威严。圩上敌楼大旗招展，旗上横列"榆林寨乡团"五字，下面衬出个斗大的"梅"字，呼啦啦随风卷舞，乱闪残阳。一片笳鼓之声，壮厉幽咽。圩门外是深壕吊桥，布置完密，却静宕宕不闻喧哗。

向坚等方在徘徊，早有守门团丁踅过来，略问来历，即便放行。两人进得圩门，只见街坊宽广，人烟热闹，往来的少年都结束劲健。因为自梅氏办团以来，远近居民觉得榆林寨可称乐土，于是移来住户何止千数百家，弄得一片荒庄院便如名城大镇一般。当时向坚等一面瞻眺，一面寻觅客店，连走了两家大些的旅店，无奈住客都满，须臾长街将尽，更没店了。

觉民笑道:"今天这光景,咱就许打野盘(谓露宿也)喽。"

向坚伸项延望,忽然一指道:"兀的那所在不是店吗?"

觉民随他手势望去,果见靠圩门是片广场,人家疏落。靠北面有一带单房,其中一家儿挑出一只破笊篱,算是店招。正有一群人围在那里指手画脚地喧哗,并有个妇人声音吱喳乱吵。

须臾,哞哞哞一阵闷筒吹起,接着便闻有人哑着嗓音讨唤道:"哇啦哇,行好的兄弟们哪,你有什么大碟小碗的山珍海错、美饭香茶,给俺个一桌两桌。咱哥儿们结个相好,修得你没手有手,没脚有脚,一辈子走遍天下,我的好兄弟呀!"说着,嘭的一声。

众人大笑道:"鲍大嫂,莫理他。他这般讨唤,不是来特地消遣人吗?"

向坚等趋近一望,又是那个乞丐,正双膝盘坐,举着那块长砖,嘭嘭地向自己胸膛上又是两记。

旁边站定个三十来岁的伶俐妇人,青帕罩髻,身穿围裙,勒起两只雪白胳膊,似乎是店婆儿模样。一面连跺那半大脚,一面唾道:"你这花子,乞讨也不长眼睛。你乞讨是向那高门大户,火爆爆的人家儿。老娘这里冷出鬼来,你在此显魂做甚?"说着,一提脚就要来踹。

那乞丐嘻嘻地眨着眼儿,睃定妇人脚儿道:"店大嫂,别这么脸皮硬,哪里不是行好呢?不瞒你说,俺也不讨吃,俺也不讨喝,"浑身一拧钻儿,然后道,"俺就向大嫂讨一宿。不怕你睡你的,我睡我的,都使得。与人方便,自己方便。俺祝赞你明年今日养这么粗、这么长个大白胖娃娃。"

众人笑喝道:"打打!俺们鲍大嫂三年前就死掉老头子咧!若瞅个冷子养个大娃娃,可是小事哩!"

那妇人笑唾道:"你们这干王八荒子休要嚼蛆。老娘脚正不怕鞋歪,俺是胳膊上跑车,拳头上走马,扎一刀子冒黑紫血,格巴巴的好朋友。便让这花子在屋里睡,只当是来了只小哈巴狗儿。却有一件,老娘这里没开留养局,你这花子趁早儿连胳膊带腿给我滚开。"说着,一勒玉臂,两只耳环只管打秋千似的摆荡。

向坚等见那妇人甚是伉爽,正在呆望,只见那乞丐一扬面孔道:"你休要奚落,穷爷今天俺算住定了你……"

妇人喝道:"你敢胡呲?"

乞丐却笑道："你这里咧，你大敞门开店，俺穷煞也是客人。说别的，大爷有钱，你敢挑客吗？"

妇人道："呸！你有钱还不在此显魂哩！"

乞丐道："钱还不现成吗？待俺翻回筋斗，博众位哈哈一笑，只愁用不尽的店钱哩。"说着，放下长砖，凭空地一个筋斗翻下来，仍然是双膝盘坐，不离原处。

向坚等一见这伶俐身法，十分诧异。但是众人都不甚理会，正乱着喝喊之间，那妇人却骂道："快些去你娘的，实对你说，俺常向梅府中走动，便是梅姑姑（英嬃）往往出游，高兴时也来此歇坐。你要只管胡闹，管叫你吃不了的苦兜着走哩！"

正这当儿，众人忽一回头，急向乞丐挥手道："梅姑姑真个来啦，你还不快去！"说着，纷纷一闪，登时裂开一条人巷。

向坚等急望去，便见由圩门踅进一个女子，后跟两个十五六岁的雏鬟，一色的锦衣绣裤，结束伶俐。一个是怀抱宝剑，一个是身背弹弓、腰系弹囊，弓梢上面挂定一串山雀儿。

那女子生得貌似芙蓉，神同秋水，长细身段，步履间若往若还，十分婀娜。一双凤目，带媚蓄威，两道蛾眉，含情透彩。漆光似一头香发，梳起个堕马懒髻，云鬓边插支白山茶花儿，越显得明眸皓齿、顾盼生辉。穿一件百蝶攒花大红氅衣，内衬白缎绣袄，三寸宽的鸳鸯织金带紧束纤腰。正当胸戴一朵五彩绉撒就的团花儿，突突乱颤。下面是湖色绉撒脚短裤，一捻香钩着双平底凤头小鞋儿，端的是刚健婀娜、如月华年。这便是那名播远近的梅英嬃，原来方从圩外散闷，打取山雀儿耍子。

向坚等正在张望，只见那妇人狠狠一指乞丐道："如今这主儿来得正好，俺叫你少时再见。"说着直迎上去，向英嬃低低数语。

英嬃笑道："鲍嫂儿，你就是风娘娘似的，轻事重报，什么大不了的事，一个乞丐撵掉他就是咧。他说翻得好筋斗，俺还要开开眼哩！"于是嫣然一笑，领雏鬟徐步踅近。

那妇人忙笑道："姑姑高兴看他翻筋斗，真是他时气来咧。您就站在这里吧，仔细他臭气熏着。"

那乞丐听了，哈哈一笑，猛地站起来，向众人道："南京到北京，玩意不相同。俺这筋斗翻将起来，不俗不怯，有个路数，有个名堂，您莫认作是牵狗耍猴的花子摔四平跤要小钱的勾当。行家看门道，利巴看热闹。

诸位上眼瞧着吧！"

于是，一丢身法，先是一路大风轮，直然似足不着地，悬在半空，然后左五右六，伏仰踊跃。你看他竖蜻蜓、拿大顶、卧鱼儿、蹿燕儿。什么苏秦背剑啦，张飞骗马啦，竖耷三丈高，来一个起火钻天；横旋数丈宽，又是个天花落地。闪闪霍霍，这一路筋斗解数照得众人眼花缭乱，喝彩如雷，果然各掷彩钱，顷刻间就有二三十串。招得那梅英嫄咧开小嘴，咯咯咯拍手大笑，向那抱剑的雏鬟道："你看他这路跌法，就似从猴儿拳法中变化出来的。"

向坚等方在相视微笑，只见那乞丐一变身法，一路反跌跤，风车儿似的直翻向英嫄面前，兀地两手撑地，须臾一撒手，只用头撑，直立立倒竖起，来了个朝天一炷香的式子。这一来不打紧，他那腰间束的破麻布儿向下一翻，便如波斯献宝一般，却有件雅相物儿伶俐俐地正献在英嫄面前。那妇人方哟了一声，众人也相顾偷笑，那乞丐一拧身儿，也雀跃而起。

英嫄笑喝道："你这厮倒真有些实在功夫，只是俺这地面却不许你搅闹人家，把与你赏钱，快些去吧！"说着，命那抱剑雏鬟从腰兜中摸出个银锭，约有三四两重，抛给乞丐。那妇人乌漆漆眼光随那银锭一转的当儿，英嫄等已翩然趱去。

这里众人纷纷各散，向坚等因乞丐在这里，正要别处去寻店，只见那妇人笑嘻嘻向乞丐道："你要住便进来吧。给你个下房儿，一宿只需十个老钱。"

乞丐笑道："大嫂儿，你那下……边……的房儿就这等的贱，贪贱没好货。若弄俺一身腌腌臜臜，出不来进不得，咱两个都不舒齐。如今俺有钱不住你……这里咧！"说着，就地下搂起钱钞，连银锭一并装入袋，向向坚等瞟了一眼，竟自劻勷趱去。

那妇人悄骂道："什么骨头呢！刚有了几个钱，说话都不接气哩！"一抬头望见向坚等，便笑道，"客官敢是觅店吗？俺这里是有名的鲍家老店，吃食公道，外带着床铺讲究，上房咧，单间咧，由您性儿横挑竖拣。"

向坚笑道："鲍大嫂，如此敢是好哩！"

那妇人笑道："啊哟，客官怎的知俺姓儿呢？准是方才那群王八荒子混扑哧的。"于是笑吟吟转身引路。

向坚等进店一望，虽是小店儿，倒也十分干净。北面是三间正房，西梢头还有两间矮房儿，房儿前有短篱笆，算是界作个内院。篱头上挂着洗晾的旧衣等类。

觉民道:"俺们两人不值得占正房,便住那篱内矮房吧。"

鲍大嫂笑道:"那是俺的住房。你二位若要住……"说着,抿嘴一笑道,"其实俺三十多岁人咧,还忌讳什么呢?"

觉民忙道:"俺说话鲁莽,不知是大嫂的香闺绣阁。既如此,俺等住厢房便了。"

鲍大嫂睃着俏眼道:"你这位客人说得倒俊样。你看俺那住房不像鸡窠吗?"

三人一面说笑,便踅入西厢中。向坚等安好行李,鲍大嫂趁这空儿,便一手掐腰,一手理着鬓角儿,问明用甚饭食,俏生生踅出来。由门柜上唤出个烟熏火燎的小厮,便就灶下整理饭食。

这里觉民略为歇息,笑顾向坚道:"今天咱见的人儿都有些蹊跷。你看那乞丐,闪闪烁烁,只管在咱眼前摆蹄子。那梅英嫒如此的大名、如此的俊样,却是眉棱眼角间透些不大正气。便是这店婆儿也有些浪里浪张的。"

向坚笑道:"咱管他哩!少时吃饱喝足,睡他个一觉,明日上清平大路就得咧。俺想这时舅舅正在思念你呢。"

正说着,只听鲍大嫂噪道:"啊哟,你怎么又踅回来了?你有钱没钱倒是小事,你既要住,便悄悄地上东厢房吧。"

便闻一人笑道:"大爷有钱,为甚住厢房呢?"说着,履声橐橐,直奔正房。

向坚等掀帘一瞅,说也奇怪,又是那个乞丐,并且不知从哪里弄了一顶大头巾、一件灰色直裰,摇摇摆摆,便如打板先生(谓游学卜人之类)一般。

后面鲍大嫂撒开半大脚,如飞赶来道:"上房一宿抵两宿,你肯出钱吗?"

乞丐道:"大爷今天就是有钱。"说着,和鲍大嫂前后踅进,只听乞丐吩咐道,"方才那门灶上好齐整饭食,便照样儿与俺来两桌。俺有一锭银并三十来串钱在这里哩。"说着似乎一抖袖,便闻钱声铿然。

鲍大嫂笑道:"好咧,好咧,这些银钱你住一月都成功。只是你一个人为甚来两桌呢?"

乞丐喝道:"大爷有钱,要吃一看二哩!"

鲍大嫂笑道："一桌也罢，两桌也罢，等俺伺候过人家先来的客人再说。"

这时天色已晚，鲍大嫂便忙忙地向各室掌上灯烛。向坚等虽觉乞丐可怪，因鲍大嫂忙得手脚挓挲，也不便问。须臾那小厮端进酒饭，甚是齐整。

向坚便道："小伙计，你辛苦咧，上房客人怎的一个人要两桌饭呢？"

那小厮只龇牙一笑，口内咕噜一声。

觉民见他有些呆气，便道："你且唤你老板娘来。"

小厮道："这档子事，俺管不着。你要高兴，自和她商量停当。俺只知提溺盆、温热水，赚五十文那个钱就得咧。"

向坚一听，莫名其妙，还是觉民稍明白些，大笑道："你快去吧。"

小厮眨了眨眼，自行趑去。

这里觉民与向坚低低数语，向坚唾道："该死，该死！怪道那娘儿丢媚拉眼，原来是开小店挂做生意的，但是今晚店中咱这两个客不成功。"

觉民笑道："上房中还有客哩。"

向坚笑道："岂有此理！我看那乞丐是个穷混混，不骗着住店便不错哩。"

两人一面说笑，一面用饭，却闻得窗外咻咻有声。须臾饭毕，各自安歇。向坚一着枕沉沉便睡，唯有觉民尚在辗转，却听得那乞丐在上房内一张嘴始终不曾闲着，唱回"十不闲"，又唱"莲花落"，少时又做出百鸟声，惟妙惟肖。

正这当儿，忽闻鲍大嫂和他说笑成一片，分明是两人语音。觉民方暗诧，鲍大嫂正在灶下忙碌，如何便到得正房？只听戛然一声，两人语音顿止，却闻那乞丐大喊道："喂，大嫂哇！咱的饭还没熟吗？你且给俺来座黄金塔（粗粟蒸就，俗又谓窝窝头，丐者所食）垫补点儿吧！"

觉民听了，方知他自己玩得好象声，当时暗笑之下，也便蒙眬困去。须臾醒来，下榻起溺，却听得正房中鲍大嫂和那乞丐笑语甚酣，并闻乞丐咂得嘴啧啧地响，正笑道："凡人不可貌相，海水不可斗量。那豆儿眼睛轻觑人的小辈，俺叫他早晚晓得我。"

鲍大嫂笑道："人家那两位客人那会子在店门看你翻筋斗，并没说什么呀。"

乞丐笑道："且莫谈，没要紧。俗语说得好，受人钱财，与人消灾。

112

如今俺银子钱都把与你，你……你是……"

鲍大嫂唾了一口，便闻得杯箸乱响。觉民悄悄推门向正室一望，只见里面灯火明亮，便蹑脚趁去，就窗缝一张。只见两桌儿酒饭并在一处，那乞丐正将鲍大嫂抱坐膝头，一递一口地饮酒。许多馐馔通没下箸，那乞丐只大把抓干脯儿过酒。再看那鲍大嫂时，居然扎括得光头净脸，挼得松松的水鬓，点得红红的香唇，正眉欢眼笑地勾定乞丐的脖儿，极意献媚。再望到榻上，业已铺设两副卧具，长枕横陈。

觉民方暗诧道："这乞丐真要作死？"

只见乞丐停杯，放下鲍大嫂道："俺如今酒足饭饱，好朋友，咱便睡吧。"

鲍大嫂一丢俏眼道："看你猴急相，且等俺收过家具，熄了灯烛。"

乞丐笑道："哪个黑漆漆暗中摸索！"说着，拉定鲍大嫂便就床榻。

须臾之间，鲍大嫂浑身脱光，白羊似的向被内一钻，那乞丐哈哈一笑之间，觉民连忙转步回到室内。只笑诧得没入脚处，因事不干己，依然卧下要睡，无意中一倾耳，正房中却声息俱无。少时只闻得鲍大嫂低唤道："你睡着了吗？喂，喂，醒醒儿。"

正这当儿，忽闻一片鼾声，觉民不觉大疑。正是：

为云为雨浑不辨，中宵巫啼转惊雷。

欲知后事如何，且听下回分解。

第十九回

通州店闲谈侠女
少年场群接豪宾

且说觉民听得鲍大嫂轻轻低唤,那乞丐却鼾声大作,不由暗想道:"这事作怪。方才那厮急色儿样,刻不可耐,难道这当儿又这么人样?俺倒要看个分晓。"

于是重新爬起,就正房窗缝觇去,只见鲍大嫂正光溜溜地钻出自己的被来,去拉拽乞丐的被角。无奈那乞丐睡得实拍拍的,只是不理会。灯光照处,只见鲍大嫂红着脸儿,呆望一回,又望望桌上的钱钞,只管沉吟。少时,一歪身儿,先由下面被角插进一只腿去,然后尽力子一掀上面的被子,骨碌碌一滚,玉体方要向乞丐对面一抱。只听呼啦一声,乞丐登时掉转脸去,气得鲍大嫂向他屁股上脆生生的便是两掌,低骂道:"你这厮,雷声大,雨点小,老娘只要得钱,且乐得睡安生觉,还怕你找账不成?"于是赌气子爬回自家被内,倒头便睡,望得觉民又是一番诧异,也便悄悄踅回,一觉酣眠。

次日天光才亮,向坚等结束登程。觉民一瞅正房上业已闭门落锁,那鲍大嫂却揉着睡眼,从自家住房中出来。

觉民笑道:"店大嫂,昨夜辛苦哇,上房内客人也去了吗?"

鲍大嫂绷着脸道:"俺听小厮方才说,他五更头上便喊开店门,呐喊二百五咧!"

觉民失口道:"他没找账吗?"

一句话不打紧,只见鲍大嫂一阵红云飞上两颊,登时彻耳根通红,眙起俏眼道:"什么找账哪?你们年轻人儿说话就这等马马虎虎,不沾谱儿。他一个穷花子,不拐店账也就是咧。"

觉民赶忙赔笑道:"俺说的就是他给店账不曾。店大嫂快请回房,再

114

睡一霎安生觉吧。"说着，携了向坚，匆匆便走。

向坚偷瞧鲍大嫂时，却呸呸地唾了两口，一溜烟儿回房去了，望得向坚莫名其妙。两人直出了榆林寨，缓步下来，觉民忍不住扑哧一笑，向坚问知觉民夜来所见，只笑得打跌。

话休烦絮，两人一路上晓行夜宿，这日行抵通州，天色已晚。

觉民道："此间距京只有四十来里，咱忙他怎的？"说着，沿运河长街张望客店，果然是国门之下，气象不同。但见商贾如林，阛阓填咽，市井少年等把臂歌呼，出没于倡楼酒肆之间。那许多客店门首站定许多的店伙们，怪声怪气地兜搭客人。

两人从车马奔驰中趱入一家宽敞大店，方寻定房间，略为歇息。只听店门外一阵大乱，店伙等一路赔笑，周旋道："诸位辛苦哇，咱们便是上房吧！"

须臾履声杂沓，趱进一干高一头、扎一膀的少年。一个个结束伶俐，都是土色布或紫花布的紧扣短衣，头戴疙瘩青绉甩帽，身披各色大氅衣，腰系板带，足穿抓地虎挖云短靴。也有手弄钢球的，也有拎着吹哨提琴的，大家嘻嘻哈哈，蜂拥而进。

其中一个黑矮瘦子噪道："方大哥今晚准到，他说话便如板上钉。他这次南去，显了咱北京朋友的名头，咱们是怎么个迎接欢洽法儿呀？"

众少年道："俺们都听你老兄吩咐，无非是吃喝玩乐罢了。"说着，纷纷地趱入上房，喧哗笑语。直将三两个店伙忙得屁滚尿流，穿梭价泡茶、打脸水，哈着腰儿唯唯诺诺，竟将向坚等白不赤地丢在客室，不来理会。

向坚不由气将起来，便拍案高喝道："伙计，你这里是店不是？难道没见客人进店吗？"

众店伙齐声高应，却不暇趱来。良久方由柜房中跑来个老店伙，一面泡茶、提面水，一面赔笑道："客官莫怒，如今俺店中来了一班大爷，俺们倒不是格外殷勤他，是怕他们哇呀呀一家伙要起毛苞，小店生意便不用做咧。"

觉民道："他们是甚等人呢？"

老店伙攒眉道："客官你不晓得，这一班都是京中耍胳膊的朋友，专讲杀打砟割，一翻脸六亲不认，只在九城中惹是生非。您瞧那个瘦子，外号儿海里进，便是南城的一霸，如今到这里无非是接应他的什么朋友罢了。"

觉民心有所触，便道："俺听说北京有个恶霸杨再生，想也是他们一党吧？"

老店伙道："那另是东城的一霸，还有西城的文老三、北城的张凤鸣，两人却是讲手眼、耍刀笔的朋友。他们这些人分为文行、武行，闹得九城中烟尘抖乱，好不凶实哩！"

正说着，只听正房中一片喧哗，一人吩咐店伙道："今天一席酒菜须要整齐，你只管拣好的来。少时若误俺用，仔细你的狗头！"

一人笑道："吉老八，你算了吧！上回的份子钱你还没出，你又来白吃白喝白挑眼咧！你撒开了充朋友、做阔绰，一问你溜干楮（北京市语谓钱也），干脆来个大眼瞪小眼，这是何苦呢？"

即有一人大笑道："这打甚鸟紧！俺的大本钱通塞在你婆子海子里，只需掏出来，顷刻现成。"

于是众人拊掌大笑，便闻砰訇磕撞，势如怒马奔腾，似乎是两人逗急了，撕扭一阵。

又有一人怒喝道："你这两块料，什么骨头呢！一对儿白抄边（谓帮吃客也），还来吵嘴！你看定大爷多么大气，不像你们正事还没办，先吵嘴头子食！"

便有人笑道："久仰，久仰！你是九城驰名的腚后跟定大爷，自然是大气不过咧！"

于是众皆大笑，猫声狗气地乱过一阵，店伙赔笑道："诸位爷台酒饭既吩咐过咧，那么还叫姐儿伺候不呢？"

众少年噪道："叫叫叫！你们通州料没甚出色的姐儿，且胡乱叫三四个来吧！"

店伙笑道："如今只有南巷里钱大妮和北街上李玉子，小模样还不错，再不就是船板胡同张小脚、官秤巷孙笑眼，也还罢了。您要讲台面应酬，是上河沿的吴三姑娘。您若再考究床铺，还有大街上德生堂药店隔壁的叶大妈妈（俗呼乳为妈妈）。这些娘儿们都是一掐一股水的人儿，您叫哪个吧？"

正说得热闹，但闻啪的声一击桌案。

老店伙吐舌道："怎的翻咧？"方要跑去张望，便闻那瘦子的语音喝道："怎还叫你娘的哪个！且都与俺叫将来！若短根毛儿，俺是不依的。"

店伙笑道："如此好咧，且先叫钱大妮等来伺候，叶大妈妈迟来一会儿也不妨。"

瘦子喝道:"老实说,你一总儿都叫将来,俺们大哥少时就要到咧!"

于是店伙嗷应,一路传唤酒菜,好不忙碌。这里向坚等知是北京一群侠少,也没在意,自有老店伙往来蹀躞,伺候过晚饭,业已掌上灯烛。

帝京既近,省亲念切,觉民哪里睡得去,便和向坚灯下闲谈,又说回所遇乞丐之异并拳棒武功之类。不多时初更敲过,却听得正房中喧哗笑语春潮一般。隔一盏茶时,便有两人到店门望望,如候贵客。少时,又大家谈论武功。

一人道:"咱大哥真有点儿膀的力的(谓真正武功)。您看这次南去就叫响儿!"

一人拍膝道:"那就不用说咧!如今北京除了咱大哥,也就没有够个儿的咧!"

又一人道:"你也别这般说,天外有天,人外有人。北京地面什么出奇的人都有。你可知虎坊桥的李二相公吗?"

一人道:"那小子的骨头渣子俺都认得。他不是一名武举,练得好体面的易筋大力,一只手拉住两辆双套大牛车,少年时绰号儿粉面郎,硬生生玩过刘四老虎的吗?"

那人道:"对对,俺说的就是此人。他当年玩笑刘四老虎,你看何等的干脆漂亮。哪知他前些日却被个十几岁的大姐姐玩了个不亦乐乎。昨日俺还见他蔫头耷脑地在西城根遛鸟儿哩。他当年玩弄刘四老虎,是因刘四老虎看上了他的漂亮脸子,硬拉入酒肆中大吃大喝,想酒后闹个小把弟子,不想他有力如虎,当时将刘四老虎诳到无人之处,一把按倒,剥脱裤子。大家传说的也凶些儿,说李二相公拿顶尺的粗木橛,奉敬了刘四半段。哈哈!一报有一报,如今他却被个大姐姐撅了杆子咧!

"要说起这件事也真奇怪,一个十几岁的大妮子,就有如此的气力。便是前两天京城内来了个卖艺的父女两人,那老儿有六十多岁,生得长躯大脸,十分精神。那女子只有十六七岁,娇小身段,一貌如花,单是两只水池似的眼睛便透着精灵古怪。两人一口的山东侉腔儿,卖起艺来,也不会江湖溜口,只凭实在本领。初来的两天,倒也没人理会。你想咱北京的朋友们多么促狭,见了这样花朵儿似女孩子,未免馋涎拖得老长,便三五成群地跫赴他父女寓处,胡拉八扯,见了那女孩,未免撒村胡数。哪知人家正眼儿也不瞟他们,只一提小脚,就门砧石上蹴了一下,便吓得一群涎脸鬼溜之大吉。原来她穿的是钢尖鞋子，只那一蹴，立成一个深洞。

"这女儿的气力哄传开，却引起了李二相公性子，因他们既卖艺，便是绳伎一流，于是不容分说，径跑向人家寓处，一定要宿那女子。那老儿见此光景，勃然大怒，方要推拒，李二相公却冷笑道：'你休不睁眼睛，你等老实从俺之意，好得多哩！'说着向砖墙上一拳抵去，扑簌簌梁尘乱落，再看那墙时，也被抵成深洞。

"那老儿哈哈冷笑之间，女儿却笑道：'尊客不须如此示威，俺虽非卖身一流人，但是既承足下见赏，岂可过拒。陪你一宿尽也使得，却有一件，足下须先交出千金的遮羞钱。'

"李二相公大笑道：'便是如此。'于是两下里登时约定。

"那李二相公自恃本领并膂力，哪里将女子放在心上。当日晚间，果然兴冲冲盛服而至，又成心使促狭想摆布人。他本会运气的房术，这时又服了奋阳的丸药，和那女子相见之下，李二相公兴致勃然，先命从人交清那千两纹银。须臾二更敲过，那女儿香房内红烛高烧，衾裯并列。李二相公之意，恨不顷刻间身入天台，无奈那女子轻颦浅笑，只和他故意兜搭。李二相公催她解衣，她只嫣然一笑，再催得急了，她又含嗔带愧，抹搭着小眼皮，低下头去，只管看自己的脚尖儿。弄得个李二相公心痒难挠，浑身火发，没奈何，放出温存家数，想试手段。

"哪知那女子理也不理，延宕之间，堪堪已交三鼓。李二相公不但欲火如焚，并且心头怒起，因发话道：'你这妮子，好生狡狯，既不能陪俺一宿，快还俺千金来。'

"女子笑道：'哪个说不陪你来。'于是低鬟一笑，便就床榻，顷刻间浑身脱光。烛影中玉体横陈，热香四溢，一绷玉股，分明显出至妙所在。

"你想李二相公如何当得，于是不管好歹，匆匆解衣，腾身上榻，先自劈她两腿，不想那女子两腿俨如铜浇铁铸，只绷得笔直，休想丝毫劈动。李二相公惊诧之下，也便恍然那女子是故意试他的本领。这当儿，抛掉千金还在其次，第一是恐坏了自己的名头。于是愧愤交攻，便施展出平生气力，两膀一振，两只手分捉住女子两腿，便如开弓一般，哈的声一攒劲，真个是浑身之力都迸两臂。再看那女子时，玉面朝天，舒眉展眼，便如没事人一般，雪白身儿一任李二相公乱推乱揉，唯有她那两条粉腿，便似不老婆婆的玉钳一般，夹了个严丝合缝，便想从股缝插一指进去也是万难。

"起先，那女子还微微含笑，伸眉撒眼，后来索性鼻息沉沉，竟自睡去。只累得李二相公一阵阵大汗如浇，心似火焚。没奈何，猴在一旁，瞧着人家的酥胸玉乳、粉股纤腰，便如香喷喷的大饽饽放在一只馋痨狗跟前。你想李二相公当时的情状，也就可想而知咧。

"没奈何，只好想出奇制胜，便歪下身去，抱住那女子一阵抚摸温存。他原想动以柔和，于中取事。哪知人家通不理会，倒引得自家一阵阵欲火上炎，口干舌燥，百忙中奋阳药性发作，呼一声颊赤眼朦，听听更柝，业已五记将终。于是李二相公大怒，便不顾性命地骈起两掌，向女子股缝中只一插。

"正在用力插揉之间，那女子却咯咯地笑道：'俺看你孝敬俺千金的面子，且叫你暖暖手儿。'于是双腿略松，李二相公大悦，两掌下去，方想上探其妙，趁势劈分两腿，只听女子喝声'咄'，登时两腿一绷，赛如铁铗。李二相公忙想抽手，如何能够，只被夹得十指如折，痛彻心髓。

"这当儿，李二相公那副神情，身儿是半蹲半跨，两臂是如抄如提，脖儿挺着，头儿摇着，眼儿瞪着，嘴儿裂着，喘吁吁气粗如牛，汗淫淫浃背直下，只挣了两盏茶时，忍不住杀猪似的叫将起来。于是那女子咯咯一笑，跃然而起，只纤足一扬，早将李二相公踹落榻下，接着便鸡声喔喔。

"那李二相公闹了这一夜，正在疲软如泥、双腕似折的当儿，那老儿却叩窗大声道：'如今天色已明，尊客也该去咧！'

"李二相公哪里还敢张致，只得匆匆结束，抱愧而去。从此愧愤交萦，一腔欲火又未发泄，竟自大病了个把月。你说北京地面什么异人没有哇！"

向坚听了，甚是诧异，因向觉民道："你听他们说的那女子好不离奇，真有这事吗？"

觉民笑道："北京人专好聊天，有一尺便说一丈，你听他哩。"

正说着，忽闻院中小脚走动，便有个店伙笑道："哟，叶大姐，你倒早来咧！你是个压大轴的劲角色，如何倒老早地出台？等客人点到你的戏，你再来闹个满床欢也不为迟哩！"

即闻妇人唾道："休得嚼蛆！老娘我不似她们小蹄子会装腔作势，应酬过这里，俺别处还有住局哩。"

向坚等掀帘望去，只见店伙手拎提灯，有一个三十来岁的妖娆妇人直奔上房。还没到阶沿，房中诸少年业已蜂拥而出，不容分说，抢上三四人，便来拖抱。那妇人一面笑，一面吱喳。忽闻店门前一阵弦索叮咚，咭咭呱呱便如百鸟啭晴。提灯闪处，早又撞到一群妓女，一见那妇人被围，便呼一声都集拢来，一个个悄手蹑脚，直向那妇人屁股、大腿上乱掐乱拧，弄得那妇人山嚷怪叫，一面招架众少年，一面笑喝道："杀千刀的小蹄子们，俺知你们作弄老娘是什么意思。你不怨自己浪不上样儿来，却怨俺不教给你们。"

众妓唾道："没的胡嚼蛆！你再不服气，俺们便剥脱你的裤子，且让大家瞧瞧是怎的个老蛤蜊，想比大妈妈还写意哩！"

于是众少年拊掌大笑，大家便一哄入房，一迭声地唤摆酒筵。店伙等互相嗷应，顷刻间门灶上刀勺乱响，众店伙往来传送，乱成一片。

向坚等歇坐一回，方想就寝，忽闻正房中那瘦子道："是时候咧！咱大哥这时想已蹅到街头，快迎接上去。"于是哗然都出。向坚等悄悄张去，只见众少年这次却恪恭将事，绝无酣嬉之态，步趋肃然，跟定那瘦子，直奔店门。

须臾听得有人哈哈大笑，十分高亮。众少年声喏如雷之中，早由店门外大踏步蹅进一人。头戴一顶白缎绣花武士巾，身穿玉色箭袖长袍，外罩一件盘金堆花的英雄氅，足蹬挖云嵌绿的薄底软靴，腰佩一柄七宝镶鞘的精金宝剑，端的是英风凛凛、一貌堂堂。看那番豪华气概，不消说是个五陵侠少。

一行人蹅到院中，店伙等方高举提灯的当儿，忽见那人左顾向坚等住室，微微一笑。向坚等仔细一望，不由大惊。正是：

　　漫夸沆瀣原一气，且从游戏出风尘。

欲知后事如何，且听下回分解。

第二十回

闻黑语处分金资
入国门慨叹乱象

上回书说起向坚等细望那人,不由吃惊。诸公都是明眼的人,且猜那人是哪个?会猜些的猜是南宫生,猜是黄鼐;不会猜的猜是上文虚叙的杨再生,瞅个冷子撞将出来,哪知都没相干。诸公不要着急,且待黄向坚擦亮眼睛,认识此人吧。因为此人也是本书中重要角色,照例不得草草叙出哩。

且说向坚等细望那人,不由互相惊顾,原来那人非别个,依然是前途所遇的那个乞丐,冷不防地又变了个豪华侠少。两人怔望之间,那人已和众少年直入正室,顷刻间笑语如潮,夹着众妓女莺娇燕姹并坐席唤酒之声,纷然并起。但闻那人拍膝大笑道:"俺这次南去,虽没丢却吾辈的脸面,但俺看将来在京中或者有场气淘哩。"

众少年哄然道:"大哥怕什么人来淘气,难道王家营还有人不甘心吗?谁来淘气,咱便打他个样儿。"

于是众皆大笑,接着便酬酢纷纭,众妓女调和弦索,大家齐声唱了一套《月儿高》的马头调儿。众少年欢呼畅饮,闹过一阵又复娓娓倾谈,但是词语之间迷离惝恍,不晓得说的什么。

向坚听了十分诧异,觉民便道:"俺小时节听俺父亲说过,江湖间有两种黑话,一是大盗,一是伶俐神偷,这两种人谈起来便用许多的庾词隐语。你看那乞丐服貌屡易,行踪闪烁,巧唎就许是大盗神偷,咱何妨偷张张去呢?"

正说着,只听那人吩咐店伙道:"此间酒饭都备,不消你等伺候,听俺们呼唤再来。"

店伙等唯唯退出。这里向坚等略为沉吟,便趁势踅向正房外面,悄悄就帘缝一张,只见那人业已离席,却歪在正中榻上,微合双目。一首枕着个妓女之股,还有个垂髫小妓坐在他背后,捻定两只美人拳,给他上下捶搔。再看席上众少年也都停杯,一个个若有所思。

须臾,那瘦子报道:"南横街王兵部处约得白货四只(谓二百两银)。"

又一少年报道:"后门上沈经承处,约得蒜条子二十根(谓金条)。"

接着,两少年一齐报道:"石驸马街周阁老家约得白米一合,黄豆两升(谓金珠也)。"

于是,其余少年各有所报。向坚等听了,不解所谓,但见那人在榻上只微微颔首,忽一瞟席上一个少年,道:"某老哥怎独独不言语呢?"

那少年忸怩良久,然后说道:"俺虽也得些儿,但是可愧得紧,便是昨天夜里俺去出手(谓行窃也),走了两家高门大户,无奈人家护巡严密,俺竟没法下去。"

那人微笑道:"你手法平常,凡事须看风色,便无所得,这也不算什么。"

那少年诡笑道:"好叫大哥得知,俺岂肯落在下风。末后俺撞入一家,只有姑妇二人。"

那人一听,猛然坐起,捶榻道:"这等所在,你大大不该进去。"

那少年道:"话虽如此说,俺究竟得些彩头。"

那人听了,只鼻孔中一笑。

那少年得意道:"大哥,你猜怎么着?说起来,事也凑巧。她姑妇二人正在夜里纺棉花。俺看那穷气嗖嗖的样儿,本也想踅去咧,不想那媳妇道:'娘啊,昨天您儿子从关东寄来的那包碎银子,您可要检点清楚,藏严密些。如今街坊上净闹贼,不是耍处哩,莫被那桃儿画了去。'"

那人听至此,忽望席上众人微微冷笑。

少年道:"当时那老太婆笑道:'媳妇,你放心。那包碎银子俺颠来倒去,少说着也数过百十来回,是连毛带渣儿大小三十二件,其中还有指顶大的一块加色高银。俺藏的那所在,漫说是桃儿画不去,便是神仙也寻不着哩。'

"媳妇笑道:'如此却好,但是你老人家究竟藏在哪里呢?'

"老太婆道:'我的傻媳妇呀,你不见俺昨天用旧棉裤卷作个枕头吗?银包儿就在裤套中。俺天天枕了困觉,还怕贼老官摸去不成?'

"俺听了向榻上一望,果见有裤缚的枕头横在破被边。不多时,姑妇纺罢，各自分头安歇。老太婆忙碌一天，拎过枕头来，倒头便睡。那媳妇却住在后院厢房中，吱扭扭一掩门儿，灯光顿熄，也似乎是睡咧。

"俺看定那只裤枕，方在想计较，忽见老太婆翻身向外，随手抽起一筒旱烟，自叹道：'大小子，你一去五六年，既托人寄包碎银来，怎不自己来家望望娘和媳妇呢？如今街坊上小挨刀的们只管向咱门首探头探脑，可知老娘为你媳妇子担了多少心哪！'说罢，扶头沉吟，只顾抽那老叶子烟。

"俺见此光景，顿然得计。于是悄悄地转向后院，先用一石子啪的声抛向院中，然后故意放重脚步，嗒啦啦趄了数步，急向柴堆后一藏，便闻老太婆连唤媳妇，不见答应，少时却恨恨地道：'我叫你们这班毛头蛋蛋子们（指街坊上的浮薄少年），半夜三更的还来张致，且等老娘敲断你们的狗腿。咳！大小子呀，你发财也罢，不发财也罢，快些来家是正经。这等淘气，老娘如何当得起！'说着，扶杖趄出，直奔厢房，用拐杖一叩门。她姑妇惊惊诧诧，互相询问动静的当儿，俺已掩身直入正房，不费吹灰之力，果然从裤枕中摸出一包碎银。不瞒大哥说，俺觉这次出手玩得妙相，便是大哥的心思也不过如此灵便，所以俺临去时，也擅自画了一颗桃儿。大哥你看可写意吗？"

那人听罢，不由哈哈一阵狂笑，因顾席上众人道："诸位听得明白，像这等穷苦清白人家，咱暗中周济她还不迭哩。这位兄弟何等的性儿卑下，竟去掏摸这等银两，并且画了志识，坏俺名头。俺名头不足惜，但是他如此行为须容不得！"说罢，目光一闪，赛如岩电，登时就席斟满一杯，递给那窃碎银的少年道："没别的，请足下尽此一杯，便请高迁。日后相逢，你自是你，我自是我。"

席上众人一听，赶忙肃然站起，但见那窃碎银的少年伏首至胸，哼也不敢哼，默饮一杯。

向坚等赶忙向柱后一隐身，那少年已掀帘径出，向西墙下略一矬身，嗖一声跃出墙去，瞥然不见。

这里向坚等却听得那人叹道："咳，看来北京地面是不能出息人的。迟些日，吾便当漫游他处咧。俺南去数十日，诸位所得也不为少，可便随意处分，酌留自用外，务要使远近穷苦人沾些实惠。"

众人听了，一齐唯唯。

那人又笑道："近些日，京中可有些新闻吗？"

众人道:"倒也没别的事,就是杨再生自屈辱安敦书之后,累次价向安家商店中去搅闹,未免有些太过火儿。"

那人唾道:"杨再生狗也似的人,也值得如此张致。好笑他在京自充朋友,竟不认得俺。"

众人笑道:"大哥行踪神奇,漫说是杨再生不认得你,北京人们除俺们之外,认得你的也就少有了。"

那人听了,哈哈大笑,忽地一振衣道:"诸位慢饮,俺要先行一步了。"

众人听了,呼啦站起之间,向坚等赶忙从柱后放轻脚步,跑入己室。便见众少年拥定那人一齐踅出,直奔店门。须臾众少年歌呼跑回。这次便如去笼头的野马一般,有的扭战角酒,有的拥妓酣嬉,一片喧哗之声,恨不得掀去屋顶。直至将交四鼓,方才开发过酒资、妓资,相与把臂出店,纷纷各散。

向坚等随便安卧下,互相揣测这班人,委实地莫名其妙。觉民便道:"你看他们居然谈论杨再生,可见他们也不是什么正经人。说好了是一班北京讲义气的朋友。咱到京整治杨再生时,须留意这班人才是。"

向坚笑道:"俗语说得好,京灵子,京灵子,专以离离奇奇的故示不测,仿佛有什么大不了的本领一般,其实一见,实在更是稀松。咱怕得着他们吗?倒是那屡变形貌的乞丐,词气之间十分正气,倒可怪得紧。你看大家都驯伏于他,不消说,他是个头儿脑儿咧。"

两人一面同榻闲谈,一面揣测,直至倦极,方才睡去。次日起行时,一问店伙昨夜那班人半夜三更地散向何处呢。

店伙吐舌道:"这个谁敢问他呀!京通湾卫的地面,奇怪事有的是哩。你二位出门的人,只给他个少问闲事就是咧。"

向坚等微微一笑,即便登程。这四十里的抵京御路都是青石板砌就,真是一望荡荡,其直如发。一路上轮蹄杂沓,人声浩浩,无非是奔走京华、争名夺利之客,真是古代歌钟地,长途车马尘。国门气象,又自不同。

觉民便道:"古称燕赵多慷慨悲歌之士,你看此处人士的气象,就与南方不同。"

向坚道:"依俺看来,并非此地人民有殊于众,皆因地处京都,万流趋辐,所以觉得如乔林大岳,似乎应有虎豹变化之观似的。咱却不可气馁，为这北方之强所慑。"

两人一路说笑，拽开大步，走得好不起劲。途中人望见这两个昂藏少年，无不耸然。未及已分时，业已行抵东便门，早有兵马司派出的卡兵人等拦住盘诘。

向坚等一说苏州土语，卡兵笑道："原来你二人是南方老哥，请吧，请吧。"呼啦一闪之间，早有个短衣汉子挑着一担行李，紧跟在向坚背后，便似偷油耗子似的，嗖一声跟将过来。

卡兵瞪起眼睛喝道："呔！你这鸟汉子是干吗的呀？"

那汉子道："唔呀，吾是跟前面相公们挑行李的。"说着，跟向坚等疾趋而过，趱出数十步，却向向坚等致谢道，"亏得相公们携带，俺打了一句怯苏白，方混过来咧。俺是关外的人，若露土音，那麻烦就大咧。"

向坚道："这是为何呢？"

汉子道："客官你不晓得，如今满洲鞑儿们时时犯边入寇，所用的向导奸细等未免是关外的人多，所以卡兵们格外注意，其实都是掩耳盗铃的勾当。如今京门脸子上只管盘查奸细，那位把守山海关的吴总兵（三桂），却常和满洲人们有个小来往儿。而今皇家的事乱喷喷，没法说咧！"说罢，匆匆自去。

这里向坚却叹道："国家乱象真不得了，无怪俺父亲来书，说云南地面也十分荒乱，不知近些日他二位老人家平安否。"

觉民笑道："你啾唧的什么，快些走吧。"

于是二人一路询途，匆匆前进，饶是如此的壮丽皇都，两人竟无暇赏玩。转过几条街坊，觉民遥指一处冲天招牌的商店，欣然色喜道："表兄，你看俺家商店就在目前咧！"于是和向坚踊跃奔去，到门一望，叫声苦，不知高低。正是：

　　税驾方思拜亲榻，闭门忽尔见商居。

欲知后事如何，且听下回分解。

第二十一回

杨再生寻仇搅商店
安敦书病榻诉愁肠

且说觉民既见自家商店，心中欢喜，和向坚匆匆奔去，只见那商店关得门儿铁桶相似，不但静悄悄没得一人，并且门首阶壁上秽屎、臭猪血泼涂得一塌糊涂。门首左右丛垢堆杂，便如垃圾堆一般。看光景闭门歇业已非一日。觉民大骇，只当是父亲有甚变故，于是奔上前去，急忙叩门，啪啪地闹了一阵，通没人搭腔。向坚性起，便拾了块石头，嘭嘭乱撞，招得左右商店中人都变貌变色地探头探脑。其中有个老头儿便道："你二位若寻那店中的人，须绕向后门，这前面是不敢开的哩。"

向坚正撞门有气，因大声道："不敢开，怕什么呢？"

那老儿冷笑道："俺不晓得你有本事，叫出人来自家问他吧！"

觉民见状，知向坚说话鲁莽，便向那老儿赔笑问明转向后门路径。两人从一条长巷中绕过去，一叩后门，方听得有人答应，却又不肯便开门。细问过两人的来历，方闻里面欣然道："原来少东等到咧！"于是下闩开锁，稀里哗啦闹过一阵，然后双扉一启，从里面踅出两个店伙。一色的愁眉苦脸、形容憔悴，一见觉民等英风凛凛，不由喜道："哪位是俺家少东安觉民相公？"

向坚听了，向觉民一指。店伙笑道："如此说，足下是苏州黄相公咧，快到里面叙话吧！"

彼此一拱手之间，觉民忙道："咱家好好商店，为甚如此光景呢？"

店伙叹道："一言难尽，便是俺家老东人也不曾住在店中，如今却另有寓所，少时俺引您去就是。"

向坚不耐，向觉民道："咱简直地去见舅父细问情由吧。"

那店伙还在客气，觉民挂念父亲，只管连连摇手，于是一个店伙头前引路，那一店伙溜溜瞅瞅，一面关门，还向那个店伙道："喂，李兄快回来呀！俺一个人儿看守在此，怪发恐哩。"

向坚等不暇细问，跟了那店伙匆匆便走。觉民一路上向店伙问知父亲不过是抱病未愈，心下稍安。

须臾转入一条短巷，店伙方指道："您看前面第四家门儿，便是俺老东人的寓所。少东记清，俺要转去咧。"

觉民一点头，那店伙回步之间，忽见从第四家门儿内抱肩把臂地撞出两个男子，一路上嘻嘻哈哈，直撞将来。向坚细望他两人，一色的横眉溜眼，花布包头，内着短衣，外披直裰，一顶疙瘩软绉帽扣到眉头。

一个道："喂，老三，真有你的！你真会吃长食儿，并且两面落好儿。咱头子这养伤费虽然找清咧，你却能闹一阵花胡哨，说咱头子不甘心，给他邀名手去咧。他这里既不便推却你的借贷，你又给咱头子虚撑面孔，这不是两面落好吗？"

那一个一抹鼻头，耸肩道："什么话呢！你没个机灵心眼，能够从人家腰包中挖钱用吗？如今白花花十两头现在手中，咱快向馆子吃饱了羊肉烂面，搂着小娘儿睡他娘的快活觉。那个名手还许没降生哩。"

两人一路胡噪，瞭得向坚等一眼，竟自交臂而过。觉民心头有事，也没理会，向坚却暗道："这两个东西分明是地痞一流人，怎的却从舅父寓所撞出？"思忖间业已到门，恰好有个仆人从内趋出。觉民一说来历，慌得那仆人不暇叩头，回身便跑，一路大喊道："二太太快来，俺家少相公和苏州黄相公都来咧！"

向坚等这时业已跟到前厅廊下，方放下行李，倚了朴刀，便听得二门内有个妇人慢条斯理地道："王升，你喊什么？你主人方打发那两个去咧，才合合眼静一霎儿，你却这等山嚷怪叫。哪个少相公哪？怎还夹上个什么苏州黄相公呀？"说着，从门内扭出个三十来岁的夫人，中等姿容，甚是伶俐，只就是眉目之间挂些猥琐冷静之气。

原来安教书正室早亡，居京以来便买了两个贫家女儿，收在房下伺候，一名蕊香，一名花喜。两人姿容不差什么，那蕊香性儿张致并且放荡，教书收她在房只有两三年的光景，她便私自和个漂亮店伙勾搭上了。花喜瞧在眼里，却一声不哼，单等一夜里那两人又在会合，花喜却用了个出其不意的手段，牵了教书，一下子撞个正着。于是教书大怒，立时逐出店伙，卖掉蕊香，从此花喜宠擅专房，硬叫仆人去掉姨字，称她为二太太。敦书与觉民家信也曾提过她，但是花喜是个极有心计的妇人，娘家又穷，未免仰望敦书过日子，因此之故，在敦书身边还能相安，这也不在话下。

且说觉民一见那妇人，料是花喜，连忙声喏道："您就是二姨姨吗？如今俺父亲现在哪里？"

花喜一面万福，一面端相着觉民等道："谢天谢地，如今可好咧！你大相公一来，咱家都有主心骨咧！"又向向坚万福道，"这位便是黄相公吗？昨天老爷子还念诵你哥儿们哩。"

向坚连忙回礼，于是花喜转身引路，却一面回头道："你哥儿俩来得正好，方才老头子又信混账人的话，要请名手打降那个杨再生。俺看那混账人的话是信不得的。你哥儿们快拿个主意吧！"

一路谈话已到正房阶前，早有个仆妇迎将出来。觉民一望正室厅上，窗帷深掩，穿堂内药气发越，正在心下难受，忽听东间内敦书哽咽道："觉民哪，你兄弟来得却好。不料咱家被人欺侮到如此地步。"说着，一阵痰嗽。

花喜赶忙先跑进去，觉民等随后跟入，只见敦书形容瘦削，脸色上尪尪白白，左臂上缠着布络，正拥衾靠枕地偎坐在炕几旁。几上还摆着些算盘笔墨，条山长几上兀自堆着些凌杂的账簿。

觉民一见，不由伤心，跑上前去双膝跪倒，随后向坚也便拜将下去。于是敦书悲喜交集，先命花喜扶起向坚，只喜得老头儿精神陡长，便命向坚等坐在榻上，先问一回瑞符处的消息并两家家乡情形，然后又问一路上的光景，不由向向坚叹道："俺因被杨再生寻隙欺侮，不但被他打伤，便是这片店面也做不得咧。所以俺去信招呼觉民来作个计较。如今贤甥同来，越发好咧，咱或是想法出气，或是收店回南，大家再作计议。便是方才还有两个地面上的朋友，撺掇俺务必争这口气，他说保定府那里有一位著名的拳棒朋友，叫什么穿云燕何大器，此人武功了得，就是架子端的大些，他想着去请何姓打降杨再生，俺只好含糊答应。"

向坚听了，不由双眉轩动，慨然道："舅父放心！打降杨再生那狗头，都有俺和觉民弟哩。且请舅父见示被欺之状并歇业之故如何？"

敦书一听，不禁浑身乱颤，气喘吁吁，方要开口，又自痰嗽起来。

那花喜一面与他捶背，一面道："你老人家且卧下静静吧，俺替你告诉相公们吧。"于是服侍着敦书卧好。

敦书却张大眼睛，指着花喜道："你说，你说。"

于是花喜从头至尾说出一篇话来。

原来那杨再生自被安敦书承首告向当官，被逐出关帝庙之后，这口恶气他如何肯自罢手？只在别处胡混了些日，依然地踅回北京，出没市廛。官中的事，一冷下来，便没人肯去再管。本街坊众们见杨再生已经离却关帝庙，也就不肯去搅臭狗屎咧。

敦书怙惙数日，见再生没得动静，因也心下稍安。不想一日敦书方在街上漫步，忽一个壮汉脚步仓皇，从斜刺里一径撞来，敦书躲闪不及，登时跌了一跤，摔得腰胯生痛。

那壮汉反睁起凶睛，骂道："怎走路不睁眼睛？若非俺身体灵便，便不被你绊翻吗？"说罢，冷笑踅去。

又一日，敦书穿一身崭新衣服赴人酒宴，回头经过一条短巷，忽有个猥琐男子端了一盆新猪血迎头跑来。后面一个邋遢妇人且追且喊道："那么一盆新猪血，只给三十文钱，俺卖不着！喂，那位老头儿，快截住他！"

敦书忙躲之间，那男子咍的一脚，早已蹀在敦书脚上。敦书一皱眉，一个痛字未出口，那男子足下一蹶，早已连人带盆整个儿扑在敦书身上。但闻扑哧哗啷一阵响，人倒盆碎，弄得敦书通身儿鲜血淋漓，须发皆污。那男子爬将起来，不容分说，按住敦书便是几拳，又骂道："瞎眼的老死囚，快赔俺衣服并三十文老钱，咱算没事！"

敦书血淋淋地站起来，方气得开口不得，那妇人却赶到，骂那男子道："你这厮真是属猪八戒的，倒打一耙。你撞人家还这等说！"

敦书只气得乱招行人，道："诸位说个公道话儿，世界上就有这样不讲理的人吗？"

纷纭之间，那男子已谩骂踅去。围观的行人只是笑，还有望着那男子的后影儿挤眉弄眼的，却没人来搭腔。

那妇人便笑道："你老这是怎么说呀，满身上血污淋浪的，怎么走呀？你且站稳，等俺与你揩揩吧。"

敦书忙道"不消"之间，那妇人业已踅进，由怀中掏出方腌臜布，便给敦书前身后身一阵擦抹。这一来越发闹得一塌糊涂，敦书哪里有好气。敦书越躲，那妇人笑嘻嘻摇头晃脑地越往前进。逡巡间，妇人举着两手去抹敦书的鬓角，脚下一绊，偏向敦书怀中一扑。敦书恐她跌倒，忙用手一抄，说也凑巧，这一下子却撞在妇人肥肥的乳头上。那敦书正在惶急，只听噼啪两声，两记肥耳光业已飞向面颊。

那妇人揪牢敦书，没脸没头地乱唾乱打，外带着撕衣揪发，一面哭骂道："你这老东西，可是不要面孔！俺好意与你擦抹，你倒暗含着调戏老娘。老娘是响当当的好朋友，官罢私休，你说是怎么办吧！"说着，索性拖定敦书，乱跳乱喊。

敦书是气急败坏，言语不得，亏得坊众们作好作歹，由敦书赔礼，又掏给她一两多碎银，那妇人方才趱回。这里敦书十分狼狈，谢过坊众，方要趱去，其中有个老头儿却暗拉了敦书一把，两人趱向僻静处。

老者笑道："你怎的得罪这干宝贝？方才撞你的那男子绰号儿绿头蝇，便是那烂污妇人的姘头。他们都是恶棍杨再生手下的走狗，你老兄此后上街还须小心哩。"

敦书一听，不由恍然，当时谢过老者，闷闷趱回，只拿定了忍字诀，不去理论。哪知没过得几天，一日早上，商店中方一开门，忽闻一阵臭烘烘，仔细一看，门墙上粪汁狼藉，众店伙正在乱嚷。忽见商招横木上挂着一个蒲包儿，上贴红签，似乎是件礼物。大家摘下，打开一看，不由大呕大吐，赶忙丢向僻静处。原来蒲包里是个奇秽的断烂死孩子。敦书得知诸事情，知是再生作怪，但依然忍气不较。

不想再生越逼越紧，有一天竟遭其党众六七人，借购物为名，一言不合，竟在店中打了个落花流水，一哄而散。于是敦书气极，无可再忍，这时杨再生也便掉臂出头，不断地登门辱骂，两下里火头儿越挤越大。北京中专有一种包打降的胳膊落儿（落即帮党之意），当时探得敦书这件事，便有个绰号座山雕崔道成的前来兜揽打降。崔道成这小子生得傻大黑粗，坐在那里还有一人高，小老虎一般，说起话来瓮声瓮气，捏得油钵似的拳头咯巴巴山响。敦书一个循谨商人晓得什么，于是一见大悦，以为这场打降自己是赢定咧，便登时议定酬金，使人去知会再生，定期打降。

两下里择定打场，到了这日，道成、再生各集打手，由道成拥定敦书，威威武武直临拳场。再生和敦书一见面，直是仇人见面，分外眼红，两下里交代了几句动气话，即便开场。众打手正打得纷纷扰扰，互有胜负。那道成只管扇着大氅衣，吃吃喝喝，一面向敦书道："您放一百个心，少时看俺单单毁那狗娘养的。他们瞎了眼，还不晓得俺的罗汉拳多么霸道哩。"说着，一甩氅衣，架儿端得十足。

须臾众打手打罢，没甚胜负，再生大笑，一摆拳，风趋而进，直取道成。好笑道成登时手忙脚乱，只三五个回合当儿，被再生一个蹼脚踢翻在地，赶近一步，打了个鳞伤遍体。敦书大骇，方要乘隙跑去，再生手下一群打手早已蜂拥而上。道成的打手们见势不佳，呼一声纷纷各散。于是敦书大受挞辱，左臂上受了重伤。

再生临去大喝道："安敦书！你是晓事的，老实实向杨爷跟前月纳规例，不然你的店面休想开成！"

当时再生等既去，从人等扶起敦书，业已狼狈不堪，道成伤势更重，死狗似的卧在地上。他的打手等也便次第蹭将来，彼此间垂头耷脑，扶挽了受伤的人，各自转去。那敦书困卧之下，方在气苦，不想杨再生真个又去大搅店面，并搭着崔道成时时来索养伤费，闹得敦书气闷交加，方寸都乱。店伙们见生意做不得，只得姑且歇业，只留两个店伙看守店面。那再生还不断使人去尽力地作践。当时敦书的朋好们愤愤不平，仍想当官去料理再生，无奈敦书受了重伤，神志昏耗，一时间定不得主意，所以赶忙函唤觉民来京，再作道理。

当时花喜娓娓叙说，只气得向坚摩拳擦掌，时起时坐。及至花喜叙毕，向坚长出一口气，站起来，拔步便走。正是：

不因燕市屠沽辈，怎遇风尘游侠人。

欲知后事如何，且听下回分解。

第二十二回

赠白马送客出榆关
游燕市把臂逢故友

且说向坚听花喜叙罢原委,不由气涌如山,站起便走。

觉民忙拖住道:"表兄哪里去?"

向坚道:"杨再生这狗头,一刻也留不得!俺且去打烂他再说。"

敦书大惊道:"贤甥且慢,不可鲁莽!那会子崔道成的两个朋友来找清养伤费,并小有借贷,他想与俺去邀保定的何大器。贤甥等何姓到来,大家出场,方才妥当。"

向坚笑道:"舅父别再上人的大当咧。"因将方才到门时遇见两个地痞的情状一说。

敦书沉吟道:"原来如此。"便向觉民道,"如今这事还须从长计较。你累次来信,说和你表兄在家都习过武功,却是杨再生也甚是了得,咱还是慢慢访请名手,方为计出万全。"

向坚大叫道:"料一个杨再生,算得什么?俺和觉民弟弟定能毁掉他,早出出这口鸟气也是好的!"

觉民思忖一回,便道:"俺已想定计较,也不值得与再生约期打降。咱明日便去料理店面,重新开张,给他个以逸待劳,单等毁姓杨的便了。"因如此这般一说计较。

向坚拍手道:"妙,妙!咱明日就去整理店面。"

那敦书还不放心,当不得向坚等力以辱打再生自任,于是也壮起气来,登时命仆人去知会散居的店伙,明日就商店中准备开张,并发函请酒帖,大请街众。

这里花喜便吩咐仆人等与向坚等安置行李。觉民见父亲臂伤也快痊愈,这才心头一块石落地,于是和向坚净面吃茶罢,便向父亲谈些家乡情

132

形。向坚又谈回瑞符来书,说云南不靖的光景。情话良久,敦书甚是欢喜,当日和向坚等晚饭便觉清爽许多。

次日,向坚等早饭毕,觉民道:"咱少时去瞧料理店面,只悄没声地藏在里面。天幸杨再生若来搅闹,咱便出其不意,痛打这厮。"

向坚道:"对对,俺就不服气北京人们真有多大能为。"

于是,两人兴冲冲即行赴店,只见众店伙都已到齐,正分头揩台抹凳、扫地皮货、刷门面、挂招牌,忙作一团。不消半日,业已焕然一新。但是大家忙碌之间,还不断地东瞧西望,交头接耳,大约是怕杨再生撞将来,又恐觉民等不是人家的对手。觉民等暗暗好笑,直静候了一天,杨再生却影儿也无,于是两人趔回寓所,和敦书一说今天的情形。

敦书沉吟道:"你等明日却须当心,因明日便是咱店中开张请酒之期,北京人们专好等大场面上塌人的台,再生那厮定来胡闹的。"

当晚无话。次日向坚等结束伶俐,小兄弟就前厅上计议一番,方要赴店,只见一个店伙喜冲冲跑来道:"少东等不须忙咧,真是恶人天报。那个杨再生昨夜晚上在一家娼寮中和一个南方客人因事争竞,被那客人痛打一顿,并且踢折他一条腿。如今正起不得床,只是吐血,业已无能为咧。那会子有街坊们已报到咱店中哩。"

向坚拍手道:"竟有这等事!便宜这厮少挨俺一顿暴打。但是这南方客人是哪个呢?能不怕本地恶棍,准是个劲实岔儿。"

觉民也笑道:"可见咱南方人也委实不弱的,但不知他们为甚打将起来?"

店伙道:"俺听说是为争一个姐儿。那南方客人在娼寮中与一个朋友饯行,先叫得那姐儿陪酒,后来杨再生撞了去,耍劲胳膊,所以打起来。今天咱定的酒筵就在店对门聚贤居,好宽敞院落。少时街众到齐,少东等再去不迟。"说罢,匆匆趔去。

这里向坚却摩着肚皮道:"好没由来,俺方想出口鸟气,不想倒被人家打了快活拳去咧。"

于是两人重新趔入,向敦书一说所以,敦书听了自然心下畅快,还恐再生党羽等前去作闹,仍嘱觉民等小心在意。两人唯唯,即便拔步出寓。方趔到商店的街口,只见一行人迎面趔来,前面是两个健仆,分挑着行李、书剑,后跟一个长身玉立的少年,牵着一匹大白马,鞍辔鲜明。

那少年生得猿臂蜂腰,面如冠玉,目若朗星,顾盼之间,精光四射。

戴一顶范阳笠，浑身是青绉密扣的短衣，外披件一口钟式的酱紫色斗篷。手提丝鞭，回头望着一个服饰阔绰的少年，且语且行。

那少年只低了头，微笑道："孙兄此去，堪称壮游。只是咱们热剌剌地忽然别过，且待俺多送两步吧。"

向坚等听那少年语音颇厮熟，方向旁一闪，驻足怔望。那少年猛一抬头，忽地啊呀一声，直奔过来，两手一分，拉住向坚、觉民，只剩了哈哈狂笑。

向坚等定睛一看，不由也揎手大笑道："好巧，好巧！再没想到你也撞到北京。"于是彼此放手，乱糟糟地先唱个无礼喏。原来那少年非是别个，却是那回转霍山的黄鼐。

书中交代，你道黄鼐为何也跑向北京？

原来黄鼐自跟他叔子回到霍山，很以游侠自命，便大把价用他叔子的钱交朋结友，酒食征逐，甚至于眠花宿柳，无所不为。他叔子一个老实商人，如何看得惯这种行为，于是大怒之下，责骂数次，便严加管束，并且藏起钱钞，使他捞不着。哪知黄鼐心思伶俐，便自和一班朋友们庇娼聚赌，外带应人打降等事，捞摸了钱，依然愿意快活。霍山小地面，本没能人劲手，他便无佛处称起尊来。后来，他偶游吴兴，却被一意气少年拳脚折服，两人一打之下，反彼此慕悦，订了交情。

那少年姓孙名旭，意气恢阔，文武兼资，是个胸怀大志，想驰骋功名的角色。当时两人既定交，十分相契。孙旭见黄鼐行止不检，便时时正言规劝。黄鼐虽不能从谏如流，却也检饬了许多。那孙旭本是吴兴有名的秀才，他却不以举业为意，终日价说剑读书，恰值他本乡中有位当朝权贵虚慕其名，专函招致，请他去做名记室，于是孙旭束装北上。

那黄鼐离了孙旭不多几日，因手头艰窘，又向他叔子索取钱钞。他叔子大怒道："你这孩子不习上进，俺只当空教养了你一场。"说罢，拂袖竟入。

黄鼐没法儿，想起霍山东乡中有个富户，前曾因和人争一美妓，自己曾助他打降人家。当时手头阔绰，一径地没去索谢，如今他必然有些意思，于是兴冲冲趸去，登门求见。

不想那富户不但不出见，并且使个笨仆直撅撅将出两串老钱，抛在黄鼐面前道："喂，姓黄的，你来得不巧，今天俺主人因某姨娘（即美妓）身体啾唧，懒怠见你。这里有两串钱，快将去吧。可有一件，你莫尝着甜头儿，再来讨没趣。再来就不新鲜咧！"

黄鼐大怒，跳起来便是一掌。笨仆大怒，一个扑虎抢过，大喊道："你这穷骨头待怎样？"

亏得经人劝开，黄鼐大怒尚回，一股气按捺不下，便不加思忖，做出了一件坏事。便是没过得两天，某富室偶然挟资赴县，忽遇一遍体青衣、画着脸子的人，手持明晃晃短刀，从树林中抢将出来，不容分说，将富室拉着腿子从马上揪下。那富室一跤栽倒，吓昏了去。及至醒来，挟资尽失。但是他虽吓昏，却见那贼人抢来之势，步履行动间很像黄鼐，于是据实报官，自不消说。

那黄鼐得资挥霍数日，早又罄尽，偏搭着官中又有些要缉捕他的风声。黄鼐暗想，不如避避为妙，于是瞅个冷子，一夜里闪入他叔子家中，偷了数百金，更牵了厩中一匹大白马，悄悄地从后门溜将出来，一径连夜北上，去寻孙旭。临去时，他却就屋墙上大书几句道：

　　鼐远游乏资，特借取吾叔资马。当此乱世，积金贾祸。鼐为叔稍散金资，计亦良得。鼐虽不肖，尚能慑服左近群不逞。今鼐远游，望吾叔善持门户，幸勿自扰，使人侦索，伤骨肉之爱，生不逞之心。所关匪细，幸望明察。

原来黄鼐的叔子拥有家资，性复弱懦，居家以来，真亏了黄鼐，左近无赖等才不敢欺侮于他。当时黄鼐的叔子失却资马，见了壁上题字，只气得言语不得。仔细一想，见黄鼐忽然远游，不由又落下几点伤感的泪来，情知他似不羁之马，也没法儿去寻索他，只得谨遵黄鼐的话，谨持门户，这且不表。

且说黄鼐一气儿尚到北京，寻着孙旭，相见之下，自然欢喜。

黄鼐便道："吾兄近来遨游公卿间，真是近水楼台，可好为俺谋一事体，暂进于功名之路吗？"

孙旭大笑道："黄老弟，你如何这等没出息？刻下朝廷的局面，还有甚功名可讲？你看朝野上下，事事故故，哪里不是暮气？饥馑连年，流寇日恣，吾昨觇王气起于辽沈之间，吾到京后却曾一游关外，只见那所在的屠沽走卒都挂些阔大气象。至于满洲人们具王侯骨相的，往往触目而有。由此看来，如今这朝廷局面是不得长久的了，你还想在此奔功名做甚？"

黄鼐惊笑道："孙兄快些住口。你如何居京不久，便学会了撩天刮地京油子似的两片子嘴？国家多事，正是我辈奔走功名之会。你没的就夸得满洲人一朵鲜花似的，难道你还想去做汉奸吗？"

孙旭笑道："老弟不信便罢。你看自朝廷受人愚弄，无端地诛却袁督师（崇焕）之后，直然地失却东边长城。何况近来流贼糜烂天下，俺委实不欲久恋京都，不久便当为辽沈之游哩！"

黄鼐道："刻下你居停某权贵既器重你，你如何便决然舍去呢？"

孙旭笑道："此辈尸居余气，专恃门户意气，倾轧正人，国事怎样他都不理论。俺正为耐他不得，所以才去。"

黄鼐听了，虽然失望，却因巨金在囊，不愁长安米贵，又想交结些北地豪侠，自觅功名的机会，于是便觅寓住下，逐日价和孙旭燕市酣歌。不多日，孙旭果然辞却某权贵，径欲东游辽沈。临行前一晚上，黄鼐在某娼寮中与孙旭置酒饯行。正在美妓侑酒、浅斟低唱的当儿，不想那该晦气的杨再生吃得醉醺醺地撞了去，硬掐脖儿叫那美妓立时去陪他困觉，所以被黄鼐一阵拳脚打折了腿。次日，黄鼐又特赠孙旭那匹白马，以志别意，便厮赶送行，直到这条街上，无意中却遇向坚等。

当时三个人忽然相逢，直喜得反没话说。还是那孙旭趁势道："黄兄既逢故人，便趁此留步，且叙契阔吧。"说着，望望向坚等就要趱去。

黄鼐忙道："孙兄且慢，这两位都是俺的好友。"

于是，彼此间一为指引，两下里一拱手，各道久仰。孙旭骨碌碌两只精眼又向向坚等端相一回，然后抱拳道："再会，再会。"说罢，攀鞍上马，竟追逐了两健仆扬长而去。

这里黄鼐略为一怔，却大笑道："一好友去，两好友来，俺可不患寂寞了。咱快向酒肆中痛饮叙话吧！"

觉民笑道："今天正有酒吃，更难得你这位不速之客。"因向前面商店一指道，"那里便是俺家的敝号，便请黄兄移步谈话，少时一同畅饮如何？"

于是三个人牵挽把臂，直奔商店。

觉民一路留神，只见店内业已收拾得齐齐整整，连重新开市的喜鞭炮都已准备停当。并有些当地的苦哈哈、小土棍们打扮得奇奇怪怪，手擎贺喜的红帖来索酒钱。也有赤膊披红的，也有头戴一顶破纱帽头的。还有就漆黑脸子上薄施脂粉，挽起个大髽髻，上插朵通草花儿，披一件破女袄，穿一双大花鞋，娇声细步，乱唱喜歌的。忙得众店伙打发不迭，见了觉民等，急忙引入客室，献上茶来。

黄萧等宾主落座，各述罢来京之故，并别后许多情形，彼此拊掌欢笑。

那黄萧跳起来道："今天俺吃觉民兄这席酒，很应当的。你道打折杨再生的腿是哪个？便是区区在下哩。可惜俺不知杨再生那等混账，不然多打他一会儿不好吗？"

于是将昨晚在娼寮辱打再生之事一说，向坚大笑道："怪道街坊们传说是一南方客人打了再生，不想是黄兄误打误撞的，给俺们出了这口鸟气，合该咱在北京叫响儿哩。"

于是彼此欢笑，向坚又说回路逢乞丐之异，并涿州地面榆林寨梅英嫄兄妹的气概，听得黄萧惊奇不已。向坚又述回在通州客店所闻得卖艺女子之事，黄萧拍膝道："不错的，这段故事近来京中都轰动咧，可惜那女子自摆布李二相公之后，便已不知去向。俺竟没见她那小模样儿，人家都说长得俊煞个人，并且正眉心里有一点鲜红的朱痣，越发显得俊样。大家猜是点的守宫砂，俺想江湖女子哪里讲究什么贞节，一定是天然生就的。"

觉民道："不然，天下异人尽多，那卖艺的父女虽然混迹风尘，也许有些来历哩。"

黄萧点头道："你这话也有道理。如今年景荒乱，颇有妇人女子精擅武功的。俺在家乡闻得庐州白湖寨地面有一邓姓女子，甚是了得。曾有大盗十余人夜劫其家，都被她仗剑杀掉，可惜俺匆匆北上，不闻其详。就此看了，女子们也未可轻视。"

于是三人又谈回近来的武功进境，越发地眉飞色舞。正谈得热闹，街众们业已次第都到，觉民等一一周旋，客气一阵。

街众中有位徐老者，是个老北京，又是个老阅历，忽将觉民等邀入密室道："今天贵店开张还须当心，少时吃酒却不必大言大语，惹起什么枝节。北京地面侠少多有，是不能吃话的。"

向坚愤然道："杨再生的人们还敢来不自量吗？"说罢，以拳抵几，砰的一声，只见徐老者掀髯一笑，说出一席话来。正是：

　　燕市酣歌方慷慨，天门威凤落须臾。

欲知后事如何，且听下回分解。

第二十三回

天门凤制胜猕猴拳
玉美人偏遇天魔女

且说徐老者笑道:"话不是这等说,俺的鄙意是请您加以仔细才是。倒不是杨再生的人敢来作闹,但是那会子俺在店门首闲望,却见一人和一个地痞踅将过去,地痞望望店面,微笑道:'杨某人栽了跟头,连咱北京朋友们都够瞧的。如今这鸟店面就趁势开张,您就瞧着吗?'

"那人笑道:'好,好,且由他们高兴一霎儿。'

"俺暗听口气不妙,仔细一看那人,又是北京地面第一个难缠的魔头,所以俺请你等少时吃酒,少说大话,不过是仔细之意罢了。"

向坚笑道:"老丈请放心,凭他是谁来,俺们也不惧哩!"

徐老者正色道:"这个魔头比杨再生大不相同,不但本领出众,并且行踪飘忽,高去高来,轻易不露本相,唯以神偷妙窃为事。老朽凡事留心,所以暗自认得他。此人非别个,便是那九城知名不得识面,绰号儿天门凤的方朔来哩!往年间,满洲人来京的细作,被他暗地里割了脑袋也不知多少。他又曾单身出关,夜扰满洲王子的屯幕,一把火烧掉连幕十二座,连那王子的骏马号称紫霞驳的,他都呹呹喝喝从烈火腾腾中骑将来哩。"

向坚等一听天门凤三字,不由相视一笑道:"原来姓方的就叫天门凤。不瞒老丈说,俺们来京时在王家营就听得他的名儿哩。那帮人打降的人们还有什么大能为?"因将在王家营所闻天门凤打降一段事一说,又笑道,"老丈不须多虑,咱且吃喜酒开新张是正经。"

徐老者见向坚等意气勃勃,也就不便再说,依然大家趸转客室。

那黄骠不管三七二十一,便噪道:"觉民老弟,快将酬功酒来与俺吃。等俺吃高兴了,再寻杨再生那狗头,打断他那只腿才痛快哩!北京混混都是贱骨头，就须生捶硬敲。"

街众们问知所以，方知打坏再生的就是黄鼐，于是大家纷纷夸赞，向坚等好不意气轩举。徐老者坐在一旁，只好默然。

须臾众客到齐，业已将交巳分时候，大家便移步都赴聚贤居。只见商店门首悬灯结彩，高搭花楼，新张的喜联儿贴得花花绿绿，并有一挂很长的喜鞭炮，用长竿挑起倚在店门首，准备一交午时便放喜鞭。

这时，众店伙喜气洋洋，衣冠济楚，再加着许多瞧热闹的人聚拢在门首，十分拥挤。一见觉民等英气勃勃，不由都暗暗称奇。

黄鼐是天生的口舌伶俐，便向观者拱手道："诸位高兴便和俺去吃安家一杯喜酒吧。本来北京朋友们太也欺负外省人，如今可好了。"说罢哈哈大笑，便大踏步掉臂直前，引了一干人直赴那对门的聚贤居。

堂倌们连忙赔笑接进，街坊们方在互相逊入之间，只听哗啷一响，回头一望，那挂喜鞭却忽然中断。

众店伙一面接那鞭，一面噪道："这准是街上淘气的孩子干的营生。你要拾爆竹还早一霎哩。"

向坚等也没在意，大家谦逊，直入广院中一座大敞厅。只见靠西壁下四五席盛筵业已摆列停当，靠北壁居中一席更为丰盛，只上面设一独座儿。

堂倌一面忙碌，一面赔笑道："正中那一席是那会子一位客人来订的，那东壁下便买的是散座儿，没别的，诸位爷台将就些吧。"

正说着，只听院中高亮亮地有人笑道："俺一般也将钱吃酒，为甚猥琐在门座上呢？敞厅中有散座，快引俺去。"

便闻一个堂倌笑道："俺见您像位老先生似的，恐喜欢清静所在。既如此，您就在敞厅吧。"说着，引进一位年可五十多岁的人，很长的苍髯，赤红脸儿，步履间精神矍铄，头戴飘云巾，布衣宽带，意态翛然。两道重重的眉棱，配着炯炯的目光，携一根竹杖，提一具荆篮儿，里面是青青黄黄、枝枝叶叶，都是些草药儿。见了庭中人殊不理会，便一径地就东壁下坐下来。

那堂倌一面抹案，一面将篮、杖安置在他座旁，却笑道："你老刚进京吗？奔的是哪家药行呀？"

那人笑道："谁耐烦奔他们，识货的该来求我才是。"

堂倌笑道："您倒是自在性儿。今天肆中忙得很，您用甚酒饭，快吩咐吧。"

那人笑道："饭倒不打紧，有好酒好肉快些将来。"

堂倌笑道："您还候朋友不呢？"

那人大笑道："俺往些年交友太多，如今没得高兴，不愿玩那少年把戏咧。俺是没得朋友的。"说着，一瞬眼光向东壁下一瞟，即挺然而坐。那堂倌自去忙碌。

这里东壁下一班人也便由觉民揖让，纷纷就座，登时间酒馔齐上，欢笑畅饮起来。

向坚偶然望望东壁下那人，只见他一个人儿大杯价吃酒，大箸价吃肉，且是吃得起劲，以为是个乡下人偶来卖些生草药，当时殊不注意，便和众客们连连举杯，痛饮高谈。那黄甯喜逢故人，又无意中辱打了杨再生，自然是尤其高兴，不知不觉便大言无忌起来。徐老者方在停杯沉吟，只见一个鲜衣少年大踏步进得敞厅，径就中席，后面堂倌等跟进周旋。

徐老者噫了一声，悄悄一拉向坚，低声道："你看天门凤真就来咧，咱只闭了嘴吃酒是正经。"

向坚、觉民一听，四条目光不由直注中席，恰好那少年明闪闪眼光也飞过来，两下里碰个正着。那少年哈哈一笑落座的当儿，向坚、觉民不由互视一怔，原来天门凤非别个，就是累次变装，一路上所见的那个乞丐。但见他吩咐堂倌道："你们不要眼皮子薄，小看俺北京朋友。快些来酒，俺用罢还瞧个新张的热闹咧！"说着，微瞟东壁下，很透着轻视之态。

那堂倌们急忙进酒之间，这里向坚略一沉吟，那股子少年意气如何按捺得下，仔细回想那天门凤一路上追随出没，简直的是有意揶揄，说个俗话儿，便是成心来开玩笑。虽不晓得是怎的开罪于他，但见他不早不晚，偏偏向这里吃酒，就知是因杨再生那件事，未免觉着北京朋友有些塌台，所以来找碴儿，若不将他折服下去，今天这新张店面大约就开不成功。于是一望觉民，两人彼此会意。

那黄甯却不晓得其中缘故，依然地大说大笑，向座众们快谈他辱打杨再生一段事。说到高兴处，不由奋拳击案道："北京充面孔的人们原来都这般稀松，第二句话没有，只需这家伙奉敬他哩！"

吓得个徐老者一面偷瞅天门凤，一面用话打岔。但见天门凤一气儿灌了几杯酒，不住地微微含笑，两只灼灼的眼光偏盯住东壁下，瞬也不瞬。

向坚等被他瞧得正在丧气，只听商店门首乱噪道："怎的这挂鞭炮又断咧？真他娘的别扭。"

向坚等一听，还没在意，却是徐老者早已瞧科，因和向坚座位相接，便暗蹑向坚一脚，悄悄附耳道："如今天门凤使人断咱喜鞭，明是来找麻烦，咱不必怄气，少时您搞几句场面话，消了这场是非，免得再生枝节。"

正说着，已交喜时，只听喜鞭噼啪一声响，登时寂然。众店伙嚷了许久，方又屁嘣的一般响了一下。向坚大怒，便和觉民闯将出去，一问所以，众店伙噪道："真是怪事，这挂鞭只管忽然断下来。方才并有个人冷笑道：'今天这店想开张，还许有个主儿不答应哩！'"

向坚听了，料是天门凤使人作怪，不由一跺脚，气吼吼拉觉民蹑回聚贤居院中，竟自攮臂海骂道："是朋友的，就当光明正大地和人见个高下！只这等鬼鬼祟祟，难道就转了什么面孔不成？"

这一声不打紧，敞厅中众人一阵大乱，纷纷都出，便连那个卖药先生也慢条斯理地蹭将出来，就厅柱下一倚身儿，单等着瞧热闹。

这时黄鼐听得向坚发话，便虎吼而出，不管三七二十一，在院中拍胸大跳道："昨天打坏杨再生那狗头便是俺。哪个狐群狗党不服气，只管冲着这儿来！"

慌得那徐老者忙来拖他的当儿，只见众人一闪，天门凤抱拳带笑，由厅中徐步而出，更不去理会黄鼐，却向大众发话道："诸位听明白，俺并非杨某的朋友，也并非来扰安家的商店，但俺在北京闯了一场，说来见笑，总还是个充面孔的朋友。如今人家既要拿拳头奉敬，俺虽稀松，好歹也要领教。哪位不服气，只管下场赐教。若打俺一拳、摔俺一脚，甚至骨断筋折，俺尘土不沾，拍腿就走，还谢谢诸位的教训。不然，安家这商店且将就些儿，不要开咧！除非俺在北京充不得朋友，那时再开不迟哩！"说着，用左手一搭右腕，脚下啪的一声一跺稳步，但见卓立如山，轻尘不起，那电也似眼光早已绕场一周。

向坚、黄鼐一齐大怒，方要争着奔去，只见觉民将衣衫略为扎曳，一个箭步早已蹿向当场，向天门凤拱手道："足下既如此说，俺安某便拼着店面不开，也要结识你这位朋友。但俺等一路来京时，足下为何故意追随，意近相戏呢？"

天门凤大笑道："你等屈服了金二便罢，为何还想拔人毛儿呢？"

黄鼐和众人听了方在一愣，向坚却心下明白，定是金二等败回去，向天门凤搬的口舌，由此看来，天门凤是早已蓄意戏耍人咧。于是越发心头火起，便提拳大喝道："打，打，打！"就这声里，觉民一丢身段，使个旗鼓，天门凤长啸一声，顷刻间摆拳而进。

两人这一路扑跌靠打，翻飞追逐，顷刻间来往数十回合。那天门凤拳法纯熟，进退从容，只如不经意一般，再看觉民已十分吃力。

向坚喝道："老弟且稍歇，待俺料理这厮！"

觉民趁势霍地跳出圈子，向坚用一个饥鹰扑兔式，从斜刺里一路风趋，一挺右拳，便搥敌人的左肋。天门凤略一侧身，飞起一个连环脚，向坚趁搥空之势，索性一矬身，用一个铺地流云的步法，直抢到天门凤背后。那天门凤双足落地的当儿，向坚一拳便搥后脊，只离后脊分寸的光景。好天门凤，真不含糊，但见他腰儿一软，就似无骨，登时一个筋斗翻起丈把高，便用下垂的头顶狠狠在向坚脑顶一撞，然后翻向敌人背后，那飘忽的身法便如猫儿一般。

众人方在呆望，却见那卖药先生微微含笑，略一点头。这时，向坚早已急匆匆转身交手。这次天门凤却又一变家数，专以蹿高耸下，避实击虚。两人追逐颉颃，没得绕院三周，向坚额汗业已淫淫而下。原来向坚等只在家乡学些寻常拳脚，这当儿遇着劲敌，自然不成功咧。这其间唯有黄鼐较为高些，然而这时也就有些不得主意。

恰好向坚觑个破绽，猛可地跳出圈子，黄鼐方喊得一声"向坚兄稍息，待俺来也"，方一摆拳，只见天门凤顾盼得意，大笑道："俺北京朋友原是稀松，今天却任你们加紧。你等有本事的，只管一齐来，谁耐烦一个一个地哄哥儿吗！"

这一声不打紧，但听嗖嗖嗖一阵响，众人忘其所以，登时一个连环大彩喝上去。就这声里，便见黄鼐居中，向坚、觉民分占了左右两翼，哈的声一摆拳，向天门凤一齐打来，顷刻间八臂纵横，脚踪乱转。

你看那天门凤左格右拒，随势应敌，手眼身法步真是一丝儿不乱，形体捷疾，直然的风声乱卷。于是向坚等怒甚，越发地猛力齐扑。无奈人家棋高一着，三个人使出了吃奶的气力，通没相干。

正这当儿，只见天门凤喝一声，拳法一变，那身形滴溜溜随势乱转，并且竖跳一丈，横跳八尺，捏定两只软腕拳头，和那一副趋走如风、东蹿西跃的身形儿，俨似一个极泼辣的猕猴。有时节忽然跳出圈子，有时节竟自卧在当场，闪闪霍霍只在敌人不备处东捻一把，西戳一记，累得向坚等便如捕风捉影，三个人乱扑乱打，直闹得眼色迷离。这其间跌跌滚滚，无论头上、屁股上，所吃的横亏也就不在少处，但是三人转怒，神智并目光也便越发昏乱，须臾之间，竟自不辨谁和谁，又夹着气愧交攻，忽然三个人彼此以为可捉住天门凤咧，便不管好歹，登时扭作一团，望得个徐老者连连跺脚，急忙喝住，再寻天门凤时，却影儿也无。

这时，向坚等撒开手，十分委顿，彼此相看，正在又气又羞，只见从肆门外碎步如风趋进一个伶俐男子，手持红帖儿，向觉民等一打千儿道："俺家方爷特来贺您新张之喜。"说罢，丢下红帖，如飞趱去。

众人看那红帖，上写"方朔来"三字，于是众人大骇，情知新张是开不得咧。

觉民、黄鼐都气得没作理会处，向坚却愤然道："艺有高下，咱今天虽输在他手，也未见得他定常赢。暂且收店也不打紧，俺总须想个道理。大家且进厅吃酒，难道便为他败兴不成？"

于是觉民等一齐相让，众街坊见此光景，若再进去吃酒，真透着爱渴蛊儿咧，于是纷纷道谢，没精打采地各自散掉。唯有徐老者不肯便去，依然和向坚等趱进庭中，大家就座。只见那卖药先生不知多早晚已趱进来，自在位子上又复大吃大喝，更连连唤酒道："堂倌，再来两大壶，方才这阵把戏，倒是绝妙的下酒物儿。"

向坚怙悢中越发气愧，只狠狠望了那先生一眼，便见他连举数杯，从容开发酒资，携了篮杖，竟自飘然站起，方趱到厅门口，恰值向坚愤然道："俺就不服气，姓方的猴子似的打的是什么拳法呢？俺总要寻人学艺，破他这招儿。"

那先生听了，随便望望向坚，微微含笑，方才从容而去。这里向坚只呆望着人家的后影儿发怔。

徐老者便道："北京地面若和这些魔头们置起气来，是没得完的。好在方朔来虽是混混，却非杨再生可比。诸位不如遣人致意与他，服个软儿，只是顺着毛儿扑撒他一阵，这点儿小过节儿便揭过去咧，不强如置气耽搁生意吗？"

向坚等都是意气少年，哪里肯听，徐老者见话不投机，便吃了两杯没滋搭味的酒，也便辞去。这里向坚等望着四五席空客座儿，这股气越来越大，于是议定非寻人学艺，破方朔来这套狡狯拳法不可。

黄鼐道："便是如此。觉民弟既事病亲，又有店事，只在左近留意能人便了。俺与向坚弟无论远近，总要访求能人，出这口鸟气哩！"

于是三人又谈论回朔来拳法，再也猜不出是怎的路数。当时匆匆罢酒，向坚等问知黄鼐的寓所，即便各散。那教书得知此事，虽然着急，也没奈何，依然将商店关门大吉，这且不提。

且说向坚等自被折挫后，果然逐日地钻头觅缝，寻访能人。你想凡有能为的人，大半是深沉不露，匿迹销声，要从那十丈软红尘中现成成一把抓来，哪里有这般易事（着意访求贤能，贤能且不可遇，如今之摒贤弃能，安望能有贤能出奠世局乎？此世乱之所以日滋，也可为深叹）。三个人寻访了十来日，通没头绪。虽左近有些拳棒朋友，向坚等一一过访，却是谈起武功，还不如自己通晓，一听说想制服方朔来，都吓得一缩脖儿。

黄鼐焦躁起来，这日去寻向坚，打算着裹粮远出。

那觉民自己出来相见，道："向坚兄从昨天出去至今未回。"

黄鼐闷闷趑转，次日又去商量，向坚依然没转来。一连三日，躁得个黄鼐什么似的，便向觉民道："看此光景，向坚弟是自家远出访求去咧，俺明日也便到远处走走。俺闻得北京密云、平谷一带山村中很讲武功，以防寇盗，或其中就有能人也未可知。"

觉民喜道："既如此，俺也同去，那所在有的是深山大泽，就许有异人诧迹哩。"

正谈得入港，不想教书因连日闷闷，店面又开不得，老头儿一上火，又有些啾唧起来。黄鼐料觉民去不得，即便自行忙忙收拾，打扮了个卖艺人的模样，带了一大包碎银两，携了防身短刀，一径出京，便奔密云、平谷一带而来。

不消半日，业已望见连山复岭，极目不断。原来那燕山横亘，势如长蛇，东达辽沈，西接太行，千余里逶迤起伏，都是燕山连脉。里面村落甚多，当地的人真另有一番武健之气。黄鼐信步徜徉，也没心细玩风景，经过几处峰岭，趱过好些村落，便借着卖艺为由，逐处价寻问能人。

好笑那班土人虽然一个个粗实实的，也讲些怯把式。若说起什么拳派，直然地一概不晓得，一听说能人两字，都笑得一张嘴咧到耳岔，便乱噪道："俺这左近只有个花枪王五，并有个双刀张瘪嘴，人都说是好些的哩！"

黄鼐喜道："那么这两位现在哪里？可以引小可去见吗？"

土人笑道："可惜你来得不巧，那王五上年死掉，只剩个张瘪嘴，偏又犯了瘫痪，漫说双刀，连双手都残疾咧。"

144

黄鼐一听，赌气子离开一班土人，转入深山，所到之处，留心寻访，转眼二十余日，通没作理会处。这日行到一片山村，四围里岚光林影，十分幽雅。黄鼐拣了一片空场儿，放下行装并短刀，从左近人家借了一柄竹帚，方要打扫场面，只见一个黑瘦瘦鲜眼的少年，破衣拉撒，笑吟吟地跑来道："你老歇坐霎儿，养养精神，玩拳使棒总要先静静气儿，且待俺来料理。"

黄鼐方在客气，那少年道："得咧，俺也是伺候拳客的伙友，不过这当儿困顿下来，苦哈哈地寻个饭落儿。等俺伺候过您，您赏几文，俺就接着；不赏呢，也不算回事。咱们走江湖的人，鱼水相帮，哪里不交朋友呢？"说着，接过竹帚便将那场面扫得一干二净。

黄鼐见他是个苦哈哈，料想是左近的乞丐，恐他为守候几文钱，耽搁了赶门儿，便回手从怀掏钱，想先打发过他，哪知事有凑巧，一文钱也没得。

这时少年方眼睁睁望着地下的行装，一面噪道："你老忙什么，少时收场再说吧。"

黄鼐哪里肯听，便巴巴地打开行装，从那大包碎银中拈给他了一二钱重的小银块，只喜得那少年眼花缭乱，道谢不迭。这一来，他倒不去咧，便一面与黄鼐开场儿，一面帮些口怯场，竟弄得十分热闹。黄鼐也没在意，须臾献艺都罢，收了所得钱文，黄鼐望望日色，方才过午，便又把与那少年百余文钱，慢步出村，过得一道小桥，北望一片山环中树木葱茏，有一条羊肠曲径，料是奔那山环村落的道径。

黄鼐心下闷闷，方下得小桥，置下短刀，坐在行装上，眺望山势，并沉吟自己访求能人以来，转眼二十余日，连个能人的毛儿都没见着，不知这时向坚是否遇有能人并回京不曾。

正在心头上七上八下，只听桥上有人笑道："原来你老还在此歇腿哩。"

黄鼐一望，却是那个帮场儿的穷少年，背着只破米袋，匆匆下桥，一径地凑了来，置下米袋，席地而坐，又拱手称谢道："多谢你老厚赐，俺这便买得数升米还家去咧。"

黄鼐正在寂闷，便随口道："朋友你说曾跟过卖艺的拳客，为甚流落下来呢？"

少年道："无非是那位拳客在左近村庄中被人踢了场子，所以俺也咋了饭碗儿。"

黄鼐听了，不由心有所触，便道："俺卖艺访友，正想结识有能为的人，你可知这片所在有什么高拳妙手吗?"

少年笑道："怎么没有呢！"正要指手画脚地说下，只听哗啷啷铃声一响，林影开处，由桥上跫过一个骑黑驴的小媳妇子，生得容长脸儿，明眉俊目，青帕包髻，家常打扮。尖翘翘的平底软帮小青鞋儿，斜磕驴腹，挺得纤腰笔也似的直，一抖辔头，飞也似下桥。后面紧跟一个虎头虎脑的黑小厮，身背蓝袱，举步如风，一只拳头只不离驴屁股。

那媳妇一扭玉项，向小厮嫣然一笑道："阿弟，咱今天到家，还许赶上他们吃晚饭哩。"说着，人骑如飞，直趌向那羊肠曲径。

本来在这片清幽山水中忽见个美人儿，便令人眼前一亮，如遭奇遇，何况黄鼐一肚皮想访异人，又贪看美色，于是不禁不由两只眼直勾勾地送了去，将脖子伸了个挺长。

正这当儿，只见那少年眼睛一动，忽然拍掌大笑。正是：

  空穴来风原有自，行看骗局在须臾。

欲知后事如何，且听下回分解。

第二十四回

山果园一场笑话
火神祠大好奇逢

　　且说黄骉正望着过去的媳妇子呆呆发怔，忽闻少年一笑，颇觉得不好意思，便慢慢收转饿眼道："你笑什么？"

　　少年道："嘻，巧得很，真是说着张飞，张飞就到。你不是访问高拳妙手吗？只这个骑驴的媳妇子便是。"

　　黄骉惊笑道："岂有此理！那不过是农家的媳妇，如何是高拳妙手呢？"

　　少年笑道："您这句话却不像闯江湖的老手唎。俗语说得好，凡人不可貌相，海水不可斗量。您别看她娇娇滴滴，风吹要倒、日晒就化的样儿，她是前面缠藤峪吴武师的女儿，绰号天魔女吴一娘，练的那身功夫，简直地说不尽唎！那吴武师门下多少了得的弟子都败在她拳脚之下，真是所有拳派无所不通。她出嫁未久，便是新婚那夜，还叫了个天字第一号的响儿。吴武师的弟子们单趁她做新娘的当儿，前去使促狭，要试她的能为，便涂了面孔，扮作一伙明火大盗，喊一声，一齐闯进洞房。先将个赤条条的新郎从被窝里拖将出来，大家正在张牙舞爪地去拖新娘，想看一对光屁股，哈哈一笑，不想那新娘影儿也无，只从被窝中摸出一只软红睡鞋子。

　　"大家正在乱噪乱抢，只听院中娇喝道：'老姐姐在这里呢！你们这班促狭鬼便是涂了脸子，又待怎样？'

　　"众人一听，呼一声抢将出来，脚还没站稳，早见俏影一闪，风也似卷入众人丛中。这一阵乒乓噼噗，拳脚如雨，众人目不及瞬，跌跌撞撞之间，但见两点红白颜色的东西旋似风轮，单拣人腰眼臀沟、鼻头前阴上便是一下，闹得大家弯腰摸臀、掩鼻握阴，一个个叫苦不迭，委顿于地。亏得那两点红白色的东西虽然霸道，却是软中硬的劲头儿，大家只管受伤，还不致皮破血出。唯有一个最促狭的，暗含着吃点儿说不出的横亏，却被那白色东西的尖儿瞅个冷子，弄了臀孔一下，热惛惛、火辣辣的，甚是难受。

"当时大家没法儿，只得齐呼老姐，这才听得新娘子咯咯一笑，收住手脚。大家仔细一望，方晓得红白颜色的东西并不是什么法宝作怪，就是新娘子一双金莲儿。原来吴一娘忙忙跳起，脱落了一只睡鞋，所以金莲儿一红一白哩。您看这吴一娘可称高拳妙手吧？如今吴武师业已去世，她随便也教人武功，只那个黑小厮就是他的弟弟，想是接阿姐去住家哩。"

黄骕大悦道："竟有这等奇女！这缠藤峪距此多远？你可识路吗？"

少年道："不远的，不过八九十里路。巧咧，俺还家去，正是一路。您老若寻吴一娘学功夫，俺就引你去，打什么紧。今天到不了缠藤峪，您便宿在俺家，甚是方便。"

黄骕大喜，登时和少年站起来，各负物件，便向那羊肠曲径，恨不得一步赶上吴一娘，便给她赶赶驴儿也是有趣的。哪知心急虽似箭，偏偏两脚慢如牛，因那羊肠小径十分险僻，乱棘牵衣，碎石碍路，没法放开脚步。但见远近间横峰竖岭，密密层层，林麓逶迤，歧途错出。须臾趱过十来里，越发地乱山合沓，杳无行人，只闻得高下林木中时有叮叮的樵斧。黄骕无奈，只得跟定那少年纳头奔去。

须臾峰回路转，趱过许多村落，那少年一径地穿林拨莽，慢慢前进，闹得黄骕连东西南北都分不清。望望日光，红焰焰大如铜钲，一径地平沉下去，黄骕方恍然，那是西方。

不多时，暮烟四起，山气已沉，黄骕道："缠藤峪毕竟在哪里？今天这光景是赶不到咧。"

那少年向偏西一指，道："缠藤峪就在那偏西北一片山坳里，还有二十多里路。过得指梅林，转过画饼村，再过一条白望桥，敢好就到咧。咱到那里，少说着也须二更大后，您人生面不熟的，敲门打户去寻吴一娘，也透着不仿佛。俺家距此不远，您且屈尊一宵，明天再去如何？"

黄骕一听，甚是有理，于是点头举步。果然不多时，趱到一所山果园旁，园中有两间草房儿，靠园门还有间小窝铺，一个破衣撒脚的婆儿正捡了一捆山柴，撅着屁股向园门里拖拽。

少年低笑道："到咧，到咧。您看俺老婆这种样儿，莫要见笑。"于是遥唤道,"喂,俺来咧!你快先去烧些热汤水,然后做饭。今天俺却买了米来咧!"

那婆子回头,攒眉道:"才来吗?那窝铺你自家打扫去吧。"

少年道:"今天俺有朋友,咱那正房你快让一宿吧。"

于是和黄鼐昂然入园,直入那两间草房儿。里面只有草荐破被并一盏瓦灯,业已昏昏沉沉地点上豆儿似的光亮,还有些盆碗家具,乱糟糟地横在一张破案上。那少年放下米袋,先用盆儿掇些出去,交与那婆子去炊饭,然后就榻上拂尘让座。

黄鼐便道:"你曾说困苦不堪,怎还有家口,又有这片果园呢?"

少年笑道:"俺哪里有果园。俺两口子流落下来,只与人家看园子。俺白日里出去胡混,抓到钱,大家一饱;抓不到钱,大家挨饿,无非苦哈哈的勾当罢了。"

黄鼐就破荐上置下行装短刀,歇息一番,又问回吴一娘的光景。

那少年见他着迷,便笑道:"你老若去学艺,管保比被别人有相应。人家须学十天才会,你老不过五天便会咧。"

黄鼐笑道:"为何呢?"

少年道:"便是吴一娘专爱俏皮脸子。像你老这般漂亮,吴一娘就许没日没夜地教你些体己功夫哩。"

黄鼐听了,不由心头奇痒,便觉得那少年甚是知趣。

看官须知,凡人的性儿若被人揣测出来,真是可玩之股掌之上。你想黄鼐何等的机警角色,只因被人看透了好色的性儿,人家就从色字上来摆布,所以古今的大奸雄性儿都令人不测,就恐人去摆布他哩。古之至人能以豢龙伏虎,无非是能识其性罢了。

闲话少说,且说黄鼐喜洋洋地和少年一面谈笑,一面用了些热汤水。须臾,少年出去端进饭来,两人用过业已交三鼓。

少年道:"你老便安置吧,等俺去瞧瞧房下灶上的火儿烛儿,须要检点清爽。"说着趄去。

这里黄鼐方暗笑那少年去亲热老婆,只见他笑哈哈地转来,手内拎着个砂酒壶道:"这馋老婆真要不得,穷得光脸,她还偷偷吃酒。如今俺且受用一下。"

于是一面倾向碗中,一面道:"你老吃些,管保睡得香甜哩。"

黄鼐闻得酒香扑鼻,又当睡思方来,便笑着接过酒碗,不管好歹,一气儿灌了半碗，方觉得酒有异味。只见那少年跳近来，拍手道："倒也，倒也！"

一声未尽，黄萧一跤跌翻，手足如绵，顷刻间转动不得，但是双目炯炯，心头清楚，料是被他暗算，酒有迷药之药。

正在气愧之间，那少年已笑眯眯地将荐上的行装打开，抖出一大包碎银两，只喜得打跌，便依旧包好行装，又拾起短刀端相道："这把刀也钢口不错，且留着孝敬俺大哥。"于是负装提刀，猫着腰子一睄黄萧道，"朋友，俺明人不做暗事，俺便是京北一带的神偷陶五儿。今在这片果园里借用你这点儿东西，你却莫诬赖别人，俺长到这么大还没摸着个媳妇毛儿，哪里来的家并老婆呀！吴一娘也罢，周二姐也罢，请你自去学能力，没别的，俺要失陪咧！"

说罢，点点头儿，竟自扬长而去。气得个黄萧只好睁了大眼，无奈通身如剔去骨头，直至天光大亮，方才药性都过，一骨碌爬将起来。正在伸臂舒腿，极力大叫，只听那婆子在园内骂道："陶五儿，你挺尸挺够咧，还不滚你娘的蛋！搅得老娘猴在窝铺内，一夜也没好生睡，你算俺贼爹就是咧！"说着恨恨地踅入，一见黄萧光景，失惊道，"你那个体面朋友呢？"

黄萧道："你这婆子定是陶五儿一气儿，快还俺行装短刀是正经！"因将昨晚被骗并遇陶五儿的情形一说。

那婆子惊笑道："原来你不是陶五儿的朋友哇！俺若早知道，便嘱咐你小心于他咧。那陶五儿是京北一带的贼骗子，只要客人露了白，休想逃出他手。俺一个孤贫老婆子看此果园，不敢得罪他，所以他往往来借宿。你见的那骑驴媳妇不知是哪里的农家妇人，又有什么吴一娘咧，天魔女咧，他真诌出大天来咧！"

黄萧道："他还说你是他的婆子哩。"

那婆子骂道："叫他剜口拔舌挨千刀去吧！他便当俺儿子，俺还嫌他贼腥气哩！"

黄萧情知中骗，好不懊丧，只得打算回京再作区处。于是别过那婆子，便奔归路，一路上卖拳糊口，探问道径，受了好体面的困累，方才回到北京寓所，急跑向觉民处一问向坚，哪知还没转来。那觉民十分怙惚，业已遣人四出寻觅。当时黄萧一说自己寻访能人并被骗的情形，觉民越发地放心不下，便和黄萧在左近地面亲自去寻向坚。乱过两天，遣出的人次第踅回，依然不见向坚的影儿，却是那方朔来越发得意，每天总要呼朋啸侣，就安家商店前掉臂歌呼，睥睨而过。

一日，黄鼐、觉民正在揣测向坚久出不归之故，只见一个仆人飞步入报道："黄相公回来咧！并且那会子去寻方朔来，一顿拳脚打翻方朔来，破了他的什么猕猴拳法，现在咱商店中稍为歇息，并命店伙们立时开张哩！"

觉民等听了，直喜得跳将起来，牵住那仆人乱问道："怎的？怎的？"

仆人道："俺只听得方才店伙来报，说黄相公忽然满面风尘地到店，略为歇息，便去打翻了方朔来，如今满街坊上都轰动，便请主人到店中料理新张的事哩。"

觉民大喜，只跑进去秉知敦书的当儿，黄鼐在前厅业已打了好几个转儿，于是和觉民两脚如飞，直赴商店。方到门首，只见众商伙业已喜气洋洋地悬灯结彩，比前番新张更加热闹。只见黄向坚还没暇弛缓结束，揎拳勒袖送了一班贺客出来，一见觉民等，不由握手大笑，便相与趋入客室。正想彼此细谈，哪知一班街坊们你来我往，纷纷来贺，并店伙等不断地寻少东禀事，直乱得不暇细叙。

向坚道："等晚上消停时，咱再衔杯细谈吧。"

不多时，喜鞭儿响亮亮地放将起来，那店门首往来的贺客并贪便宜买新市货物的顾客正在拥挤不动，并望着柜栏里面的向坚等，大家相顾惊异。只见一人手持红帖，押了一挑丰腆礼物，直到柜前，递上帖儿道："俺家方爷特备微物，致贺尊店，明天还定要亲身来贺。"说罢，丁字步一站，一言不发。

众人一瞧帖儿是方朔来，这分明是又想来找碴儿，不由许多眼光一齐注定向坚。

向坚却大笑道："惭愧得紧。你家方爷真赏面子，俺就从实都收，明天专候大驾。"于是赏过来人，依然地应候众客。

那位徐老者却悄悄地道："黄相公不可大意，那方朔来神出鬼没，歹斗得很哩！"

向坚笑道："俺新得的拳法来头儿大得很，怕他怎的？"听得个黄鼐心头便如小把儿挠的一般，只恨急切间不暇细问。

须臾天色已暮，向坚等直待店中灯火齐上，忙碌到二更大后方和觉民等从容回寓。恰好敦书已自安歇，向坚也不去惊动阿舅，三个人就客室中随便落座。

黄鼐不等坐稳，便急匆匆叩问向坚打翻朔来的缘故。向坚方要开口，忽地肚儿内咕噜噜一阵山响，不由拍手道："俺今天匆匆回京，只半道上胡乱吃了一顿饭，又和姓方的挣了半响命，快来酒饭先吃些再说吧。"

一句提醒觉民等，登时觉自己肚皮也不做主咧。原来两人惊惊喜喜奔到店中，接着便忙碌应酬，也忘掉用晚饭咧，于是彼此欢笑，觉民便一迭声地命仆人端上酒饭菜馔，自去料理门户。这里小兄弟三个一笑就座，方斟得一巡酒，忽闻微风起处，沙沙的似有尘土落窗。

觉民饮了一杯，便笑道："表兄一去不来之后，俺和黄兄到处瞎寻，黄兄更为晦气，在京北山村中又遇了骗子，自称什么神偷陶五儿。"因将黄鼐被骗之事一说。

向坚笑道："都是黄兄好看媳妇之过。俺这次访遇能人，却是个五十多岁的老头儿哩。俺在他那里只住得十来天，也不晓得他的本领有多么大，但是他略说绪论，都非吾辈耳中所闻，人家那才算武功本领哩！俺已拜他为师，不久便去学艺。"于是滔滔汩汩说出一片话来。

原来向坚自立意访求能人之后，一连在街坊上踏寻几日，处处留意酒馆茶肆，以至偏僻寺院中，无不涉足。虽也有些花拳绣腿的子弟们，但一望那番飞扬浮躁的样儿，便知都是些虚儿飘儿，闹得向坚意兴阑珊。

一日跫至平则门外五火神祠之旁，那所在槐柳萧疏，地势洼下，有许多的纵横积潦，一条条流到神祠前，汇成一片大洼，约有四五亩宽。四围草树密茂，却有迂转的小路儿以通往来。那洼中一泓浅水，回映着一片夕阳，倒也空明可人。

向坚乍到北地，又逐日价踥蹀市尘，见了这空明萧瑟的一汪水儿，居然似江浙间水乡风景，不由便徘徊徙倚，就神祠前眺望一番，信步儿跫入祠中。只见里面碧草满院，十分冷落，只有个看庙的老头儿坐在厢房台阶儿上打盹睡。殿内是塑着五位赤发狞须的神道，金盔甲亮，一字儿仗剑列坐，并且各挟一尊大炮。

向坚一见，不由恍然，原来他听得老人们讲说过，这五火神本是兄弟五人，生而神异，各负勇力，并善用火炮。当元世祖忽必烈入主中夏之时，他兄弟便称兵起义，誓复故国。忽必烈屡为所败，几乎要迁都，以避其锋。乱柴沟之战，他兄弟五人运用起连珠火炮，便如五道雷霆，砰訇下击，元兵大败，几乎有数万人马都葬身于乱柴沟中。忽必烈败退之下，十分闷闷，便有人献计于忽必烈，用美人名马、金珠锦缎，并遣一舌辩之士，赍了这份厚馈，一径地到五人营中，前去说降，并许封五人是一字并肩王，赐予铁券丹书，与国同休。五人大悦，登时将一片忠肝义胆收将起来，竟驯羊似的降了忽必烈，俯首称臣。

但是忽必烈好不阴鸷，一面赐第京师，宠异优异，一面使心腹机智之人交欢于他们，叩其制炮用炮之术。他兄弟都是直性汉子，哪识其中机关，不数日尽泄其术。于是忽必烈觑他兄弟不备，登时遣勇士一并拿下，顷刻问斩，并恨他们屡次抗战，便将那五具残躯一火成灰，就弃在这平则门外野地里。

不想五人威灵不泯，一日忽必烈正在宫中夜宴，忽见宫中火球乱滚，叱咤有声，隐隐见他兄弟甲胄带剑，往来于御筵前，瞋目而视。忽必烈大怒，便拔出七宝龙泉，亲自赶向宫院，一剑斫去，只听得轰隆一声，那便殿忽塌一角，压死许多宫人。从此怪眚日夜滋闹，闹得忽必烈困卧龙床，不能视朝。亏得刘太保秉忠想出个妥其灵魂之策，便请忽必烈亲降谕旨，封他兄弟为五火神，永护京师；并敕在神霄观大会道众，做四十九日罗天大醮，以度冤魂；又命有司在他兄弟弃灰处建立五火神祠一座。

至今北京元宵放焰火，还有五火神炮打乱柴沟的盒子花炮，就是附会的这段故事了。

当时向坚一面瞻眺，不由暗叹道："好笑五火神，铁铮铮的汉子竟自变节事仇，又遭诛戮，看来还不是真正英雄。是真英雄，如何为富贵改节呢？但是如今满洲猖獗，大有像忽必烈崛兴之势，不知当此时光，还有铁汉也无？"

一时间想得没头没脑，便信步来到祠外，就高树深处坐憩片时。恰好天空中有一缕白云向南飞驶，向坚不由想起父母，怔怔地望着，一面暗想道："怎的叫这片云儿载得俺到云南，才是个快活哩！"

正在发怔，忽闻远远地有人高歌道：

跃马身余战血斑，封侯无路且看山。
归来卖斩楼兰剑，买得黄牛好种田。
劚礜刨云意自如，药名谁耐认苓术。
平陵女子如相识，漫笑韩康胆气粗。

歌声尽处，只见竹杖影儿一晃，便有一位穿大布直裰的昂藏丈夫由草径中徐徐走来，肩荷竹杖，担着一个绝大酒葫芦，一面眺望夕阳，一面自语道："这一片荒荒落日，倒好似那年在榆关外痛杀满洲人时。"

向坚猛闻，方觉此老有异，忽见他步履飘忽，很似那日在聚贤居所遇的卖药先生，不由顿然想起他说的"这场把戏倒可下酒"的话来。方在怙惚他口气不俗，或者是个混迹的异人，忽见他踅至那洼子积潦水前，略一驻足，向左右前后逡巡一望，这一来向坚瞧得仔细，谁说不是那个卖药先生呢！

便见他觇得四下无人，微微一笑，忽地一跃，直登水面，便如蜻蜓戏水一般，只用脚尖略点，一连三四跃，已到那面。张得个向坚目定神痴，赶忙从树深处跳起来，取小路飞步便赶。方绕过积潦，忽然一阵晚风吹起，尘沙迷目。向坚停步，略一拭睫的当儿，再瞧那先生业已影儿不见。正是：

　　莫谓能人无觅处，从兹剑术得真传。

欲知后事如何，且听下回分解。

二　集

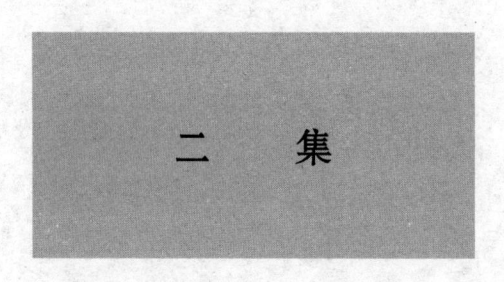

第一回

窥奇迹郊野访异人
走荒祠深宵拜大侠

　　上回书交代到黄向坚见那荷杖先生踏水而过，急忙跟追去。忽然晚风暴起，尘土迷空，再瞧那先生时，竟自影儿不见。向坚不由徘徊怅望，方想就那先生的去路一穷其异，忽闻背后辘辘辘一阵山响，接着有人大呼道："喂喂！截住！截住！"

　　向坚方一闪身回头，业已有辆花轱辘的大牛车双辗空，惊跑过来。车上一个小媳妇子狠命地揪住跨辕的一个老太婆，已吓得粉面焦黄，满头的通草花儿颤舞招展。那老太婆生得四方大脸，很有身膘头儿，虽然被颠簸得凉粉似的，嘴里还插着一根长枪似的旱烟筒。

　　车后面，一个邪眉瞪眼的车夫业已跑得气急败坏，却拉开破锣似的嗓子，骂道："好王八□的！等俺大抹了你，交给哈屠夫！"但见那牛两角一低，俨似云飞电掣。

　　向坚一惊，连忙一矬身，纵步赶去。顷刻之间，去有三四里，直抵一片沙土场所，四面荒冢累累，树木阴翳。偏东向有座荒庙，山门半掩，十分败落。这时，车道前面有条横不椰子的深沟，那牛哞一声，前蹄齐进，已近沟沿。车上老太婆方从嘴内掏出烟筒，喊了一声，向坚一步赶到车前，先提起拳头向那牛当头一击。那牛惊怒之下，奔势正凶，便一低双角，直向向坚触来。

　　好向坚，略一闪身，从斜刺里双执牛角，那牛狂吼一声，方一缩身蓄力，想要挣脱，只听咔嚓一声，那车倒退数步，车上小媳妇和老太婆一齐卧倒，四只脚儿朝天乱舞。再看向坚时，屹然山立，那牛虽余势犹劲，却寸步动不得咧。这时后面车夫也便赶到，也不晓得致谢向坚，先莽熊似由老太婆手中夺过烟筒，一折两截，然后不容分说便扯小媳妇的腿子。

　　可巧小媳妇方挣起身，极力一蹬，尖瘦瘦一只小鞋儿却被车夫勒脱。

于是老太婆大怒道:"你这王八小子还敢张致!怪不得你叫'夜猫子王二',谁雇你的车谁要晦气!"说着,一把扑去。

车夫道:"你这老妈妈子赔俺牛是正经,这份背扭买卖,俺高低不揍咧(北人土语谓作曰揍)!"说着,横起眼儿,就要动手。

向坚一手拉牛,一手隔开他两人,问其所以。

老太婆拍掌道:"您看有的事吗?俺婆媳雇他这车进城探亲,谁知他叫王二,外号儿'夜猫儿',凡一开口就是丧气话。见俺亲戚家人口多,他说发丧时不用请执客。见人家门口近河,他说发火时泼水就近。一路上,俺不待价理他,怕他那鸟嘴说丧气话。哪知他见俺身体胖,便道:'像您这身膘儿,便是车翻压着,管保碎不了骨头。'您说呀,俺过时过运的老妈妈子,便让他混说去,他最不该当着年轻媳妇撒起村来。俺刚吸上一筒烟,他便道:'老太太,别耍长枪咧,您跨在车辕上困头盹脑,倘向前一栽,戳了你们牙,也不好;戳了牛口,也不好。'您瞧瞧,当着俺媳妇,他就这等口呀巴子的。如今惊了车,他还敢这般张致!"

车夫道:"你老牙老口的,俺说你原是为你好,不然你一戳戳透脖颈,俺这车便拉了死尸咧。如今你烟筒锅儿烫了牛口才惊了车,你看是哪个弄的丧气!"

两人一阵胡吵,招得向坚哈哈大笑,料是一个半吊子载得一个倚老卖老的老太婆,于是撒了牛角,由他们自去。抬头一看,业已暮色霏微,便一面怙惙那先生,一面步近荒庙。仰望那庙额字已不全,只依稀剩得"忠祠"二字。向坚方暗想道:"这一定是精忠祠。可叹岳武穆的庙堂就如此败落,如今满洲恣横,也和金人差不多儿,不知咱中原豪杰还有武穆那样人没有?"思忖间,一低头儿,不由吃惊。

只见那两扇东倒西歪的山门因门轴脱落,却用块四五尺长的青花粗石顶靠得严牢,粗估那石块足有千余斤重。向坚举手一撼,果然纹丝不动,正在暗诧此石蹊跷,只听背后竹杖曳地之声,接着有人响亮亮地笑道:"你这位少年好生做戏,我老汉在荒庙驻驻脚也不打紧,你如何弄块大石头来堵了门儿?"

向坚回头一望,不由大悦,原来正是荷杖先生,业已笑吟吟站在后背。这时两人对厮面站定,向坚但觉那先生电眸炯炯,英气逼人,于是惊喜之下,不禁脱口道:"老丈原来却在这里,却叫小子寻得好苦!不消说,这块大石错非老丈神力,也无人能置在此间,便请容小子进庙参谒吧!"

那先生笑道:"岂有此理!老汉如有这等力量,早给皇上家杀鞑儿去咧，还肯在荒庙中驻脚？此石既非足下所移置，且自由它们，但是门儿堵却，老汉没得宿处，怎处呢？"说着佝偻摇首，登时现出颓唐神态。

向坚暗想道："俗语云'真人不露相'，俺不如一口喝破他。"于是便笑道："老丈屡次游戏市坊间，小子留意跟踪也非一日，便是那会子老丈踏水而过惊人本领，岂在等闲？今幸当面识得泰山，小子还有要事奉求，快请移开石块，容小子进内参叩一切。"说罢，深深一揖，拱手而立。

那先生怒道："你这少年没的见鬼，我老汉步履都艰，何曾有什么踏水本领？你却没来由到此缠账，还不与我滚开！"说着咳嗽连连，向向坚便是一口醲唾，却掉头道，"人已成了棺材瓤儿，他还吵什么惊人本领，真是笑话咧。"

向坚见此光景，不由没好气，但是细瞧那先生确是踏水之人，便仍然拱手肃立。两人白瞪了一会子，那先生道："你这少年不知见了什么人，却误认作老汉。你既到此，且接老汉一膀之力，容俺进庙吧。"

于是命向坚蹲在地下，他却踏上向坚肩头，战兢兢地爬进墙去，一面捶着腰胯道："人老了，腿脚都不似自己的，这样废物还有人来夸本领。"说罢，哈哈大笑，中气甚盛。

向坚见状，越发瞧科，于是一声不哼，随后一跃而入。只见那先生直入后院，东庑下庑房内设有草荐并药笼之类。那先生未从坐地，先掷杖于地，拎起酒葫芦，嘴对嘴灌了一气，一回头，瞧见向坚，便怒道："你这人好不讨厌！我老汉早晚入土的人，又会什么惊人本领？哦，俺晓得咧，你大概是特地来消遣我吧？既如此，好在此庙是公地，咱们便搭个伙计吧。"说着，就草荐上趺坐下来，竟不去理会来客。

于是向坚恭敬作礼，一面躬身道："老丈蕴抱本领，定是异人。小子自见老丈游戏市坊，便立意访求，欲拜为师，尚望见教一二。"

那先生听了，微微一笑，通不作声，一任向坚苦苦恳求，他只坐得石佛一般。

这当儿，斜月荧荧，照彻廊庑。向坚苦求良久，只是恭敬而立。再看那先生时，业已垂眉瞑目，如老僧入定一般，但闻鼻息深深，呼吸甚长。

约莫有两个更次，站得向坚两腿都直，不由怙惚道："这先生明明是踏水之人，他却不肯自认，莫非俺眼瞳认差，没来由给他站夜班，岂不可笑？"想至此，方在惭愧，忽见那先生的秃脑门上热气发越，初时氤氲荡漾，细如游丝，须臾腾起尺许来高，收缩自如。

向坚大骇，这次越发瞧科是罡气内功，于是扑通一声，长跪于地，再申前请。

那先生忽地张目一笑道:"你这少年,倒好耐性,怎单管歪缠老汉?"

向坚连拜道:"小子有眼,自识泰山哩!"

那先生慨然叹道:"吾偶尔游戏,不意却被足下所窥,看来亦是一段缘法。俺既藏拙不得,明夜这时节,你再来细谈。吾当早毕功课,静候于你。"说罢,双目一合,仍然趺坐。

于是向坚喜拜而出,一看北斗荧荧,业已三更向尽,料想这时光无处投宿,索性趄向火神祠,就庙祝借宿一宵。次日,更不出庙,倒搅了庙祝两顿饭。夜至三鼓,方要兴冲冲去赴期会,不想庙祝喝了个夜酒儿,勾起一肚子的撒扭,扯开了话匣儿,对向坚只管陈谷子烂芝麻地数说家事。说到伤心处,竟自瓢儿似大嘴一咧,哭得泪人一般。

原来这庙祝也真是个苦小子,自小儿落在晚娘手中,捶来骂去,没吃过一天饱饭。好容易身体长成,与人佣工,积得些汗血钱,说了房媳妇。哪知却是个丑而且浪的烂污货,将庙祝的体己钱抖撒净,她也便跟人跑掉,所以庙祝打了个穷光棍子,趁势来看冷庙。

当时向坚有事在怀,只得忙忙解劝道:"钱是人挣的,有钱不愁没老婆。"

庙祝道:"你不晓得,俺皆因有了老婆,才没得钱。俺那钱你道怎么没的?啊呀,说不得咧!反正那干挨千刀的小白脸子有得实惠的,既玩了人,还落了钱哩!"

向坚忙道:"就是吧,你且歇息吧,俺也该安置咧。"

庙祝道:"忙什么?俺向你数说数说,也出出这口鸟气。"于是一五一十,说出许多轻薄少年。

这一耽延,业已三鼓大后,向坚好容易脱得身,奔到荒庙,仍由墙上一跃而进。那先生却大怒道:"你少年人儿如何这般轻视然诺!看来便非求艺之诚,今夜没得说,明日再来就是!"

向坚只得唯唯而出。回到火神祠,一看庙祝却睡得死狗一般,暗恨一番,只好明夜再去。次日傍晚时光便躲开庙祝,三鼓方敲,向坚早到庙,只见那先生正在院中负手闲蹀,一见向坚,却喜道:"这次还罢了的。"于是携了向坚,就庑内草荐上相与对坐。

先生笑道:"足下既有志武功,处处留意,竟物色到老汉身上,敢问足下所能,都是哪家宗派,并已至甚等火候呢?"

这一问不打紧,登时闹得向坚张口结舌。愣了半响,只得老实略述所能。原来向坚在苏州武社中所学,并后来随便习艺,都是些寻常拳棒、世俗剑法,直然地说不到宗派两字,更无论内家外家、内功外功咧。

于是先生笑道:"足下所能,还都是外家派的肤廓,欲求真谛,势须另辟门径。"

向坚暗惊之下,不由失口道:"先生那一天曾在酒肆中倚柱观斗,但看天门凤那套拳法,人都称为猕猴拳,莫非那便是内家功夫吗?"

先生大笑道:"他那点儿把戏,连真正外家派都非,不过是他心思灵便,身手活泼,自家弄的野狐禅,哪里谈到内家两字?你要想破他那拳,只需从俺十余日。内家派中有一套很简捷的四平拳法。何谓四平?便是心静、气沉、拳实、足稳。四平拳法绝无攻势,不以跳跃为能,只以沉稳制胜。你想,他取象猕猴,足见动到极处,唯静制动,便是这番道理了。你如仅仅求胜于天门凤,这倒容易得很,只需从我入山十余日,即便成功。"

向坚忙道:"弟子如今幸遇名师,正是平生至愿,即当从师入山,岂仅求胜一人?"说罢站起来,扑翻身纳头便拜。

先生叹道:"俺自隐迹以来,已灰心世事。丈夫报国无路,便练一身铜筋铁骨,又哪个能知得,哪个能用得呢?今足下又有志武功,你看而今世局,中夏腥膻,即在顷刻,便是你艺成之后,如老汉一般,也不过伏处穷山,颓唐避世罢了。依我看来,这武功一道,你不学也罢。俗语云:'欲知山下路,要问过来人。'老汉少年时意气盖世,中岁跃马皇路,岂不愿剑斩楼兰,以报君国?无奈世路险巇,君子道消,幸免危机,苟全性命。况且而今国运艰屯,更甚于往年。足下少年,何必一时高兴,有慕老汉呢?"说罢连连太息,不由眉棱轩动。

不想向坚却正色道:"先生此话却非诏告弟子之道。如今国运艰屯,正是吾人奋志报国之秋。今先生传艺于弟子,弟子将来能为国效命,正可完先生的报国素志哩,难道眼睁睁看着满人猖獗不成?"

先生听了,不由拊掌大笑道:"好志向!好志向!你这几句,倒引起俺久冷的壮心!向坚老弟,你这个门徒,俺算是收定咧!"正说着,忽闻空庭中吁吁喁喁一阵响,又似乎窸窣步履之声。正是:

剑气沉埋终有曜,会看薪尽火能传。

欲知后事如何,且听下回分解。

第二回

一客订交飞白刃
二侠赴约叩禅关

　　且说向坚见那先生呼他名字，认定弟子，正在又惊又喜，忽闻庭中飒然有声，起去一望，原来不相干，却是空阶上风旋落叶。于是向坚诧问道："先生如何识得弟子的名字呢？"

　　先生笑道："俺时常混迹都城中，岂但识得你，便是那干游侠少年，俺又何尝不识得他们呢？"

　　向坚笑道："如此说来，先生连俺那两个同学的朋友，一个叫安觉民，一个叫黄萧的，都识得咧？"

　　先生点首道："他两人气质英英，倒也罢了，只是那天门凤恃艺凌人，也是京中恶少的常态，你何必定想胜他呢？"

　　于是向坚一述安敦书被杨再生欺辱之故，天门凤横来干预。

　　先生笑道："既如此说，俺便先教你四平拳法，其余武功却非旦夕可就，你便随俺入山数日如何？"

　　向坚大悦，重复拜谢毕，忽笑道："弟子该死！今老师都已认识定，还不曾请问先生的姓氏里居。俺看先生行踪，定非常人，如何隐居在深山中呢？"

　　先生大笑道："有你这样疏脱弟子，便有俺这样疏脱老师，倒也有趣得紧。俺姓氏里居有甚要紧，你只呼我为南宫生便了。"

　　向坚听了，料他行踪奇异，不敢再问，听听更栅业已将交五鼓，只见南宫生仍然趺坐下道："明日清晨，吾当待汝于东道上五里桥头，咱便一同入山吧。"

　　向坚应诺，即行逡巡辞出，一路上心花怒放。回到火神祠中，一看庙祝仍然鼾睡如雷，于是胡乱歪倒，想要少为盹睡，忽闻外面金鼓大震，杀喊连天。向坚踉跄跑出一望，不好了！哪里是什么火神祠，简直地置身一片战场中。但见满洲铁骑耀武扬威，长刀一挥，人头乱滚，有许多的官僚士庶、绿女红男，正在尸横血溅，垫衬马蹄。向坚大怒，正要拼命去杀满洲人，忽见满洲铁骑忽地回头一卷，势如山倒，便闻一声咤叱，恍如霹雳，倏然剑光一闪，由乱军中撞出三个壮士，便如生龙活虎一般，直斫入满人堆中，便似斩瓜切菜。向坚仔细望那三个壮士，险些儿叫将起来，原来是觉民、黄萧，更奇的是还有天门凤，一色地长剑横挥，杀贼如草。

向坚大骇，正要徒手奋呼，闯上前去，忽地眼前剑花错落，便如两朵彩云般飞到两个绝俊的女子，一色的劲装锐履，腾踔如风，单拣那贼厚处排头杀去。须臾和那三壮士纵横驰骤，居然有旗鼓相当之势，杀得一班满洲人叫苦不迭，走投无路。向坚看得兴起，耸身一跃，踹入贼队，方揪着腿子，由马上捉下一个虬髯满酋，想要拳碎其脑，忽听啪嚓一声，接着一阵稀溜哗啦并喊喊之声。

向坚猛睁倦眸，登时万象都杳，却见草榻旁一个怪物，头戴着半个瓦缶，摇摆乱叫。仔细一看，却是庙祝的伙伴儿——那只老癞狗，三不知溜到屋内来偷灯油吃。偏巧那瓦缶内只剩油底，狗头钻进去，急切间摆脱不出，所以竟自撞碎瓦缶。

当时向坚猛喝一声，那狗夹尾跑掉。这里向坚回思梦境，早已模糊大半，不由暗笑道："真是梦是心头想，那会子南宫先生谈起满洲猖獗，俺便梦见战场杀贼，梦见觉民等一辈人还不奇，怎还夹上个天门凤并两个俊女子呢？便是满洲人，真就猖獗到像梦中一般吗？"于是捻起拳头，狠命地向身旁一捶道："可惜俺醒得早一霎儿，不然捶碎满酋的狗头，虽是做梦，毕竟是痛快事哩！"

嘟嚷未已，只听庙祝大喊道："我把你这歪刺骨，你贴钱养汉还不算，如何还来抓老公？"说着，一翻身，仍然酣睡。

向坚听了，不由暗笑，原来向坚那一拳正捶在庙祝屁股上哩。当时向坚睡思既去，一瞧天光业已大亮，便忙忙下榻结束，一径趋向五里桥头。只见南宫生正在身负药笼，倚仗观水，晨光照处，越显得苍劲精神。

向坚厮见过，便接负药笼道："近畿名山，只有妙峰、香岩等处，先生莫非隐居那里吗？"南宫生笑道："香岩、妙峰因近京师，已成热闹场所，岂堪托迹。吾所居处，自在庆云县界武灵山中。不瞒你说，俺在那山中还稍稍有些声望，你到那里便知分晓。"说罢，曳杖前导，步履如飞。

163

这一来苦了向坚，只竭力追逐了十余里之遥，业已喘汗交作，先生一笑会意，这才放慢脚步。那向坚一面紧跟，一面记认路径，经过许多的崎岖僻道，中间一宿野店，次日下半晌方才入山，直抵那片孝虎山庄，便从南宫生住将下来。且不暇叩问剑术并他项武功，先忙忙习会四平拳法，特地赶回，来寻天门凤的晦气，果然便一斗制胜。

　　当时向坚一面滔滔自叙，一面眉飞色舞。那觉民恰然把酒，还不怎的，唯有黄龘听说有这等异人，只乐得手舞足蹈，端起一碗酒一吸而尽，跳起来大叫道："好了好了！胜得天门凤算甚鸟事，可喜向坚兄竟遇如此异人。事不宜迟，明天咱都去做他的弟子，将来为国杀贼，且莫提在话下。咱先学一身真本领，先落得扬眉吐气是正经哩。"

　　正在胡噪，忽闻檐前似乎风儿一吹，窗纸微动，大家也没理会。这时黄龘只喜得跳向屋柱前，便如狮子蹭痒一般，反手抱柱，哈哈大笑。

　　向坚沉吟道："咱都去，自然是咱们三人了，但……"

　　黄龘道："那何消说得，难道除了咱三人之外，还加上一个不成？"

　　这一声不打紧，只听窗外哈哈哈一阵狂笑，接着高叫道："呔，这里还有一个哩！先给诸兄一把刀子，你看这个见面礼儿如何？"

　　三人一听，正在发怔。说时迟，那时快，只听扑哧一声，烛光一闪，早由窗外飞进一把明晃晃的匕首，不偏不倚，正揕在屋柱之上，只离黄龘头顶分寸之间。

　　这里黄龘方吓得矮了半截，便见帘儿一启，嗖的声闯进一人，不容分说，向向坚纳头便拜道："怪得黄兄数日不见后，竟有那等手段来折服小弟，原来是竟遇异人。须知俺方朔来也是意气男子，今听黄兄自叙，方知是为令亲被欺之故，仗义打降。俺误以为是安家特邀入京的打手，所以连日价盛气相争，便是黄兄等入京，一路之上，小弟也多多得罪。一切不提，不知黄兄等可能辱交小弟，并求挈带着去见南宫生，同门受业吗？"说罢，意气慷慨，那态度十分洒落。

　　这一来，向坚出其不意，仓促中还认是朔来不怀好意，于是忙闪身握拳道："方朋友，话不是这等讲。你不服气，尽管再订日较量，是丈夫就当磊磊落落，当场说话。今足下鬼鬼祟祟，深夜挟刀，又忽然做此状态，意欲何为呢？"

　　朔来听了，哈哈大笑，尚未答语之间，不想觉民心思来得快，见朔来伉爽离奇之状，早已瞧科，因笑道："向坚兄，你好发呆。方朋友这番来意，俺保管一猜就着。他始而挟刃，定非好意，无非因败在你手中，逞气报复，继而因你是为俺家仗义出头，所以盛气立平。至于末后飞刀揕柱，大概是因习艺有方，欢喜极咧。"

朔来听了，只喜得连连打跌道："安兄猜得一些不差。俺自艺场败后，哪里肯咽这口气！一来小弟久混京都，一旦被外来打手撅了尖儿，难乎为情；二来俺那干朋友们也不容俺不来。如今话既说明，便请诸兄恕罪何如？至于俺朔来生平，谅诸兄都不晓得，便请诸兄明日到西郊外，偏北向行三四里，那所在有一净名庵，其中有一老尼，法名净慧，她尽知俺生平家世。须知朔来自有来历，并与满洲有刻骨深仇。诸兄若认作京师无赖，未免屈煞小弟了。"说罢，满面愤痛之色，慷慨起辞道，"明夜此时，俺还当来候诸兄。倘蒙辱交，自是生平至幸。不然，这北京地面却非俺朔来托足之所了。"

向坚、觉民一听，不由相顾动色，方道得一声"方兄慢去"，只见黄鼐噫了一声，龇着牙儿，趱近向坚，悄地里捏了一把。这时朔来业已拔步趱出，及至向坚等追出时，早已影儿不见。于是三个人面面相觑，恍惚如梦，回到屋内，拔下柱上的匕首一瞧，好不锋芒犀利。再瞧柱上戳孔，深有寸许，这把飞刀劲头儿也就很够瞧的咧。

于是向坚诧叹道："你看方朔来言词意态，倒像是我辈一般人，便是方才直认行刺，也便见落落有直气哩。"

黄鼐笑道："你莫发呆，北京混混们什么诡道儿都想得出。你听他方才这阵花胡哨，又是和咱攀交儿咧，又是想跟咱去习艺咧，焉知他不是弄这假局子，诱咱到什么净名庵，他却暗地里埋伏下人做手脚呢？俗语云：'强龙难斗地头蛇。'咱莫去上他的老当吧。如今外面上讲义气的朋友，都拿仇视满洲人装门面哩。"说着，由鼻孔里哧地一笑。

觉民笑道："君子不逆诈，你如何这般看人？"

向坚道："且休瞎猜。便是他那里十面埋伏，咱又怕他怎的？明日且去看个分晓。"于是三人重新把酒闲谈，猜拟一回方朔来，议论一回南宫生，直至夜深方才罢酒各息。自有觉民将向坚访遇南宫生并折服方朔来等事告知敦书。

敦书大喜之下，也怙惙着朔来或弄诈局，次日便坚止向坚，不必去寻净慧。向坚哪里肯听，便略整衣衫，寸铁不携，和觉民、黄鼐一径地直赴西郊。

不提这里教书大悦病愈，即命人大开商店。且说向坚等步至西郊，市嚣既远，十分清旷，向偏北一望，但见树木森翳，接连不断地都是些荒阡乱冢，窄径上乱草纷披，似乎是久无人迹。原来这所在是福建京侨们置的一块义地，所以许多旅榇都丛葬此间。因当初是位梁姓京官首创集资置的义地，大家便呼之为"梁坟"。这时京畿间群盗横行，这片荒僻之地未免往往有打杠子的老哥们瞅个冷子戕人越货，所以此间寻常价少人来往。

当时向坚正在张望，黄鼐却笑道："你看如此荒僻所在，有什么净名庵净慧老尼呀？怕不是姓方的鬼话连篇、居心叵测吗？"

正说着，忽闻丛草中有人大喊道："抢抢！"

又有个孩子怪哭道："你真抢吗？"

黄鼐道："怎么样？咱快瞧瞧打杠子的去。"

向坚一听，提起拳头，寻哭声奔向前边丛草间，仔细一看，不由大笑。原来是两个割草的孩子顽皮厮打。那大些的孩子正将小些的翻在身底下，骑马式跨着，由那小些的怀中掏糖果。那小些的扎手蹬脚，正在连哭带骂。

于是觉民闯上前去，将他两个分解开。那大孩子自觉理屈，背起草筐，一溜烟儿跑掉。这里小孩子跳将起来，双睛灼灼，跳着脚儿怒骂道："害馋痨的！夺人东西吃，叫你嘴上长老大的疔疮！你卖草与净慧师太，和人家争长道短地讲价儿，自己得不着糖果，却来抢吃！"

向坚一听净慧两字，忙问道："小哥，俺且问你，前边有处净名庵吗？"

小孩子道："怎么没有呢？那庵中老尼净慧便是买俺们柴草的老主顾，好个和气老人家哩！"说着，用手遥指道，"你看正北上橡林那边，不是影绰绰一段红墙吗？过得橡树林，再渡过一座板桥，便到那庵咧。"说罢，由地下背起草筐，跳跃而去。

这里向坚却顾黄鼐道："你看，既有净慧老尼，可见朔来并非欺诈哩。"

黄鼐听了，只好一声不哼，于是三人依那小孩子所指之路，逡巡趲去。过得橡林，忽然地势开朗，平沙细路，衬着碎石确荦，野花吐艳，十分幽静。徐闻细流潺湲，距足下不远，一条沙溪其流甚驶，上面果然有座小小板桥。三人渡过，再看那段红墙业已现露于丛树阴中。

忽闻清磬一声泠然飘落，觉民却笑道："这所在倒好对俺的劲儿。俺到京不久，已然觉得尘嚣可厌哩。亏得向坚兄寻得个武灵山，咱去学艺。不然久混北京，哪里当得。"

向坚叹道："就而今世局看起来，咱等能久混北京还算罢了的。若像俺梦中满洲人的猖獗法，咱还能久混北京吗？"因将那晚的梦境一说。

黄鼐却笑道："你两个着什么魔？换得朝廷，换不得世界，虑他怎的？"

三人一面说笑，已近庵门，正要前去款关，不想黄鼐走得发热，趱近庵门旁一堆积草前，忽地双袖一扬，想散散热气儿。哪知草堆上正有一只老母鸡伏着下蛋，忽地喔喔一声，鸡飞蛋碎，接着便咯哒哒地惊噪不已，可巧一翘膀正扇在黄鼐头上。

黄鼐方喊得一声"丧气"，只听庵门内有人骂道："我把你们这干毛头小子们，又来偷你娘的蛋咧！"说着，庵门一启，趱出一人，彼此一望，登时各自怔住。正是：

　　佳客偶来寻异迹，侠徒垂老半禅栖。

欲知后事如何，且听下回分解。

第三回

净慧尼荒庵述萍迹
方守备高宴试梅桩

且说向坚等见庵门启处,踅出个白发蹀躞年老尼姑,两眼迷齐,略能见物,偻着身儿,便如人虾,一手拎着地帚,满身上尘土狼藉。黄鼐方暗笑道:"净慧尼如此老惫,恐说起话来都要颠倒,她又晓得什么方朔来的来历呢?"

正这当儿,只见老尼狠命地睁开七八层皱纹的老眼,向黄鼐等仔细一望,却大笑道:"不当家花拉的,这是怎么说?俺当是左近的村厮们又来偷摸鸡蛋,原来却是三位绝俊的相公。你们无事不踏三宝地,是来降香哪,是来还愿哪?或是请人荐亡,或是发愿讽忏?再不然,准是娘子们添小人儿不痛快,请人去念催生咒吧?"

向坚一听,不由也怯憯起来,只得道:"你就是净慧师父吗?"

那老尼道:"阿弥陀佛,罪过罪过。俺庵主净慧这当儿午课才罢,正在禅堂里静坐哩。俺是此间的佣工婆子,名叫老冯,小名儿又叫……哟!你瞧你们年轻人儿,多么性急,不等俺说完话,就摆队似的都进来咧。且等俺先去通报,不然又是俺的不是。"说着,抢行两步,在前引路。

向坚等一路留神,只见庵院内松竹潇洒,十分幽静。靠东墙有个月儿门儿,正趴着只小花犬,一见向坚等,汪的一声。那老冯方用脚踢去,却闻跨院内响亮亮地有人道:"朔来吗?你怎不叫老冯与你看狗呢?"声尽处踅出一个老尼,体态飘然,神宇恬静,年可五十余岁。身似寒松,直挺挺的,眉目间位置楚楚,想当年定是个俊俏人物。一见向坚等,似乎略一惊笃,稍一沉吟,当即合掌道:"檀越等遨游京都,今日为何有空儿辱临荒刹呢?"

向坚等听了,不由暗诧她似乎相识一般,便连忙还礼道:"师父法号想是净慧，俺们因为有一位朋友偶然谈及师父，知师父道行甚高，特来瞻礼。还有点儿小小琐事，请师父开示一切，且容借一步细谈吧。"

老尼笑道："老衲便是净慧，你那位朋友昨夜曾来此，嘱俺将其生平家世转语诸位。他并言将从诸位纳交，寻师习艺，端的可喜得很。"说着，微叹道，"此子从此改行，且取友端人，老衲倒可放下一桩心事哩。"

向坚等听了，知朔来昨夜到此。唯有黄霜登时大起疑念，暗笑道："且听这老尼说些什么，焉知不是朔来和她串就的假局子呢？"于是冷笑道："据师父说起来，方朔来昨夜里业已嘱咐您咧，却有一件，僧家不许打诳语。"

净慧张目道："老衲生平不解诳语。你这位檀越，未免过虑了！"说着眼光耿然，冷飕飕地射到黄霜脸上。向坚等一见，都为之悚然，觉民忙悄捻黄霜一把。于是随净慧都入跨院，由净慧让入祠堂，宾主落座，但见柏子香袅，蒲团座静。那老冯烹上松萝茶，自去打扫院落。

这里向坚等茶罢，不由致敬道："今观师父道范，定非常人，可好以生平见示，并详语以朔来的平生家世吗？"

净慧叹道："老衲寄迹此间，原非得已，都因这方朔来性儿不羁，俺恐他误入歧途，只是放他不下。诸位且慢问朔来的生平，便请猜猜他是甚等人物，以见诸位的眼力如何？"

向坚等一听，百忙中对答不出。黄霜却贸然道："依我看，他无非是北京耍胳膊的角色，不过本领强点儿罢了。"

净慧大笑道："果然如此，老衲为甚放他不下呢？"

向坚忙道："敝友语言冒昧，依俺看，朔来直性落落，倒是意气丈夫，但不晓得他为甚混迹京中，却与杨再生一辈人为缘，或是少年人性气未定之故吗？"

净慧听了，只是笑而摇首。哪知觉民恬静静的，肚儿内倒很有见解，因笑道："依俺看，方朋友混迹市廛，有所举动，往往以游戏出之，大有玩世不恭之意。他若非天性好此，便是身世之间定有段伤心的遭遇，愤激之下，不觉流为狂嬉之状哩。"

几句话不打紧，只见净慧面色惨痛，扑簌簌老泪遽落，长叹道："檀越所见不差，不但朔来祸茹至痛，便是老衲因卫顾朔来之故，也经过许多颠险。可恨满洲人而今越发猖獗，看来也是世运了。"于是从头至尾说出一席话来，向坚等一听，方知朔来出身不低，竟是个惨遭家难的人间孽子。

你道那朔来究竟是何来历？且待作者转笔述来。

原来那福建省泉州府城中，有一位武功世家，历代以家传拳棒驰名，人都称为"打虎高家"。因高家的上辈子有个名叫振南的，曾被酒夜行，拳毙双虎。及至振南酒醒来，仔细一看，自己也只管舌拼不下，因那两只虎都身躯雄大，长可丈余，是山中最猛烈的花斑子。那振南既没，代有传人，却有一件，高家虽以武功传世，却立有家法：子弟们不许考武试，不许当官捕，不许出马做镖师，并不许开门授徒，甚而至于不许交接豪杰。人有问其所以的，振南便叹道："武功一道，本以潜柔为德，只用以卫身保家，便再好没有。若一涉仕途，或在世路上张皇声名，便非善藏其用之道。古人云：'齿以刚而毁，舌以柔而存。'俺何必以盛气凌人，召人的盛气呢？"问者听了，甚是叹服。因此高家的武师出来，都是循循然老好子一般，再没有晃着膊儿走道的。及至传到一个名叫有杰的这一代上，越发地谨饬异常，寻常价连公门都不入。然而当地官绅慕其品望，每有筵会都以能致有杰为荣。有杰为人和易，也只得往往应酬，真是名振八闽，铁铮铮一条汉子。

唯有一件不称心处，那有杰生平无子，只有两个女儿，长名瑚珍，次名琏珍，自幼儿灵慧跳荡，都似玉娃娃一般。瑚珍性儿憨厚，要说机警淘气，便属琏珍。有杰看了这一双掌上明珠，未免有慰情胜无之感，家居多暇，便将生平本领都教与两个女儿。瑚、琏姊妹长到十八九岁上，不但武功大就，并且都出落得画中人一般。瑚珍是丰艳绰约，琏珍是明洁玲珑。姊妹身段儿一般的玉立亭亭，有时节劲装锐履，捻拳叉腰地站在一处，倒好似哥儿两个。有杰看了，自然也是欢喜。瑚、琏姊妹虽学得一身武功，却依然静处深闺，泉州子弟们知有杰有两个绝俊的闺女，未免颇有遣媒求亲的。有杰因那班子弟无非是些花拳绣腿的少年，便一概谢绝，这也不在话下。

一日有杰看瑚、琏练习飞筋点绳之法。这套功夫虽是小小玩意儿，若说到大用处，甚是厉害，便是用点绳之法能飞刺敌人的目睛。你想人若两眼瞎掉，便有泼天本领也不成功咧。当时瑚、琏两个因练习踏瑕抵隙的手法，彼此价翩翩飞舞，巧步轻趋，便如一双花蝴蝶空庭对舞。

有杰正看得有趣，恰好有双紫燕儿被一个老恶鹰恶狠狠地扑赶来，瑚珍一箸飞去，刺伤一燕。那琏珍咳了一声之间，那恶鹰斜翅一翻，唰一声几乎及地,一矫劲膀,由下面翻将起来,利爪一伸,那一燕啁啾一声,早被抓牢。琏珍大怒,霍地一筈刺去,只听扑拉一声,鹰和那燕一齐落地。

这里有杰方在拊掌称善,琏珍却顿着小脚儿道:"这恶鹰横贼一般,本该刺煞,阿姊没来由伤这双栖的燕儿做甚?可知它巢内雏儿正在望哺,从此后没得老燕护持,好不可怜。"说着,由地下捉起双燕,仔细一看,尚有余息,便命婢女把去将养。一看那恶鹰,凶睛灼灼,还在地下倔强,于是赶去一脚,登时了账。

有杰见琏珍处分得十分允当,正在含笑点头,只见仆人呈上一纸请酒的红柬。有杰攒眉一瞧,却是本城守备方名世的帖儿,不由笑逐颜开道:"你便传语来人,俺少时就去。"

仆人唯唯趸出,这里有杰又看瑚、琏习艺良久,即便略整衣冠,匆匆赴筵。

原来这方名世是湖北天门县人,由武举出身,仕至守备。其人弓马娴熟,性情倜傥,善饮酒,好结纳,并且品竹调丝,弹棋博弈,没一样不会,更且没一样不精。若论模样儿,更是顶呱呱的角色,因此在泉州有周郎再世之目。却有一件,就是性儿疏略些儿,与人交意气如云,无论和谁,都是肝胆相照。有杰与他夙来相契,所以欣然赴召。

当时,有杰既抵守备衙门,宾主既见,十分欢洽。须臾筵开,座中宾客无非是当地绅衿,唯有末座上一位绿衣少年,生得精神炯炯,顾盼间甚是精彩,询知有杰为武功世家,言论间十分起敬。少时,少年起去更衣,有杰悄询名世,方知那少年姓秦名琛,淮安人氏,世操走镖之业。他曾在闽、浙之间单骑访友,恰值这泉州府尊的眷属赴某任的衙署,冷不防为群盗所困。秦琛一骑闯去,杀散群盗,因此便为府尊的重客,刻下方邀游泉州,下榻府衙。正说着,少年入座,众客不由一阵夸赞。

一客便叹道:"刻下咱泉州颇不安静,俺闻海上有一班凶盗,都是飞檐走壁的角色。那盗魁姓朱,绰号儿黑风大王,因他生得短小精悍,来去如风,手下一班人专在沿海各县侦察富户,趁空儿便做手脚。今秦兄既到敝处,真是猛虎在山,料想那班丑类不敢来生是非哩。"众客听了,纷纷和赞。

这时有杰只管凝想,忽问秦琛道:"秦兄贵籍淮安,数年前有位名震淮南姓秦的老英雄,双名开泰,生平练得好腿功,能一气儿踢拔十三根梅花桩。他曾和亳州马回子较量腿功,一下子踢折其胫,在江北一带无人能当，人都称为'金刚腿秦大侉子'。这位老英雄，先年时因事到敝处，曾慕名见访在下，不知他和秦兄是同族吗？"

秦琛听了，登时站起来，一个大揖道："失敬失敬！原来高爷还是俺老世叔，那秦大侉子便是先严，已下世三五载了。"

这一来，闹得有杰自知称人绰号有点儿不仿佛，当时连连愧谢，再细瞧秦琛眉目间，果然颇似开泰，不由拊掌欢悦道："怪得秦兄如此英爽，可见是家学渊源了。秦兄在腿功上定有家传，何妨见示一二呢？"

众客哄然道："正是正是！主人这里便有现成桩儿，何妨到后面马号中试试呢？"

秦琛谦逊道："小子腿功弱得很，只能拔七八只桩儿，况且高老叔在这里，只管叫俺班门弄斧，如何使得？"

名世笑道："不必太谦，咱大家就去玩玩，回头一高兴，保管多吃两杯。"于是不容分说，拖了秦琛便走。

有杰等一哄跟去，只见马号中数匹骏马都系在一溜木桩上。那木桩长可八尺，碗口粗细，少半截儿埋入土中，距上端尺许之间，削成个凸肚样式，为的是可以着腿。众客上前一撼那桩，便似生成一般，不由都吐舌闪开，便由马夫牵过骏马。这时大家眼光都注视秦琛，秦琛略为扎曳长袍，却笑道："小子气力终是弱，只能连拔两桩哩。"

于是略一定息，撒开步法，就桩前回旋数次，猛地一旋身，飞腿扫去，嗖的声立拔两桩。众客方在啧啧，只见秦琛一撒身，掉臂阔步，猛地一个连联步法，健腿起处，又拔两桩。

有杰喝彩道："好的！这一来运气停匀，可以顺势直下咧！"

秦琛听了，无意笑了一笑，有杰忙道："且请少息吧。"

众客方在不解，秦琛已勉强着又拔两桩，却向有杰惶愧道："高老叔真好法眼，可知俺一笑气涣，便不成功哩！"

众客听了，虽然莫名其妙，依然一阵瞎赞，又噪道："高爷一定也是行家，便请来一下子吧！"

有杰一听，倒甚是不得主意，因为不欲形容秦琛，便笑道："俺如今腿脚生硬，哪里还来得及。"

众客听了，哪里肯依。有杰没法儿，只好从容踅近桩前，略一抬腿，那根桩已哧的声拔起尺余，却直立不倒。

有杰大笑道："俺上了年岁，不中用了。"

众客方在诧异，只见秦琛拱手道："世叔腿功，端的令人佩服！"

这时名世也便鼓掌喝彩。秦琛便向众客道："诸位不晓得，像高爷这方是真实老到的功夫，他若运足全力，此桩能拔飞丈余来高，便是这一溜木桩，十余来根，他尽能一口气儿拔得哩！"

众客听了好不骇然，不禁齐声喝彩，一片欢笑之声直彻墙外。正这当儿，却闻后墙头上也有人连连喝好。大家诧异，争望去，便见后墙上现出个黑黝黝面孔，生得凶眉燥眼，一嘴短刷胡儿，青布包头，额前绞起个茨姑英儿，秃秃乱颤。向好处说，像个江湖卖艺的，正在那里东瞧西瞧。

大家未及言语，名世的仆人便喝道："你这人好生撒野，这是什么所在，容你胡瞅！"

那人一瞪眼，冷笑道："这左不过是守备的马号，俺瞅瞅较艺的，打甚鸟紧？"说罢，缩下面孔。

仆人大怒，跃上墙头外望时，早已影儿不见。于是大家猜疑一回，即便回至席上，直吃到二鼓敲动，方才各散。

不提众客等纷纷谢酒，各自回家。且说有杰踏着月色，一路上沉吟，秦琛倒也不愧后起之秀，若比起当地少年，真有玉石之分咧。方趑到自家巷口，只见一个彪形大汉，头戴毡笠，深掩眉际，浑身青布短衣，结束劲健，背着一个小小包裹，由岔道口上大踏步趑来。望得有杰一眼，一低头直入巷口，过得几家门户，只管溜瞅瞅地左右乱望。有杰赶在后面，也没在意，须臾将到门首，但见那汉子也咯噔声站住，方要引手叩门，又一沉吟，恰好有杰一步趑到。

那汉子道："喂！借问兄台一声，此间便是打虎高家吗？小可想寻高爷有杰，不知他老人家在家不曾？"

有杰笑道："老兄何事见顾？在下便是高有杰。"

那汉子听了，啊呀一声，扑翻身纳头便拜。正是：

　　过访深宵殊鹘突，嘉宾恶客未分明。

欲知后事如何，且听下回分解。

第四回

挂金珠武师玩海盗
钻壁洞巧妇弄偷儿

且说有杰猛见那汉子纳头便拜，连忙扶起道："足下何人，有甚事儿见访在下呢？"

那汉道："请容借一步说话。小人等初到贵地，礼宜参谒，并有些许微物敬致高爷。"

有杰听了，十分怙惙，只得逊客入内，但见那汉子步履之间，颇颇矫健。宾主进得前厅，那汉子陡然一掀毡笠，唱个大喏，有杰还礼之间，将那汉仔细一看，不由越发怙惙。

只见那汉子青黄面孔，两道疙瘩眉，一双凹逗眼，高颧鹰鼻，一脸的横丝儿肉，却笑哈哈地道："高爷大名，如雷贯耳。小人等初到贵地，想做点儿区区生意，叵耐泉州少年辈未免欺生，今能托庇高爷门下，便一切不虑得了。高爷是江湖间的老英雄，有什么不晓得，也不须在下细讲，咱们是凡事心照。"说罢磔磔大笑，便如夜猫子一般，登时取下包裹，就桌上打开一看，里面却是蒜条金三十根、珠花一对，粗估去竟价在千金之外。

有杰方惊道："这是何意呢？"

那汉笑道："高爷莫要见笑，这便是小人等的笺笺薄敬。方才小人说得明白，咱凡事心照，小人等在贵地也无多耽搁，便请赏收，小人这便告辞。"说罢，置下金珠，就要拔步。

像这番离奇行径，闪烁言辞，在久历江湖的人，管保沾眼就瞧科。无奈有杰是驯谨家风，不甚在江湖上交接，当时见那汉突如其来，竟致这等厚馈，虽也大起疑团，却还想不到那汉子便非善类，于是连忙拖住他道："岂有此理。你我萍水相逢，俺岂可受此厚馈？老兄端的到敝处是何生意，高姓大名，俺还没请教哩。"

那汉笑道："俺姓名且不必提，俺等到贵处，也无非是设场卖艺，总而言之，咱还是凡事心照就是。"说罢，目光一闪，好不尴尬。

有杰见状，哪里肯受他的金珠。

那汉大笑道："既如此，俺且将去。高爷，你此数日中但闭门静坐，小人等便受赐不尽咧。"说罢，拎了包裹，掉头便走。

这里有杰送客回头，一面怙愸，一面踅向内室。只见瑚、琏姊妹方在弈棋耍子，不欲惊动她们，便依然踅向前厅。烛光之下，向桌上一望，不由大吃一惊，不但那包金珠依然在案，并且有明晃晃一把匕首压着一张字柬儿，上面有潦潦草草数行字道：

　　吾兄弟路过贵处，特向某某两富室稍假资粮。足下长者，不宜干预吾事，故致薄敬，诸希心照。否则彼此无益，吾辈将登足下之堂，面领教益矣。朱某具。

有杰看罢，又气又笑，恍然知是海盗黑风大王真个来泉州做活儿，看了那把匕首，沉吟道："这厮们竟敢来利诱威吓于俺，也就可恶得紧。俺若容他在此横行，还称什么武功世家呢？"

于是一声不哼暗做准备。不想那班海盗做事儿更不客气，只次日早晨，街坊上业已哄传城外某富户昨夜被劫，并杀死一仆，刃伤事主。有杰听了，不由大怒。好在那一位富户近在城中，并是熟识，于是忙忙踅去，投刺请见。

少时，那富户垂头耷脑地迎出，宾主相逊，进得客室，富户劈头便道："唔呀，了不得！刻下海盗闹到咱这里来咧！昨夜城外某家被劫，高兄知哪里有拳棒好手吗，俺想请几位来护院哩！"

有杰笑道："不必去请他人，俺就特为护院而来。"于是牵了富户，附耳数语。

那富户未及听毕，早已抖作一团，腿子一软，早向有杰矮了半截。

有杰连忙扶起道："老兄休慌。你但听俺嘱咐，管保无事。"富户听了，战抖抖称谢不迭。有杰道："俺且就日间踏探他们（指海盗）一回，倘若相遇，吓走他们，不省得你担惊受怕吗？"于是匆匆辞出。

不提这里富户急忙忙先将妻子等寄顿他处，并暗遣佣仆等仔细一切。

且说有杰就城关左近踏探终日，殊无盗迹。傍晚时光，步回城关，忽儿那日在守备后墙上喝彩的男子从人丛中瞥然而过，急四外张望时，却又没得影儿，不由暗想道："这班贼徒倒也伶俐，且叫你识得高某手段。"思忖间，趱回那富户家，业已初更敲起。

富户一见有杰，就如天上落下活宝一般，一切款待自不消说。不提有杰饭罢，改换衣装，和富户各自准备。且说那海盗朱某，领了十余名骁悍兄弟，以为用金珠稳住了有杰，昨夜城外劫案既已得手，这次更放心大胆地做起来。

当夜三更敲过，由朱某领了一干人，各执器械，蜂拥到那富户墙外，呼啸一声，纷纷跳入。只见正院中明灯照耀，大厅上盛筵罗列，中有一人神道似的坐在上面，仿佛是闹了个独桌筵，却又拧眉挤目，坐了个纹丝不动。朱某等一见此状，反倒略怔，仔细一看那人，正是他们意中的那位活财神，于是一声喝号，纷纷跳入。

由朱某劈胸一把先将富户揪牢，明晃晃短刀一摆，架在脖儿上道："呔！对不住！俺兄弟路过贵府，特讨些盘费用用。你是识起倒的，快些将出金银，休惹俺兄弟翻脸！"

富户抖着道："有有有！这里有现成酒筵，诸位且款用一杯，容俺叫出管账先生来，和他交代就是。"

朱某喝道："你这老悭，弄甚软局子？老子刀快，不怕你推故跑掉！"

于是凉渗渗短刀一蹭之间，富户大叫道："账上先生，快将金银来！"

这一声不打紧，只见复室帘儿一荡，慢条斯理地趱出一个灰朴朴的先生，身穿长袍，头戴敝帽，手内掯着一根短烟筒，额裹布巾，只露着迷齐两眼，便如大病初起一般。咳嗽半响，然后向朱某龇牙一笑道："诸位来意俺已都知，但是诸位来得不巧，在下新接这管账一席，欠款未收，新项未入，干脆说，一个秃大钱也没得。依我说，咱们拉个交儿，好来好散，扯个稀松平常的淡，算了吧。不瞒诸位说，在下也姓高，难道泉州城中只有高有杰是朋友吗？"

朱某一听，句中有眼，他是个狡黠盗魁，急叫道："风紧！风紧！咱们且退！"

一声未尽，其中有个浑实实的盗伙不管好歹，莽熊似便奔那先生。那先生略一闪身，提起烟筒，只轻轻向他胁下一点，但见那盗伙咳嗽一声，登时腿儿迈着，身儿探着，拳儿举着，眼儿睁得圆彪彪，嘴儿张得刮搭搭，百忙中舌吐寸余，直喘粗气，那额上汗珠就有黄豆大小，直滚下来。

这一来众盗大惊，正在纷纷乱噪，只见那先生猛地将布裹一除，却是高有杰，向朱某便是一个大揖道："昨夜蒙厚馈赐柬，不想今天咱在此相遇。朱朋友，你既愿下交于俺，且看俺薄面，饶过这富户如何？便是昨夜盛赐，俺也当面璧回。你我既是朋友，何在乎这上头呢？却有一件，请你即刻速离泉州，不然咱再相遇，未免要犯颜抓脸的，什么意思呢？"说着，由怀中掏出那包金珠，却挂在那盗伙脖颈上道，"且烦你看守此物，你家头领若不收去，你也就看守一辈子吧！"说罢，拊掌大笑。

众盗偷瞧那盗伙时，气喘如牛，面色大变。大家料是点中晕穴，时光太久，就有性命之虞。正在不知怎样才好的当儿，只见朱某业已羞得面红过耳，满脸生痛地向有杰拱手道："高朋友，真有你的！俺朱某算今日领教了，便请放掉敝伙，咱们再期后会，如何？"

于是有杰微微冷笑，向那盗伙后背上一掌击醒，大喝道："朱朋友，你要晓得，今天没这富户的事，你若不服气，尽管寻俺姓高的，俺当恭候台驾。来来来，此间有现成酒儿，便请喝个认识盅儿，如何？"

那朱某连连顿足，率众逃去之间，这里富户早向有杰拜倒在地道："高爷救俺这番大祸，虽是痛快，却已预防那厮报复哩！"

有杰大笑道："这干鼠辈，何足介意？俺是不愿伤他们罢了，不然俺一阵烟筒，叫他个个都是死数。"于是逡巡趑回。

次日，和瑚、琏谈起此事，瑚珍惊道："爹爹不该放掉那盗魁，真恐他伺隙报复哩！"

琏珍道："呸！那班狗强盗要来寻死，咱且乐得试试手儿！"于是父女笑了一场，通不以朱某为意。

这件事哄传出来，有杰声名越发大振，其间名世、秦琛和有杰时相往来，十分欢洽。过得两月，不想名世忽有悼亡之戚，有杰从名世处吊唁回头，恰值乡下佃户来请看粮。

原来泉州习俗有看粮之说，便是地主偕同佃户到田地里看稼禾之优劣，定交粮之多寡。有杰之田都成片段价散在四乡，这一去就须数日耽搁。不提有杰和佃户匆匆下乡，且说这泉州市上有个破落户子弟名叫陶九，铁桶似的家业被他嫖赌得精光，始而偷鸡摸狗，拔拔烟袋，继而学得挖壁盗洞那身手儿，很不累赘。他曾犯在捕役手中，有杰念他是街坊上的子弟，便向捕役说个情儿，从轻放出，狠狠地数说他一顿。从此陶九不敢在城关胡闹，只在四乡做些营生。

这日在东乡中看准一家墙壁，容易上手，在门首盘旋良久，见只有婆媳两人出入。那婆婆虽然壮胖，却挂病容。陶九暗喜，这家儿老弱可欺，待夜至二鼓，村墟人静，他趁着微微月色，一径地摸到那家墙外。小家户的住房都是临街，陶九一觇高窗上还透灯光，便悄悄放出手段，踏了墙隙，先从高窗向内一张，不由暗唾一口，赶忙转向西边高窗。原来那东边室内却是老婆婆的住室，里面不但四壁空空，并且那婆婆正在龇牙咧嘴地坐完马桶，撅起张大白屁股去盖马桶盖，那丧气的物件正和陶九打个照面。原来偷摸朋友们就忌讳张见女人阴物，十有八九定然不利。

当时陶九暗唾晦气，转向西窗一瞧，不由又倒抽一口凉气，不由暗道：今天真他娘别扭透咧，怎单单瞧见这东西呢？原来西边室内，那媳妇方才洗了个澡儿，因要晾晾水气，便光溜溜地仰卧在榻。操作一天，本来也乏咧，腿儿一叉，竟自朦胧困去。将簪环衣饰丢得一世界，榻脚头还有两只精致皮匣儿。那媳妇小脚一蹬，却蹬开一只匣盖儿。陶九远望去，先瞅见光亮亮的一只银钏。当时陶九因所见晦气，本想不做这活儿咧，无奈西室许多衣饰将他恋住。偷瞅半晌，只见那媳妇翻身向壁，浑身白嫩得十分有趣。细听她鼻息，业已睡熟，再听听东室内那婆婆，也已鼾声大作。

于是陶九踌躇一回，究竟是贪心所使，将晦气抛过一边，正想爬下去大显身手，只听那媳妇娇滴滴地呓语道："高爷轻易不来，又这般体恤俺，等俺做件肚兜儿，谢谢你吧。"说着，咯咯一笑，猛一翻身，吓得陶九连忙闭息。再瞅瞅，那媳妇却跷起一只白生生的腿儿，依然酣睡。

陶九暗笑道："你别瞧，这媳妇准有外道儿。且不管她，摸他娘的是正经。"

于是悄悄爬下来，掏出挖具，搭上手做起活儿。不消顷刻，壁洞儿早已停当。

要说钻洞儿这套功夫，都是有次序的，是先将刀挑帽儿探进去试一下子，然后仰面卧倒，双臂一耷拉，就如蛆行一般，一段段地内向纵。只要肩头进去，其余肢体便顺势直入。当时陶九按次第做去，挑帽一试，里面没有动静，料那媳妇还在酣睡。于是仰卧下，腿上攒动，方才钻进头儿。不想人该晦气，什么事都遇着，那巷头上有只饿不煞的老癞狗，三不知跑将来，不容分说，一口咬定陶九的腿胫，狠命地向外便拖。

陶九大怒，只得重新退出头儿，狠命地踢开那狗，又不敢追逐吆喝，偏偏那狗拧性不去，只蹲得远远的一声不响，单等拉后腿。这一来闹得陶九火冒钻天，幸喜身边还有吃剩的硬面饽饽，忙从地下贼袋中摸出，向狗抛去。那狗见了饽饽，追吃的当儿，陶九恐它吃罢又来，百忙中一肚子没好气，便不顾再试探帽儿，匆匆地仰面卧倒，一挺腿儿向内便钻。

这一来不好了，只听室内那媳妇骂道："好王八蛋！你竟敢来偷摸老娘，且叫你受用一霎儿！"

那陶九急待缩出，只听咳嗽一声，他这外面的两条腿擂鼓似踢蹬一阵，却就是转动不得。正是：

　　堪笑神偷逢巧妇，这回断送老头皮。

欲知后事如何，请听下回分解。

第五回

震泉州双美捉盗
闹淮安远客寻仇

　　且说陶九急匆匆钻进头去，一眼便瞧见那媳妇子白羊似的蹲在洞口，不但丧气物儿又结实实打个照面，并且人家两手内一手是砖块，一手是剪子，早已准备停当。陶九急待缩出时，早被那媳妇抛下剪子，一托他脖儿，那一手登时进砖，将陶九卡得气都出不得，休说是声唤转动。原来那媳妇当陶九探帽儿时，业已醒来张见咧。

　　当时那媳妇骂道："怪得近来村坊中常常失盗，原来就是你这东西作怪。今天且叫你受用个大的！"于是拎起剪子，向他腮面上，纵横便划。

　　陶九虽痛彻心苗，只好干吃哑巴亏，但是痛恨之下，未免瞪起大眼，鷔鸡似的。

　　媳妇唾道："呸！你还敢端相老娘！今天若非老娘觉得，你钻进来，还有人样吗？你既爱看，且叫你看亲切了！"说罢腿儿一叉，竟骑在陶九面孔上。

　　陶九方觉得一股热烘烘非骚非臭的气味，百忙中就似胡子老兄忽来接吻，连鼻孔都擦得痒习习，不由尽力张开嘴，想要大号。说时迟，那时快，那媳妇噗噗两个屁，接着便鸿沟一开，便如黄河开闸一般，那股温泉直向口中灌将下来。这里陶九闭口不迭，只好大口价咽咽咽下。论理说，这种刑法虽不伤筋动骨，也就很够受的咧。

　　这阵大闹，连那东室里的老婆婆也惊醒来，忙命媳妇穿好衣裤。娘儿两个到院中掌起灯笼，吆吆喝喝，就想去开门捉贼。

　　这时早惊动她后院中一位客人，踅得来问知缘故，不由笑道："你婆媳终是妇人家，须防那偷儿倔强跑掉，且待俺去捉他。"于是接过提灯绳儿，嘱咐她婆媳在室内等候撤砖。那客人开门到墙外一看，洞儿外可不卧着个半截人儿，于是赶上前捉住贼腿，大呼"撤砖"，向外一拉之间，只见那贼啊呀一声道："我的妈！好高爷！你老人家快救命吧！"说罢，大呕不止。

原来那客人却是有杰，这婆媳两个就是姓王的佃户家小。王佃户因事他出，还未交代看粮，所以有杰暂住他家。

当时有杰听得偷儿语音颇熟，仔细一看，却是陶九，因骂道："你这厮再不学好，如何又摸到乡户家来？"

陶九道："好高爷，俺下次再不敢咧！"说罢没口子哀告。

正这当儿，王家婆媳也赶来，陶九一见那媳妇，又触起醍醐滋味，越发地呕吐狼藉。于是由有杰作好作歹，将他放掉。陶九没话儿遮羞，便略询有杰下乡之故，急急窜去。

不提这里有杰和那婆媳两人笑了一场，依然在乡间逐处看粮。且说瑚、琏姊妹自有杰下乡后，日间或做针黹，或习拳棒，晚间还要亲自检点门户，转眼间过得七八日。

一日偶然送出邻家姆姆，彼此方在门首客气，只听惊闺叶哗啦山响，便有个高颧骨、鲜眼睛的货郎儿健步如飞，挑了个货担儿，经过门首，光着两眼向门内张望，却侉声侉气地道："喂！姑娘们可买好京货吗？"

琏珍一摇头儿，那货郎却微笑而去。

邻姆便道："这两日不知哪里来的一班货郎子，只在街坊上混串儿，见了人没话瞎兜搭，讨厌得紧。昨天还被南街上吴大娘子骂了一场，因他直着眼儿，只管瞅大娘子的小脚儿哩。"

瑚、琏听了一笑，也没在意。及至下午时光，瑚、琏闲得没干，便姊妹又复对弈玩耍，三晃两晃，琏珍输咧，便使性儿一阵搅局。瑚珍大笑，及至捡起棋子一数，却碰残坏了两个。

瑚珍笑道："都是你这妮子，你看这副棋子，还是南京雨花台的文石子儿，爹爹心爱的物，却碰损两个。"正说着，忽闻后院墙外，惊闺叶又复响动，琏珍便唤小婢道："你且向瞭台上问问货郎儿，可有旧货儿补个棋子吗？"

原来泉州的货郎挑子都挂着买卖旧货，碎铜破玉石诸物都有。当时小婢应声跑去，少时却气吼吼地踅来道："该死货郎子，真正可恶！他不痛快说没货，只管睁着大眼端相咱的后墙，又问俺道：'你这里便是打虎高家吗？'"

琏珍笑道："这准又是那个鲜眼睛的货郎子，怪不得邻家姆姆说，他好兜搭，他没瞅你的胖鸭儿吗（谓脚也）？"

于是瑚珍笑收棋子，却被琏珍按住道："阿妹慢收，今天晚上，俺总杀你个车仰马翻，老将出城，才算数儿哩。"于是姊妹说笑一回，又屈指算算有杰的归程。

那小婢却笑道："姑娘不用算，俺昨天问过王瞎子咧。他说咱主人一两日间就回头，又说咱宅中略有煞气，却又被什么红鸾喜气冲破，俺想这红鸾喜气，准是姑娘们该有好婆家来说媒咧。"一句话不打紧，招得瑚、琏咯咯地笑。

琏珍却骂道："死妮子，别胡呲咧！等我向主人说，快打发你这妮子去寻婆家，就应了你呲的红鸾喜气咧！"

主婢们说笑一回，须臾傍晚，大家用过晚饭。这夜薄有微云，疏星耿耿，姊妹就院中又练习回镖打香头儿，即便检点门户，又到后院中巡视一番。原来这后墙外十分敞旷，本是从先大家主的一片园墅，后来却零星拆买，已成荒地，当年的藕荷池沼便成了一片苇塘。有杰因墙外太敞，所以后院中有座瞭台，一来是准备瞭望动静，二来便做晾衣台儿。

当时瑚、琏巡视毕，回到内室，瑚珍摘下一把壁剑道："阿妹你看，这剑穗儿特煞敝旧，昨天俺看你打的那鸳鸯扣儿怪好儿的，今晚没事，你且打个剑穗儿，俺与你缕彩线如何？"

琏珍笑道："谁耐烦弄那劳什子，咱还是下棋吧。俺今天白日输棋，又弄坏棋子，憋了一肚儿气，无论是谁，碰到俺气头儿上，且叫他着镖哩！"

瑚珍笑道："好硬嘴，这也值得急得挑眉儿？"

于是两人坐下来，即便布局。这次琏珍好不聚精会神，半局未终，已至二鼓大后，盹得个瑚珍张牙勒口，连伸玉臂，一个呵欠，伏在桌儿上道："阿妹，算你赢了吧，俺委实要去困咧。"

这时琏珍正抓了一把闲棋子，一面摆弄，一面大睁着水灵灵的俊眼，在棋盘上想高着儿。口儿沉吟着，头儿晃动得两只耳环便如打秋千一般。一张脸儿红红的，一勒衫袖，露出藕也似一段胳膊，恨不得一把将瑚珍的老将儿抓将过来。忽闻瑚珍要散局，便噪道："算赢咧？俺不承情！你便打盹儿，也需将就一霎。"

正这当儿，忽听院内咕咚咚一阵跑，帘儿一拱，却是小婢惊怔怔地提裤跑人，低语道："姑娘们，别玩咧！这后院里准是有老黄爷子（黄鼠也）作怪。方才俺蹲在瞭台边，刚要撒尿，冷不防啪的声，一个石子掉下来。"

琏珍方喝道："死妮子，别拿神见鬼的！"

正这当儿，忽又闻啪的一声，并且骨碌碌滚了一阵。琏珍生性机警，忙命小婢不许声张，先扑灭灯烛，一道烟似的奔上瞭台一望，赶忙奔回来，和瑚珍低低数语。瑚珍霍地站起，随手提了几上短剑，两人双双闯出之间，那琏珍一矬身形，先登瞭台。这里瑚珍紧行两步，方隐身院中丛桂之下，便听得后墙外啪啪啪一击掌，登时嗖一声飞进两人。星光下望不甚真，但见前面那人身材伶俐，略一转身，已现出背上明闪闪的刀光。

后面那人却是个细高条子，唰的声一抖铁鞭，却叫道："朱大哥，你干你的去，别吓着人家一对雏儿！咱这是羞老高面孔的事，这里咱就齐入吧！"

前面那人由背上拔下单刀，方要转步，直奔内室，这里细高条子一翻身，撮唇一哨，后墙外一声喊，噗噗噗又跳进四五个彪形大汉，各执器械。正在张皇四顾，只听扑哧一声，细高条子大叫便倒。

众人噪道："朱大哥，且瞧瞧，莫非这里风紧吗？"

前面那人止步略怔的当儿，却听得瞭台上咯咯咯一阵娇笑，接着便嗖嗖嗖石子乱飞，便如连珠撒豆一般，打得各大汉抱头乱蹿，顷刻间纷纷仆地。

这时前面那人方道得一声"不好"，忽闻脑后唰一声，便是个金刃劈风。那人忙矬身，反手一刀，急转身形，护住面门。

星光下，早现出个仗剑女子，娇叱道："什么泼贼，且叫你识得打虎高家！"于是短剑一摆，登时和那人杀在一处。但见风声响处，乱飐银花，一柄剑上下翻飞，顷刻将那人裹入一片白光中。

哪知那人也自不弱，单刀舞处，一路飞滚，两人就院中这一阵腾踔驰逐。只苦了中伤的各大汉，一个个抱头掩面，乱奔乱撞，有的奔向墙头，扑哧声又跌下来，却招得瞭台上嗒嗒嗒一阵跺小脚儿纵声大笑。

正这当儿，前院内警锣大鸣，火燎腾处，早撞进五六个壮健佣仆，其中那小婢也歪着个小髻儿，提了一柄短钩竿。原来高家婢仆都会些寻常拳棒，那小婢既晓得不是老黄爷子作怪，反倒高起兴来，所以知会了各佣仆一齐赶到。

当时那人见势不妙，恰好被女子逼到后墙下，于是向女子虚晃一刀，翻转身方跃上墙头，那女子一挺短剑，便是个一鹤冲霄式，哧一声，正中那人后尻。那人大叫跌落之间，这里众佣仆钩竿、铁尺一齐上，砰砰啪啪先砸折那人胫骨。

火燎照处，后面小婢却大叫道："那瞭台后面还影绰绰似有人哩！"

于是大家赶去一瞧，却是琏珍拖狗似的由墙根阴沟内拖出个枯瘦汉子，只穿一身破衣裤，蓬头赤足，形容如鬼。

那小婢眼快，不由喝道："好嘛，你不是陶九厮吗？俺主人那等待你，你倒和了强盗们来打劫！"说罢，举起钩竿就要劈头便打，却被琏珍一把拖住。

原来琏珍用石棋子儿乱打群盗后，只顾看瑚珍杀盗有趣，既见那人由墙跌落，正要下台帮捉，只见那阴沟内有人乱钻，所以赶去拖出，那仗剑女子正是瑚珍哩。

当时，进院群盗全数没逃得，早被众佣仆捆猪似的都捆停当。细看这干宝贝，有的眼瞎鼻歪，有的颧颊上长血直流，其中还有一个打裂嘴唇，兔儿爷似的，唯有陶九却没受伤。原来他是起先在墙外瞭风，后来却由阴沟钻入，这小子始终没离本行。于是众佣仆一面唾骂，一面将群盗驱向前院下房，由瑚、琏姊妹喝问所以。

群盗方在哀鸣，那力斗瑚珍之盗却瞪起凶睛，大喝道："咱老子行不更名，坐不改姓，人称'黑风大王'朱某的便是！只因高有杰不懂交情，搅俺生意，所以俺赶空儿前来报复。今既被捉在你这两个妮子手中，杀剐由你，你若再多嘴多话，须知俺说出话来不中听哩！"

琏珍大怒，正要命佣仆鞭打，只见陶九一咧大嘴，却哭道："俺是个小偷儿，只会剜洞盗壁，却不会明火打劫。咳！今天是俺该晦气，俺那会子偶然走到贵府后墙外，听得墙内不大安静，俺不过钻进来瞅瞅，谁想到竟碰着这等事，便是送到当官，俺也情有可原。姓朱的，天理良心，你们做的事里面可没有我呀！"

朱某冷笑道："好松攘的！高有杰本领了得，俺所怕的就是他，若不是你，俺怎知高有杰现在乡间，便赶空来劫他的女儿呢？"

陶九大叫道："你莫攀拉！"一声未尽，早被左右佣仆结结实实便是两脚，一伸手又是两记耳光，哪知小子不禁打，顷刻便老实实述出缘故。

原来陶九自在王姓佃户家跑掉后，却遇着一个偷友儿，大把儿用钱，十分阔绰。陶九询知他在朱某手下发财，羡慕之余，未免就感叹自己，便将剡洞被辱，亏得被有杰说情放掉之事一说。

那偷友喜道："如今俺朱头领深恨有杰，正苦无隙可乘。你知有杰在乡间，这正是天大机会。我领你去向朱头领报告，你也就势同走一遭，好歹分与你几成儿，不强似你剡洞吃尿吗？"于是领了陶九去见朱某。

朱某大悦之下，又知有杰有两个美貌女儿，正好趁势劫来，却没想到人家会武功。当时陶九述罢，只恨得那小婢走上前又是两脚，于是瑚珍一面命佣仆严加看守，准备着明日送案，一面连夜价遣人下乡去请有杰。

次日上午，有杰趱转，由瑚、琏等细述捉盗情形。

有杰叹道："不想陶九如此混账。"于是亲自押了一干盗犯，直赴县署。

这一串儿海上大盗，连陶九共是七人。当时有杰当头，后面是健仆督押，闹嚷嚷经过街坊，招得观者人山人海。大家知得是瑚、琏姊妹手擒海盗，无不啧啧称奇，顷刻轰动全城。

不提黑风大王等恶贯满盈，不久都斫头示众。且说那方名世闻知瑚、琏姊妹如此本领，本就怙惚着前去求亲，再续胶弦。哪知秦琛时常价寻有杰款谈，却曾张见过琏珍，因自己尚未授室，未免颇颇属意。

一日两人谈心，说到此事，不由彼此拊掌大笑。

名世道："足下既属意小乔，俺只得侥幸做个大乔的夫婿咧。"于时立遣冰人，双双通意。

有杰素来契重方、秦，并且真不愧东床之选，不消说慨然应允，从此瑚、琏姊妹各嫁得英雄夫婿。为日不久，方名世迁调京营，那秦琛也便携眷回籍，从此瑚、琏姊妹分手。

转眼间六七个年头，真是人事推迁，升沉无定。高有杰不久病故，选了个族子为嗣，却甚是不肖，一片家业不久抢得精光，也便和瑚、琏断却音信。

说起琏珍遭际，更是可叹。原来秦琛回得淮安后，因家业淡薄，只得仍业走镖。干了两年倒也罢了，哪知冤家路窄，一日，秦琛正和宾客闲谈，只见仆人呈上一张名刺，上写"浙西周五"四字，秦琛沉吟道："这周五是哪个呢？想是江湖间抽丰朋友。"因向仆人道，"你只说俺没在家，赠予他两串钱，打发他去吧。"

仆人唯唯趱出。这里秦琛与宾客方说得几句话，却听得大门上大叫大闹，须臾仆人跑来道："那周客人说与主人是旧友儿，特来登门拜望，一见打发他两串钱，登时翻了腔咧。"

于是秦琛大骇，同众客匆匆趋出。只见来客有四十来岁，衣冠诡异，外披大敞衫儿，里面是密扣劲装，十分伶俐。左手叉腰，丁字步一站，那右手非常干枯，却是十指黑紫，赛如钢钩，正在腿胯上搓上搓下，微微冷笑。生得浓眉环眼，大鼻头，蛤蟆嘴，甚是凶相。

秦琛端相半晌，再也不认得，正要拱手致问，那来客却大笑道："秦朋友，一向可好？还忆得当年在闽浙道中一番周旋吗？可惜在下没长进，不然早当来再领教益了！"说罢，左手一搭右腕，竟使个旗鼓。

这一来不打紧，秦琛猛然想起，便慨然道："好！好！既承下顾，俺秦某当得奉陪！"

来客道："如此，咱们明日韩信台下见吧！"说罢，一摔大衫，扬长而去。

这里众宾客向秦琛探询所以，不由大惊。正是：

> 方谓故交来叙旧，谁知狭路竟逢仇。

预知后事如何，且听下回分解。

第六回

琏珍立志寻血仇
名世窥奸擒女谍

且说众宾客询知所以，都吃惊劝道："那厮和你既有旧怨，此番来意定然不善。依俺们看来，不必理他。"

秦琛捻起双拳，哈哈大笑道："那厮本是个无赖贼，当年幸脱俺手，俺岂肯示弱于他？诸位高兴，明日到韩信台下瞧个热闹如何？"

于是并不为意，和琏珍说起此事，夫妇两个反倒笑了一场。这也是艺高人胆大，轻视敌人，以为自家手中的败将是不会还有长进的。

到了明日早晨，众宾客果然都到，大家款谈数语，那秦琛匆匆结束，便同众客迤逦向韩信台下而来。原来这韩信台便是在淮安城外，地面宽敞，素来为子弟们较艺赛马之处，相传便是当年淮阴侯苦困钓鱼，乞食漂母之地。

当时秦琛既到台下，只见那客正在来回大步，扇着一只右臂，伸项延望，既见秦琛，便笑道："秦朋友，今日咱话须讲明。当年你在闽浙道中逞得好威风，无奈俺周五不死，今天你是怎说呢？"说着一声长啸，十分尖厉，咯巴巴一攒右手。

这里众客中有一人名叫任葆，久闯江湖，眼睛很亮，方叫道："周朋友，且慢动手！凡过节儿，宜解不宜结！"一声未尽，秦琛业已喝一声，攒步而进。那客大笑，双拳一分，让过来拳，翻转身，使个旗鼓，接着便铁臂嗖嗖，猛扑而上。

这一交手不打紧，秦琛方知那客本领迥非昔比，不但纵跃如风，并且拳势变化，神出鬼没。然而秦琛盛气之下，也没放在心上。于是两人一路价勾拦格拒，各显其能，登时打了个龙争虎斗。

这其间却忙坏任葆，直着喉咙直喊："且住！"并且张舞两手，恨不得一下子拖转秦琛。

正这当儿，只见两人越打越起劲，顷刻间绕场三周。须臾两人一阵揪扭，滚作一团，彼此间各施拿法，各逞破术。闹得众客正在眼光飞逐之间，只听那客大喝一声，两人倏地一分，秦琛左足飞起，那客急闪过，正要斜刺里趁势进步，好秦琛，左足落地，接着便使个鸳鸯拐子脚，一甩右腿，向那客拦腰便扫。

若说这一招儿，十分歹毒，何况秦琛又是家传的腿功，这一下儿本想制敌人的死命，哪知强中更有强中手。但见那客略一侧身，霍地舒开右掌，骈起铁锥似五指，轻轻向秦琛下胫只一削，那秦琛大叫便倒之间。

这里那客却仰天大笑道："痛快！痛快！这一下儿，端的不负俺数年苦功，对不住，俺要失陪咧！"说罢一转身，掉臂径去。

于是众客都惊，正要去抢扶秦琛，任葆却顿足道："坏咧！那会子此人一攒右手，分明是铁砂掌的内功，只怕秦兄性命好险哩！"

大家听了，似信不信，挽起秦琛一看，虽然面色大变，那下胫上却没伤痕，只有三寸长一条儿，肉陷至骨，黑漆漆的颜色，用手摸摸，也不觉痛。当时秦琛愧愤之下，并不以任葆之话为然，大家暄转后，还没过得三天，秦琛竟自呕血不起。

你道那周五是哪个？原来便是当年劫泉州太守家眷的盗魁。那时他幸脱性命，立志报复。可巧他在山东地面得遇异人，却学了这铁砂掌的内功。这铁砂掌能萃全身之力于五指，真是平搠可洞牛腹，立斫可断牛项，只要指沾敌人，立中内伤。可叹秦琛疏略轻敌，竟致丧命。

当时琏珍哭泣尽哀，葬得秦琛后，便携剑远出，踪迹周五。好在她并无子女，直流转了一年之久，哪里有周五的踪迹。这其间江湖奔走，那琏珍所受苦楚，也就不必尽叙。

至于瑚珍，这时光却颇颇一帆风顺。原来方名世自迁擢京营后，屡次地捕斩畿间群盗，铮铮有声，累进官秩。有一年中，京师地面忽然由关外来了两个奇怪女子，以巫医等术盛称一时。那医法是符咒药水，至于施行巫术，却十分惊人。

寻常巫婆们焚香降神之后，无非是文武两派。文派是瞑目静坐，唧唧歌唱，自称某仙附体，喃喃然指陈病状，或言祸福等事；那武派却是降神之后，跃舞作态，摇铃击鼓，顶伶俐地闹阵天魔舞，也就罢咧。

唯有这两个女子中有一巫女，却能纵跃如飞、踏索缘竿、跳丸飞剑等事，无一不会。往往当场跃上高楼之顶，就檐间飞走半响，然后翩然而下，便自称某仙降临。不但技艺惊人，并且容色出众。年方二十余岁，生得妖娆异常，更能通满洲话，能谈善笑，真是连眉毛都是空洞的，人称为"贺仙娘"。

至于那个巫女，模样儿更为别致，生得白胖短矮，秃眉画眼，便如庙中的子孙娘娘一般。一张嘴却伶俐异常，就像个百事通，每到一家，人都舍她不得，因为都爱听她东拉西扯。却有一件，她独自行动不得，因是她自膝盖以下，齐如刀截，北京人惯给起绰号，于是大家便叫那巫女为"半截观音"。每逢人家有邀请，贺大娘便捧了半截观音软舆而至，始而走串街坊，继而奔走于缙绅、衙署之间，上至王公显宦，下至士庶人家，无不奉若神明，奔走若狂。

方名世闻得此异，起初也没在意，不想那两女子一段奸谋合当败露。一日珊珍偶染小恙，便有人荐得半截观音等前来治疾。当时贺大娘大显身手，又穿了奇丽彩衣，果然有飘飘欲仙之致。但是名世见了，未免起疑，因近来京师地面很有几件离奇窃案。那大班上（京师捕役俗谓大班上）踏勘盗踪，都说是高手飞贼做的案子。

及至治疾已毕，照例地酒饭款待。那贺大娘饮啖甚豪，时时谈及满洲人怎生了得，并风气雄武等事。名世听了，以为她们是关外女子，耳濡目染，夸称满洲，也还不甚在意。哪知半截观音酒酣以往，更为健谈，竟询问九边要害并兵备虚实，以及京畿间防备等事并守将怎样。少时，更询问近来朝政，竟有两桩连名世都没留心，她却言之娓娓。

名世听了，不由大疑。及至两女子去后，珊珍却笑道："人到北京，便先练两片子嘴，你看这两个野老婆，两张嘴便似翻花一般，也难为她装这一肚皮杂耍儿，真也得好记性哩。"

名世正色道："你休看她是寻常巫女，俺看她两个大有可疑。今晚俺且去暗探她一回再讲。"

不提夫妻一番闲话，且说方名世当夜二鼓后，果然结束伶俐，悄悄地奔赴贺大娘寓处。一路纵跃，直抵院内，就屋檐上略微倾听，用一个夜叉探海式，脚钩屋椽，向窗内一张。

只见里面灯烛辉煌，铺设得锦天绣地，贺大娘正在拂拭一把短刀，挂在榻头壁上，却笑道："俺早知北京如入无人之境，为甚不早来捞摸没主的金宝？你看俺到京不久，彩兴儿业已不错咧。"

半截观音道："得意之处不可久恋。好在俺所办之事也要回头报告，咱便订期出京吧。你如今来京一趟，发了这注横财，偏偏黑山岭屯部某王子又看中你小模样儿。你如到了某王子手中，岂止一生富贵，将来某王子从龙入关，扶翊景运，你怕不是个开国元勋的一品夫人，还只管在此恋恋着摸金宝做甚？倘或被人识破行藏，却也不是玩的哩。"

贺大娘笑道："北京城中文武官府虽多，都是些行尸走肉，咱怕他怎的？"

半截观音道："喂！你也别这般说，便是今天咱见的方名世，那厮两只眼骨碌碌的，俺看他就不是善茬儿。"

贺大娘笑道："方某在京虽有点儿虚名儿，他要看破咱，且叫他去做梦吧。"

名世听至此，不由大骇，知那贺大娘是女盗无疑，却猜不出半截观音是甚等女子。于是一翻身，用个珍珠倒卷帘，折上屋檐，稍为沉吟，径行趱回，向瑚珍一述所见。

瑚珍骇然道："怪道她两个行踪诡异，原来贺大娘竟是女盗。明晚咱便领人去捉她，莫被她出得京去。"

名世道："你方在身儿不适，俺明晚自家去，还怕她们跑掉不成。"

于是立派京营健卒，先改衣装，就贺大娘寓所四外下卡巡侦。及至次夜里三鼓将尽，由名世领人，喊一声打将进去。不想贺大娘夜出未归，只捉得个半截观音，并由室内起出许多金宝赃物。名世一问半截观音的行踪来历，半截观音料难隐讳，也便侃侃直陈。

原来她和那贺大娘起先都是江湖间的绳妓。半截观音因有外遇，被她丈夫截去一双小腿，亏得贺大娘用上好金疮药医好，两人素来相得，便仍然一处流转。那半截观音天生的性儿机警，又有一副好口才，自觉久累贺大娘，过意不去，便习得巫医等术。本想是自糊其口，不想她运气亨通，居然大行其道，比卖艺所入还胜强十倍。于是贺大娘也弃了本行，跟她学习，为日不久，两人都成了响当当神巫。那贺大娘自恃本领，所到之处见有富商巨室，她便瞅个冷子去惠顾一下子，巫而兼盗，好不生意兴隆。

后来两人流转至辽阳地面，越发地声名大著。因贺大娘容色非常，当地豪富一半是好奇心，一半是好色心，借巫医为由，招得贺大娘去，暗合着便落个交儿，都未免是常有的事。因此大娘巫盗之外，又能以色弋财。然而大娘阔绰豪荡，寻常人哪里入她的眼。

不想一日流转到安国卫地面，竟撞着大大的彩兴。原来这安国卫是辽东边地上所属的屯兵重镇，只隔着一处跑马川，便是满洲某王子屯部所在，地名黑山岭。这所在，满洲劲旅何止数万，所以这安国卫特为重要，两下里鼓角相闻，旌旗相望，只以跑马川为界，约定了彼此不扰。话虽如此说，但是那时的满洲气焰何等了得，况且这个某王子生有殊力，雄武绝伦，是满洲响当当勇士。生得猿臂蜂腰，捷疾如风，手抟剑术既无一不精，并且专门善射，真有百步穿杨之能。

他并有异相异禀，两胁下生鳞甲尺余，有时愤怒起来，乱发四飞，两目都赤，一张怪嘴哼沓有声，便如山精野人一般。至于他的异禀，说来越发奇哩，便是淫欲无度，不择地，不择时，外挂着更不择人。只要他那股劲儿发作，不怕是大庭广众之地，行军对垒之时，无论是母人，是母物，只要容得他那件东西，他便扑上去如是云云。

说到这里，诸公未免疑作者胡诌乱嗙，不知古来书籍所传原有此等异性的人，如媚猪淫牛，好与禽兽交接的人，颇颇有之。何况满洲那时尚未入主中夏，本如野人一般，也就难怪其中有禀赋特异的人了。

这某王子既凶悍如此，你想他屯部在黑山岭地面哪里肯安生，不消说每借打猎放马为名，往往率队越过跑马川，虽不好意思价大举劫掠，那小有骚扰，成群价硬赶人的牲畜，成车价生夺人的子女，是不会没有的。于是中国的奸民滑盗，凡在内地里存不得身的，都以黑山岭为逋逃薮。这一来，为虎作伥，向导有人，某王子也便渐晓中国内地情形，并朝政不修、武备废弛之状。于是不但骚扰益甚，并且雄心暗起，阴有入寇之志，因此颇颇留意于间谍人才，并阳面上以好意联络安国卫的守将，为的是伺隙而动。

你想那明朝边庭的守将，说个俗话儿，都是好体面的大白薯（北方俗谓人无能，犹之大饭桶），眼睁睁看某王子越界骚扰，连大气儿都不敢出。今忽承某王子赏脸联络，加以礼貌，自然是喜出望外，因此历任镇将抵任之后，别的事且不必提，先去拜望某王子。然后便杯酒联欢，彼此间互馈厚礼，久而久之，变成老例。

正这当儿，贺大娘等来至安国卫。那鄙塞所在，忽来个天仙似的贺大娘，并且艺术惊人，自然是不一日名满全卫。恰好某王子第四个宠姬忽患病症，当时镇将正没得献勤儿，于是便将贺大娘等荐将过去。这一来不打紧，直将个某王子喜得发昏，他等闲哪里见过那等如花似玉的人。贺大娘既到屯部，只一夜之间，极尽床笫媚态，早将个狞龙似的某王子摆布得伏伏在地，便登时想置大娘于宠姬之列。哪知大娘且会擒纵的妙法儿，只口头应允着，讨他欢喜，一时间所得赏赐不可胜纪。唯有那半截观音，虽没姿色动人，却能以机警口才窥知某王子欲侦探京师之意，于是她慨然以间谍自任，既和贺大娘到得北京，甚是得手，不想却被方名世看破机关。

当时半截观音述罢，闻者皆惊。名世惊诧之下，甚恨跑掉贺大娘，于是将半截观音送付有司，按法定罪。只过得三五日，名世偶从僚友处饮筵回头，时方入夜，正走到闹市中间，忽有一丐女拦住他，长跪乞钱。名世方摸探腰囊的当儿，那丐女突出白刃，踊身便刺。亏得名世手脚灵便，忙闪身去抓，那丐女早飘忽如风，混入人丛中，顷刻不见。名世料是贺大娘蓄意报怨，便一面留神准备，一面踏缉，从此却没得大娘影儿咧。

这件异事传开来，名世声誉越起，宦途既顺，更喜的是膝下有儿。原来瑚珍自随名世到京后，不久即得一子。这当儿已有五六岁光景，跳荡非常，最顽皮不过，自周岁时，便善逗人笑，因取名朔来。名世夫妇家庭多暇，便交给他些扑跌小手脚，可喜朔来就似灵猫儿似的，一学便会。有时顽皮起来，屋檐墙头上只如平地。瑚珍等对此佳儿，风光美满，自不消说，唯有想起琏珍的际遇，不由替她慨叹。姊妹间时通音问，这也不在话下。

如今且说那安国卫总镇汪邦平，本是门荫出身，并且年老颓唐，自抵任以来，只知媚事那某王子。满洲人往往有小劫掠，他只装聋作哑，匿不上闻，至于武备废弛，更不消说。久而久之，事为辽蓟总督所闻，于是赫然震怒，登时将汪某撤任，但是所遣员缺十分重要，因方名世威声素着，颇堪边才之选，于是将他奏调过来，擢职为安国卫总兵。这一来，名世官职虽升，却未免心头怙惙，他并非畏怯满洲人，皆因久在京营，不甚谙习边情，唯恐到那里安置失当，不但自己声誉所关，亦且有损国体威重。

这日，夫妇方一面摒挡赴任的行装，一面揣拟满洲人并某王子的情形，只见朔来跳钻钻地跑来，拍手道："快活得紧！娘常说关外地面有的是大老虎，咱到那里先打两只来玩玩，才有趣哩！"

瑚珍笑道："那所在鞑儿王子甚是厉害，他不叫打虎，你怎生得？"

朔来登时小眼一瞪道："他不叫打虎，咱便连他都打了来，搁在东岳庙前，耍耍稀罕儿哩！"

名世听了，方扑哧一笑，只见左右捎进一具行装，并报道："淮安秦姨太太单身来京，现已到门。"

　　瑚珍一听，又惊又喜，止不住伤心泪落，正要领仆妇如飞迎接，只见朔来一个虎式扑上来，牵了瑚珍，大跳大叫。正是：

　　　　远道伶仃怜弱妹，天机活泼笑痴儿。

　　欲知后事如何，且听下回分解。

第七回

兴安卫气慑名王
跑马川春窥野合

且说瑚珍正要出去迎接，却被朔来扑拖住道："娘啊，什么秦姨太太呀？"

瑚珍忙道："你这孩子敢是吃了忘性蛋咧，这就是俺常对你说的那位秦家姨母哩。"

一语未尽，朔来业已跑去。这里瑚珍夫妇领仆妇方迎出中门，早见朔来拖了琏珍的手儿，仰着小脸儿，一面倒退着走，一面笑道："噫！好姨妈，你的眉儿眼儿怎活脱地便像俺娘呢？"

一句话不打紧，招得瑚、琏姊妹泪珠儿一齐滚落，当时大家厮见，悲喜交集。

瑚珍一瞧妹儿，虽然光艳如昔，但是眉目间丛愁积郁，望而知是个多经忧患的人。穿一身朴素衣裳，倒显得丰姿绰约，瑚珍见了越发伤心。

正在姊妹携手相视哽咽的当儿，朔来却噪道："娘们别哭咧！如今咱爸爸就要上任，可巧姨妈到来，俺听说姨妈会使石子打贼，咱到安国卫，先打那个鞑儿王子，且好耍子哩！"

瑚珍等见了，这才破涕为笑，于是大家相让入内，各谈两下里别后情形。名世方知琏珍自那年侦踏周五后，家境日落，秦姓家族中虽然有人，不但视同陌路，并且没人愿承嗣这份穷房户，所以琏珍伤愤之下，便痛哭一场，辞了秦琛之墓，特地赴京来依姊子。名世等听了，慰藉数语，便提起擢任之事，并言安国卫一切情形。

琏珍听了，自然喜悦。瑚珍却笑道："也没见你姊丈，遇事没抽展，如今升了官，他倒将眉头攒个大疙瘩，只愁着什么某王子不好对待。妹儿你瞧，便是某王子是三头六臂的角色，咱们还怕得着他吗？"因将某王子恣肆之状并怎的了得一说。

　　琏珍沉吟道："若说武功，咱诚然怕他不着，只是异族人性情叵测，咱只处处加以谨慎便了。"

　　正说着，只见朔来拧股儿糖似的偎着琏珍道："好姨妈，今晚上俺就跟你困觉咧。俺听说你会翻筋斗，等明天咱在被窝里睡醒来，先光着屁股翻筋斗玩，你看好吗？"

　　瑚珍忙喝道："你当着姨妈，再敢胡说！"

　　朔来笑道："这有什么呢？难道娘和爸爸没光着屁股翻筋斗玩吗？"

　　这句话不打紧，招得瑚珍脸儿红红的，笑得前仰后合。名世只得搭讪着趋出，那朔来却绷着小脸，没事人似的。

　　琏珍不由揽定朔来脖儿，微叹道："咱娘儿俩倒有缘法。"因向瑚珍道，"妹儿是天生孤命，膝下就没得这块肉，如今来给阿姊做个乳母吧。"说着，两行热泪就似断线珍珠。

　　瑚珍忙劝慰道："外甥比儿子差多少呢？俺正愁这劣蹶孩子淘气不过。"因推朔来道，"你将来就跟着姨妈吧。"

　　大家说笑一回，当日晚饭罢，亲戚情话直到深夜，一瞅朔来早已睡向琏珍榻上。

　　不提这里方名世匆匆价携眷赴任，既到卫所，逐日里整顿武备，操练士卒，虽壁垒依然，精彩一变。且说那满洲某王子雄踞黑山岭以来，哪里将卫所镇将放在眼里。每镇将抵任第一件事，便是先去拜谒某王子，进谒仪礼，十分恭谨，便如属员谒上司一般。

　　名世既抵任，镇署吏人等便以此例相告，名世笑道："岂有此理，他不过是一满洲酋长，俺堂堂的朝廷镇将，若先礼于他，不唯损重，更且辱国。他若来时，俺只具宾主之礼也就是咧。"

　　吏人惊道："此事总镇还须斟酌。倘触某王子之怒，不是耍处。"

　　名世大怒，当即叱退吏人，并饬令部下严防跑马川地界，多布巡骑，认真地保护边民。这一来，名世威名登时大著。那某王子见名世抵任不去理他，已然不是意思，不想有十来个满洲人悄悄地越边行劫，却被名世巡骑悉数捉获，这等事是向来没有的。某王子知得了，大诧之下，正要遣人去索，不想那十来个满洲人的脑袋早已号令在跑马川界。某王子这一怒非同小可，哇呀呀跳将起来，就想火杂杂顷刻兴兵。

　　亏得他幕中策士们也有稍识轻重的，便道："方名世声威素著，武功不弱,定有所恃,方敢如此倔强,王爷切不可轻举妄动。倒不如因此事善为结识于他,然后伺隙而动,以智计除掉此人。"

某王子听了,果然按下那口鸟气,便盛具仪卫,准备厚礼,先期遣人通意,要去拜望名世,这且慢表。

且说方名世自斩掉十来个满洲人,即暗令部下防备着某王子前来胡闹,不想过得几日,通没动静。这日正和瑚珍等揣测此事,只见左右进禀,某王子遣人通意订期来拜之事。

名世笑道:"鞑儿们生性是怕硬不怕软,你越畏怯他,他越来骑脖儿拉屎。满人虽横,也自咱朝廷官将们将他惯坏了。如今他既以礼来,咱也须以礼相待哩。"于是下令署中,铺设前厅,准备了鼓乐茶果,随身将弁都须结束整齐。

这一来将个朔来欢喜得勃勃乱跳,跑进跑出,恨不得立刻瞧瞧某王子是什么样儿,又牵着琏珍道:"姨妈,你瞧见过鞑儿们吗?俺听说鞑儿们属山魈的,老远的就臊气熏人,就怕炮竹,等他来时,俺给他个震天雷玩玩。"大家听了,哈哈大笑。

过了两日,那某王子率领十余铁骑果然来拜。一瞧镇署内外,将弁如云,军容甚肃,不由暗暗称奇。这时署外鼓乐大作,自辕门直及大堂,两旁里带刀健卒雁翅排开,暖阁后中门启处,名世全身行服,笑吟吟徐步迎出。只一趋走之间,某王子早已准备,便登时一掉右臂,大步迎上。彼此抢先,先一握手的当儿,但见某王子眉头一挑,一甩右臂,左足一进步,咯喷喷一声响,足下方砖立碎。再看名世时,凝然山立,左手猛一放,倒闪得某王子晃了一晃。

正这当儿,某王子背后铁骑一声喊,就要一拥而入,巡场军吏却高喝道:"总镇有令,余人不得擅入,敢在署门喧哗者,登时斫头!"恰好长风遽起,唰地署门外数丈的牙旗猎猎山响,那一片威严之概,竟将某王子一腔盛气给吓回去。

原来满人尚武,最擅角抵之术,俗名为"摔蹼跤",全是胳膊腿上的硬功夫。某王子更是此中健者,不但部下健卒多娴此术,便是他的姬妾等都有教师耍这把戏。他所带的骑士都是选拔的角抵勇士,原想趁握手之间辱挫名世,先来个下马威再说,不想一下子没施展出去哩。

当时名世只作不知,依然笑吟吟逊客而入,此时随侍某王子的只有两名健仆。既到署内前厅,彼此宾主礼罢,左右献上茶来。不提这里互相款谈，且说朔来猴儿似的瞅见某王子既到前厅，他便如飞跑去，将瑚、琏姊妹双双拉来，悄悄地就屏后偷张。只见某王子身材高大，面如蟹壳，两道浓眉，一双虎目，刺猬似一嘴短髯，趁着个大鼻头，便如金沙滩的鞑儿韩昌、牛头山的兀术太子，大剌剌坐在客位上，正在张牙舞爪、高谈大笑。

朔来悄笑道："姨妈，你看这厮大狗熊似的，倒也有趣，等俺玩他个扳不倒您瞧瞧。"说着小嘴儿一咧，就要大笑，却被琏珍赶忙握住他嘴。那瑚珍留意观望，也没理会。

只见某王子道："贵镇治军有法，端的令人佩服，便是前些日处置敝部下不法之士，已见风采了。"

名世正色道："敝境边民无端被劫，那是俺职任所在，不敢不勉。如今辱承提及，俺也不道歉意了。"

某王子大笑道："好！好！贵镇替俺申肃军纪，俺愧谢不尽，如何还道得道歉二字？俺从此识荆，此后正要长领教益，快莫以此事介意。"于是立命随仆呈上馈礼，名世推逊不得，只得收了。

茶罢两巡，某王子目光霍霍，谈及武功等事，倒也十分豪迈。瑚珍等正在相视点头，只见朔来不知多早晚跑进内院，这时又重新跑来，却笑嘻嘻蹲在屏脚边挖地洞儿。琏珍等以为他顽皮故态，只顾得听望某王子，谁也没理会他。便见某王子三巡茶毕，霍地站起，正要告辞，那满人的大黄牛皮长靴儿十分钝笨，刚一迈脚，噌的声一滑之间，只听屏脚下轰然一声就是一个震天雷的号炮。

某王子大吃一惊，脚未及收，扑通声一跤栽倒，但闻屏后面小脚儿嗒嗒嗒一阵跑。名世赶忙扶起某王子，业已吓得面无人色，原来他以为中人埋伏哩。当时名世大诧，立命左右就屏后查看，却见屏脚下点爆竹的香火头儿尚在那里，情知是朔来淘的气，便向名世悄禀数语。

名世怒道："这小厮还了得吗！"

某王子询知原委，倒放下心来，哈哈大笑，便登时要瞧瞧朔来。这时琏珍先和瑚珍跑将进去，正要数责朔来，既见左右来唤朔来去见某王子，琏珍便重新跟向屏后，无意中长裙一漾，但见某王子眼光灼灼，正注在屏脚下，于是赶忙闪入内院。

不多时，前厅间传呼"送客"，那朔来先横蹿竖蹦地跑来，一张小手将一把金豆儿递与瑚珍道："娘瞧瞧，那某王子给俺这东西哩，想是俺把他弄快活咧。"

瑚、琏听了，正在敛笑要数说他，恰好名世送客回，换却公服，徐步而入。朔来料想得不着什么好气，便趁空儿如飞跑去。这里名世等谈论起某王子，瑚珍笑道："俺看某王子谈吐伉爽，倒似个直性人，但求边界无事，咱也不可过于疏淡。"

名世道："正是哩，礼尚往来，过两日俺也就去回拜他。如今安国卫马贩都到，不多几日便是跑马川中外互市的日期，但求彼此相安才好。"

原来这跑马川每年照例地有十余天的马市，每届市期，马客商贩以及四外的豪猾角色云屯雾聚，甚是热闹，镇将及满洲屯部彼此价派人弹压哩。

琏珍听了却沉吟不语，少时却道："俺看某王子目动而色肆，礼恭而言甘，巧唎就是胸有城府的人。咱虽不便疏淡他，也须处处留意才是。"

不提这里大家议论，且说某王子回得屯部，既知名世材武可畏，便暗令部下不许轻去犯界。不几日，名世来回拜，一切款待十分尽礼，从此两下里时通款曲，颇颇相安。

名世本是个风流将的角色，某王子既知他握槊弹棋、调丝品竹无所不通，便时时坚留饮筵，酒酣以往，彼此忘形，互相起舞。久而久之，名世竟预某王子的内帐曲筵，宠姬爱妾侍座满前，竟越交越款洽起来。在某王子之意，虽设心不良，想除掉名世，然而因入寇有待，一时间还不致发作。

哪知合当有事，不多几日，便撞着起祸由头。当时名世却已与某王子相交日密，便是瑚珍也以为某王子真是个伉爽男子。唯有琏珍总不免心头怊惙，然因瑚珍夫妇方在高兴与某王子结纳往来，又疑惑着或是名世笼络敌人之意，因此也不便累次深说。

光阴迅速，堪堪将到马市之期。那安国卫地面商贾云集，就跑马川适中之地，特辟十余里宽广的市场行商坐贾之外，还有江湖上各档生意。另有一所试马场，为马贩交易、豪客比赛之所。自开市之日起，日间是游人如蚁，夜里是灯火达旦，登时将个荒凉寥落之区闹得如五都之市一般。名世是循例地率人弹压，某王子那边也遭人巡查，并有该管的有司派得力办公人等穿梭价往来市场，名为保护，其实是收取各档的陋规，因这市场办了下来，至不济也是数百万金的交易哩。

一日，名世弹压回头，遥见从长林旁岔道上转出四五辆华美香车，上面都是满洲装束的妇女，车后有数骑簇拥而过。名世料得是某王子的姬妾出游，正要命前驱小驻，待他们过去，只见御者扬鞭一叱，车骑杂沓，风驰而过，颠簸得车上众妇东磕西撞，唧唧呱呱一阵笑。其中有一妇偶一回头，那面容儿竟似乎是贺大娘，名世忙细望时，早已红尘四合，一行人已自去远，当时名世也没在意。

　　不提这里马市热闹，转眼间已是四五日，且说这日某王子一时高兴，便改却衣装，屏去从人，只携一个最宠爱的美姬，便如乡间夫妇来赶市场一般，各跨一头黑驴儿，到市场随意游瞩。过午时分，两人觉着肚饥，便就小卖摊上要了二斤老白干，就着牛肉卷硬饼，并有热鸡子、油炸烩之类，两人厮并着坐下来，嘻嘻哈哈一阵价狼吞虎咽。

　　偏巧这摊上卖主是一个三十来岁的伶俐妇人，打扮得俏生生，虽没有动人姿色，却也光头净脸，一头漆黑的香发，趁着一双尖翘翘脚儿，在某王子跟前蹚来走去，笑语殷勤。那某王子本是个赋有异禀的登徒子，白干落肚，见了这妇人乔模乔样，不由兴致勃勃。一瞧他那美妾，这当儿穿一身朴素衣裳，酒后的嫩脸上泛满了桃花颜色，星眼微饧，正拈着新买的牛骨簪儿乱搔头痒，活脱似个乡下的小媳妇子。

　　某王子素常价虽然在花丛中恣意淫乐，然而锦帐毳幕之地，珠围翠绕之人，未免也就司空见惯。这当儿便忽觉那美妾别有风趣，似乎新人一般，于是登时色兴大动，趁那摊上妇人不在跟前，就要动手作戏。你想这所在，就叫那美妾明打明地脱出所以然来，她如何肯依？于是两人一阵推扭。末后某王子兽性大发，自捋裤儿，业已不成模样，亏得那摊上虽是席棚儿，一般也有个里间儿，于是美妾一笑挣脱，一溜烟跑入里间。

　　不提这里某王子气喘吁吁，猫着腰子跟踪而入，扑嚓声关牢席门。且说那摊上妇人见这对儿乡间夫妇要酒要菜，大把儿从钱袋中抓钱，便以为是乡间的大粮户（关外称财主为大粮户）到咧。可巧摊上食物将尽，便向别的摊上转蹚了些蹚回，一脚踏入席棚，却不见那对夫妇，座儿上的大钱袋依然尚在。正在一怔之间，忽闻一阵热剌剌奇妙声息出于里间，始而还可，继而竟越来越凶，不同寻常。

　　妇人大诧，忙悄就里间席缝向内一张，登时诧异得倒退几步，一屁股坐在当门凳上，只觉浑身软软的，两腮上发烧火燎。不由咬着小指，低了头儿，一面瞅自己脚尖，一面暗唾道："好丧气！真是天底下什么事都有！这对浪鸟，难道你就不会忍一会儿，回家再干？却没来由来作践俺这里。哟！好凶实的上面那个！老娘眼睛里偷偷摸摸地虽然也见过几个，却还没有他瘆人哩。难道俺就白给他地处用吗？有咧，且待他们事毕，俺大大起发他一注钱，散散晦气再说。"正在低头辗转之间，只听背后唱的一声，即有一披发短童匆匆踅进。正是：

　　漫笑窥春诧云雨，旋看艳遇引风波。

欲知后事如何，且听下回分解。

第八回

游马市姊妹露艳迹
莅操场夫妇中阴谋

　　且说那摊上妇人正在怙惚着起发大粮户,只见跑来个卖糖果的顽童,手内提着空篮儿道:"大娘,你这里倒暇逸,俺跑了老半天,委实乏透咧,且借你里间儿睡一霎吧。"说着,转步就要推那席门。

　　妇人忙一把拖住,趁势向外一揉道:"你这小猴儿,快滚你娘的蛋!老娘这里不是开店哩!"

　　那顽童踉跄倒退之间,早已听得里间内似乎有人咕嘬饮食,不由暗笑道:"好嘛,这臭花娘没的留了野汉子,在里间内吃体己东西,俺且偷张张,给她嚷穿了再讲。"于是一声不响趄向棚后。

　　你想赶市场的席棚儿,无非是破席片子好歹连缀。当时那顽童就隙缝一瞅,登时大笑,唰啦声揭下一片席,大叫道:"你们都来瞧活西洋景哪!"

　　这一声不打紧,许多游人一齐注目,乱唾乱笑之间,就有人认得是某王子的,生恐惹出是非,正向众人乱摇两手间,只见众人呼啦一闪,便有两骑骏马驮着两个绝俊的媳妇子扬鞭而过,向席空儿一瞟,急忙纵辔而去,这时"某王子、某王子"之声,也便跟两骑哄出老远。哪知某王子通不理会,依然尽兴,然后和美姬从容结束,跨驴径去。只苦了那妇人,棚被挤坏,摊被踏毁,虽得了一袋钱,却是得不偿失。

　　不提这里全市场登时传作异闻。且说某王子遨游半晌,兴阑回头,路经试马场旁,只见许多马客不断地扬鞭逐队,纷纷四散。某王子抬头一望,业已夕阳西下,正穿入一带长林,瞧着阵阵归鸦,十分有趣,只听弓弦响处,嗖一声,一个弹子飞过,便有只鸦儿垂翅折落。

　　某王子方四下张望,却听岔路上高树后咯咯咯一阵娇笑道:"妹儿,你这手法儿还那等妙相,乌老鸦养喂不得,咱快转去吧。"声尽处,光华射到，早由树后并辔价转出两骑。

前一骑是匹红叱拨，上面那妇人生得丰容盛鬋，十分光艳，头梳高髻，脚踏锐履，穿一件水红花密扣绣袄，齐腰下都是百福流苏，下系百蝶戏花大红绉短裙，撒脚瘦裤，趁着尖生生两瓣红莲。后一骑是匹紫骝马，上面却偏横坐着一个淡妆妇人，漆光似一头香发，只绾个抛家髻儿，铅华不御，素面天然。那眉梢眼角间和前面那妇人有些仿佛，却是姣好之中另有一番英伉气概。上穿短袖缟衣，服饰劲健，下着青绸撒腿裤，不御长裙，趁着一双鸦青小鞋儿，越显得丰姿如画。这时倒提一张铁胎弹弓，一面斜磕马屁股，一面笑道："阿姊说得是，由这里回到镇署，敢好也须起更时分，遮莫叫朔来甥呆呆盼望，等俺拾起乌鸦，带回去与他玩也是好的。"说罢，翻然下马，就草丛中拾起中弹的乌鸦。只那几步莲步轻趋，早将个某王子张得魂销魄荡，便不管好歹，就想大呼抢来。

略一延伫之间，却被那美姬一把拖住，眼睁睁见两个美人并辔笑语，风驰而去。闹得个某王子伸得老长脖儿，直望得人家影儿不见，方才神魂附壳，向那美妾咆噪道："都是你拖住俺，不然这两个活宝儿早已到手，且由俺受用哩！"

美妾冷笑道："你莫色得发昏，可是想向虎头上捉虱，太岁头上动土咧！你道她两个是哪个？那绣袄妇人便是方名世的浑家，名叫瑚珍，和那缟衣妇人是亲生姊妹。缟衣妇人名叫琏珍，现因孤孀无靠，来依姊子，俺近些日才探得明白哩。"

某王子大悦道："如此说来，方名世那厮俺本想除掉他，如今因这两个雌儿，俺却等不得什么咧。咱就趁马市繁闹的当儿，急速发兵，先抢他娘的再说！"

美妾冷笑道："你真是骚鞑子，毛包性儿，说出话就这等轻松。那名世本领你是晓得的，你道这两个雌儿是寻常妇女吗？她等本领恐还在名世之上。你若没些计算，逞性妄动，如何使得？俺那年在北京闹乱子，连半截观音都丧了名，就吃的是名世的亏。那当儿，俺就闻得瑚、琏姊妹是泉州高有杰的女儿，都习得好体面的武功哩。"

原来这美妾非别个，便是那女盗贺大娘，自扮丐女刺名世不成，便一气儿跑回辽东，为日不久，便充某王子姬妾之列。听得名世莅任安国卫，她久有报怨之心，所以这时趁机进言。

当时某王子搔首道："照你说来，难道面前两块肥羊肉，俺就空咽干唾不成？"

美妾笑道："事缓则圆，俺有一条妙计，不但名世人不知鬼不觉地便能除掉，连这两个雌儿也能慢慢落你掌握。"于是一带驴儿，向某王子附耳数语。某王子大悦之下，一掉脸儿，就贺大娘香腮上喷了一口。

慢表某王子欢喜煊回，准备牢笼。且说瑚、琏两人这日游市煊回，说起在席棚外所见的奇景儿，琏珍唾道："某王子哪里还成人类，此等人断宜远着他才是！"大家笑了一场，也便抛开。

转眼间马市已过，一日琏珍偶携朔来共乘一骑，漫游郊外，行行之间，不觉已远。只见一片疏疏村落，正当山环，有一个白发老婆婆正在倚门眺望，衣裳朴洁，却是南方装束，一见琏珍丰姿，不由打量两眼，便笑道："娘娘不口渴吗，且请进用杯茶如何？"

琏珍一听她语操闽音，不由笑逐颜开，抱了朔来下马道："原来妈妈是闽省人，咱都是乡亲哩。"于是系马门外，和那老婆婆相逊入内，吃茶间，彼此互询起来，方知那婆婆姓邢，闽省人，跟着儿子流寓此间。他儿子名叫邢占奎，生得雄壮伶俐，使酒负气，是个直性汉子。起先时当过卫兵，习得一手好猎枪。曾因越过跑马川，深入黑山岭地面逐猎獐兔，和满洲巡骑厮打起来，几乎闹场大乱子，因此被镇将责逐离伍。刻下只以打猎并做些小贩营生，将就奉母。

当时邢妈妈言谈之间，不由叹道："俺异乡人流落此间，真是举目无亲，只有占奎有个姑母，却又在北京地面净名庵中削发出家。"

琏珍一听，不但乡谊念动，更触起自己身世之感。正这当儿，只听窗外喊道："妈呀，你老人家只管闹老寒腿，如今闹个狼皮卧褥吧！"说着闯进一个精壮汉子，背着一只死青狼，就有小牛儿大小，猛见琏珍，不由悚然却步。

邢妈妈道："占奎过来，叩见过这位娘娘，这便是总镇的至亲秦姨太太哩。"

于是占奎唯唯，放下那狼，纳头便拜。喜得个朔来扑在死狼上，却笑道："喂！你这汉子，怎不打个活狼来，且好玩哩！"

大家听了都笑，琏珍便道："邢妈妈，令郎既当过卫兵，俟俺回头向总镇说一声，再补入队中，你看如何？"

邢妈妈一听，自然是欣喜不尽，连忙致谢。须臾茶罢，琏珍起辞，邢妈妈送至门首，还殷勤道："此地名橡楸峪，虽没甚风景，倒静悄得很，娘娘有空儿，和官官来玩吧。"

琏珍含笑点首之间，便携朔来超乘而去。从此邢占奎仍入行伍，不久又补充了一名卫兵。偏巧朔来和他有缘，时常价寻他玩耍，因此琏珍隔些时便携朔来到邢妈妈处走走，这也不在话下。

一日，某王子又邀名世饮筵，众姬妾侍筵之下，某王子忽然高兴，即命她们当筵献角抵之戏。一时间，氍毹铺地，捉对儿含笑登场，一个个窄袖短衣，莺飞燕掠。推荡处玉臂纷纷，扑跌时圆肤错落，须臾堕簪贻舄，大家滚作一团，嘻嘻哈哈，便似对对锦鸳鸯，倒也十分有趣。某王子觑到酣畅处，拍手大笑，却故为啧啧道："方兄，你看这干妮子着实伶俐，只就是这所在难得个女教师，指点她们些真正武功。"

这时，名世业已微醺，略不沉思便大笑道："王爷若寻女教师倒也不难，不是名世夸口，你这班令宠，若经贱内略微教练，保管功夫大进哩。"

某王子故作失惊道："原来尊嫂竟是女中豪杰，俺必当敦请来，教练她们。"因顾众姬妾道，"你等快来与方爷把盏，先来谢谢。不消两天，你等都是方夫人的弟子了。"

名世听了，颇觉一时失口，正在怔愣之间，众姬妾早已一齐拜倒，闹得名世没法推却，只得含糊应允。酒罢辞归，向瑚珍一说此事，瑚珍虽然怨丈夫酒后失言，然而以为某王子不过是偶然的酬酢戏语，也没搁在心上。哪知过得两天，某王子真个盛具延师之礼，郑重其事地闹起来。于是名世情无可却，便想去自去面辞。

瑚珍道："你既应允了人家，咱岂可失信？俺若不去时，一来显得咱畏怯不堪，二来也启他藐视之念，俺倒不如趁此机会，去显显本领，威慑他等一下子，以后边地上的事必然好办得多。再者和他姬妾等处长了，或能侦刺些满洲屯部的实事，将来于控制敌人上也不为无助。"

正说着，琏珍暨入，一听此说，却不以为然。大家议论一回，取了个折中办法，便是隔半月瑚珍去教练三天。从此瑚珍便做了某王子的女教师，始而每赴屯部，还护卫云从，继见某王子毕恭毕敬地十分尽礼，便放下心来，只以两个女仆自随。过得两月余，十分相安，某王子和名世也便越交越密。

看官要晓得，猫儿抟鼠，必先是藏牙隐爪。当时那某王子安下坏杂碎，亦是此理。可叹名世夫妇，眼睁睁大祸临头，两人还瞒在鼓里，也就是艺高人胆大之过了。

不提瑚珍夫妇时赴屯部，且说琏珍一日偶赴邢妈妈处，邢妈妈忽悄悄地道："昨天俺听了个风传信息，甚是不妙。说是某王子将要大举犯边，不知镇署中已闻消息，有些预备吗？"

琏珍惊道："你怎的得知呢？"
　　邢妈妈道："是占奎前些日跟总镇赴屯部，听满人们酒后发疯话说的，虽不可尽信，也不可不信。依俺看来，总镇夫妇总是少去理他们，自严兵备比什么都强，那鞑儿们属倔狗的，翻脸不认人哩。"
　　琏珍沉吟道："据近日总镇说起某王子来，越发地和驯不过，然而事须小心，俟俺告知总镇，加以仔细。"
　　当日琏珍踅转，从容间一述邢妈妈之话。名世大笑道："不是这等讲，准是屯部里大阅之期将到，较比骑射，部下人预为演习，连日价整队鸣角，十分热闹，醉人胡说，便传出犯边的话来。"
　　琏珍听了，不便再语，只好暗地里嘱咐占奎勤探动静。过了数日，已届满洲屯部大阅之期，恰好是瑚珍按期教练之日。那某王子先期请名世夫妇临场观操，并盛具牛酒，大犒部下，虽隔得一片跑马川，早已闻得画角悠扬，鼙鼓动地。
　　这日里，名世夫妇只带领数名卫兵，匆匆结束，正要出署上马，前赴屯部。说也奇怪，只见朔来瞅着瑚珍呆了一会子，忽然撒泼打滚地怪哭道："娘啊！你要去，须带了我去！"
　　瑚珍忙道："乖儿子，娘去去就来，给你带些鞑子饽饽来不好吗？"
　　朔来哭道："俺不吃他那臊馅子！娘别去吧！"说着一把拖住瑚珍，将头儿顶在膝盖上，大哭不止。
　　这时署门外早已备好马匹，连那个邢占奎也伺候在外。当时朔来又哭又叫，不可开交，便是琏珍哄诱、名世嗔喝，他通不理会。没法儿，唤进占奎哄他道："俺家里真打了只活狼来咧，少爷快和秦太太去瞧瞧吧！"
　　琏珍趁势道："哟！真有活狼吗？咱快些去瞧！"
　　朔来究竟是小孩儿，只一怔放手的当儿，瑚珍夫妇业已匆匆而去。这时琏珍没法儿，便将朔来哄向邢妈妈处玩耍，暂且慢表。
　　且说名世夫妇并辔驰驱，方过得跑马川，只见满洲队伍旗分八面，铁甲如云，各按队列，扎驻得密层层。海螺声动之中，早望见距屯部不远，静荡荡一片射场。其中高搭阅台，旌旆飞扬，左有鼓乐楼，右有司议处。东西辕门外，将弁鹄立，分雁翼形儿，直抵台下，一色的缨帽佩刀，十分齐楚。阅台之后另搭起精致厅事，左为某王子休息待客之所，右为众姬妾坐落并款接瑚珍之地，并备盛筵，借以娱宾。
　　当时名世夫妇到得射场，双双下马，门吏通报进去。早见某王子岸帻出过，过得阅台，便分就左右所，稍为歇息款谈。须臾某王子和名世相逊登台，宾主落座。右所中瑚珍也便领众姬妾簇立在阅台之旁，静观骑射。不多时，画鼓三通，阅台上司令官红旗一举，传令开操。场内众兵雷也似一声合喏，声闻里余。便有一骑霍地闪出，泼剌剌放开辔头，绕场一周，然后一连价驰射三箭，皆中鹄头，更妙在或正射，或翻身仰射，各具手法，十分精妙。

原来满洲骑射是特长武技，所以后来入主中夏后，唯恐日久失掉祖宗尚武之风，历代皇帝累下诏谕于八旗子弟，劝令勿忘骑射，并且着为定制。满人武职挑缺等事，凭射法为选定，便是八旗小试，都有阅箭一场，可想见当年的骑射雄武了。

不提这里阅操热闹，且说琏珍携了朔来，要赴橡楸峪玩耍，因为要哄朔来欢喜，便佩了短剑、镖囊，准备着打鸟、兔儿。一路之上，琏珍心头就似掉了什么似的，偏偏朔来今天十分拧性，不住地回头喊娘，小手儿只管抹泪，累得琏珍什么似的。到得邢妈妈家，业已日色过午，这时朔来也便不哭咧，慌得邢妈妈与他寻食物、说古迹儿，乱成一片，百忙中又取张大鹿皮披在身上，跳老虎给他看。

唯有琏珍只觉得心跳面热，便就敞院中舞剑一回。这次却哄得朔来勃勃笑跳。邢妈妈也笑道："秦太太这般本领怎么学来？咱们汉人若都有如此本领，还怕得着鞑儿们吗？"

大家说笑一回。挨到日色傍晚，琏珍方笑道："今夜有月色，俺娘儿可要踏月转去咧。"正说着，忽闻卫所方面隐隐喧动，须臾人喊马嘶，又夹着哭号之声。

须臾一股火光蒸天价红起来。琏珍大骇，忙跑出邢家，趋登高阜一望，叫声苦，不知高低。但见那卫所方面烟尘抖乱，一路火燎光彩，直接跑马川，那一片呼杀之声直接地由某王子屯部发作起来。琏珍看罢，料是卫所中忽生变故，连忙跑下高阜，和邢妈妈聚在门首，遥望卫所。正没作理会处，只见一人浑身血污，倒提朴刀，火杂杂地飞步抢来。正是：

风波不测轩然起，祸福难知倏尔来。

预知后事如何，且听下回分解。

第九回

某王子纵兵掠卫镇
邢壮士侨服侦坚屯

且说琏珍等猛见来人，却是邢占奎，方齐齐啊哟一声，占奎大叫道："不好了！如今总镇夫妻误中某王子阴狠奸计，都已丧命，现在满人业已撞入安国卫，分头焚掠，小人从乱军中逃出性命！"一声未尽，琏珍喊一声，往后便倒，亏得邢妈妈连忙招唤，悠悠苏转，哇的声吐出一口稠痰，不由放声大哭，双足齐跳，吓得朔来呆在一旁。

于是占奎略述名世夫妇被难之由，琏珍听了，登时蛾眉倒竖，霍地跳起来，便奔短剑。哪知朔来自听得父母遇害，早已势如乳虎，却气吼吼的，一点儿泪珠也无，这时却抢起短剑，撒脚便跑。饶是占奎急忙拖抱，还几乎被他挣脱。他这阵大叫大闹，倒把琏珍给愣住咧，不由稍微沉吟，热泪直滚，忽地向占奎母子纳头便拜，道："如今没得他计，俺便当去杀某王子，好歹给总镇夫妻报仇。只有此子，却须有累你等。"

占奎泣道："俺蒙总镇提拔，理当报恩，但计事须要完全。如今秦太太单身一剑撞入屯部中去杀仇人，便是本领绝人，亦无侥全之理。今当暂避其锋，先保全总镇大人这点儿弱息，然后慢想报仇之策才是！"

邢妈妈道："此话不错。据俺看来，那天杀的一毒二狠三绝户，还许放不过秦太太等都未可定。好在咱这里是背旮旯儿，且藏伏两日，等这干汗邪的发了羊角疯，再作计较吧。"

正说着，忽闻远道上马蹄雷动，占奎惊道："这就许是满人的搜巡侦骑，娘且出去望望，村后头有土洞儿，秦太太等快去躲避！"

于是三脚两步价领了琏珍，直赴村后。这里邢妈妈只得硬了头皮，出门一望，早见远道上黑压压一彪满洲人马顺风呼啸，业已跶到村头。末后却有个狰狞军官，忽遥望邢妈妈家，用鞭一指，按辔小驻。这一来不打紧，邢妈妈两条老腿只管转筋之间，早有十来个长大步卒各持枪刀，风也似抢到跟前。

其中一卒用枪锋指定邢妈妈面门，大喝道："你这老物，竟敢鬼鬼祟祟张望俺们，也就大胆得紧！你可曾见一个南方装束的俊媳妇携着个伶俐孩子过去吗？倘若藏在你家，就干脆献出来，不然……"说着，哈的声一抖那枪，直逼得邢妈妈倒抽凉气。

好邢妈妈，把心一横，面不改色，只道得一句："俺这里是贫苦乡户哇！"

便有一卒一搡那持枪之卒道："妈拉巴子的！你有工夫理这老物做甚？走，走，快去搜看！"于是一窝蜂似拥了邢妈妈直入院中。

这时琏珍等伏在土洞内，但闻得邢妈妈家锅滚豆乱地闹了一阵，良久方静，占奎正要先去探望，恰好邢妈妈唤将来。于是大家踅回一看，只见满室内箱翻柜倒，横七竖八，抛丢了一世界物件。原来步卒等大搜琏珍等不得，却借事为由掠人财物，无奈邢妈妈只有些破家居、旧衣服，所以他们略为作践，谩骂而去。当时琏珍顾不得客气不安，瞅了朔来，只觉心如刀绞。

占奎慨然道："秦太太不必忧急，小人蒙总镇厚遇，必当助您去复血仇！小人久住此间，又复丛猎，和屯部人众颇颇熟稔。俟某王子劫掠回头，俺当侦察机会，大家想个法儿，暗去刺杀某王子，方是稳当之策。"

邢妈妈道："是呀，这当儿明打明地前去复仇，便是秦太太怎的本领，也不成功。何况这小公子千金重寄，都在秦太太身上，岂可轻入虎口呢？"

琏珍听了，只得含泪点头。当晚用过晚饭，大家愁颜相对，又提起名世夫妇遇难之惨，未免又伤叹一番。

你道名世夫妇都是一身了得武功，怎会便轻轻死掉呢？原来某王子早定准计划，一面价趁大阅之日暗饬部下，劫掠安国卫；一面设计杀掉名世，强占瑚珍。他有一种名叫软红玉的春酒，吃下去，不但心荡思淫，并且筋骨弛懈，手足无力。当瑚珍在阅台旁瞧了会子较射，早被众姬妾拥入右所，登时摆筵，殷勤劝酒。瑚珍不知就里，三杯落肚，登时觉天旋地转，浑身软洋洋，只向躺椅上一靠之间，不好了，便觉一股火腾腾媚思直透心窝。正在暗诧的当儿，只听射场中一齐鼓噪，万马奔腾，便如天崩地裂一般。

原来这当儿某王子携了名世直临射场，两人比箭为乐。名世驰马，射过三箭，便在场右按辔立观。那某王子张弓搭箭，磕马如飞，早由场左跑将来，连珠价发出两箭，皆中鹄头，一掉辔头，驰赴场中。那名世立马喝彩之间，忽见某王子大喝一声，霍地扭转蜂腰，向自己便是一箭。名世大骇，急用个镫里藏身法躲过去，趁势弃了马，方想拔剑闯去，哪知某王子续箭又到，扑哧声正中心窝，当即丧命哩。

且说瑚珍正在诧异万分，挣扎难起之间，忽见复室内帘儿一启，闯出个妖娆妇人，冷笑道："方太太，你认得俺贺大娘吗？当年你丈夫毁掉俺同伙半截观音，如今你一般落在人手，你丈夫业已死掉，俺劝你老实实从了王爷，好多着的哩！"

瑚珍一听，肝胆都裂，正要奋呼强起，只见某王子凶神似的一步抢入，右手仗剑，左手拎着血淋淋一颗人头，正是名世。你想这时瑚珍哪里还顾性命，她虽为春酒所困，究竟是全身本领，不同寻常，一个虎式跳起来，冷不防向某王子小腹下便是一脚。可巧某王子得意之下，不曾提防这一下，正踢在所以然上，亏得瑚珍酒后力弱，不然某王子也就可以登时了账。于是某王子大怒，顷刻放出罗刹面目，挥剑如风，可怜瑚珍为酒所困，不消顷刻，竟追逐名世而去。这场大乱，名世的卫卒都被杀掉，唯有占奎当变故之先，可巧出得射场去解小手儿，只见满卒们横眉溜眼，十分尴尬。

正这当儿，忽闻射场中纷纷大乱，各队伍鸣角开动，占奎再要挤入射场，早已身不由己，被人流拥出老远。正在急匆匆乱碰乱撞之间，只听背后有人叫道："喂！邢大哥还不快跑！"声尽处抢到一人，拖了占奎便就僻处，只悄悄数语，早吓得占奎大惊失色，便拔出佩刀，一路价混杀而出。及至到得橡楸峪，那满人铁骑早已侵入安国卫哩。

原来拖他的那人却是伺候射场的一名水夫，此人素与占奎相得，所以将名世夫妇遇害的情节透与他，叫他快离险地哩。

当夜琏珍宿在邢妈妈家，思前想后，瞅了朔来孤零零困在身旁，又想起姊子并名世英雄半生，只有这点儿骨血，此后教养之责，都在自己身上。名世是单门寒族，是没人可托的，前路茫茫，真是来日大难。想至此，芳心辗转，哪里睡得去，却听得卫所方面喧器终夜。直过得三五日后，占奎方从卫所探得消息来，是满人饱掠而去，焚杀得到处焦土，尸骸枕藉。刻下方由邻近镇将代摄镇事，业已告警于辽蓟总督。

琏珍听了，以为总督必有处置，或能兴兵问罪于某王子。哪知又过数日，却无动静，只另补了一个镇将就算咧。原来那时边帅畏满人如虎，又搭着满人犯边劫掠，本已视同故常，便是大举入寇都奈何他不得，何况只劫掠一卫所，杀死一镇将呢。当时总督只吩咐幕客们胡诌一道奏疏，只说满人小队犯边，方名世剿逐阵亡，胡乱递到通政司，便算大事完毕哩。琏珍闻此消息，越发地愤慨异常，亏得占奎极力地劝她暂耐。

光阴迅速，不觉已是两月光景，早又春尽夏来，端午节堪堪就到。慢表琏珍蛰伏荒村，抚序伤怀，且说那某王子屯部中有个专管内场的郝妈妈，人都称呼为郝太太。什么叫专管内场，说个俗话儿，就是掌家婆。某王子因为姬妾众多，势须有人统理，所以特设这掌家婆。她所司之事，便是指挥着修饰容止、配搭衣服，并有监督众姬妾之权。倘有过犯，她说打便打，或剥衣罚跪，或罚做苦役，甚至于罚涤茅厕。姬妾们奉令唯谨，连大气都不敢出。满屯部中，掌家婆随意游行，各部队小酋们都争着望她的笑脸儿。

这郝太太生得黑胖高壮，两只大脚赛如粮船，说起话瓮声瓮气，却就是爱说爱笑，外挂着还爱戴个高帽儿。只要这个人和她对了劲，你瞧吧，她八字脚一撇，拍手打掌，恨不得用勺子往外掏话。

一日，郝太太闲暇无事，洗了个澡儿，换上一身轻罗软缎，拿了一把蕉扇儿，临风徙倚。一回见众姬妾纷纷地剪葫芦、扎艾虎，乱成一片。

郝太太笑道："还是你们小人儿有闲心儿。我老婆子见你们如此刻插，就觉眼发瞒哩。"

内中一妾正扎了个"双茄配单瓜"式样儿，颇觉好笑，因向郝太太道："你老人家脾气儿俺是晓得的，属'紫心萝卜'的外号儿，心里俊，老来老去，却单好这个。"说着，将茄瓜向她嘴上一塞。

郝太太笑骂道："浪蹄子，你喜欢这个，现成得很。等今晚配班时（众妾轮值进御，谓之配班），俺不前不后，单将你配在中间，叫你抵挡王爷的急吼吼哩！"

众人听了，一齐乱唾，郝妈妈也便信步踅出。

原来郝太太除却监督众妾时，随便也是嘻嘻哈哈，又因为端午节就到，照例地内外人等纵乐三天，所以大家诙笑无忌。当时郝太太踅出总屯幕，只见满卒们三五成群地都在树荫高幕下欢呼饮博，赤膊盘辫，无状不有。

郝太太游瞩一回，那黑肥脸上不由汗气蒸蒸，正觉着口干舌燥，只听绿槐深处一声高唱道："喂——好糖梅水呀！青了个丝，玫了个瑰，又凉又甜，喝下去生津止渴，你这位老太太，不得一碗儿吗？"

郝妈妈循声望去，却是个椎髻男子，戴一顶破檐草笠，穿一件棋子背心，赤着两条虬筋暴露的毛膊，腰插破蕉扇，脚着麻鞋，鬓边斜插一支石榴花儿。手提一具精致竹榼，里面是乌梅汤、冰糖碗盏之类，器皿精洁，那一手敲着铜盏儿，笑哈哈跫将来。

郝太太一见，不由渴喉生津，先回手向腰袋内一摸，却没带得钱，因笑道："喂！你这汉子，可肯赊买梅水吗？"

男子笑道："得咧，俺的郝太太，你只管用就是，提什么赊不赊。你老人家，谁不晓得您是福神转世，只要出门遇着您，保管是利市三倍哩！"说着，将竹榼提进跟前。

郝太太一听此话，不由笑逐颜开道："你这人嘴儿却甜甘。"

男子笑道："你老别抬举俺咧，俺饶是嘴儿甜，昨天还吃了人的肥耳光。"

郝太太道："怎么呢？"

男子耸肩道："就因昨天有个小媳妇，买俺梅水，俺这嘴可应了您的话咧，偶然一甜甘，夸了她声'好小脚儿哩'。"

郝太太大笑道："该打，该打，还是她脚儿小，才招得你吃耳光。若是俺这脚儿，你可夸什么呢？"

男子笑道："您是大脚夫人，蹬满了八抬大轿，岂可比她？"

郝太太听了，不由心眼内都是舒齐。两人说笑之间，郝太太早已三四碗梅汤入肚，用蕉扇儿扇扇脸汗，向男子道："走哇，跟俺取钱去吧。"

男子吐舌道："啊呀！您那所在俺可不敢去。俺听说谁要擅入，就斫脑袋。好您老，过今天就是端午，俺那梅汤算是孝敬您的节礼儿吧。"

郝太太笑道："不打紧，都有我哩。"

于是转身前导，那男子怯头怯脑，提榼后跟，两只眼却光闪闪逐处留意。只见那总屯幕之前卫幕层层，势如星拱，什么镖枪队、大箭队，密密杂杂，甚是威严。

郝太太行若无事，只曲折穿走，男子却道："啊呀，我的妈！这所在是玩的吗？好你老，放俺去吧！"

郝太太笑道："你不用吓得猢狲似的，既如此，且随我来。"

于是从左边抄道儿，绕至总屯幕之后。那屯幕虽是些皮帐皮堆，一般也如营垒的门户。当时那男子随郝太太既入总屯幕的后门，越发地逐处留意。

须臾趑近一所高大华焕的帐房背后，左右有两个高大门儿，都虚掩着。郝太太低语道："这所帐房便是俺家王爷居住之所，里面分东西厅，东厅是发号施令之地，西厅是燕息行乐之所，那里面扎结精致，好体面哩！"

男子笑道："亏得你老告诉俺，不然俺还当是谁家的大彩棚哩。"

郝太太笑道："怯哥儿呀，今天叫你开开眼睛吧！"正说着，忽闻左边门儿内咴咴咴一阵马嘶，十分高亮。

男子道："哟！这一来却不配搭咧，怎这样体面帐房旁有马厩呢？"

郝太太道："什么马厩，等我领你去瞧瞧。"于是趑向左边，只引手一推门儿，男子目光不由霍地一闪，只见门内是一长方敞院的模样，上覆席厦，下铺平沙。靠东大柱上系着一匹赭白骏马，生得凤颈兰筋，骨相权奇，周身旋毛儿都作五色斑纹，真是风鬃雾鬣，大有一日千里之势。

男子道："这匹马儿虽然骏样，怎丢在这里没人来喂？"

郝太太道："你晓得什么？此马名为'赭云驳'，是俺家王爷心爱之物，单是伺候此马的就有四个人。除了夜半此马休息之时，四个人方才少歇，不然刷、喂、溜、走是没得空儿的。"

男子道："哦哦，这马儿倒是前世修来福，比俺这苦哈哈就强得多了。"

郝太太一笑，掩门之间，男子忽一跃，作个骑马式子，险些儿将竹槛晃翻。

郝太太道："怎么咧？"

男子道："俺没福真骑大马，只好做个样儿就是咧。"

郝太太微微一笑，便领男子趑向右边，这次男子更不客气，忽地紧走两步，方引手一推那门儿。只听里面豹子似的大吼一声，郝太太赶忙抢进前，业已面无人色。正是：

马逢赭白方欣赏，犬现金毛又异闻。

欲知后事如何，且听下回分解。

第十回

占奎觇敌姜女墓
琏珍夜奔黑山岭

　　且说郝太太一把拖住男子道："你可要作死哩！你若自己进去，保管没命，你只悄没声地跟在俺后面，且叫你见识见识。"说着，推门而入，又听得一声怪叫，还夹着铁链哗啷之声。

　　男子忙望去，门内却是一段坦平的箭道，中间儿有一所木栅楼儿，里面用铁链锁定两个奇怪物件，通身纯黄毛儿，金光灿烂，削面长嘴，利齿外露，两只尖耳朵非兔非狗。更奇怪的，嘴脸间短毛平贴，颇似人形儿，生得细腰长腿，爪似钢钩，却又是猪尾巴。一见男子汪汪乱叫，倒纯乎是犬吠一般。那个大些的就有六尺来长，猛地一跃，几乎将铁锁挣开。

　　郝太太忙举手一挥，又叽里咕噜地说了两句满洲话，那两个怪物方贴然不动，却是凶睛睒睒，十分可怖。

　　郝太太道："你看这物儿多么凶实！"

　　男子笑道："凶虽凶，俺看它驴不像驴，马不像马，觍着狗脸，猴在那里，自觉着很是角色，其实是个四不像哩。"

　　郝太太道："你别怄我咧！此物名为'金毛猎犬'，出在长白山中，是野狗与猩猩之类相交所生，所以机警健跳，凶狞非常，寻常人近它不得，也是俺家王爷心爱之物。日间恐它伤人，锁在这里，夜晚放出，厉害得很，所以这帐后面所在竟不用警卫人等。"

　　男子沉吟道："果然厉害。俺想此物终是狗性，只怕丢与它块肉骨头，它也便摇尾乞怜咧。"

　　郝太太笑道："这句话倒被你一口噘到屎尖上咧！它就见不得肥猪蹄儿。你只要抛与它猪蹄儿，叫它打个滚，它不敢来个猴坐殿哩。"

　　男子听了，不由哈哈大笑。

郝太太惊道："悄没声的，俺家王爷若在帐中，那还了得！"

于是两人趸过箭道，那男子一路留神所经道路，却不暇细看那大帐前许多铺陈。不多时趸到一处精致小帐幕，便是郝太太坐落之所，早有许多妖娆轰一声围上来，不容分说，先将男子的竹槛抢过来，大家争吃梅汤，然后许多俊眼都瞅着男子笑，向郝太太道："你老今天大喜呀，得了个活宝来唎！"

郝太太唾道："我老人家偌大年纪，哪里高兴玩这把戏！你们这干浪蹄子，吃人家东西，快把出钱来吧！"于是大家喧笑一阵，纷纷付钱。

其中一个碎白麻子的妇人忽地端相男子道："郝太太，你看他这模样儿，很有些像常跟方名世来的邢占奎哩！"

男子笑道："俺小名占儿倒是不错，你却喊什么占奎占元的。"于是携了竹槛，匆匆拔步，便由那妇人直送出总幕后门，却咬着唇儿笑道："这两天正是端阳节，大家只顾散班吃酒，没人查问你，有好梅汤只管送来吧。"

男子唯唯，趸出老远地回头一望，不由略为沉吟，跺跺脚，竟自扬长而去。至于这男子是哪个，已经碎白麻子的妇人喊破他，也就不劳作者来点明了。

且说那邢占奎巧遇机会，探明道路，一径地趸回橡楸峪，会见琏珍，说明一切。

琏珍愤然道："如此事不宜迟，咱静夜便去行事吧！"

占奎道："慢着，为今之计，还须稍为准备。赶明夜端节，他那里只顾纵乐，咱一去定然得手，依小人之计，只需如此如此……他那里众心一乱，秦太太趁势闯入大帐，必然成功，但看总屯幕后火起，就是小人业已得手。距屯幕之左有处姜女墓，小人往年纵猎时，常常夜驻那里，咱明天赶赴总幕，便向那里落脚。事毕聚合也在那里，且是严密得紧。"琏珍听了，只好耐性一夜。

次日，占奎果然准备一切，将旧时猎衣寻出两套，又巴巴从左近屠坊购得四五只肥猪蹄儿，用上好生麻一一缠好，然后煮熟晾干。琏珍见了，不知何用。

占奎笑道："据郝妈妈说，金毛犬凶狞非常，此物便是诱制它的。咱虽说不怕那犬，只是它吼动了，许多不便。"

琏珍一听，甚是有理。待至将午时分，两人取猎衣扎括起来。占奎是雄躯凛凛，荷叉佩刀，腰挎猎囊，其中都是应用之物。琏珍是浑身劲装，外披短褐，头戴甩头软巾，脚踹衬絮小乌靴儿，背负短剑，腰带镖囊，对镜一照，但见面如冠玉，英气娇娇，活脱似个俏皮小猎户。

这一来，招得邢妈妈又苦又笑，因慨然道："秦太太，此去却须当心，过得跑马川更须加意。倘有人盘问，你就学哑巴，只凭占奎对答他们。"

正说着，朔来跑来，见琏珍如此装束，一阵勃跳欢笑。琏珍见状，十分伤感，便辞别邢妈妈，和占奎匆匆便走。

不提这里邢妈妈太息一番，专候好音，且说占奎等一路拔步疾趋。琏珍是有夜行术，自然飞快，便是占奎也是天生矫捷，一日能有二百里地的脚程。时方过午，业已趱过跑马川，举目一望，但见四下里乱山合沓，草树连天，黄沙漫漫，悲风阵阵，驴鸣马嘶，居然塞外光景。遥望许多散处的小屯幕，就如一片乱坟一般，正北上黑山岭下，老树参天，气象甚旺，却依稀见许多蘑菇形儿似的幕顶错落于山麓林隙之间。

占奎遥指道："秦太太请看，那所在便是某王子总屯幕之地。咱不如由前面那座岗旁取道向左，直抵姜女墓，既近一程，又少汛卡，省得满人们盘问。不瞒您说，俺因往年时常常打猎，满卒们多有认识俺的。若是生人到此，就不容易咧。"

琏珍唯唯，于是两人取道高岗，折而向左，那道儿越发崎岖。这当儿，长夏草茂，暑气蒸腾，琏珍趱了一会子，正热得香汗淫淫，随占奎趱过一带深林，忽听后面有人大笑道："喂，邢老哥！久违呀！怎这些时通没见呢？"

琏珍一回头，却是个赤条精光的满洲人，一手儿拎着蝇拂，大踏步赶来，只一行动之间，那胯下真有些不够模样。

琏珍大怒，红着脸略一闪身，占奎忙使眼色，却高叫道："哟！札老哥吗？久违，久违！你便热，也特煞地不成体统！"因一望琏珍道，"如今当着新朋友，什么意思呢？"

札某笑道："不瞒你说，俺方才巡卡罢，在林里脱光乘凉，忽一眼望见你，便顾不得穿裤儿咧。"说着，嘻开臭口，直瞅琏珍，却笑道，"好在这位新朋友不是女娘儿，怕甚鸟事？等俺掩掩肚儿下就得咧。"说着将蝇拂遮在脐下，一溜歪斜地闯上来，就要和琏珍拉手儿。

占奎生恐琏珍发怒露出马脚，忙遮在前面，和札某一阵说笑。彼此一扯手儿，方想混将过去，札某却正色道："好嘛，邢老哥，你胆子真不小哇，竟敢干这营生！哈哈，好嘛！"

占奎大惊，却勉强也笑道："你说什么？"

札某一挤丑脸道："你自家干的营生还不晓得？你可晓得，走旱路儿，两阳熏灼，是不得了的哩！"

占奎一听，这才放下心来，忙和琏珍拔步便走，还听得札某在后面自言自语地道："好个小白脸儿，这才是小把弟子哩。"占奎唯恐琏珍听得，一气儿趱出里把地。

琏珍诧异道："难道这所在还有水路吗？他说什么小把弟子呀？"

占奎忍笑道："那等狗也似的人，您听他胡说哩。俺因往年打猎常过此地，和他口头上拜的把子，他想是自夸小白脸哩。"

这一来倒招得琏珍扑哧一笑，因叹道："你看满洲人略无礼节，便如野苗，将来怕不是朝廷大患吗？"

两人一路谈话，又经过一处盘诘，到得姜女墓业已日落时光。这所在地处高埠，可以远望六七里，草树蒙密，人迹不到，相传是昔日孟姜女哭倒长城，死后埋此。当时两人倚树略息，向偏北一望，但见川平路迥，那一片总屯幕约在四五里之外。这当儿，旌旗招展，都挂在残阳闪闪之中，还有蚁儿似的许多人骑或分或合，蠕蠕而动，大概是驰马作乐或防夜出发的巡骑。忽地海螺鸣鸣，人骑都杳，但见总屯幕一带万灶烟升，便如万壑云起，一缕缕地都混在苍茫暮色之中。须臾军门鼓动，箫声迭和，繁星闪灼，早又光动大野。

占奎瞑目养神，和琏珍数语的当儿，再睁眼一看时，好一片雄丽光景，但见那灯火错落价高下密布，便如星宿海一般。忽地升起斗大的一碗红灯，便是某王子大帐前那杆灯纛。原来这灯纛，便似斗竿式样，上面斗儿内，每夜有防护卫卒十余人，都是射声妙手。

正这当儿，忽闻墓后窸窣有声，占奎大骇，急忙托叉闯去一望，却是一只野狗子，吱一声跑掉。于是两人仍旧坐下来，闭目养神。琏珍这时思潮起落，恨不得登时刺杀某王子，略一闭目，却又跳起来，四下乱望。

占奎道："此一去入屯幕的捷便道路尽有小人，秦太太但蓄足精神，准备杀仇吧。您须记清，那左颊上生着胡桃大小一颗血瘤，上有一撮黄毛儿的，便是某王子，更须防备他的跃纵能为，他能超越数丈的高楼，走及奔马哩！"

琏珍愤然道："不须嘱咐，少时誓当扑杀此獠！"

216

于是两人相对静默，偏偏这夜里暑热非常。须臾却吹起一阵夜风，稍为凉爽。那琏珍心下一静，反倒真个盹睡去，便如业已闯入屯幕一般，正在提剑张皇，四觅血仇。

忽闻占奎轻唤道："您且醒来，如今咱该去咧。"

琏珍睁眼一望，早已北斗摇摇，约莫有三鼓左右。于是两人站起，重新结束。琏珍脱去短褐，占奎将去，并那猎叉都置在深草中。两人一面拔步下埠，一面将所携干粮胡乱嚼了两口，一气儿偏北疾趋，不消顷刻，已将到总屯幕之后。

这时但听得各幕帐中欢呼痛饮，猫声狗气，并隐隐的妇女喧嚣之声，料是鞑儿们放假作乐。琏珍一听，心头那把火直冒得丈把高，正跫到一处高偏坡儿前。忽见前面树枝里提灯一闪，占奎忙和琏珍伏向坡儿后面，便见两个小鞑儿揽肩搭臂，一溜歪斜地跫来。

左边一个一回脸，就右边那个腮上喷了一口声。

右边的骂道："汗邪的，哥哥今天不高兴。近些日俺从安国卫弄来的小娘儿还愁受用不尽，谁耐烦钻你那臭烘烘哪！"

左边的笑道："你这小子倒有个色运儿。你瞧王爷为了个方家小娘儿，费了事还没实在。俺听说王爷还放不过她妹儿，近些日暗侦四出，就是访不出踪影来。俺听人说，王爷脾气是不喜欢汉人妇女小脚的，因为王爷干起来，讲究扎实痛快，那小脚妇人腿脚上没力量。不知怎的，害杀一个小娘儿，还要寻人家的妹儿。"

琏珍听了，几乎拔剑抢出，却被占奎拖住。

右边的笑道："你信咱王爷的假脾气哩！他见了小脚妇人，命都不顾，这不是现在大帐西厅中玩得高兴，巴巴叫俺去唤阿查布新抢来的老婆吗？"

左边的道："哦，那媳妇倒是好体面的小脚，但是阿查布还是王爷的叔子，这一来不乱了套吗？"

右边的道："你这呆鸟好糊涂！咱王爷那话儿是六亲不认，你当咱们满洲人像汉人似的，竟讲些酸款子、臭礼法吗？"

正这当儿，忽地凉爽爽一阵风起。正是：

侠徒未入名王幕，秽德先从部曲闻。

欲知后事如何，且听下回分解。

第十一回

入屯幕剑斩金毛犬
火草场计盗赭云驳

且说琏珍伏在坡儿后，听得两个小鞑儿一阵胡呓，正在愤不可遏，忽地凉风起处，吹灭提灯。

一个便道："干咧，这可抓瞎吧。"

那一个笑道："快走快走，你快和札查布的老婆对个热热的火儿去吧。"于是一路跶踢，嬉笑而去。

这里两人急忙直奔屯幕之后，由占奎在前引路，那琏珍逐处留神，刚趸近幕后门，却见两人影影绰绰地从内趸出。

一个道："好困倦煞人啊！如今马儿总算安歇下，咱也该散散去咧。"

一个道："慢着，依我看，咱还是转去为是。今夜大家散假吃节酒，咱加意小心点儿不好吗？说不定还可得一笔赏号呢。"

那一个道："你没的捧着卵子过河吧？这总屯幕所在，有什么失闪？如果真有歹人敢到这里来，就算不是来送死，他的胆子亦未免太大一点儿咧。"

占奎等就黑影处一闪之间，两人已回手掩门，扬长而去。占奎暗喜机会，因悄向琏珍道："秦太太，切记里面那右边门儿便是穿向大帐前的路径，且待小人杀掉那两只金毛犬，咱便分头行事。"

琏珍点头，急忙掏镖在手。这时占奎先由猎囊中掏出两只麻缠猪蹄，右手中一紧朴刀，用一个早地拔葱式飞登门楼。后面琏珍一跃跟上之间，早听得呜的一声，便见院内挺长的一道黑影儿直扑将来，嗖地一跃，那前爪儿几乎搭及琏珍之足，一个倒扑虎摔将下去，四爪据地，正要重新猛跃。占奎在上面一闪刀光，黑影儿略退之间，两只肥猪蹄业已抛将下去，那黑影如飞奔去，便如狮子滚球一般，啃啃这只，舍不得那只。你想那好麻经煮过，既坚且韧，哪里嚼得下，又当不得肥蹄儿喷鼻儿香，百忙中还须照顾门楼上，登时弄得那黑影乱蹦乱跳。

这段光景本可发笑，但是诸公不必笑，倒应当发些慨叹。如今尽有堂堂丈夫被人抛给一块既烂且臭、不可收拾的点点肉，叫他吃不得，又舍不得，尽力子挣命之间，后面那厉害钢镖早已准备停当，人且如此，何况那黑影儿凶煞是个物儿呢！

当时那黑影正在挣命，好琏珍，早已扬镖打去，扑哧一声，那黑影吼一声，跃起三丈余。正这当儿，却闻得大帐内笑语如潮，丝竹杂作。

占奎低语道："巧得很，如今赶某王子荒筵的当儿正可下手，那只金毛犬想是趸向他处，咱就此快些下去。"

于是和琏珍相继跳下，先擎刀稍为倾耳，趁势推开后门，预为出路。然后趋向那黑物一望，可不正是一只金毛犬，业已仰面死掉，却是前面两爪还牢牢抱定一只肥猪蹄儿。

占奎道："事不宜迟，等俺探探那右边门儿，秦太太便入去吧。那只凶犬一定是趸向他处咧。"说着，一脚拨开死犬，方趸得四五步。这里琏珍正在仰望大帐的分水高顶，但见一缕缕灯火之光从顶缝接缀皮席处微微射出，微风偶起，那帐顶儿也就随风凸凹。琏珍暗想道："可惜俺没有绝顶的轻身本领，不然由帐顶上飞入去，岂不方便？"

正在怙惚，忽略闻背后飕飕风响，琏珍未及回头，忽觉背上剑柄似乎有人恶狠狠抓了一下，哧一声，利爪下划，十分疼痛。忙转身一望，登时倒退两步，只见一只金毛犬业已人立扑来。琏珍略一矬身，那犬却跳过头顶，只后足一纵之间，琏珍肩头早已脱去一层油皮。

好琏珍，就地一滚，趁势拔剑，猛地一甩身，用一个游蛇贴地式奔将去。趁那犬方又人立作势，琏珍斜仰剑锋，正想直揕其腹，哪知那犬机警异常，猛地跳起两丈余。琏珍一剑提空，趁势剑一拄地，方一跃起，说时迟，那时快，只觉背上扑的一声，琏珍暗道"不好"，方一回头，业已有个毛烘烘的容长脸儿亲将来。亏得那犬前两爪探过琏珍头顶，后两爪却岔在琏珍蛮靴之间，只那腹部着背，百忙中不致伤人。

但那犬略为喘息，长嘴一张，占奎闻警，早已转身抢到。这当儿不暇用肥猪蹄，一挺朴刀，堪向犬嘴，恰好那犬嘴咯嘣声一合，占奎刀锋恰到，算是替代了琏珍的脖儿。当时那犬忽觉一件冰凉挺硬的东西，外挂着扎嘴生疼，猛跃之间，琏珍用一个卧龙蹿涧式，早已嗖一声蹿出丈余之外，就势跳起来，挺剑回身。但见那犬负痛之下，势如猛虎，已和占奎滚作一团，两目凶光，便似闪电一般，跳跃如风，直将占奎逼近右边门儿。

琏珍大怒，略一沉吟，左手掏镖，猛地赶将去，向那犬后尻上便是一剑。那犬鸣一声，猛一转身，方跳起个人立式子，只听扑哧两声，前后的刀、镖齐到，饶是如此，那犬还蹿出老远，一阵价抓啃才死掉。

原来这只金毛犬那会子趸向屯幕之外，及至趸回，恰是琏珍仰望帐顶的当儿。当时两人惊定，占奎低语道："如今凶物既除，右边门儿内没得阻碍，秦太太就此去吧，切记看俺火起为号，乘机下手。"说罢，倒提朴刀，便奔左边门儿。

不提占奎去做手脚，且说琏珍一径地闯入右边门儿，试探行步，果然并无阻碍。这条箭道狭而且长，只中间犬房前有盏昏沉沉的壁灯。琏珍方趸近犬房，却听得大帐前哗啦啦一阵响，似乎是滑车搅动，接着便闻步履杂沓，直奔箭道。琏珍趁势闪入犬房，方伏在索柱之后，便见十余个壮健射手各持弓矢，匆匆而过。

末后一个却笑道："喂，你们忙什么？可是下了班咧，这时换班的该是左翼上小赫子领头。俺猜小赫子趁大节下总要摆个花花局，咱到那里玩一下子，叫他扎括出花不溜丢的媳妇来，咱吃吃超边酒，放放眼儿色，不怕替他再来上班都使得的。"

便有一人笑道："你这打算倒不错，既自己得快活，还卖人情交朋友，却有一样不妥，倘王爷查问着射手空班，还了得吗？"

末后那人笑道："你放一百个心！王爷这当儿和一干光溜溜的狐狸精还厮缠不清，哪有工夫查落咱们哪！"

众人笑道："此话有理。快去快去，咱须抄个近道儿，寻小赫子去。"

于是乱哄哄一齐转步，琏珍方暗道惭愧，众射手已返身哄出箭道。原来那后院中还死掉两只金毛犬，倘众人张见，岂非登时事泄？

当时琏珍暗喜机会，略一定神，一径地奔过箭道，抬头一望，只见软壁高峻，式如城垣。中间是扎就的牛皮门儿，彩画精工，一般地悬灯结彩，十分辉煌。那门前是一半瓮势的敞院儿，平沙铺道，东边是兵器房，西边是打拳场。居中却是一只大灯蘖，高可数丈，中间有射斗儿，可容二十余人，系下的载人滑车尚在未收。原来这所在既是某王子的大帐，又是内帐，所以除十余名射手警备不虞外，别无宿卫。

当时琏珍稍为踌躇，侧耳一听，但闻软壁内丝竹嘹亮，和着一片喧笑之声，引手去推那皮门儿，却从里面扣得牢牢的。于是稍为思忖，忽得一计，便紧紧腰身，背起短剑，一径奔赴纛竿，猱升而上，到得斗儿内，先向四外一望，只见屯幕云连，一处处灯火晃曜。那偏东北距大帐不远，却有乌丛丛一处，似乎小山一般。

珔珍猛悟道："是咧，那所在准是占奎所说的仇人积草之处。少时火起，定是那里。"怙惙间，转向软壁内一望，不由气得蛾眉倒竖。

只见那大帐，窗帘四起，里面是灯烛辉煌，某王子正科头箕踞，只披一件一口钟式薄罗单衣，虎也似踞在一张胡床上，似乎是浴罢乘凉。胡床左右，许多赤条条的妇人，大家方联臂踏歌，俯仰作态。有的作胡旋式，有的作天魔舞，一个个伸腰跷腿，扭颈折项。这一阵价花枝撩乱，赶着两旁的女乐靡音迭奏，早招得某王子捧腹大笑。忽地一敞单衣，不容分说，顺手儿提过一个妇人。那妇人两足一分，正背面儿坐在某王子腿胯的当儿，这里珔珍恶狠狠一挫牙，气急中就想不待火号便去行事。

正这当儿，忽微闻偏东北向马蹄隐隐，珔珍急回望，早见一条黑影儿比箭还疾，一径地奔赴积草之所，还没转眼的工夫，就见亮光一闪。珔珍方暗喜或是占奎，正要匆匆下那斗竿，便见那积草所哧哧哧火光乱射。珔珍大悦，忙两手攀住射斗，一翻纤腰，用一个倒垂莲式，正要顺势而下，忽听某王子磔磔怪笑。接着还有一阵呜喔咕唧的声息，并众妇人颤笑喘语之声，便是那一片靡曼乐音也就断断续续，不成腔调。

不提这里珔珍狠挫牙关，顺势而下，施展开飞跃能为，翩然越壁，竟奔大帐。且说某王子敞开单衣，裹抱住那妇人，正在淫声如吼，高兴十分的当儿，忽闻东北向隐隐喧动，大呼起火。被抱的妇人一惊，略一歪身，某王子大怒，便如恶狗抢食，只抱紧妇人呜呜两声。原来某王子凶淫异性，非复寻常，只要他性子发动，便有天塌的大事他都不管。

他当年曾有一段逸事，说起来真是奇特，便是他吞并某部落时，那酋长也是个雄武健者。一日两人拼命交锋，正杀到难解难分，某王子忽纵马跑回，径入内帐，并盼咐左右道："贼近五步，方许呼我，不然小心你们脑袋！"

这时某酋长乘势赶来，势如风雨，左右见事不妙，几次价闯向内帐前，但闻得某王子挟气而喘，有声如牛。须臾某酋长大呼抢到，举长矛向后一挥，从卒一声喊，奋斫而上。就这声里，某王子左右大呼"贼到"，一声未尽，某王子怒吼如雷，火杂杂地裸体跳出，手持两把泼风刀，虎也似便奔某酋长。只刀光一闪之间，某酋长登时头落，又撞入从卒队中，杀人无算，那般猛气也不知从哪里来的。

及至事定，部下拜请所以，某王子大笑道："此战之功，还当首叙她们才是。"说着，领众人直入内帐。众人一望，这才晓得某王子异性绝人，不可以常理推测了。原来内帐中，五六名长大姣好的妇人都还在一丝不挂，不敢擅自结束退去哩。从此大家方知，某王子交媾后勇气越旺。

且说当时某王子一切不顾，只管抱紧那妇人颠耸吃紧，这时东北向业已人喊马嘶，喧阗如潮。须臾闻得屯幕后马蹄风动，便有人绕幕大呼道："火起！火起！呔！某王子听真，爷爷路过这里，且借你这赭云驳玩玩！"声尽处，咳咳咳一阵马嘶，顷刻似已转向幕前。

于是某王子大呼跳起，那光溜溜的妇人猛然跌倒，正在婉转足下，和一群裸妇纷纷扰乱之间，陡见幕外火光腾灼，蒸天价的红。某王子转怒，一振单衣，一个箭步先自抢出帐来，一望东北向，火势飞腾，直彻霄汉。偏巧这夜里郁热异常，这时郁极，忽地唰啦啦吹起一阵长风。那屯幕所在，无非是依林就草，便于薪牧，各屯幕所养马匹都以巨緪联络，日间放青（放马食青草也），夜间便野系在外。各屯幕相距既近，又有草树马匹等物挽挤期间。你想当这火盛风猛之时，不消说便如咸阳一炬，陆浑山火一般，但见火挟风威，风趁火势，转瞬间全屯都着。焰焰熊熊，红光彻天，须臾大震一声，黑焰弥空。

原来这时满洲不但以骑射制胜，也善使鸟枪。屯幕中另有火枪队伍所蓄火药一时爆发。当时某王子怒吼如雷，张皇四顾，第一关心的事便是他那匹赭云驳。方奔向右边箭道口想去亲察底细，只听背后嗖的一声，某王子闪身回望，不由大惊。正是：

　　剑击寇仇来侠女，火攻屯幕困名王。

欲知后事如何，且听下回分解。

第十二回

托禅栖侠女避仇
辞故友壮夫折节

且说某王子闪身回望，只见剑光起处，现出一个绝俊的伶俐少年。浑身结束似一猎户，但是步趋之间又挂些袅娜女相。手舞短剑，业已风也似着地卷来，不容分说，便是一路滚堂大撒手的解数，剑锋霍霍，只向某王子下三路接二连三地刺将来。

要说这滚堂解数，好不凶毒。那剑锋儿使发了，满地流走，能泼出数丈之外，便如乱泉喷涌，水银泻地。错非那敌人步下轻倩绝伦，有蜻蜓点水之功，再加上眼明手快，方能因势躲闪，窥隙还击，何况这时某王子赤手空拳，突遭袭击呢？

当时某王子大惊之下，一路退闪。亏他是角抵名家，纵跃之功委实不弱，展眼间躲开十来下。那少年进刺越猛，忽地一仰剑锋，用一个平地生雷，一道寒光明晃晃直奔某王子咽喉。某王子喊一声，急侧脖儿，一振单衣，用一个渴马奔泉式，方从斜刺里撞出圈子，想要逃赴箭道。不想那少年剑势一撒，顺手儿一翻健腕，又是个叶底偷桃式，只向他胁下刺来。

这一来不打紧，只听铮的一声，划开了尺余长一片单衣，倒招得某王子乱发飞立，暴跳如雷，双挥铁臂，反从剑锋中攒打将来。原来某王子两胁下生有鳞甲，刀枪不入，这一下儿被人批了逆鳞，所以登时怒不可遏。

当时某王子奋呼跳荡，破出性命，那少年一柄剑翻飞上下，直将某王子逼向大帐之右。正这当儿，忽闻那箭道内步履纷纷，接着乱喊道："有警！有警！"弓弦响处，早有两箭射入右门之内。

那少年略微一怔，剑势少慢，某王子大喝一声，一抖单衣，哧的声撕作两片，舞开来挡开剑锋，双足一并，嗖一声跃上帐檐。这帐檐宽可两丈，虽是皮木等物皮就，上面也堪驻足。当时某王子势如飞鸟振羽，上得帐檐，忽然得计，就那少年追跃上来，剑锋未到之间，某王子磔磔怪笑，双舞单衣，便似白云乱扰，登时将敌人剑光裹成一片。虽是两片单薄罗，但经某王子大力舞动，便如白蟒翻身、大鹏展翅，那一番绞裹之力也就委实可惊。一刹那间，那少年剑势竟自不济起来。

两人一路厮斗，由帐檐已将及箭道的棚儿，这时那右门口早已撞入十余射手，一声喊，向那少年乱箭齐发。那少年一声长啸，一面舞剑拨开箭林，趁某王子单衣一闪，趁势进剑，哪知某王子手腕一翻，绞动单衣，恰恰将那剑裹个正着。两下里一挣之间，某王子运足气力，哈的一声，那少年失声一呼，嗖一声剑被绞脱，还闪得少年身形一晃。

恰好这时已及棚边，某王子一把扑去，那少年料事不妙，趁势飞落棚下，黑影一闪，早已北去数步之外。某王子略为定神，方要赶去，只听嗖的一声，一镖飞到，某王子急闪之间，再瞧那黑影儿业已不见。

这当儿，总屯幕四外火光照彻，所有外边的巡骑护卫也都围拢将来。只得一面分头救火，一面由帐檐上请下个光溜溜的某王子，便登时大索全屯，查拿刺客，又分头遣骑，明燎追寻，登时将那黑山岭闹得人仰马翻。

某王子盛怒之下，先一查看大帐后院，不但赭云驳被人盗去，连金毛犬也双双死掉，只气得某王子双足乱跳，登时将值营犬马并射斗上的卫卒全数杀掉。直鸟乱到天光大亮，也没摸着刺客毛儿，却从帐檐旁寻着刺客脱落的短剑并一只小乌靴，内衬棉絮等物。

不提某王子这里疑神疑鬼，日加警备，便是那少年并那盗马者为谁，诸公也定能意会而得。如今且说当夜里五更左右，琏珍、占奎在姜女墓彼此晤面，各说盗马、放火并行刺的细情。

琏珍恨道："可惜俺一击不中，空费了你的计划，咱怎的再为设法复仇方好？"

占奎劝道："秦太太不必汲汲，俺料那厮经此一警，不但防范加严，还恐他侦察咱等。秦太太失却一靴，内衬许多棉絮，就恐他由此一点，猜测到您身上哩。为今之计，只好隐藏些时，再作区处。"

琏珍听了，只好太息点头。占奎性儿机灵，便索性命琏珍脱却那只靴，彼此又脱下外面猎衣，打作个小小包裹，只如寻常乡间男妇一般。由占奎带过那匹赭云驳，琏珍跨上，竟拣那迁僻小道，直奔橡楸峪而来。

果然是千里骏足，不同寻常，晓色甫分，业已便到。邢妈妈询知一切，又惊又叹。过得几日，且喜某王子那里没甚动静，然而占奎毕竟放心不下，便依然以打猎为由，时时趸过跑马川探听消息。果然不出自己所料，那某王子果因那只乌靴儿猜疑是琏珍改装行刺，业已侦骑四出，期在必获。

占奎踅回，向琏珍一述所闻。琏珍怒道："贼王如此可恨，俺便拼性命去结识他！"

邢妈妈道："依俺看来，秦太太报仇事虽大，还有件事更加重大，便是方总镇这点儿骨血都付托在你的身上。老身倒有一策，您不如隐身北京，且慢慢教养方公子为是，不然轻踬不测却是失计，那满人凶运正旺，其势难与争锋哩。"

琏珍听了，点头泣下，不由又一阵踌躇。

邢妈妈揣知其意，便道："秦太太赴京，不愁没得依靠。俺家姑娘现在那里净名庵中主持庵事，法名智觉，人甚慈悲。您到她庵中暂为安身，如何？"

琏珍一听，自叹身世孤苦，倒甚愿方外人做个伴侣，于是慨然称谢。过了几天，便泣别过邢妈妈，携了个孤零零的方朔来直赴北京。

不提这里占奎母子隐迹销声，且说琏珍抵京后，会着智觉，从此便寄迹庵中，只以针黹洗浣支持生活。第一当心的，便是教与朔来一切武功，直艰难困苦了十余年，朔来艺成，便自寻生活，不过岁时令节间到庵省视。这时琏珍业已披剃，做了智觉的弟子。智觉既没，便由琏珍主持庵事，法名静慧。但是朔来惨遭家难，自幼儿颠沛流离，茹人生之至痛，不但提起满洲来痛心切齿，并觉得这世界简直地是个苦海，人生世上，但当游戏伴狂，寄托在形骸之外。只要所作所为不悖于理，侠义为怀，其余一切桎人礼法都在不论之例。古人屠狗卖浆，当门卒，做狗盗，哪一件不是消遣法呢？他所见既如此，于是北京地面出了个天字第一号的大混混，外挂着妙手神偷。

他这本是有所激而然，虽说是难怪他，然而静慧却深以为虑，唯恐他熏染下流，误入歧途，便时时以"交朋接友，须亲正人"警告于他。朔来虽口头唯唯，却依然游戏京师，意气自得。及至被黄向坚一阵折服，他愤气之下，竟走辞静慧，逞性要去刺杀向坚。静慧方以为虑，不想他昨夜忽至庵中，具述所闻南宫生一段事，从此要一改前行，和向坚等同去学艺哩。

以上所述，便是方朔来的出生来历。当时静慧述罢，向坚、觉民不由都相顾动色，齐声叹道："怪得方朋友形迹古怪，原来是身世之间有所激触使然。既如此，正是俺等一辈人哩。"

唯有黄骊一声不哼，少时却微微笑向静慧道："原来庵主竟有如此的武功，方兄已得真传，何必还去寻南宫生学艺呢？"

静慧略微沉吟，也笑道："老衲哪里配称什么会武功。况且自隐迹以来，久疏剑术，便是俺当年用剩下的几支铁镖都已锈得朽钉一般，檀越等且去瞧瞧，好笑得紧哩。"

于是引向坚等到东厢中，就壁上摘下镖囊，其中果有几支旧镖。

黄霭微笑道："哟，好古物儿，倒好似旧货店内的物件。"

静慧听了，霜冷的面孔上不由一沉，却大笑道："黄檀越的心思，特煞地伶俐活变了，难道老衲和朔来串通了做此骗局不成？既如此，老衲倒须献献狡狯伎俩，以释诸位之疑。"说着，拈起一镖，来至院中，恰好高柏上有个尺许大翠雀儿，和柏叶混色。向坚等极其目力，方能瞧见，但静慧一振健腕，嗖的一镖，那雀儿应声落地，扑啦啦一阵滚跌。向坚等见了，不由悚然，连忙致敬而出。这时黄霭只好纳头走路。

向坚、觉民是叹异朔来的来历，因而又想到而今的满洲人越发猖獗，慨叹怙悇之下，一时也默默无语。方趑入城门，转向一道街口，只见两个老头儿厮趁跫来，一个道："俺只听说北京混混方朔来做事有些道理，那贫苦人家往往得些意外的惠济，不想他竟大大地博施起来。据今早各善堂中说，各善堂首事家都得到一大包金资珠宝，并附一柬，上面却画着凶实实的一把刀子，写着'无名氏敬施'的字样。你想这事儿准就是方朔来干的。"

那个老头儿摇头晃脑地道："其然岂其然乎，都会之地，大善大恶都有。不过方朔来素有侠气的声名，凡有异事儿都猜测着是他罢了。"

向坚等听了，方在相视诧异，只见由岔道口上嘻嘻哈哈跫过一群三五少年，一个个挺胸腆肚、意气扬扬。其中有一人服饰甚都，喜气满面，一面走一面做出了庄肃颜色。

一个少年便笑道："喂！某大哥，俗语说得好，一朝权在手，便把令来行。今天方大哥把头儿脑儿的勾当便像花子拜杆一般交付与你，你是怎样个新令子呢？"

佩花的笑道："不必多问，咱们是率由旧章罢了。"当下也就交臂而过。正是：

　　方听老尼斥胡虏，又闻一市说神偷。

欲知后事如何，且听下回分解。

第十三回

偷攘邻鸡招来恶詈
戏作口技添得笑资

　　且说黄霜趸回自己寓所，怙惙一夜，终不深信方朔便能改节。不想次日会着向坚等一询朔来昨夜情形，不但朔来坚约同去学艺，并且立志坚决，非艺成不再出山。昨日里业已散金辞友，发下誓愿咧。

　　黄霜笑道："也好吧，咱们到底多个朋友。"于是大家兴冲冲整理衣装并山居资费，使人去告知朔来克日入山。觉民等临行，敦书自有一番嘱咐，又笑道："将来向坚艺成，若赴云南看望父母，那万里长途中，倒可以免人多少悬念。"向坚等唯唯，于是小兄弟四人联臂离都，一径地直奔庆云县武灵山，一路上雄谈大笑，高兴非常。

　　那朔来惯在北京游戏，又加着性好诙谐，这当儿既结良友，复得名师，那前途希望真个比天都大，不知不觉故态复作。你看他手舞足蹈，随口歌呼，每到旅店，总要和店人厮缠不清。

　　一日到店中，没得下酒，朔来笑道："不打紧，你们但请舒着嘴巴子吃，无论怎样不许说话就得咧。"说着趸去。须臾鬼鬼祟祟地转来，由袖中探出一块大泥团，并且温热热的，似乎由灶下掏出一般。大家见了，不辨何物。朔来笑道："这种美味，你们哪里享用过。"说着，打去泥皮，里面却是一只肥嫩鸡儿，羽毛被泥黏落，但见肉莹如玉，奇香扑鼻。

　　原来这抟泥烧鸡之法名为"花子鸡"，是将盐、葱作料等物装入鸡腹，然后烧熟，味既奇美，法亦便当。当时大家一路侉吃，个个赞美不绝。正要开发店资之间，只听店邻家有个老太婆先是吱吱喳喳，只喊"晦气"，后来却骂道："俺好容易喂个肥肥嫩嫩的大鸡子，自己还舍不得解馋儿，却被挨千刀的偷摸去咧！哪个要吃俺的鸡子，叫他头顶上长大疮，脚底下流臭脓！这还不算，并且叫他妈妈捣遍街，□遍巷，死后脱生只大母鸡，下蛋儿填还俺哩！你看这后灶下还有采落的鸡毛、湿灭的柴草，连壁橱里许多作料都没咧，一丢丢了那全全套，真他娘的晦气到家哩！"

大家听了，忍不住开口要笑，朔来连忙摇手，一行人出得店，还见那邻家老太婆正在自家门首拍手打掌地乱骂。

又一日，歇在一个住家的小店中，店中只婆媳两人，那婆婆生得白胖，两耳实聋，那媳妇子生得白白致致，描眉画眼，也有八分肉彩。便住在客人屋后东西厢房中。大家入店，就客室中安置下，业已日光将落，小店中饮食草草，大家饭罢，便支起后高窗儿透透气儿。只见那媳妇子散着裤脚，由西厢中掇了个空木盆出来，弯倒腰，去磕净尘灰，却露出一段小腿儿，肥白异常，并那撑得裤儿紧紧的胖屁股。这时那婆婆也由东厢出来，两片肥腮一走一哆嗦，却向媳妇道："你少时还须伺候店客，你先去洗吧。"大家听了，不由微笑。那婆婆又道："俺刚吃饱了，还要脱光了捉捉虱子。你洗完了，连浴布都拿过来吧。"

大家听了，方晓得这对胖娘儿俩是商量着洗澡儿。觉民无意中笑道："你看这婆媳两个的胖脸蛋儿，就像彼此比赛一般，倒也有趣。"朔来悄笑道："喂，只比赛胖脸儿不算有趣，你们瞧着，俺叫她婆媳两个光溜溜地比赛一番，咱们撑住眼睛，细细地评定肉彩，才有趣哩。"向坚笑道："少胡闹吧，再像那天似的吃鸡子挨骂，犯得着吗？"黄萧道："俺就不信你能叫她婆媳比光屁股。"

大家一笑之间，朔来早已隐身在客室穿堂后门边，于是室内大家齐挤向高窗暗瞧。只见那婆媳两人分头转入东西厢，东厢是虚掩门儿，那婆婆进去后，便听得窸窸窣窣，抖衣挣裤，又拉着长声儿自语道："你这班没良心的小东西，终日咕嗫人膏血还不够本，又咬得人日不安生，是地方儿你都搅到，便是膣沟腿夹里，你也霸占了个结实。亏得老娘个儿大，身儿胖（可谓地大物博之中国），禁得住你们咕嗫，不然早成干瘪活人咧！（呜呼！吾民之膏血尽矣。）今天俺且清清地方儿，叫你这班嗫人精都是死数！（果能如此，天下太平矣。吾思近来兵祸，有一处不搅到者乎？一叹。）"

大家听了，料是老太婆业已脱光捉虱，正在相视而笑。只见西厢中，啪一声房门关牢，接着窸窣一阵，旋闻浴水浪浪，并搓搽皮肉，啧啧有声。这当儿，却见朔来悄手蹑脚地奔赴东厢，就窗隙略为一张，唛一声掩身入室，便闻那婆婆又自语道："什么黑影儿呀？准是那老馋狗，又在外间草榻下寻食哩。"大家听了，知朔来竟钻入人家草榻下，却都想不出他用甚法儿使人家比光腔。

正在互视默笑之间，忽听那婆婆啊呀一声，接着便呻吟成堆，急叫道："媳妇快来，俺准是犯了搅肠痧了咧！哟哟！痛煞哉！"大家听得活脱是那婆婆的语音，正在莫名其妙，只见眼前白光一闪，那媳妇早光溜溜地由西厢中跑将出来。两只胖乳下围着条浴巾，直拖到要紧所在，那一身肥嫩膘头儿已然可观，却就是肤色略黄。大家骇诧间，却听得那婆婆忽嚷道："你忙忙地给俺送浴布做甚？精着光着的，什么意思？"说着，竟跑出来接浴巾，彼此一凑合，两个精光的立在一处，两身肉彩真似比赛一般。但见婆逊媳嫩，媳逊婆白，那媳妇虽然精光，还有浴巾遮掩，那婆婆却一丝不挂，腆着个弥勒佛似的大白肚皮，累垂之下，便是乌森森的一片所在，便似遮了破烂棕拂。

这时媳妇大喊道："可吓煞俺咧，娘不是直喊犯了痧吗？"说着略转身去解浴巾。大家但见那婆婆倾听道："俺好端端地捉虱子，犯甚痧呢？你准是听差咧。你不必再去端浴盆，又费回事，给我浴巾，我向西厢去洗澡儿，你替俺捉虱子去吧。左右咱的衣服明天都该浆洗，便换着穿一霎吧。"说着，由媳妇身后拉过浴巾。那媳妇三脚两步跑入东厢的当儿，这里老太婆却从容不迫，忽地下气如雷，自笑道："都是这媳妇，今天晚饭弄些炒豆儿来吃，却叫人肚胀屁多。"说着颤动着两片肥臀，也入西厢。

于是室内大家且不暇笑那婆婆，都替朔来捏把汗，正在怙愢他怎的得出，只听那媳妇自语道："外间草榻上却向明儿，这两天走起路来，腿夹内便磨得生痛，俺且放瞧瞧，莫非衩裆里生了风刺疙瘩吗？"于是咯吱吱榻声一响，似乎是坐向草榻。这里向坚刚一微微顿足，却听得那媳妇咕噜噜一阵肚响，接着便扑扑扑一阵泄气，忽又唾道："该死的，你要找死，等着我的！"室内众人听了，只当是朔来露了马脚，正在惊笑失措，忽听唧唧唧鼠子鸣动并咬撞奔腾之声。那媳妇骂道："浪耗子，等我去取鼠拍夹收拾你！"说着窸窣穿衣，匆匆趑出，一转身儿奔向后房之间。

大家眼光一瞥，早见朔来一道烟似闪出东厢，却不敢便奔客室。先就一面驴槽后一隐身，直待那媳妇趑入后室，他方嗖的声闪入穿堂后门，一抱头，蹲在地上竟自大呕大吐。向坚等以为他是吃了苦头，忙攒拢来，一问所以，止不住哄堂大笑。

原来朔来口技甚妙，那婆婆喊发痧并鼠子作闹，都是他一个人的把戏。既弄得婆媳比赛，他方想趁势混出，不想那媳妇已经跑入东厢，一屁股坐在草榻，先向明叉开两腿去瞧风刺疙瘩，朔来猴在榻下，由榻帏缝正上瞅了个不亦乐乎。不想那媳妇晚饭时既多吃炒豆，又光着肚脐，在院中受了风气，一时间响屁连连，却将朔来熏了个七佛勿出世，所以朔来忙作鼠闹，幸而赚开那媳妇哩。

　　当时大家这阵笑过，不由都悄竖大指，佩服朔来。朔来却如没事人一般，忽问道："人家婆媳既已比赛过，你们的赏鉴评论倒是怎样呢？"向坚、觉民只是笑，黄鼐却道："她两人皮肤肉彩不相上下，若以白净论，自然是婆胜一筹。"朔来道："你这是走马观花的批评，那隐微所在，你哪里晓得。不瞒诸兄说，俺偏了诸兄几个臭屁，却得了点儿真赏鉴。那媳妇小肚下，且是光肥得妙相哩！"大家听了，又复大笑。

　　朔来便是这般光景，一路上浪浪荡荡，向坚、觉民唯恐他到了南宫生处急切间难改故态，便时时劝他庄重些儿。黄鼐却道："人的性儿哪里强改得？我看方兄这真正面目，正是英雄本色。"朔来听了，通不在意。

　　这日行抵武灵山麓，只见空翠插天，万峰飞舞，但看那藏风聚气的光景，就知中有奇士。向坚是来过一次，看了风景还不怎的，黄鼐、觉民都是南省人，虽见过些清秀名山，却没见过这等雄丽朴厚的高山大岳，当时翘首赞叹，望不尽的岚光峰影。那朔来更是喜得打跌，便如猴子开锁一般。

　　大家踅入山口，还没走得一里之遥，朔来东瞧西望，一颗头便如拨浪鼓儿似的，几次价想跳向向坚前面，无奈自己认不得路。那向坚这当儿却起了许多感想，忽驻足回顾大家道："咱今天齐整整一同入山，寻师学艺，将来不怕艺不成，却怕艺成后，各人的志趣不定。俺向坚别无他志，所志在艺成之后，凡事从忠孝根本上做去，方为不负此行，大概诸兄定有同志哩。"

　　朔来、觉民齐声道："这何须说得！"那黄鼐忽扑哧一笑道："向坚老弟也虑得太过火儿咧，难道咱艺成之后，反倒去搜官杀院，打爹骂娘不成？"大家说笑之间，又已踅过了四五里，渡过一座小石桥，只见细路交错，树影萦回。

　　向坚有些模糊，四顾踌躇，方要觅人问路，恰好有个朴实实的村农，捐着小山似的一袋粟，大踏步从林中踅出。朔来不管好歹，跳将去，一捋鼻头道："喂，老乡慢走，从此赴南宫生家是正路吗？"那村农一瞟朔来，理也不理。朔来嗔道："难道你又聋又哑吗？"说着用手一搡，原想搡人家个后坐儿,哪知那村农脚下生根,卓然不动,却冷笑道:"你这人敢来在武灵山中动手动脚,也就好大胆哩!既这般放肆,还寻问南宫生家做甚?"

那朔来向在北京,只有受人掇臀奉承的,今忽遭村农如此抢白,登时大怒,就要动手。亏得向坚连忙拦住,向村农连连赔礼,问明道路,那村农却白瞪了朔来一眼,含笑自去。这时朔来只好鼓着腮帮子生闷气,纳着头随众前进,一时反倒安静许多。黄霭在后面,却笑道:"学艺学艺,先学忍气,咱们这就是忍气起手咧。"朔来听了,也不理他。

须臾峰回路转,趱近一座平冈旁,业已隐隐望见前面气势势的一片山庄。向坚沉吟遥指道:"前面那所在,大约便是孝虎山庄咧。"正说之间,忽听冈头高树上,长风过处,砢碌碌一阵响,大家一望,不由吃惊。正是:

少挫矜心方恍惚,忽觇凶相又踟蹰。

欲知后事如何,且听下回分解。

第十四回

逞骄矜窃窥跌坐法
识忠孝明示武功基

　　且说大家一望那高树之上，却挂着两个木笼儿，内中有两颗鲜血淋漓的人头，这笼儿被风吹碰，所以作响。大家正在怔望，却听得冈后有人喝道："什么人在此窥探，难道不晓得昨夜里南宫爷手杀两盗，在此示众吗？"声尽处蹱来两个雄赳赳的乡壮，用标枪一拦大家道，"快说来历！不然莫怪俺都缚猪子似的缚将去！"说着，瞪起大眼睛，偏又注定朔来，却相顾诧异道，"你看这厮，真挂些小偷神气！"
　　朔来这时，正一肚皮没好气，不由大怒道："放你娘的驴子屁！爷爷偷了这么大，没偷你老婆的海子就是好朋友，什么来历不来历，你管得了人走路吗？"乡壮喝道："你这厮休要撒野！武灵山中，就单管撅人的横尖儿！俺们奉南宫爷之命巡缉山径，怎说管不得呢？"
　　朔来大怒，方要揝拳，向坚忙抢上，一说来历，两人却微瞟朔来，向向坚道："原来你们是投寻南宫爷的，怎的您这位朋友总毛毛眊眊的呢？俺山中却没这样人，你叫他处处小心才是！"这里朔来正气得红虫一般，两乡壮已微笑闪路，大家蹱过高冈，还听得两乡壮似乎讥笑。
　　朔来恨道："怎的山中人如此欺生？若是由俺性儿，少说着也打过两场子咧！这定是山中人们狐假虎威，我想南宫先生闻知咱等到来，虽不敢望倒屣出迎，一定是欣喜不尽，断不致这般待人的，何况咱们都有些小声名呢！"黄萧笑道："方兄快别混沦着说，俺是南方的庄稼小子，只求南宫先生不撵出大门之外，便算万幸。"
　　大家一路说笑，眨眼之间，朔来依然故态。不多时，将近那孝虎山庄，朔来正在遥觇风景，大说大笑，只见对面迎来两个精壮仆人，见了大家，恭敬敬垂手一站，向向坚道："家主南宫爷知黄爷今天领诸位到此，特命小人等迎候。"说罢，反踵前驱。朔来见此光景，一路上正在欣然，早又见孝虎庄前黑压压站定一簇人，一个个衣冠齐整，拱手而立，原来都是山中的首事耆老，被南宫生邀来陪待远客的。

当时向坚等上前厮见，彼此通名，互相施礼。众父老大赞道："怪得南宫爷如此高兴，昨日忽然通知俺等僭陪远客，今诸位这番丰彩，果然是英雄出于少年哩！"于是大家转身前导，直入庄门。朔来但见满庄中道路上男女聚观，人山人海，那雄赳赳、威凛凛的乡壮也都燕翅排开，分曹列队，由街坊直接南宫生的庄院前，一片刀槊光芒耀眼生辉，见得众耆老引客到来，便暴雷似一声"喏"，肃然一站，便见院门大启，传呼声动，由里面迎出来两个仆人，先向向坚致敬道："黄爷等先在跨院安置落座吧。"说着，和那迎迓的两仆就向坚等身上接下行装，匆匆便走。

这时朔来早自己卸下行装，等人来接，哪知白没事，四个仆人瞅都不来瞅，朔来没奈何，只得重新背起，未免老大地不高兴。哪知一入跨院大厅中，忽又乐得心花大放，不由暗想道：俗语说得不错，"马讲膘头，人讲名头"，若非俺方朔来名振北京，恐怕南宫先生还未必如此款待哩。

原来那大厅上铺设整齐，盛筵罗列，就像款接什么大宾贵客一般。里间内榻帐皆备，衾褥焕然，案有古书，墙悬名剑，东壁上挂着一幅《圮桥进履图》。两旁一副狂草对联，写得纵横郁勃，便是南宫生的手笔，其词为：

一脉传心人渐老，十年磨剑气能平。

当时朔来欣览快活之间，众仆人业已七手八脚地就里间内安置行装。朔来掮着行装，直撅撅立在外间，颇觉不好意思。那黄鼐得意暗笑之间，恰好一个仆人从朔来跟前踅过，朔来赌气子抛与他行装，那仆人却白瞪了一眼。这时众耆老业已和向坚等重新为礼，彼此落座。大家茶罢款谈，向坚方要自说来历并觉民等三人的来意，众耆老笑道："诸位的来历并来意，俺们已经南宫爷谈及咧，便是南宫爷前些日送足下回京后，他随便儿也溜达了去咧，昨日才回头。只怕近些日诸位在京所为的事体并道途中一切光景，都瞒不过他哩。"

向坚等听了，好不暗惊南宫生身手之妙，自己被人暗暗伺察了好些日，竟一点儿踪影不觉得。唯有朔来，想起自己在途中偷鸡子、捉弄人比光膣等事，不由脸上讪讪的。然而方在欣喜之下，也便不以为意，依然地兴高采烈，只盼南宫生倒屣而出，瞧瞧这位古怪先生到底是个什么样儿，怎便有这等绝人的本领呢？

正在摇头晃脑怙惙之间，只见众耆老纷纷站起，就筵前拱手让座，向坚逊道："俺们还没拜谒过南宫先生哩。"耆老道："南宫爷便在隔院静室中，方温养什么静坐功夫，有话传出，请诸位改日再见哩。"朔来一听，又添一番怙惙，暗想道："怎的武功中还有什么静坐？俺耍了多年的拳脚，也没稳坐一霎儿，真是一人一个派头儿，但不知这静坐是什么滋味，莫非如和尚入定、道士打坐一般吗？只是俺朔来疏散惯咧，将来若干这静坐功夫，就怕是老大的苦头。"沉吟间，大家依次落座，偏巧黄鼐坐近朔来，大家饮起酒来，顷刻间酒肴齐上，十分丰盛，众耆老陪着说说笑笑，好不款洽。

正饮到欢畅间，那朔来三杯落肚，不由技痒，望着里间内壁上长剑，只觉心头小把挠的似的。黄鼐揣知其意，便用脚一触朔来，低语道："你看那把宝剑，保管不含糊吧？"众耆老便笑道："难得今天宝剑烈士，正合景儿，诸位的武功本领，俺等久已闻名，哪位便请舞回剑，叫俺等开开眼睛，且是好哩！"向坚等听了，连忙逊谢。这时朔来业已高兴到十二分，顾黄鼐道："黄兄何妨便起舞一回，助助酒兴呢？"黄鼐道："岂有此理！俺同向坚等都曾败在你的手里，如今又到大匠门前，岂敢献丑？依我说，你老实来一回吧。"

向坚听了，忙向朔来暗使眼色，当不得朔来兴致勃勃，通不理会。只嘻口而笑之间，便有一位耆老早从里间内摘下剑来，不容分说，向朔来便是一个大揖。于是众耆老纷纷离座，拥了朔来便赴庭中。这里向坚方望着觉民，好生不得主意，只见朔来业已接剑在手，一丢解数，就庭中嗖嗖舞起，寒光凌乱，顷刻间铺满一院，少时越舞越起劲，夹着众耆老一片鼓掌赞叹之声。

正在闹得烟尘抖乱，只见从隔院急忙忙跳来一个仆人，向朔来两手乱摇道："止住！止住！俺家南宫爷有话，请您且安静吃酒吧！"一句话不打紧，不但朔来脸儿通红，急切间来开架势收不转来，便连向坚、觉民也如芒刺在背，唯有黄鼐却暗笑得什么似的。

当时朔来罢舞，随众入厅，噘了嘴坐在位上，只管发怔。须臾酒罢，众耆老次第辞去。向坚悄地里向朔来道："方兄以后不要太随便了才是。

咱这是投作门徒,须要以恭谨为先哩。"朔来唯唯,却又不免暗揣南宫生端的好大架子。

话休烦絮,从此向坚等住在跨院,每日都是盛馔款待,耆老相陪,却就是不见南宫生出见。向坚累次请见,仆人只说是家主尚在静坐,向坚和觉民、黄霜都有耐性儿,这其间只急躁坏了朔来。成天价趑进趑出,坐立不安,或歌呼诙笑,或使回拳脚,无聊之极,便揣论南宫生怎的个相貌、怎的个武派,有时并学起静坐的样儿,没得一盏茶时又跳起来,恨不得上树爬墙,向隔院瞅瞅南宫生才是意思。偏搭着众仆人便像立了盟约一般,谁也不待价理他,却只管殷勤向坚等,甚而至于朔来的休榻也没人扫,茶水也没人递,都须自己动手。朔来偶有呼唤,仆人等便微笑道:"方爷自家学点儿劳动,倒也不错,将来未必没用哩。"气得朔来只好干眨眼,并且急得蚰蜒一般,一日竟想赌气子转去,亏得向坚好歹劝住。

转眼间已经七日,朔来实在耐不得咧。当这晚上,独步庭中,不由暗想道:"干鸟吗?好没来由,俺们到此业已多日,也不知南宫先生葫芦内卖的甚药,他的屁股便这等沉,一坐就是好些日,倒也是桩怪事。"趑趄间已步至隔院墙下,倾耳听听隔院,正室内默无声息,却听得耳室内一个仆人呵欠道:"啊呀,好困!明天主人家坐功完毕,咱也该不煞夜伺候咧!你瞧,直着杆一连七天,是玩的吗?"又一仆道:"主人向来没坐过七天,这次不知是怎么咧?"

那一仆道:"你晓得什么?这套坐功儿名为'来复回元龙虎斗'的大坐法,是内功中运化罡气顶呱呱的功夫,能将周身精气聚散随意,散开来布满全身,说什么金刚之体,聚起来能化剑气,飞腾收放,唯意所之,千百里外取人的脑袋瓜儿,简直地易如反掌。据他老人家说,这套功夫也是近几年隐居下来,由静坐中悟会出来的。可惜俺是个粗人,他老人家说了许多的讲究,俺都不懂。他说这武功剑术之道,习练到极深微处,就能以成仙了道,又说这'来复回元'的大坐法,便如那求仙炼道的人,讲什么'握固守一,丹成九转'一般。你想俺浑蛋似的,哪里懂得这个?如今他老人家想是新收许多弟子,高兴之下,要温温旧功夫,教给弟子哩。"

朔来听了,不由又惊又喜,越发想探探南宫生,正在张望墙头,跃跃欲试,却闻又一个仆人道:"你说剑术通仙道,却也沾谱儿,你不见画的吕洞宾都背把宝剑吗?莫非咱主人有些着魔,真想做神仙吗?你看他游逛山水,留心采药,真挂三分仙气儿,但是你说他温习旧功,要教弟子,俺看一时间用不着此等功夫。他老人家近年来才得到这等火候,什么聪明弟子便能插胳膊学这套大功夫呢?"那一仆人笑道:"得咧,咱别驴嗑槽咧,咱也温温睡功夫要紧。"于是耳室内窸窣一阵,便也寂然。

朔来少为徘徊,料仆人都已睡去,便一耸身形,猫儿似跳入隔院,悄悄地蹑至正室窗外,就棂缝向内一张,不由吃惊。只见南宫生宽衣缓带,秃着头儿,果然石佛儿似的瞑目趺坐,秃顶上热气氤氲,一会子忽又到鼻吻之间,少时又如云归大壑一般,尽入鼻孔。这当儿骨节珊珊,时时作响,呼吸深长,十分沉着。须臾,双目一张,赛如闪电。窗外朔来正觇得吐舌不已,说时迟,那时快,但见南宫生双目遽合,登时有一道尺余长的白气由鼻孔嘶然飞出,便似银蛇游走一般,就鼻孔间略一凝注,一道奇光直注窗棂。这时朔来目不及瞬,气息都噎,只倒抽一口凉气之间,但听铮然一声,那白气却将窗棂上挂着的一面小铜镜刺落于案。朔来大骇,转身便走,方跃过墙头,腿子一颤,吭哧声跌在地下。向坚等闻声趋来,扶起朔来,已吓得面无人色。

当时大家入室,向坚等惊问其故,朔来一说所闻见,大家听了又惊又喜,又搭着揣测南宫生是用何等教法。唯有朔来良久神定,还只管摸索脖儿。黄鼐大悦道:"俺若学得先生这股剑气,便心满意足,可以纵横当世咧!"

这时,觉民不由翛然意远,连连点头道:"仙侠同途,本不为怪,但看人的志向何如,火候造诣,一步步做去,自然能成。"

向坚忽默然,若有所思。朔来便道:"难道黄兄还愁着先生所教的学不会吗?"向坚道:"倒不是这等说,俺只愁咱们从先所能的武功都不算数儿,便如久已念讹字的小学生,要重新念正字哩。"朔来道:"岂有此理!咱所能的,不过比先生所能的深浅不同,岂有另起炉灶的道理?若果闹个另来,由俺这里说,先耐不得。"黄鼐笑道:"你若耐得,方才还吃不着虚怕哩。"

不提这里小兄弟谈论揣测,一夜也没好生睡,且说朔来次日绝早起来,只盼南宫生坐功完毕,必要出现。大家正在揣测之间,果见仆人来唤,朔来大悦,兴冲冲随众便走,既入隔院,一眼便望见正室窗下自己的脚踪儿,不由心头毕逋一跳。

这时南宫生业已含笑出迎,觉民等乍见那一番乔林大岳的气象,不由肃然起敬,但见先生炯炯目光偏向朔来。于是向坚趋进,方要给觉民等一一引见，先生大笑道："俺收得你一个弟子，不想你又与我拉得三个来。既来之，则安之，这也不须再提，他们来历俺已尽知，咱且进内讲话吧。"说着，转身前导，向坚等次第后跟，先行过拜师之礼，南宫生也不谦逊，径面南高坐下来，向坚等左右侍座。

那朔来满肚皮高兴，圆彪彪两眼注定南宫生，以为今天定要闻武功奥秘，说不定便讲到剑气合一都未可知。哪知南宫生更不谈及武功，却闲闲谈笑，只说些没要紧，便如村塾先生一般，问问这个识得字否，问问那个能耐勤苦否。向坚等一一答毕，先生点头道："识字原不在多，只要识得'忠孝'两字，便足为俺的弟子了。"末后却问及朔来。

这时朔来颇觉好笑，不由故态复作，便拉起腔调道："你老要问俺，字却识得不多；若说起耐勤苦来，您老只管海来看，挑水打柴，推碾子拉磨，外挂着刷锅喂猪，各档子活儿，俺一个人满干了去哩！"说着一缩脖儿，忍笑不住。急得向坚忙使眼色之间，南宫生微笑道："如此耐劳，好得很。你毕竟识得甚字呢？"朔来一听，不觉微嗔，恰好望见室外屏门上，贴着"斋庄中正"四字，因脱口道："俺只识得这个'正'字。"南宫生笑道："识得'正'字，足够一生立身之用，好得很。但你昨晚为何悄来张俺，夤夜跳墙，未免似乎不正吧？"

朔来听了，好不悚然，于是向坚等都站起来，代朔来连谢无状。这时南宫生却面色沉肃，狠狠瞟得朔来一眼道："诸位且退，容俺慢慢与你等订准功课。"说罢，从容站起，负着手儿转入屏后。

于是大家退出，到得自家室内，又乱纷纷猜疑功课。朔来得意道："俺昨夜虽受虚惊，不为无用，先生见俺觇知他的'来复回元大坐法'，或者就从此法定功课哩。"正说之间，只见一个仆人手持功课单儿，匆匆而入。朔来见了，跳起来劈手夺过，那仆人含笑退去的当儿，这里朔来瞧毕单儿，一言不发，便要忙忙收拾行装。正是：

    祥金受范须锤炼，良玉成材待琢磨。

欲知后事如何，且听下回分解。

第十五回

南宫生量才传剑术
武灵山四侠别师尊

且说向坚等簇在朔来背后，瞧见功课单儿，大家方相视一怔，没作理会处，忽见朔来气吼吼地要去收拾行装，向坚忙劝道："方兄消停，且从长计议。"朔来道："计议什么？南宫先生如此奚落人，简直说他这份老师俺不认咧！"向坚道："别忙，你看这单上，咱四人所分的功课后面还有一行细字，咱且看清再作道理。"朔来道："你还觍着脸子来说功课？你看他将俺编派的，不像佣工奴才，好体面的王八蛋吗？"

正乱着，黄鼐已将那功课单儿展开来，大家细看，上面一行行写着道：

"一弟子黄向坚，敦厚沉稳，可司书札；一弟子安觉民，恬静安详，可司会计；一弟子黄鼐，机警伶俐，可接应宾客；一弟子方朔来，能耐勤劳，可专任一应杂役，扫地净厕，挑水拾薪，饭牛牧豕，各项事按日执行外，其余一切琐务，亦均任之。自即日起，食宿侪于佣仆，不得与诸弟子比，非奉呼唤，不得入见。苟有堕职，鞭棰勿悔。"

黄鼐看到这里，只乐得乱挤眼儿，后面朔来却哞的声长出一口大气。觉民便念那后面小字道：

"刮垢磨光，先沉心志。伐毛洗髓，理无躁进。静念勤力，入吾门者，第一功行也。诸弟子且澄虑力行，三月后，然后进语汝武功之要。"

当时向坚等看罢，都暗揣南宫生必有用意，因劝朔来道："先生所订功课，必有道理。求学之道，先须平矜释躁，你如何逗起性儿，就要转去呢？"

朔来没得说，只好噘了大嘴，将"净厕挑水，拾薪扫地，饭牛牧豕"抡着指头，念诵几遍，忽然大笑道："俺有这全挂子活儿，走到哪里，也

238

是个响当当的打头的（俗谓佣工曰打头的）。得咧，俺且揍（谓作也）他三个月再讲！"

从这日起，大家照单任事。别人还罢了，唯有朔来，说起来真也难为他，便别过向坚等，移向佣仆下房，就草荐上安下行装，每日价随佣吃饭，枪砂似的粗饭，配着碗苦菜黄汤，真个口中淡出鸟来。鸡鸣而起，先去饭牛牧豕，然后是挑水、拾柴、扫地，唯有净厕一项更加霸道。这时光，所带的齐整衣履一概收起，居然是短衣草鞋，乱发垢面，身上弄得肮脏脏泥母猪一般。脚打后脑勺子跑一天，钻向那黑漆漆、臭烘烘的下房中，吃那碗伸长脖儿的瞪眼食，然后狗也似依偎在草荐上睡一觉。

偏搭着众佣仆会看风色，又凑趣奚落，不是这个道："喂，老方哪，哥哥今天发懒怠，你替俺做会子活儿吧。"便是那个道："喂，方兄弟，咱们哥儿们没讲究，俺今天两只鸟腿只管发酸，你与我捶捶呀。"

朔来有时不耐烦，不理他们，众佣仆登时就变嘴脸。朔来或趁空儿去寻向坚等，只趑到厅院门，便被仆人等拦住，不说是方有宾客，便说是主人方和向坚等燕坐闲谈。还有相形之下使人难堪的，便是供给向坚等的美茶美饭偏热腾腾、香喷喷地从下房门前端过，馋得个朔来只好干咽空唾。

你想朔来在北京时何等的逍遥快乐、意气如云，如今受苦受气，就如人家的童养媳妇一般。百忙中又猜疑着向坚等接近先生，不定已偏得了什么传授。他愤忾之下，怎会气平，只过得一月的工夫，早已委实耐不得咧。

这一日拾薪远出，偏逢落了一阵遽雨，淋得朔来如水鸡子似的，湿薪压重，不知不觉闹了一个跟头。两肘上蹭破油皮，十分疼痛，浑身是拖泥带水，简直地挣扎不得。正在没好气的当儿，只见同行佣仆回头冷笑道："你瞧瞧人家，你瞧瞧你，咳，无怪乎一般价来做先生的弟子，先生单派你做这营生。好端端走路，愣会栽个实胚胚的大跟头，你连做粗活的材料都不够，还学什么艺呀！依我看，你给我俩嘴巴，别在这里怄人玩咧！"

朔来大怒，砰的声掷薪于地，正在气怔，那佣仆却笑道："你别拿往日混北京阔大爷的样儿来吓人。俺卖力气吃饭，你也是卖力气的营生，俺怕你吗？"说罢，扬长而去。

这里朔来怔定，不由仰天暗叹，尽力子一跺脚，正要负气出山，却见雨过之后，有两个牧童儿在溪边上洗磨雨冲的白石子儿。一个道："阿哥，你那石子儿怎那样又白又滑地好看呢？"那个道："俺这是磨的功夫，你怕磨，还想好看吗？"朔来猛闻，如听霹雳，细一沉吟，登时欣然负薪而返。从此后给他个憨吃傻作，安之若素，不但不思念什么学艺，便连日月也几乎忘掉，至于从前的矜心盛气，更是消磨殆尽。

光阴迅速，堪堪已将三月。这日朔来正在南宫生院内洒扫，南宫生背着手儿看了一会子，见他寻儿下去，十分安详，因笑道："你这三月中所得的功夫委实不小，可还自觉得吗？"

朔来听了，因先生尚未教什么武功，不由茫然莫对，恭敬敬持帚而立。先生大笑道："去去去，明日不须执役，且更换衣装，俟后日，俺当起手儿教授你等。"于是朔来小心退出，这算他执役以来，看得先生的好脸儿。

不提朔来明日更衣，会着向坚等自有一番情况。且说这日南宫生兴冲冲地命仆人等收拾了习武院落，内分里场外场，里场是趺坐导气的软功，外场是纵跃技击一切的表面的硬功。到得次日，恰是三月圆满之期，南宫生率领诸弟子跫进艺院，就草厅上大家落座。

南宫生道："武功之道，自古分内外两家，便是俗称的'内家拳派''外家拳派'，其源流大概，你等谅也略晓。语其精要，便是内家主静，讲究沉潜不露，决不上人，得老子'守雌尚柔'之义，因势应敌，待敌疲而后发。其发也，动辄制胜。

"外家主动，恒以跳荡搏击为先，然而气易浮，力易竭，纵横势歇，恒为敌人所乘，又义取'先发凌人，必为后起者所胜'，这就是'静能制动，柔能克刚'之理。至于内外家的拳法、剑法，更有许多的派别变化，这须以后看各人的性质材气，因人授艺，此时不必细讲。

"若说到入手功夫，须软硬两功兼习并进。软功是趺坐、静观，运用罡气，为最后剑气合一之基础。其呼吸浅深，温养周流，自有进行的火候节度。倘一不慎，不得正传，不但不得运气之益，反致神气弛懈，筋骨拘挛，便如释家坐禅一般，误堕魔道，反致癫痫。所以这罡气，在武功剑术中极为重要，再深推其理，便是孟子所谓的浩然之气。你看古来大侠剑客，无一非端人正士，这端人正士正气浩然，不唯是载道之器，实因他那正气与罡气相通相近，苟经真传，指点运用，真有事半功倍之效。

"然而古今习剑术的，亦有自趋邪途，恃艺作恶的。此等人终久是自戕其身，理无幸免，且不必说他是作恶得报，实因他正气久亡，便强勉运用罡气，终是日就浮脆，以致他剑术日低，一遇劲敌，焉能不败呢？汝等切记，这邪正之分，便是习剑术的生死关头。"说着，目光一瞬，笼罩满座。

可巧黄鼐听到"邪正之分，便是生死关头"的两句话，正在仰着脖儿暗笑道："这先生总沾点儿迂腐气，正气、罡气如何会有关系呢？人只要艺成便是咧。"不想先生眼光偏偏地到他脸上驻了一霎儿，吓得黄鼐赶忙低了头，向坚、觉民也都相顾悚然，唯有朔来坐得木偶一般，眼注鼻尖，似乎是深解先生语意。

先生道："再说到诸般纵跃技击硬功，便是手眼身法步诸法，最要的是心定气沉，然后能诸体从令，期间练习手眼身法步，各有一番专功。即以练目一端而论，你看古来称善射的，视悬虱如车轮，又云鸡羽拂睫而不瞬，必造诣到如此地步，然后能势处不败，大端如此。其余细详练法，只好循序渐进，以至纯熟。至各种拳法、剑法之变化多端，那就在各人的手敏心灵，功夫深浅了。"说罢，瞑目少坐，诸弟子一时静默，各人心头都似小鹿乱撞，又惊又喜。喜的是幸遇名师，得闻高论；惊的是自家所能全是寻常拳棒，巧咧就许重新打鼓另开张哩。

正这当儿，只见先生霍地张目微笑，站起道："汝等且将所能的拳法剑术各自演习一番，俺将觇汝等所能，以定教法。"

向坚等一听，好生不得主意，那朔来更是偎随在大家背后，大闺女似的，一些矜张气也没得咧。于是大家领命，跟先生都到院中，各就所能的拳法剑法次第演过，八只眼光齐注先生，但见先生略无可否，只望着朔来微微一笑。这一笑不打紧，闹得朔来面红过耳，心头乱跳，暗想道："得咧，这一下子可糟了糕咧！俺跟俺姨妈学的艺，大概女人家的传头，强煞了也是瞎胡闹。说不定先生授艺就许单叫俺另起炉灶。"怙惚间，已都随先生进厅。

朔来猴在位儿上，正在心头打鼓，只见先生笑道："今天上班授课，先须推定班长，朔来老弟，你就领个班儿吧。"

此语一发，不但黄鼐诧异万分，便连向坚等也都一愣，急瞧朔来时，那脸上便如黄梅天气，顷刻间阴晴不定，十分惶悚。

先生向大家道："你等不晓得，你等所能都非真实拳棒的正宗，急须尽弃所学，以就我法。唯有朔来所能虽然浅近，却是正宗，但稍嫌出手欠沉着，沾些南方拳派。"向坚等听了，不由相顾吃惊。先生道："今朔来所能既是正宗，但当就所能，循序以进。汝等却须重新另学起，因此之故，所以命他领个班儿哩。"

大家听了，都忙唯唯，望着朔来颇露歆羡之色。这若是三月以前的方朔来，不知得意到什么步地。这时他却惶然悚然，毫不矜张，仔细一想，方恍然悟到南宫先生单单地折磨他一番，是大有用意哩。

从这日起，向坚等便按日受课，真个是软硬功兼修并进，风雨寒暑都无间断。好在向坚等都具一份苦心孤诣，用心之专，用力之勤，简直地寝食俱忘。每有扞格，或有所疑，经先生一为解说指示，不亚如洪炉点雪，不消一年，业已大非昔比。除岁时令节外小兄弟一返北京，其余都在山中。比及三五年后，向坚等武功大就，剑术并诸般兵器之外，并习得赤手夺刃与点穴法等。

一日，诸弟子演习既毕，南宫生喜动颜色，连连称善，于是朔来趁势叩请剑气合一的功夫。先生笑道："此等极诣，倒用不着先生教与，剑气非他，就是所存养的一股罡气。但当存养不懈，操纵纯熟，火候既到，自然能悟此法，但看各人的功行而已。今汝等功夫既成，吾亦倦于教授，三五日后，吾当送汝等出山哩。"向坚等听了，不由凄然恋恋，从此日夜价不离先生，唯恐先生或有诏告。

到得临别的前一晚上，恰值天色大佳，月明如画。南宫生便置酒于草厅之上，领了诸弟子慢步出庄，就庄前后散步踏月。这当儿一片月华澄明如水，照得庄前后万峰涵影，如在琉璃世界。师徒一行人说说笑笑，穿林越阜，惊得栖禽乱噪。须臾共登一处高冈，只见长松古槲，从柯叶上漏下月光，便如筛银簸玉。

南宫生高起兴来，笑向朔来道："你初来时，虽曾见俺温习剑气，却还张得不仔细，今当再弄狡狯，启发汝等的兴致，如何？"

朔来等大悦之间，但见南宫生略一存想集气，嗌然有声，那股白森森寸余长的剑气早从鼻孔中夭矫而出，冷滟滟寒芒四射，光皎皎与月争辉。只一转眼之间，早已伸至尺余长，飞腾上下，飘飒飒凉飔暴起，木叶乱飞。向坚等正在相顾屏息，便闻南宫生大喝一声，那剑光破空而飞，直注一株老松，如月阑焕彩一般，就松干只一绕的当儿，但闻震天价一声响，那老松登时中断，虎倒龙颠似折将下来。再望南宫生时，举手一招，那剑气顿敛如故，大家目光一眩，早又被南宫生收入鼻孔中唎。于是南宫生鼓掌大笑，仰望天空。

正这当儿，忽见北京方向上横亘着一条白漫漫、灰沉沉的颓败气色，非云非雾，十分难看。南宫生默望良久，慨然叹道："你等看这股败气，决非休征，不出三五年，或竟突有奇变，亦未可知。但看而今满洲如此勃兴，这冥冥天道也就难测了。老夫自甘衰朽，无用于世，无益于国，只好期望诸弟不负所学，将来或奔走国事，存天地间一线之正气，方不辜负俺这识途老马哩。"

向坚等听了，都各悚然，那黄鼐却只顾惊诧先生的剑气，却没理会什么正气、歪气的，于是大家趑转，便就别筵。南宫生又谆谆告诫许多言语。次日，向坚等拜师出山，自有一番恋恋光景，这也不必细表。

且说向坚等艺成出山，一路上兄弟们那番高兴，说说笑笑，简直就不必说。可怪朔来，一出得武灵山依然故态复作。黄鼐笑道："你倒似小学生，一离老师就要吊猴儿。"朔来笑道："你看我虽像从前，却大异从前，如今俺心里有了主儿，其余小节，为甚自家拘束自己呢？"黄鼐笑道："你没得说，咱们都是魍魉似的大汉子，有哪个心里没主儿哩？"

这时向坚正在南望憨笑，觉民却回顾来路，神态翛然。黄鼐因戏问道："黄、安两位老弟，你们这时的心，主儿到哪里去咧？"向坚道："俺恨不得变个鸟雀儿，一翅儿飞到云南大姚县，方才快活。"觉民笑道："俺没如此的奇想，俺只觉咱先生武灵山中十分自在，怎的能长住那里才妙哩。"黄鼐大笑道："你们净想些没要紧，可是先生说得好来，如今满洲日盛，国家堪堪多事，咱借为国效命，纵横当世，驰骋功名，亦足自豪哩。"

不一日，行抵北京，向坚、觉民见了敦书，自然大家欣慰。向坚问知瑞符处时有信来，一切平安，越发欢喜。但见敦书面目却苍老许多，并且气体孱弱，问其缘故，是因商店中生意不佳。那花喜却冷笑道："一个人不提起精神来整理店务，只钻在家里，和俺穷磨。"因顾觉民道，"大相公，你还不晓得，你父亲近来脾气琐碎，不怕花一文钱他也要查问个底儿掉。像这样就该发财呀！哪知近日用度只能敷衍，像这等破落户的家，俺真当够咧！"

正说着，只见鸡精似的一个仆妇暗含着一拉花喜衣襟，花喜便道："你爷儿们且拉磕儿，俺去去就来。"说着，搭趁趑出，正是：

  狡妇盗资工掩饰，侠徒大度总模糊。

欲知后事如何，且听下回分解。

第十六回

传奇迹间述剑虹娘
伤乱象闷饮燕市酒

且说花喜匆匆趱出，这里向坚、觉民又和教书谈了一会儿，便趱向客室，想同去寻朔来、黄鼐。刚出得二门，只见从厢房中趱出个三十多岁的男子，生得油腔滑调，满脸的天官赐福。怀里揣得鼓蓬蓬的，左胁下挟着一卷大布，一见向坚等，赶忙笑嘻嘻，嘴内嘶哈着站在一旁。后面跟着花喜，忙笑向觉民等道："大相公们不要见笑，这便是俺哥子花大舅，只灰扑扑地怯头怯脑，一向不大敢来走动，如今给俺送些大布来。大相公，你说俺这里穿不了的衣服，要那磨掉人肉的大粗布做甚？"

觉民忙拱手道："既是花大舅轻易不来，吃过中午饭去吧。"大舅红着脸道："不唎。"于是向觉民等囵囵作了个半截大揖，溜瞅瞅转身便走。恰好有个仆人趱过，恶狠狠白瞪了大舅一眼，觉民等也没在意。进得客室，正要换换衣衫，去寻朔来等，恰好朔来、黄鼐双双到来。朔来说起静慧清健，并知朔来等武功都成，十分欢喜。

大家谈过数语，朔来道："俺方到京，便有旧日一干朋友胡来缠账，一定还推俺做领袖，哪里知俺今日的方朔来不同往日呢。"觉民笑道："方兄莫怪我说，你若还坐那第一把交椅，保管北京地面越发安静。你就如孙大圣复回水帘洞一般，那许多的小猴儿正须你束管哩。"朔来大笑道："俺有本领，将来为甚不准备着大闹天宫，却去管猴儿崽子？"黄鼐笑道："你们都有准塌塌儿（谓安身所在），黄老弟和安老弟是不消说，一是家在这里，一是有亲可靠，便是方兄也有个姨妈可依。唯有俺只有个妹子，远在家乡，一向是受人的窝囊气，俺如今好歹算学成武功，且回家去望望俺叔子。那些狗头们好便好，不好时，且让他们试试俺的拳头！"众人听了，都各大笑。

又过了几天，黄黼果然出京，径赴霍山。这里向坚等不消说是日相过从，有时节把臂入市，酣歌纵饮。转眼间月余光景，一日朔来邀了向坚等在一所酒肆中漫饮。因为外厅上酒客如云，喧杂不堪，便自就里间内坐将下来，那酒伙送进酒菜，随手放下帘儿。

这里朔来等刚吃得两杯酒，却闻得外厅上步履橐橐，似有新客到来，那酒伙也噪道："没别的，今天座儿挤些，你这位爷台须迁就点，好在您是独座儿，便屈尊在这里吧。"但听那新客哼了一声，声音颇像黄黼，朔来等也没在意，便闻靠里间一个座儿上谈得十分热闹，大概是谈近来边报，满人越发披猖，并各省里流寇等事。

其中有个闽省语音的，便笑道："不打紧的，俺们老乡亲洪老先生业已奉命督师，做了大经略咧！方把各省的蟊贼们收拾得好些儿，如今因满人作闹，又去经略辽东。他老先生一出马，咱们怕什么呢？如今中国的万里长城只有两人，南有洪老先生，北有吴三桂将军，都小老虎似的把在关门脸子上（指山海关）。咱只放心大胆地睡自在觉、吃快活酒就得咧，可怕的是哪一家子呢？"

众客笑道："正是，正是。天塌了自有大汉顶，但是这畿辅之间群盗蜂起，也是可怕。"

又有个山东语音的酒客笑道："真是末节年头儿，什么古怪事都有。众位听说过花枝似的大闺女自家各处里找女婿吗？俺山东地面近日有个打拳卖解的大姑娘，吓，那模样儿，就不用提怎的丢秀俏皮咧。可就是粉团似的小拳头，谁也架不住一下子，二寸多三寸少的金莲儿，谁也搪不起一小脚儿。流转各县，明打明地比武招夫，若胜得她，不消说是白捡个花不溜丢的小媳妇；若败了，须给人家十两头的彩银。你想，像这样的仙桃仙果摆在面前，哪个不想得一个呀？于是那会武功的色哥儿们，也不管自己成不成，也不管自己有老婆没老婆，都捧着白花花的大东西，挤破门似的去抓干脆。你猜怎么着呀，只一交手，被人家那闺女打了个鸡飞狗跳墙，鼻青脸肿是小灾眚，也有瞎眼的，也有折腿的，甚而至于性命呼吸。

"俺县里有个牛二愣，生得他娘的黑煞神一般，勒出那胳膊头子来，真有人大腿粗细，专练一套运气大力的功夫。运起气来，能使耳朵耸动，满身上老鼠疙瘩似的气核儿可以浑身乱跑。更奇的是他那话儿，运上气，赛如大铁杵，能以哧喽声闹两盅儿。"朔来等听至此，不由相视忍笑。

那客人接说道："这个色大爷听说那闺女较艺招夫，真个高兴到十二分，并且十拿九稳地就要得媳妇。于是不管三七二十一，先在家下悬灯结彩，收拾新房，恨不得连交杯盏、子孙饽饽、长寿面都准备停当。客座上宾朋先吃喜酒，牛二愣吃得不差什么，便拿了彩银，兴冲冲直赴艺场。

"时当夏令，一眼便望见那闺女，穿一身轻纱短衣裤，正低着黑漆漆的一个大髽髻，坐在艺场凳子上整理小鞋脚，露着白生生一段小腿儿，趁着玉轴似的嫩脖颈，真个妙相极咧。二愣一见，恨不得一把搂过，就口水吞将下去，正喘吁吁地敞披大衫，置银于案。只见那闺女一扭小腰儿，花枝似站起来，笑道：'尊客既来赐教，咱还是较拳呢，或比剑呢？'这一声儿不打紧，又娇嫩又脆生，还外挂着拔丝面丹（俗谓'柔韧'曰'面丹'）。

"那二愣只一回身，龇牙一笑之间，啊呀，不好了！原来二愣勇气没来，色气倒动。你想那夏令时光，一身单衣裤，那牛二愣猛觉着不得劲儿，百忙中一挺胸脯肚，要作威势，不想小肚下有点儿不作美，偏偏这当儿支起大棚。二愣大惊，赶忙运气，要将这股子劲儿移到别处去。哪知他心中一荡，越运气越发地不成模样，但见那闺女眉梢一挑，喝一声，举拳便上。

"这时的二愣臭样儿真够瞧的，猫着腰子，拉着腿子，撅着大屁股，一面想安置下面那想出头露脸的朋友，一面还须招架敌人。只三晃两转之间，牛二愣一个'黄龙转身'，刚闹了个老虎大偎窝的架势，想使屁股猛向后撞，不想那闺女忙一退身，攒足了腿脚之力，嗖一声便是一下。但听咕嗞一声，牛二愣大叫便倒。他的帮场朋友忙扶他起来，二愣只有龇牙咧嘴，外挂着摸索屁股。原来那闺女穿的是铁尖小鞋儿，这一下子正敬在二愣的眼子上咧！"

众客听了，不由哄堂大笑。便有人问道："你老哥说了半天，这闺女名叫什么？如今还在山东地面吗？"

山东客人道："俺也是听乡人们传说，这闺女名儿很新鲜，是叫什么'剑虹娘'，如今只在兖、沂一带来往，行踪无定，谁也不晓得她住在哪里。据人传说，此女游行到兖、沂地面时，还有个老父同行。老头儿病没后，此女便负土成坟，将她父葬在什么山中。因不忍离她父墓，所以在兖、沂一带较艺招夫。看起来，又是个孝女哩！"

又一客道："江湖上杂艺人也就难说，此女行迹诡异，焉知不是强盗的眼线，并暗做游娼勾当呢？"

山东客人道："此女初到兖、沂时，当地混混们欺她是孤身弱女，就有两个人乘夜去胡闹，却被人家打了个花瓜似的。自此之后，方消了人的疑心哩。"

众客听了，正在称奇不置，又有一人叹道："如今乱世，奇怪事多哩！国门之外，愣敢明打明地打杠子！俺有个安徽朋友，昨天进京，走到卢沟桥左近，忽见一个很俊样的少年从后趁来，看他结束，也是行长道的客人，提把朴刀，背个小小蓝包裹，说起话来是安徽语音，却稍带些怯京腔，和俺朋友一面闲谈，一面走。

"俺朋友骑了一头驴儿，褥套中有五百多银子，正拉了驴子，趑到一所墓林旁。那少年忽皱眉头道：'老乡兄，俺走得十分疲乏，且借尊骑骑两步如何？'俺朋友因驴上有银两，未免不应。少年笑道：'那么驴子既不借，且借与俺些盘费吧。'俺朋友嗔道：'你这人好生不晓事！咱两个萍水相逢，吾和你啥个交情，便借盘费？'那少年笑道：'不借便罢，老兄衣襟沾了土，俺与你掸去吧。'说着凑上来，向俺朋友左胁下用指一点。说也奇怪，俺朋友登时塑住，眼睁睁看那少年将驴上银两尽数取去，又将人和驴缚在一处，然后堵了俺朋友嘴，用掌一拍，俺朋友登时醒转之间，那少年已纵步如飞，顷刻不见。"

朔来等听了，方相顾惊异，只听独座上那客人笑道："这又是段异闻了。"朔来等一听，分明是黄鼐的语音。向坚起去，就帘缝一瞅，喜叫道："黄兄！几时转来的，咱怎么没见着呢？"于是将那客人拖入里间，可不正是黄鼐。

当时大家厮见落座，彼此寒暄。黄鼐忽脸上一红，笑道："俺昨天方到，因回家走了一趟，没甚高兴。今天闷闷的，正想去看望诸位，在这里用两杯酒，就耽搁下咧。"正说着，酒伙已将黄鼐的杯箸送进，外间里酒客也便纷纷各散。

向坚道："黄兄回家省亲令叔，怎反不高兴呢？"

黄鼐拍膝道："别提咧！不瞒你说，俺这次转去，一来是看望叔子；二来是瞧瞧家乡地面，有朋友可交没有，准备将来有机会做些事业；三来就是想从叔子讨些银两，以做京寓的旅费。不想地面上纷纷乱乱，不是狐群狗党作闹地面，便是乡里豪暴混争着创办团练。不但霍山如此，便连蕲、黄一带，居然被这干宝贝们闹起几处小小的山寨，却没有一个可交的朋友。俺叔子不但没给银两，并且碎米糟糠地只管数落俺那年擅窃金、马的事，俺听得不耐烦，所以闷闷转来。"

朔来笑道："你听方才酒客们谈的两段事儿，真也异样。那剑虹娘且不必提，便是那俊样少年，居然也会用点穴法。据咱先生说，如今会此法真传的甚少，他从哪里学的呢？此后咱大家倒要留意哩。"

黄鼐忽又脸儿微红，搭趁着举手掠鬓，忙笑道："天下能人尽有，难道除咱们之外，人家就不会点穴法吗？倒是那山东客人谈那剑虹娘，真是奇女子，咱们何不去试一下子呢？"朔来大笑道："俺们不喜欢俊媳妇，一下子胜了她，倒是累赘。黄兄高兴，何不自家去呢？却有一件，等我教与你一套'八宝护腚拳'，不然像牛二愣似的，眼子着镖，那还了得！"

大家听了，都各大笑，须臾酒罢，会过钞，大家便到黄鼐寓所，闲坐一回。果然室中草草，像是初回的样子，壁挂朴刀，榻头上却置着一份簇新的行装，还有个蓝包裹儿。觉民不由端相了黄鼐两眼，也没言语。

从此大家时相聚会，转眼数月光景，但见黄鼐旅费从容，不但手头阔绰，并往往酒妓流连。一日觉民悄悄向向坚道："黄鼐兄说他叔子不曾资助于他，你看他一向在京，倒十分挥霍，也是桩怪事。莫非那日酒肆中，客人谈的国门外俊样少年就是他……"

向坚不等觉民说完，便嗔道："失言，失言！老弟如何这等度量人？谁人不许有钱钞呢？拮据宽裕都是常有的事。"觉民不便再说，便道："我看黄鼐兄终是浮性儿。他这两天又吵着向山东去寻那剑虹娘哩。"向坚道："不能吧？咱大家前两天才商量着在围京左近打回猎，就势到武灵山望望咱先生，他怎又要赴山东呢？"觉民道："这是昨天朔来兄对俺说的。"向坚听了，还只管不信。

次日，恰好朔来踅来，劈头便大笑道："你说黄鼐兄这股子彪劲儿多么十足。他近日风闻着那个剑虹娘仍在兖、沂一带较艺招夫，他竟不愿去打猎，悄悄地呐喊二百五（谓走也）咧。他真个骗个媳妇来，倒也有趣。"

行距觉民笑道："俺看他是自寻苦恼。输了呢，一场没趣；赢了呢，更加没趣。人要有了媳妇子，那累赘就大咧。"朔来笑道："人都像你的冷性儿，还有世界吗？"三人说笑一回，过了两天，果然结伴儿出京打猎，回头时竟赴武灵山，省视南宫生。

夜中大家较艺，不想某大员和酒家翁撞将来，因此奉南宫生之命去送趟京饷，这便是向坚诸侠的一番来历。这段倒插笔儿既述完，以后便是诸侠的正传咧。

且说黄向坚等送饷到京，取得库收，便由向坚回山复命，夤夜间将库收送至于某大员。南宫生叹道："你看如今畿辅间都荆天棘地，群盗横行，时事可知矣。将来北京如有变故，这片山中倒可避乱一时。吾久习静功，颇有方外之想，会当远寻丹砂，避此尘劫。"说罢，连连太息。

向坚不敢深问，便道："今流寇满人虽然日逼，想北京地面还不致有变故吧？"南宫生叹道："天时人事，这也正自难料哩。"师徒闲谈良久，不由相对默然。

次日向坚回京，见着觉民、朔来，一述先生之语，大家也都莫测其意。不多日，黄霜转来，闹了个败兴而返。原来那剑虹娘行踪无定，黄霜到兖、沂一带探询数日，也有说在沂水山中的，也有说流转向他处的。当时大家笑了一场，依然逐队地遨游，十分快活。

但是这当儿，国事日非，朝政日紊，那关外满人是不消说。闯王李自成自在陕西西安僭称大号后，竟率了大队流贼长驱北犯。部下各股何止十余万众，一路上筋鼓烽火，破得宁武关后，直逼居庸，并且风传着居庸守将总兵唐通和监军杜太监都已降贼。这警闻越来越紧，便有那胆小的朝官们携了家眷辎重等纷纷离京。向坚等少年负气，见此光景，未免地在酒楼广座上趁着酒兴肆口嘲骂，略无忌惮。

这时敦书因心气不佳，业已时时卧病。偏搭着姨娘花喜近两年待敦书冷冷落落，不是向敦书琐屑家务，便是说觉民、向坚等在京游荡不是好事。敦书虽说是不听，然而当不得花喜终日价在耳根聒噪，因此心下啾啾唧唧，未免又添了一层挂虑。

一日，向坚等出游郊外，回头恰值京营总兵吴襄因贼势紧急，不得不抽空儿校阅部下应个景儿。这时整队回城，那兵丁们老弱都有，一路上喧哗拥挤，托枪掮刀，通没些军容儿。

向坚不由大笑道："这种兵丁，只好给人家垫马蹄儿，也无怪国事如此了。"朔来等正在拊掌，不想恰值巡兵趱过，便喝道："什么人？便敢乱谈国是，嘲笑军伍！且把这厮们当奸细捆起来！"说罢，拥上十余人，就要来抓。向坚大怒，正要挥拳，亏得街坊上有认识觉民的，因向巡兵一说来历，方才彼此一哄各散。

敦书闻得此事，便将觉民、向坚谆谆地训说一番，从此敦书病体日益加重。那觉民、向坚侍奉汤药之余，居然数日没出门儿，却见花大舅不时蹮来，和花喜鬼鬼祟祟地唧哝一阵子方去。两人因心下烦闷，也没在意。

一日敦书病势略觉好些，那花喜倒撩下一张苦瓜脸子，在敦书面前抡风使火，一面炖药，一面嘟囔道："如今店面既收拾咧，只靠点死进项儿，咱大家都等着抱大瓢（谓行乞也）吧！"向坚看不过，便道："如今主人病势方好些，你如何只管琐碎？"

原来这时敦书的店面已经赔累歇闭，因为其中有个经理人姓朱名慎卿，山西人氏，绰号儿"火蝎子"，又号"朱大本钱"，往日在京本是个帮闲出身。据说他阳道伟大，曾醉后耍无赖和人打赌，唤得三五个烂污娼女，便广众之下脱光做戏，归根儿娼女等都递降表，所以他得了个"大本钱"的徽号。此人口甜心苦，善于逢迎，也是敦书认人不真，竟请他来做经理，所以没得几年，店中血本都被他攮入腰包中哩。

当时花喜一撇嘴儿道："不是俺好琐碎，本情现在是俺当着这份阔家当，偏偏那不争气的哥子时常价夹尾巴狗似的蹮来。像你相公们都是明白人，不至于怙惙俺什么，却是有那种猴心的人多嘴淡舌，就许说俺背地里偷盗主人，痛顾妈家，俺饶受累还背个黑锅！"说着，泪莹莹，声音呜咽。

向坚等正听得不耐烦，恰好仆人来回，朔来等前来探望，于是两人趑出。觉民叹道："怪不得人家说婢妾们最为难养，你看花姨娘这不是没缝下蛆吗？"向坚哼了一声。既到前厅，大家厮见，朔来等问过敦书病势，便摸着肚皮道："这些日气闷坏咧！左一个警报，右一个警报，连那宁武关总兵周遇吉都已全家殉难。这已经够人气闷的，偏搭着前两天山海关总兵吴三桂进京来瞧望他老子吴襄，人马喧阗，塞满街坊，那气焰果然是大。然而俺瞧他长得翻眼撩睛，总不像个好东西，便有许多的朝官们去掇屁股巴结他，连那个皇亲田畹老王八还特治盛筵，准备了两大床金珠古玩，又巴巴地扎括出顶呱呱美姬名叫陈圆圆的，当筵歌舞，与三桂亲手把盏。

"那三桂高起兴来，在筵席上闹得很不成体统，又向田畹大笑道：'老皇亲，你放一百个心，你只要认得吴三桂是条汉子，哪怕什么流贼满洲！不是俺夸口，将来便是天翻地覆，你的富贵自在哩！'

"田畹大喜，居然当筵拜谢，酒罢后，先将两床金宝送入吴营。我听说，还要大备奁资，将圆圆送与三桂。你看国事如此，那文武臣又无耻的无耻，跋扈的跋扈，兀地不叫人气破肚吗！"

黄萧笑道："且莫谈隔壁账，咱多日没聚会，且散散心去吧。"于是四人慢步而出，踅登一处酒楼上。方相与饮至半酣，只听街坊上人声喧闹，大家起去凭栏一望，那朔来拍掌大笑，又喝彩道："好马！好马！"正是：

亡国瞬成千载恨，美人名马总非祥。

欲知后事如何，且听下回分解。

第十七回

赌盗术美人名马
别弟子豹隐鸿冥

且说向坚等凭栏下望，只见一小队雄赳赳的骑士铠甲鲜明，各挎刀剑，分燕翼徐驱而来。居中一骑高头骏马，通身白旋毛儿，生得骨相权奇，具有喷沫生风之势，配着那雕鞍金勒，已然地神骏非凡。再望到马上那人，大家不由相顾一惊。那人有三十多岁，头戴将巾，内着软甲，外罩锦袍，顾盼间风流俊伟，十分精神。白皙长脸儿颇挂英气，却就是眉长而细，两目流动，笑吟吟按辔四顾，通没些威重气度。原来便是那名震一时，雄镇关门的吴建军三桂。

朔来大笑，方喊得一声"好马"，向坚赶忙摇手之间，忽觉眼光一亮，便见人骑后面，彩云似飞过三乘软舆。前后舆中是两个绝俊的婢女，唯有居中舆内稳坐一个绝代佳人。打扮既金装玉裹，容貌又月态云仪，那一段标致模样，登时将黄萧两眼引得直勾勾，及至楼下人众都已过尽，他还凭栏探身，并伸得老长的脖儿。

其中酒客们便有议论的道："如今世界就属着武人们当道咧。这舆中的俊娘儿，便是田畹的美姬陈圆圆。吴将军坐下那匹马，名为'照夜玉狮子'，好体面脚力哩，也是田畹心爱之物。如今吴将军从田府饮筵，田畹便一股脑儿将人和马都送与吴将军，这份交情很够瞧的吧！"一酒客笑道："什么交情，不过是老田见国事闹得一团糟，投武人的靠山，兔子钻三个窝的勾当罢了。"又有一客道："嚛声，莫谈国事，咱快散吧。"于是纷纷下楼，一时间座上清爽。

朔来见黄萧还在出神，因笑道："黄兄别咽空唾咧。好一枝灵芝草，业已生在虎穴旁，你空想她怎的？"黄萧道："什么虎穴！俺若高兴时，哪怕她藏在铁柜里，俺也是手到擒来哩！"朔来道："哈哈，你真吹得好大气！咱就赌一下子，你若盗得陈圆圆来，俺陪你去牵那'照夜玉狮子'如何？"黄霭跳起来道："真的吗？哪个若胆怯不去，就是这个！"于是一伸小指。

向坚道："你两个别不害臊咧，说说算数吧。"于是大家一笑，依然欢饮。那黄霭真个像添了什么心事似的，朔来偏会凑趣，正色道："老吴将军的府第，俺从先夜行混闹时，少说着也走过两趟，如今吴三桂便住在那里，俺领你去，且是个好向导哩。"

正在说笑之间，只见敦书的仆人匆匆寻来，说敦书病势又忽加重，觉民、向坚大惊，匆匆随仆人转去。这里黄霭等饮过数杯，也便各散。

不提朔来、黄霭一时赌戏，几乎闹出乱子，且说觉民等匆匆趱转，刚一步踏入院内，便听得花喜在室内抽抽搭搭地哭道："你可坑煞俺咧！你又没给俺留下亲生儿女，你又没给俺点儿体己私房，将来的日月可怎么过呀！天哪！你慢走一步，俺也跟你去吧！"

觉民等一听，真魂都冒，三脚两步踏入室，只见花喜猴头散脚地坐在榻脚上，双手掩面，哭得泪人儿一般。一面妆镜也碎在地下，还夹着药碗、粉匣、洗脸水等，乱糟糟、湿渍渍的。敦书却仰卧于榻，大睁着眼，面色惨白，哼哼有声，颤抖抖用瘦手指指着花喜。一见觉民等，登时哇的一声，吐出两口稠痰，接着便喘作一堆，那喉咙里还只管痰涌辘辘。当时觉民等且不暇顾花喜，赶忙给敦书轻捶身体，敦书痰喘略好，就是言语不得，须臾昏昏睡去，一瞧花喜，早已影儿不见。

觉民等问起仆人来，方知敦书因服药稍冷些，病人肝气本是大的，因嗔道："你看你猴头散脚、亡魂落魄的样子，我分明病该轻减，也要加重哩。"花喜冷笑道："俺要扎括吧，难免有人说似狐媚子，主人在病中，你还浪着打扮，如今你又这等说！"于是赌气子风风火火便去梳洗。不想啪嚓声把镜子摔碎，敦书只道了一声"蠢材"，花喜便借事为由，大哭大闹。那敦书本有痰症，着气之下，所以一时发作起来。

当时觉民等私相慨叹一回，只盼望敦书病好。哪知自这日起，那稠痰时涌时消，百药无灵，只延了十来天，竟自一命呜呼。觉民擗踊号痛，向坚哭泣尽哀，自不必说。唯有花喜没事人一般，并且常招得花大舅来，也不知喊喳的什么勾当。觉民是遭丧昏闷，向坚是性儿脱略，只顾着忙碌丧葬，也没理会她。因刻下兵荒马乱，闯王李自成已有攻入居庸关之势，敦书葬事未便久延，于是三七之后，即便开吊营葬，将敦书灵柩葬入苏州同乡所置的义地内，一切礼节不必尽述。

当开吊之时，那个朱大本钱居然也盛服临吊，暗含着却喜坏个花喜，只爬着灵帏缝隙向外偷瞅，笑得抹蜜似的。又不时地嗑着小指甲发怔，百忙里还将手插入裙底，也不知揣捏的是什么。那朱大本钱吊罢之后，因东伙之谊，还定要进见花喜。

向坚推道事忙，大本钱道："俺还有句话，须当面交代内东。"向坚没法儿，只得领他进来，忙得花喜一面叩谢，一面瞟着眼儿，瞅大本钱腆的大肚皮。大本钱唁问两句，便叹道："不幸东翁去世，俺本不该提琐屑事，然而东翁在时，陆续借俺那点儿款项，唯有姨奶奶知得清楚，您可别疑惑俺是讨欠，俺不过当着黄相公提明一声，往后清理时，也有招对。"花喜忙道："那还用说吗？没了人没不了账，再说俺家大相公可像是赖账的人？他便不认，还有我哩。俺便卖身去，也要清你的账哩。"向坚听了，摸头不着，当时忙碌之间，也便抛在脑后。

不想葬事既毕之后，没过得四五天，觉民正因家事烦闷，那朱大本钱竟遣人示意来讨借款，并持来敦书的借据，圆章、押字一弄儿俱全，通算来竟有两千来金，连利息一勾抹，又是三百多银。这一来只闹得觉民搔首无计，只得一面托人去售商店的房儿，一面请朱大本钱暂为缓期，又一面打开敦书的箱箧，想检查些衣服古玩折变抵债。哪知箱箧内只剩些寻常衣件，并且还有空空如也的。问起花喜，她不但只推不知，还哭天抹泪地说是觉民疑她偷盗，又要去哭老主人，又要剪头发当姑子，闹了个五马长枪，通没个所以然。

觉民无奈，好歹地折变数百金，连售出的店房，凑了一千多金，还差一大半儿。这一忙碌，就有月余光景，那黄鼐、朔来不但没来吊唁，简直通不照面。一日，向坚等忽想起他两人来，不由诧异，向坚正想去寻望寻望，恰好黄鼐等由武灵山中寄到一封书札，向坚笑道："怪道他两人总没来，只不知跑向山中做甚呢？"于是和觉民匆匆折阅，只见字迹潦草，却是朔来写的几句白话道：

黄、安两兄赐鉴：

自酒楼别后，当晚上俺和黄鼐兄闹了点儿小乱子，关门静坐了两天。因外面乌人闹得凶，京里稳不住屁股，所以到山中躲躲。刚到时先生欢喜，后来先生不乐，如今先生却不乐得没影儿咧，两兄快来细谈吧！"

向坚等阅罢大骇，却又摸头不着，急忙同觉民匆匆入山，方到那孝虎山庄，早见朔来、黄萧和耆老数辈一齐迎出。大家厮见过，向坚一面向内走，一面道："咱家先生怎不乐得没影了呢？"耆老听了，一齐太息。朔来道："先生有手迹留下，自叙来历，你一瞧便知。"因一竖大指道，"原来咱先生是如此的大人物哩！"

于是大家趱入南宫生常坐的静室内，向坚一望，早动室迩人远之感，只见那把奔雷剑高供在桌儿上，下压一张字简，便是南宫生的手迹。

向坚等仔细阅罢，方晓得南宫生姓宋名登春，便是河北南宫县人。少习剑术，骁勇绝伦，久隶军籍，战功甚多，却因使酒尚气，拳毙同官一人，亡命多年，后被高阳孙公承宗罗致在麾下。登春感激知遇，随孙公转战流贼，累立奇功，又随孙公血战满人于杏山之下，赤手夺刃，几乎虏获那满洲名王，累叙军功，已得有记名总兵的职分。

不想孙公不善迎合权相，一时竟罢职闲居。这当儿内而庸相当权，日为门户意气之争；外而诸将逍遥，如左良玉等多养贼自重。又加着崇祯帝求治太急，信人不过，一切以操切从事，自袁崇焕被诛后，失去辽东保障。那满洲越发披猖，清太祖爱新觉罗氏业已在沈阳地面帝号自娱，文有范文程，武有费扬古，一班人好不声势日大。登春见世局日非，也便决意退隐，于是慨然泣别高阳公，竟仗剑游行，纵览山水，后来便托迹在武灵山中，却一面潜心道术，慨然有出世之志。那自叙后面，又有勉嘱诸弟子的一番话，大意是"误堕歧途，为国尽力"等语。

当时向坚看罢，十分凄悯。觉民却叹道："俺往年窃窥先生意旨，早知必出此途，本来这五浊尘世上没有可留恋的。"黄萧大笑道："俺看先生也是暮气颓唐，又因壮年时功名蹭蹬，弄了一肚子牢骚，所以激而出此，世上真个有神仙不成？"向坚因问先生遁迹的光景，朔来道："先生临去之先，谈起刻下国事，只是叹咤不已，往往泣下，便向俺道：'你等此后好自为之，我是没用的了。'大家听了，也没注意，不想次日先生竟自不见，宝剑、字简都置在案上咧。"

大家听了，赞叹一番，众耆老殷勤款待，便将奔雷剑、字简敬藏起来，永为纪念。又请向坚等居此庄中，保护居民。向坚道："先生所留乡壮足卫地面，如承不弃，俺们有暇时，往来山中就是。"

当夜小兄弟四人仍住在往日的室内，但是先生既去，大家都似没着落，向坚便一问朔来等忽然赴山之由，不由大笑。

原来黄鼐、朔来赌戏之下，真个当晚就去盗马偷人。吴襄府第内路径，朔来知之甚悉，当由朔来引黄鼐由府后垣跳将进去。那黄鼐自入院内，恰值三桂又出去赴人夜宴。黄鼐偷张那陈圆圆晚妆初罢，调弄了一回银筝，斜倚妆台有些倦态。黄鼐细瞧那神情儿，心似火热，正想闯进去仗剑威劫，忽听隔院马厩中咴咴咴一阵马嘶，便有人大呼"有警"。黄鼐略为一怔之间，早闻得背后步履声动，黄鼐一摆剑，从斜刺里一闪身势，回头望去，早见个结束纯青、蜂腰猿背的少年举刀斫来。两人交手只得三两合，黄鼐大骇，知是劲敌，正这当儿，隔院中业已卫卒群起，火把齐举。黄鼐不敢留恋，一跃登房，便由裙房上蹿到街坊，幸得那少年不曾追赶，及至回寓，那朔来业已在寓恭候咧。

原来朔来摸入马厩，伸手解马，不想那马灵性异常，忽见生人来牵，一阵踢蹶，长嘶起来，所以朔来慌忙退出。当时两人各述所为，笑了一场。朔来道："你所见的那少年，巧咧就是他打虎将队中的人们。俺听说三桂好武，在关门坐镇时，专选一班骁捷士卒，都有高来高去的能为，拔为护卒，军中称之为'打虎将'。其中有个名叫保柱的更为勇捷哩，不想他偶然入京，也带得他们来。"

次日，两人方想出去听听消息，哪知昨夜之事早已传遍九城，三桂又知会有司，踏缉夜入府第之人。隔了两日，风声越紧，所以两人赴山暂避。当觉民初到庄时，一身孝服，朔来、黄鼐已惊询知敦书病没，并已葬罢，这当儿又深谢失吊之礼。向坚细谈丧葬一切并觉民债累之状。

朔来慨然道："这点儿债累都在俺身上，只需令俺手下兄弟们拣那不义之财多取点儿便有咧。但是这笔账为何觉民兄一向不知？朱某人也就岂有此理，咱不怪他临丧讨债，为何巴巴地向花姨娘盯问这账？难道没放着觉民兄吗？"黄鼐沉吟道："此中情节可疑，俺闻那朱大本钱原不是好东西，捏据讨债也许有之，怎么字据上押章分明，花姨娘又慨然承认？这只好欠债还钱了。"向坚道："是的，难道花姨娘还向着朱某人，胳膊肘向外扭不成？"于是宿过一宵，因这时吴三桂业已回镇，朔来等料得没事，便别过众耆老一同回京。

就中单说觉民等方一脚踏入家门，却见朱大本钱满面红光地挟着微喘，低着头笑眯眯地踅出。屁股后面还跟着花大舅，一面和他低声小语，一面给他舒展后衣襟的皱纹。觉民等问其来意,大舅忙道:"方才朱爷因那点儿债务事,嘱咐花姨娘不必着急,这是一家人似的,谁和谁呢!"说着和朱大本钱匆匆而去。

觉民甚是有气,方在前厅歇坐,早听花喜在内院发落道:"这可倒不错,债主登门,不向那承宗继业五尺五的大汉子发咆躁,却向俺没脚蟹似的女人家拉驴脸子!再没个所以然,还不如将俺抵了账痛快哩!"觉民听了,只好攒眉头不去理她。

过了两天,朔来果然措置了一千数百金交付觉民,连觉民自筹的银两,算是将债还清。方想略为整理家事,安置花喜,哪知花喜业已大怄其气,成日价哭天抹泪,指桑骂槐,大有不安于室的光景。那个花大舅也便越来越勤,每逢去时,腰内总是鼓蓬蓬的。向坚见此光景,便劝觉民将花喜放回母家,听其自适。这一来花喜大悦,登时扎括得花鹁鸽似的,尽挟所有的箱箧欣然而去。

一日,朔来等踅来,大家说起花喜方又叹又笑,只见一个仆人直撅撅地道:"如今花姨走咧,俺才敢说,主人不该遣她去。这一下子,姓朱的混账行子准要人财两得咧!"大家听了,登时一怔。正是:

狡谋泄漏从兹始,游戏奇情次第来。

欲知后事如何,且听下回分解。

第十八回

方黄游戏惩淫贪
群侠慷慨怀忠愤

且说大家略怔，忙问所以。仆人道："那个朱慎卿和花大舅都一百个不是东西！慎卿发的财便是安家的。那花大舅暗接花姨的私钞也不知有多少，如今他却巴结那姓朱的，与他妹子扯牵头，凡花姨回母家，姓朱的明打明地就去苟合。如今花姨一回去，不消数日，准要嫁向朱家。便是朱某说的那欠账，依小人看来也觉蹊跷，焉知不是串通了花姨，盗用老主人的圆押弄的假局子呢！"

大家听了，正在愤诧，黄甯却跃然道："如何？俺早说姓朱的不是东西！"因顾朔来道，"若果如此，你那千余银两才花得冤枉冤哉哩！"朔来跳起来道："你瞧着，等俺探出确实底细来，俺叫朱大本钱连小本钱都不配称！"说罢，和黄甯愤愤而去。

这里觉民、向坚连日价整理家事，不暇去寻朔来等，却由那仆人探得，朱慎卿果然明目张胆地要娶花喜做个后老伴儿，已择定吉期，就在明日夜间过门儿。

原来娶后婚头有个俗例，都是三更半夜价用一辆车拉将来，也不明灯，也不放鞭，搀进门来便睡大觉。第一桩事，便是被窝中先交代那两般旧物，事毕后，重新掌灯饮宴。虽是俗例，却颇寓轻贱再醮妇人之意。

当时向坚等听了，只好付之一叹，以为花、朱两个狗也似的人，不值得计较他咧。不想次日，满街上哄传奇闻，花喜昨夜坐车过门，却被人剥得光溜溜的，缚了手脚，置在小巷中一家门首。赶车的也被缚置于旁，两人口内填满泥土。那花大舅门首却挂着一根出品的阳物，却就是朱大本钱的。怎便知是朱某的呢？因为昨夜朱某兴冲冲地做新郎，忽然失掉那话儿，如今花喜虽在朱家，那花、朱两家正闹得一团糟哩！

向坚等听了，骇异之下，便料是朔来等所为。于是寻将去，一问所以，大家拊掌大笑。黄鼐道："真难为方兄，装龙像龙，装虎像虎，这一下子真痛快哪！"

原来花喜当那夜里浓妆艳抹，喜冲冲坐车过门。方走至一条黑魆魆的小巷，这时将近三鼓，杳无行人。花喜有些发恐，然因快活事就在顷刻，也便大起胆来。正这当儿，忽闻后面有人喊车夫道："把式慢走！花爷忘了赏你喜钱，特叫俺送来咧！"那御者恰是财迷，以为花大舅因事忙模糊，来了个重份儿喜钱，这等便宜哪肯不要，于是停车笑道："劳驾，劳驾，还值得送来。"

一个谢字未出口，早倏然闯上两人，一把将他揪下，先掬土填口，然后捆置于地。花喜吓愣，却见那两人手脚伶俐，夜色黑暗中不辨面目，正要极力声喊，已被来人拖下车来，不容分说便解衣纽。花喜以为是突遇强暴，正两手紧把腰带，当不得四手齐上，一顿价将她剥光，百忙中又有一人狠狠地向她臀阴之间就是一把。花喜痛极，一张口，早有一把土填进来，不容分说，缚了手脚。便见一人穿上她剥下的衣裤，似乎是扭了两扭，一跃上车，那一人抄起鞭子，竟自御车而去。

不提花喜光溜溜卧在巷中受用清风，且说朱大本钱准备了华灯盛筵，要做新郎。因为娶二婚的例子，连新房中都不许掌灯，直待摸着黑交代完毕，方上灯火。当时朱大本钱吩咐伺候人等听唤再来，自己黑魆魆地在院中徘徊一回，忽想起今天是快活起手，须要讨新人的欢喜。恰值有西城朋友王四把送得好春药，名叫"连根动"，恰用得着。于是摸入新房，模糊糊捏了几粒，当即吞下。果然奇药有灵，还没得一盏茶时，不但下部怒长，真觉连老根儿都动动的，须臾越发跃然。正没法安插这要员的当儿，忽闻大门外辘辘车驻，大本钱大悦，忙猫着腰跑出来，只见车已回辕，自己那个活宝儿早已俏生生站在黑影中。

大本钱方笑道："我的妈，你怎的耽搁到这时才来？如今吉时已过，快些进房找补，应景儿取个吉利。"说着要来搀挽。只见花喜腰儿一摆，一连几个连环俏步，直入新房。大本钱这时急待安插要员，如飞跟去，更不用温存家数，老实实自己解裤，扑上身去。哪知花喜偏将裤带结了个死疙瘩，大本钱正在喘吁吁撕掳之间，只听花喜小语道："今天来不得，不凑巧，月事到咧。对不住，你给我温温手吧。"大本钱急道："岂有此理！"正在推扭的当儿，花喜手儿业已探问所以然的所在。

大本钱兴发如狂，正想直撕花喜的裤儿，忽闻花喜大喝道："去你娘的！我叫你认得朋友！"大本钱忽觉奇痛彻骨，当即大叫昏去。及至模模糊糊被家人呼唤醒来，业已被人割去那物儿，花喜也没得啊。

　　当时大本钱死去数次，幸得敷药重生，直乱到天明。那花喜却穿一身短旧男衣，被一个巡街更卒送将来，一说被劫之故，大本钱方恍然，昨晚那花喜是假的，不知是谁来下这绝户毒手。当时大本钱瞅了花喜，只好彼此干眨眼，便忙使人去报花大舅，想大家斟酌此事，是报官呢，还是干吃哑巴亏呢？

　　仆人应诺，方要跑去，恰好花大舅已急匆匆地跑来，一面抹汗，一面嚷道："真他娘的没有的事，就有人给俺挂这漂亮招牌！朱爷，你昨晚睡得安稳吗？没丢东西吗？"屋内花喜方恨恨地咳了一声，那仆人急忙迎出，悄悄地一述昨夜闹事之状，吓得花大舅直吐舌儿，三脚两步跑进房，大噪道："我一看这东西就知道不妙，因别人的没有这等气概。"说着，由袖中赤腻腻取出一物。大本钱一见，好不伤心，便对了那物放声大哭。细问大舅，方知今早大舅一开门，此物已挂在门楣上，两下里闹个见面发财哩。于是大家寻思一回，知有人暗中使促狭，因朔来在京是有名的难缠，大本钱因朔来替觉民还账，本就有些犯怯懦，这时未免致疑朔来。然因事无证据，又因事儿奇特，不愿报官，只好自认晦气罢了。

　　当时向坚等笑了一场，过得数日，已是二月下旬。这时闯王李自成北犯日急，杜监、唐通已献居庸关，贼锋所指直逼保定，于是北京大震。皇帝特命大臣李建泰督师御贼，并召对平台，赐尚方剑。出师那日，皇帝驾临正阳门，行推毂之礼，那一番威仪风光倒也像个模样。但是出京不远，忽然狂风大作，建泰坐着八抬大轿，咔嚓的一声响，轿杆忽折，建泰跌出轿，十分狼狈。

　　向坚等闻知此事，十分不乐，大家议论起世局来，不由忠愤填膺，都动从军效命之念。恰值京营守将吴襄榜募勇士，依着向坚，便去应募入伍，黄霈却道："那吴襄暮气已深，哪里能用人！"朔来等也是迟疑。

　　正这当儿，忽接到武灵山中耆老等一封告急之信。因这时畿辅间业已群盗如毛，便有一大股儿盘踞在庆云地面，闻知南宫生业已隐去，就想去占那武灵山，以为贼巢。当时向坚等义不容辞，即便结束整齐，匆匆赴山。你想那群盗如何当得这四只大虫，只一阵杀散，原想少为耽搁即便回京，却被耆老等坚请小住，一来震慑余贼，二来整理乡壮。不知不觉，向坚等耽延到三月中旬。

这几天山中岁月不打紧，哪知北京地面已闹了个天翻地覆，没得三五天，竟重开世界，簇新新换了一朝人物。原来李自成已领了左丞相牛金星、右丞相宋矮子并骁将一只虎李过等，连营数十里杀入京都，于三月十九日直入承天门，硬生生地将崇祯皇帝逼缢煤山。那一时百官受辱，万民涂炭，便另作一部正书也说不完尽。

当时向坚等闻此消息，相与顿足大痛，便和山中耆老北向遥拜一番。朔来大叫道："咱快回京，相机做事，难道真叫李闯坐殿不成？"向坚挥泪道："正是！正是！"黄鼐却道："咱不如暂听消息。如今南有史可法，北有吴三桂、洪承畴等，那东西半壁还是咱大明天下，有许多世受皇恩的文武百官，难道都袖手不成？只要满洲人不来趁势冷手抓热馒头，那史可法定奉藩王在南中建国，况且关门上吴三桂方握重兵，焉能叫李闯稳住屁股呢？"大家议论一番，只得暂听消息。

这时武灵山外溃兵游匪络绎不绝，几次价要占山，都被向坚等杀退。又过得半月光景，果闻吴三桂提兵入关，李闯王迎战大败，抽回头跑入北京，大烧大抢，尽载金资子女奔向陕西。吴三桂至京，不遑喘息，便马不停蹄直追下去。山中人听了，无不额手称庆，夸得吴三桂如天人一般，都笑那李闯王只有十八天假皇帝的福分。

哪知又过六七日，确耗到来，向坚一听，只气得暴跳如雷，大叫道："如今华夏腥膻，沦入异族之手，吴三桂罪通于天，且不必提。咱等受南宫先生教授一番，岂可不誓复国仇呢？"大家听了，都各慷慨流涕。

原来吴三桂自闻皇帝殉国之后，即便拥兵观望，因其父吴襄业已降贼，命家人持亲笔手书，谕三桂从贼。三桂笑道："那是自然，难道还父子异趣吗？"猛地一件天大的事兜上心坎，忙问道，"如今陈姬圆圆想在老将府中甚好吧？"家人逡巡道："好叫将军得知，陈姬已被闯贼掠得去咧！"于是三桂大怒，便登时剃发易服，称降于清，并借兵破贼。

你想这等机会，清人如何不依？这时清太宗业已故去，由太后执政，然而兵权等事都归太宗之弟多尔衮执掌，号为"摄政王"。此人有雄才大略，左右多蓄勇士，当时多尔衮立调雄兵，便命吴三桂为先锋。真是开国之兵，其锋甚锐，就好比一只恶狼引入大老虎一般，一直地杀到北京。那假皇帝李闯虽去，真皇帝清帝顺治早由摄政王保驾，位登大宝，竟安稳稳取得明朝天下。

当时大家慷慨之下，便要立赴北京，相机行事。黄霭道："慢着，如今从京中来山中避乱的人都说刻下新皇帝剃发之命甚为严迫，满街上剃发担子都挂着'奉旨剃发'的字样，连剃发夫也加上待诏官衔，哪个抗旨不剃，拉去便杀。咱顶着一脑袋长发，须不方便哩。"向坚道："这便怎处？"黄霭道："依我看，只要心在故国，不在乎存发不存。咱要赴京，就须剃发易服。"

大家沉吟良久，只好从权，从这日起，次第价都作满洲装束，大家相看，又是好笑，又是叹气。唯有朔来更加别致，穿一件又肥又长的破箭袖袍儿，踹一双踢里踏拉的大乌靴子。头顶上剃得光悠悠，只留钱大一撮发，梳着小指粗细的一条辫，还蚯蚓一般，偎在脖颈上。众耆老笑道："方爷这一打扮，绝像个邋遢鞑子，管保没人注意。"当时众耆老殷勤挽留不得，只得相看怅惘，送出山来。

不提众耆老太息回山，又新做一家的百姓。且说向坚等一路回京，道途中所见的灾民难众、兵灾后许多景况，处处是伤心惨目。又想起出京入京只得月余光景，业已是两朝天下。

当晚宿在旅店中，又听得过客传说崇祯帝后殉国之惨，两具遗骸只用芦席掩盖，丢在西华门外好几日，末后却被个看守昌平陵寝的小官儿醵钱埋咧。崇祯帝两位皇子不知下落。也有说帝后遗骸经清帝以礼掩葬的。少时，又说起李闯王凶残，用酷刑收拾百官，索取金资，连皇亲周奎、田畹一并弄杀。却有一件大快人意，是宫人费氏，年只十六岁，却假充公主，想刺李闯王，不想误刺杀李闯王爱将一只虎李过。

朔来听到此，突地扑翻身，向北便拜道："费宫人！费宫人！俺愿你一腔精诚，都附在俺们身上，誓除满人哩！"说着小辫一滑，由前顶拖到鼻尖。向坚等见状，义愤之心登时潮涌，哪里还顾得笑他。正这当儿，只听众客们纷纷藉藉，又谈出一片话来。正是：

    旅客无心谈近事，侠徒有意愤忠怀。

欲知后事如何，且听下回分解。

第十九回

遗民闲话摄政王
美女拳惊阿鲁特

且说众客中有位老客叹道:"如今只有南京史可法还有四镇重兵,又是个正气大臣,将来必在南都拥藩建国。若那些亡国之臣都像他似的正气,咱大明江山何至落异族之手呢?"一客道:"哟,老兄悄悄地说吧。如今新朝耳目到处都是,倘被人听去,那还了得!"

老客愤然道:"俺怕他咬俺的鸟吗?俺是老迈无能罢了,不然俺就和那干老鞑儿拼一家伙!你看他们那种样儿,便是王公大臣,秃着头儿,踹着大牛皮笨靴子,反穿一件白茬儿老羊皮袍,就往朝房里横冲直撞。议起事来先瞪眼,两句话说拧咧就拔刀子,在殿上交口厮骂,打作一团,只当寻常。(作者闻故老言,满人初入关之粗犷,真有此风,犹之汉高祖未制礼仪,诸将之拔剑击柱也。)你说这干山精似的宝贝,老天偏就向着他。如今已派什么豫王爷率领大兵,由山东、河南取道,直取江南,又分头捕逐畿辅间的群盗,并解散民间自卫的各团寨哩。"

又一客叹道:"自古帝王,大半以马上得天下,只要逆取顺守,以德服人就是。你看他登位以来,首先尊孔开科,并蠲除前朝许多秕政,已有开国气象,况且士卒精强,且不必提他。俺闻摄政王甚好技勇,自负超距羸越之能,手下并有四名奇勇之士。大家传说的也凶些儿,说是内中有两人更为神勇,一名萨浚罕,一名阿鲁特。萨入关时,曾一箭射洞山海关的铁包城门,阿鲁特却能溺陷平地至尺余深浅。如今萨浚罕等随豫王南下,只有阿鲁特在京。四人都是旗下都统职分,并兼御前侍卫,阿鲁特现已占了田畹的府第,那乌谷儿(犹言气势)大得很。你想他手下英雄如此,怎会不成事呢?"

又有一客道:"如今北京却兴旺了个蟠桃宫,摄政王大发帑银,整理得天宫一般。因为庙中道士申天鉴本是个浮宕游方的老道，也会拳棒，也卖药物，人家说他还会房中御女等术，总言之，不是安分之徒。他曾在关外地面招摇惑众，不知怎的愣巴结到摄政王门下。那摄政王本好声色，既见申天鉴，听他纵谈房术，不由大悦，跟他学习之下，好不宠礼异常。那申天鉴会缩阳之法，却诡言自己仙道将成，用炼气之法除却淫根。摄政王亲验他胯下，果然光溜溜的，于是深信不疑，越发宠礼，便命他出入房闱，姬妾不避。这一来申天鉴大得受用，姬妾等既得活宝，又因事关重大，也没人敢向摄政王说他底细。

"偏偏他贼星发旺，摄政王提兵入关的当儿，有些踌躇不决，未免请他卜决吉凶。那申天鉴卜罢，登时再拜称贺，说是天命已至，不日即龙飞九五。这一下子被他嗷到屎尖上咧，所以摄政王赐予他蟠桃宫，并大兴土木，务极壮丽，还加他'紫虚真人'的位号，如今连太后娘娘都深宠天鉴，不时地召对谈玄哩。"

众客听了，大半叹息。其中有个少年却呜咽道："俺在京外。本有顷把良田，如今却被旗下人跑马占圈，圈了去咧！俺有个姊子住在北京，本想去投靠她，不想她偶然在门首买针线，被一旗丁瞅见，又硬硬地抢了去咧！"

向坚等听至此，唯有连连顿足。次日至京，一入国门，顿然又一番气象。只见秃襟窄袖、拖鞭着靴的人熙熙攘攘，还有那种乍穿新朝服制的人，也学得碎步轻趋，扬扬得意。街坊上满卒来往，掉臂狰狞。向坚等看在眼里，痛在心里。分投旧寓，且喜大乱之后依然无恙。向坚等歇息两日，由觉民在家私设了崇祯皇帝的灵位，大家私奠一番，相视流涕。

那黄萧却慨然道："为今之计，正是咱等驰逐功名报国之时。我想这时，东南半壁必有遗臣故老不忘故国，分起义兵。再者，南都史可法力拒北兵，正在用人，咱何不遁迹南中，看机会致身报国呢？"

向坚等尚未答语，朔来早一撅小辫，跳起来道："你说得虽不错，却是玉泉山的水，好是好，就是解不得近渴。俗语云：'擒贼擒王。'依我说，给他个空中伸下拏云手，先瞅个冷子刺杀摄政王，再说别的。"

大家听了，拍手称妙，真是初生犊儿不怕虎，又加着艺高人胆大，从这日起，小兄弟四人真个日日分头价探寻机会。你想摄政王不在府第便宿宫中，又有阿鲁特领了一班心腹侍卫，警备得何等森严，要想得手，谈何容易。

一日，四人会在一处，各述回探寻情形，便闲步上街，聊破寂闷。却见游人纷纷地议论道："你说阿鲁特这厮真将咱汉人瞧扁咧！人家摆擂赌彩刨字号是常有的，他却单自输彩于人，人若输了，须与他磕四个响头，你说这股子彪劲儿多么实足。如今已摆擂第三日，过了今天，他就要称北京第一条好汉咧！"

向坚听了，方想探寻详细，忽见男女两人，脚步伶俐，从远远地瞥然趋过。男子道："北京中也没甚意思，咱过两天还是回乡吧。"那女子应了一声，趋至岔口上，忽然分手。向坚向来见了女娘儿总要目不斜视，当时见那女子俏生生的后影儿，颇似那榆林寨的梅英嫄。正在延望之间，却见朔来已向游人询明阿鲁特摆擂的所在，大家正在闷闷，又想瞧瞧阿鲁特究竟怎的奇勇，于是兴冲冲随众便走。将近擂台，那四围观者早已势如潮涌，还有些挺胸腆肚的少年，内穿劲装，外披敞衣，大踏步趋来。

不多时拳场在望，但见那擂台扎结得金碧辉煌，十分华丽。台场左右是小配楼，左为置彩之所，右为阿鲁特歇坐之所。台额上一方金字大匾，是"武道交朋"，左右台柱上挂一副丈二长的对联，是"拳碎南山惊虎豹，脚翻北海走蛟龙"。额匾上都是大红披彩，趁着配楼上的彩缎铺设，真个十分阔绰。这时，右楼上有两个副手，正在大剌剌地高坐品茶，向台下乱瞅瞧热闹的女娘儿。

向坚等挤到台右边，方在驻足，忽见台左边游人乱闪，一阵价跌跌滚滚，便见四五名健仆拥定个彪形大汉直临台下。那汉子生得豹头环眼，五短身材，黑黪黪面庞儿，黑中透紫。两道剃帚眉，一双深凹眼，大鼻头，齐嘴巴子的短髯儿，便如回人一般。头戴六瓣瓜皮便帽，后撒红缨，拖着懒然似一条辫发，内穿密扣青衣裤，外披一件紫缎长袍，腰系板带，足踹鹿皮挖云靴。向四外一望的当儿，啪的一声，跺右脚，脚跟不离方寸，两膀一振，早已嗖一声飞上擂台，趁势脚踏台栏，卖了个台风儿。

台下众人不问情由，登时喝彩如雷，夹着乱噪道："阿鲁特！阿鲁特！你瞧人家这个旱地拔葱的式子，来得多么干脆！"正这当儿，右楼上两副手早逼定鬼似的趋近来，向阿鲁特恭敬敬一打千儿。阿鲁特退向右楼，两副手大剌剌地向台下道："哈哈！众位，你们汉人们生在大清朝，总算是有福气的，便是俺家都统爷摆擂以来，叫你们长多少见识，开多少眼睛！但是拳脚上没眼，诸位性命也非儿戏，别像昨天摔煞一个，倒惹得都统爷不欢喜。哪位自忖着还有两手儿，就请赐教吧！"说罢闪身退后。

那阿鲁特早甩却长袍，奋步当场，用左手一搭右腕，脚下踏步之间，便听得台右边俜声俜气地喊道："喂！诸位乡亲，别欺俺老山东愣怔，俺懂得这个，怎么暗含着摸俺屁股呢？俺若倒退三十年，咱们就贴（俗谓互相龙阳者，曰贴烧饼）一下子，哪里不交朋友呢！哈哈！俺如今却老了，三十多年没回家，正没落子，且待俺上台揍这黑小子，落注大钱，回得家去。俺老伴儿一欢喜，还许养个白胖的大小子哩！"说着，由人丛中挤出个赤红脸的老头儿，亮澄澄的尖头顶，秃得赛如葫芦。

众人见了，不由大笑道："秃老王，你真作死呀！不在天桥上卖假药，却真要唱个王二楼打擂吗？"（见昆剧《北平府》。）

秃老王一面勒袖，一面倒退十来步，猛地飞跑，嗖一声一个箭步，居然也跳上台去。原来这秃老王是久在北京卖金疮药的朋友，也会两手狗儿刨。

当时阿鲁特大笑道："你这老物儿如何来送死？快滚下去！"秃老王道："那么你就拿彩银来，算俺揍了你咧！"说着一矬身，奋拳上冲，冷不防便是个"开门炮"，险些儿打中阿鲁特的大鼻头。于是阿鲁特大怒，两人登时交起手来。黄霨在台下瞧秃老王手慌脚乱，还是顶着烟直上，正在笑得打跌，只见阿鲁特喝一声，卖个破绽，那秃老王一拳打空，早连身颠过去。阿鲁特哈哈大笑，双臂一撑，竟将秃老王一把捉牢，高高举起，猛一个顺水投鱼式，大家眼睁睁见那尖秃顶倒栽下来。台下众人呼啦一闪之间，黄霨大骇，方要飞步去接，陡见眼前光华一闪，由人丛飞出一位妙龄女子，用一个紫燕穿帘式，从斜刺里奋身一跃，急伸纤手，将秃老王秃顶一托，斜拨出丈余来远，吭哧声跌卧于地。这一下儿不打紧，趁着一拨的缓劲儿，顷刻救了一命。不然秃老王一颗头，准要栽到腔子里去咧！

那黄霨正在呆望那女子的俏庞儿，向坚回顾觉民道："噫！你看此女不是榆林寨的梅英嬢吗？"黄霨急欲问时，早见英嬢小脸儿通红，一绷脚跳上擂台，娇叱道："阿鲁特，好生凶狠！你举起敌人已自赢咧，如何还想故伤人命？"说着双拳一分，站在下首，道声"请"。

按较拳的规矩，这有礼让之意，这时阿鲁特应该拱手道"请"，自趋下首。无奈何阿鲁特见女子救了老王，似乎是挫了他的锐气，于是盛怒之下，举拳便上。两人这一交手，众人但见吆吆喝喝，拳脚纷纭，一个是轻妙取势，一个是沉着有余，唯有向坚等连连点头。

少时，两人打到酣畅处，那英嬢指东打西，纵跃如飞，累得阿鲁特拕挚着两只鬼怪似的大手扑来扑去。偏那英媛会凑趣儿，燕儿似的身段只和他摆来晃去。两人颉颃良久，忽见阿鲁特一变拳势，两条铁臂直起直落，向英媛风雨般裹将来。

台下黄霜望得大睁两眼，连连搓手道："不妙！不妙！那女子向后直退，你瞧，汗珠儿都挂下来！"说着连连捻拳，仿佛替人家十分用力。朔来正在暗笑，说时迟，那时快，阿鲁特一把抓去，英媛向后一闪，不想正碰在左边台柱上，眼睁睁分寸之间，阿鲁特钢钩似的大手已到酥胸。台下众人正在目定口呆，忘掉呼吸，只见英媛小脚一并，嗖一声直上两丈余，便如个纸人儿一般，后脊靠柱，平正正贴在柱上。阿鲁特一把抓空，倒累得向前一栽，几乎头撞台柱，只脚下收步的当儿，英媛早由柱上翩然而下，俏生生站在当场，也累得香汗淫淫，娇喘息息。

观者大惊，却不解英媛的解数，这时却喜动黄霜，只管拉开怪嗓连连喝彩。英媛眼光一瞬，也便注向向坚等。原来英媛所用的那解数名为"倒贴碑"，趁上跃之势，能黏壁顷刻，非有轻身提气的功夫不可，便如古来剑术家能着靴踏壁，行数十步一般。

当时阿鲁特一个虎势扑回身，正要和英媛再见高下，却因此场已罢，须重新延敌。正厉声道得一个"请"字的当儿，只见台下急匆匆挤出个英俊少年，向英媛乱招手道："妹儿如何这般好儿戏？咱行装都备，快些去吧！"正是：

国亡士气依然在，踪迹匆匆半侠徒。

欲知后事如何，且听下回分解。

第二十回

逞凶淫奇闻龙女椅
谋行刺详拟蟠桃宫

且说向坚忙望那少年，却是梅国芳，方回顾觉民、朔来道："你看他也来咧。"便见英嫄嫣然一笑，飞身下台，高叫道："俺只当今天不起程哩！"少年道："方才一转眼儿不见了你，倒累人寻了半晌。"说着相携而去。

这里向坚等猜测一回梅英嫄兄妹，好端端在榆林寨甚有威名，为何忽然入京？忽四下一望，不见黄鼐，以为他挤场外，当时三人不耐再看阿鲁特的骄傲样子，即便就台下四觅黄鼐，只是不见。

朔来笑道："方才黄鼐兄目不转睛地瞅那英嫄，巧咧他就许闹个腔后跟哩。"正说之间，忽见游人乱闪，便有一辆香车飞驰而过，车帘高揭，内中一个珠围翠绕的媳妇子，分明便是花喜。车后有两名满洲健仆相语道："你便跟车去，俺就势到台上问候，少时也便收擂咧。"

向坚等方在张望，车中媳妇子却狠狠瞅了朔来一眼，红尘起处，车已去远。便见一仆人由梯上台。向坚等踅离台下，不由互相诧异道："方才车中妇人分明是花喜，莫非她不在朱家了吗？"朔来笑道："朱某人没得本钱，自然用他不着，再转个主儿也是有的。"大家说笑着踅向一所酒肆，就临门敞座上随意落座，点过酒菜，一面谈笑慢饮，一面留神黄鼐或者从街坊上经过。却听得酒客们纷纷议论新闻，也有说南都福藩王业已被史可法等拥立建国，改元宏光的，也有说近来摄政王怎的跋扈的，也有说近畿之间各处立寨自保的乡团或被解散，或被剿毁的。

其中一客却四下一望，然后小语道："诸位所谈都不算新鲜，俺有一段新闻，真是白掉胡子老掉牙没听过的事。这事儿并且真不风影，俺怎么知道呢？因为俺有个外甥儿，本是木匠行，近来因太后、摄政王大发帑银修筑蟠桃宫，他在申老道手中包了点儿工程，不时地踅向宫中，和小道士等混熟咧，便无话不谈。

"一日俺外甥卧在包工房的里间儿，似睡不睡，忽听得外间里笑喘喘地跑进两个小道士。一个道：'这里没人，咱就玩一下子吧。'便闻啧啧两声，似乎作了个嘴儿。那宫中小道士大半都是申老道的娈童，俺外甥也没在意，却听得一个唾道：'你快躲开我！昨天晚上不知是哪个没脸的，咧着嘴，含着眼泪从师父房里出来。如今你还高兴，俺不久一定跑掉，离这火坑哩！'

"俺外甥听这说话的语音，却是叫明尘的小道士，便闻那个笑道：'你快别跑，咱的快活勾当就要来咧。咱师父新近又得摄政王一份大赏赐，不久地寻妥阔绰房舍，便置外家，弄些个花不溜丢的媳妇子。咱师父便有分身法，多长几根那话儿，也闹不过来。咱们是不消说，理直气壮地须抽个头儿哩。你傻憨咧，没捞本儿，却要跑掉。'

"明尘道：'你这话俺不信，摄政王为甚忽然赏赐呢？'那个道：'你真不留心，你不见咱师父近日向摄政王府中跑得越勤吗？原来是又钻着摄政王和太后的心缝咧。咱师父体会出太后有下嫁摄政王之意，便登时闹了一套鬼话连篇，他说太后、摄政王是玉皇大帝驾前的金童玉女转世，因偶动凡心，相视一笑，所以被玉帝谪降尘凡，缘当配偶，享受一朝的荣华富贵。所以太后等登时大悦，还立时许愿，要向蟠桃宫亲降御香咧。'

"俺外甥听至此，吓得冷汗直淋，直待两个小道士踅去，方敢起来。诸位，你说此事多么新鲜呢！"

向坚等听了，方在停杯气涌，只见酒伙向肆外一个半老婆婆叹道："俺与你点儿食物，你快回家去吧。如今北京是非之地，你多耽搁没得好处。一言抄百总，你要告状，北京中官府虽多，哪个敢准你的状子？便是铁面无私的包龙图活转来也不成功，你当如今还是咱大明的天下吗？"向坚等一瞅那婆婆，有五十多岁，愁眉泪眼，一面哽咽，一面逡巡要去。

正这当儿，忽见肆外泼剌剌数骑跑过。居中一人扬鞭顾盼，后跟一群健仆，正是阿鲁特。那婆婆猛见，命都不顾，只喊得一声："姓阿的强盗！快还俺女儿来！"说罢，健步如飞，莽熊似扑上去。还没到马跟前，阿鲁特一声断喝，长鞭一挥，向婆婆唰唰唰一连几下。那婆婆跌翻在地又哭又骂的当儿，后面众健仆蜂拥而上，拳足交下，直打得那婆婆放声大哭，满街乱滚。

向坚大怒,霍地站起,方想抢出,却被酒伙两手乱摇,一头抵住。逡巡之间,阿鲁特一干人已呼啸而去,望得酒客们都愣愣地低语道:"反了,反了,如今没得世界了。"

这时朔来等早已跑出,扶起那满面是血、泥母猪似的婆婆。那婆婆唯有直喊皇天,仰面大恸。进得酒肆,大家一看她伤痕还不碍事,酒伙噪道:"你老若听俺的话,早回家,不少挨这顿打吗?慢说是你的女儿,便是王母娘娘的三公主,那姓阿的也敢抢去哩!"

向坚等一听,不由剑眉直竖,便止住众喧,令那婆婆一述缘故。那婆婆滔滔述罢,又是一阵放声大恸。原来那婆婆姓郝,便是西郊外庄户人家,有个女儿名玉姐,年方十七八岁,生得白皙皙、俏俐俐头儿脚儿,委实有几分姿色。因出嫁在即,郝妈妈心爱女儿,要备妆奁,便携了女儿慢步进城,购妥应用之物,寄放在旅店中,准备回家后遣人来取。

次日傍午时光,娘儿俩相携出城。乡下姑娘轻易不到京城,未免要到处瞧瞧。可巧趸近擂台旁,正是头一天摆场,观者如蚁,十分热闹,依着郝妈妈也便过去咧,哪知玉姐多事,偏要瞧回热闹。这一来不打紧,玉姐方羞涩涩一仰俏脸儿,早被阿鲁特张见,于是不容分说,命健仆纷纷下台,拥了玉姐便走。那郝妈妈拼命哭骂,反触群仆之怒,便一并撮将去,直入阿府。

郝妈妈不识风色,依然地大哭大叫,却被群仆关在跨院下房中,直闹了大半日,通没人理她。郝妈妈力尽气竭,正在模糊当儿,忽听玉姐隐隐悲啼,便在隔墙正院又闻得有人暴声粗气地哈哈大笑。少时玉姐越发地呻吟凄楚,闹作一团,还夹着妇女嬉笑之声道:"啊哟,我的爷!你也忍忍的,就不会从容些吗?人家女儿家哪里比得俺们。"郝妈妈料事不妙,正要拼命去撞屋门,却听得窗外一仆人喝道:"你这婆子休要寻死!俺家都统爷已由拳场回头,和你女儿正在吃紧写意的当儿,你不安静些,叫你登时便是死数!"

郝妈妈一听,心胆俱裂,便拼命价高声哭骂,即闻隔院中大喝道:"与我拖过来,叫她见见女儿!"郝妈妈哭喊之间,房门大启,已由外面闯进三四个大脚婆子,不容分说,架了郝妈妈直奔隔院。刚走到正房帘外,业已听得玉姐呻楚悲啼,不成局面。只那帘儿一启,郝妈妈被众人拖入的当儿,抬头一望,早已气昏在地。原来那玉姐业已白羊似的仰坐在一具奇怪的躺椅上,手足分张,被那椅上的许多机轴钩拦得不能转动。那阿鲁特只着短衫,赤露下体,正俯据在玉姐身上大肆蹂躏。椅旁有三四个妖娆少妇,正在嬉笑作一团,一面注视,一面互相推拥。

原来这阿鲁特自恃勇力,凶淫无比,家中设有诸般淫机,逢有美色,便硬抢掠。这椅儿名为"龙女献珠",是西洋奇巧的物具,专以摆布处女羞拒,拗手拗脚的。只消剥光推上椅儿,便登时轩豁呈露,任人所为。还有一种"美人榻"更为淫奇,上面有细巧机轴,男女俯仰卧下去,登时能从容自动,进退自如。若到吃紧当儿,榻沿上有处机关,只需略按,便立时能风狂雨遽,大开大合。阿鲁特如此凶淫,当时也不知作践了多少妇女哩!(按:满人初入关时,旗下健将真如此纵恣,曾见《啸亭杂录笔记》。以满人记述,尚且如此,则当时之淫威可想。然持平而论,满人中尽多贤者,所以能开一朝国局。)

当时郝妈妈一头昏去,及至醒来,业已被人抛置在街坊上。于是郝妈妈行哭都市,声言告状,大家闻得是阿鲁特的勾当,都缩脖躲开。这时郝妈妈趑经酒肆之外买取食物,不由向酒伙述起冤苦,所以酒伙劝她回家。不想正遇阿鲁特由拳场回府,又被一场毒打。当时郝妈妈述毕,痛哭不止,向坚气得正摸肚皮之间,酒肆主人唯恐生事,忙跑来将郝妈妈劝走,又向诸客道:"众位少问闲事,只管悄没声地吃酒吧。"

诸客不便再高谈阔论,即便散掉大半。向坚等随众趑出,好不气闷,一径地回到觉民的客室里。大家愣了半晌,朔来搓着小辫儿,忽跳起来道:"该死!该死!阿鲁特这般可恶,郝玉姐这般可怜,难道咱就罢了不成?依我说,也如收拾朱大本钱,将姓阿的收拾一下子才痛快!"向坚拍手道:"妙!妙!救出玉姐,都在俺身上,咱索性将阿鲁特一并先弄煞,然后再寻凶王的晦气如何?"

正说着,忽闻窗外哧地一笑道:"你们鸟乱的是什么?为甚先弄煞阿鲁特呢?如今却有个天大的机会,一下子弄煞凶王,不比弄煞阿鲁特强得多么?"声尽处趑进一人,却是黄霾。于是向坚等争询所以,并问他这大半日跑向哪里。

黄霾一面笑吟吟就座,一面道:"且莫乱,俺先听听你们所议是怎么回事再说。"于是向坚等便述阿鲁特抢淫玉姐之事。黄霾大笑道:"这小子真会想法儿玩!论理说一刻也留不得,咱大家今夜就去行事才是。但是还有个巧机会,俺那会子行经蟠桃宫外,只见观门首焕然一新,十分壮丽,有三四个小太监出出入入,还有四五匹高头骏马系在松荫之下。须臾观里面一阵传呼伺候，由那申天鉴送出个挺胸腆肚的大太监，一面由小太监等搀扶上马，一面回首向申老道道：'明天傍晚，太后也就驾到，降过香，还许在后院致虚阁内静歇一会子。你就依咱家的话，小心伺候吧。'那申老道鞠躬唯唯之间，太监等已一拥而去。

"俺就坊众们一探听，方知蟠桃宫业已修筑完竣。明日傍晚，太后驾临，亲降第一炷夜香，并诏谕摄政王，明日便斋宿观中，恭代太后洒扫大殿。至夜半时，还要在后院东北角上亲点塔灯，为太后祈福。据说那座塔十分伟丽玲珑，高可十三级，上塑玉虚道众的圣像，一像面前一盏香灯，名为'乾坤塔'。所以这位太监奉了太后之谕，亲来吩咐申老道。你想这等机会，却不是巧？咱先除去大头子不好吗？"

向坚等听了，都各大悦。朔来道："反正咱要摆布凶王也须明日夜里，今晚上咱若不去救玉姐，恐怕这一夜工夫，咱们都须得了大气痞哩！"向坚等正怙惙明晚去刺摄政王，便不曾理会朔来的话。

朔来也没言语，少时忽笑问黄鼐道："那会子俺们在擂台下再也寻你不着，你莫非踪迹那男女两人去来吗？那便是榆林寨梅英嫄兄妹。"黄鼐笑道："俺怕不晓得？俺那会子和他兄妹谈了半晌，回头方行经蟠桃宫哩。"于是笑吟吟一述访英嫄的情形，甚是得意。

原来黄鼐一见英嫄丰姿，不由倾倒，便跟向一处旅店，只见行装马匹都已收拾停当，兄妹两人大有匆匆登程的样子，于是黄鼐通名进见。英嫄兄妹一见黄鼐气概，料是北京中游侠朋友，彼此谈话之间各述踪迹，不由意气相得。黄鼐方知涿州的榆林寨已被官中强为解散，依英嫄性儿，就想立举义旗，亏得国芳自揣是卵石之势，竭力劝住。兄妹俩便悄悄赴京，一觇形势，知北方立不得脚，所以想速返原籍，另做事业。

当时那国芳顷谈之下，十分慷慨，英嫄却闪闪的两只俊眼直瞟黄鼐。少时，却挫着牙儿，咯咯地笑道："如今满人欺人太甚，若不是阿兄拦俺，俺就和他们拼一下子，如今只好躲向南方。黄鼐爷你瞧着，到南方，若不将满人所管的地面搅个稀糊脑儿烂，不算本事！俺屡得南方音耗，这当儿结寨的结寨，起义的起义，到处里十分热闹。黄爷若高兴，何妨便同俺南去，不强似在北京受窝撤气吗？"说着恨恨地一跺小脚儿，水灵灵眼光注定黄鼐，却咬着唇儿微笑。

黄鼐见状，不由心窝奇痒，方想寻两句话打个干脆俏皮，不想不作美的店家偏来照料登程。于是英嫄等匆匆别过黄鼐，跨马出店，黄鼐呆立在店门首,见英嬛趑出老远,还似乎回头一笑的光景,闹得黄霨怳然良久,方才慢步趑转。

当时黄霨述罢,向坚道:"梅氏兄妹南返寻事业,所见甚是,北方立脚却不易哩。"说话间用过晚膳,业已将二鼓,黄霨高兴,又说起明晚谋刺摄政王之事。忽见朔来连连呵欠,少时却捏了觉民一把,两人即便厮趁趑出。这里黄霨等也没在意,正谈到明晚行事,十分起劲。向坚急沉吟道:"这夜行勾当,先须明白道路,不知这蟠桃宫道路怎样?"正是:

　　欲试屠龙夸妙手,识途老马定先来。

欲知后事如何,且听下回分解。

第二十一回

装鬼神夜救难女
扮童竖昼赴琳宫

且说黄鼐听向坚说罢，不由一怔道："这蟠桃宫俺却没去过，好在方兄是北京的地里鬼，只需问他便知分晓。"说着，起寻朔来，却没影儿，以为他是自行趱去，只好明日再议。两人又闲谈一回，也不见觉民，以为他是进内院歇困咧。

正这当儿，忽地簌簌落了一阵细雨，业已三鼓大后，向坚道："咱久已不曾抵足同榻，今晚你便歇在此吧。"黄鼐道："你这客榻上窄巴巴的，咱们用回静坐功夫倒不错。"于是略息灯光，满屋内阴沉沉的，两人静坐下来，果然是元气遁回，十分舒畅，不多时光，向坚已鼻息调匀，仿佛入定。唯有黄鼐，虽在静中，不知怎的，心识恍惚中却似见梅英嫄微舒笑靥，又似和英嫄联骑并辔，驰骋于山野之间，似乎是相度什么地势，须臾听听街柝，已五鼓敲过。

黄鼐正在摄神敛气，忽闻窗外沙沙沙一阵飞尘，接着便有人怪声怪气地喝道："呔！黄鼐听真，吾乃夜游神是也！因你见义不为，心怯凶徒，不救难女郝玉姐，吾已奏闻天庭，罚你减寿一纪！"黄鼐一怔，急睁两眼之间，只见帘儿拱处，先钻进个乌黑的小脸儿，两道朱砂眉，一张血盆口，趁着两只圆彪彪的怪眼，向黄鼐龇牙一笑。吱的声跳进个皂衣神道，后随一个绿衣鬼使，面目鬅发，浑身纯绿，便如吕纯阳座下的柳树精。

黄鼐大骇，方喊得一声"你是什么妖神邪祟！"这里向坚望得分明，早已奋拳跳起。那鬼使忍笑不得，扑哧一声，却是觉民的声音。这时夜游神也便哈哈大笑，一揭假面具，却是朔来。随手给鬼使也揭掉假面，那觉民早已揉着肚皮，蹲在地下，笑过一阵，然后跳起来，指着朔来道："俺料你拉俺一把就没好事。咱奔驰半夜还不算，又肮脏人两只眼睛。"朔来道："你瞧了好体面的把戏，应该谢谢我才是。咱若不辛苦一趟，怎知那威赫赫的阿鲁特却是个响当当的乌龟呢？"于是笑嘻嘻一述缘故。

原来朔来性好游戏，从先在北京混闹时，所置的鬼脸儿、奇怪衣饰一切都有。当时朔来暗捏觉民一把，两人趄出，觉民笑道："你鬼鬼祟祟的什么事呀？"朔来道："你休问，反正有件事做。"觉民不知就里，只好跟他到寓所。

朔来道："你看黄鼎兄，议论起刺凶王来，便不理会阿鲁特哩。依我看，先除狐狸，便是减却豺狼的爪牙，况且眼看着弱女落难，咱既以侠义自命，也该想个计较才是。老弟，你若胆怯呢，咱就不必说。"觉民笑道："得咧，这老套儿激将法也透着太不鲜亮，你就说咱两人去摆布姓阿的并救出玉姐不结了吗？"朔来道："好，好，既如此，咱就打扮起来。"于是取出鬼脸儿并皂绿衣饰。

觉民笑道："此是何意呢？"朔来道："你好发呆！咱明日夜晚还要去办大事，倘或被人识破面目，就有许多不便，况且阿鲁特是凶王的侍卫，咱一下子刺杀他倒还罢了。倘或被他跑掉，识得咱的真面去，岂非是打草惊蛇，令敌人立加防范吗？"觉民一听，甚是有理，于是两人打扮停当，各佩短剑，直奔阿府，一路上商议定，先救玉姐，然后再寻阿鲁特的晦气。

不多时到得府后垣外，只望见里面树榭参差，静悄悄地突兀于星光耿动之中。原来这垣内本是田畹的一片花圃，自阿鲁特占居以来，便做了练艺之所，许多的名花异木都没人修理，就如荒空的院落一般。即此一端，便可见鼎革之交，"王侯第宅多新主，文武衣冠异昔时"的一番景象了。

当时朔来等略为倾听，正想跃入，忽见垣内提灯亮儿一闪，接着有气没力地响了两记梆铃，便闻一人笑道："喂！老疙瘩，怎么咧，为甚没精打采的？你别想不开，见太太唤得小杜子去，就吃这没味的泻汤醋，须知'人无千日好，花无百日红'。咱当年虽也当过快活差事，打过响当子，而今却不成功，脸上皱皱的，嘴上油油（谓多髯也）的，偏他娘的底下又郎郎当当瘦瘦的。你说哪一样儿比得人家小杜子，能巴结得太太欢喜地颠屁股呢？算了吧，咱只哄着小杜子在太太跟前给咱们多加两句好话，巧咧唤咱们去垫个空，抽个头儿，也就是咧。"

一人唾道："你说的何尝不是，俺就不服气，太太怎的偏喜欢毛头小厮呢？那中看不中吃的货儿真能当事吗？"那一人笑道："这可难说咧。俗语云：'拉屎不叫狗。'好这一把儿，咱太太要玩个老骚俏，单喜欢没长劲毛的雏儿，也就像咱都统爷糟蹋玉姐一般，总言之，全是作孽罢了。"一人道："说起玉姐儿倒也可怜，自被抢进来，只是痛哭求死，你看那新来不久的朱家娘儿就会献勤儿，说是能劝顺玉姐，如今玉姐跟她歇宿在东院中，不知是怎样劝说法哩。"

朔来等正在倾耳，便见灯火略远，似已踅向前，又闻一人极力咳嗽道："谁呀！好王八□的！"一人笑道："得咧，老疙瘩，那不是楼后的半截枯桂树吗？"于是铃梆断续，似由箭道穿向前院。这里朔来等更不怠慢，便次第一跃入垣，略为闭目，然后细细一看道路。只见这后院南首又是一段亚字围墙，墙内灯光隐隐，还间有妇女脚步声响。

两人踅近围墙，朔来低语道："这墙内定是正院，天幸阿鲁特倘宿在内，咱先瞅准了他，回头再毁这小子，你道好吗？"觉民点头。两人登时施展出纵跃能为，只身儿一矬，脚尖点地，早猫儿似跃上墙头，先四下一辨方向。只见靠正院是东西跨院，西院内灯火都熄，静悄悄的，那东院正房中还灯光隐隐。便闻正院上房中吱扭声门儿一掩，似有仆妇踅向下房，随即有个老声老气的妇人道："今晚你家爷因要事被王爷唤得去，不回府咧，你等也就安置吧。"那仆妇应了一声，顷刻间，院中悬灯一时都熄。

朔来等知阿鲁特恰巧不在府中，不由大扫其兴，正要趁势便奔东院寻觅玉姐，忽闻正房呱呱呱一阵笑，那声音十分老辣。接着有人喝道："你猴向高处，难道老娘便饶过你不成？"朔来一听，赶忙伏身，再一倾耳，原来没相干。却闻正房内又有人颤抖抖的细声细语。觉民小语道："巧咧，这细声嫩语的就是玉姐，咱何妨先张张去呢？"于是两人各显能为，便由围墙上来了个穿枝过梗的身法，嗖嗖地跃登正房，又用个游蛇贴地式，爬向房前坡，由抱柱上顺势而下。

这时房内灯火辉煌，照彻窗际，已闻得里面吱吱咯咯并妇人怪声妖气地道："杜旺儿，你这孩子好生薄福，你服侍得太太，却不是天大造化？你怕甚的，只管放心大胆的就是。"朔来等凑近窗隙，向内一张，几乎扑哧声大笑起来。

原来里面一个黑漆漆、赤条条的满妇，正高举两只大脚板，仰卧于榻，怀中搂定个十六七岁的顽童，正颠弄得有声有色。那顽童露着雪练似一身白皮肉，被揿在满妇身上，便如白袍将跨一匹乌骓马一般。两人见那满妇癫狂簸弄，颇有大嚼江瑶柱之势，更一面价乱唤杜旺儿，不由恍悟所闻的巡卒一番话，知是阿鲁特的老婆任意宣淫。

朔来方打算去使促狭，忽闻东院中隐隐一阵妇女啜泣之声，两人料是玉姐，便不顾再瞧把戏，忙趑离窗下，由东墙角一跃而过。方趑近正房门外，只听里面有个妇人笑道："玉姐，俺劝你依了阿爷，在这里享受荣华，都是好话。插不尽的金，戴不尽的银，吃不尽的珍馐美味，住不尽的高房大厦，人生一世，草活一秋，风光快活一辈子也就是咧。人家还有钻头觅缝想到这里来的哩。

"不瞒你说，俺家也不少吃，也不少穿，就因为我们当家的要巴结阿爷，想在北京创个大大人物，所以将俺献宝似的献进来。果然俺们当家的大得其意。你看俺在这里哪些儿不适意？你为甚只管发拗性？若触怒阿爷，那还了得！他弄煞个把人，向外一拖，还不当捏煞臭虫哩！好妹妹，俺与你擦擦眼泪，明天俺领你去见阿爷，你只需头儿一低，脸儿一红，便竟赗着合府上下人称你作姨太太咧！"正说着，忽闻哧的一声，妇人微嗔道："哟！你有话好生说，为甚抓人一把呢？"

觉民一听这妇人语音却是花喜，不由大诧，忙和朔来推门而入。就里间帘缝一张之间，恰好花喜气愤愤地站起，背着灯影儿要卸晚妆。这里朔来当头，早猫着腰儿悄悄站向她背后。那花喜高扬两臂，一面绾髻，一面喝玉姐道："你这妮子，不懂好歹！"这时玉姐伏首于案，还是哭泣。花喜恨道："好一个拗性人，你瞧我的！"一声未尽，只听胳肢窝下喝的一声，登时现出个怪脸子。花喜吓得声唤不得，扑通声抖倒之间，对面玉姐一抬头，嘤咛一声，也便顺椅儿溜将下去。这里觉民更不怠慢，便过去一蹲身儿，由朔来扶起个昏昏沉沉的玉姐，置向觉民肩头，附耳数语。

不提觉民应诺，大踏步便走，且说花喜抖跌在地，吓得半死，却越怕越瞅。既见那绿衣鬼使驮得玉姐去，正在骇然，忽见那皂衣神道眼张失落地就榻上一望，恰好榻脚头有一根压帐沿的檀木棒儿，光油油的有虎口粗细，六寸来长，便见他抄在手中，颠了颠，忽然向自己一笑。花喜暗道："不好！若挨了这家伙儿，管保是浑身紫烂！"正要挣扎着大声呼唤，只一转眼的当儿，那神道已笑嘻嘻地蹭近来。花喜大骇，只吓得作声不得，却觉他拉脱自己的裤儿，三不知有件冰冷挺硬的东西插将来。花喜只痛得双睛一闭，嘴儿一咧，正在婉转之中，却猛闻神道喝道："你这恶妇，自称来献宝，俺也献给你这件宝物！"

这一声不打紧，为日不久，竟闹得群侠星散，各走天涯。可笑朔来装神扮鬼地自矜机灵，一句话却露了马脚咧。当时花喜但觉不便处满胀痛辣，少时一睁眼，皂衣神道已自不见，然而她虽在恍惚中，却听那神道语音分明便是方朔来，惊定良久，先从不便处抽出檀棒，然后声喊起来。

不提阿府中疑神疑鬼自有一番鸟乱，且说朔来依然从府后垣跃出，会着觉民且喜玉姐已自神识清楚，问明她家在西郊某处，好在不远，两人便施展开飞行术，护了玉姐，由西城僻处越城而出，直送至玉姐家门首，方才释手而去。

不提玉姐母女会面，感激神佑，望空拜谢，且说朔来等一路趱回，正是黄霭等静坐的当儿，所以朔来等直跳进来。当时朔来述罢，大家拍手大笑。向坚道："不料花喜这等不堪，怎又转落到姓阿的家去咧？怪道那天咱们在擂台下遇见她，后跟阿家的仆人哩。"黄霭道："不必管她，且说正事要紧。"于是又提起明晚要赴蟠桃宫，须先探明道路之事。朔来一面和觉民更衣，一面沉吟道："俺虽是老北京，这蟠桃宫却不熟稔，然而也不打紧，探路一事，都在俺身上。"正说着，早已鸡声喔喔，大家索性不再睡，谈笑间正用早饭，只见仆人提进来两只小荆篮儿，里面是梨枣花生之类。

仆人笑道："小人家中两个蠢孩子今早来看望俺，特携此土物儿孝敬主人。"朔来见了，忽然心中一动，忙一迭声唤进两个孩子，却都是二十来岁的笨汉，一色的短衣破笠，红着脸儿，向大家直撅撅地一个大揖。

朔来笑问那大些的道："你叫什么？"那孩子道："俺叫欢虎儿。"因指那小的道："他小名儿叫木头。"朔来大笑道："妙！妙！好个欢虎儿！"因附向坚之耳低低数语，向坚笑道："妙极！既如此，俺就当木头，陪你走一趟吧。"于是令两个孩子退出，黄霭等问知所以，都各称妙。朔来却笑道："向坚兄直撅撅的，去只管去，却须要名称其实，真当木头，但看俺欢虎儿随机应变方妙。"向坚笑道："你别吹大气咧，俺只去李铁牛的哑道童如何？"大家听了，又各大笑。须臾饭罢，便唤进仆人悄悄数语，仆人含笑而出，不多时送进两份儿短衣破笠。

你看朔来好不促狭，先给向坚打扮停当，端相一回，还觉他肉皮细致，冷不防抄起一把尘土，向向坚脸上一抹。向坚用袖儿揩拭之间，面孔上早已一塌糊涂，招得黄霭拍手大笑道："这一来真够样儿咧！"朔来正色道："什么话呢，装什么须像什么，你瞧我的。"于是先掬尘土，向脸上抹了个蝴蝶嘴，然后穿起短衣，绾起疙瘩髻，即将破笠儿背在后背，抄起一只荆篮儿，一手托腮喊道："好鲜货呀！赛藕的梨儿，赛蜜的枣儿，吃了长生果，永不会老！"说着，一拉向坚道，"老木哇，咱有什么事，也该办着咧！"向坚忍笑，提篮后随。

两人方趑至院中，黄鼐大笑，趁在后面，随手折了一朵玫瑰花，与朔来插在鬓上。朔来也不理他，就这等花枝招展相携而去。

不提黄鼐等且听好音，并朔来等一路喊卖，直奔蟠桃宫，且说这日申天鉴因今晚太后降香，绝早起来即便铺陈整备，大殿上盛陈法器，笙管云璈，又张挂许多的神仙故事的图画。后院宽敞道房中为太后来时歇坐之所，越发铺设得锦天绣地，各样的奇卉名香纷罗座次，简直地天宫一般。有许多执事的道众分头料理，另有一班人众分头洒扫，好不忙乱。

其时观中有个扫地夫的头儿姓卜，生得黑粗肥胖，却爱说爱笑，甚是和气，人都唤他作卜头儿，或唤老卜，这时正腆着大肚皮，在烈日之下一面抹汗一面看扫夫工作。只听东墙下有人喊道："喂！卜头儿，王的二的发了转筋痧咧，咧着大嘴直叫妈，你看怎么办哪？"卜头儿道："快叫他回去，换老孙来，这是什么工作，耽搁了还了得吗？"正说着，恰好殿阶下两个扫夫拌起嘴来，卜头儿走去喝住，正没好气，只听西厢下又有人喊道："喂！老卜哪，你看今天八下里撒扭，扫夫吉老八他爹方才一口痰堵煞咧，你看是叫他去不呢？"卜头儿嗔道："补你妈的巴子！谁没个爹呢，快叫他去，就势唤老郑来，索性叫他连徐二愣也叫来，说不定咱这里还有该犯鸡爪子风的哩！"正说之间，忽觉脖子后哧溜一下子，有根烟筒舒将过来。正是：

琳宫扫地寻常事，侠士迎机次第来。

欲知后事如何，且听下回分解。

第二十二回

充扫夫计入蟠桃宫
取鸟巢险试乾坤塔

且说卜头儿因工作要紧，偏偏又去了两个扫夫，正燥热得没好气，忽觉脖后舒过一支烟筒，便有人笑道："老卜哇，你闹口关东烟煞煞热吧，一抽一噎，好霸道家伙哩！"卜头儿回望，却是观中厨夫业已酒气醺醺的半红脸儿。卜头儿刚道得一声："你真暇逸，今天愣会有工夫吃酒。"便见一厨伙跑来道："掌勺的，你真罢了，方才咱观中人到王府打探，说是王爷要先到这里察看一回，敢怕少时便倒，你还不快预备汤点去！"厨夫一听，拔脚便跑。

这里卜头儿一着急，登时一身臭汗，便扇着两只肥膀子跑向观门外，去张望换班的扫夫。正在大睁两眼，直抹躁汗，只听观门旁有人相语道："伙计，怪不得人家叫你木头，方才观中道爷们来买梨，少给个一文半文什么要紧，你却和人争破眼皮。做小生意，须和气当先哩！"

卜头儿一瞧，却是两个挎篮儿的小贩蹲在观门墙旁。那说话的嘻嘴笑脸，露着钱大的辫顶，绾着个核桃大的疙瘩髻，上面还插朵玫瑰花儿，一面拣弄篮儿内的大白梨，一面向那一小贩道："老木哇，你说我的话对不对呀？"忽望见卜头儿，便笑道，"你老闹个大白梨呀，这是新鲜西山手摘的货，好体面味道哩！"

卜头儿正在燥渴得热气腾腾，方笑吟吟凑蹲篮前，那小贩早拣好梨送向手中。卜头儿大嚼之下，真个是甘香满颊，遍体清凉。一气儿便是四五枚，又从那小贩篮中找补了两枚，回手一摸腰袋，便笑道："老板稍候，俺与你取钱去。"

小贩笑道："得啦！你老热巴巴地跑什么，俺常在观外叫卖，改日再给就是。你老在观中领扫工儿，哪个不认识你老人家呢？"说着，凝想道，

"您看俺多么忘性，您老的尊姓，俺到嘴边上。就是说不出。"卜头儿道："贱姓卜。"小贩笑道："不错，不错，人都称为卜老实卜爷的，就是你老人家。"卜头儿听了，满心眼都是舒齐。

正这当儿，忽见踅来个拐腿子老扫夫。卜头儿大怒，跳起来道："徐二愣一班人呢？你这老弱残兵来干什么呀？"老扫夫道："他们都没空，所以打发俺来咧。"卜头儿跺脚道："你看他们办的什么事！耽搁工作可是小事？等我自去唤他们！"

小贩笑道："你老再跑一趟，越发耽搁了。左右俺们也没要事，你老领俺进观中，做回短工如何呢？"卜头儿喜道："如此甚好。你二位叫甚名字，俺好记账发工钱。"小贩道："您又来咧！什么钱不钱的，俺小名叫欢虎儿，俺这伙计小名儿叫木头。你老多照应点儿吧。"

卜头儿大悦，正要去接他篮，只见木头道："不去不去！俺耽搁半日生意，值得多哩！"欢虎道："老木，你是怎么咧？你到观中开开眼睛，这一辈子便活值咧，你还讲值多值少哩。走吧，你这是怎么说呢！"

于是两人站起，将篮儿交与卜头儿，卜头儿前行引路，只一转身之间，两人却一挤眼儿。刚进得观门，欢虎道："哟！你老慢走！这光紧紧的地皮上，谁撒些米面呀？"卜头儿笑道："那是撒的芸香、藿香，唯恐太后和王爷驾到，闻着恶气味。"因向西墙根下一指道，"你看那里还有檀桂水壶并百合香水壶哩，都是洒地用的。"

欢虎道："哟！你老这却不对，怎蒙俺怯条子呢？那明是一溜儿高装金漆细马桶哪！"卜头儿大笑道："怯哥哥，你别怄我咧！你看那画云鹤的黄缎彩棚边不是有很精巧的吃水龙儿吗？就是喷香水用的。"欢虎道："哦，这就是了，看起来还是皇上家排场。俺乡下的大财主便是丧事上的大白灵棚，也没这彩棚好看哩。"

正在胡噪，只听彩棚后面叮叮当当一阵响，接着一阵笙管嗷嘈。欢虎道："怎么观中还唱坐腔戏吗？"

卜头儿一面走，一面笑得发喘道："这是道众们演习仙音法器，准备今晚接驾用的。"正说着，踅经棚后，果见有十二名清秀小道士正在敲云锣、吹笙管地乱成一片。靠大殿脚下还竖着一杆檀穗玲珑，八宝香幡，描金画龙的朱漆杆儿就有两丈来高，那幡脚上都缀明珠，十分华美，微风一吹，异香扑鼻。

欢虎吐舌道："喂，老木哇，你看好一杆上会的大中幡，可惜没有大胯骨配着。"卜头儿笑道："你真会端相！不认得骆驼，别认是塌背马！俺再教你个乖，这是太后降香时头前引路的百福香幡，什么庙会上有这等中幡哪？你看你伙计多么雅静，管保不露怯。"

欢虎道："他是'哑巴吃扁食——心里有数儿'，你没见他四下乱望，指望着拾个狼弹（俗谓拾取遗物，曰拾狼弹，即捡便宜之意）哩！"卜头儿大笑之间，正要从大殿上穿向后院，方登殿阶儿，不想那殿柱上两条彩扎的金晃晃大盘龙是下有活机，可以活动的，欢虎一脚踏去，正中机括。只见那龙一摆头角，鳞鬣齐奋，登时间张牙舞爪。卜头儿方回头道："伙计不要怕。"欢虎已大叫道："我的妈呀！"一骨碌跌卧于地，后面木头连忙扶起他，却如没事人一般。

卜头儿惊且笑道："你鬼头鬼脑的，原来却胆小，俺索性再叫你见够了世面，然后工作。"于是引入正殿，观玩一回。

欢虎不暇看别的，却见东西壁下设有很精致的硬弓大箭，便笑道："俺又来露怯咧，莫非这所在还有人习武吗？"卜头儿低声道："你不晓得，今晚太后和王爷来降香扫塔，这是多大的关系，岂有不加警备的道理？这弓箭就是侍卫们先来设备的，其实也是过于小心，哪个王八蛋吃了大虫心肝豹子胆，敢到这塌塌儿送小命哪？"欢虎听了，只好一咧嘴，干眨两眼，正偷偷地去瞅弓弦，卜头儿接说道，"若真个有歹人来，也真是送命。这班侍卫们，俺听说都是经王爷亲挑的角抵名家、射声妙手。"

这当儿，木头一听，却长长地哼了一声。欢虎笑道："伙计，你哼什么？少时咱工作完了，还误不了做生意哩。"三人说话之间，业已转入后院，只见满院中奇花馥郁，趁着苍松古柏，好宽敞一所道院。后殿上是西王母娘娘的寝宫，绕阶下杂植许多小桃树，以做蟠桃的点缀，左有鹿方，右有鹤槛。这当儿，后殿上旃檀徐袅，趁着鹤影松声，真仿佛神仙洞府一般。寝宫之后还有一所精致道院，便是准备的太后歇坐之所，这时门首早已扎结得花台一般。

三人一路四望，欢虎问知那道院为太后歇坐之所，便不作声，忽一眼望见东北角上高塔矗立，方暗想道："这定是黄骉所说的乾坤塔，今晚凶王要亲点塔灯，这所在倒须要留神。"正在张望怙惙，忽见塔下围拢了一群人，仰面乱嘈。其中一个执事的道士急得暴跳，乱骂道："你们真没用！一个鸟巢都没法取下来！"

卜头儿道："什么事呀，咱也瞧瞧去。"三人趱近塔，向上一望，只见塔顶上有个很大的鸟巢，恰有几个鸟儿飞进飞出，瞧着塔下众人鸟乱，很露出你等无奈我何的样儿。卜头儿就老道一问所以，老道噪道："老卜，你看他们多么没用！今晚王爷点塔灯时，万一巢中落下鸟粪，还了得吗？是我叫他们快快取下，他们都说不成功。兀地不气坏人吗？"

众夫役道："你老净会说。塔里面有旋梯可上，但是出了塔高级的塔门儿，要上塔檐已然不易，何况塔檐离塔尖儿还直立立地有两丈多高，一说就上去取鸟巢，好玄虚事儿呀！"

卜头儿方一吐舌，欢虎却笑道："这不算回事，俺上去就取下来。"众人一听，登时注目。卜头儿唾道："我的怯大爷，你别给我找病咧！俺领你来扫地，你一下子跌煞，俺可打不起人命官司。"

哪知执事道士正没法取鸟巢儿，见卜头儿这等说，便冷笑道："卜头儿，你不对呀！他既说大话，必有本事，你拦下他，这不是较我的十个劲吗？好好，你等我禀知申道爷再说！"卜头儿一听，只吓得手足无措，因向欢虎道："老哥，你有本事快露露吧。"说着，由腰中解下一条挺长的毛布巾，直抹肥汗。

欢虎见状暗暗好笑，却一面端相着塔尖中腰，倒垂着一株小松树，那正干只有茶杯粗细，却蜷曲槎枒，十分坚老，一面摇手道："不成功，可是你老说得好来，倘跌煞了，是玩的吗？"卜头儿一听，正在着急，道士道："怎么样？你看他登时不上去咧！卜头儿，这都你一段之过，今天没别的，咱们总得干一家伙！"

卜头儿听了，只急得向欢虎作揖拱手，老哥怯爹地乱叫，倒招得木头扑哧一笑。欢虎道："俺去是去，你老须陪俺走一遭。"卜头儿听了，登时向欢虎矮了半截。众人大笑之间，欢虎道："俺虽能登高爬下，就是胆虚，那塔内空洞洞十三级，又塑着许多神道，未免叫人毛森森的。你只跟俺进去壮个胆儿，到最高级塔门便住，如何？"说着，脱下背上的破笠，紧紧腰身，又从众人寻了一根细竹杖，回顾木头道，"伙计，你瞧着，俺若掉下来，你好歹接个手儿。"说着，直奔塔门。卜头儿没奈何，只得苦着脸子跟将去。

不提塔下众人。一面仰首，一面纷纷议论，且说欢虎等跫进第一级塔门，且见里面道像清严，十分宽敞。像前的一切铺陈，香花供养，都已齐备。案上设一盏二尺高的盘龙华灯，兰膏绵炷，一切匀备。龛柱上下错落悬缀着许多五色玻璃灯，塔窗玲珑，透进光明，早望见盘梯曲折。

欢虎道："这十三级高塔，这么些灯，今晚王爷来点塔灯，倒也够累的哩。"卜头儿道："他老人家只点那最上级的一盏珠灯罢了，其余的灯，一到夜里早有人点好伺候，还用劳动他吗？"

两人说话间，又登一级，里面光景一如下级。于是又从盘梯趑登第三级，里面越发地宽敞，像龛两旁还有很精致的复室，都垂着帘幙。左为藏道经的所在，右室里榻椅齐整。欢虎一问卜头儿，却是摄政王点灯后，下塔回头，在此歇脚的所在。

欢虎笑道："王爷侍卫如云，这右室里容得下吗？"卜头儿道："王爷发愿是单身来点塔灯，侍卫们进来做甚！"欢虎一听，眼睛一转，忽望着龛前神像，哈哈大笑道："你们老哥儿们倒坐了个四平八稳，见俺们进来，就大剌剌地纹丝不动。"说着趑近，一抚神像，只见那神像轻松松地就要倒下。原来第三级塔中塑的是三清圣像，中为老君，左为元始天尊，右为混元教主，冠服俨然，都是太后特为挂献的，可脱可卸。那神像并非泥土，却是巧手扎匠用香藤结的胎儿，所以经手一抚，就要下倒。当时卜头儿忙过去，扶住神像一说缘故，欢虎笑向老君道："老官儿，你这身轻骨头不能压众，等你时气一背晦，便有人轻轻提开你咧。"于是就塔内端相一回，方才上登。

话休烦絮，当时两人次第上登，直到最高级，欢虎且不暇外望一切，一眼先张见神龛上面挂着一盏珠光宝气、射人眼目的莲花式金灯，圆径二尺余，重台簇萼，制造玲珑，花瓣镂金，巧侔鬼工。每一瓣缝都是明珠围界，正中莲胎巧嵌十余颗绝大的夜光珠当作莲子儿，白灿灿毫光直射，金闪闪宝气腾晖，直照得塔内通明，直是人间无价之宝。

欢虎一见，登时一句话也没得，望着珠灯，只管发怔，不觉自语道："这倒难办咧，少时回头再说。"卜头儿道："谁让你那会子夸大话要取鸟巢来，这会子吵难办，不晚了吗？"欢虎笑道："你瞧着吧。"于是一转身，趑出塔门。

这时卜头儿居然也大起胆来，方跟去踏出塔门，不由啊呀一声，索索乱抖，两条腿子一发软，一个后坐儿跌在塔檐上，就要顺下坡滚将下去。原来他向下一望，只见塔下众人只有二尺来高，塔上面惊风飘忽，一望观外，数里皆见，自己便如驾云一般，便暗骇道："这所在，倘一失脚，保管连骨渣儿都没得咧！"（今之只顾爬高，不顾失脚者正多，想其爬高时，已置骨渣于度外矣，一叹。）所以心下一怕，登时跌倒，当时欢虎眼快，赶忙揪住。

不提卜头儿缩入塔门,且说塔下众人忽见欢虎,都睁大眼睛,单瞧他怎的上去,反倒立止喧哗。唯有那执事道士更为关心,但见欢虎忽然又趑近塔门,少时却拎着一条毛布长巾出来。

众人乱指道:"你瞧瞧,这长巾是老卜的。"道士跺脚道:"少说闲话,上面人见下面指画就不得劲儿,你这是何苦呢?"正说着,只见欢虎更不理会塔尖上,一面用手指拨弄竹杖,一面举目四外,只管向观里观外逐处留神。众人见此光景,又要指画的当儿,便见欢虎哈哈一笑,向下面木头道:"伙计,你不上来玩玩吗?小心着,接住俺哪!"说罢,置下长巾竹杖,从腰中解下褡包,和长巾结起来,就有一丈五六尺长。便把来盘好,揣入怀中,拾起竹杖,横斜着插在背后。方捻捻拳头,一转身要奔塔尖,忽地脚下一滑,顺檐瓦向下直溜。塔下众人乱喊之间,忽见他一拧身儿,一个箭步,早已蹿到塔尖壁下,向怀中掏出结巾,唰一声向上一抛。说也不信,不偏不倚正搭挂在那株松干上。

原来那结巾一端,欢虎早结就个大疙瘩,又搭着那短松生在塔壁,千寻的生气,怒攒横挺,枝柯盘曲,都如鹰蟹爪子一般。当时欢虎拎着长巾下端,只用手法一阵抖摆,上面那疙瘩已被枝柯纠挂得结结实实。

塔下众人正在悄悄吐舌,这里欢虎业已攀援结巾,猴儿似爬上松干,方要挺身立望,不想那松干咯吱吱响了两声。下面众人气息倒抽之间,但见欢虎略一凝神,只用脚尖稍着松干,回手儿摸着竹杖下端,一面上注鸟巢,一面竖杖停当。那巢上群鸟见有人来,正扇着翅儿,自鸣得意,并偷眼乱瞅,以为自己占据这等高位,你们在下面鸟乱,安能损我一毛呢?(今之军阀屡倒,哪个不从高处踢下,勿亦智同群鸟欤?可叹。)

正这当儿,只听欢虎喝声"着",那杖端手儿一动,力足十分。塔下众人暴雷似一声喝彩,就这声里,那竹杖嗖一声,弩箭一般正中鸟巢,扑喳哗啦,群鸟惊飞,杖和鸟巢齐落塔下。

这里卜头儿从塔门一伸头儿,方喊得一声"欢伙计,真有你的",那欢虎已援结巾顺势而下。说到这里,便有质疑的道:"作者先生,你这书漏了空咧!你想欢虎那样本领,何难跃上松干,何必抛援结巾呢?"作者道:"老兄此话虽也有理,但没想到欢虎等本为踏探路径而来,登塔一望,观内外形势路径一切了然。若过于显出飞跃的功夫,倘有人一起疑心,岂非误却正事吗?"

闲话少说，且说卜头儿拖住欢虎，只乐得连连夸赞，一面接过长巾一面笑道："那小小松树上，漫说是人上去，便是雀儿上去也要晃晃，瞧不出你笨实实的，倒这样身儿轻妙。走哇，咱和执事老道讨赏去。那家伙是个悭皮鬼，别便宜了他。"

两人厮趁说话，一径由塔内盘旋而下，到得第三级内，欢虎又端相一回三清圣像。卜头儿笑道："这塑像有甚趣儿？将来俺领你到喇嘛庙内望望，那许多的男女欢喜佛，精着、光着、搂着、抱着、跨着、压着的，才有趣哩。你看那奇怪神像，咱前朝就没有的。"欢虎听了，不由叹息。卜头儿道，"你长吁搭气地做甚？若累乏了，歇一霎再扫地，不打紧的。"

两人方出得下层塔门，众人已一拥而上，都光着眼乱望欢虎那执事道士早挤过来道："卜头儿呀，今天这两份扫工钱算我的。你的伙计老郑、徐二愣等都赖咧，人家劳乏半天，便抵今天的扫工吧。"卜头儿道："爷，莫怪我说，你留着大钱大钞，单填揉后巷里吴二姐的黑窟窿吗？人家悬着小命儿上塔尖，你就忍得不破费些，单给人一份工钱？"道士一竖两指道："那么俺就认个双份儿，如何？"

卜头儿微微一笑，便领欢虎等莛向前院大殿前，方由厢房取出寄放的两只篮儿并工钱交代已毕。欢虎等谢一声，正要拔脚，只听观门前人马喧腾，便有一班雄赳赳的侍卫簇拥着一个威凛凛的丈夫，龙行虎步地趸来。正是：

　　水剩山孤怜侠士，龙威虎振见名王。

欲知后事如何，且听下回分解。

第二十三回

一客盗取莲珠灯
四侠攒斗阿鲁特

且说欢虎等方要拔步，只见由一群侍卫拥进个威凛凛的丈夫，身高八尺，生得虎头燕颔，顾盼间目睫开合，甚是威严。头戴纬罗大帽，猩缨耀目，上有宝石红顶儿，身穿箭袖四开禊蟒袍，外罩一件黄色缎军机马褂。腰系碾玉双龙戏珠的紫丝板带，左佩荷囊，右挂着一大嘟噜杂耍儿，却是小刀儿、大镰袋之类。再望到脚下，却踹着一双高筒马靴，只见他步趋之间，十分沉着。

那欢虎知是摄政王亲来扫殿，正在留神，暗念道："这厮一趋步，已透出是很会武功，倒也不可过于轻敌。"

正这当儿，只听背后木头哞的一声，那口气十分沉郁响亮。这一来不但欢虎吃惊，便连卜头儿也吓得屁滚尿流。两人不约而同地拖了木头，飞跑到东墙角下，直待摄政王步登大殿，众侍卫都站班阶前。卜头儿瞅个冷子，拖了木头等飞跑出观。只见观外业已人骑杂沓，都是护从摄政王的健卒，一见卜头儿等便喝道："什么人在此乱闯？抓起他来！"

亏得观外有执事的道士忙替卜头儿等说明原委，众健卒方横着眼儿，闪开路径。卜头儿直送欢虎等到街头上，方抹着大汗道："我的木爹！你怎不早不晚，单那当儿'哞'一家伙呢？今天还算万幸，阿鲁特没跟王爷来。他若来时，听你这一'哞'，准捣麻烦。一来他贼星似的处处留神；二来他府中，昨天夜里愣会有能人进去，连他抢的个什么郝玉姐都背去咧，所以他这当儿越发处处留神哩。"木头听了，还只管愣怔怔地直摸肚皮，这里欢虎已别过卜头儿，拖了木头，扬长而去。

不表卜头儿自行趸转，且说欢虎等一径跑回觉民家，业已日色平西。只见觉民、黄萧正在那里一面说笑，一面淬砺短剑，都磨得锋芒耀目，还

287

屹屹用力。木头一脚踏入，大叫道："可闷煞俺咧！若是那会子俺手中有把剑，早将凶王穿他六七个透明窟窿哩！"说着，就案上一蹾篮儿，梨儿、枣儿滚了满案。

欢虎也不言语，放下篮儿抓梨便吃，两只眼霍霍上耸。这时觉民等早围上来，争问情形。木头是余怒尚在，急切间述说不得，欢虎是狠嚼脆梨，通不搭腔，却一面叠屈三指道："他、他、他，料理一个，已经够咧。我呢，只好发注外财。对，对，就是如此！"说着向黄霈露牙一笑道，"喂，诸位道友，今晚咱们三清殿上会吧。"于是哈哈大笑。

这一来，连木头也怔住。黄霈知欢虎善闹顽皮，便一把抢过他吃剩梨儿，正色道："你先别扇欢翅，那会子你们走后，俺探得太后因身体不豫，今晚不去降香去咧。"欢虎道："那不干事，咱注念的人并非太后，太后不亲降香，那个主儿定去恭代，越发跑不掉他哩。"于是一面和木头换却装束，登时恢复了朔来、向坚的本来面目，一面细述方才踏探的一切情形并今晚行事的一切计划。大家听了，连连称妙。

黄霈笑道："方兄真会拣轻松活儿干，敢是好，又有利头儿。"朔来笑道："你真是狗咬吕洞宾，不识好人心。俺请你安稳稳去当神仙，倒不轻松吗？俺的活儿虽轻松，也琐碎，既须各处瞭风，又须大殿上、塔顶上去做手脚，那么咱们换着做活吧。"黄霈笑道："不成功，俺们赶不上你猴儿似的。"原来他四人中，轻身纵跃的本领首属朔来哩。

当时大家计议停当，匆匆价用过晚饭，待至二更敲罢，各自结束，每人一把新磨的短剑，都佩在衣襟之下。那朔来又寻了块小小毡包卷叠好，系在背上，便一径地当头引路，取僻道儿直奔那蟠桃宫后身而来。

且慢表朔来群侠眼睁睁就要大闹蟠桃宫，且说申天鉴这妖道兴冲冲伺候太后驾临，满想大邀荣宠，不想谕旨传来，太后阻驾，只命摄政王恭代降香。申道虽大扫其兴，也只得恭敬伺候，自己换上星冠羽衣，手秉象简，命十二道童奏起笙箫细乐，执事道众建起百福香幡。这时，满观中灯彩辉煌，香烟缭绕，唯有那塔上灯景更为奇丽，十二级塔内都是明灯，只留上一层的珠灯，以待摄政王亲自去点。这时宝焰腾辉，照彻远近。

三鼓将敲，满观中却静悄悄的，因为申天鉴善于逢迎，早将跟随摄政王的一班虎卫们邀入别院，盛筵款待起来。众虎卫一来料万无人敢来滋事，二来乐得吃嚼申道，岂有客气的道理。当时，申道伺候停当，先自向塔前后巡视一番，抬头一望，灯光烛天，忽见塔顶壁上似乎有个飞鸟影儿一晃不见，又微闻第三级塔内窸窣了两声。申道以为是鼠子等类，也没在意，便屏退伺候塔灯的执事人等，趸入前院静室内，去请摄镇王躬代太后降过香，然后便点塔灯。方一脚踏近室外，只听摄政王微笑道："你巴巴地赶来伺候，倒也是小心之意，便在观内外巡巡就是，但是什么胆大包身的人敢和咱爷儿们过不去呢？"说罢，哈哈大笑。

申道躬身入去，只见阿鲁特结束伶俐，腰佩一口折铁倭刀，雄赳赳站在那里，听得摄政王这般说，即便唯唯退出。原来阿鲁特今天恰不该侍卫班儿，他因傍晚时偶然来寻同僚侍卫们说句话，就势瞧个热闹，却听得观众们讲说扫夫取鸟巢一段事，他听了也没在意。不想趸回来向花喜一述说，花喜性儿机警，不由沉吟道："什么扫夫就有这般轻妙身法？你看咱昨晚愣丢了个玉姐，俺还陪着吃了一下子大亏。俺没向你说吗？那皂衣神道的语音，分明是向安家常走动那个方朔来的语音。此人是有名的混世魔王，又交结了一群北京侠少，如今那扫夫虽不敢说便是他，也不敢说便不是他。"

阿鲁特笑道："你胡猜罢了。他背去玉姐，说不定也是好她的姿色。他装扫夫取鸟巢是取其何意呢？他有多大胆子，敢向蟠桃宫胡闹呢？"

花喜道："话虽如此说，左右你在家没事，何不也去伺候王爷？有事呢，你当份漂亮差；没事呢，献个勤儿，哪些不好？"阿鲁特听花喜一席话甚是有理，所以二鼓后即便趸来，先在别院中和同僚侍卫等搅了阵子酒，然后去见摄政王，一说自己特来防护之意。

当时，摄政王既见申道亲来请驾，便笑道："咱就去行礼吧。"说着昂然站起，由申道躬身前导，室外执事道众一声传呼，细乐暴作，香幡摆动，引摄政王直登大殿，肃立于神案之前。这时申道侍立案旁，早将第一炷御香点好，捧与摄政王。

摄政王接过来，高举过顶，朗然祝道："弟子某深荷神佑，入主中夏，今恭代太后，仰祈福祚，这第一炷香，愿大清国泰民安。"说罢，亲插那香于金炉之内。于是申道捧上第二炷香，摄政王照前高举，又说道："这第二炷香，愿天下风调雨顺。"及至第三炷香捧上，不想摄政王忽然现出忸怩颜色，口唇儿只管掀动，就是祝祷不出。

申道微笑低语道："王爷但祝乾坤定位，阴阳变和，便再好没有。"于是摄政王插好那香，如言祝讫，由鸣赞官赞礼拜罢，方站起来徘徊瞻仰。只见那销金椽烛正点得焰腾腾的，忽地噼啪一声，左边那支烛花儿忽缩得胡桃一般，黑漆漆，紫哗哗，形如鬼眼，良久良久，方呼的声烛焰大明。

摄政王不由不悦，申道忙道："烛焰重光，这正见王爷今晚亲点塔灯的一片虔诚，上邀仙眷的意思。如今吉时已届，就请大驾登塔吧。"于是引摄政王穿过大殿，便临后院，一眼便张见阿鲁特两手叉腰，大步价在院内踅来踅去。靠正中大铁炉旁有两面青花石鼓，都有七八百斤重，本是堵那大香灰砖炉门儿的，这时砖炉因灰满，移向西墙角，还不暇弃去灰。这两个石鼓却被阿鲁特用脚尖蹩来踢去，便如弹丸，隆隆有声。一见申道引摄政王踅过，连忙退立一旁，便见两人直赴东北角，径入塔门。

不多时，那最高级塔上灯光大放，辉映着珠光腾灼，知是摄政王点罢珠灯。又待了一霎儿，申道徐步踅出，因向阿鲁特道："阿爷辛苦，何不且向小道室内歇歇呢？王爷方在第三级静室歇息腿脚，虔心默祷，及至回驾，约莫须五更敲动，这不正是个空儿吗？"

阿鲁特随口唯唯，申道自行踅去。还没得两盏茶时，阿鲁特巡行至铁炉一旁，正望那珠灯焕彩十分有趣，忽见那塔门外黑影一晃，珠灯顿灭。阿鲁特大惊，方一发怔，忽闻第三级塔内砰啪扑哧一阵乱撞。接着便闻摄政王大叫有警，嗖的声一个箭步，竟从塔门一跃而出，只双足才落之间，后面唰唰唰一气儿飞出三道剑光，早闪电似的赶将来。

好摄政王，真亏了素有角抵的功夫，腿脚捷疾，只双挥袍袖，拨开剑光。那阿鲁特眼光一眩，只听哧一声，似见有手巾落地的当儿，摄政王正接连两跃，早已蹿到铁炉之旁。后面剑光到处，简直地现出三个少年壮士，一色的面目英伟，仗剑大喝道："凶王哪里走！你夺取明朝天下，且叫你吃俺一剑！"

摄政王大呼"阿鲁特救……"，一个"我"字未出口，便双足一跺，跳过铁炉。说时迟，那时快，一少年奋剑刺去，铮一声却中铁炉。这时惊怒煞阿鲁特，便大吼一声，不暇拔刀，随手掇起一石鼓，向奋剑少年当头便掷。那少年忙一闪身，唰一声石鼓飞出三丈多远，轰一声却砸在甬道上，火光四射。三少年略一退步，阿鲁特大呼踊跃，正想拔刀，三少年短剑一摆，大呼齐上。

好阿鲁特，真是会家不忙，你看他绷足大呼，登时一个老鸡钻天式，一跃三丈多高，只侧身下落之间，早已拔刀在手，趁势一个倒揌式，明晃晃刀锋向一少年当头直揌下来。三少年霍地一分，剑锋攒仰，只离阿鲁特胸腹两胁分寸之间。阿鲁特一声长啸，便从空中横拧了个惊鱼游水的式子，唰一声掣出丈把远，趁落势一旋长刀，叮当一阵响，拨开众剑，然后方双足落地，一横倭刀，护住面门。

这一来不打紧，但听三少年齐声喝道："阿鲁特，好俊样本领，俺们算佩服你！可惜你生为满人，如今便没得说咧！"于是大踏步挺剑齐上。

原来这空中换解数，在武功中名为"神龙戏海"，因足不沾地便能变化，有似神龙，非有轻身提气的纯熟软功，是万万来不及的。当时阿鲁特挥刀交手，略无惧色，顷刻间，刀光剑影搅作一团。一边是满洲勇士，一边是南宫高弟，但见换行移步，腾踔纵横，分合进退，顷刻万变。剑起处，耳后生风；刀旋时，眼前花落。彼此间这阵厮斗吆吆喝喝，直由甬道铁炉旁杀向塔后墙角。三少年剑势灵妙，团团攒进。这一来撩起阿鲁特的性儿，便大吼一声，奋起神勇，恰好一少年一剑刺到，阿鲁特奋力一磕，嗖一声磕脱那剑，直飞起两丈余。那两少年方在略怔，却闻墙头上有人大笑道："好小子，真不含糊，着家伙吧！"声尽处，一件乌油油的东西飞将来，正中阿鲁特的面门。

阿鲁特啊呀一声，急闪双睛，早由墙上又飞入个少年壮士，手腕一挺，明晃晃短剑便夺咽喉。这当儿，阿鲁特力敌三人未免力乏，只躲闪略慢之间，哧一声剑中左肩，跟跄跄身势一歪。那少年风趋而进，不想阿鲁特负痛之下，势如疯虎，翻转身，咔嚓一刀，却中在墙角下一株榆树上，急切间刀锋夹牢，力拔不出，这时四少年四柄剑锋，闪闪齐到。

好阿鲁特，真不愧名力士，便撒手扔刀，抱住榆树上身儿只一撼，咔巴声那冰盘口粗细的树身儿登时中断。便抄起上半截大树，来了个横扫千军式，向四少年直刷过来。四少年赶忙退步，那枝柯所及，早已扫倒两个。

彼此间这阵大闹，早已惊动合观人众并别院中的侍卫，先抢入大殿上去抄弓箭，叫声苦不知高低，只见弓弦都断。便一面遣人去报左近的防营，一面由甬道旋寻出几件兵器。众侍卫纷纷抄起，这一耽搁，所以苦了个阿鲁特独斗半晌。原来摄政王性多猜忌，侍卫们除阿鲁特等心腹人外，其余都不许佩刀伺候哩。

当时跌倒的两少年急忙跳起，正要再前后夹攻，只见众侍卫已枪刀簇簇，大呼赶来，接着观外军哨吹动，火燎照耀，知是防营兵到。于是后来的少年大呼且退，那阿鲁特狂舞半树之间，四少年已由墙角上连翻跃出。这当儿侍卫拥上，只见阿鲁特神度失常，两目都赤，左肩上血淋淋的，见了侍卫等都不认得，还仍然狂舞大叫。大家好容易一齐闯上，先瞅个冷子夺下那半截树，然后趁势硬拖抱住他。只见阿鲁特狂笑一声，向前一猛挣，牵连了五六个侍卫一齐仆地。

这当儿惊坏申道，见阿鲁特业已昏晕去，知他是力竭神疲，便一面令人搀他入室歇息，一面和侍卫等分头价寻觅摄政王。自己领人先到塔中察看，只见第三级塔内业已弄得一塌糊涂，三清神像通没得咧，冠带袍服却丢了一世界。右边复室外，柱儿上还有刀剑戳的一处痕迹，寻到左边复室内，那神像的藤胎儿却横七竖八地堆在里面。申道不暇怙惚是怎么回事，一直地按级而上，却没甚异样，直到最高级内，猛然一惊，几乎栽倒。

原来那稀世珍宝莲花珠灯也没得咧！于是屁滚尿流，急忙下塔，又和众侍卫院前院后地寻觅摄政王，只是不见。这时申道只急得大汗如浇，眼赛铜铃，一行人又走到铁炉左近。忽一侍卫从地下拾起一块断袖子，仔细一看，正是摄政王的，不由乱噪道："王爷的断袖在此，人却不见，莫非不妙了吗？"申道一听，登时索索乱抖。

正这当儿，忽闻西墙下灰炉前似乎老牛发喘一般，便有个侍卫当先跑去，命人高擎火燎，向炉内只一照，便大叫道："谢天谢地，王爷有在这里了！"申道等一齐拥上，那侍卫早由灰炉内扶出个灰扑扑的摄政王，秃着头儿，啊嚏连连，便如才出面缸的四老爷。于是由申道搀定他且入静室。摄政王定神良久，方才细述原委。

原来摄政王在第三级塔内复室内见申道趋出，便瞑目危坐，略为歇息，忽闻有人小语道："这份罪俺真受不得，咱体面大架子虽然摆足，浑身也要散了板咧。喂！别装蒜咧，有甚事，咱办着吧！"摄政王暗诧道："这所在闲人不到，怎愣会有人喊喳呢？"思忖间，略一睁眼，早惊得直立起来。

原来右边这复室的雕镂槅扇悉糊碧纱，外望分明，只见那三清神像正在挤眉弄眼，互相含笑点头。摄政王大骇，方一脚抢出复室，那三尊神道更不客气，早唰的声跳落龛下，冠服假面具只一丢，竟现出三个少年，不容分说，挺短剑便来攒刺。于是摄政王失声大叫，急切间绕柱而走。一少年剑中柱上的当儿，摄政王双挥袍袖，暂挡开那两柄剑锋，直奔塔门，及至张见阿鲁特，跳过铁炉，一时间心惊意乱，竟钻向灰炉内且避一时哩。

当时申道等听罢，都各大惊，便一说珠灯失掉，摄政王惊定转怒，便一面传谕防营，就左近大索奸人，一面去瞧阿鲁特，业已神识复常。当时，摄政王奖慰备至，看他肩上剑创还不打紧，不由怒道："京城地面，竟有如此奸人，可惜仓促间记不清他们的面貌，将来通缉也是烦杂。"阿鲁特道："王爷勿忧，虽只仓促之间，俺和那四人酣斗良久，早已记清他的面目，将来画形通缉就是。"原来阿鲁特生有殊性，只要见人一面，便能永记不忘哩。

且不提当时摄政王连连点头，含怒转驾，连夜价招到妙手画工，命阿鲁特说出四壮士的面目形貌，画形通缉。且说那四壮士跃落观墙外，一气儿趱回安家，放下短剑，换上便衣，又说又笑。原来那假扮三清的是向坚等，盗取珠灯的便是朔来。朔来用毡包裹了珠灯，便从塔后身塔檐上一层层跃落，由墙角竟自跃出。将珠灯寄放在观左近一个旧日的朋友家，然后又趱转来，所以到得稍迟。

当时向坚顿足道："可恨俺那一剑只断了凶王的袖儿！"觉民道："谁说不是呢！俺那一剑若戳准阿鲁特的咽喉，也剪却凶王的羽翼，偏又中却肩头。"黄霸拍手道："你二位还算罢了，高低解点儿恨。"说着直捶腰胯道，"俺当了半天的骑牛老官，既居正座，总须摆足样儿，闹得项直腰板还不算，百忙中拔取藤胎，正屁股底下却留了段大橛儿。所以俺臀尖虚悬尤其吃力，只戳了木头柱子一家伙，这才冤枉哩。"

朔来笑道："黄兄还算罢了的，虽没落什么，也没丢什么，你看俺还丢了只鞋子哩。"说着一抬左腿，果然是只光脚板，大家恍悟阿鲁特面门上挨了一家伙，就是他祭起的飞鞋。于是相与大笑，又问知朔来将毡裹里珠灯寄放起来，都赞他心思周密。但见朔来一声不哼，只管沉吟，忽地跳起来道："不妙！不妙！咱们今天戳了马蜂窝，这北京地面住不得咧！一两日咱都赴武灵山，再观机会，才是妥当。你想摄政王经此一剑，岂有不严密缉人的道理？连俺姨母并安兄这里仆人等，都须赴山才好。"黄霸笑道："依我看不打紧的，他们哪里查落咱去呀？既如此，俺且留京，觇觇动静。"

不提大家议定，次日便匆匆料理，赴山的赴山，留京的留京。且说阿鲁特，一连三两日只在摄政王府吩咐画工等画那四壮士的图形。这日夜晚回府，因花喜猜那取鸟巢的扫夫是什么方朔来，果然当晚，有人大闹蟠桃宫，便带了一份图形与花喜瞧瞧并述那晚上的一切情形。

花喜一面惊听，一面展看图形，不消说是心下了然，但是顷刻之间欲语又住，少时方失惊道："你看怎么样，这四人中果然有方朔来！还有一人俺也认得,那两人却不知是谁。"因一一指点道,"这个挂八分猴儿像的便是方朔来,这个很俊样的名叫黄鼐,因他们往年时常向安家来住,所以俺都认得。这时安家人都已回南,他两人想仍在北京胡闹哩。"一句话不打紧,轻轻将觉民、向坚抛开。

原来觉民是花喜故主之子,向坚性儿诚厚,在安家时见了花喜甚是尽礼,所以花喜不忍说出他两人哩。不提这里阿鲁特登时将朔来、黄鼐的名字报知摄政王,一面价下令名捕,一面价遍张图形。这一来,朔来、黄鼐结合侠客大闹蟠桃宫、谋刺摄政王的大名,一日之间传遍天下。北京中更不必提,酒肆茶坊间,街谈巷议通是这回事。大家更添枝加叶,比拟离奇,说起朔来等,便如大闹东京的锦毛鼠白玉堂、独探莲花套的黄天霸一般。哪知大家纷纷议论得不可开交,这其中便有个遮遮掩掩的玉美人(黄鼐)。

且说黄鼐在北京潜听消息,既见图形张贴出,并缀着自己和朔来的名字,知北京不可久留。这日傍晚,向安家门首徘徊良久,见门儿反锁,却没有官中封条,知觉民等不曾累及,正低头沉吟,思量明日赴山,去报告一切。只听后面有人急匆匆地道:"爷台慢走!借问一声,这锁的门儿便是安家吗?"黄鼐回头一望,登时一怔。正是:

  椎秦博浪名方播,解组南天信又来。

欲知后事如何,且听下回分解。

第二十四回

武灵山义仆寻少主
还乡坞贤令感穷居

且说黄霭一望那人，面目黧黑，衣裳褴褛，手提杆棒，浑身灰扑扑，满面风尘之色，看光景似从远道来的健足。这时黄霭不晓就里，只含糊答道："足下是哪里来的，这里虽是安家，俺风闻着人都迁去咧。"那人忙道："你老可晓得他迁向哪里吗？"黄霭随口道："北京经此一番变乱，住户迁移，谁晓得向哪里呢。"

那人听了，只急得眼张失落，少时竟长叹落泪道："可叹俺孔升受俺老主人黄瑞符之托，奔走万里，来寻俺家少主，如今又没得住址，这便怎好？"黄霭惊道："如此说，你是黄家仆人了？巴巴地奔到这里，想是有什么要事吗？"孔升顿足道："一言难尽，说起事来，且是紧要哩！"黄霭道："既如此，你且随我来。"

不提黄霭引孔升同回寓所详问一切，且说向坚等一干人既暂避武灵山中，会见了山中耆老，倒也不隐讳一切。耆老们闻知大闹蟠桃宫一段事，无不欣喜赞叹，特地置酒高会，并遥祝南宫生剑术得人，为国尽力。朔来又取出珠灯与大家看，众耆老叹道："摄政王侈靡如此，即此一灯，也就是犀杯象箸之类了。"朔来听了，便将珠灯交付众耆老，设法拆卖了，以为将来举办善事之用。

过了几天，朔来闷躁起来，这日正和向坚等商量着要潜赴北京，探探消息。忽然山中人纷纷传说，昨天庆云县城中业已张贴出通缉刺客的告示，并附图形，居然指名价捉捕朔来、黄霭。

向坚诧异道："这是怎的走漏消息，怎又单指名你两人呢？"觉民听了，也是摸头不着。朔来便怒道："俺怕他甚鸟！休要撩我性起，跑回北京，再闹他个大的！"向坚道："这传闻的话也不可靠，且俟黄霭兄来便知分晓。但是这些日他竟没来，好生使人挂念哩。"一言未尽，只听室外有人笑道："不必挂念，俺好端端地在这里，并且领得你家仆人来咧。"说着趸进一人，正是黄鼐，后面还跟着仆人孔升，不容分说，向向坚纳头便拜，只道得一声："少爷安好！"接着便双泪直落。

这一来向坚大惊，只当是父母有甚变故，噫了一声，面色大变。孔升揣知其意，忙道："少爷莫惊。刻下老爷官虽不做，和太太等均各无恙，只是迢迢万里，没法回家，不过因小人北归之便，命小人携来手书，示知外间一切情形，以免少爷悬念罢了。"说着，从怀中取出瑞符手书，函面字迹业已磨损甚多，并且函粗字草，似是烟煤所书。

孔升流泪道："少爷，看老爷连笔墨都没得咧！这粗函烟煤还是从邻家借得哩！"向坚恭敬接过书信，止不住热泪纵横，一面启封，一面叹道："如今只有杨安伺候老爷，不知还能适用吗？"孔升恨道："少爷还提杨安哩！那厮人面兽心，若不是他，老爷还不至贫窘流离，受许多辛苦哩！"

这时向坚不暇答语，黄鼐在旁，只有太息。朔来等摸头不着，只好呆望向坚并孔升。但见向坚一面阅书，一面痛泪交流，及至阅罢，不容分说，向孔升纳头便拜，慌得孔升连忙跪扶。向坚站起，向南大哭道："父母哇！孩儿向坚不能追随左右，真是罪通于天了！"说着，向黄鼐等道，"诸位且自相聚，俺向坚便去寻亲，一刻也迟不得咧！"

黄鼐等方在一怔，孔升忙道："那云南刻下兵荒马乱，山溪险阻，群盗纵横，是万万去不得的。便是老爷书中之意，也是命少爷且自家居，俟世乱稍定，老爷自行设法回家，这当儿岂可冒险前去？小人来时，险遭万状，如今南省里纷纷起义，抗拒北军，关军要隘，盘诘难行，再搭着道远地险，虎狼盗贼随处皆是，少爷孤身一人，哪里去得！"正说着，耆老三四辈闻信趸来，也都纷纷劝阻。向坚哪里肯听，且命孔升就旁室用饭歇息，这里大家询知瑞符近状并书中之意，无不太息。

原来瑞符自莅任大姚之后，真是政简刑清，官声卓著，又搭着大姚县僻居山中，俗朴民淳，官民间甚是相安。过得两年，安氏因仆妇缺人，雇到一个乡间少妇，姓桂，小名丑儿，便叫作桂丑妈，生得妖妖娆娆，有几分姿色。初来时也还规矩，数月之后，她便作张作致，提起她干爹廖大奎来，便得意地挓挲膀儿。始而大家还没理会廖大奎是个什么角色，后来方知大奎是西乡中著名的土豪，蓄盗窝娼，无恶不作，手下党羽，一呼立致千数百人，更勾结邑中士绅白某狼狈为奸。两人是文武两档，把持地面，所以桂丑妈甚是得意。

大家曾暗禀安氏，说丑妈不像安静妇人，不如遣掉，安氏因雇人费手，却将就着用下来。哪知丑妈久而久之越发地浪张起来，见孔升生得精精壮壮，傻大黑粗，以为是个好吃的果儿。一日早晨，丑妈裸卧未起，听得孔升在内院中扫地，便唤道："孔大哥且进来，俺一时拧了腰胯，转动不得，你且扶俺一把。"

孔升以为她业已结束停当，及至一脚踏入，不由狠唾一口，赶忙跑出，还听得丑妈娇嫩嫩地笑道："你这腼腆法，倒叫人怪不好意思的咧！"原来孔升进去的当儿，丑妈正在光溜溜仰卧于榻，并跷起一只脚儿，向孔升这么一勾，来了个点手唤罗成哩。

从此孔升闷在心里，再也不敢向丑妈说笑，却无意向杨安戏述其事。不想杨安那厮正想勾搭丑妈，当时只作不着意。过了两天，傍晚时光，恰值丑妈出来泡茶，经过杨安室外。杨安一瞅，有个小媳妇影儿过去，赶出一望，正是丑妈，梳得光油油的头儿，穿一身新衣裤，望到脚下，又是尖瘦瘦一对鸦青小鞋儿。当时杨安色兴大动，便赶去从背后低声道："桂嫂儿慢走，你再要拧了腰胯就招呼俺，那老孔是不懂事的。"

那丑妈猛闻，既惊且笑，红着脸儿唾一口，就要跑去之间，已被杨安一把抱牢，拉拉扯扯拖入室内。但闻一阵嬉笑推扭，哑着声儿，也不知做的什么把戏。良久良久，丑妈方挼着乱发，提起那冰凉的茶壶，笑眯眯趑向内院，从此桂、杨两个打得火热。

俗语云："纸包不住火。"为日不久，大家都知。瑞符大怒，就要将丑妈、杨安一齐责逐。那安氏妇人家慈悲心重，因杨安万里追随，远负羁绁，便劝瑞符只将丑妈撵掉。瑞符是方正性儿，最恶男女渎乱，气恼之下，便将杨安重责一顿。杨安本是个狡狠之徒，被责后自然是怀恨在心。偏巧那个西乡土豪廖大奎接得丑妈去，一来为奸宿取乐，二来想借此联络杨安，便于在官儿面前替他遮掩一切，他好横行无忌。

果然杨安上了套儿，不断地去奸宿丑妈，大奎大悦，尽力地拉拢杨安，又从杨安口中探知瑞符秉性仁慈，他便越发横行起来。一日竟因重利盘剥，强讨债钱，逼死一条人命，被事主告到当官。杨安因事关大奎，竟将呈词押下，那事主情急，直待瑞符出衙，拦舆控喊。瑞符急传大奎，业已逃去。过了些日，瑞符查出是杨安押呈所致，这一气非同小可，便将杨安重杖，直打得死去活来。孔升不忍，趴在杨安屁股上替他求情，瑞符方才息怒，却以为杨安是偶然疏忽，并不知他和廖大奎还有交情，因此又因循着没撵掉。但是杨安从此越发恨恨，过了些日，廖大奎公然踅回家，照常地和士绅白某横行邑中。

那瑞符见世乱日深，又屡接向坚的来禀，知他方侨寓北京，和觉民等从南宫生山中学艺。因家下无人，本想解组归田，一来因道梗难行，二来因做令数年，虽稍有宦囊，仔细想来，还不够喝粥的。本来做官的人，既抓着印把子，轻松松叫他撒手也是件难事，你但看那花子拜杆，临撒杆权时还甚是踌躇，何况那百里侯的赫赫铜符呢！因此，因循之间早已鼎革变作。崇祯殉国、满主继位的消息传到云南，登时全省大乱起来。这里杀官起义，那里逐隶称雄，其实何曾有什么义士义民，不过是些桀骜豪暴之徒，借事为由，翻天价胡闹，除劫掠扰乱之外，并没有什么准稿子。（吾思民国以来，直至今日打作一团，乱成一片，果有准稿子乎？苦煞吾民，愁煞吾民耳。）

那大姚县虽是僻邑，也一般扰乱起来。于是廖大奎振臂一呼，诸无赖立聚数千人，乱糟糟争举义旗，器械不全，叉子、棍棒也算数儿，衣服不整，优伶的行头也借将来。大家扎括得奇形怪状，便鸣鼓吹角，一窝蜂价撞入县城，撮了士绅白某，火杂杂抢了县印，还没半盏茶时，那白某猴在堂上，居然他是大明的官儿咧！

当时瑞符没法儿，只得仓皇出走。依着廖、白两人还要杀抢瑞符，亏得合邑人动了公愤，便有一班正气士绅将瑞符保护出来，暂在东乡村中侨居下来，且喜人口辎重一切无损。这时杨安那厮早已不辞而去，便掺在大奎党中，逐日价领人骚扰各乡。瑞符闻知，只好付之一叹。

不想杨安宿恨在心，瑞符在东乡只住得个把月，一夜间，正在安眠，忽闻一声呼哨，撞入一群明火大盗，不容分说，将瑞符所有辎重掠取一空。亏得孔升力护瑞符等方才没受伤损，那群盗临去，却大笑道："黄官儿，你莫怨俺们，这都是你家杨安叫俺来的。"孔升听了，只气得乱翻白眼，只得和向高捡点儿抢剩之物，且奉瑞符夫妇胡乱度日。

这当儿宦囊都无，一贫如洗，幸得瑞符素有善政，在县时课士论文，宏奖学业，因此收了几个门生。古人云："途穷仗友生。"这时瑞符颇得门生等接济薪水，但是秀才人情能有几何？瑞符亦不欲以猪肝久累安邑，便鬻字卖文，添补用度。安氏是为人缝纫洗浣，好歹也赚几个钱。向高在家时习农已惯，便拿出老手段，在寓所空地上胡乱种些菜蔬，不断地赶墟去卖。但是这般慌乱年光，米珠薪桂，大家虽竭力支持，若说到肚儿，仍是空了一少半儿。

一日，瑞符抱病，应了人家一副对联，那主儿届期来取，并送来三分银子。这时瑞符病饿交加，百感萦心，哪有高兴去写字，然看那三分银子分上，且治肚饥要紧，于是命孔升去市胡饼。大家分吃罢，瑞符歇了一霎，觉得精神少长，感慨之下，便援笔大书一联道："厚禄故人书断绝，恒饥稚子色凄凉。"写罢，端相一回，甚是得意，命孔升拿去交付。

不想那主儿是个混充风雅的俗物，一见对联，大唾道："好丧气！谁家挂对联不取吉利话！你看这上面，断绝咧，凄凉咧，多么背晦，快请他换写一副吧！"孔升不认得字，也不懂他评论的是什么，只得拿回请瑞符换写。瑞符虽不高兴，然因人家那三分银子业已入肚，俗语说得好："吃人家的嘴软，使人家的手软。"没奈何只得另写。恰好自己昨天感怀，作了一首诗，其中两句道："三春花事愁中尽，一卷兰亭病后书。"一时想起这两句，便写将出来。

孔升前脚出去，瑞符忽想瞧瞧这买字的主儿是甚等人，就这等挑文拣句。蹭到前室，向窗内悄悄一张，只见一个俗气逼人大腹贾模样的人正展开字联，向孔升大跳道："你看，这不是诚心搅吗！怎又愁咧、病咧的，闹了一大堆？老实说，快还俺三分银子！俺向街坊上叫摆卦摊的写，只用一分银子，叫他写一，他不敢写二，叫他写驴，他不敢写马。大爷有钱，买的是手指肉，犯得上怄气玩？这鸟对联，俺不要咧！"

孔升不服道："这雪白的纸、漆黑的字，怎的不好呢？你想赖还钱，却不能够！"那人听了大怒，哧一声撕掉对联，窗外瑞符一声长叹之间，室内孔升业已和那人揪打起来。瑞符连忙喝住，赌气子当了一件旧衣，把与那人三分银方罢。从此瑞符越发困病，时时断炊，便想遣去孔升，令他自觅生路。那孔升直撅撅的，也不说去，也不说不去，从此早出晚归，或一两日不归。每次回来，总要拿些剩饼饭并几文零钱，瑞符问他从何而得，他只是含含糊糊。

过得个把月，一日傍晚，孔升匆匆趱回，忽然抱了十余串老钱并零碎大布。另外还有一只荆篮儿，其中却是酒食肉米之类，笑嘻嘻置在瑞符面前道："如今这等年光，弄得钱来，先吃些在肚里倒是妥当法儿。好在这钱物都是不贩本弄来的，主人且将就用些吧。"

你想这时光群盗如毛，入伙最易。瑞符见孔升每归必有所获，本就心下怙惚，今见他忽有钱物，又说什么不贩本的话，不由惊怒道："你这奴才，敢是去做什么犯法之事吗？兀地不气煞人哩！"

这时向高在旁，止不住怆然泪下，便一述孔升近日所为，招得瑞符洒泪之下，连称义仆。原来孔升这个把月中，一面价佣工于人，一面价斫柴去卖，苦积得工资柴价，所以有此钱物。

从此瑞符赖有孔升支持，并向高种菜，仅免冻馁。哪知东乡里偏又住不牢，因那士绅白某愣做了本地官儿，乍穿新鞋高抬脚，任意价掊克聚敛，又加上廖大奎领众横行。不消多日，早已激动许多绅民，便有人倡议，想逐白迎黄，维持一时。这消息传到东乡，瑞符大骇，哪里敢再穿这件虱子袄，只好走为上策，从此领了人口，转徙流离，屡移其居。

这其间所经险难不一而足，天涯羁宦，举目无亲，加以时乱道阻，念儿心切，不消数月，瑞符夫妇早已焦愁得鬓发俱白。亏得孔升、向高竭力支拄，末后转徙到大姚邻县点苍山畔一个小小村落中，地名还乡坞。其中有个任长者，怜念瑞符是倒运的官长，欲归不得，便慨然借与瑞符一处草房儿，又招聚了十来个七长八短的村童，令瑞符训蒙自给。这时瑞符饱经患难，回首坐拥花封，出门喝道，上堂打人时，真如一场春梦。（次梦悠悠，古今人都不能醒，奈何。）这时虽贫困，究因安居下来，借训蒙童寻书味，倒也心体少舒。夫人安氏已俨似个乡户妈妈子，持家之下，只以念佛为事。

夫妇两个唯有想起向坚来，便彻夜无眠。瑞符还好些，安氏往往从梦中哭醒，常向大家流泪道："怎的令向坚知咱近状，他虽没法南来，便来封家书也好。"一言未尽，只见孔升泪流满面，慨然说出一席话来。正是：

　　黄耳无缘堪寄札，苍头有义且长征。

欲知后事如何，且听下回分解。

本集1929年8月世界书局三版。

三　集

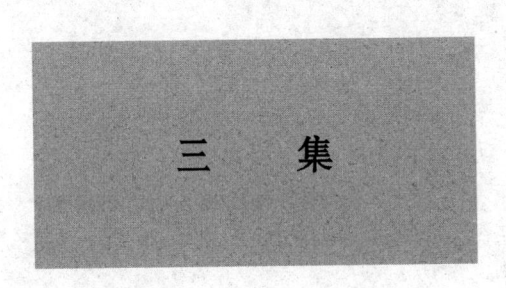

第一回

赠金亭良友嘱良言
黄石村侠徒遇侠女

且说孔升流涕道："夫人不必愁痛，好在主人这里已有定居，又有侄少爷伺候一切，小人便抽身去寻少爷，请他速速来信如何？"安氏听了，悲喜交集，便道："你虽有此忠心，只是道路上梗阻难行，这便怎处？"孔升道："小人怕什么道路难行！"安氏还在沉吟，瑞符却道："既如此，待俺写起家书，你北上一趟，一来通知信息，二来你趁势回家，倒是一举两得。"孔升道："主人如疑小人借此走掉，俺便不去。"瑞符道："你的义行俺已尽知，不过往返间太不容易罢了。"孔升道："此事都在小人，主人不必虑。"

当晚议定，瑞符就灯下要修书札，哪知村童们每当散学，都将书包、笔墨等携去，寻了半晌，连个断笔头破墨脚都没有。只得从邻家寻了一段烟煤，瑞符草草作就此函，次日便交付孔升，即日登程。主仆相别之间，自有一番恋恻凄然欲绝的光景，这也不必细表。

且说孔升间关北上，一路上艰辛万状，路过自己家下，且喜家室无恙。他刻不停留，直赴北京，方寻至安家门首，恰好巧遇黄鼐，黄鼐引他至寓所，询知一切，所以携他径赴山中哩。

当时大家谈询瑞符一段事，太息一番，黄鼐又细述近日京中侦捕严切。朔来愤然道："咱偏给他个大家别散，凭咱四人，在北方一带总要闹他个惊天动地，难道便容异族人宰割天下不成！"

黄鼐沉吟道："虽如此说，咱也须看事做事。俺想暂回南省，避避风头，看机会做些事业，也是一法。"觉民叹道："国运兴亡，本是定数，然而咱等人事却不可不尽。刻下南省中倒便于回旋，那么咱大家南下如何？"朔来道："我偏不服气，那凶王又画甚图形，捕捉于俺，你们瞧着，俺偏在他眼底下晃摆，使他夜不安枕哩！"

一瞧向坚，只对着瑞符书函呆呆发怔。朔来道："向坚兄怎样打算呢？俺看你不如移孝作忠，且同俺在北方想些道理哩。反正刻下道梗，一时也不能前去省亲哩。"向坚道："俺此时方寸都乱，一定先去寻亲，报国有时，只好将来再追随诸兄之后了。"

朔来听了，不由将小辫一盘，胳膊一勒道："呀呀！这光景你们都要南去，没别的，在北方干营生只好是我咧。这一来，南北两方，咱闹他个乌烟瘴气，倒也有趣。"当晚大家纵谈，直至夜深方睡。

次日，山中耆老等知向坚等决意南行，都惶然若有所失。且喜朔来不去，山中还有依靠，便连日价置酒高会，与向坚等殷勤饯行。

这日在孝虎山庄宾主齐集，便就南宫先生当日那较武院中，大家落座，酣饮起来。又将那把奔雷剑供在正中，向坚一见，怆然涕下，便酹酒剑下，跪祝道："弟子向坚，不幸值有亲难，虽报国有怀，然当先尽孝道。先生虽遁迹鸿冥，愿鉴此区区之志！"说罢词气慷慨，众耆老劝慰一番。

饮至半酣，黄萧却兴冲冲谈论些怎的到南省相机做事业，朔来听得不耐烦，便望着院外一带远山长啸起来。恰见山头上有片白云向南飞驶，觉民停杯注视，意态翛然。

朔来便道："喂，觉民老弟，你望那浮云怎的？莫非感念它似咱们风流云散吗？"觉民笑道："人生聚散，本是常事，俺感念它怎的？俺但觉向坚兄此时恨不得乘此白云登时到云南，才快活哩。"大家听了，都各一笑。

须臾酒罢，由众耆老将出馈赠，向坚等推辞不得，只得收了。当晚宾主话别之间，觉民又吩咐家仆，待京中侦缉的事体稍定，仍回京看守寓宅。次日早晨，向坚等结束停当，携了孔升，别过耆老，一行人送出庄门，大家执手各道珍重。唯有朔来却似没事人一般。

不提这里大家回庄，且说向坚等一径出得武灵山，便奔官道，回望山中，想起和南宫先生习艺一场，并今日的国亡世乱，不由都心下热辣辣的，十分感喟。黄萧便道："不想方朔来兄倒是个冷性人，方才彼此分手，他却不甚理会。"大家谈笑间，一面趱路。

这日午尖，方到一镇聚上张望旅店，只见一店伙拍手跑来道："黄爷等才到吗，贵友方爷在此等候多时咧！"

向坚等一怔之间，那朔来早从店内含笑而出。黄萧笑道："你这促狭鬼，反倒走到俺前头哩！"于是大家进店，只见正室内酒筵罗列，早已准备停当。向坚道："方兄何必如此，俗语云：'送君千里终须别。'这一来越发使人离怀增重了。"朔来笑道："咱等一别，不知何年再见，且聚一霎儿，也是好的。"于是向坚等拂尘净面罢，相与就座，一席别酒果然吃得畅快。

朔来不待酒罢，便道："俺要转去咧。省得少时你们上路，俺又不得劲儿。"说着，挥手趋出。向坚等叹息一番，饭毕登程。不想当晚落店，大家方踏进店门，朔来早又迎出，这次酒筵越发齐整。

向坚正色道："方兄太也情重咧。如此恋恋，咱何妨都南去呢？"朔来听了，笑而不语。

当晚大家欢聚，自不必说。次早大家醒来，朔来早又不知去向，闹得向坚、觉民都惘然莫测。黄鼐笑道："俺看他是旧性发作，抖飘儿哩。今天他果能再送咱一程吗？"向坚道："不然，俺看方兄似有深意哩。"说话间匆匆结束，相与登程。

说也不信，午尖时踅至一处镇店，地名"赠金亭"，因古时有两人为友，交同管鲍，义比陈雷，曾在此地赠金送别，故得此名。当时向坚等刚踅入街坊，早见朔来站在一家店门首乱招手儿，并大笑道："你们三位倒好似小脚娘娘，走起路来就这等慢腾腾的。"黄鼐道："为何俺说方兄是特地抖飘儿，你们还不信哩！"说话间已到店前。

大家厮见，向坚道："方兄这般玩法，如何使得？如今送俺等三站之遥，也是足见潭水深情了，咱们就此别过为是。"说着，和朔来一执手，回顾黄鼐道，"咱等且趱行一程，再为午尖不迟。"

一言方出，只见朔来猛然换出一副正经面孔，并且挂着离别可怜之色，一言不发。忽地嘴儿一撇，那两行热辣辣的英雄泪早已点点洒下，便顿足长叹道："兄等看而今这片残山剩水，咱们同心人只得四人，一旦远别，细算来岂是小事？俺追随三站，正为有一言奉告。古人云：'赠人以金，不如赠人以言。'今地名赠金，俺却要临别赠言了。"说罢，止不住慷慨流涕。

这一来连黄鼐都登时怔住，因为朔来一向价嘻嘻哈哈，不曾摆过正经面孔，于是大家入店，略为歇息，照例地饮起酒来。这次朔来却谈笑都无，纳着头儿，沉吟良久，先捧一杯与黄鼐，又次第与向坚、觉民斟满，然后慨然道："诸兄这次南去，不患没得事业做，俺今有一字的赠言，便是当年咱先生叫俺认的那个'正'字。因为如今多事之秋，正是我辈纵横之际，并且世事无常，驰骋势会，功名热衷之念，人所难免。咱等从此一别，各自努力，总须为乾坤存正气，为有明见士节方妙。不然，俺朔来虽是粗人，拳头上却不认得没人味的朋友哩！"说罢，目光凛然，却捎带着略瞟黄萧。

向坚回顾黄萧道："如何？俺料方兄恋恋相送，必有深意。"于是慨然举杯，一吸而尽，将余酒酹地道，"我辈如哪个有背'正'字，神灵不佑！"

这里黄萧方微微一笑，朔来已跳起来道："既如此，咱们后会有期，俺可不远送咧。"说罢，向三人一拱手，大踏步竟自趄去。于是向坚、觉民相顾动色。黄萧却笑道："俺看方兄总挂些抖飘儿，谁不晓得为国着力，做正人，办正事，还用他来巴巴地婆婆妈妈唠叨一场吗？"

不提朔来一径地趄转武灵山，暂为隐身，且说向坚等一路长行，穿州过府，取道山东。只见一路上流亡难民十分凄惨，各处要隘都有旗丁驻防。这时大清豫王爷正提大军直下江南，那山东、淮阳一带，便如兵山将海一般。前方进兵，后路各队伍公然劫掠，水陆道途上，成船价金资，成车价妇女，在向坚等眼睛中也不知过去多少。还有本地无赖等啸聚了许多饥民，争立砦寨，倒招得清兵游骑四出，纷纷剿逐。那地面上良民被兵匪两下一挤，简直地走投无路，那一时白骨蔽野、人烟寥落之状，直然地一言难尽。

向坚等看在眼里，痛在心里，越发增了子房报韩之念。因为避人盘诘，转取小路，这日行近沂州蒙山左近，渡过泗河，地名"黄石坡"，相传便是张良受书之处，只见村落间颇颇安堵，鸡犬桑麻，大有世外桃源的光景。

孔升笑指道："由蒙山取小路儿，却去小人家下不远咧。"向坚听了，心有所触，一望天色，又是午尖时候，只见前面不远，竹林深处，现出一片村庄，大家奔将去，只见清溪环抱，许多的蛎垣瓦舍，清幽中还颇有富庶气象。

觉民道："这一带村庄倒还罢了，当此乱世，独能安堵，也就难得得很。"说话间步入村坊，趄过一段平沙宽径，径左边却有一片广场，地平如砥。离场不远西南向，还有一座高大庙宇，上题着"黄石公祠"四个大字。恰有个看庙的香婆儿趄将出来，手内却捧着一柄七宝镶鞘的短剑，便将来挂在庙门。

这一来登时招得许多村童都跑来，就广场中一面望剑乱跳，一面拍手道："噫！好快活！今天又该瞧热闹儿咧！"香婆唾道："滚你妈的蛋吧！仔细着招恼人家，割你的肥耳朵！"村童噪道："偏不怕！俺大姑性儿好，不像你老劈叉橛巴棍子似的！"那香婆唾笑之间，向坚等已拔步趱过，只见街坊上各家门首妇孺嘻嘻，就像不知兵荒马乱一般。

向坚等心下诧异的当儿，业已趱至一所小店跟前。门首一个店婆儿正系着围裙，挽着袖子，坐在凳儿上，弯起一只腿，紧那四五寸长的大花鞋子。一见向坚等一干人负装佩剑雄赳赳的神气，并且其中有个小白脸子少年俊如少女，不由站起来，笑道："诸位今天来得好巧，正是节骨眼儿，快到小店落脚，只怕少时就开场。哪位要恭喜得意，没别的，须多赏俺店钱哩。"

向坚等也不晓得她噪的是什么，便点点头儿，正要拔步进店，只听背后村童们一阵乱呼乱跑，那店婆儿也便翘首东望，并拍手道："来咧！来咧！"向坚等回头望去，只见一个二十多岁的女子，携一个老妈妈子冉冉而来。

老妈妈手内提一件花包裹。那女子生得长身婀娜，体态静穆，头绾高髻，耳坠明珰。只穿一身整洁布衣，脚下是尖生生平底小鞋儿，正扭转螭蛴玉颈，拖着漆光似的一头香云，和那老妈妈说话。忽地嘤咛微笑，一转脸儿，便有一片光华直射过来，只见她那张娇面孔虽是艳如桃李，却于俊俏之中另有一番婉静英爽之气。真是眉带秀而蓄威，眼含波而蕴媚，行步之间，若往若还，那一番英英娇娇、落落大方的模样，真不愧"仪静体闲"四字。逡巡之间，已趱经店门首。

这时黄霈恨不得伸脱脖儿，哪知女子眼光偏向向坚等望了一眼。那店婆儿顾不得招接生意，便迎上去笑道："大姑哇，你这就赴场去吗？且进来歇歇吧。"女子笑道："等俺回头时再搅你。"这一声娇嫩嫩的嗓儿，说什么风引洞箫，众村童争为前驱之间，女子已徐步而过。

这里店婆儿方才引向坚等直入客房，一面奔走茶水，一面笑道："尊客们就盼咐饭吧。真是来早了不如来巧了，用罢饭也正是时候咧。"

向坚等依然不晓得她噪的是什么，于是即命来饭。黄霈心头却牢嵌了美人影儿，颇想就店婆儿问问，无奈她正在忙碌，早已撅着小髻儿跑去。

须臾饭毕，向坚向孔升道："如今俺既决意南来，将来服侍老爷等北归，俺自能料理。此间既距你家不远，你不如暂回家中，也省得再为往返跋涉。但你这番忠心为主，俺是感激不尽的。"孔升听了，热泪直洒，一定还要转回云南，当不得向坚苦苦劝住，便取出银两，厚赐孔升。孔升没法儿，便道："既如此，愿少爷前途保重，俺孔升只好俟老爷平安抵家后，再去服侍了。"说着，拜别向坚等，一步一叹地自行趔去。

这里向坚叹息一回，黄霱却怔怔地怙惙那女子，一面却笑道："咱这一班人却越走越少，前途到徐州，俺也要岔向霍山，先瞧瞧俺叔子去咧。"正说着，恰好店婆儿来泡茶水，一面笑道："尊客们多有将就哇！"一面瞅瞅日影道，"时候不早咧。"

黄霱忽想起所见女子，方要发问，向坚却道："店妈妈，俺来问你，此村何名？当这慌乱年景，这所在怎独如此安静呢？"店婆儿听了，咯咯一笑，登时指手画脚，说出缘故。正是：

　　旅店无心访淳俗，客途谁料觏良缘。

欲知后事如何，且听下回分解。

第二回

剑虹娘较武招婚
火龙标劫村授首

且说店婆儿笑道:"好叫尊客得知,俺这里过安生日月,真得说是老天嘉惠。此地名黄石村,俺听上年纪的人讲究过,说是古来有个神仙老爷子,叫什么黄石公,曾在此地传给什么张六猴兵书战策。你说呀,后来张六猴竟做了那一朝的当朝宰相,连那修万里长城的秦始皇的天下也夺咧,连那什么霸王爷也杀咧!"

黄鼐听至此,扑哧一笑,店婆儿却道:"还有许多故事,俺也记不了许多,总言之,这黄石公能为就是大咧!尊客们进村时,没见那黄石公的庙吗?这所在一来是有神仙保护,二来是数月之前,忽然来了个俊煞人的大闺女,合村人都称她大姑。人家都说是神仙老爷子打发她来救苦难的。自她到村,俺们直然夜里敞门儿过。她没来时,这村中一般是明抢明夺,拖了小男妇女就走哩!"

向坚听店婆儿直吵张六猴,又笑又叹。黄鼐望着觉民,笑得开口不得,便极力忍笑,正要跟问那个神仙打发来的大闺女,恰好隔院有个媳妇子,趴在墙头上颤巍巍地喊店婆儿道:"大嫂哇,你快给俺锭子药。俺方才坐在石块上洗衣裳,不想该他娘的丧气,遇着个大青头愣(蝎子也),敬了俺这么一钩子。"

这里店婆儿一面跑向墙下,一面笑道:"怪道你针扎火燎地浪声喊,原来是遇着扛枪的咧,螫了哪里,快与俺先瞧瞧。"那媳妇皱眉唾道:"快给药吧!屋内有客人,你浪吵什么,说不得咧!"店婆儿大笑道:"这真应了俗语咧,'蝎子螫了□——说不得'。"一阵喧笑之间,早将黄鼐跟问女子的念头打断。

大家歇坐半晌,因天光甚早,正商议着要去逛逛黄石公祠,只见店婆儿跑来道："怎么尊客们还不快去呀?"黄霜笑道："你这店妈妈倒不错,怎催着客人上路呢?"店婆儿道："哦,原来尊客们是过路的,俺还当是特来玩拳瞧热闹的哩。"

向坚道："这小村中有甚热闹呢?"店婆儿一掠鼻儿,笑道："俺不是留客人的话,若遇着这个热闹儿不瞧瞧,真也缺典咧。那会子尊客进店时,不是有个绝俊的女子踅过吗?那便是俺合村的大姑,神仙老爷子打发来的。她逢五、十之期,就摆拳场,先由庙内挂出一柄剑来,您瞧瞧人家那份拳脚,真是南京到北京也没有那么妙相的。"向坚笑道："山村女子讲什么拳脚?俺们趱路事忙,不去瞧咧。"

哪知黄霜听得神仙打发来的大闺女就是进店时所见的女子,登时想去犒犒馋眼,因望望日影道："天光还早,咱何妨瞧瞧去,再为上路呢?"觉民便道："使得。左右咱去逛黄石庙,也就到拳场咧。"

于是三人徐步出店,向西踅得箭把远,却见妇孺奔走之中还有两位须发皆白的父老扶杖笑语,也赴拳场。便有儿童追逐着噪道："月下老儿!月下老儿!"更有妇女等单瞧着向坚等低语偷笑。还有脸儿老些的,竟笑嘻嘻瞅定黄霜啧啧两声。

须臾大家都到拳场,只见场外观者纷纷扰扰,场中却静宕宕的。大家不住地指点挂剑,微微含笑,一见向坚等又不住地交头接耳。其中有个干瘦瘦的老头儿,也晃着膀儿向人丛中直挤,便有人笑道："李老丈,快来吧!老将出马,一个顶俩,您也拿出当年踢谭腿的功夫,说不定就抓着老来俏,骗个花簇簇的新娘子哩!"观者听了,哈哈大笑。向坚等方目望挂剑,也没理会。

正这当儿,只见庙门首一丛人豁地一闪,那两位父老从内踅出,后跟着香婆,随后便是一个老妈妈,拥定一个女子。黄霜等忙望去,果是那会子在店门首所见的女子,这时却换了一身儿窄袖劲装的伶俐衣裤,通体纯青,髻包青帕,余帕绞作燕尾儿,从髻后兜到前额,结了个鸳鸯玲珑扣,上插富贵长寿牡丹式大红绒花一朵,越显得明眸皓齿,丰姿如画。

那黄霜正大睁两眼之间,场众让路,一行人早踅进拳场,场北面设有几凳,于是两父老就座。那香婆和老妈妈却规规矩矩站在凳后,便见女子秋波漫闪,一瞟全场,此时向坚等只缩在人背后,唯有黄霜挤向人前,并且眼张失落地直瞅人家的尖尖脚儿。

那女子通不理会,便婷婷站向当场,捻定一双粉团儿似的拳头,发话道:"今天婢子又当摆场之期,但是数月以来,都是婢子颠倒一身。"说着嫣然微笑道,"今天不消说,谅也没有下场赐教的,还是俺自家献丑吧。"说罢,踏开步法,使个旗鼓只听人丛中哈哈一笑道:"姑娘慢着,俺来与你作个对儿何如?"

那女子听得口吻轻薄,好生诧异,只眉梢一挑之间,早见由人丛中挨进个英英少年,不容分说,笑嘻嘻踅近身来,电光似两只锐目只注定自己面孔。那女子微嗔的当儿,不想满场观者见他两个立近一处,一个如玉树临风,一个如娇花欲语,真似一对玉人儿,不由没来由地一声喝彩。

这一来女子越嗔,登时两香颊上簇起红云,向少年一举手,便趋下场,霍地翻转身,放开门户。那少年笑微微喝声:"好!"只有意无意地将衣衫略为扎曳,更不趋就上场,按拳规拱手道:"请便!"从斜刺里一振两膀,脚下是俏步趋风,用了个浪蝶穿花式,嗖一声蹿向女子面前,左手向上一晃,跟右手当胸一拳,趁势手腕略压,竟想戳向香脐。

女子大怒,略一闪身,趁来拳落空,一摆右拳,便奔少年左胁,少年霍地蹿过去,急转身形,恰好女子也正翻转来,两人无意中闹了个对相面孔,相距咫尺。那少年闻得人家脂香发气甜津津的,百忙中竟想一把搂过来香一下子。说时迟,那时快,那女子一分两掌,势如蟹钳,骈攒五指,唰一声向少年两乳便点。

这一来少年大骇,急忙闪退,这才收起浪荡样儿,双拳一摆,顷刻和女子打在一处。原来这两乳上都有死穴,少年见那女子竟攒指点将来,知是个大手把儿,所以不敢怠慢。

当时彼此这一交手,勾拦靠抱,拳脚纷纭,纵跃处落地无声,进退时旋空有力。正打到酣畅处,却见人丛中又挨进个威凛凛、剑眉虎目的少年,向那少年招手道:"黄鼐兄,你怎的这般没要紧?咱瞧瞧热闹还要趱路哩,你便打胜个女人家,又算什么英雄呢?"

这一来不打紧,只听女子娇叱道:"叫你这班人且认得女人家!"声尽处,手法一变,两条玉臂嗖嗖嗖直起直落,便如风雨般裹将上来,并且步法飘忽,神妙非常。那少年哪里在意,一般价挥霍肆应。少时,两人搅作一团,少年喝声:"着!"一足飞去,女子急闪,弓腰未起之间,少年想用个连环拐子脚,前足落地未稳,后足方才甩起,只一眨眼的当儿,那女子纤足起处,向少年落地的足胫只这么轻轻一蹴。

俗语说得好:"巧力拨千斤。"何况那少年一足甩起,只一未稳之足沾地呢？所以武功家对起敌来，第一先讲脚下生根，那少年并非不知此理。据作者揣测，一来是艺高人胆大，未免轻敌；二来是希近香泽，臊个没要紧的脾儿，只顾逗着女子玩，领略点娇情妙态，不想自己却闹了个五体投地，登时趴在绣鞋尖下咧。

当时少年一跤栽倒，红着脸儿爬起。那剑眉少年方唤道："得咧，咱快回店，收拾趱路吧。"只见女子卓立当场，望着两人微笑道："俺好在是个女人家，唐突英雄，莫罪！莫罪！"

剑眉少年听了，反倒一笑，正要拖少年趄去，哪知凳后那香婆儿瞧得起劲，便高声道："俺大姑今天是手下留情，不然你们且有得苦头吃哩！"正噪着，恰好场右边有个村童啃了个大梨核儿，一下子抛向场中，香婆便骂道："怎么你这小行行子也来人前显能？快滚开这里，好多着的哩！"

一句话不打紧，那剑眉少年微微冷笑，托地跳到当场，向女子一拱手道："小可等都是过路的，本没工夫前来领教，但是敝友拳输一着，不值得便如此奚落人，遮莫小可来领领尊拳！"说着一转身便就下场。女子笑道："岂有此理，还是尊客在上面方对劲儿！"说着，自就下场，彼此一拱手，道得一个"请"字。

忽由人丛中又趄进个很安详的少年，向输拳的少年笑道："他今天也高了兴咧。"一语未尽，场中男女两个业已交起手来。

这一次比前番更不相同，真个是出奇幻妙，功力悉敌。一个是沉实有余，一个是灵矫莫测。少时两人身影都无，便搅作一团风气，满场中滴溜溜地乱转。此时不但观者目定口呆，便连那两位父老也瞧得站将起来，一面相顾色喜，一面直掠白胡儿。

正这当儿，只见两人四手扭结，互逞拿法，霍地一分，那剑眉少年啪的声一跺脚，卓然而立。说时迟，那时快，但见那女子身儿微晃，下面两只小脚儿向地下狠狠一踏，叫声"不好"，不知高低，只听嗞一声，那女子脚下一滑，登时跌倒。原来恰巧踏着那湿渍渍的梨核儿，你想在那镜面似的硬沙地上怎能不滑倒呢？

当时向坚道声"得罪"，方要转身出场，只见众观者眉飞色舞，所有眼光齐向自己注来，接着便喝彩雷动。那女子赧然站起之间，两父老已含笑趄来，一面问明向坚等姓氏、邦族并寓在哪里，一面回顾那女子道："大姑休去，快命香婆先摘下宝剑来吧。"

那女子双颊微红，嘤咛一声，众观者却哈哈大笑。向坚等也没理会，一径地徐步回店。不知怎的，街坊上男、妇聚观，向他三人戳戳点点，就像瞧稀罕一般。方近店门，早见那店婆儿和一干人正在门首指手画脚地说笑，忽望见向坚等踏入店门，店婆儿忽地整整衣衫，不容分说，望向坚便是一个万福。

向坚惊笑道："店妈妈，怎如此客气？"店婆儿笑道："客气不客气，你老今天是大喜，不当家花拉的，俺须讨点儿喜钱哩。"向坚越笑道："店妈妈休得取笑，俺等行路人有甚喜事呢？"店婆儿怔道："奇咧，难道你还不晓得，你干什么去来呢？"向坚道："好糊涂，俺等到拳场玩了一下子，算什么喜事呢？"店婆儿笑道："却又来，你跌了俺大姑一跤，这还不喜吗？"

向坚听了，越发地摸头不着，便道："店妈妈你想是吃了酒咧，俺和你缠不清，快算完店账，俺们要上路哩。"店婆儿发怔道："看光景你真个不知。既如此，咱到屋内再讲，等俺长长工夫慢慢性，讲说出来，你看喜不喜呢？"

向坚等见她唠叨，十分好笑，却又见她不像取笑，于是心头怙惚着，相与入室。那店婆儿未曾坐稳，早张牙舞爪地说出一片话。

原来摆拳场那女子便是往年在沂州一带较艺招婿的剑虹娘。黄萧曾去访过，却不曾遇。剑虹娘单身游行，物色佳偶，终不曾遇，近些日却流转至黄石村中，爱其俗朴民淳，便就跟随她的那个老妈妈子家赁居下来。那老妈妈子姓蔡，为人和气，孤寡一身，只有个寡妇小姑儿，便是那看黄石庙的香婆，所以剑虹娘每逢摆场之期，就到庙中落脚，所挂的宝剑便是招婿的标志。

剑虹娘初来时，村中人未免胡猜乱疑，亏得那两位父老颇有见识，见剑虹娘虽然行踪奇特，却端正异常，及至慢慢询知她的来历，不由叹为绝世奇女，便不时地前来照拂。剑虹娘也乐得地有当地父老周旋一切，所以在村中相处甚安，依然地较拳招婿。

适值国变后，清兵南下，山东境内趁势为乱的群盗蜂屯蚁聚，不可爬梳。其时黄石村左近有一股悍贼，聚合着数百人，到处里打家劫舍，贼首绰号儿"火龙标"，生得长躯铁膊，善用一口九环大斫刀。每当杀得性起，便脱光上身，只用一匹红袖由胸前十字扣一裹，余绸披拂，腾踔如风，哇呀呀地怪叫，斫刀一挥，便是三四个脑袋乱滚。又因他每去打劫定先放火，所以得此绰号。

当时火龙标领了群贼，占据在黄石村邻村中，奸淫杀掠，无所不至。于是黄石村登时大震，父老等正在张皇之间，贼中使人业已到来，是立索粮石金银并美貌妇女若干人，若迟顷刻，便火杂杂杀入村中，一火净光。

这消息一来，全村鼎沸，正没作计较处。那贼使大怒，忽望见剑虹娘，不由大喜道："这个女子倒也美貌，便跟俺去见首领吧！"两父老忙道："此女孤身流寓，甚是可怜，万望爷台放过她，容俺们多备粮石金银就是。"剑虹娘大笑道："咱有粮银，为甚送与猪狗呢？"说着一翻衣襟，明晃晃剑光一闪，再看那贼使时早已身首异处。

于是父老大惊，剑虹娘道："不须忧虑，少时贼来时，都在俺一人身上。"说罢，命全村闭户，不许出窥，剑虹娘却单身仗剑，便赴村口。大家战抖抖藏在屋内。不多时，但闻村口喊杀连天，少时便静。大家心头正如十五个吊桶打水，七上八下的当儿，忽闻剑虹娘高声笑唤道："你们且都来看这火龙标哇！"

大家跑出一望，不由罗拜在地，只见剑虹娘血染半身，一手仗剑，一手提着个血葫芦似的人头，仔细望去，谁说不是那杀人放火的火龙标呢！再看村口上，横七竖八还有十来具贼尸，从此合村人方知剑虹娘果是奇女，便敬重得如天人一般，群以大姑相呼。

至于这剑虹娘，在本书中如神龙隐雾，早已时露鳞爪，究竟是怎样个来历呢？且待作者省番笔墨，就店婆儿两片子嘴中述将出来。正是：

　　侠女行踪何落落，店婆口述亦滔滔。

欲知后事如何，且听下回分解。

第三回

争意气良友受离间
取人头侠女成剑术

上回书将要述说剑虹娘的来历，却一下子打住回目，便如市场上说书的，说到热闹当儿忽然煞住，伸手敛钱一般。非是作者狡狯，故意令诸公着急，皆因行文一道必须顿挫生姿，不然便似直脚口袋，摆珠算盘。诸公要看记账式的小说，作者笔下却没有那等文字哩。

原来那山东青州府地面，襟海带河，其人民大半都强直尚义，好武立名，但是稍有龃龉，登时挥拳，俗所谓"侃侉子"三字足见其人性了。那青州南乡中，有村名"康乐坨"，靠近潍水河汊，日久冲淤，现出一片很肥沃的河荡，苇蒲鱼蛤之利，岁入颇丰。历年经管这河荡的人却是康乐坨中尤、邢二姓，尤名玉标，邢名建威，两人都世习拳棒，矜言义气，并且是世交儿。因为当年这片河荡本为几个外乡的豪强保持，经尤、邢两家的祖上出头，集合了当地人，一顿拳头夺回。从此，这河荡由尤、邢两家轮年值管，凡租种荡田并采取鱼蛤虾蟹的，都须向值年的领取执照，交纳规例，一笔进款很是可观。

这当儿尤玉标家资富有，不消说门客成群，还夹着些掇屁股、抱粗腿的人都来趋奉，真是大爷放个屁都带些花汉冲（北京著名香店）的味儿。

古人说得好："富不期骄而骄至。"因此，玉标未免有些自大任性的样儿，久而久之，又征歌选舞，不断地置酒荒宴。建威知得了，颇不谓然，便从容进诤规之语。玉标却付之一笑，依然地不改故态，又新纳了一个嬖妾，便是门下走狗宋勤之女。

这宋勤本先在建威门下，因望着玉标的灶门热，便夤缘钻将来，献女求媚。建威为人疏阔，也不以为意，及至玉标却谏，建威本想再进诤友之谊，然而一望玉标家门庭如市，不由又慨然却步。

原来建威为人，好友疏财，过于挥金如土，反闹得通没分晓。便有些没行止的人设成圈套，常去骗他，不是这个说亲死未葬，便是那个说要卖女抵债，只要向他一述苦楚，他就大把价银子抓给人家，事之有无，一概不问。人家当面价赞他慷慨，暗地里却笑他是呆串皮。你想建威如此散漫，哪得不日就穷窘，所以这时建威家境颇颇萧条。

妻子叶氏又复多病，膝下只有一个女儿，业已十三四岁。因叶氏分娩她时，恰值建威东游崂山，和上清宫道士弈棋打赌，赢得一柄镇观的古剑，上篆"飞虹"二字，因此便与女儿取名"虹姑"。且喜此女婉孝异常，叶氏一年中半年卧病，都是虹姑服侍料理，但是虹姑生得十分荏弱，婷婷袅袅，就似风吹欲倒的样儿。

母女们病榻相依，叶氏偶然戏语道："虹儿呀，可怎么好？为娘既多病，你又这样不不等（又名鼓荡子，玻璃质，小儿口吹之玩物）似的，咱村头溪沿上那奶奶庙甚是灵应，并且那位使金纹剪的娘娘就喜欢孝顺女孩。你天天去磕个头儿，祷告祷告，保管你就结实咧。"原来村头上有座三霄娘娘庙，俗便呼为奶奶。在叶氏本是戏语，哪知虹姑信以为真，每天价总要偷空儿去叩祝一番。

建威这时已弄得寅年先吃卯年粮，颇有债累，专仗着值年河荡弥补一切，便不能常常家居。左近子弟们有慕建威拳棒的，往往招致了去，或教两手儿，或开场卖卖艺，因此之故，越发招得玉标门下人都存些藐视之意。所以这时建威一望玉标门庭，未免觉得床头金尽，壮士减色，这也不在话下。

不想一日建威偶步街坊，忽遇着宋勤，衣冠阔绰，将个狗脸觍得高高的，从对面扬扬而来，微瞟建威，昂然竟去。街众们便笑道："邢爷真好性儿，这不是你家那宋勤吗？如今钻向热灶眼，便连邢爷都不理咧。"又有人笑道："你还没见他那丫头浪张样儿哩！整天价打扮得狐狸精似的，简直地赛如妲己女。可惜尤爷那么条汉子，竟被她缠得七颠八倒。"建威听了虽付之一笑，心下却很不舒齐，又想和玉标相交一场，难道便看他狎近群小、沉迷酒色吗？正想再进忠告，恰好玉标因宋女诞辰，大排筵宴，高会村众，折简相邀。

建威穿一身半旧布衣，匆匆趱去，玉标广厅中早已宾客齐集，就候建威入席。建威一脚踏入厅，早望着宋勤哈着腰儿，掩着口儿，满脸上笑容儿，正站在玉标座儿前，也不知向玉标喊喳的是什么，一见建威，登时笑道:"如今贵客到咧,咱就入席吧。"说着却由鼻孔里哼了一声。

那玉标站起厮见之间,他却赶忙地给玉标整整后襟儿。于是大家谦逊,相与就座,饮过数巡,那宋勤恭维众客一阵,越发地摇头晃脑,得起意来。当时建威不由越瞧越气,直性人倔气发作,不会委婉,于是向玉标力陈酒色之当诫,气头儿上,未免就面斥宋勤一顿,不当贡谀逢迎。

这里玉标倒也谢过不遑,哪知宋勤却一掠鼠胡儿,瞧着建威一身粗布衣,冷笑道:"邢爷,这话应当这么说,自己闹杯酸糟酒、养个黄面婆都费力气,自然没法儿去考较酒色了,却把这番头巾话来尽交情,也就可笑得紧。假如邢爷有尤爷的身份,再来说这番话也不为迟。如今自己捞不着,俺看不是来劝朋友,是瞧着人家快活,自己却眼热哩!"

众客一听此话过于刻薄,正想用话岔开,只见建威啪的声一蹾酒杯,跳起来大喝道:"你这厮好生混账!成人之过,就是你这小人!"说着跳过来一把揪牢,玉标和众客纷纭拉劝之间,宋勤那龟背上早已挨了几拳,于是一席酒竟闹得不欢而散。建威趑回家,也便将此事抛在脑后。

那宋勤受此大辱,岂肯便罢,想约人去寻闹,又怕建威拳头厉害,逡巡之间,又将到建威值年河荡之期。每当交代,先有经管的簿籍等项送过来,建威眼睁睁盼这笔进项弥补债累,所以屈指计日。到得移交这日,却不见送过簿籍,建威去询问玉标家管事人,都推说不知。直等到数日后,建威正在火冒钻天,玉标却遣人来吩咐,从此不许邢姓值年,但是所应得的入款却一文不少,由尤姓支给,并且含糊示意道:"如此办法,是保全这片河荡并两姓的交情。"

建威听了,好不骇怒,自去走问所以,玉标却又不见。正这当儿,便有人透出消息来,原来那宋勤在玉标面前说了建威一片坏话,说建威负债甚巨,颇有擅卖荡田抵债之意,又搭着玉标性儿日益骄大,所以硬生生就吩咐下来。

你想建威如何肯吃这口气?于是风风火火偕同村众,寻玉标办理。两人都是火燎性儿,一个说是为顾大局,一个说是你冤穷朋友,三两言语,登时说岔,便定期打降起来。当时叶氏母女知得了,力劝建威不可逗气,建威哪里肯听,及至两人一交手,建威一不小心,却被玉标一脚踢翻,经众人抬回家去,愤怒困卧之下,吓得叶氏母女不知所为。

叶氏怒道:"宋家那妮子跟他老子在咱家时,咱没断了周济他,竟如此恩将仇报!尤玉标不够交情,想都是宋勤父女调唆的,等我去问尤玉标，看他怎生说法！"虹姑道："娘不必去，俺看这事虽是宋勤调唆，也是尤玉标恃力欺人。只恨女儿天生的没气力，习不得武功，不能替父亲挣口气罢了。"

叶氏听了，那口气终捺不下，于是携了虹姑竟赴尤宅。那玉标却躲避不面，只命宋女出见。两下里一交代，自然是越说越拧，越拧越火。宋女跳起来，一掌掴过，虹姑大怒，忙去护顾叶氏，不想牵连着自己一并跌倒。母女在地婉转之间，早又被宋女踏了两脚。于是虹姑扶母泣骂而回，正噘着小嘴没好气，建威捶床叹道："你们别气我咧！你母女风吹就倒的样儿，自去寻辱做甚！"

虹姑听了，瞧了自己的瘦弱身体，不由泪落，忽然气愤愤一径踅出，这里建威夫妇也没在意。哪知虹姑当晚竟自不归，直到三四日后还是通没影儿。建威夫妇慌了手脚，只得设法儿远近寻觅，这且慢表。

你道虹姑毕竟踅向哪里？原来那日虹姑扶母踅回，本就没好气，又听了建威叹息的话，小女孩家一时痴性发作，便暗想道："父亲这话是叹俺软弱，不会武功，不能替他争气，但是俺为求身体硬实，也不知向那三位奶奶磕了多少头，怎的一些灵应也没得？难道她们夹着巴子大剌剌地坐着，就白受俺的头儿不成？"想到这里，便一径地跑向村头娘娘庙，一脚踏入大殿，只见那位居中的云霄娘娘就像龇着牙儿要笑她一般。

于是虹姑越怒，便拎起神案上的磬槌儿，指着神像骂道："你这该挦毛的老婆，还敢笑俺！不说是受人礼拜，保佑俺身子壮健，反倒叫俺受人辱打，要你这没灵应的神道何用！"（虹姑此语差矣，今之当道者，土木其形，受吾民之牺牲者，比比皆是，又何曾显过灵应，保佑吾民？且为争祀之故，频年中痛苦吾民矣，可叹可痛。）说着，一槌掷去，扑喳声，却打在神龛旁捧剑的女童身上。

那泥偶略微一晃，似乎是向前一探身儿，虹姑大骇，只当是泥偶活咧，要来抓她，不由失声回头便跑。说也奇怪，虹姑越怕，越觉后面有人赶来，并且听得一路小脚儿嗒嗒嗒赶得飞快。方跑到庙门前，叫声苦，不知高低，但觉背后有人拦腰一抱，那虹姑惊极晕去之间，却闻得耳畔有人唤道："醒来！醒来！你这姑娘，敢是疯了吗？"

那虹姑悠悠醒转，仔细一看，又是一怔，只见一位二十五六岁的大姑娘坐在庙廊台阶儿上，好端端抱定自己。那姑娘生得俊俏中略带苍老之意，服饰朴素，头儿脚儿扎括得不像本地人，一面瞧着自己，却笑道：

"你好大胆，为甚的打骂神道？方才如不是俺拦着，那捧剑女童就将你抓去咧。你因甚受人辱打，快些说来，等俺教与你拳脚，你不会去打她吗？"

虹姑听了，越发骇异，然而见那姑娘虽比自己略为高壮，却也是婷婷袅袅，因哭道："你一般是姑娘家，没些气力，不中用，不中用！"那姑娘大笑道："你笑俺没气力，你且瞧个样儿！"说着，放下虹姑，恰好靠廊下有块青花粗石，粗估去约有七八百斤重。那姑娘走近石前，小脚一叉，弯倒腰肢，轻轻用两手端定石块，喝声："起！"石已平胸，接着两臂高撑，直举过顶。

这一来虹姑大惊，只认是奶奶显圣，翻身便拜之间，那姑娘已笑置石块。于是虹姑便述建威被欺之状，并述自己体弱，不会武功，不能替父争气之故。那姑娘点头赞道："你小小人儿倒有志气，如能跟我去，不过四五年，保管你武功成就。"

那虹姑终是小孩儿，只一心替父争气，便不管三七二十一，竟跟了那姑娘飘然而去。说了半天，这姑娘是哪个呢？便是前编书中由老客传述的惯于游戏江湖，奉母不嫁，沧、景一带人人咸知的那个廖姑姑，这时适至青州地面，不想因缘生法，却收了个女徒儿。

从此虹姑便跟廖姑姑逐处流转，潜心学艺。廖姑姑先以易筋经的真传秘诀易其体质，不消数月，虹姑已壮健非常，于是拳棒剑术循序而进，一切的内功外功自不消说，只过得一年余，虹姑剑术业已可观，却还没有仰接鹰隼、俯刺猿猱的本领。

一日随廖姑姑住在一个农家里，那农家老少都有，团团地十分热闹，虹姑触景动念，想起父母，不由伤心泪落。廖姑姑不悦道："凡人牵于情念，便不能专精艺业，况且剑术一道，宜断世俗之嗔爱，然后能独往独来，涉义既正，又无挂碍。所以俺立志不嫁，就为的是免去情念牵绕。"虹姑听了，不甚能领略得来，却记定了不嫁两字。

又一日，两人住在一处空山野庙中。三更时分，月华如水，廖姑姑趺坐在大殿上菩萨座前，习了回静功，向虹姑闲谈两句，忽指着菩萨道："你看他垂眉合眼的，慈悲不呢？"虹姑笑道："正是慈悲。"廖姑姑道："你看俺怎样？"虹姑笑道："吾师又来说玩话，你老人家到处里扶危济困，正是活菩萨，有甚不慈悲的呢？"

廖姑姑听了，忽然脸儿一沉，霜威凛然道："不然，俺顷刻就要杀人！去此向东十余里有一村落，街心中有一八字门墙，门首儿挂着一方'惠及乡间'的金字匾额，其中有一个六十多岁的老头儿，生得十分体面，一部长须，你便去将他首级取来，不可有误！"

虹姑大骇，却又不敢问其缘故，只得如言，直奔那家，果然门首十分气概，挂有匾额。虹姑暗想道："这家既挂有如此匾额，定是一乡的善士，怎的吾师要他的首级呢？"怙惙间连连纵跃，直入内院，便闻得正室内有老翁吩咐仆人道："你明天问东乡粜米去，须仔细斗口。咱在邻村住着，既不能救人的天灾，如今去粜米总要大点儿的斗口，哪里不是修好呢？这里二官儿已困着，俺念完经课，也就歇息哩。"

那仆人唯唯退出。这里虹姑一隐身儿，越发怙惙道："此人念经惠邻，如此善道，怎取他的首级呢？"于是跫向窗下一张，果见室内有个六十多岁面容和悦的老头儿，正端坐临窗案前，案上摆着一卷经文，檀炉内香烟微袅。

那老翁一面看经，一面沉吟道："东乡一件事虽然办妥，此后收留妇女，更须准备钱文。"说着，搔首一笑，似乎筹想一般。虹姑见状，一面拔剑在手，正在踌躇不忍下手的当儿，忽见榻头睡着个白胖小孩儿，那老翁一面踌躇，一面望着小孩儿微笑，很现出一片慈爱之色。虹姑不由越发不忍，正这当儿，忽觉脑后飕飕飕一股冷风，但见室内烛光微摇，登时景象大变，虹姑大惊。正是：

欲善其群除害马，屠刀奋处是慈悲。

欲知后事如何，且听下回分解。

第四回

走天涯侠女遇严亲
闹花筵豪宾逢逐妾

且说虹姑忙望去，但见烛光一摇，那老翁跌在座上，噗一声项血直喷，只剩个无头腔子还在座上索索略抖。虹姑大骇，只觉两条腿儿酥酥地要软。

原来虹姑虽久习剑术，从师流转，却不曾奉命去杀人，并见活人掉脑袋。虹姑一来是不忍心，二来是恐违师命，两念交乘之下，竟闹得塑在窗外。

正这当儿，却见眼前似乎是人影一闪，便闻廖姑姑道："痴妮子，还不转去，俺已料理都毕咧！"虹姑忙望那人影早已飞越重垣，知是师父随后赶将来，一时心头越发惴惴，只得佩起短剑，一径踅转。刚入大殿，只见廖姑姑依然趺坐在原处，只是菩萨面前便如上牲祭一般，乱发交绾，摆着一双带血的人头。一个是那老翁，那一头却赛如笆斗，面目狞恶，绕颊的络腮胡子，似是个壮年人。于是虹姑越惊，先拜请违命之罪。

廖姑姑微嗔道："俺一向时时告诫你，剑术之道，不用则已，既用以赴敌，或有所作为，必须斩钉截铁，当机立断；你却迟回不忍，岂不误事！所以习剑术须断嗔爱，断嗔则唯义是尚，断爱则毅然立决，俺就恐你不能了事，所以随后跟去。那老翁是个阴险万恶的乡愿角色，村人不烛其奸，还都目为善士，他曾募人偷抉河堤，以邻村为壑，淹漂人田庐生命不计其数，更可恨的是收买灾民的妇女，转贩渔利。"因指那案上壮夫的首级道，"此人便是应老翁之募去抉河堤之人，所以俺一并斩却他。你想这等人行同豺虎，还不忍下手怎的？"

虹姑听了，连连谢罪，从此跟廖姑姑四个年头，游行各省，剑术大进之下，更同廖姑姑做了许多惊人侠义的事。

一日在徐州地面，虹姑偶行街坊，只见一群无赖揎拳勒袖地踅来，一见虹姑，便喝道："你这位大姐儿还不快去，少时这里就要擂穷孙咧！"虹姑听了，方闪向一家门首，这里众无赖业已哄到十字道口，有的隐在石坊后，有的蹲在大树根下探头探脑。还有个秃厮浑愣儿，拎着一把明晃晃的大攮子，哧哧地就石坊脚下一面磨，一面悄骂道："好囚攮的外乡虎儿！他不达咱们知字儿，愣敢开场卖艺。好嘛！众位瞧着，俺少时若不攮他几个透明窟窿，把王字儿倒写与你看！"一人笑道："王第八的，你真会说。你那王字倒写来，不过是龟背朝下罢了，土堆上加个长些的扁担，有甚亏吃？"

又一人喝道："你们两个怎么揍来着呢？少时就要挣脸面，打吵子，却说你娘的没要紧！"因向树后一个小眼睛逗攒眉的道，"喂，老二呀！你眼睛比哥哥亮，瞧着点儿呀！少时穷孙到来，咱给他冷不防闹个'二虎擒羊'的阵式，俺当头一闯，你就撒开脚抄他的后路，至不济也搧他眼子一家伙！却有一样，你若当那哎哟哎（谓吃紧也）时一下子草鸡了，却不够朋友。那厮穷虽穷，胳膊头子却劲邦邦的。你若叫哥哥独当一面，却是'二姑娘架老雕'，有点儿玩不克化哩！"

虹姑见状，方觉好笑，只见一人一捏嘴，哧的一声，大家一齐隐身。虹姑向东一望，却见个昂藏汉子，衣衫褴褛，头戴一顶破毡笠，低头踅来，方近石坊，忽然仰面看那坊上大字。这里虹姑失声只喊得一声"父亲"，坊后石后的众无赖业已大呼拥出，那汉子急退步，放开场儿。那个秃厮喊一声："着家伙吧！"一摆攮子，向那汉子分心便刺。这里虹姑大怒，一个箭步，随手一分，拨倒两个无赖。正要去抓秃厮之间，只见那汉子也失声道："虹儿吗？"一声未尽，足起处踢脱秃厮的攮子，于是两下里四双拳脚一齐上。

这一来可苦了小子们咧，二虎擒羊的高招儿没使，倒叫人家打了个鸡飞狗跳。不提众无赖抱头蹿去，且说虹姑父女忽然相逢，彼此间各述别后情形，悲喜交集，自不必说。虹姑知得母亲叶氏已病殁，不由放声大恸，并询知宋勤父女都已死掉，那尤玉标也染病在床，便顿足恨道："可惜便宜宋勤那厮！如今父亲可以跟孩儿还家，争往年那口恶气了！"

于是领了建威叩见廖姑姑，即便辞行。廖姑姑很赞虹姑志气，临别之际，又嘱咐虹姑许多言语，并笑道："俺毕生不嫁，虽是为除缘累，也是性气使然，但是终非常道，你却不可以俺为法。"

这时虹姑感念师恩，只顾了泪落如雨，也没理会廖姑姑此话，即便拜别廖姑姑，随父还家，暂且慢表。

你道邢建威怎的忽然流落在徐州地面？原来建威自失掉虹姑后，真是火上浇油，自念一生名头被玉标挫尽，便立志要出门寻师学艺，务须报玉标一脚之辱。无奈叶氏既受辱气愤，又搭着思念女儿，本是个病身儿，这时不消说是一头病倒。建威没法儿出门，只好忍性暂耐，直待一年有余，叶氏病殁，建威方束装就道，一路上寻访能人，不辞辛苦。

哪知能人这物件甚不易求。建威寻求无非是闻名便访，哪知真正能人偏不在寻常声望中，以致建威奔走连年，金尽裘敝，堪堪地难支旅费，那能人的毛儿都不曾望见一根。然而建威立志不衰，便胡乱卖艺自给，这时流转到徐州地面，因摆设拳场，得罪了当地一干无赖，所以大家伏在十字路口，想殴辱于他。恰好天缘凑巧，却父女相逢哩。

如今再说那尤玉标，自那年听信了宋勤谗言，挫辱建威，掰了世代的交儿。他自以为是保全河荡，必如此方够朋友，便命管事人将建威值年应得的入款按时致送。这时管事的就是宋勤，不消说，将那款子都入腰包，玉标也不晓得，然而想起挫辱建威来，未免后悔当时过于脸硬。

不想宋勤父女日益无状，只过得两年余，宋勤是侵攘资款，宋女是淫荡不堪，往往借省视宋勤为名，回到家下，公然招致些轻薄少年，闹了个丑声四塞。玉标知得了，为顾全脸面计，便合合眼，伸伸脖子，咽下这口气，抓个斜岔儿，将宋勤父女一并逐掉。这时方回思往事，觉得宋勤说建威的一席话有些不甚可靠，颇想和建威见面谈谈。无奈这时建威业已负气出门，村众们偶说起建威志在报辱之意。玉标听了，后悔中未免怙慨，然自以为因保全河荡绝交，并且送去进款，倒没有对不起朋友处。

正这当儿，不想却着了一口暗气。原来玉标一日赴近村一家富室中饮筵，这富室是个悭吝鬼，闭门享用，不与人通往还的角色。休说是左近人儿并事儿他一概不知，便连邻佑人众他都不大认得，真是上炕认得白脸的，下炕认得黑脸的（吾乡有此谚语，白脸者老婆，黑脸者灶王爷也）。

这日，忽然大高其兴，破天荒地治具请客，因慕玉标之名，也请将来。当时众客落座，由主人斟过一巡酒，倾谈起来，大家都要掇财主的屁股，便你夸摆设讲究、我赞酒筵齐整地闹过一阵。

那富翁高兴之下，又吃过几杯酒，便哈哈大笑道："今天俺这番小意思，虽说是草草东道，看来也没什么缺欠了。"一客便笑道："却就是缺个陪酒的小娘儿。"富翁一听，觉得有些塌台，因趁空告便，向个家下小厮商议道："你快与我飞了去，将北庄里官碾子叫将来。若吴小脚在家时也都叫来。都叫她们扎括齐整，俺今天非做脸面不可。"

小厮笑道："巧咧，那两个浪娼妇都来不得。官碾子进城去咧，吴小脚新近有包客，不出来陪酒咧。"富翁搔首道："这便怎处？再不然，叫你妈妈来吧。她虽老些儿，你叫她光光地梳上头，紧紧地裹上脚，腰虽狼伉（粗笨之意），用带儿煞煞，嘴虽凹瘪，鼓着些腮帮子，再厚厚地垩一脸粉，长长地画两道眉，鲜鲜地点上嘴唇，高高地闹双里高底的鞋，大约也就将的咧。"

原来那小厮的妈妈年轻时和富室有一手儿，通不避讳小厮的。当时小厮笑道："您不必如此，您要小娘儿倒有一个，并且好体面的小模样子。"富室道："如此快叫去。"于是趄回席，先向众一说去叫小娘儿，大家听了，都各高兴。唯有玉标却暗笑道："这只村牛也居然征歌选舞，不知弄个什么丑八怪来哩。"

不多时，酒至半酣，玉标正在仰靠椅背，停杯怙愍，只听帘钩起处，香风飘拂，先钻进一张俏生生的面孔。玉标眼快，啪地一蹾酒杯，不容分说，跳起来抓过富室，挥拳便打。正是：

　　绮筵开处方娱客，春色潜来转恼人。

欲知后事如何，且听下回分解。

第五回

黄向坚辞姻剑虹娘
玉美人巧遇白湖主

且说玉标一瞟进来的陪酒小娘儿却是宋女,这一气非同小可,只当是富室故意地羞辱他,于是不问情由,拖住富户便打。众客群起拉噪之间,那宋女早抽转身一溜烟儿跑掉。可笑富室还愣怔怔地乱跳道:"尤玉标,你不对呀!俺叫小娘儿与大家陪酒,是寻乐儿,你怎么气将起来,耍拳头呢?"

玉标不便说缘故,只好一口气堵咽心头。便有一客知得宋女来历,悄悄向富室一咬耳朵,富室恍然,忙向玉标连连赔罪,并自掴道:"该死!该死!俺不晓得她是尤兄家里的人,这一来岂不是要玩老嫂吗?等俺去叫出贱内来,亲亲热热给尤兄把个盏儿谢罪如何?"

众客大笑道:"你那个老帮帮不成功了,还是叫出你那个胖姨奶奶来,倒还不错。"玉标听了,也就不便再发作,只得纳着气草草终席。从此得了一种症,类似噎食,时止时作,绵绵延延又过得两三年,竟自一头病倒。

这日方在静室歪卧,时当初秋,又潇潇地落了阵细雨,玉标病骨增寒,便寻了件半臂加在身上。暗想任是甚等的好汉子,也禁不得病来磨人,想当日俺和建威驰逐于少年场中,何等气概,如今就这般猥琐。建威这时也不知落向哪里,都因宋勤那厮,俺两人竟自绝交,这是哪里说起?

正在辗转之间,只见仆人呈上一封书札,玉标看罢,登时气得两眼发昏,长叹一声,便将儿子尤汝为叫到跟前,吩咐道:"吾因误信宋勤谗言,致负良友邢建威。吾死之后,你可将那片河荡都归邢家值管。"说罢,倚枕提笔,写了一张字柬道:

鄙人误听人言，致开罪令尊，今始知河荡值年之款，尊府竟一向未得，是则鄙人保全河荡之心，转类于攘据款项之为，微夫己氏（指宋勤）胡至于此。今便当举河荡悉归尊府，以赎前愆可耳？承示欲定期决斗，鄙人顷已病甚，行将就木，鸡肋不足以当尊拳，唯愧对令尊，徒呼负负耳！虹姑妆次。

　　当时玉标写罢，捶床叹道："虹姑奇女子，真令人可羡可愧！"过了两日，玉标竟自病殁。

　　原来他接到的那封书却是虹姑的，上面历叙父女两人频年在外边遭际的情形，并指斥玉标攘利辱友，自那年决斗后，便不见值年入款送来。书末尾便是定期决斗，以雪前辱的话。因这时虹姑父女业已抵家唎。

　　当时尤汝为既遭父丧，一面价哀痛营殓，一面价将字柬送致虹姑，还惴惴然恐建威不甘。哪知建威自经困厄以来，反倒心气和平，又知玉标是为宋勤所误，慨然赴吊之下，又登时召集村众，将那片河荡归为公地，每年入款尽做当地的善举。于是建威之义声、虹姑之奇遇，都各传遍遐迩。从此虹姑不耐家居，便奉了父亲各处游历，以卖拳棒为名，暗地里除强剪恶，济困怜贫，自不必说。

　　那虹姑想起母亲，深恨自己未尽孝道，便将一片天性都用在父亲身上，并且羡慕其师廖姑姑立志不嫁。建威劝导数次，她也不甚理会。过得三四年，两人游历到兖、沂一带，建威抱病，自料不起，便嘱咐虹姑道："为父一生无子，然而得你这孝顺女儿，吾死后亦无所憾，所耿耿于心的，就是你立志不嫁一事。吾儿孝顺，可听为父遗嘱，葬父之后，丞须择配，方是正理。依俺之意，便以较艺招婿，必不致误配庸流。俺言尽于此，你须好好记牢！"

　　虹姑听了，只得流涕唯唯，过了些日，建威病殁，虹姑极尽哀痛，便葬父于沂州山中。自家不忍远离父墓，所以三四年来只在兖、沂一带随缘度日，并且较艺招婿。不料来至黄石村地面，却姻缘天合，一个小小的梨核儿就将虹姑的终身大事给交代唎。

　　以上所述，便是剑虹娘的行踪来历，这一段儿倒插笔，作者笔尖虽秃，店婆儿口沫也干唎。

　　但见向坚听罢，愣怔怔地两手乱摇，觉民是拍手大笑，唯有黄鼐却站起来跌脚道："咳咳！原来这女子就是俺往年特访不遇的剑虹娘！如此说，向坚兄订此良缘，真个大喜咧！"向坚急道："怎的你也没分晓！咱快上路，给他个三十六计，走为上策吧！"正乱着，只听店外鼓乐声动，笑语嘈嘈，店婆儿拍手道："两位大媒都到呢。你们要走，倒说得好轻松话儿。"

向坚一怔之间，早见那两位父老衣冠齐整，含笑而入。后跟一班鼓乐，又有四人舁定两只彩桌儿上，列银包儿二十封，都用红绒绳扎定。最后面还有许多村男女，一拥价哄进来，登时屯在向坚客房外，眉欢眼笑地乱推乱挤。于是向坚走的上策料不成功，只得迎两位父老相逊入室。

两父老致过贺意，便笑道："良缘天定，真非偶然，剑虹娘较艺招婿也非一年，今遇君子，端的可喜。老朽忝为媒妁之外，今还有不腆之仪，便是因剑虹娘曾庇护敝村，大家曾酾金报惠。无奈剑虹娘执意不收，大家公议将此项作为剑虹娘将来的奁资。今黄爷既中雀屏，便当收取此项，便请暂驻行程，准备迎娶喜事吧。"说罢，命人抬进彩桌。

一父老笑道："这是二千两纹银，黄爷且来过目如何？"两父老一片话不打紧，不但村众们见向坚冷手来抓热馒头，真是人是人，财是财，一个个地替向坚眼中发火，心头打鼓。便连那个以英雄自命的黄彇，也未免咕嗒一声，悄悄咽口馋唾。

百忙中，店婆儿又噪道："阿弥陀佛！你看黄爷这是多么大的福气呀！怪道黄爷没来店时，喜鹊乱叫，黄爷一到店，俺瞧他那满面红光的样儿，就知他必有喜事临头。俺这里虽是小店，却前门后门严实得很，连个长虫、刺猬都休想钻进来。黄爷办喜事，就在这里再好没有，连喜娘儿并老妈儿都不消雇的，俺一个人儿满干了去咧！"

便有一村妇笑道："狗揽八堆屎，你不怕干张裂了吗？"店婆儿笑道："你妈妈才好张裂哩！"又有一妇笑道："店大嫂哇，俺看你哪一档子也干不得，你缺个老头子，不是全可人儿哩！"店婆儿发急道："俺虽是炕头上缺个老头子，但是……"

这里众人大笑之间，向坚却向两父老摇手道："岂有此理？俺向坚要事在身，岂有儿戏订婚之理？请老丈等转语前途，俺这就要上路咧！"因将自己南归，意欲赴云南寻亲之事一说，两父老不由起敬道："如此说来，黄爷又是一位孝子，但是订婚之事，黄爷却推辞不得。那剑虹娘奉父遗命，较艺招婿，事历数年，远近皆知，岂是儿戏之事？黄爷如委实不愿，只好自去见那剑虹娘，当面辞婚。如今剑虹娘便在黄石庙中静候信息哩。"

向坚听了，好不踌躇，然而又没话说得。人是急能生智，因回顾觉民等一使眼色，两人会意，急忙忙各负行装，又瞅个冷子替向坚携了行装，不容分说，向室外便走。向坚拱手向两位父老道声"得罪"之间，方要随后跟出，忽觉背后莽熊似的扑上一人，一把捉牢后衣襟，却急赤赤地又带微笑道："好嘛，俺一个喜钱没挣得，你倒好意思价拐俺店账去！"

向坚回望，却是店婆儿，这一个透鲜的高招儿竟没使出去。于是两父老含笑相拦，向坚没法儿，只得接过行装，先开发过店账，然后和两父老一齐举步。

这里店婆儿却拍手向村众道："你看什么古怪人都有，像这白花花大银子，花不溜丢的小媳妇，人家双手送到跟前，他愣会摇头不要，莫非是个大呆瓜吗？"

不提店婆儿胡噪，且说向坚一行人趱至黄石庙，和剑虹娘厮见之下，便一述意欲寻亲之事，坚意辞婚，以为剑虹娘必有一番纠缠。哪知虹娘听毕，肃然起敬，正色道："寻亲自是正事，可惜婢子与君未成嘉礼，此时不便同行。至于婚事一节，却没得用推辞处，左右婢子此身已属黄家，君便终不迎娶，妾当毕世守志以待。"说罢，低头沉吟，反将瑞符的住址询问详细，便微笑道，"婢子言尽于此，君便速去寻亲，再期后晤吧。"说着翩然站起，竟和香婆儿转入殿后。

这一来闹得向坚通没结果眼儿，刹那间一转念头，以为虹娘说"毕世守志"，是一时因自己辞婚发出来的负气话，果自己呐喊一走，难道她就真个守志不成？想到这里，便别过两父老，和觉民等匆匆出庙，竟自上路。

不表这里剑虹娘此后的行踪，且说向坚等一面趱行，一面谈说剑虹娘踪迹奇异并见道路上北军络绎，并村落萧条之状，因往时雄杰居民自被流寇扰乱以来，便往往集合了，结寨立砦，以图自保。及至国变既作，便有人暗想起义抗清，因图聚人众，便将许多的溃散流寇也收了去。如此一混杂，所以地面上越发地萧条慌乱。

这日行抵徐州岔路，黄鼐道："俺就此便赴霍山，黄、安两兄抵家后，咱彼此再通书问吧。"于是相顾恋恋，当即别过。

不提黄鼐自赴霍山，为日不久，闹得声名大著，且说向坚、觉民一抵家中，大有化鹤归来之感，幸得田庐无恙，还可自慰。那守门老仆问知瑞符近况并向坚要去寻亲之事，惊叹之下，竭力劝阻。向坚哪里肯听，和觉民歇息了个把月，探听得道路上稍为可行。正想略安家事，措置旅资，取路登程的当儿，不想那镇守武昌的左良玉将军一旦兴兵东犯，想诛宏光帝驾前当权的马、阮诸奸，接着便是江北四镇将黄、高、二刘互相争哄，杀闹得乌烟瘴气。阁部公史可法通没法儿约束他们，弄得道路上烽火连天，行人断绝。向坚见此光景，只得暂耐，便想先与父母寄封信去，也没法儿。

转眼间就是半年光景，啊呀，越发不妙了。这时史可法殉难扬州，那大清兵马长驱渡江，半壁小朝廷一朝都尽，又开了什么鲁王以海唐王聿键在浙、闽两处监国的局面。向坚、觉民目击心伤，通没奈何。

这时吴中耆硕如陈卧子、张煌言等人纷起义兵，各郡邑意气少年望风奔附。向坚、觉民自归家以后，武侠之名颇振一时，未免就有少年们争来劝驾，你说投那里，我说奔这里，吵得不可开交。

觉民本是云水性儿，自经国变，越发看得世情雪淡。自归家以来，除和向坚往还外，便是浪游山水，潜心慕道。向坚是志在寻亲，又见这一班少年们虽矜言意气，其实都是声色货利之徒，这种人如何能共事呢？于是一概婉言谢绝。

向坚无聊之余，倒结织了两个萧散朋友，一个是雪庵和尚，一个是高士徐昭法。

雪庵是吴中名诸生，国变后愤而为僧。其为人迂僻冷怪，放浪一切，每有感触，歌哭无时，却精于数学，占卜如神。但是人有求他占卜的，他却瞑目不答，或至大骂道："都是你这班趋吉避凶之徒将国闹亡了！"其所居名落叶庵，不设垣篱，三椽小筑，庵左右林木森翳，还有些无主的荒冢。每当天阴月黑，雨落风起，狐鸣鼠窜，便如墟墓一般。雪庵颓兀其中，往往经旬不出，值其兴发，或着红衲高屐，或褴褛如丐，狂徒市中，小儿等相与哗笑追逐，雪庵便与之嬉舞，或买瓣香走拜岳武穆神祠，往往放声大恸。

那徐昭法字俟斋，本是吴门望族，其父某公，殉国事甚烈，俟斋义不帝秦，所以隐居下来。其为人被服儒者，兴趣高简，颇有辽东皂帽之风。家毁于兵，或日不举火，唯以卖画自给。清豫王既定江南，吴中大吏颇承命搜访山林隐逸，俟斋累被征辟，幸都脱免。既和向坚等结识以来，虽性气不同，却相敬爱，这也不在话下。

且说向坚闷闷家居，只日夜价盼望路通，好赴云南。光阴如驶，不觉又是数月光景。却又闻得北客传说，那武灵山中前些日闹了一场大乱子，是因山中耆老等折卖珠灯，被官中人探得方朔来隐藏在山的消息。于是发兵围捕，却被方朔来杀了个尸山血海，一径跑掉，不知去向。向坚吃惊之下，欲探其详，无奈大家传说得又没头少尾。

这日向坚会着觉民，谈起北客传说之事，两人揣念一回朔来的行踪，闷将起来。正要去访徐高士谈谈，忽见老仆呈上一封书札，向坚等一瞧那书，却是黄鼐从庐州白湖寨邓府寄来的。书中自述遭际，十分得意，并邀请向坚、觉民前往聚义，誓复国仇。

你道黄鼐有甚遭遇？说起来煞是热闹，且待作者转笔述来。

且说黄鼐自那日在徐州别过向坚等，直奔霍山。恰值高杰和黄得功因为争着驻兵扬州，哄战了一场子。高家兵马有一股溃散到淮、皖一带，沿途大掠，黄鼐只得取小道，从桐庐一带迂回趲去。

一日午尖，歇在一家旅店中，地名野云渡，却听得众客们谈论溃兵道："你看这班魔头们，将来抢足了，不是投入四十八寨，便是归到白湖寨去。"黄鼐听了，也没在意，正在院中散步，只听店门首马蹄响动，并有人匆匆地道："喂！店伙计，来饭快些，俺用罢还有要事，忙着趱路哩！"店伙笑道："您这匹马好俊样，有这快脚程，还忙什么？"那人叹道："咳！这匹劣马是人家不要的，少说闲话，你就给俺快来饭吧！"

黄鼐望去，见店伙拉着一骑大白马趲进，鞍辔鲜明，褥套中还掖着一柄朴刀。后跟一个彪形大汉，头戴范阳笠，脚蹬牛皮本色靴，板带长袍，手提马鞭，一面低头扎曳袍襟，一面道："伙计，你店中若是热饭不现成，有冷馒头也使得。"黄鼐暗笑："这鸟大汉倒是个急嘴子。"一转身，方要入室，忽听那大汉道："哟！黄兄吗？好巧！好巧！你如何撞到这里？"黄鼐忙回望，不由大悦趋进。

原来那大汉姓张名振，也是霍山的意气朋友，与黄鼐甚是厮熟。此人拳棒之外，兼工相马。在家时便以贩马为业，那淮、皖、蕲、黄一带，凡当地豪杰并绿林锦帆之徒，他没有不认识的，人称为"快马张振"。

当时两人彼此厮见，欢悦非常。张振急急吩咐店伙道："好在俺饭毕就走，便和黄爷一处歇坐便是。马呢，快喂饱！饭便快来！"

店伙唯唯间，黄鼐早和张振相与入室。那张振一摘大笠，抹抹大汗，匆匆价一询黄鼐近状并南归之意，便拍膝道："你来得正好，再晚些时，你令叔那份家资也就净唎！"

黄鼐惊道："怎么呢？"张振道："你有什么不晓得？你想当这等慌乱

年光，有钱的人本就受累，再搭着令叔为人死样些，你又远出，他老人家只知闭门家里坐，在族众乡众一概不去维持。你们贵族中那个外号'热决'的，你是晓得的，他欺压令叔也非一日。自那年你没北去时，被你捶了一顿，他一屁股跑掉，如今他在霍山北乡中结合了一班混账人，简直地打家劫舍，又自称什么'辅国将军'。说是从鲁王以海那里受了什么札委，叫他经略皖中一带，便借起义为名，到处里勒捐富户。先从令叔那里起手，金资粮米，抢夺净尽，还声言收取田房，以助军实。令叔愤急之下，刻下正在抱病哩。"

黄鼐惊怒道："竟有这等事！那厮好大胆！等俺到家后，便是他命尽之日！"因又冷笑道，"想俺叔子那样人，也就须硬来蛮作去整治他，所以俺那年盗取资马，一径北去。不过俺既是他侄儿，岂可袖手不管他。但是张兄如此地行色匆匆，是向哪里去呢？"

张振道："咳，说不得咧！俺生平只有寻人晦气的，如今却被人寻了晦气去。俺这便赴双龙寨，求人来争口鸟气！不瞒你说，那蕲、黄地面的四十八寨，俺都认识的。"

黄鼐本知张振是个夸大的性儿，便微笑道："龙寨也罢，凤寨也罢，且都莫提，但你为何被人寻了晦气去呢？"

张振道："便是因俺在庐州地面得了几匹好马，其中有一匹名为'墨花点雪虬'。那马的精神骨相，就别提多么俊样咧，通体的白旋毛儿，杂以黑点似的花片，脚力之快自不必说。俺既得此马，十分高兴，一面命跟人等押着马匹先行，一面在店中开发马价，并备酒酬谢经纪人贩。闹过半日，正想随后登程，哪知俺那跟人气急败坏地跑将回来，说是堇到白湖寨左近，忽由寨卡前后拥出一队强人，为首一人十分凶横，不容分说喝众齐上，将俺跟人等尽数打翻，抢了马匹便走。"

黄鼐道："什么强人，就敢夺张兄的马匹呢？"张振道："当时俺也是这般想，便自赴那寨卡左近细一探听，方知那夺马为首的人名唤尚保仁，就是白湖寨中的一名头目。既得那墨花点雪虬，便一径地效个殷勤，献与他们寨主咧。你说这事没的不气煞人吗？所以俺赴双龙去求朋友哩。"黄鼐笑道："张兄怎的这等脓包，谅一个什么尚保仁，张兄自能料理得，何必去求什么双龙寨呢？"

张振道："若是尚保仁，自然好料理，他既将马献与他家寨主，那个主儿却不是好惹的。慢说是俺料理他不得，便是黄兄自以为北游一回，武功大就，据俺看来，您若去料理他，巧咧就许叫人家给料理了。"

黄骉大笑道："岂有此理！难道那寨主是个青脸红发、巨口獠牙、紫屁股沟子大下巴、三头六臂的角色不成？"张振瞅定黄骉，笑道："倒也不哩。人家那脸儿、发儿、口儿、牙儿、屁股儿、下巴儿，只有比你还妙相的，也是一颗头，也是两只脚，并没有出奇处。但是人家那身本领，俺看着，除了双龙寨寨主可以和他见个高下，别人是不成功。"黄骉听了，越发大笑道："张兄且住，你我便就此前去索马，什么白湖寨寨主就如此了得，等我将他弄得服服帖帖，非叫他哼成一片不可！"

正这当儿，忽闻隔壁客室内有个客人清脆脆、响亮亮地咳嗽一声，又听得店伙道："少爷且歇坐，用茶时尽管喊俺。"这里张振却正色道："黄兄虽是英雄，俺恐你不是人家对手。闲话少说，咱就此各奔前程，你倒是去料理令叔的家事是正经哩。"

黄骉听了甚不服气，当不得张振匆匆价唤进酒饭，邀黄骉一同用讫，开过饭钱，道声"再见"，竟自策马而去。这里黄骉送张振回头，望望日光，天色尚早，便在院中徘徊散步，暗想道："好笑张振，他竟不晓得俺本领如何，且待俺赴庐州白湖寨，索得马来，回家去羞他一场，倒也有趣。"

思忖间，主意已定，正要唤店伙问问庐州白湖寨距此多远，只见隔壁客室内帘儿一启，踅出一个二十多岁的文雅少年。头戴飘云巾，身穿白缎簇花大氅，腰系湘绦，足下踹着丢秀秀的乌靴儿。生得面如冠玉，目若朗星，鼻赛琼瑶，唇如点绛，更趁着两道秀秀森森的翠眉、两片红郁郁的腮颊，举步之间，甚是洒落安详。

黄骉方暗诧道："这美少年好生秀气，怎又秀气中又带些英爽样儿呢？"便见那少年笑吟吟向自己拱手道："兄台哪里去？刻下天光还早，何妨屈驾到敝室内谈谈呢？"黄骉忙拱手道："萍水相逢，怎好便去打搅？如不嫌弃，正要识荆。"说着趋进，就要拉手。正是：

旅舍偶逢夸结客，红丝暗引亦奇缘。

欲知后事如何，且听下回分解。

第六回

望江驿双侠倾谈
梅大郎人头侑酒

且说黄骉拱手趋进,就去握那少年的手儿,哪知少年微微一笑,即便转身导客,两人入室,彼此施礼落座。黄骉先向室内一瞅,只见行装都无,只有一具黄皮囊,裹着个圆彪彪的物件,有西瓜大小,也不知是甚东西。皮囊之外还有短剑一口,鞘儿、穗儿都甚精致。黄骉因笑道:"足下出行携剑,一定是精于武功了。"少年笑道:"小可手无缚鸡之力,晓得什么武功,不过拿把剑仗仗胆儿罢了。真个的黄骉兄大名如雷贯耳,今得攀谈,好生有幸。"黄骉惊道:"这也奇怪,足下如何晓得贱姓名呢?"少年大笑道:"黄兄在北京结客,大闹蟠桃宫,剑刺摄政王,尊容儿张贴得到处都是,俺安得不知?"

黄骉猛闻,不由略惊,然而见那少年文绉绉的,料非歹人,即便慨然道:"俺此番南来,便是躲避满人的风头哩。不知足下尊姓大名,将向哪里去呢?"

少年略为沉吟道:"俺姓梅,人都称呼俺作梅大郎,性好游历,所以时常价驰驱风尘,如今却想赴庐州地面访个友人。"黄骉道:"小弟也想赴庐州料理一桩没要紧的事,咱正好同行咧。"因将张振被欺,并自己要去索马之意一说。

少年听了,目注黄骉,微微含笑。正这当儿,恰好店伙进来泡茶,一面向少年道:"您那会子进店时,说是候一位骑白马的朋友,有事交代。方才走的那位张姓客人倒是骑的白马,您却没见他,莫非不是您的朋友吗?"少年听了,略一点头道:"俺那朋友想还没到,且须候他霎儿。"

这里黄骉一望日光业已不早,即便别过少年,且不去直奔霍山,竟匆匆取道赴庐。刚趱过二十多里,行经一片树林,忽听林内有人呻吟,黄骉望去，却是梅大郎四平八稳地坐在地下，旁置囊剑，正在那里抱足呻楚，也不知他几时趸到这里。

当时黄霜惊道："梅兄倒好快脚步，反走到俺前面咧。"大郎攒眉道："俺是取便道来的，不想便道儿过于崎岖，一下子伤了脚，只好在此多歇一会儿。黄兄走路怎这般慢腾腾的，莫非途中有耽搁吗？"黄霜见大郎笑他，颇没好气，便一面颔首道别，一面足下加劲，施展开陆地飞腾的功夫，转眼间越过树林，却听得大郎在后面哈哈一笑。

这日傍晚，行抵一处山村，地名望江驿。黄霜进得旅店，只见院宇宽敞，正房上门儿掩着，方喊得一声"店家在吗"，便见从灶房中跑出个店伙道："对不住，今晚客官要照顾小店，却须屈尊些，正房中住下客咧。"黄霜道："俺且问你，此地距白湖寨还有多远哪？"

店伙道："你老要赴白湖寨，简直说就算到咧。从此向东七八里路，那一片白茫茫的大水便是白湖。过得湖去，便是凤啄山的正山口子，进得山口，不过曲曲弯弯地绕十来里的光景，敢好便抵大寨咧。但是生人儿一到湖边上就须止步，要想硬进去，势比登天还难，因为那寨主十分了得，湖边立有水寨，不亚如铜墙铁壁。若想赴山寨，先须穿水寨过湖，若是生虎儿去了，安能得入呢？"

黄霜笑道："那等臭排场不过挡平常人罢了，若遇着能人，又济得甚事！"

店伙吐舌道："您可别这般说。那寨主自立寨以来，往年时流寇屡次来攻，有一次，悍寇方子雄率领万余众直犯白湖，被那寨主设计引入鲇鱼套内，杀了个落花流水，并生擒方子雄哩！闲话少说，你老便屈尊在厢房吧。"

黄霜因白湖不远，心下畅快，便高应道："使得，好在俺明早便赴白湖。"店伙道："你老别嚷，人家正房中客人来了好半晌，正在盹睡哩。"一言未尽，只听室内呵欠连连，接着有人笑道："黄兄才到吗？若赴白湖，可好挈带小可去，咱们同室甚便，何必落在厢房呢？"说着门儿一启，趸出一人，又是梅大郎，惺忪两眼，似乎是久盹光景。黄霜方暗诧他脚步甚快，那店伙却喜道："如此更好，你二位老客同房住，谈谈讲讲既不寂寞，睡下来打个通腿儿且是暖和，不省得一个人儿孤雁似的吗？"说着跑去，端整汤水。

这里大郎业已肃客入室，黄霜道："原来梅兄也要赴白湖寨去的，不知有甚事体？"大郎笑道："通没有要紧事，只因俺有个朋友在白湖寨里做些事，虽不敢说是寨主，但是他也能说一不二。俺因多年不见他，特与他送件礼物去。"因一瞅那皮囊道，"就是此物了。"

黄骉忙道："梅兄既有朋友在寨内，不消说是时相往还，那寨中情形并那寨主之为人，梅兄定然晓得，可好见示一二吗？"大郎失笑道："那寨主和气不过，俺每逢入寨，他便和俺好得一个人似的，简直说，举止说笑，俺怎样他就怎样。黄兄所问，小可安得不知？俟少时，咱慢慢细谈。"正说着，店伙来掌上灯烛，一轮皓月早已飞上东溟，照得院中空明旷朗。

大郎高起兴来，便吩咐店伙道："你拣那上等酒饭给俺来一桌。"店伙笑道："小店中只有黄牛肉、白干酒、蒸饼大馍，却没有什么新鲜菜蔬。您老若用肥鸡子，咱便整个儿焖它两只，但是价儿略贵些，须得五钱银子一只。"大郎一笑，方要开口，黄骉已喝道："好啰唆，你只管多杀几只鸡就是，哪个与你磨价儿！"

店伙大悦，呐喊跑去之间，这里大郎却微瞟黄骉，略一点头。须臾酒饭端上，果然是大块肉、大碗酒，十分丰满。高高的两大盘馍饼、鸡子之外，另有一只青花大瓷盘，内贮整方的一块牛脯，为的是随便添用。

大郎一瞅，便笑道："店伙计，快来醋、蒜，俺是属老西儿的，就好喝醋。"店伙唯唯，如飞地取到醋、蒜，那大郎接过醋碗，咽的声便是一口。黄骉暗笑道："这哥儿文文绉绉的，却吃酽醋，一定是个秀才角色。"思忖间，便见大郎吩咐店伙道："此间不用你伺候，听唤再来。"又问道，"你店内中司在哪里？"店伙道："就在这后窗根墙脚下。"说着退出，这里大郎也便起身跟出。

黄骉散步室内，便闻得大郎履声转向窗后，黄骉无意中踱向后窗下，却闻得澌澌澌时断时续，似乎是女人溺声。黄骉不由又暗笑道："无怪他这样文弱，举止谈笑间总挂些女相儿，原来是个中气不足的人，却怎又脚步偏快，两次三番价都走到俺前面呢？"怙惚间竖起脚尖儿就后窗隙向外一张，月光下望得分明，只见大郎蹲在地下，正在猛然站起，黄骉以为他是解大手儿，也没在意。

须臾大郎踅进，由面盆中净了手，和黄骉相让就座。各自饮过两杯，黄骉是随意饮啖，大郎却箸也不动，只撕片鸡翅儿过酒。黄骉笑道："梅兄直怎的客气，你看你羞怯怯的，箸都不动，不像个大闺女吗？"大郎听了，忽地眼睛一转，却笑道："俺要不客气起来，这酒肉通不够俺用的。"

说着，目注黄萧，似乎沉吟。

不想黄萧眼光也忽飞到，两人无意中四目相照，彼此哧地一笑。黄萧道："如今梅兄可好以白湖寨中情形见示吗？"大郎笑道："那一座白湖寨已在俺肚里，俟俺少时细细相告。且问黄兄既在北京结客大闹，除和你同被名捕的方朔来外，想还有任侠之客，不知都是何方的壮士？"黄萧道："除方朔来之外，只有两人，一名安觉民，一名黄向坚。"大郎拍手道："好的！这两位都是江南侠士，俺久已闻名的，不知黄兄此番南归之意，是从此埋名隐姓呢，还是想轰轰烈烈做他一场，以报故国呢？"

黄萧听了，不由豪气飙举，拍膝道："俺正恨刺凶王不成，此后若有际遇，俺黄萧一腔热血只为故国而倾，难道便坐视神州沦于异族吗？可惜梅兄文士，不堪共议此事。"说着，意气慷慨，端起大碗酒一吸而尽。大郎听了，忽然眉梢一展，喜气发舒，便笑道："俺虽文弱，但是俺常和那白湖寨主晤面，每每听他讲论武功还有什么剑术等事，倒也十分有趣。可惜俺不懂此道，并且记性不好，且待俺略述一二，不知那寨主瞎讲得对也不对。黄兄是当代英雄，自然能评论赐教的。"于是没头少尾地一说剑术并武功诸法，这一来招得黄萧哈哈大笑。

看官须知，凡抱有艺能的人，最禁不得有人搔他的痒筋，只要人来一发端，他定要倾箱倒箧而出之，说个文话儿，便是忍俊不禁。当时黄萧不禁不由便将所受于南宫生许多的秘法名论一一讲述出来，真个是原原本本，神妙非常。但见那梅大郎听呆在座，似懂似不懂，面上喜色越发扬扬。偶然质问一二语，都是利巴（即门外汉之意）话，黄萧笑得打跌，便道："这武功剑术一道，口内讲来，终不如当场试验，可惜梅兄是个门外汉，不然当此好月良宵，俺舞剑一回，倒好下酒哩。"

梅大郎听了，只是憨憨地笑，半响忽赞道："黄兄果然名不虚传，当场不当场且不必提，但俺听您议论，也未见得便胜似那白湖寨主。"说着，略梗脖儿，扑哧一笑。

黄萧道："今且莫只管闲谈，请问梅兄，那白湖寨主端的为人如何？"

大郎正色道："他的行侠尚义许多事故今且莫提。你但想凭他一个人儿，仗了一对拳头，创立了偌大山寨，累却流贼，保全远近良民十余万户。如今清兵徇略各处，却不敢向白湖寨去踏半步脚，便连那蕲黄间各寨诸豪，都仰望白湖寨如众星拱月。黄兄请想，那白湖寨主是个甚等人物呢？"说着，一瞟那皮囊和短剑，忽然间英气勃勃。

黄鼐大笑道："梅兄该罚一杯，你这未免是阿其所好了。那寨主既行侠尚义，如何叫手下头目夺人马匹呢？"说着飞过一大杯，以为大郎文绉绉地浅斟低饮了半晌，这次必然推辞。

哪知大郎接过酒，一举而尽，并且自家拎过酒壶，哗哗哗又饶了三四杯，然后翻转酒杯，向黄鼐一照，响亮亮喝一个"干"字。突地站起来，嗖一声抽出短剑，冷森森寒芒四射之间，黄鼐心头噼噗一跳，却见他拉过那青花大盘将整牛脯脔切，然后掷剑笑道："酒肉须是这等吃法，方才痛快！"于是饮酒御肉，顷刻间了却大半。黄鼐方望得两眼都瞪，却见大郎一气儿又是四五杯酒入肚，突地面孔上泛上桃花色泽，却笑道："咱们相对饮酒，还是寂寞些儿，刻下俺携到半个朋友，何妨也请他来饮一杯呢？"

黄鼐听他说话离奇，便笑道："梅兄吃醉了，朋友罢了，怎么还讲半个？"大郎听了，拊掌大笑，便起去拎过皮囊，解开来取出一物，端正正供在酒案之上。黄鼐一望，不由跄跄跟倒退两步，一捻拳头，大喝道："你这厮定是那白湖中的什么歹人！不要走，且吃俺一拳！"说着火杂杂就要动手，但见大郎不慌不忙说出一片话来。正是：

奇情天外飞来候，豪客筵前失措时。

欲知后事如何，且听下回分解。

第七回

较剑术大郎邀客
探山寨黄鼐称雄

且说黄鼐见那皮囊启处,却是颗须发交缠的狰狞人头。断项上残血都干,垂眉闭目,咧拉着一张蛤蟆嘴,那小样儿好不难看。于是惊疑之下,喝一声就要动手。

大郎却道:"不料黄兄如此英雄,却如此胆小,一颗人头有甚奇处?便是俺特送寨中敝友的一件礼物。不瞒您说,白湖寨收这样礼物,只如寻常瓜果一般。您见这礼物都害怕,还向白湖寨索马做甚?"

黄鼐听了,越发地惊疑莫测,然而又不愿示弱于人,便喝道:"梅朋友,你休奚落人!俺黄鼐看那白湖寨只如一抔土,俺脚尖蹴处,不愁不踢翻它!你便真是寨中之人,也没甚紧要哩!"

大郎笑道:"却又来。既如此,咱且饮酒。"说着双眉一挑,目光霍霍,也不去客气黄鼐,竟自大碗价斟起酒来,向那首级一举道,"朋友,你瞧俺吃酒痛快吗?可笑你只因认得俺不真切,却叫俺取了你的脑袋。"说罢,略瞅黄鼐,一阵价痛饮大嚼,顷刻间案上食物净了大半。

这里黄鼐哪肯示弱,也便对了那首级连连举杯。这当儿,一片月华扬辉焕彩,照到酒案之上,红烛光中,越显得两个玉山似的少年,对着一个血迹模糊的人头,居然价不哼不哈,你酬我酢。这番奇特光景,也就世间少有咧。

那大郎吃得兴起,正向黄鼐飞过一杯,只听门外有人訇然而倒,起去一瞧,却是店伙,业已吓得面目更色,索索乱抖。原来店伙在灶房内歇了半晌,先听得两客说笑,十分热闹,后来却静悄悄的,连杯箸都不响咧,便暗想道:"啊呀,不妥当,他两个别价一高兴兑换一下子吧!便是上年时,俺向西村老哈家去讨酒账,凭俺这把子年纪,这份小模样,那老哈还死求白赖地和俺来一家伙。何况他两个一对儿小白脸子，热辣辣的酒吃到筋节儿上，不消说是一笑两呲口，马上就停当咧！"想至此，悄悄跑出，就正房门外一张，一个"妈"字没喊出，登时跌倒。原来酒案正面上还有个监酒老官哩！

当时梅大郎鼓掌大笑，扶起店伙道："伙计，莫管闲事，你只安稳稳去听俺呼唤吧。"那店伙因此地靠近白湖寨，料得事儿蹊跷，哪里敢开口来问，只连忙蹓回灶房的当儿，这里黄鼐也便疑心大起，暗想道："这梅大郎好生作怪。如此文弱，却携着个凶实实的人头，方才又饮啖豪爽，不像不会武功的，并且他尾缀于俺，不像无意。那会子又盛夸那白湖寨主，莫非他就是寨中之人，特地来消遣我吗？不要管他，且待俺显显本领再说！"想至此，跃然站起，就自己行装上拔出短剑，嗖一声跳向院中，却笑道："梅兄酒够了吗？且待俺舞剑助兴，再饮三杯如何？"

大郎笑道："月下舞剑，最妙不过！俺因黄兄竟想去赴寨索马，谅来必有所恃，也正想瞻仰剑法哩！"黄鼐也不搭腔，便就院中回旋数回，掣开短剑，嗖嗖舞起，少时人剑不分，但见一团白光。及至舞罢，不想那梅大郎倚柱望月，神态湛然，只微微一笑道："黄兄剑法也还罢了，若但是观止于此，不怕黄兄见怪的话，您便不赴那白湖寨，倒是藏拙之一法哩。"

黄鼐不悦道："你不晓剑术，休来乱道！"大郎道："俺虽不晓得神妙剑术，像黄兄这般剑法也还来得，但是俺自觉远不及那白湖寨主。今且赌个戏儿耍子，您若胜得俺，再赴白湖寨，还许能侥幸取胜，不然……"黄鼐不待词毕，大叫道："来来来！咱就较量一回！"

大郎听了，登时面色一肃，仰望月色，如有所思，忽地一笑趋入室，提起短剑，用一个健鹘抟风式，唰一声跃入院场。只脚尖略为点地，早已一摆短剑，使个旗鼓，剑锋略动，明闪闪光绕满身。他却退步竦立，全取敛抑之势，便如蛰龙将飞，只待春雷一震一般。

黄鼐一见不由吃惊，便知敌人深明静以制动之道，是个讲内功的大手把儿。于是不敢怠慢，一横手中剑，和大郎来了个旗鼓相当之势，彼此价喝声"请"，顷刻间挺剑进步，交起手来。但见：

  轻尘不起，势如旋云；足下无声，形同流水。蹈瑕抵隙，神锋耿处玉龙飞；斫地摩天，金彩腾时白虹卷。离合处翩若惊鸿，进退时翔同舞鹤。一个是能出能入，逞精神直捣中坚；一个是若即若离，摆身法推开外垒。小周旋心融意会，大击刺气猛神摇。欲擒先纵，或故引鳅入菱窝；将发却收，偏效个鸡嗲米臼。正是：莫邪干将，一时相会定雌雄；跃冶详金，两美终难分上下。

当时两人这一阵来来往往，抉荡纵横，两柄剑翻飞上下，直然似双龙戏空，映得那一轮月儿都黯黯不明起来。这一来不打紧，吓得个店伙舌儿吐出，半晌价缩不回去。由灶房内偷瞧院中，但见两条闪电似的剑光咻咻价横飞竖涌，不由暗骇道："今天可糟咧，看这两个大爷这光景是真干上咧！少时，无论谁毁了谁，都是俺店中的麻烦哩！"正在思忖，忽闻店门外泼刺刺一阵马蹄响，便如风雨之遽至。须臾马策乱挝那店门，便如擂鼓一般，吓得店伙急待趑去瞧，无奈两条腿子只管向后转。

正这当儿，只见院中梅大郎哈哈一笑，一摆剑跳出圈子，向黄萧道："领教！领教！实不相瞒，俺便是那白湖寨主。如今敝寨人来，便当暂时失陪，明日在寨专候台驾哩！"

那黄萧大骇，提剑四顾的当儿，便闻砰然一声，店门大启。登时趑进十来个全副劲装的彪形大汉，一见大郎，都肃然列立。大郎便叱道："你等快来拜见这位黄壮士！你等自己若遇着人家，管保一个个都是死数！"

于是众人向黄萧一齐声喏。大郎笑道："这便是敝寨的各路头目，便是那个尚保仁亦在敝寨。"因向众头目大笑道，"你等今天又夺得什么宝物来孝敬俺呢？趁早儿都献出来，免得黄壮士二次再来索要。"

众头目悚然躬身，连称"不敢"的当儿，黄萧却忍不住大怒道："好好！你便是白湖寨主。你无端夺人马匹，行同强盗，还敢当面奚落于俺。来来来，咱再较量一回，难道俺便怕你不成！"

大郎笑道："不必如此，俺明天在敝寨恭候大驾，面交那马。却有一件，黄兄若胆怯疑惑，也就不必强去。"黄萧愤然道："俺明日一定拜访，谅你那区区山寨，也不是龙潭虎穴哩！"大郎听了，扑哧一笑之间，便有一个头目趑进室去取皮囊，装好人头。这里大郎向黄萧欣然点头，方要拔步，恰好店伙由灶房内挣扎出来，大郎笑道："店家却受惊了。"因顾头目道，"明日与他送酒钱来。"又笑道，"黄爷在此，你要好好伺候，若是冷房凉炕地冰坏了他，小心俺来割你的脑袋！"

店伙听了，正在唯唯不迭，众头目已拥了大郎纷纷出店。顷刻间马蹄响动，如飞而去，唯有那亮晶晶一轮月子依旧是瞅着黄萧。于是店伙倒抽一口凉气道："啊呀，我的老佛爷桌子，原来这梅客人就是白湖寨主，俺在此开店多年，今天才见着他！黄爷，不是俺撺你的话，依我看，你不如起个黑票，给他个吩咐二百五，比什么都强。俗语说得好：'强龙难斗地头蛇。'你愣愣地闯赴山寨，料想得不着什么便宜事哩！"

黄鼐怒喝道："不必多话，你可知俺也会割人的脑袋吗？"不提店伙悚然退去，且说黄鼐辗转终夜，竟莫测大郎行径，但是自恃本领，也不在意。次晨起身，结束停当，佩起短剑，索性将行装寄放在店，向店伙问明道路。那店伙跟送出来，即逼定鬼似的，不敢言语，但见黄鼐撒开大步，一径地向东奔去。

不提店伙怔望一回，自行踅转，且说黄鼐施展开飞行术，一路疾趋七八里路。不多时已到那白湖岸边，果然白茫茫一片大水便如玦环一般，围接着凤啄山趾。湖中港汊纷歧，芦苇甚茂。距岸不远果然有一座静宕宕、青郁郁的大水寨，门户楼橹，十分威严，各门楼上便插旌旗，晓风一吹，呼啦啦翻卷作响。正中门楼上还有数丈高的斗竿，上面斜挂大红方旗一面，上写斗大的一个"邓"字。仔细一望，那水寨通是大竹结就，再遥望那凤啄山势时，越发地气象不凡，但见群峰列嶂，抱气藏风，深窈峭拔，层层叠就。那山势大概看来，起伏逶迤，也不知跨凌多远。居中有一正峰，形势特为奇峻，矫然西顾，有似凤鸣张吻。

这当儿水寨遮目，却望不见山寨的仿佛，但闻得隐隐鼓角并马嘶之声时断时续。这时旭日曈曈，映照湖波，光景奇丽，有许多的渔船菱艇，便如小鸭儿似的沉浮水面。

黄鼐观望半晌，正想唤渡，恰好有只小船儿摇近岸边。上面是个精壮的小后生，绾着分水鬏儿，穿一身油布蛇皮纹的短衣裤，赤着双脚，手弄竹篙，方向岸边一抵。黄鼐唤道："小哥这里来，渡俺过湖去，多把与你船钱！"

那后生向黄鼐打量半晌，却笑道："今天去不成功。若在平日，咱拉个交情儿，俺悄悄渡你过去，倒也不算什么，今天是俺家寨主有令，禁止闲人往来，专待一个什么姓黄的客人较量高下。俺想那姓黄的不过是个无名小辈，他如何敢赴山寨去送死，只需俺家寨主手指一动，早已撂出他来咧！你老哥在此少候，傍午时姓黄不来，俺再渡你如何？"说着龇牙一笑，就要上岸。

黄鼐一听，不由气往上撞，大喝道："俺正是姓黄的，特来送死哩！"

那后生失惊道："真的吗？既如此，自有人接你进去，还用俺渡做甚？"于是转身入舱，取出一副硬弓响箭，不容分说，向水寨噗地一箭射将进去。这里黄甝一怔之间，那后生摇船自去。

还没有一盏茶时，却闻得水寨内鼓角怒号，突地震天价一声号炮飞上半天。寨门启处，早衔尾价冲出三只战船，倏地一分，前两船分列左右，上面都是劲装佩刀的壮士。后面船上却有一人哈哈大笑道："黄兄端的好胆气，单身至此，竟不失信，且随老夫山寨叙话吧！"声尽处，船将抵岸。黄甝遥望那人，却是个六十多岁老头儿，生得面容苍秀，精神炯炯，长袍缓带，丰彩翛然。躬身儿立在船头，背后侍立着两个小童，却瞅定黄甝，彼此价嘻嘻而笑。

于是老翁下船，和黄甝彼此施礼，便请登舟。黄甝这时未免怙惬，只得一手按剑，随老翁相与跳上船。那左右船上的壮士暴雷似一声喏，掉转船头，即便前趋。须臾船入寨门，黄甝一路四望，不由暗暗喝彩，只见各处里旌旗招展，都按陆地上扎营之法互连战船，结作一座大营，一般地门户井然，翼哨都备。船抵营门，又是一声号炮，两旁战船上，各寨卒按队列立，一色的花布包头，抱刀持戟。由营门直接中帐，那一片刀斧光芒，杀气森森，好不怕人。

这时老翁和黄甝并立船头，一面四顾，一面却笑道："黄兄瞧这所在布置如何，还可以做今日的田横岛吗？"说罢，慨然长啸。

黄甝唯唯之间，那老翁已肃客下船，直入中帐，宾主重新施礼毕，落座献茶。黄甝一询老翁邦族，方知他姓梅，名之洁，麻城人氏，为当时的名诸生，慷慨尚义气，兼好谈兵，便是麻城名官梅公之焕的族弟。那梅公往年时，正色立朝，并有知兵之名，累破流贼，贼畏之如虎，后来乡居，还屡以乡练御贼哩。当时黄甝听罢，不由起敬道："怪得老丈如此气度，原来是梅公族人，既在此统领水寨，莫非您便是白湖寨主吗？但是俺昨天所遇的那梅大郎却自称寨主，又是何故呢？"

之洁大笑道："俺哪里配称寨主，不过帮梅大郎创这点儿小局面罢了。如今大郎正在山寨中恭候大驾，咱们便就此去吧。"说罢，领了黄甝依然登舟，到得凤啄山趾，相与跳上岸来。这次黄甝方得纵观那山形寨势，但见一路上要隘山径，汛卡周密，布置得十分合法，佩刀寨卒不断地来往逡巡。刚趱得三四里，早有一队寨卒鸣角击鼓，从对面迎来。

这时黄甝只顾了高瞻远瞩，不由脚下略快，却将之洁落后了十来步。

众寨卒猛见黄萧，一阵盱眙相顾，倏地一列队，便有个黑凛凛的头目喝道："呔！你这汉子好生大胆！这是什么所在，就这等闯你娘的！"说着撮唇一呼，众寨卒就要动手。黄萧大怒，方想拔剑，亏得之洁一步赶到，向那头目一说所以。那头目向黄萧拱手道："原来黄爷是来访俺家寨主的，小人职在巡查，唐突勿罪！"说着，向黄萧端相两眼，领众自去。

黄萧暗瞅队众，一条龙似的转向道旁岔路，步伐之间十分整肃，就似百战劲旅一般，不由暗诧道："观此寨卒，便可见梅大郎颇有将才，却又怎的不顾道理夺人马匹呢？便是白湖寨这番地势也尽可有为，将来俺黄萧做起事业，如能得如此的地势，也就算甚好咧！"

正在心头七上八下地胡怙惚，之洁却笑道："这里距大寨不远咧，黄兄请看寨前那片沙场。往年时流贼方子雄领众万余来搅山寨，被俺寨主两路设伏。那方子雄万余之众，一半儿丧命湖中，一半儿便尽殁在沙场之上。如今黄兄单身至此，您这份胆气委实可敬，然而却也须仔细哪！"说着遥指前面，哈哈大笑。

黄萧略为沉吟，却暗想道："凭俺一身本领，怕他甚鸟！好笑这老儿，他也弄个空响炮来试人胆量。"一面思忖，一面随之洁手望去，果见前面现出威实实一座大寨，高圩屹立，雉堞迤逦，俨似一座坚城。这当儿寨门大启，人骑喧阗，细望寨门前果静宕宕横亘一片沙场，却有黑压压、齐簇簇的许多寨卒，各持明晃晃的枪刀，分队肃立，似待号令一般。

黄萧正在张望，忽听寨前一声号炮，接着便鼓角齐鸣，众寨卒一声喊杀，顷刻间烟尘抖乱，火杂杂枪刀齐奋，竟向黄萧直奔将来。正是：

　　鹅鹳阵排何鹘突，凤鸾交就在须臾。

欲知后事如何，且听下回分解。

第八回

凤啄山寨主款豪宾
庐州城侠士挫恶霸

　　且说黄黼忽见众寨卒杀喊如雷，一齐奔走，不由大怒，便一手拔剑，一手揪住梅之洁，大喝道："你这老儿原来不怀好意，今五步之内，先叫你难逃公道！"说着，剑锋闪闪，方要去拟之洁，只见之洁大笑道："黄兄你这胆气为何又小将起来？难道连寻常操演都没见过？"正说着，果见寨门前操旗晃动，众寨卒翻翻滚滚，随着令旗一阵价纵横变化，彼此价摆成阵势，互相地进退攻守。登时闹得杀气弥空，势崩雷电，谁说不是操演阵法呢？

　　这一来闹得黄黼通红的脸儿，赶忙释手，将剑归鞘。之洁笑道："这都是老夫善忘，忘掉今天是操演之期，所以不曾先告知，反叫黄兄吓了这么一大跳。"

　　黄黼一听，知是笑他胆怯，只好咕嘟着嘴，一声不响。于是两人由旁道绕近寨门，早有四名雄赳赳的值客头目盛服出迎，向黄黼一齐声喏，正要转身前导的当儿，黄黼偶然仰面一望，不觉诧异。只见梅大郎所携的那颗首级却高挂在寨门之上，并有一纸罪状贴向寨墙，上面的字儿是不守寨规，擅夺过客马匹罪目一名尚保仁，合按法斩决，悬首示众。黄黼看罢，不由恍悟那夺马举动都是尚保仁一人之过，就此看来，梅大郎端的是正气男子。思忖之间，之洁已微笑肃客，于是两人厮趁进寨，四头目早已如飞地先去通报。

　　黄黼一路留神，但见街衢广阔，人众熙熙，并且家家门首设有武器，一处处男妇往来，鸡犬鸣吠，便如世外的桃源异境一般。须臾行抵一处高大宅第，气象潭潭，十分整洁，门首只有数名青衣仆人垂手站立，门上大书一联道：

填海难忘精卫志，挥戈谁识鲁王心。

　　那字体写得十分拙涩，便如儿童涂抹，偏又笔力甚劲。黄萧笑道："这联句语气何等地慷慨悲壮，足见寨主自命不凡，怎草草用这等字写将来？"

　　之洁笑道："黄兄莫要见笑，这是俺家寨主亲自所题，不过吐吐胸中的志向罢了。"两人一路谈笑，趄进大门，又曲曲弯弯转过两层院落，黄萧逐处留神，每到一厅事跟前，遥望厅内，都铺设得十分齐整，却又作怪。厅内廊下侍立的都是十来岁的小童，再觅那青衣仆人等，早已影儿不见。

　　须臾又抵院落一层，黄萧望去，竟自猛然却步起来，只见大厅上珠帘高卷，里面陈设得十分华美。锦屏绣幔，耀眼增光，两厢室茜窗隐约，沉檀徐裹。院中是盆花丛竹，位置宜人，鱼戏莲缸，鹦鸣珊架。再望到厅廊下，还有三四个垂髫小婢正在那里交头接耳地微微含笑，一见黄萧，所有的水也似眼光都注将来。

　　黄萧回顾之洁道："这所在好像内院，咱到此做甚？"之洁笑道："俺家寨主因黄兄为当世英雄，不敢以常客相待，特邀至内室，以示尊敬之意。"说着，挽定黄萧便入厅中，宾主就屏前椅儿上落座之间，两小婢献茶退出。又有一小婢溜瞅瞅张得黄萧两眼，满面是笑，没命地跑向屏后，却嗙的一声，似乎和人撞个满怀。便闻有人老声老气地道："死妮子，用不着你去献勤儿，俺早已禀知寨主，少刻就来。"

　　小婢笑道："俺虽当个二次报子，究竟没亏吃，先磕个喜头儿，就许多得些赏赐哩。"那人喝道："你再胡吵，仔细我揭你的皮！"黄萧听了，以为是内院的老仆人等。须臾那人趄出，却是个既麻且黑、又高又大的老婢女，耷拉着一张苦瓜脸，瞪着两只凹臼眼，晃扭着柳树腰，趑趄着莲船脚，望着黄萧一声不哼，却只管喷喷地咂嘴儿。少时却伸起小萝卜粗细的小手指儿咬在口内，百忙中还唧的声咽口大唾。

　　她这阵怪模怪样，竟将黄萧瞧得有些不好意思起来，正要别转头去和之洁搭讪说话，只见她直撅撅地道："怪不得俺家寨主昨晚回头，一夜价也没好生睡，只是睡梦里咻咻笑，原来是这般俊！"之洁忙喝道："你晓得什么，还不快退去！"老婢一撇嘴儿道："就是你这倔老头子不得人意儿，俺瞧上两眼怕什么的，难道便将他瞧化了不成？"说着，索性趋到黄萧跟前，端起茶杯道，"你老吃茶呀！俺家寨主紧紧鞋脚儿，换换衣裳，也就出来咧。啊哟哟！你老这小脸蛋儿怎这么红红嫩嫩，比起俺家寨主来，真是玉娃娃似的……"

这一来不打紧，之洁跳起来，不容分说撮了那老婢肩头，向屏后便推。这里黄萧正在诧笑的当儿，却听得老婢在屏后跌跌撞撞并带着哭声道："做什么？你的胡子扎俺的脖颈，俺一个闺女家的，你就扯把人家的腰和屁股，你等着，俺告诉寨主去！"

黄萧听了越发诧异之间，之洁业已笑喘喘地踅回道："黄兄莫笑，这是俺寨中的傻婢子，一向不许她出来，不知方才怎的撞到这里，她今年四十来岁，还没寻找女婿哩。"黄萧一笑，方要说话，那老婢却又在屏后房门前噪道："什么女婿呀，就是前天他们说的那小行行子呀！小人国似的，蹿蹿地就像个海里蹦，若半夜三更蹦没影了，俺还摸不着他哩！"两人听了，不由拊掌大笑。

正这当儿，只听屏后一阵价步履声动。须臾转出两名姣好的婢女，一色的劲装佩剑，向黄萧道个万福道："有劳黄爷久候，俺家寨主随后就到。"说着趋向西壁，靠椅后婷婷立定。于是之洁面容立整，站将起来。黄萧料主人将出，也便站起，正暗笑梅大郎内院中许多俊婢，那大郎必有寡人之癖。只眼光四瞩之间，忽觉面前光华一闪，早由屏后转出个英英娇娇、云仪月态的女郎，后跟着两名佩剑婢女，笑嘻嘻簇拥而来。

那女郎生得态若行云，神同秋水，铅华不御，自然显国色天香，丰彩惊人，说什么沉鱼落雁，却是美丽之中，另有一番端秀伉爽之气。头绾高髻，身穿劲装，外披一件紫绡敞衣，纤腰约素，鸾带飘扬，下趁着窄窄的凤头锐履，那一番神光离合的光景，竟将黄萧看呆。及至仔细一看，不由急拭两目，正在张了大口，作声不得。

只见那女郎嫣然笑道："黄兄胆气端的可敬，可还识得俺白湖寨主梅大郎吗？"四婢女听了，都各抿嘴而笑。这一来不打紧，黄萧心头登时扑扑乱跳。他并非因身临不测之境，疑惧交并，却因猛然想起往年未赴北京时，便闻人传说淮皖之间有一奇侠女子，人都称为邓一娘。当时也没细探底细，如今忽见这女郎，又想起那会子所见的旗上邓字，不由怙惚这女郎或是一娘，却又不解她乔扮梅大郎是何用意。当时这阵胡怙惚简直地没头没脑，又当不得美人在望，人家那副俏锐眼光只管萦回自己，所以止不住心跳起来。

正这当儿，只见之洁鼓掌大笑，便引那女郎和黄骦彼此施礼。那女郎退向西壁，靠椅落座，眼光一转，四婢子肃立椅后，女郎朗然道："俺因敝寨劣目尚保仁擅夺张振的马匹，便将他斩首示众。又探得张振路过野云渡等处，所以俺乔装携头，匆匆赶去。本想令张振瞧瞧首级，俺一来当面谢罪，说明原委，省得有损敝寨之名；二来便邀张振到寨，拉取原马。不想俺先到店，一时价盹了一霎儿，及至醒来，却听得黄兄和张振在隔室内正谈尚保仁夺马一段事。在张振想邀人索马，本不为奇。"说着眉梢略挑，咯咯一笑道，"俺就不服气黄兄，大包大揽地说自己能索马匹，所以俺索性儿不理张振，反追逐黄兄趱转来。果然黄兄名不虚传，不但好剑术、好胆量，并且志在报国，更加令人可敬。但是俺女人家逞小性儿，这般草草邀得黄兄来，未免有失恭敬，殊非待国士之礼哩！"

黄骦听了，连连谦逊，正待请问邦族，之洁却笑道："寨主话既说明，便请且退。好在黄兄总要在咱寨盘桓两日，以待领取马匹，交还他贵友张振，不然那双龙寨主真被张振搬了来胡闹，好不难缠。且待老夫和黄兄方便细谈吧。"

那女郎笑道："双龙寨那个慌花儿（俗谓轻佻妇女）似的妮子，俺若不看是你当家子（俗谓同族）的面上，早把她收拾咧。如今俺没别话，只一切仰仗你老人家吧。"说着脸儿一晕，翩然站起。这里之洁哈哈大笑之间，那四名婢女早笑吟吟拥了女郎转入屏后。

可笑黄骦两道直呆呆的眼光，也就被那座不作美的屏风砰的声碰将回来。正在神魂惝怳，恍如做梦，只听之洁笑道："此间不便讲话，咱且就客馆相叙吧。"于是两人站起，循旧路一径出得宅第。

黄骦拱手道："这位女寨主好生倜傥不群，便请见示姓氏，容俺去通知敝友张振，叫他亲来领马。在下回乡心急，也就不敢在此打搅咧。"之洁笑道："岂有此理，俺不敢说是款待国士，难道黄兄亲见这等奇女，就不愿闻她的姓氏来历吗？"

黄骦初来时本是一团好胜之念，如今既见梅大郎忽然变作女郎，自然又添了一番好奇之心，既见之洁这般说，便拱手道："既承老丈不弃，俺便暂留一日。这位女寨主端的可称奇女，将来俺将她大名传播于江湖之间，也是一段佳话哩。"

之洁笑道："却又来，奇女国士，天缘相遇，岂同偶然，快随老夫一听原委吧。"两人一路说话，早又踅入一处精致客馆。

黄鼐是急欲一聆女郎的来历，那之洁却不慌不忙，先和黄鼐客气一阵，然后又琐琐碎碎询一回黄鼐的家事，忽然问道："那么黄兄家除令叔之外，只有位尊夫人了，不知黄兄跟前有无儿女？"黄鼐笑道："说来惭愧，俺因长年价漂泊南北，至今尚未授室，如何讲到儿女呢？"之洁拊掌道："好好！既如此，待老夫一述寨主的姓氏来历，您可知她今年已二十四岁，还在待字哩！"黄鼐见之洁絮絮叨叨，老妈妈子似的，话不伦不类，颇觉好笑，但是逡巡之间，那之洁已滔滔汨汨说出一席话来。

原来那庐州地面有一位任侠之士，姓邓名伯显，生平慕朱家、郭解之为人，结友急难，真有"头颅可借，千金脱手"之风。家本豪富，都用以结纳驰逐，他宅中剑履杂沓，歌哭纷纷，彻日夜价都是些豪客往来。他曾徒步送死友数千里之丧，捐千金赎故人隶乐籍之女，生平义行，不一而足，因此远近之人都呼他为"小孟尝"，并且流传两句口号道："庐江皖山深且险，称此山川头角崭，天下知名邓伯显。"其为当时景慕如此。

然而伯显为人狷急，疾恶如仇，喜便杯酒联欢，怒便老拳立奋，因此之故，歌功颂德的固多，那暗地里切齿皱眉的也就不少。伯显是个阔大疏略的性儿，通不为意。

也是合当有事。一日伯显偶然散步街坊，只见许多人气愤愤地争向东望，并有顿足微骂地道："如今只有钱神用事，是没得天理讲的了！"伯显随众一望，只见东去半里地外有一群揎拳勒袖、歪戴甩帽的人，拥了一乘小轿儿，如飞而走。伯显料知有异，正要动问街众，哪知街众们望见伯显，早呼一声围上来，乱嚷道："我的邓爷，您来得正好！您看天下有这等事吗！"于是七嘴八舌，争述所以。

伯显大怒，正要放步赶去，只听横街岔道口内有人拼命价哭骂道："反了，反了！好王八崽子们！青天白日价，愣敢抢俺闺女！姓孙的，天杀的，你别仗着你老婆是县官儿的干女儿，你如今王八缩头不耐烦，却要挺你娘的脖儿咧！老娘今天且和你拼个样儿瞧瞧！"声尽处，撞出一个披头散发，满脸上长血直流，浑身泥母猪似的个老太婆，便如疯娘娘一般，光了一只脚，就要向东追去。

街众望见大呼道："杨妈妈，你的救星到咧！邓大爷在这里呢！"那老太婆张皇四顾之间，这里伯显业已喊一声，如飞东去。街众们仗着伯显，登时都壮起胆儿，于是架定那老太婆，也便随后赶去。遥见伯显挥动两只拳头，旋风似卷入那群人中，只一眨眼的当儿，那群人发声喊，没命地抱头四散，只剩了轿和轿夫，及至街众等赶到，那群人影儿都无。于是老太婆抢上前，由轿中扶出个泪人儿似大闺女，相与抱头大哭。

原来这杨妈妈却是本城杨秀才的妻子，秀才亡后，跟前只有个女儿，名唤珍姐儿，母子们茕茕相依，过那穷苦岁月。你想秀才家当，怎禁得坐吃山空，又加着殡葬秀才未免费一注大钱，及至丧事罢，业已生计难支，没法儿只好想个挖东墙补西壁的打算。

其时县前街有个耍胳膊、走官府的土豪，姓孙名光坦，人家叫白了，都叫他孙光蛋。这小子心机阴狠，笑里藏刀，真是个满脸上天官赐福，一肚子男盗女娼。见了财势胜他的，登时来一套溜舐唆吮，恨不得叫人家爸爸；若见着穷苦朋友，你瞧吧，这小子把狗脸一觍，三角眼一翻，那人分明要入地，他就可以迎头子再踹他三脚。

这孙光坦世世代代本以盘剥起家，到得光坦当家，越发地家资日富，便以放债取重利为业。但是光坦为人颇好交游，虽是烂板凳交不择人，然而他家中那一班狐朋狗友出出入入，整天价饮博歌呼，也自十分热闹。因此庐州人谈起当地游侠，除邓伯显之外，也便为孙光坦屈下一指。

但是光坦之父却是个死肉头的角色。自己忍心害理，苦攒积了一辈子，到冬天只穿件撅腔子粗布棉袄。上街赶集，向着太阳儿，蹲在庙后头，闹块长长的热白薯，便算午膳用过。若讲酒肉，非过年过节是谈不到的。今见他那位太保大把钱随手流去，老头心内便如刀剜一般。一日，委实地忍不住，便将光坦唤到跟前，气吁吁地道："你这孩子只知乱用钱，你可知咱们当初起家是怎样的艰难吗？我呢，在当门开一爿米磨，鸡叫起，三更睡，磨罗日夜不断响，驴子日夜不停步，你老子跟在驴屁股后头，驴歇了俺才歇。简直说，我给你当了一辈子的驴！"

光坦冷笑他顾道："你述这份功劳给谁听，谁家老当家的不整理生计呢？"

老头子道："我呢，是这般辛苦，再说到你娘越发可怜，我至今睡到三更半夜想起她来，就替她难受。你娘在马回回家佣工，你是知得的，那马回子是什么慷慨怜贫的角色？为什么你娘每次回家，又是钱，又是布，又是米粮食物，弄一大堆来呢？你娘的模样儿虽然好看些，然而她在家总是猱头散脚，她为什么一去赴工，便扎括得光头净脸、利手俏脚的呢？咳，这还用细说吗？都因家中少几个钱，你娘也只好两眼一合，事事由东了。再者，那马回子可是好缠的角色？但看他那个大鼻头也就可想而知。你想想，你娘苦受挨磨，和我当驴子似的做，才挣起这份日子，好小子，你如今……"正想说下之间，只见光坦一摔袖子，跳起来横着两眼，居然也说出一席话来。正是：

　　老特安能育骍犊，者番庭训亦堪嗤。

　　欲知后事如何，且听下回分解。

第九回

闹官捐谗人败类
作淫孽李戴张冠

　　且说孙光坦见他老子絮絮叨叨，越说越不像话，不由跳起来噪道："你快闭了那张鸟嘴，谁家不怕臭水缸，却自己去搅腾！难道孙家家业都是你当驴子和俺娘养汉挣的不成？俺大爷正响当当地创字号、充朋友，你这老不死的却给俺贴这么一脸金！大爷有钱，爱这般花，哪个王八也管不得！你老了老了的，倒不打自招地说是乌龟，既如此，你叫那小老婆子来陪俺睡两天，不出家门就能挣钱钞，何必提什么马回回呢？"说罢，一摔袖扬长而去。
　　原来光坦之父自鳏居之后，便弄了个小婆儿。当时老头儿气得发昏，上年纪的人，一来不禁气苦，二来身边有个小婆儿，又未免多贪了点儿，于是两下加攻，一头病倒。小婆儿劝他服药调理，他又不舍得钱，只这等苦挨去。这时光坦久已影儿不傍，只在前厅上和一班朋友们吃酒赌博，喧哗之声直彻内外。老头儿听得，那病势越发加重，他有一箱儿体己大元宝，都是从盘剥利息得来的。果然一只只洁白可爱，老头儿平日持筹握算，想空心血地算计人，有时昏头耷脑，无可寄兴，便将元宝逐个地赏玩一番，便如好古家摩挲古玩一般。虽是雅俗不同，一般是因寄所托，这时病榻无聊，越发地以此遣兴。往往看这元宝，那将枯之泪却一对对地往下落，意思是说，孔方老兄，不久地咱就长别了。
　　小婆儿瞧得不耐烦，便吵道："你一生一世被这劳什子累断了命（此语可哀，试问扰扰众生，谁不为此劳什子累断命哉），到如今还恋着它，你可知它虽没腿子，却会穿百家门，能从人家到你家，就能从你家到人家！"（眼前道理，本来明白，无奈古今守财虏，都不悟耳。）
　　老头听了甚是不快，那病势越发不起。一日晚上，堪堪光景不妙，小婆儿慌了手脚，一面命家人等环视榻前，一面命人去寻光坦。至三更以后，光坦也没到。老头儿一丝两气的，那口断命痰只在喉咙中拉锯，并且大睁两眼，望着案上一盏油灯，就是不合眼儿。

于是小婆儿哭道："你有甚心事不瞑目，只管说吧。"老头儿嘀嘀两声，那眼睛越发瞪得怕人。小婆儿道："你的心事准是虑俺你死后再嫁他人，你放心吧，俺无论怎样，与你争口气。"众家人一瞧老头儿，依然前状。小婆儿沉思一刻，捶床道："是咧，你莫非有什么秘藏的金银，只管告诉我，不要紧的。"老头儿一听，越发狠狠地望那油灯，嘴儿掀动，焦急异常。家人等甚是诧异，于是你也猜心事，我也猜心事地吵了一阵，哪知都不相干。末后一个家人恍然大悟，趔向案前，将那灯盏内三根灯草拨掉两根。说也奇怪，老头顷刻间面挂笑容，两腿略挺，竟自瞑目而逝。（写守财奴淋漓尽致，可为千古之创业人同声一哭。推言之，曹阿瞒之分香卖履，刘玄德之白帝托孤，无非此心耿耿耳。）

于是合家举哀，忙忙装殓，直待次日将午，诸事已毕，那光坦方从妓院中慢慢趔回，望着灵柩，干号了两声，即便草草埋葬。没过得十来天，将他老子的小婆儿也就笑纳咧。从此孙光坦大权在手，为所欲为。他本以放债为业，所以该晦气的杨妈妈竟借到光坦之款百十来两。原想暂救燃眉，随后设法弥补，哪知窟窿拉下，是不容易填上的。一直的三个年头，不但不能还本，连利钱都不能给人家，就如此滚算下去。

那光坦在这三年中从未去讨要过，感激得杨妈妈什么似的，以为可遇着大好人咧。哪知光坦早看中了珍姐儿，故意价不去催还，以便滚算积多，好去抢人抵债。你想这时杨妈妈所借之款，滚算起来，已有四五百银子，如何能拿得出？所以光坦居然差了豪奴等抢取珍姐哩。

当时杨妈妈母女哭罢，便向伯显等诉说原委。伯显笑道："这事不打紧，你母女只管好好回家，孙家债务都在俺身上就是。"

不提杨妈妈母女泣拜转去，伯显和街众也便各散，且说光坦闻得众豪奴报告伯显夺回珍姐之事，正在怒气冲天，想设法摆布伯显，恰好伯显已携了二百两银，登门过访。光坦这小子是个笑里藏刀的角色，当时接见之下，不待伯显诘责，自己便连连谢罪，说是仆人等不会办事，讨债太急，岂有以人抵偿之理。伯显见他那番追悔不迭的光景，便信以为实道："既如此，往事不究，杨姓债款俺便代还，这是二百金，差不多本利相等，请你收入去，将杨姓借据交与俺吧。"

光坦听了，故意价推辞一阵，然后交出借据。伯显接过来，一把撕碎，瞋目道："孙光坦，你要晓得，从此以后你若再倚势欺人，叫你晓得俺拳头的厉害！"光坦气得作声不得的当儿，伯显早已拂袖而出，于是光坦大恨之下，杀机顿起。

事有凑巧，只过得两月余，恰好当地县官儿奉到上宪一件加捐田亩的公事，并且措辞严峻，势在必办。那县官儿本是聚敛的好手，既奉到此项公事，不消说催办起来急如星火。光坦得知此事，哈哈大笑，便暗暗分遣心腹，到四乡中散布浮言道："咱县中要不纳这非法的捐项，非请义士邓伯显出头为民请命不可。他的义行远近都知，连上宪大人都钦佩他，他一出头，此事便了咧！"

这当儿众乡民正苦没法儿，一听此话，不期而集，便是一两千人。大家火杂杂各执高香，潮水似涌向伯显门首，呼啦声跪满街坊，大呼乞命。这一来，伯显大骇，情知事难办到，无奈众乡民人多嘴杂，难以情理相谕。伯显正待寻出两个头领人，和他细剖情势之间，只见县官差来两个官役，请伯显入署讲话。

原来孙光坦见乡民已集的当儿，他便驰见县官，说伯显为首聚众抗捐，并说伯显党羽甚多，急则生变，又和县官咬了阵耳朵，所以县官忙请伯显。当时伯显不知就里，只得匆匆赴署。那乡民都是些浑愣儿，晓得什么利害，又见官儿来请伯显，越发得意，便滔滔地跟在后面。一路上喧呼大叫，直到县衙前，围了个风雨不透，并且互相商量道："少时就是圣旨下来咱也别散，非见了邓爷的话不可！"便这等闹嚷嚷拥在那里，恨不得挤破大堂。

官役等偶来禁止喧闹，众乡民便吵道："俺家邓爷现在这里，俺怕你吗？"正在纷乱之间，只见那右堂四老爷（典史也）匆匆出来。这位四老爷本来长得不像模样，长脖子，木瓜脑袋，圆眼鼠须，拱肩缩背，外带着一个骆驼背两只仙鹤腿，说起话来唔呀唔呀，原来是个绍兴老哥。

当时四老爷特地站在暖阁上，出人头地发话道："唔呀，倷格啥价事体，那哼便这等七乱八糟格。"说着，一瞪圆眼道，"如今大老爷有谕，着倷等快价散格哉，不然阿是要掉头格！"

众乡民噪道："打呀！快捉住这厮，都是他给上边大人们出的坏主意，才加他娘娘的捐呢！"于是争先攘臂，蜂拥而上。正闹得不可开交，只见伯显忙忙踅出，众乡民望见，登时雷也似一声呐喊。伯显忙道："诸位不可胡闹，快些散去，如今大老爷深知你等苦楚，已允许禀明上宪，请将加捐之事收回成命，且各静听消息吧。"

这时四老爷吓得闪在伯显背后，正在悄悄吐舌，只见众乡民齐声高应道："邓爷既如此说，咱们散哪！"于是呼一声，纷纷退去。原来伯显既见县官，便力陈乡民此举并非己意。县官笑道："他且莫提，你老兄既为众望所归，快请与兄弟帮个忙儿，且散他们要紧。兄弟赶紧去禀请上宪，停止加捐就是，将来上宪公事回头，兄弟还有仰仗处理哩。"

伯显是个直性汉子，哪里晓得老奸的手段，于是欣然出署，传谕散众。当时伯显回署复命，那县官又竭力恭维一阵，然后送出。于是这件事合境哄传，都说是邓伯显聚众闹捐。伯显便是通身是嘴，也没法分诉咧。其时伯显朋友中颇有晓事体的，便劝伯显不如暂避纷扰。

哪知伯显一来因闹捐之事本与自己无干，二来因妻子梅氏早已亡故，家中无人，只有一个女儿，名唤一娘，方才十来岁，天生的慧丽非常，性好武功，富有膂力。十来岁时，便已能举六七百斤重的石锁儿，整日价跳荡憨嬉，枪儿刀儿地耍成一片。她四五岁时曾有异人与她看相道："此女骨骼非常，目有神威，啼笑声宏，性成刚毅，惜乎是个女儿，若是丈夫，行年及壮，法当封侯，必以武功著名当世。然而虽是女儿，终当建大将之旗鼓。吾遨游海内，曾于蜀中石砫土司马千乘家见其夫人秦良玉，那副骨格就如此女一般，但是此女福泽却不及秦良玉，因外助不足以辅之。"

当时伯显听了，付之一笑。及见一娘渐长，果有英矫之气，不由颇思异人之语，左右家居多暇，便将自己所能的许多武功按时地教与女儿。且喜一娘天质甚高，一学便会，读书之余，只以拳棒为事。她舅父梅公之焕这时已挂冠家居，在本籍麻城以巨绅威望办理乡练，曾累邀伯显到麻城相助为理。无奈伯显不愿远出，梅公既闻得一娘英矫，好生欢喜，便将自己所著的《戎机论略》一册，特地价寄赐一娘。

此书分内外两篇，体用兼备，内谈忠君爱国之立体，外言六韬三略之达用，真个是言下有物，晓畅玄机。一娘忽获此书，只喜得寝食都忘，便没日夜价抱了那册书，念诵得滚瓜烂熟。有时候聚集起家中婢媪，按着书中阵法，愣叫她们坐作进退，你攻我守地滚成一片。一娘居然立向高处，手执一面小红旗儿，叱咤指挥。其中有那笨手掉脚的老妈妈子偶然玩得不合法，她便跳过，用老大的杆棒打将来。

这时伯显因一娘年幼，未便远出，只一日日耽搁下来。不想祸从天降，又过得几日，县官忽请伯显进衙议事，就势一索捆翻，不容分说，登时押赴刑场斩首示众。可怜这等一个义侠汉子就如此糊涂死掉，并且查抄家产，将一娘也搽将出来。原来县官早将聚众抗捐的罪名都加在伯显身上，飞禀上宪。上宪暗察属实，所以回文到来，立命县官速拿伯显，就地正法。伯显冤死自不必说，这其间却痛煞了一娘。

当家被查抄之时，多亏了伯显的一位好友名叫李超的，将一娘收留在家，原想待纷扰少定，将一娘送赴麻城梅府。不想一娘年纪虽小，却十分机警，她暗暗将伯显被屈的情节都探明白，方知其中作祟的就是那孙光坦。她痛恨之下，却一声不哼，只往往借出哭伯显为名，挟刃潜行，一去就是大半日。李超家事多，哪里照料得到。

一日，忽城中哄传孙光坦被刺伤股，摔下马来，凶手无踪。李超初闻也没想到便是一娘干的营生。当日薄暮，一娘趱回，哭得两只小眼睛桃儿一般，噘着嘴闷闷的，只将常玩的一柄小匕首磨得锋快，端相了一会子，两行热泪簌簌地落，连晚饭也没吃，倒头便睡。

那李超的娘子周氏也是个贤德妇人，唯恐一娘既空了肚儿，又囫囵个儿睡，倘受风寒就许闹病，于是悄悄趱向她榻前，想与她盖上被子。方近榻的当儿，忽见一娘从睡梦中恶狠狠地一挫牙，呓语道："孙光坦，饶你这厮多活两日！"说着，一翻身，啪地一拳头砸在榻栏上。周氏料得有异，悄悄向李超一述所见。李超大惊，次日慢慢一询一娘，痛哭之下，一说昨日刺孙光坦之事果然是她所为，只可惜仅伤其股。

李超叹道："姑娘志气虽好，却也冒险得很，幸得你身手捷疾，光坦不曾窥知是你，不然他此时岂肯甘休？依我看姑娘复仇之事，当待异日成人，武功大就之时。这当儿且宜潜踪为是，好在令舅梅公那里足可安身，俺便送你到麻城如何？"

于是一娘泣诺"好"。李超不辞辛苦，过了两天，果然亲送一娘竟赴麻城。当时梅公和一娘既见，甥舅自有一番悲喜情形，并李超义声颇传远近，这都不必细表。

且说一娘既寄身梅府，甥舅间甚是相得。这时梅公年鬓已高，虽是办理乡练，不过综其大略。却有个族弟之洁，为人正气，颇有智计，便在梅公手下襄助一切。既见一娘那番英矫之概，便悄悄语人道："你看这样虎女，不比豚犬儿郎胜终百倍吗？"于是深喜一娘有超群之概。原来那梅公的公子甚为庸骏，梅公每抱景升之恨，所以之洁如此说法。

那一娘在梅府不知不觉已是六七年光景，不消说是武功大就，马兵步下并手抟剑术等，无一不精。自家习练之暇，更用许多心悟的兵法去部勒乡兵，复有之洁参赞其间，因此麻城乡兵居然劲旅。原来这时梅公已没，临终时，自知其子非材，所以竟命一娘代将乡众，之洁辅之。一娘这里固然地讲求武备，如火如荼，哪知孙光坦在庐州地面也闹得火杂杂的。原来他自害杀伯显之后，便应了俗语儿"去了王大，该显着王二咧"。况且伯显既死，本地上一班正气朋友因无所依附，也越去越少，只剩一干生铁弹、琉璃球的角色，争着去抱光坦的粗腿。光坦便也仰仗他们壮自己的虎威，不期然而然已成狼狈之势。于是光坦肆无忌惮，窝盗庇匪，无所不至，历任官儿只以因循畏葸为事。

其时那白湖寨地面因形势有险可据，却窝了一伙江洋大盗。盗首李四，绰号儿"赛玄霸"，打家劫舍，十分凶悍。起初不过百余人，后来越聚越多，竟声言攻掠庐城。光坦一想，这倒是做成自己势力的好机会。于是走谒县官，自言能以退盗。县官正在无计可施，岂有不愿之理，于是光坦承命走说李四。

俗语说得好："武大郎架夜猫子，什么人玩什么鸟。"光坦到贼巢，滑末掉嘴儿地和李四一靠场面，二拉交情，三来又给李四出主意道："李老哥，你干这营生也要打蛇打七寸才妙。如乡中哪里没有大油水，何必闹向城里，反撩动官兵来剿呢？"李四听了，竟自大悦，便和光坦杯后定交，真个没攻庐城。

你想光坦干了这件露脸的事，那庐城中哪里还住得下他，从此党羽日多，并且挟李四以自重，整日价不尴不尬。历任官儿虽明知孙光坦是地方上一大患，却没人去办他。当地人们见此光景就知不好。果然国变事起，那光坦率领手下将县官一棍撵掉，自家美自家，他就先剪发易服，做了大清家的县官儿咧。那李四不消说，当然是前来保驾，一时间无法无天，弄得地面上一塌糊涂。

于是庐人大愤，便有许多少年倡议逐孙，只苦没人主持，又无兵力。这时李超知时机已至，便慨然对众道："若除此獠，除非去求邓一娘，发得麻城的乡兵来，方能济事。"众皆大悦道："如此，便请李兄一行。"李超慨诺，当即驰赴麻城。

一娘闻报，不禁额手道："合该俺父仇可报哩！"于是大集乡兵，克日赴庐。你想那孙光坦乌合之众，怎敌一娘节制之兵，一战之下，光坦就擒。一娘提兵入城，一面价安抚绅民，飞报南都，请速派官吏；一面准备了香烛祭礼，在营帐中高设伯显灵位。一娘素服临祭，放声大哭，三酹酒罢，由押所提出孙光坦，就灵前凉渗渗地吃了一刀。至于李四等一干强盗，早已趁乱四散。

庐事既定，那麻城乡兵之名威震远近，便有庐州父老等请一娘在白湖寨地面倡练乡兵，以卫桑梓。因这时鼎革之交，地面上混乱异常，群盗蜂起，一娘因故乡之谊，难却众请，只得慨诺。便命梅之洁率众回麻，自家只留数十名得力的兵目，一面价命他们传习庐州乡兵，一面价亲赴白湖，创立起水旱两寨。

真是有人杰自然地灵，那白湖地面的凤啄山被李四占据时，不过是藏垢纳污、荆棘满目的一片贼巢。自从一娘这一整理，直然像一处雄关重镇，四方豪杰有向白湖寨游览的，无不赞叹。一娘大有将才，声名既振，那蕲、黄一带的各砦各寨，竟有遣人来悄悄地探窥寨势并练兵之法，回去如法炮制的。但是武备一道，全在主将精神，并运用之妙，存乎一心，各砦寨只偷得死规法去，济得甚事？

那一娘在白湖寨为日不久，恰值麻城乡兵已有本地豪侠接领，所以之洁又赴白湖，仍随一娘。及至尚保仁夺马事起，一娘雄踞白湖，业已一年有余。清豫王虽定南都，方忙着进兵浙、闽，并各处里徇下名城大郡，小小的一砦一寨，哪有工夫便去料理。因此远近居民向白湖寨避难的便如水之就壑，一娘都一一妥为安置，愚众们感激尊敬得不可开交，便不管人家是闺女是媳妇，便硬生生群呼一娘为邓夫人。久而久之，便是本寨人亦不求甚解，从而夫人之起来。

这当儿蕲、黄之间雄豪群起，据山险啸众自保的就有四十八家山寨。各寨主的出身来历无非是些豪猾屠贩之辈，还有些亡命剧盗等掺杂其中。虽争举义旗以资号召，然而他们却没有什么准稿子。高了兴，便一行鼻涕两行泪地慷慨誓众，声言为大明复仇，趁势大捐富户，苛派乡民；不高兴时，一翻脸领众出寨，抢抢夺夺，都不稀罕。

其中健者也有两个人，一个姓钱名举，浙江处州人氏，自号青田子，为人颇有机智，却就是反复无常，唯利是趋，性复好酒及色。他本是秀才出身，因在本地耍弄刀笔，广结人怨，便有许多被害的用重金买出壮士，持刀夜入其家。这钱举真有急智，他瞧见壮士进室，并不慌忙，反慨然道："足下来意，俺已尽知，左右俺这首级就在这里，凭你取去不足惜，但可惜你过听人言,未免有失英雄的身份。"于是纵横舌辩,大逞词锋,不消数语,便把他舞弄刀笔之事都掩饰成排难解纷的义举。那壮士不察就里,竟自连连叹息,刀光一闪,瞥然而逝。这里钱举冷汗直淋,情知家中稳不住屁股,便连夜价躲向处州西乡一个族叔家中。

他族叔名叫钱甲,是个本分村农,这时已三十多岁,方苦积了几个钱,说了一房媳妇,只得三四日就要迎娶。正高兴兴准备喜事,忽见钱举到来,不由攒起眉头,苦得一张脸子待滴水,然而却怕钱举不好惹,只得欢笑承迎。那钱举便如到了自家家中一般,将钱甲呼来喝去,却又满脸是笑,一口一个大叔。因恰值喜事来临,酒肉现成,他便不管客不客,先自大吃二喝起来。又探听得新媳妇模样不错,白白细细的两只小脚儿,便不管钱甲于意云何,他吃得乜起眼睛,便乱噪道:"俺新婶儿还没来吗?俺竟等着给她进个头儿(谓叩拜也)咧!"钱甲不敢理他,只好躲开,暗含着这种扭撒法简直说就大咧。

转眼间吉期已到,新媳妇过门,一挑蒙头,果然俏俊非常。钱甲高兴理之当然,不想连钱举也乐得打跌。当时贺客都到,吃喜酒,闹新房,乱到二更大后,纷纷各散。

钱甲从操办喜事直到这日,数日光景,直累得直眉瞪眼,正要趁这时去兴云作雨,做做新郎,并补偿那数日的辛苦。只见钱举挤眉弄眼地跑来道:"大叔好喜呀,方才陪客吃酒不爽快,咱爷儿俩且闹一壶吧。"钱甲方一打愣,钱举大笑道,"走走!咱吃两杯就散,管保你酒后更有劲儿哩!"钱甲不敢推拒,只得由他拖去。

不提两人吃酒,且说那新媳妇枯坐到将交四鼓。正要下榻去剪剪那喜烛花儿,又一面暗恨道:"真是媒人口,无量的斗!俺听说钱甲是精精壮壮、漂漂亮亮,不想却短小猥琐,皮肉儿就那样黑粗!"怙惙间,门帘一动,人影一晃,侧着面孔进来一人,噗一口先吹灭喜烛,却笑道:"有劳娘子久坐,咱也便安歇吧。"

新妇知新郎要如此这般咧,照例地一声不哼,只剩了心头痒愔愔,并且微跳逡巡之间,只得暗中摸索,卸却头面,一阵脱光,先自入衾。然而这时的一切觉察却非常灵敏,但觉新郎钻入衾来,只彼此皮肉一挨触之间,新妇不由暗喜道:"他黑虽黑,且喜皮肉还算滑润。庄户男人家做这桩事,大半是狗嗷屎,吭哧一口,简直不必等他来温存款款咧。"一面想,一面微分两股。哪知人家偏不就来,忽地一阵抚弄摩挲,由乳而臀,由臀而股,由股而足,及至莲钩入握的当儿,新妇樱唇早已被人舌锋攻绽。这一阵吞吐呜哑,竟闹得新妇软笃笃的,不知怎样才好,并且偎抱之间十分得法。须臾渐入佳境,新妇越发觉得这新郎一切动作就似有一定的次序,竟不似庄户人像猪八戒吃人参果似的,给他个囫囵整吞。于是新妇大悦,风情摆宕,及至吃紧当儿,不由双舒玉臂,向新郎肩背一抱,却触着个血瘤儿,有栗子大小。

须臾彼此都倦,新妇伸伸腿儿,又觉和新郎身体恰恰相等,不由又暗喜道:"他身体如此,也不算短琐了。"于是和新郎酣然入梦,及至醒来,新郎已先起趱去咧。须臾早饭,钱甲趱进,还挂着疲倦之色,新妇见他那样儿,想起昨宵光景,不由嫣然一笑。钱甲却涨红了脸,吃吃地道:"今晚上无论怎样,俺就是不吃酒咧。"新妇不便细问。

当时饭罢,只忙着拜祖、会亲等事。那钱举向新婶婶磕下头去,只管笑嘻嘻地乱瞅人家的裙带儿。忙乱中又已天晚,大家饭罢后,钱甲老早地便坐向新房。须臾更定,新妇见钱甲生客似的,连句话都没得,只得没话想话地笑道:"那会子给我磕头的人是谁呢?两只眼甚是歹毒。"钱甲道:"他是俺族侄钱举,很是个邪僻东西哩!"两人说话之间,即便熄灯就寝。

在新妇以为这次驾轻就熟,定当更有佳趣。哪知钱甲方一挨近身,不但粗糙糙的皮肉可厌,并且臭烘烘口息熏人,一副短琐身儿,百忙中上拱下缩,死紧地抱定自己,气喘吁吁,却又凿柄逡巡,八下里不合适。及至得门而入,便登时风狂雨骤,如饥鹰搏兔一般,闹了个毛血交飞。这时新妇不暇怙惙,只得任其所为。及至钱甲兴阑,新妇不由暗暗诧异起来,只觉这新郎今宵昨晚前后如出两人。逡巡之间,忽想起昨晚那人背有肉瘤儿,于是伸手一摸,不由大惊。正是:

浑浊不分鲢共鲤,这回方辨两般鱼。

欲知后事如何,且听下回分解。

第十回

钱举计图双龙寨
英嫄巧设美人局

且说那新妇摸不见肉瘤儿，情知昨晚事体有异，然而又不便说出，只好闷在肚里，暗暗留意，不消三五天，早已恍然。原来钱举自恃凶势，料得钱甲奈何他不得，便公然地鹊巢鸠占起来，过得数月，丑声四塞。钱甲虽愚弱，本村人却替他不平，便有人怂恿他告向当官。于是钱举大恨，索性地一不做二不休，竟拐了那新妇溜之大吉，流浪胡混，一直来到蕲、黄地面。

合该他贼星发旺，恰遇着一个旧友正在那里创立起一处山寨，便拉钱举入了伙。那钱举本有机智，一到寨中，调度得十分得法，没过得半年，四十八家砦寨就有一半儿仰附他的。说也凑巧，他那旧友一病死掉，钱举居然坐了那把鸟交椅，于是钱举在诸寨中大有指挥一切之概，因自名青田子，即以青田两字名寨。

至于那一健者，你道是哪个？原来便是那往年雄踞涿州榆林寨的梅英嫄。因英嫄、国芳兄妹两人自北京偶和黄萧匆匆一面后，即行南归亳州。其时颍、亳之间群豪蜂起，很有四五个角色就在蕲、黄四十八家砦寨中，闻得英嫄兄妹回乡，一来仰他们的威名，二来见钱举声势日盛，大家便想也捧个头儿脑儿，以便杀杀钱举之势，于是大家准备书币，特遣使人，去请英嫄兄妹来主持寨事。

钱举知得了，好生不然，然而自恃自己地位，已有一半儿砦寨依附，也便不以为意。哪知英嫄到来，钱举一见之下，不禁又惊又喜，惊的是国芳英雄，喜的是英嫄俏丽，两涡水也似的眼睛流来流去，颇露些野宕之态。你想钱举两只色眼岂同寻常，便知英嫄流动可挑，将来若趁机会勾搭到手，快活事先不消说，便是诸寨大权，岂不稳稳地都归自己吗？然而见国芳甚是了得，也便不敢遽然冒昧，于是打定主意，反和国芳等十分款洽，为的是有机缘接近香泽。

哪知英媛眼角里也不曾相中钱举，因为这时她身边业已有两个如意郎君，都生得有宋玉之美、嫪毐之具。一个名娄定，一个名艾嘉，和英媛形影不离。英媛有时高兴，便命他两人扮作小鬈，公然价并辔出游，有人望见，竟不辨谁是雌雄。两人都是在榆林寨的旧人，自英媛南归，不多日便都寻将来咧。那国芳本知妹儿性儿如此，所以索性地一切不禁。

然而钱举却不晓得英媛已意有专爱，还自以为自家够个角色，只管瞎头蠓似的钻头觅缝。有时会着英媛，未免涎着脸子说笑引逗，或公然飞个眼风儿。那英媛玲珑小心眼儿，对于这档子事有什么不晓得，当时大怒，就想发作。亏得国芳因到寨未久，不便就闹事故，好歹地将英媛劝住，只顾忙碌寨务。

那自居之寨本名青龙寨，英媛因厌恶钱举，不欲犯他青田寨的青字，因改名双龙，不消数月光景，整理得那片山寨好不气势。于是四十八寨无形中已成两雄并峙之势，一半儿依附钱举，一半儿依附梅氏。

不想国芳英雄寿短，正和英媛闹得气势腾腾之际间，忽然不幸死掉。你道为甚的？原来双龙寨后有几个蟊贼子作耗，一日劫夺了一个客商，得意之下，便报字号是双龙寨众。偏巧那客人困顿在山下野店中，恨天骂地地向人述说被劫之事，适值店客中有个双龙寨的暗探，听得此事，料是蟊贼假充寨中字号，于是回报国芳。国芳大怒，亲领人向山后搜去。你想几个蟊贼如何敌得国芳，总共六个贼，业已捉杀了五个。国芳以为净尽咧，正要领众趱回，哪知背后深草中还伏着一个，冷不防觑准国芳后腰眼，恶狠狠便是一箭，这一下十分扎实，箭头儿射入大半个。当时国芳大叫晕倒，手下人连忙舁他回寨，只痛得满地乱滚，箭口上紫血流溢，不到两日，竟自气绝。原来所中的是支敷毒的药箭。

当时英媛大恸，只得料理丧事，讣闻各寨。到得会葬那日，各家寨主纷纷都到，风光之盛自不必说。这其间却得意煞钱举，一面偷觑英媛换一身素服哭得如梨花带雨一般，一面怙憨道："合该俺老钱走洪运。国芳既死，只剩这雌儿，她纵有天大本领，也须老老实实凭俺处置，不然俺便硬作，只怕双龙寨都归俺哩。"想到得意处，直至葬事毕，大家都散，他却不去，一径地独到英媛后帐，借议事为名，竟忍不住邪眉溜眼，大做丑态起来。

你想英嫄是什么角色，当时若一发作，就有一百个钱举也须碎首。然而她却因国芳新死，自己独支寨事，总算立足未牢，倘这时坏掉钱举，激起他的党羽愤怒，未免许多不便。于是秋波略转，计上心头，忽地斜瞟钱举，香唇略绽，即便微微叹口嫩气，那一对对的泪珠儿早莹莹地落将下来。

钱举见状，只觉浑身作痒，因见帐内无人，便嘻着嘴趑近英嫄，去拉手儿。英嫄只作不理会，却微叹道："你不用蝎蝎螫螫的，你若心头有俺时，俺既遭兄丧，你当与俺做个主意才是，却这等假亲近怎的？"钱举忙道："俺正因梅兄新亡，姑娘需人照料，特来尽些小意思。俺还有一片深谈，待俺细细告诉你。"说着将英嫄手儿紧紧一握，趄赶着脚儿就要挨坐。

英嫄却瞟动水灵灵的眼儿，注定钱举，半晌不语，忽地用纤指一搔钱举手掌，笑唾道："呸，什么小意思，俺却不晓得。"说着，两颊飞红，就要站起。钱举心头大动，方猫着腰子，想附英嫄之耳说他那片小意思，忽听帐外有人走动，英嫄忙道："放尊重些，有人撞来什么意思，难道狗吃了日头去了吗？"于是急忙撤回手，哧地一笑，随手儿伸出三指，又向帐中复室内一努嘴儿。

钱举大悦，正身飘飘如在云端之间，恰好侍婢趑入，于是钱举逡巡退出，一屁股坐在客室躺椅上，合着眼子，细思半晌，忽然暗喜道："是了，是了！她这分明叫俺三更时分竟入她帐！简直地没有犹豫咧！"想得得意，便如见英嫄俏庞儿活现面前，又自沉吟道，"别看英嫄爱那两个小伙子脸子漂亮，若论中用，还当让俺老钱。且待俺今晚显显本领，管保闹得她随手转哩！"

不提钱举十分得意，便住在客室，单等着夜晚佳会。且说英嫄见钱举去后，便叫将娄定、艾嘉来，低低数语。娄定愤且笑道："就是吧！艾嘉威实些，便叫他吓吓那厮，至于摆布那厮，都有我哩！"三人计定，彼此倒笑了一回。于是英嫄立命人与钱举致送晚膳，比往日格外丰盛，并且往来伺候的都是侍婢，见了钱举，一个个眉欢眼笑。钱举大悦，不由开怀痛饮，须臾入夜，钱举在客室内闲踱一回。因时当夏令，只穿件纱衫儿，听听寨柝，不多时已交二记，却闻得寨中值夜人往来走动，一面又笑语道："今晚寨主有令，因梅爷新亡，命咱们守视寨门，多加人众，并且帐后左右不用咱等巡更咧。"

钱举一听，越发喜英嫄做事周密，逡巡之间，时近三鼓。这时钱举更不急慢，更趁着一痕月色直奔后帐，又因天热，索性地脱却长衫，只着一身纱衣裤。方一脚踏到后帐门外，却闻得里面浪浪水声，并有搓揉皮肉喷喷之声。钱举悄悄推门一瞅，登时魂飞天半。原来英嬃正乱绾香云，露着一身雪练似的白肉，赤条条一丝不挂，只着一双尖翘翘的水红小鞋儿，正靠坐在浴盆旁矮椅上，手拎浴巾搽抹身体。但见懒鬟低弹，玉乳丰柔，白馥馥酥胸，高突突香脐，更趁着粉臂雪股，掩映生辉，那一番出浴妙态，已然将个色胆如天的钱举望呆。

不想英嬃一抖浴巾，忽地斜翘一股，那浴巾未到妙处的当儿，钱举饿眼早已望到，不由暗自惊且幸道："亏得俺老钱那话儿还不猥琐，不然倒要见笑大方咧！怪得人家传说娄定、艾嘉两个崽子十分怪相，可见他开辟之力也就可惊咧，将来俺非要割掉他的不可！"一面想，一面飞步闯入。

英嬃羞涩涩假作吃惊，赶忙跳起来，披上浴衫，只哎了一声，已被钱举一把抱牢。哪知英嬃略为推阻之间，浴衫一扬，烛光顿灭，两人暗中一阵撕扭。这时钱举只顾了气喘吁吁，脚下奔忙，只手势一松，英嬃业已跑掉。钱举便如小儿捉泌一般，正在暗中乱扑，忽觉屁股上清脆脆来了一掌，并且背后有人咯咯一笑。钱举回身，一把扑抱去，只觉滑溜溜的香温玉软，早有一张嫩臀撞了脐下一家伙。于是钱举大悦，暗料英嬃无地可逃，便不管三七二十一，将所抱之人掀就躺椅之上，百忙中自挦裤儿，先引手探向人家最妙之处。

这一来不打紧，钱举险些儿大呼起来。原来手探之下，只觉人家胯下有件物儿触腕崩腾，大有挺戈而待之势。正这当儿，便觉那人一跃而起，劈头一把揪牢，竟将钱举按就躺椅。那钱举尊臀高耸之间，正在危急，忽见复室内灯光一闪，便有人哈哈大笑，秉灯而出。正是：

满拟偷香效韩椽，岂知花底见秦宫。

欲知后事如何，且听下回分解。

第十一回

白湖主联姻得快婿
黄毛怪纠众闹灵堂

且说钱举被按在椅上，觉后面形势吃紧，不容毫发之间，就要不够瞧的。正待竭力摆脱，忽见烛光闪处，由复室趑出一人，却是娄定，大笑道："艾哥儿，且慢动手，方才寨主有令，不许你难为他，从宽免究，便放他去吧。"

钱举这时羞愤无地，尽力子摆脱开，一望身后那人，却是艾嘉光溜溜的，还有横戈跃跃之势，嗖一声由帐壁上拔出短刀，大喝道："钱举你这厮擅敢来欺辱俺家寨主，都是那东西作怪。没别的，俺虽放过你，却放不过它哩！"说着，捉住钱举，就要去割他那物儿，吓得钱举死命地护牢，蹲在地下。

娄定笑道："算了吧，那猥琐东西污了咱的刀儿。艾哥儿，你若不出气，俺倒有个计较。"说着，置烛于案，便由案抽屉内取出一只小棒槌似的大蜡，不容分说，和艾嘉一齐动手。那钱举只杀猪似的叫得一声，不暇探摸，双手拽裤，回头便跑，一气儿跑过客室，想奔寨门。早逢见寨门首明灯火把，许多寨卒簇在那里，并且传呼道："今晚寨主有话，说是准有偷蜡的蝨贼子，咱大家小心伺候哇！"

钱举见不是路，百忙中只觉臀内发烧火燎，心下急愤之间，跄跟跟向斜刺里一撞，嘣一声撞在短墙上，就淡月之光仔细一看，暗叫一声谢天谢地，原来墙下恰有个小小的狗洞穴儿。当时钱举情急，不管那洞儿容下他容不下，趴下便钻。正钻进上身，那屁股还撅在洞外，只听后面有许多人赶来，笑且喝道："贼！贼！"一声未尽，便觉有人向他上臀上猛踹一脚，这一来，咕唧一声余蜡都人。好钱举，真有搁头，你看他一耸身形，嗖一声钻出洞去，却闻得墙内众人拍手大笑。

不提这里英嫄连夜价调派寨众，欲兴问罪之师，且说钱举挣扎着跑回自己寨内，好容易命人来婉转抽拔，取出那蜡，委顿了半夜，方觉好些。

你想这场羞辱他岂肯便罢，正在怀恨，次日英嫄业已率领寨众，火杂杂地寻来厮斗。钱举大怒，本也想拼作一场，然究竟因自己所吃之亏不堪宣布，只得忍气吞声，反遣人与英嫄赔礼讲和。从此青田、双龙两寨里方彼此相安，但是钱举气势已比英嫄矬了一头。后来闻得邓夫人结寨白湖，威名大著，钱举、英嫄为联络声势起见，都向白湖颇通款曲。邓夫人亦遣使报礼，并和英嫄、钱举晤面，这也不在话下。

且说邓夫人自立白湖寨，真个是治军严明，一方保障。她本深得梅公之焕的兵法，便用以精练乡兵，自大破流贼方子雄之后，夫人威名越发大著。不想那该倒运的头目尚保仁，一日要献殷勤，竟夺得张振的墨花点雪虬来献夫人。夫人问知来历，怒斩保仁，忙忙地改装携首来追张振，不想在旅店隔壁听得黄萧一席话，心知黄萧为当世豪侠，所以反悄悄赶下黄萧来，试知他剑术甚高，并谈论间心存故国，越发喜他与自己志意相同，所以邀他到寨，一来试他胆气，二来和之洁还有一番计议哩。

当时之洁述罢夫人来历，黄萧一面赞叹，一面又知得那梅英嫄已做了双龙寨主，不由暗想道："如今天地秀气偏钟于女子，有那艳冶可人的梅英嫄，就有这样端丽大方的邓夫人。俺看她两人都不弱于剑虹娘。向坚兄已得佳偶，俺黄萧如能在这两人中得一为偶，也就生平愿足了。"一时间想得怔怔的，竟忘酬对。

当晚，之洁大排筵宴款待黄萧，自不必说，又问知黄萧想在南中创立事业，不由慨然道："如今残山剩水，端须有忠义豪杰，以显有明之士气。不瞒黄兄说，便是敝寨主特邀尊驾也并非无意哩。"黄萧心中一动，急问所以，之洁只笑道："好，好！"

当晚散后，次日之洁又陪定黄萧遍观寨势，果然一处处严整有法，黄萧赞叹不绝。一连住得十来日，邓夫人时或过谈，每去必微微含笑。一日，黄萧坚辞欲去，之洁笑道："明日当送黄兄出寨，今晚老夫还有要事相商。"黄萧便问所以，之洁却又大笑道："好，好！"闹得黄萧疑疑惑惑，然而见十来日间邓夫人和之洁言辞之间，似乎有意讲到婚姻之事。

当晚黄萧正独自在室内徘徊闲踱，只听门外有人笑道："喜信报君知，这次真个好好咧！今冰人到来，黄兄为何不具宾主之礼呢？"声尽处，之洁趋入，不暇就座，先长揖致贺道，"今敝寨主知黄兄尚未有室，欲托身君子，共扶明室，不知这段良缘黄兄还能俯就否？"

黄鼐猛闻，直喜得作声不得，一面还揖，一面头儿乱点，只道得"敢不遵……"一个命字还未出口，红灯闪处，邓夫人已携侍婢翩然趑入，却笑道："吾辈不须做儿女之态，尊意如何，片言可决。"黄鼐着忙，仓促中只连道"命，命，遵，遵"，于是之洁拊掌大笑。这时黄鼐喜极，对着邓夫人反觉没得话讲，那邓夫人却高坐雄谈，通没寻常巾帼之态，于是婚事既定。

次日，黄鼐坚辞欲去，之洁道："黄兄回府料理，想也没甚紧要，何妨就此完婚，再返珂乡呢？"黄鼐道："俺还是先回为是，俟俺自己有立脚之地，然后再迎娶不迟。不然为人赘婿，却不好看。"相说罢，别过之洁，便骑了那匹墨花点雪虬，引了其余马匹，一径地渡过白湖，便奔回路。

不提之洁送客回头，且说黄鼐无意中得了个绝世奇女做浑家，这番高兴简直地比天还大。当晚在旅店宿过一宵，次日起程，方骑了点雪虬，正在扬鞭纵辔，只见迎头尘头大起。须臾数骑驰到，为首一人轻装佩剑，面目机警，后跟数骑，都是从人打扮。

两下里一迎头，那人方注视着黄鼐并墨花点雪虬，噫了一声，只见最后一骑如飞驰到，大呼道："黄兄吗？你真个没回府去，竟索得马来了，佩服！佩服！"说着跳下一人，却是张振。于是大家下马厮见，经张振与黄鼐、那人彼此间一指引，黄鼐方知那人便是青田寨主钱举，因笑问张振道："张兄不是说向双龙寨去求助吗？"张振道："此间非讲话之所，俺也要问黄兄怎的便索得马来哩。"于是四下一望，恰好距大道不远有处茂林，便大家奔去，闹了个班荆叙话，先由张振一述邀请钱举之故。

原来张振本先去邀请英嫄，哪知英嫄因往年初会邓夫人时，偶不留心，竟昧然将娄定扮作婢女，跟定自己，后被邓夫人查知，背地里申饬英嫄一顿，所以这时英嫄竟不敢应张振之请，怕的是一到白湖讨个没趣。张振没法儿，只得转邀钱举。钱举为人机灵，料得邓夫人夺马之事其中就许有岔头儿，所以欣然应张振之请同赴白湖，想以好言索回原马，一来在张振跟前露露脸面，二来在邓夫人跟前可以说话，也可以夸耀于英嫄哩。

当时黄鼐大笑道："如此说来，张兄和钱兄竟不必去求贱内咧。原马在此，俺正要送回张兄，并代贱内谢过哩。"几句话不打紧，张、钱两个登时愣了一对儿。于是黄鼐一述索马情形，并和邓夫人订婚之事。张、钱两人一面听，一面相顾惊羡，及至听毕，张振还未及称谢致贺，只见钱举眼睛一转，向黄霨纳头便拜道："黄兄定此良缘，端的可贺！今老实说，黄兄此后不愁没得事业做了。俺们那里虽有几处砦寨，哪里及得白湖？俺一听张兄说起黄兄为人并在北京大闹蟠桃宫之事，便知黄兄是当代英雄，今日幸会，果然名不虚传，将来小弟总要求挈带扶持的。俺想黄兄不久地必向白湖入赘，那时小弟定当诣贺哩！"说罢哈哈大笑。

黄霨连忙回礼笑道："钱兄休得过誉。咱今日一见如故，不怕钱兄见笑的话，俺匆匆南来，还无立足之地，白湖虽可托身，但究系贱内的事业，俺当俟自立事业后，然后完婚不迟。"钱举略为沉吟，忽拍手道："那么黄兄何妨随小弟便赴青田寨呢？小弟自料无才，又有那双龙寨和俺不睦，日久天长，怕不被人家火并了。得黄兄去主持一切，真个再好没有，俺便让那寨位也都使得哩。"黄霨笑道："岂有此理！日后俺落拓无归时，必当敬诣尊寨，以听驱策，今且别过吧。"张振道："正是正是。"那钱举还要讲说，当不得黄霨行色匆匆，于是钱举执了黄霨之手再三珍重，方领了自己从人忙忙转去。

这里张振押着马匹，也便和黄霨直奔霍山，一路上说说笑笑，甚是畅快。黄霨道："钱举这人倒也是个豪爽角色。"张振笑道："依我看，他也是个呆串皮的宝贝。他现占着四十八寨一半儿的势力，不趁此时归附新朝，博个一身富贵，却没来由稂不稂、莠不莠地举什么义旗，是机灵人总要顺风转舵才是。他方才请你赴寨，自有他一番意思，他因和梅英嬬素有嫌隙，怕日后不能两立，所以想引你为助哩。"黄霨听了，心中一动，然而当时归家心急，也没深问所以。

不一日，到得霍山，张振村居，自行别去。黄霨到得家，恰值黄朝奉的族中无赖名叫黄毛怪的，上月里因来强占田亩，黄朝奉和他理论，三言两语，两下说岔，被那黄毛怪按倒在地暴打一顿还不算，那黄毛怪又勾得一班无赖来，不容分说闯进朝奉家，抢了个落花流水。那朝奉连惊带气，一头病倒，业已奄奄一息咧。

当时叔侄晤面，悲喜交集。黄霨询知病由，怒气冲冲，然因朝奉堪堪待毙，只得且纳下这口鸟气，服侍病人。又恐黄毛怪和无赖等知得自家到来，先自跑掉，便暗嘱黄宅人等不可泄露，只藏在朝奉家中暗为照料。

然而黄宅中人多口众，未免就透出些风声。众无赖探听着黄霨来咧，便向黄毛怪道："喂，老黄哪，你可知你家那只大虫业已来家吗？俺们没别的，须躲避躲避。"黄毛怪骂道："你们这些脓包货，说什么鬼话！黄霨那小子在北京闹了乱子，现是钦犯，他有几个脑袋，便敢回家？"众无赖道："你不信便罢，俺们且躲躲为是。"

不提众人各自远飏，且说黄毛怪虽乍着胆子说不惧黄鼐，然而究竟放心不下，便连日价到黄宅窥探，通没黄鼐影儿，只见朝奉病势垂危。于是黄毛怪大悦，便约下一干无赖、族中男妇，准备着前去闹丧。

男人中由黄毛怪为首，那妇女队中还有个泼辣货儿，生得白白胖胖，高大身量，两只大脚，嗓音儿破锣一般。因她生得团头大脸，两道浓眉，一张血盆大口，大家便戏呼为"判官奶奶"。那判官爷和她结婚四五日，已被她一顿拳头打跑。从此这判官奶奶便自由解放，在家中聚赌贩盐，无所不为。有时兴起，便如作会场一般，准备酒肉，招集了她那一班野汉子，吃喝毕，大家一阵脱光，这时判官奶奶高卧指挥，命那班人依次而进，总须闹个淋漓尽致方才罢手。每一招集，少说着也有七八人。这婆娘其凶如此，便是黄毛怪也怕她三分，这当儿便统领了一干妇女，只待黄宅上白挑纸一挂，即便动手。

果然不多日，朝奉病殁。这时朝奉只遗一妾，并那妾生得个七八岁的孩子，正在灵帏内哀哀痛哭。只听宅门外摔破瓢似的一声大哭，接着便人语喧哗，连哭带骂，火杂杂撞入许多男妇，直闯灵堂。

黄妾一见，只吓得放声大哭，走投无路。正是：

凌弱虽多族内众，解纷自有幕中人。

欲知后事如何，且听下回分解。

第十二回

黄鼐灵堂设裸筵
英嫄野店系情丝

且说黄妾猛望见黄毛怪和判官奶奶便如分率两旅一般，领了许多族中男妇抢上灵堂。

那判官奶奶只梳一个一把抓的牛角髻，穿一身短衣裤，手执一条鹅卵粗细的枣木棒。那一手揪定个黄宅仆人，上得灵堂，不容分说，一摆木棒，啪嚓声砸向灵几，大喝道："你这奴才，快将主人藏银之处说出！不然，奶奶活要你的命！谁是主儿呀？俺就是主儿！无论哪个夹□的、挂□的，他敢来放个屁，俺便豁翻他、割掉他，叫他夹不紧、挂不牢哩！"

黄仆方战抖抖地道："奶奶放手，且从长计较。"黄毛怪已大喝道："放你娘的紫花屁！计较什么，且吊起这小老婆并这孽种，打着问他们！"说着，向仆人随手一掌，判官奶奶向众人大喝道："你们还不动手！"

众人一听，蜂拥齐上，有的乱抢灵供，有的拉碎灵幔。还有个小媳妇子百忙中拔下两支挺粗的大蜡，却向裤裆里揣。

正在乱成一片，只听黄毛怪失声道："哟！黄鼐老侄吗？你几时回来的呀？却越发地发了福咧。你瞧瞧，他们竟如此地胡闹，俺越拦他们越起劲儿，这还了得吗！你来得正好，且看守他们，等俺去请族长去。"说着，瞅个冷子就要溜之大吉。众人便见从灵帏后大踏步走出一人，正是黄鼐！

原来黄毛怪眼尖心快，猛瞅见黄鼐到来，料事不妙，就要撒一片翻天谎话，闹个金蝉脱壳。哪里晓得判官奶奶却不在乎，当时一挺木棒，先将黄毛怪戳向一边，大喝道："你这菜物货，既没胆子，就别来现眼！你瞧老娘吧！"说着一个箭步便奔黄鼐。

不想方才有个偷馋的老婆抓了一把果供乱吃，这时被众人乱拥乱挤，丢得一世界梨儿、桃子，可巧判官奶奶嘎一脚踏着桃子，噌的声仰面便倒。黄鼐喝一声，先从她手中夺过木棒，就她肥屁股上连戳几下。判官奶奶大号之间，黄毛怪一耸身形，向外便跑，黄鼐赶去，提鸡子似的提过来，大喝道："哪个敢动，便当杀却！"

于是众人都呆，便见黄鼐冷笑一阵，然后向众人道："今日之事，其罪都在黄毛怪并判官奶奶。众位既为吊丧而来，岂可不赴筵而去？便是诸位方才分抢之物，便算是亡人散与诸位的纪念，都不许随手丢掉，咱且向跨院中吃酒去吧！"说罢，一声呼唤，众仆齐集，都一个个揎拳动袖，目视黄鼐。

众人听得吃酒两字，心下稍安，今见如此光景，又不免心头打鼓，然而当不得黄鼐雄赳赳胁下佩刀，威严可怕。只得一个个各携所抢之物，拥拥挤挤，扭扭捏捏，便如一群赶庙会的香客一般，跟定众仆，直入跨院。最后面却是那偷蜡的媳妇子，她裤裆内嘟噜着两支大蜡，迈步之间，只觉腻腩腩的蜡头儿摩撞不便之处，方想抽空儿安置安置，只一回头，却见黄鼐督队在后。若论辈数，黄鼐还是侄儿小子，于是她一飞眼儿，扭头笑道："大侄儿呀，你且扭扭脸儿，等俺方便方便。"

黄鼐登时剔起眉毛，吓得那媳妇抽头便跑。须臾大家到得一座敞厅中，只见东西向酒饭都备，座位停当。众人偷眼瞅去，却不见黄毛怪和判官奶奶，正在怙惙之间，只见黄鼐卓立当场，嗖一声拔出佩刀，大喝道："若论你等素日行为，都该杀掉！今天这席酒，俺是体亡人宽淳之意，但是你等狗也似的人知甚廉耻，快都与我一阵脱光，然后吃酒！"

众人一听，不由面面相觑。其中妇女更加着慌，都先死紧地护牢裤带。男队中有个胖子，方向黄鼐嗫嚅了"岂有"两字，黄鼐大怒，抓过他按倒在地，向肥臀上一刀片去，血淋淋一片肉早已脱落。于是众人大骇，只得且顾性命，先由男队起次第脱光，黄鼐举刀一挥，拦向东边，一个个白条猪子似的排成一行。

这时只难为煞西边的妇女，你藏我躲，更不敢望东去瞅，因为东边的大家伙儿已如临潼斗宝一般，各现一件东西垂头晃脑，大有独具只眼之势。你想这群妇女，无论怎的没廉耻，要想叫她们轩豁呈露，作个旗鼓相当阵式，未免一时间绝不肯的，然而见黄鼐那明晃晃的佩刀，又觉可怕。

其中一个婆娘恰值月事方到，自觉有所掩护，不致露出庐山真面目，于是便噪道："罢哟，你们这等浪张致，难道就脱过点儿卯不成？俺且脱个样儿你看！"于是衫裤齐卸，登时间白羊一般。其余妇女到此地位，只得一抹脸儿，大家一阵脱光，彼此互观胯下，都涨得脸儿通红。

百忙中却听得东边噪道："喂，老二，你不对呀！这是何等时光，你怎的还犯那股子劲儿？再者，西边站的娘儿们不是你大妈便是你侄儿媳妇，你真个地六亲不认吗？你低头自家瞧瞧，可还有些人样？"

众妇女向东一望，都呸一口，转过脸去。原来东边方有个山精似的小伙子正在手掩脐下，以抑止暴动之势哩。当时，满厅上肉彩辉映，如入裸国。黄鼐提刀指挥，各命就座，偏巧各椅上都没垫子，这一来，真个是板是板、眼是眼咧。

于是众仆纷纷往来进酒，东边男子还好些，唯有西边这干婆娘臊得恨无地缝可钻，只得争以所抢之物遮掩脐下。这时只苦了偷蜡的小媳妇子，只得并起那两支蜡来，坚夹在两股之间。

正这当儿，只见黄鼐就东西席前提刀阔步，忽地趋就中座，咔嚓声插刀于几，大喝道："快抬过那两只猪狗来，今天俺要细细割片他，奉敬诸位哩！"众仆人暴应如雷，即有四人如飞跑去。

这里众人心头乱跳之间，早见那四人由院外抬进一张矮榻，上面高鼓鼓地用单衾盖定，似乎是具死尸，却又高厚得多，并且微微耸动，喘息有声。大家正在猜疑莫测，只见一仆唰一声揭去单衾，众人望去，只剩了双手掩面。

原来那衾下是光溜溜的一对男女，就是黄毛怪和判官奶奶，一个是四脚哈天，一个是五体投地，头足相抵，闹了个严隙合缝。判官奶奶那一身肥白臕头儿本自可观，偏搭着黄毛怪黑得出品，两下里婉转辉映，这段奇景也就少有。这时两人身缚于榻，只剩两颗头彼此抵触，口内堵了土块，却又作声不得，只互相瞪眼，凶凶而视。

正在闹得不可开交，恰好有族老二三辈闻信赶来，一见如此光景，忙向黄鼐作揖举手道："他们虽乘丧胡闹，罪有应得，但这番羞辱，也足以警戒他咧！"黄鼐冷笑道："黄毛怪等欺凌俺家叔叔也非一日，诸位那时怎的都装聋作哑？今既替他们求情，俺叔叔所失的产业都须由诸位与俺索回！不然，俺叔叔现被黄毛怪一气病亡，俺今天非碎割他不可！"

族老听了，没口子地答应道："就是吧！令叔所失的产业，都着落在我们身上就是！"黄鼐听了，这才喝命仆人解放了黄毛怪等，并命族男女各着衣服。

不提这里族众如逢大赦，抱头四窜。且说黄鼐送得族老去后，接连着办过朝奉的丧葬等事，朝奉所失的产业也都由族众交回。那个族中无赖叫热决的，闻得黄鼐回来，便一溜烟儿逃往他方。于是黄鼐任侠之声越发大著，便有许多的侠少闻名相访，未免大家指天画地，都说浙、闽之间，遗民故老据地创业的甚多，大可有为。

黄鼐正在踌躇之间，却接得钱举一封敦请之信，大意是说梅英嫄越发地淫恣胡为，意欲吞并青田寨，即请速来青田，相助为理。末后更有一行细字道：

　　　　双龙寨地势甚佳，君看得此地，不啻困龙得水，幸速图之。弟将竭力相助。

黄鼐看罢，不由暗想道："据此书之意，往时张振说钱举和英嫄有嫌隙，此话定然有因儿，俺且去访问张振，再作道理。"于是走访张振，尽得钱、梅致隙之由，不由暗喜道："妙，妙！钱、梅两个成了鹬蚌之势，俺此去且看事做事，乐得且收渔人之利哩！"思忖之间，忽又想起英嫄的俏模样儿竟不弱于邓夫人，真个是秋菊春兰，各极一时之秀，怎的能一箭双雕，方才称意。但据张振说来，英嫄冶荡成性，又恐她不就范，这也只好到得那里相机做事了。

一时间想得模糊糊，正要准备行装直赴青田寨，恰好梅之洁使人到来，一来探问黄鼐抵家后一切的近状，二来请问婚期。黄鼐一想，这时完婚倒是机会，一来可以与邓夫人商议赴青田寨之事，二来入赘白湖后，再赴青田，自家更加有所挟持自重了，哪怕钱、梅两人不伏首听命，任我宰割。主意既定，甚是欢喜，即盛待来使，一面价回书与钱举，说遵命赴寨，一面同来使即赴白湖，诹吉完婚。

不提这里邓夫人和黄鼐成婚，那白湖寨里自有一番风光热闹，并邓夫人闻知黄鼐欲赴青田寨之事，甚为许可。且说钱举既得黄鼐回书，知得黄鼐入赘白湖后便赴青田，欣喜之下，以为借得这只大胳膊来，可不怕梅英嫄再来给他栽大蜡咧，于是暗嘱寨众，准备着款接黄鼐。

你想寨众们人多嘴杂，口既不严，又觉着大胳膊将到，偶遇着双龙寨众，未免就扬眉吐气。英嫄手下有的是机灵探子，早将钱举邀请黄鼐一节事报知英嫄。英嫄略一沉吟，已瞧科了钱举的用意，便微微一笑，只命人速去探听黄鼐几时将到青田寨，便来报我。

不提这里钱、梅两人互逞心机，各显手段，且说黄鼐在白湖新婚燕尔，好不写意，只是见邓夫人端丽有余，未免风情不足，不由越发怙惚起梅英媛来。那邓夫人燕婉之余，询知黄向坚等之为人，好生敬慕，因劝黄鼐道："你向青田寨去做事业，如此良友，怎不招致共事呢？"黄鼐道："且待俺到青田寨后，当招请黄向坚来推扩寨务，但是他久已志在寻亲，不知他肯相助否。"因将向坚所遭家难之事一说。

夫人知向坚竟是孝子，不由越发起敬，便慨然道："是大英雄，必当以忠孝为心。妾虽女子，还志在为故国尽力，愿丈夫共勉此志。再者，钱举、梅英媛虽各称雄于四十八寨之间，但是他两人志意都不坚定，苟有缓急，未必可恃。丈夫此去，但当勉渠等以心存故国，至于其余的出入小德，尽可不论哩。"黄鼐听了，一面含糊答应，一面暗笑夫人竟似个道学先生。

转眼间过得匝月，黄鼐整装便赴青田寨，一路上却听得旅客们讲说起青田寨来，都没有好勘语。这日行抵一处村落，距青田寨还有数十里，正是一处宿站，黄鼐望望天光，日色转西，便就一家草店中歇住下来。用过晚饭，黄鼐信步踅出，望望村景，却见街坊上许多妇孺们嘻嘻哈哈，虽是贫家样儿，也都梳洗得光头净脸。其中一个媳妇却拖了双破鞋子，便有个老太婆道："哟，毛头妈呀，你就这等火燎杆（俗谓不修饰也）似的去见人家那俊人儿吗？怪道人家那会子直瞅你的鸭鸭儿（俗谓脚也）呢！"

那媳妇笑道："反正俺领一份钱米来就是咧。"说着，指着一个戴纸花的妇人笑道，"你看这位大嫂，倒扎括得俏生生的，毕竟也领得一份钱米。"众人听了都笑。老太婆道："你看人家那脸盘儿、脚手儿，不通似画儿上摘下来的吗？说话儿又和气又嘹亮，无怪人家一点点年纪，就创那么大的事业。像俺这老没用的，便是再活上八十岁，也跟不上人家一个脚指头。"

便有一妇拍掌笑道："你总有一处比她强，她总有天大的本事，总有一处不及你的老帮帮的哩。"老太婆笑骂道："你再浪呲嚓，看我撕你的嘴！"说着向前一抢，恰好黄鼐一步踅过，两下里躲闪不迭，登时将老太婆闹了个大面朝天，于是众妇大笑。

黄鼐从闹忙中拔脚便跑，及至踅游回店，业已掌上灯烛。店伙却道："客官今晚须醒睡些儿。"黄鼐道："为何呢？莫非地面不静吗？"店伙道："不是这等说，只因那双龙寨中有人到此村俵散钱米，以赈贫民，巧咧就许夜查店道，以防歹人哩。"黄黼心有所触，因问道："双龙寨素来行为在地面上还不错吗？"店伙笑道："您真是远方客人，任甚事都不晓得。俺们这地面，若不亏了双龙寨来保护，早就被青田寨那班天杀的抢净咧。"黄黼还想细问，店伙依然匆匆趋出。

须臾村柝声动，黄黼因店伙一番话，只得和衣假寐，但是数日来离却锦衾绣被，宿些个野店荒村，未免颇起离情遐想。正在恍惚和邓夫人促膝依偎，夫人睡鬟低弹，莲脸霞舒，孜孜含笑的当儿，只听耳边店伙乱噪道："客官，起！起！双龙寨有人查来咧！"正是：

   方在心头思故剑，忽从眼底见妖姬。

欲知后事如何，且听下回分解。

第十三回

引枭雄钱举失谋
决行止雪庵卜卦

且说黄萧从梦中惊醒,只见室中提灯辉煌,有两个垂髫俊婢,一色的劲装佩剑,拥定一个花枝似的小娘儿,站在榻前。

那娘儿着紫绡之衣,佩陆离之剑,蛇髻高盘,凤履低蹵,生得脸似芙蓉,神同秋水,手敛绣巾,顾盼间百媚生春。黄萧猛见,几乎疑是邓夫人随后赶来,及至仔细一看,不由跃然而起。那娘儿咯咯一笑,却失声道:"哟!好巧,好巧,今天什么好风儿却将黄爷吹到这里,可还认得俺梅英嫄吗?您可知,咱自北京一别,想得俺好……"说着脸儿一晕,趁势一个万福,又微笑道,"黄爷等在北京闯得好大乱子,如今见着您,俺才放了心咧!您可知俺在双龙寨也做些小事体吗?"

于是黄萧连忙回揖,急切间却没得话说。英嫄笑道:"此间非讲话之所,俺自昨天到此村,便寓在一个住户人家,且屈黄爷到那里叙谈吧。"说罢,进握黄萧之手,只软绵绵一捻之间,那黄萧两只脚子早已不禁不由随着英嫄移动起来。这时两俊婢提灯双引,袅娜而前,一径地出得旅店,淡月幽辉,照定他两人并肩俏影。黄萧是柔荑在握,盎然生春,只觉一阵阵脂香发气只管往鼻孔里钻,便恍如瑶台月下乍遇仙女一般。偏那英嫄故意价放缓脚步,倒累得两个俊婢在前面趑趄着脚儿,相视而笑。

须臾过得一带竹林,溪水潺湲,迎面一座板桥,英嫄笑指道:"黄爷看前面那片槿篱,便是俺寓处。"说着,足下一蹶,连忙扑扶住黄萧肩头,香喷喷一张面孔几乎合在黄萧脸上。黄萧心头一荡,正要趁势揽抱其背,只听隔桥豹子似的一声狗叫。两俊婢叱得一声,早见从槿篱门内蹿出一条牛犊似的大黄狗,如飞地迎到桥头,望见英嫄,便将前爪伏地,摆尾摇头地闹了一阵,即便回身前驱。

一婢便笑道:"阿姊,你看真是猫狗识温存,物儿还如此,何况人呢!"于是说笑之间,一行人蹾过板桥,便见灯光闪处,由篱门蹾出个伶俐少妇,一径地来迎英嫄,却笑道:"姑娘回来得好早。俺婆婆只当您回头还得一霎儿,竟自先盹睡咧。"说着便瞟黄鼐。英嫄笑道:"快不要惊动你婆婆,少时你只泡些茶来就是咧。"原来这家住户只有婆媳两人,英嫄到村,因她家僻静,所以便寓在此。

当时大家进得篱门,黄鼐留神望去,小院矮房,倒也幽静。英嫄逊客入室,那少妇自去烹茶,两俊婢执灯退出,便向后院歇息。这里宾主落座下来,黄鼐笑道:"没想到今晚在此小村中会遇着姑娘。"英嫄微笑道:"黄爷哪里想得到俺们,只怕您这当儿一心只在青田寨哩!"说着,秋波略闪,微微一叹。

黄鼐暗诧道:"她怎的便知俺要赴青田?"因随口道:"便是钱举邀俺赴寨,此事姑娘必然与闻吧,将来咱大家聚在一处,正有许多事做哩。"英嫄哼了一声,却笑道:"若没得事做,钱举为甚鬼鬼祟祟地特邀您赴寨呢?他巴巴地请得你这大靠山来,如何肯使俺与闻?今黄爷也不必遮遮掩掩,便是钱举邀您之意,俺也略晓一二。双龙寨便如黄爷囊中之物,几时要,几时有在那里,倒是那青田寨,钱举虽然好意邀您,您却须小心一二。反正日久见人心,此时俺也不必多说,咱倒是叙叙闲情,以永今夕吧。"

几句模棱话竟闹得黄鼐捉摸不住,但见英嫄俏生生坐在灯影下,那一番柔情曼态十分可爱,不由暗想道:"我好发呆,倘英嫄肯来就我,那双龙寨还不如我的一般吗,还图她那寨做甚?"一面想,一面笑道:"姑娘的话,俺倒不懂。俺应钱举之请,一来是助他理寨务,二来为的是接近姑娘,岂有他意?"英嫄笑道:"承爱承爱。但你懂不懂也没甚要紧。真个的,黄爷从白湖寨得了天大喜事,俺还没与您贺喜哩!"黄鼐笑道:"姑娘怎就知俺方从白湖寨完婚?"英嫄笑吟吟瞅了黄鼐半晌,猛然道:"不瞒您说,要得人不知,除非己莫为,您未做之事,俺还瞧科一二,何况您已做之事呢?"正说着,那妇人进来送茶,英嫄便道:"茶置在此,你也便安歇去吧。少时客人去后,俺去关闭门户就是。"妇人唯唯退出。这里两人,方各叙别后情形。据英嫄说,来此村中,一来游玩野景,二来赈济各贫户些钱米。

不提黄鼐在这幽僻小室中,对着个娇滴滴的美人儿,轻谈款款,浅笑温温，彼此间眼儿互觑，手儿互握，越来越起劲儿。且说那妇人在后院自己房中睡醒一觉，爬起来小解一回，暗想道："不知那客人去了不曾，俺且张张门户要紧。"怙惚间来到院中，只见正房后窗上灯光都熄，料那客人业已去掉。忽见那两俊婢所住的厢房中还在灯光明亮，妇人暗骂道："这两个小蹄子，灯也不熄就挺尸，火儿烛儿的，多么耽险！"

方悄悄踅近厢房窗下，想唤醒两婢起来熄灯，忽闻两婢喘吁吁一阵笑，一个便唾道："浪蹄子，不成功，快些下去吧，你看颠得人头发都散咧！"一个便道："怪呀，怎的咱家姑娘和那黄爷颠颠倒倒，一上一下地那么写意呢？阿姊，你快跷跷腿，俺偏学学那会子黄爷的骑马式样儿！"说着，咯吱吱床子响动。

妇人听了，忙就窗缝一张，只见两个顽皮妮子正光溜溜地压罗罗儿哩。于是妇人连忙踅回室内，歪在榻上，倒累得自己半夜价通没好生睡。

不提英嫄从此夜暗施软索，缚牢黄骕这条孽龙，次日便匆匆回寨。且说黄骕无意中觏此奇遇，得此活宝，并且英嫄枕上风情大非邓夫人老板板的光景可比，欣喜之下，真是匪可言喻。只由店起程，还没走得十来里路，早一皱眉头，主意打定。

可怜那先起杀机的钱举还瞒在鼓里。这日正在青田寨中料理寨务，忽闻报道黄骕到来，钱举大悦，登时列队鸣鼓，亲自迎出寨来。若说那青田寨众，端的十分威武，黄骕一路留神，暗暗欢喜，和钱举彼此厮见过，相逊入寨。那钱举不容分说，先自拜将下去，慌得黄骕还拜不迭，两人起来，携手欢笑。

钱举道："黄兄不弃敝寨，真是如天之福。小弟发函之意，黄兄谅已尽悉，咱便慢慢区处吧。"黄骕道："正是，正是。事缓则圆，俺到此尽听指挥就是。"说罢，宾主落座，左右献茶，两人寒温数语。初到之下，不便深谈，且只顾与黄骕摆酒接风，大会寨众，当日便大吹大擂，闹到半夜方散。

次日，钱举又引黄骕遍阅寨事。黄骕称赞之下，又加以指点，喜得钱举只是打跌，便连日价大会依附自己的各寨主，并请得梅英嫄来做陪客。可笑钱举还呆子似的为人介绍，哪知人家不但是旧交儿，并且是热交儿。那一时群雄集会，许多光景也就不必细表。从此黄骕寄身青田，一面价笼络寨众，以集势力，一面价假作阴图双龙，以敷衍钱举。好在钱举只顾了报辱念切，并没想到自己借来的这只大胳膊业已暗含着胳膊肘向外扭咧，于是兴冲冲悉听黄萧的计划。

不消月余光景，黄萧一面招致霍山的一班朋友都到青田分领寨事，一面暗引依附自己的寨众收为心腹。为日不久，已成喧宾夺主之势，然而还恐势孤，所以这当儿又函邀向坚、觉民都来青田。书函中词意，除述自己遭际外，便是以报国大义相劝勉。

钱举知得黄萧函邀向坚等，越发高兴，然而他寨中也自有明眼的人，便从容向钱举进尾大不掉、引狼入室之喻。钱举不但不信，反将进言之人叱斥一顿，这也不在话下。

不提这里黄萧自函邀向坚等之后，越发地处心积虑，意有所图，且说当时向坚等阅罢黄萧相邀之函，不由相视而笑。向坚便道："不想黄萧兄有此际遇，那钱举既如此仗义好贤，他在青田寨自然可以助人做事，况且他结婚白湖，得了邓夫人这样的好凭借，越发地事有可为。老弟你看怎样？咱们便应他之请，同赴青田吧。"

觉民沉吟道："据他书中词意，颇颇含糊，既说钱举十分意气，请他入寨，又说钱举终非我辈的话。既非我辈，连他自己都该洁身而退，他不但不退，却又来拉咱们，这其间未免情有可疑。俺此时却不愿去，你若高兴去遨游一回，倒也使得，只当去瞧望朋友就是。"

向坚听了，沉吟半晌道："老弟如此说，倒闹得俺没主意咧。走，走，咱正想去访徐俟斋，且向他一决行止如何？"于是两人慢步踅去。

恰值雪庵和尚正在俟斋室内呱呱而谈，两人缓步进院，却听得雪庵夹七杂八地纵谈易理吉凶悔吝之道。但闻俟斋恳切切地微语道："是的，雪老你既深明否泰剥复之机，吉凶悔吝生乎动之道，我辈处此困厄，正当潜曜才是，你却无端地作些愤激诗歌并调侃打油诗做甚？即如你近些日所作的剃头诗，若被人告发在当道手中，罗织起来，你不怕断送老头皮吗？"

雪庵哈哈地狂笑道："俺怕他甚鸟！但是俺那诗你如何便知得呢？"俟斋笑道："岂但知得，俺还记得烂熟哩。"便闻击节微吟道：

    闻道头须剃，何人不长头。
    有头皆可剃，无剃不成头。
    剃自由他剃，头还是我头。
    可怜剃头者，人亦剃其头。

俟斋吟毕，和雪庵拍掌大笑，只见帘儿起处趸进两人，却是向坚、觉民。于是大家厮见，彼此欢笑。

向坚问知那首诗的原委，却是雪庵因见山中藏匿不肯剃发的老先生们，有许多人被官中捕去杀掉，一时心中感愤，故为此诗。向坚因慨然道："异族人凭陵中夏，至于此极，也无怪雪老嬉笑怒骂了。俺今却有一件事，正要就徐先生一决行止，并求雪老为卜此行之吉凶哩。"于是从头至尾，将黄萧函邀之事谈了一遍。

俟斋听毕，还在捻髭沉吟，雪庵已跳起来道："有这等机会，黄兄等此去，为国尽力，一定是大吉的，还卜它做甚？可惜俺雪庵委实没用，不然俺也从黄兄之后，且剃几个鞑儿头再说！"说罢，摇晃秃顶，便如小老虎一般踞在座上，甚有气势。俟斋知他狂奴故态，也不理他，却向向坚道："钱举为人，并令友黄萧为人，俺都不甚晓得，故不便为兄等决策。但是白湖寨邓夫人名称远近，俺却深知她是个义烈奇女。令友既结婚白湖，将来不愁无所凭借，黄兄等且赴青田，亦未尝不可，便请雪老卜决此行何如。"

雪庵道："不须卜，以理决之，定然吉利。"说着，随手布卦，歪着脑袋，端相一回爻词道，"怪呀！据此卦看来，黄兄此行既不见吉，亦不见凶，志既不遂，事亦不就，竟是白白地空跑一趟。依我看，君子信理不信数，卦虽如此，也不算什么，便是俺近日自卜，卦象中也很现些困厄，所以方才徐先生只管唠叨俺潜曜等语哩。"

向坚听了，没作理会处。觉民却听得不耐烦，因拉向坚趸回道："这节事，您只管去一趟，有甚打紧？没事价还闲游访友哩。"向坚听了，这才决意赴钱举之招。觉民也不理会，趁向坚治装的当儿，他早又骞驴幞被，闲游去了。

这里向坚过得两日，行装都备，正要去走别徐高士，忽见一人大呼而入。正是：

　　壮士行程方待发，狂僧警讯忽传来。

欲知后事如何，且听下回分解。

第十四回

试官刑戏闹公堂
赴友约惊闻火并

且说向坚正要去走别俟斋,只听俟斋在院外大呼道:"向坚兄在家吗?"说着匆匆跑入,刚上台阶儿,一下子踏住长袍襟儿,险些栽倒。向坚迎出,连忙一把扶住,正在暗诧他向来安详,怎今日如此慌张,那俟斋已喘息略定,急语道:"你可知雪庵忽被官中捉去,连夜价解向南京吗?"因匆匆一说所以。

原来苏州官吏近日又从远远山谷中搜捉了几个带发的遗老。那遗老等抱着一肚皮牢骚,钻在山窟窿里没法儿发泄,未免吟诗弄简,作些黍油麦秀的悲语并子房报韩的壮语,被官中检查出来,便成了叛逆的证据。这其中就有雪庵的那首剃头诗。官吏等本恨雪庵终日价佯狂漫骂,对于自己直厌恶得臭狗屎一般,所以趁这当儿连雪庵一并捉去,解赴南京,听候苏抚发落。

当时向坚听罢,大吃一惊,便道:"此事好险!向来带发被捉的都是杀掉,雪庵托身方外,然有诽刺之诗,也就可虑咧!"俟斋顿足道:"俺也如此想,黄兄怎的想个计较才好?"向坚道:"既如此,俺只好且赴南京,看机行事吧。"

不提这里两人匆匆别过,且说那南京地面有一个老奸巨猾的势绅,生平是因势趋利,八面见锋,归根儿他还是落个好人。当豫王入南京时,那钱谦益等首倡降附之议,这势绅便在里面很露脸面。当时清议骂他的固多,但是降附事成,江南地面免多少杀戮之惨,那称赞他的也不为少,所以那势绅颇有名望,历任苏抚都契重于他。

一日,这势绅宿在爱妾房中,夜间老兴发作,癫狂了一会子,兴还未尽。次晨醒来,见那爱妾春困初觉、乱绾香云、颊红未褪的媚态,不由又作据鞍顾盼之势。正斜挽起人家一只白生生腿儿就要入港，忽听室内小鬟惊叫道："哟！这是哪里来的一把刀呀！"一句话不打紧，吓得势绅赤身爬起，那爱妾百忙中扯住老头子的兜肚儿，已吓得战哆嗦的。

势绅揭帐一瞧，只见榻头几上插着明晃晃一把匕首，并有一张字柬。于是势绅命小鬟取过字柬来一看，上面却有一行潦草大字道：

　　顷当道扎系遗老，祸且不测，唯公力能解此危，幸速图之。不然，是公比于酷吏也，铅刀一割，公且无幸！

势绅阅毕，惊诧中一晃身儿，爱妾手势一颤，脱却兜肚，百忙中不管好歹，又揪住一件物事。妙在小鬟也吓得忘其所以，只管怔怔地立在一旁。势绅忙道："你快飞了去，给我叫王福来，我有话讲。"小鬟如飞跑去，这里势绅端相字柬，只管发怔。

且说王福在外院下房中方才起床，忽见小鬟猱头散脚地跑来，红郁郁的脸蛋儿，颤笃笃的嘴唇，百忙中呼吸急促，一言不发，拖住王福，手向外指。王福暗喜道："妙哇！怪道俺夜里做了个写意梦，果然今早就有俏事。"于是一把搂定小鬟，向榻上便按道："这里就好，没人来的。"小鬟急挣，道："刀！刀！"王福道："这当儿便是枪俺也不怕！"小鬟急得呦嘣跳起，道："你别发昏咧！如今老爷房中飞来一把泼风似的快刀，就叫你去查问哩！"王福一听，不由骇然，这才三脚两步抢入内院。

若论素常规矩，老爷没起床，仆人只在窗外听吩咐，这时势绅一听得王福走动，忙叫道："王福快来！"于是王福一掀帘，闯然而入，不由登时呆在那里。他却不是吓呆，是因猛见一段奇景呆怔咧。

只见势绅赤条条地坐在榻沿上，手擎字柬，脸上是变貌变色。榻头几上插把匕首。那位姨太太也白羊似的，半趴半跪地偎在老爷身旁。后面掀起了下面半个身子，却将一颗头扎在老爷胁下，似乎是惊羞不敢仰视的样儿。更奇的是伸出纤手向老爷的胯间紧紧揪牢着，还是抖颤不已。

当时王福暗惊道："这光景，准是姨奶奶闹出什么不仿佛的事来咧！"正在怙惚，便见势绅道："王福，你是俺家的老人儿咧，不想咱家竟出了这样诧异事，你快与我拿起那刀来！"

那爱妾一听刀字，越发地抖动不已。王福暗想自己所料更无疑义，于是直撅撅地跪下道："这个小人便有天大胆也不敢，难道小人不怕雷劈吗？"

还望老爷暂息雷霆之怒，便是姨太太偶然走错脚……"正要还往下说，只见那爱妾猛然狠狠地一紧手势，便骂道："你娘才走错脚哩！"只揪得势绅啊哟一声，这才恍悟自己和爱妾还都没穿衣服。于是叱出王福，一面穿衣，一面隔着窗儿告诉他忽见刀束之事，并吩咐道："你快到抚衙探听，上月里捉得雪庵一班人，现在是怎样咧？快去快来，不得有误！"

王福应声跑去之间，这里势绅匆匆结束，一径地来至前院书室，等候消息。直至将午，王福方回报道："雪庵一班人还押在狱中，听说不久就要斩决咧。"势绅听了，更不怠慢，便衣冠了走谒苏抚，只委婉数语的当儿，苏抚笑道："老兄欲养乡望，俺便从轻发落雪庵等就是。"于是势绅称谢踅转。果然不多日，雪庵等都已释放，这势绅忽然如此举动，自然是被那刀束吓慌，至于这刀束是哪个弄的手脚，也就不必作者来点名咧。

且说黄向坚在南京救出雪庵，回报俟斋，这一耽延已有月余光景。正要起程直奔青田，不想那徐高士也被县官儿一条索子捉将去咧。

原来徐高士秉性高绝，自国变后，便杜门不出，流风所被，连家中那头驴儿也挂些高人气味。俟斋每有所需，便画两张画儿缚在驴背，纵之入市。那驴儿真也听说，走向热闹市口，便这么咯噔地一站。大家瞧见负画的驴，便争呼道："高士驴！高士驴！"你争我夺地取了画儿，即将盐米钱物等类转置驴背，那驴儿便逡巡回家，一步也不错走，俟斋因此得以度日。

一日，这驴儿负画入市，恰遇着一个无赖子掉臂走来，不容分说一把捉住，大笑道："老子正走得跋跋的，且骑个高士驴儿！"说着，掳下画儿抛在道旁，用一个张飞骗马式，向驴背便跨。不想那驴儿两耳一支，愣叫一声，向道旁一闪，无赖一下骗空，只跌得腰胯生痛。街众一见，个个心头痛快，不由相与大笑。这一来，那无赖羞愧成怒，爬起来向那驴拳打脚踢。

街众不平，便喝道："你休撒野，这是徐高士的驴儿！"无赖怒道："高士驴便怎样？你心痛这驴，难道留着与你妈妈用吗？"街众一听，不由喝一声，众拳齐上，登时将那无赖打得王八蛋一般。那无赖岂肯便罢，当时叫骂跑掉，便迁怒于徐高士，径向县署告起状来，说徐高士蓄养妖驴，招摇惑众，又喝令街众毒打于他。

像这等没要紧的事，若遇着明白官府，不准状子也便罢咧。哪知这个县官儿既是个半吊子脾气，又暗含着厌恶徐高士，竟自风风火火将俟斋一索捉去。若说起县官儿怎便厌恶俟斋，也是一场笑话。

那县官儿上年夏月里偶然到乡下验尸，宿在一处村店里。地既窄促，天气又热，满屋中湿臭扑鼻，蚊虫乱咬。官儿想起日间所见死尸之状，未免又心头作恶。好容易挨至二更以后，夜凉渐爽，正要放下扇子闹一觉儿，忽听隔院小店中有人长吟短咏地念起诗来，始而悠扬，继而顿挫苍凉。念至末后，竟呜呜咽咽回肠荡气，也不知是吟是哭。一直地乱到大天明，吵得县官儿睡魔既去，一片吟声也便戛然顿止。当时官儿大怒，就要命左右到隔院拿人，亏得左右密禀道："夜里吟诗的是本地有名的徐高士，偶然出游，宿在小店，老爷何必理他呢？"于是官儿忍气趑趄，却将徐高士记牢心头，所以这时竟趁势发作。

当时向坚得知此事，只好且缓行期，奔到县署押处，一望高士。只见高士正在危坐观书，向坚询知底细，便笑道："这不打紧，官儿若讯问时，你只推说那头驴是我的便了。"俟斋唯唯。向坚趑出来，不敢远离，每日总到押所望一趟。

偏偏那官儿事体忙，虽捉到俟斋，竟自忘掉，直过了个把月方想起来，于是传斋两造，高坐堂皇。向坚闪在一旁，见那无赖述回状词，官儿便怒喝俟斋道："你的驴子如此作怪，你一定也是妖人！你还敢喝众殴人，越发可恶，等我老爷先责打你一顿再说！"

俟斋道："此驴虽是俺所用，却是俺友人黄向坚所蓄养的，驴能作怪与否，只需问黄某便知分晓。俺从来不入市，如何便喝众殴人呢？"官儿道："你倒推得干净！"因顾左右道，"快与我去传黄向坚来！"正要抽手拔签，只见从公人等背后转出个威实实的少年，挺立在堂上，微笑道："只俺便是黄向坚，老父母有甚话讲呢？"

那官儿见向坚轻蔑之状，不由气往上撞，便喝道："你既养这作怪驴子，不消说，连你和徐某都是妖人！你这般倔强样儿，非动大刑，你如何肯说实话？"说着，拍案道，"取夹棍来！"

众人一喊堂威，这里向坚却掉臂大笑，反倒从容卧倒，由公人们动手摆布。只见公人套好夹棍，一收绳儿，那向坚双足一绷，咔啪声，夹棍立断。官儿大怒，一迭声喝唤新刑，不想一气儿换了两副，但听咔啪又响了两声，倒弄得满堂上都是断棍，再瞧向坚，却如没事人一般。

那官儿料得有异，连忙退堂，便有人向他道："黄向坚是江南豪士，剑术甚高，我劝你不去惹他为妙。"于是官儿大惊，忙释放俟斋，反将那无赖打了一顿，这一耽延又是个把月。

不提俟斋、雪庵依然佯狂落拓，且说向坚一路上晚行夜宿，直奔青田寨。一入蕲、黄地面，颇觉得村墟安堵。向坚一路访问，知青田、双龙两寨颇能约束各小寨，所以地方上有此光景，向坚不由暗暗欢喜。

这日行抵一处野店，距青田寨还有一日之程，向坚饭罢，和店翁探探路程，因问道："此地距青田寨不远，你可知那位钱寨主为人怎样？"店翁笑道："钱寨主再想为人，可就费了事了。"向坚怔道："此话怎讲？"店翁道："客官连此话都不懂吗？他不能为人，自然是死掉咧。如今青田寨主，俺听说是和客官同姓哩。"向坚听了，正在摸头不着，恰好旁室中有位客人踅出，因笑说："俺方从青田寨来，钱寨主死掉之事，俺听说便是被这个新寨主黄鼐所杀。"

向坚一听，登时激灵灵一个寒战，急问道："这是何故呢？"客人道："据大家传说，是因钱举有意降清，暗含着使人向豫王处时通书问，却被黄鼐查出，便于杯酒之间斫了钱举的脑袋。此事发作不过十来天的光景，当时青田寨中新派人和旧派人大杀大斫。要说这位黄寨主真也心狠手辣，凡旧派不服手的，一概杀掉，只跑了一个大头目，绰号儿'镇山雕'，名叫石全的。那两日中，便连双龙寨梅寨主也警备寨众，如临大敌，大家怕的她是不忿黄鼐所为，两寨里若厮杀起来，地面上越发糟咧。幸而她却没发作，不但没发作，并且和这黄寨主好得似蜜里调油。不是俺口过的话，只怕他两个背地里有一杭榔头哩！"说罢，哈哈一笑，拱手自去。

听得个向坚呆了半晌，暗叹道："不想黄鼐如此鲁莽。既应钱举之招，便当力谏其过，谏而不从，便当洁身而去。如今手杀其人，代将其众，就大义而论，钱举虽有应杀之罪，但是若以俺处置此事，绝不忍如此做法。"想到此间，兴致嗒然，颇悔自己此行之误。转念一想，或者黄鼐有不得已之苦衷也未可知，既到此，只得且赴寨细询原委，当晚草草宿过一宵。

不提次日向坚一步懒一步地且赴青田，且说黄鼐自谋杀钱举之后，连日价料理寨事，一切更新，安稳稳坐了青田寨第一把交椅，好不高兴。只是想起那镇山雕石全居然在逃，未免心头怯惙。这日正在寨中密室内和新收的钱举美妾调笑了一会子，忽想起张振为人机灵，颇以贩马之故和满洲武人等交接，若得此人来寨共事，倒甚是有用。又想起故人孙旭，自东游辽沈后，一向没有音信，不知他遭际怎样，得意与否。不意俺黄鼐却天缘人缘两相辐辏，就有偌大遭际。正在想得七上八下，得意扬扬地踱到前帐，只见左右飞报向坚到来。黄鼐大悦，便要倒屣出迎，忽一沉吟，急命左右，速传寨众，列队出迎。

不提这里黄鼐大摆排场，且说黄向坚负装佩剑，行抵青田寨的头卡。就卡卒一通姓名，卡卒等知得是寨主邀来的重客，哪敢怠慢，连忙引向坚直奔前寨。向坚一路留神遥望，只见那座青田寨端的是势据险要，气概阔大，一处处旗帜隐约于山坳树隙之间。须臾行抵寨门，早有寨目等拥上来问明来历，便引向坚就寨门外客馆小坐，自去通报。

这时向坚一面细观寨势，一面怙愵着必有人匆匆地引进自己，哪知呆等半晌，通没动静。但听得寨门中，东鸣一阵鼓，西吹几声号，闹了半天，又听得远远地屁进似的响了两声炮，接着又人马喧杂，似分似合地闹过一阵，等得向坚颇不耐烦。直至日色矬西，还没动静，向坚信步踅出客馆，就门首四下望望，忽听背后奔马似的一阵跑，又有人骂道："我把你这饿不煞的花子，讨饭也不睁眼，这是什么所在？少时寨主爷就出来咧，还不快去！"

向坚回望去，却是个褴褛乞丐，被一寨卒提着老大的杆棒赶将来。那乞丐生得身材雄壮，足下如飞，头如蓬葆，满脸上灰垢狼藉，直然地不辨面目。穿一条破裤袄，露着鬼怪似的黑眼，双睛灼灼，张得向坚一眼，早已去如箭激。

正这当儿，寨门上震天价三声大炮，接着便鸣鼓吹角，寨门大开。先是十余铁骑泼剌剌跑出，上面都是盛装跨刀的寨目，一见向坚，都滚鞍下马，齐齐地唱个大喏，躬身道："俺家寨主便请黄爷进寨相叙！"

向坚客气两句，正要举步，只听寨门内震天价一声呐喊，鼓声起处，登时寨墙上旌旗招展，杀气腾腾，又有数骑轻鞭缓辔而出。正是：

岸帻何妨迎国士，饰容乃效子阳风。

欲知后事如何，且听下回分解。

第十五回

奋钢镖石全复仇
闻密谋向坚弃友

　　且说向坚正暗诧接待故人何必如此大具摆场，只见黄鼐全身盛装，领了数骑，业已趱到面前，望见向坚，便大笑道："黄兄来得好迟，若早来些时，俺借重的事正多哩！如今且喜事定，快进寨相叙吧！"向坚唯唯之间，黄鼐已跳下马来，彼此一握手，黄鼐便亲牵那马，授辔请升。直待向坚逊却良久，方命人另备他马，两人并辔而前。

　　一入寨门，但见许多寨目分领寨众，夹道列队，由寨门直接大帐，黑压压，密层层，那一片剑戟光芒直然地射出多远。黄鼐在马上左顾右盼，面有喜色，向坚却不理会。须臾到得大帐前，两人下马，携手而入，早有随从人等将向坚行装就客室中安置停当，当晚黄鼐便就旁帐中与向坚置酒洗尘。

　　两人衔杯话旧，各叙别后许多情形，自然十分款洽，黄鼐又自叙回得寨之由，果如向坚在道途中所闻的情形。那黄鼐述说之间，很露出为顾大义，不能不除掉钱举之意。向坚初到，摸头不着，自然不便说什么，只叹道："如此说来，咱们以后务必心存故国，做起事业，方才对得起死鬼钱举哩。"黄鼐毅然道："正是，正是！昔人因大义不惜灭亲，何况朋友呢？倒是那双龙寨的梅英嫄，虽是女子，很知大义，如今黄兄到来，这两寨越发该兴旺咧！"于是又问回觉民近状，黄鼐大笑道："他只是云水性儿，由他，由他！"两人谈至夜深，方罢酒各息。

　　话休烦絮，从此向坚在寨一住个把月，除和黄鼐吃酒闲谈，并酬对寨众外，也无事可做。这其间曾屡晤梅英嫄，向坚见她流动冶媚之状本已不悦，又见她往往和黄鼐弄眉飞眼，不由越发诧异。

　　又一日，黄鼐置酒，大会寨众。英嫄在座，酒酣以往，竟自翩跹起舞，一时间低鬟弹袖，折步流眸，将个俏身儿扭来扭去，备极冶宕之态。末后席将散场，英嫄竟附黄甝之耳，甜蜜蜜地低语起来。向坚见状，老大的不是意思，只好闷在心里。正想从容间规讽黄甝，偏巧过得两天，黄甝因事去寻英嫄，一去四五日，兀自不回。向坚闷闷地信步踅向寨后，只见山光树色，野趣适人，不由暗想道："俺到此间倏已月余，但俺看黄甝除饮讌自娱外，亦无甚远志。便是那梅英嫄也不似正气女子，虽占有这片好所在，恐亦不能成事哩。"

沉吟间来至一处树林旁，方在一株古松后徘徊小立，只见从小道上踅过两个巡卒。中有一个垂头耷脑，拖着一柄长矛，划得哧哧响。那一个便笑道："张老哥，你新升巡目，应该抖起些精神来，讨新寨主的欢喜才是，如何反倒像俺□呢？"

张卒道："干鸟吗，咱这不过干一天是一天罢了。咱旧寨主好端端地被人家割了脑袋，咱什么心肠高兴干事呢？"那一卒叹道："真也是一朝天子一朝臣，咱在新寨主手下，不会得什么好气，那么咱转投双龙寨如何？"张卒唾道："你这人真是浑透腔咧！若不是那浪婊子使促狭，咱旧寨主还死不得那么快哩！"说着一扯长矛道，"俺恨不得将这家伙都给她捅进去！你还吵投她去哩！你看新寨主到她那里就舍不得回来咧，真真肮脏！"

向坚听了，不由大吃一惊，暗想钱举之死其中或有他故，这两个巡卒定是钱举的旧人。一面怙悷，一面端相那张卒的面目，正想踅出来问其缘故，只见一卒遥指道："张老哥，你看那边来的不是伺候内帐的徐妈吗？"张卒道："不是她是哪个！"

向坚随那卒手势望去，便见一个颤巍巍的老仆妇，手提小食榼儿，从远坡下踅将来。须臾至前，一睁烂桃儿似的眼睛，向两卒道："你们哥儿俩今天闲暇呀？"张卒道："正是哩。你老人家不在内帐伺候钱、黄两姓的姨太太，跑出来有甚事呢？"徐妈道："你别作口孽！咱旧寨主在时，人家姨太太不曾薄待了你们，如今姨太太有冤没处诉，被新寨主玷污了，你们不说是赞叹她，反倒轻嘴薄舌的！"说着，一颠石榼道，"这不是俺那会子奉了姨太太之命，到旧寨主坟上私自哭奠一番，方才回头哩！"说罢掉下泪来。向坚听了，不料黄甝又有这般的漂亮行为，正骇异得呆在树后，只见张卒等一步一叹，已和那徐妈匆匆各散，倒累得向坚心头上十分辗转。虽不解钱举致死之由，然而黄甝玷污人妾，那好色忘义四字，总算无可讳言了。

387

你想向坚本是个心直口爽、义重如山的人，一时间气往上涌，哪里还等得什么。当日黄霈回寨，向坚便直撅撅地尽述所闻，当面诘责还不算，并且跟问钱举毕竟是怎样通清。闹得黄霈左支右吾，面红过耳，忽然笑道："那张姓巡目信口胡说，黄兄如何便信？俺倒想不起来本寨中有这个巡目。"向坚傻狍子似的，不解黄霈用意，脱口道："怎的没有呢？"于是如此这般一说张姓巡目的面貌。

黄霈冷然道："哦，这就是了！"当时两人不欢而散。不想没过得三天，那张姓巡目竟被黄霈借事斩掉。这一来，向坚越发骇疑，然而究不晓钱举之死是何缘故，只得姑且抛在脑后，连日价帮黄霈料理寨事。一日偶从寨门经过，只见一群寨卒围定一人拳打脚踢，并有人骂道："这花子真是贼骨头，因为他老在寨门左右睇吼儿，连这次的打少说着也有四五顿咧。他不但不怕，昨天傍晚，他三不知竟撞到大帐前去咧，今天咱索性打煞这厮！"说着一阵乱打，便如捶牛一般。

向坚走去一望，却是自己初到寨时所见的那个昂藏乞丐，这时衣裳破烂，脸上是一塌糊涂，越发不辨面目，正直挺挺仰卧在地，翻着两只灼灼怪眼，仰望天空。忽地碌碌大笑，有如野枭。向坚因喝众卒道："一个贫人，只管打他做甚？扶开他便了！"

众卒听了，一齐唯唯的当儿，那乞丐早一跃而起，忽然目注寨门，放声大哭。顷刻间扼腕顿足，泪如泉涌，便似有一肚皮悲愤不平，随着热泪一齐倾注。众卒大怒，又要拥上去打，却被向坚止住，眼见那乞丐狠狠一跺脚，掉臂自去。

这里向坚就寨左近散步一回，默想身世并道路梗阻，一时间不得寻亲，不由慨然长叹，因拔出佩剑，就平阳浅草间试舞一番。正在抚铗顾盼，忽闻林内有人大笑道："黄兄剑法越发精妙了！"声尽处，由林内步出一人，却是黄霈。

原来黄霈抽空儿便赴双龙，这时又从那里回头哩。向坚笑道："久不舞剑，不觉便钝滞许多。"黄霈笑道："黄兄莫谦逊，可知贱内还正要拜识吾兄，请教剑法哩。咱过几日，同赴白湖盘桓些时吧。"说着，两人慢步趑转，及至用过晚饭，业已黄昏大后。

须臾更定，满寨中铃柝声起。向坚在客室内，趺坐下用回静功，听听更柝，已交二记，正要解衣就寝，只见黄霈趑来道："黄兄且慢歇息，今有贱内宝藏的一册兵书，还是其舅梅公之焕所著，现在俺后帐中，其中有些疑义，俺总悟会不来，便请黄兄去玩赏一回何如？"向坚笑道："你不懂得，俺越发不成功咧。"黄鼐道："一人不过二人智，咱且相与研论不好吗？"于是携了向坚之手，直入后帐。

向坚久闻邓夫人的大名，今见她所藏兵书，不觉欣然披览，方才阅得数页，黄鼐正要动问，恰好前帐中有寨目等候白事，黄鼐匆匆趑去。这里向坚一面披览，一面信步儿趑就黄鼐的座位。正低着头神游书中，忽觉飕飕飕一股冷风，接着白光一闪，向坚叫声"不好"，赶忙一低头，但听啪的一声，早有一支钢镖钉在背后板壁。

向坚大惊，起身不迭之间，便见帘儿一揭，抢进个鬼怪似的东西，不容分说，明晃晃刀光一摆，向向坚直扑过来。好向坚，真是惯家，忙向案下一伏身，用一个游蛇贴地式，咻一声蹿出帘外，早听得咔嚓一声，似乎刀中案上。这里向坚足才站稳，那怪物早又挥刀如风，虎也似趑转出来。

这时后帐院内只有壁灯光亮，百忙中向坚瞧不准那东西是人是怪，但见他腾踔如风，一面咬得牙咯咯山响，一刀紧似一刀，只管向自己乱劈乱剁，却又笨手掉脚，通没些正经家数。这时向坚赤手纵横，左避右闪，若论这等敌人，如何在向坚心上，只因急切间要辨他是人是怪，所以徐与周旋。不想那怪物越来越凶，向坚大怒，只手法一变之间，那两条铁臂顷刻化作许多的光影，嗖嗖霍霍，直打入一片刀光中。须臾锵啷一声，那柄刀被向坚踢飞丈把高。

那怪物大叫一声，居然不退，忽地一缩身，向向坚一头撞来，并厉声道："好你黄鼐，俺石全刺你不成，何面目再生人世！"说罢，趁一撞之势，踊身大叫道，"钱寨主慢行一步，俺石全随后来也！"于是从斜刺里向院壁上便撞。

说时迟，那时快，早被向坚一脚放翻，赶进一步，捉起他仔细一看，不由诧异，原来便是那两次所见的乞丐。向坚料事有异，因喝道："你这厮瞎了眼睛，俺是苏州黄向坚，哪个是什么黄鼐！你这厮到此行凶，却又念诵什么钱寨主，却因何故呢？"

那乞丐急睁两眼道："原来你不是黄鼐，既如此，不必多话，合该俺命丧你手就是。俺名石全，便是此寨钱举的部下。自黄鼐谋杀钱举之后，俺幸而逃脱，誓欲复仇，所以多日来变形为丐，以图一逞。今晚探得黄鼐独在后帐，所以赶来，不想事又错误。"向坚惊道："石壮士，如此说来，你倒很有义气，你且将钱举之死细细说来，俺誓不杀害于你！"石全听了，不由仰天大叹，便滔滔述出一夕话来。

　　原来石全为人，虽是莽夫，却颇精细，自见黄罴到寨，更张一切，便时时留意。果然为日不久，黄罴、英嫄一段苟合暗昧之事已被他侦知，便从容进语钱举。无奈钱举不听，后来黄罴、英嫄两人设计，假作成钱举通清的书札，由黄罴埋伏心腹，就酒筵前将钱举斩掉。然后将那封假书札遍示寨众，便说是由双龙寨的巡卒查获此书，赍书人却又在逃。那石全自行脱难后，侦知黄罴等一段阴谋，所以誓欲报复哩。

　　当时向坚听了，只愤得气涌如山，因挥手道："石壮士速去！俺黄向坚也便顷刻离此咧！"说罢，由地下拾起那刀递与石全。

　　不提石全叩首逃去，且说向坚气得愣怔怔踅回帐中，一见那兵书，不由暗叹道："可惜邓夫人误配黄罴。不想黄罴性情如此，竟是个趋利忘义之徒！此等人将来还说什么心存报国，俺还在此和他胡混怎的！"想罢，慨然太息，正要去收拾行装，忽望见那支钢镖还明闪闪地在板壁上，略为沉吟，便就书案上抽笔蘸墨，在那板壁上大书数语道：

　　　　飞镖者，壮士石全也，几误中坚。其所以致此镖之故，君当
　　　　自省，然而坚不可留矣，请从此辞，勉期后会。

　　向坚写罢，投笔于地，正要匆匆踅出，忽见帘儿一荡，正是：

　　　　从此薰莸殊臭味，即看邪正两分途。

　　欲知后事如何，且听下回分解。

第十六回

落叶庵群贤饮饯
黄向坚万里寻亲

且说向坚正要出后帐去收拾行装，忽见帘儿一荡，只认是黄萧进来，哪知不相干，却是凉爽爽一阵风儿。向坚经此风儿一吹，愤气略平，忽又想起和黄萧总角同学，情同兄弟，他今有过失，理当以正言相告，诤之使改过才是，不可便去。想到此间，又痴呆呆坐在那里。良久良久，忽暗自憬然道："此等过失，看来是不可诤告的了。他未入青田寨，已为英嫄所迷惑，怕不是处心积虑，要攫取钱举之位吗？人的心术既坏，还有甚说的！"于是长叹一声，趑回客室。

不提向坚匆匆价负装佩剑，连夜出寨，直奔回途。且说黄萧在前帐听巡目白事，处分一切，偏巧这晚上事多些，一起不了一起，及至都清爽已四更大后。黄萧信步趑向密室，方要拉美妾困觉，忽想起后帐中还有个黄向坚来，于是重新爬起来，跑赴后帐，一面唤道："向坚兄，累你久候了！"

唤了两声，不见答应，以为是向坚已去，及至进帐，一眼便望见壁上钢镖。惊骇中再看所题之字，分明是向坚所书，未及读毕，早已汗如雨下。正想忙寻向坚，巧为分说，忽见前帐侍卒匆匆入报道："今有前卡巡卒来寨报告，于三鼓前后，黄向坚口称有要事，急需出卡。巡卒等略为盘问，向坚大怒，登时打翻数人，闯将出去。"

黄萧听了，情知向坚归志已决，竟自弃掉自己不辞而去。一时间想起自己所为，本不堪对此良友，当时良心偶动，愧悔之下，又想起和向坚一番交谊，便登时匆匆结束，又取了一裹银两，也便如飞地赶出寨来。

且说向坚一径地闯出头卡，趁着疏星夜色，纳了头拔步疾趋，晚色甫分，已距青田寨四五十里。恰值前途有道横溪，溪桥上有座小小邮亭，向坚趋入亭，放下行装，又就桥下溪水盥漱一回，然后徐步入亭，凭栏少息。这当儿心头清爽，不由好笑自己，这番往返真没来由，忽一抬头，却见亭柱上有一对联道：

　　歧路世常多，未涉足先须后顾；
　　坦途君自择，但安心莫问前程。

　　向坚看罢，正在暗叹黄霹已入歧路，忽听桥下有人急唤道："向坚兄快些转去，且容俺细细分说！难道你就不念旧日的交谊吗？"声尽处趋进一人，正是黄霹。向坚忙道："俺已题字留别，黄兄又赶来做甚？今一切不说，但愿黄兄此后坚定心志，为国尽力，庶乎可稍盖前愆。不然石全的钢镖有时再见，亦未可知哩！"

　　黄霹顿足道："兄为何只听石全一面之词？那钱举实系通清有据哩！难道兄便因此和俺绝交不成？"向坚听了，不由凄然，因执黄霹之手道："黄兄虽是恋恋，但俺归心一起，不可复留。此后咱等但期异地同心，誓复国仇罢了！"说着，珍重执手，就要去拎行装。黄霹见状，不由一时间呆在那里，忙要取银相赠，那向坚已取起行装，挥手径行，顷刻间下得溪桥，扬长而去。这里黄霹愣了半晌，回过这口气，取出那包银两来，料想向坚为人，即便赠予他，他也未必肯受，一时间愧悔交集，便投银溪中，暗暗自誓道："俺此后定当报国，对我良友！"

　　不提黄霹默默转去，且自做他的含糊事业。且说向坚不一日回到家下，先愤愤地向觉民一述黄霹之所为，觉民夷然道："由他，由他。阿兄此行虽不爽快，如今却有两桩痛快事儿。一是方朔来兄自大闹武灵山后，又在北京雍和宫内盗取了许多浑金铸成的欢喜佛像，并题名殿壁，定期于某日夜间必入皇宫，闹得遍都中人人胆落。摄政王刻下一晚上屡易其居，如今行文各省催捕他，正闹得急如星火哩。俺是近两日闻一北来客人所说如此。那一桩痛快事，便是南中道路已通……"

　　向坚不待听毕，直喜得跳起来道："真的吗？"觉民道："怎么不真？前些月，徐俟斋接到朋友一封书信，便是从云南大姚左近县分来的。"向坚听了，拍手欢悦道："好了！好了！俺可要去看望父母了！"说罢，喜极泪下。

　　觉民道："路虽是通，但俟斋友人书中说，兵戈崎岖，甚是难走哩。"

向坚道:"不打紧,只要路通就好。"于是更不顾细问朔来怎的在京大闹,便拉了觉民同访俟斋,一见俟斋友人书信,果然如觉民所语。

俟斋询知向坚由青田寨趱回之故,甚为太息,又询知向坚要去寻亲,因沉吟道:"向坚南去省亲,自是正理,但此时路尚难行,倘有不测,亏伤体肤,反非孝道,不如稍待为妙。"

向坚哪里肯听,正这当儿,忽闻院外远远的一声长啸,十分遒烈。俟斋笑道:"雪庵来咧。他近来无所寄兴,不是学鬼叫,便是抓挠木头片子,可见他一腔至性,没寄顿处。"(至性无过于孝,向坚寻亲,至性得寄顿处矣。推言之,如邓夫人之始终抗志,剑虹娘之克尽妇道,觉民之愤世高隐,朔来之游戏行侠,无非为一腔至性,求一寄顿处而已。至性者,正气也,亦即本书之大旨也。)说着,大家向院内望去,恰值一阵风起,吹得院中两株老槐萧萧飒飒,那空穴受风,呀呀喁喁,一时价如泣如诉。果见院门徐推,先钻进个亮澄澄的秃脑袋,瞅瞅溜溜向院中四下一瞟,忽地探进半身,却咯噔声站住,顷刻又屏息倾耳,将脖儿伸得老长,少时又瞑目点头,凝然不动。

大家见他这副猴相,已然忍笑不禁,便互握手示意,单看他怎的。哪知雪庵木鸡似的呆在那里,直待至风声稍息,方悄手蹑脚地如小偷儿一般,蹭至院左边那株偃蹇支离的老槐下。忽然仰天一笑,手舞足蹈,不容分说,向那槐便是一个大揖,接着衲袖一晃,便要就树根跌坐下来。大家见此光景,再也忍不得,不由哄然大笑。俟斋跑去,方要拖他进来,只见雪庵大跳道:"可惜,可惜!你这莽汉无端闯来,却误了俺天大的事!少迟片刻,俺已尽得微妙了,如今稍纵已逝,哪里再寻这片天籁去!"

向坚等听了,直然地不解所谓,但见俟斋已然将雪庵捉摄入室,向坚忙迎去,长揖厮见。哪知雪庵理也不理,一径地扑嗒声坐下,闭目凝息,动也不动,张得向坚等十分好笑。妙在俟斋就如晓得他的意思一般,反向向坚等摇手止笑。

须臾雪庵猛跃起来,大笑道:"得之矣!"俟斋也笑道:"你为那涧泉鸣的琴曲,到虞山(在常熟县)桃源涧坐了三昼夜。如今两株老槐、一阵长风,却助成了你那山木吟的琴曲。只是这写风景的曲操还可以偶触景况,一旦顿悟其妙,若讲到写性情的琴曲上,如猗兰操,霖雨崩山之曲,若一旦能悟会出忠臣孝子那番心意,只怕就不能旦夕遇之了。"

向坚等听了,方晓得他两人对钻牛犄角,在那里畅谈琴理哩。于是大家欢笑一阵。雪庵问知向坚转回之故,只气得乱骂黄萧,又问知向坚要去寻亲,便拍手道:"妙,妙!这是天大的事,为何还踌躇不决?依我说,你早就该去。"呆了半晌,猛地站起道,"我要去咧!再耽搁一会儿,方才俺悟得的真正山木吟就许忘掉咧!"于是衲袖一晃,竟自飘然而去。

这里俟斋又和向坚细谈回云南近状,也便别过。从此向坚克日赴滇,一面价整理行装,一面安置家事,并嘱托家中老仆照应门户。觉民帮同忙碌,自不消说,然而他却抽空价仍然漫游。

苏州人士得知黄向坚竟要去万里寻亲,也有说他是呆子的,也有说他是孝子的,登时哄得各处皆知。寻常亲友你来我往地纷纷动问,都来说些不相干、没要紧的话,闹得向坚正不耐烦。不想当地的游侠朋友也都来纷纷饯送,竟闹得向坚每逢出入,大家便指指点点。更讨人嫌的还有班缙绅先生,你也作一首歪诗,我也弄一篇鸟序,标题上竟大书"送黄孝子赴滇寻亲",都把来送与向坚。百忙中就有一班常办善举、从中吃成头的朋友,竟倡议撒捐启,募巨金,馈赠向坚。

向坚见如此闹法,不如给他个三十六计,走着为上,便忙忙谢绝众人,克日起程。那临行头一天,那徐高士挈樽携榼,邀了雪庵、觉民,同饯向坚于落叶庵中。

俟斋是长袍博带,古貌古心;雪庵是破衲芒鞋,怪模怪样。衬着觉民的丰姿潇洒,向坚的神形肃穆,那一番油然如慕、愀然如叹的光景,好不令人望而起敬,张得许多观者便如披览一幅古画图一般。

好在落叶庵本没墙垣,四外都是乱林荒冢,天空景物一览可收,四人就庵堂中铺下草席,相与坐下来。俟斋叹道:"黄兄此去无异登仙,将来奉父母安返乡间,闭门养志,总算是家事粗了,但是国事将奈何呢?"

大家听了,都各太息。觉民笑道:"天得一以清,地得一以宁,天清地宁,都赖这个'一'做种子。这个'一',不但道家有之,那儒家所谓'止于至善',就是这个'一'字了。咱大家但期忠孝一生心,留得这种子,国事虽坏,想还可为哩。"

雪庵猛地拍膝道:"着哇!我和尚这点儿种子,早就鼓鼓的咧,只是百忙里没处去下种哩!"俟斋大笑道:"那不打紧,只需与你拉个师姑来就成功。"雪庵合掌道:"阿弥陀佛,你念了两句死书,便来侮佛,就该一棒打煞。"于是大家拊掌一笑,即便酬酢起来。

这时荒荒落日已向西矬,那一痕淡淡的残阳斜挂林表,偏搭着晚风倏起，吹得庵外丛薄浅草纷纷披拂。四人对着这片景物，不由顿起残山剩水之感。那向坚思亲已久，一时想到到云南拜亲膝下的光景，也不知是悲是喜，但见他蔼如愀如，竟如孩童般孜孜傻笑。

俟斋因顾觉民道："安兄何不舞回剑，以壮向坚的行色呢？"觉民方在一笑，忽见雪庵目注向坚，半晌神定，猛然掷杯跳起，向向坚纳头便拜。慌得向坚挪避不迭之间，雪庵却拍手道："成连先生！成连先生！"说罢，由案头上取过他那柄百衲古琴，登时正襟危坐，就席上弹起那霖雨崩山之曲，便如见昔贤曾子遇雨泰山下那番孺慕的光景。

这时满堂中便觉有一种至和之气氤氲洋溢，大家都听得形神俱寂。少时，雪庵弹到深微婉转处，向坚不由凄然涕下。须臾弹毕，那雪庵还危坐了一会儿，方才复其故态。于是俟斋笑道："不想今天向坚又作成这和尚一支琴曲儿。"当时大家欢饮，直至日色将暮方才各散。

不提次日觉民等临歧送别，自有一番黯然光景。且说向坚行縢草履，负了行装，佩了短剑，又提了一柄长把雨盖当作杆棒，便踽踽然离却苏城，直奔官道。

时当十月之末，天寒晷短，向坚趱路心急，只一日光景，已趱出百数十里，起初还不觉怎的，及至从嘉兴抵杭州，这日竟趱了二百来里路。到得店内一觉酣眠，次日却不好了，两足底上都起细泡，用手搔搔，十分痛痒。须臾白浆沾渍，试为着地，竟自挣扎不得。

还亏得店翁识窍，便笑道："客官，你这不消说是心急赶路，一下子把脚走攒咧。须知出门上长路是着急不得的，总要不慌不忙，便如没事价游山玩水一般。一来心下闲适，便不觉劳苦；二来筋骨精神，发出来的是柔和长劲头儿，方才可以致远不疲。俗语说得好，走路是不怕慢就怕站，天下事欲速则不达，就是这个道理了。"说着，与向坚打了两剂药，命他早晚熏洗脚泡，饶是如此，还耽搁了四五日方才步履如常。但是这四五日中，向坚倒得抽暇游览杭州之胜，吊射潮之遗墟，观西湖之胜概。只是兵灾之余，湖山黯淡，不但名园大墅处处鞠为茂草，都做满兵游牧之场，更使人心折骨惊的，便是杭州地面因鲁王以海逃败以后，新设有满人的驻防将军，满市上健儿把臂，带刀横目。那各处商店一半价萧条闭户自不必说，便是酒楼茶肆正当坐客如云的当儿，只要一见个秃襟窄袖的角色，众客们登时便属皇姑鱼的，一个个溜边跑掉。

一日傍晚，向坚趱近一所袜店门前。距那店还有数十步远，只见店门首一阵喧哗，呼的声拥聚了许多人，接着便闻"打打打"喊成一片。这里向坚方略驻步，早见一群无赖尽力子一声喝彩，嘻嘻哈哈，由店门人丛中直撞过来。一个个短衣紧瓣，勒臂挽袖，其中还有破衣破裤，花子一般的，但是烂草鞋内都穿双簇新的漂布细袜，其余之人各挟着成搭的细袜。

又有一个兔耳鹰腮的少年，右手挟着一搭细袜，左手却套着一只尖瘦瘦的女人袜儿，不住地嗅向鼻头。一面向众无赖挤眉弄眼，一面笑道："今天错非这个当儿，就凭咱们这穿草鞋的脚，哪里摸袜子去呀！如今闲话少说，活该俺婆子也要扎括脚儿咧！"一人笑道："呸，不害臊！那双女袜只好装你婆子个脚趾罢了！"

向坚见了，正在莫名其妙，只见两旁店人们都个个变貌变色，直待众无赖过尽，才悄悄吐舌，向向坚道："你这位客人还不快去？如今满兵们又在搅扰商店。少时你撞在里面，误吃顿拳头，岂非白挨吗？"向坚就店人一问所以，方知满兵扰店，视同等闲，偶触其怒，不但店主被殴得往往半死，便是店中货物也便任意掠夺。每值满兵搅闹，必有当地无赖去趁火烧鱼，所以方才这群无赖十分得意，都趁闹中抢取袜子哩。

当时向坚怒道："满兵骄横如此，难道本地官府便不管吗？"店人冷笑道："你好糊涂，这不是人家的天下吗？谁叫人家胳膊壮拳头粗呢？这就是人家发横的道理。"向坚听了越发大怒，正这当儿，只见袜店门前业已闹得锅滚豆烂。众人围噪之中，遥见门前那面两丈多高的木招牌忽地摇摇晃动，下面众人呼啦一闪之间，便闻咔嚓一声响亮，接着众人鼓掌喝彩。

就这声里，众人便如波分浪裂，那面木招牌也便如社火中的大中旙一般，嗖嗖嗖飞舞起来。向坚忙跑去一瞧，不由越怒。只见一个黑粗傻大的满兵，腰里掖着明晃晃的大攮子，两手执定木招牌，正在耍得起劲。一瞧那夹招牌的石础上，还有拔折断的木头斜茬儿。另有五六个满兵一面搥打店主，一面大包价提出袜货。

正这当儿，又有一个麻脸满兵笑嘻嘻提了一个大花包袱从内跑出，方跑至柜台边，后面却有个老太婆和一个气急败坏的媳妇子随后赶来。那老太婆一把揪住满兵的辫子，便嚷道："你们这群强盗，也太煞得不像话咧！那包袱内并非袜货，都是俺婆媳的鞋鞋脚脚。你们老爷们当时当道，武将加封，抢俺女人家背人的物价，不嫌晦气吗！"说着，一个虎势，便去夺那包袱。

恰好那满兵大怒之下，回身推搡，手儿一松，哗啦声袱开物落。这里向坚眼光一眩，早见那媳妇红着脸儿就地下抢拾不迭。原来花花绿绿的一大堆，除褪旧小鞋子之外，便是一叠叠的月布。当时店外还有许多当地无赖，正在拍手大笑之间，不想那老太婆情急之下，连哭带嚷，不容分说，一头撞向满兵。

说也凑巧，恰好那满兵向旁一闪，懒龙似大辫一甩，正绕在老太婆脖儿梗上。这一来，老太婆大得其手，便双手捉住那辫，登时来了个背老羊的架势，拉得那满兵扬着脸子山嚷怪叫，跄跄跄倒退数步，连忙捉紧辫根，尽力一翻身。这一来，却噗的声将老太婆牵跌于地。其余满兵喝一声，正要赶去攒打，那麻脸满兵已大怒道："好你这老太婆子，竟敢撒泼！今天太爷偏要玩玩你们这背人的物儿！"说着轻轻一脚踹向蹲地的媳妇子，那媳妇啊呀一声，往后便倒。尖翘翘双脚一扬之间，早被那满兵捉住一只脚。顷刻间脱下鞋儿还不算，可巧那媳妇穿的是撒脚裤，这一来金莲高耸，玉股双分，那大宽的裤管唰一声往下一落，恨不得直到腿叉，登时现出两条白生生的小腿儿。

可笑那满兵趁势握住人一只新剥角黍似的脚儿，正望着那舞招牌的满兵哈哈大笑，只听店家外暴雷似一声喊道："呔！你们这班人好生无理，怎的无端硬来取俺先订的货物呢？"声尽处，由人丛闯进一人，不容分说，健臂一撑，先将那舞招牌的满兵推了个后坐儿，啪嚓一下子，招牌倒地。

众满兵一望，不由大怒，便登时揎拳勒袖，一窝蜂似拥将上来。正是：

谁假天骄虐中土，且从劫后慨残黎。

欲知后事如何，且听下回分解。

第十七回

逞强梁兵丁闹袜店
示暇逸主客接清谈

且说众满兵正在任意胡闹，忽见闯进个黑凛凛的汉子，虽是寻常行客打扮，却生得剑眉虎目，顾盼间十分精神。但见他推跌自己的人，即便卓立门首，于是众满兵大怒，拥上道："你这呆鸟可要作死？哪里这么巧，这些袜货便是你先订的？不给你个厉害，长个脑袋的人便来挡横儿，还了得吗？"

正说着，那老太婆倒也机灵，便一面扶起那光了一只脚的媳妇，一面嚷道："不错的，你们这班人快别抓瞎咧！这真是人家这位爷台先订的货哩！"

众满兵听了，越发大怒，齐望那汉子哈一声，方要摆拳，只见那汉子微微冷笑道："你们这干狗仗人势的东西，既当驻防兵，原应该保护地面，却如何欺压平民，搅闹商店？俺今有好话，也犯不着向你们狗也似的人说！你既讲打，咱就打个样儿瞧瞧！"说着，唰一声一甩长袍，就势一绞，却笑向众观者道："你们哪位劳驾，给俺看守这袍儿？"

众观者一听，哪里敢作声，那汉子大笑道："诸位既不肯劳驾，没别的，俺须自己搁置妥当！"说着，趋就石础，置袍于地，倏地咯巴巴骨节作响，一振两膀，健腕一翻，早已用双手抓住那夹招牌的石础。

要说这石础，长可四尺，宽可二尺，中间只有薄薄的扁槽儿，为夹立招牌之用，埋在地中的还有尺半长短，这物件少说着也有七八百斤。当时众观者见那汉子抓住石础，正在一愣，只见他矬身近步，运足气力，先是向外一推，础根下浮土立时松动，然后左摆右晃，偌大的石础竟自东倒西歪。

说时迟，那时快，众观者相顾失色之间，只见那汉子喝声"起"，唰啦一声，础已离地，下面是轻轻一脚，踶入长袍，从容容当即压牢。然后霍地转身，向众满兵大笑道："诸位你既讲打，咱就打个样儿如何？"

这一来不但众满兵都如木鸡，便连众观者也都相顾失色。正这当儿，那舞招牌的满兵一面盘辫，一面提鞋，既已乱得不可开交，还一面拍胸大跳，向那麻脸满兵道："麻老哥，你瞧着咱们哥儿们见过这个，咱今天叫这怯牛子给唬住，便不用在这塌塌儿（满语谓地处也）混咧！麻老哥，你接着我的，今天让兄弟抓个摔脆，不给他个厉害，他也不晓得咱营圈儿里的把式多么霸道！"一面说，一面价逡巡倒退，那条大辫只管滑脱之间，业已距那汉子十来步远，然而他那一张嘴却始终是越说越勇。

众观者只当他是拓开拳场，定有一场恶打。哪知他猛一回身，拔脚便跑，兀自乱噪道："麻老哥，你先替兄弟上一场，等我再约两位人来，咱非毁掉这牛子不可！"

这一来不打紧，众满兵喊一声，如飞各窜。可笑那麻脸兵已然吓昏，百忙中手中还撂了人家一只小鞋儿，又模模糊糊地反向袜店内钻，却被那老太婆劈手夺下。于是众观者拊掌大笑，无不称快。再瞧那大汉时，已轻轻地由础下取了长衫，却被店主拖入店内，连连致谢。至于这大汉是哪个，也就不消作者来点明了。

不提众观者纷纷各散，且说向坚被那店主邀入客室，彼此价见礼落座，各询姓氏。那店主问知向坚是远道寻亲，好生起敬，因叹道："客官此行，却是不易。休说是兵荒马乱，道路多阻，您但瞧这各处的满兵，不处处里足为商旅之害吗？方才这番扰扰，若不亏客官，小老儿这爿店面一定是顷刻土平咧！"向坚道："他们究竟是因何起衅呢？"

店主道："咳！客官你不晓得，这驻防满兵岂同小可，从老根上说，这设立驻防之意，不就是怕汉人不服，从事镇压吗？你想这班满兵焉能不横行无忌呢？他们哪有道理可讲，瞧你不顺眼，便来寻你晦气。今天早晨，有个人来买袜子，挑了半天眼，看过一大堆，末后你说稀奇不稀奇，他愣要买一只儿。咱那时要知他是个满兵，不怕白送他一双呢，也就没事咧，偏巧俺那时没在柜上。俺那老伴儿晓得什么，她未免心下长气，一阵抢风，将袜货收起来，又随口嘟念了两句。这一来，哪知登时撩了马蜂窝，不大的工夫，那人便领了这班凶神来。愣说他们营坊里订了俺几百双袜子，订钱早交咧，马上就取袜子。俺听了略为沉吟，他们便登时打骂齐上，乱抢横夺，就是这般苦楚。"

向坚听了，方要答语，只听那老太婆在内院中喊道："媳妇呀，你爽利些收拾鞋脚，快把茶食盒摆好吧，俺这里茶都泡上咧！"向坚料是主人要敬客，连忙谦逊。店主道："不怕客官儿见笑，小店中生意清淡，没得帮伙，只她婆媳二人，方才又收拾店门抛的货物，所以泡个茶就这等慢腾腾的。"向坚听了，方想告辞，哪知脚底上刨泡方愈，经方才拔础努力，又自有些痛痒起来，因姑且歇坐，随口道："满兵们凶横如此，难道地方官便装聋作哑吗？"

店主道："地方官有甚法儿？如满兵与商民殴哄到官，他们本管满员照例地和地方官会审，你想地方官谁肯开罪满员，给商民出气呢？满人们虽是骄纵，那性儿却是直爽，其中也未尝没好人，不过因官中骄纵他，所以日益凶横起来。如今这舞招牌的绰号儿'黑煞神'，在营坊中还是个骁骑校的职分，只仗有把子浑气力，便往往打街骂坊地胡闹。还有一个绰号儿'恶老狗'，那小子更没人样，吃赌局，包窑子，打降诈财，真是全挂子武艺。搅当铺，当死孩子，抢二婚，将人家光溜溜地背了便跑，甚而至于裸体骂街，开山挂彩，简直一言难尽。再等而下之，还有偷鸡摸狗的，越发地离奇难说咧！"

向坚笑道："像满兵们都有很富裕的甲粮，按时关发，稳稳坐着吃太平粮。他们自夸为铁杆庄稼，与国同休，怎这当儿便有穷得偷摸的呢？"店主笑道："唯其自恃有铁杆庄稼，所以才奢侈性成，一事不能，一业不作，只张了乖乖（俗谓口也），等人去喂。并且他们自有一种习气，只讲究吃喝玩乐，摆排吹嘹，总须显出他们是贵族神气。不怕在家没得饭吃，一到外边，总须嚼槟榔，含豆蔻，外带着闹壶酽茶，显着是刷刷肚内的饱腻哩。你想那有限的甲粮如何够他挥霍？"向坚听了，不由且笑且叹，因道："可惜咱民人的膏血，却白白养活这班人们。"

店主道："俺听人家先生们讲说起来，说是清帝入关之后，本想将满洲兵士别作安插。一半儿回东三省屯田，渐次价改兵为屯；一半儿淘汰老弱，凡出军伍者，都许其各谋生计，自习艺业，本没有用甲粮坐养他们的制度。其时汉大臣中有个范文程，以为如此非优厚从龙战士之意，于是由他上奏敷陈，方才定此制度。从此咱汉人们黑汗白流挣出来的钱粮，却白白养活若干发横的大爷。像范公此举，也有说是诌媚满人的，也有说是范公别具深心，暗含着给满人种下慢毒，豢养得他们无学无艺，一无所能。久而久之，必至于种族日弱，归根儿还当为咱汉人所制哩。"

向坚听了，点头一笑，正要起身别过店主，恰好那媳妇端进茶点，业已另换了一双鸦青色小鞋儿。望见向坚，不由脸儿微红，便搭趁着给向坚斟了一杯茶，又道个万福道："方才若非你老……"向坚不待辞毕，便站起道："娘子不须客气，快请忙碌去吧。"正说着，那老太婆也自趱来，满口里道谢不迭，并噪道："您瞧方才那群挨千刀的不吓煞人吗？像俺这老婆子，你捶打推搡已然不像话，怎还愣摺住俺媳妇的脚剥鞋子呢！"一句话不打紧，闹得那媳妇飞红了脸，连忙趋出。

　　不提这里老太婆一面胡噪，一面流星赶月似的与向坚布过茶点。且说那媳妇趱回店主室内，又摒挡些活计。少坐歇息，只管觉得小肚儿下说不出来的不舒适，坐也不好，立也不好，就榻上略为歪歪，越发觉得不得劲儿，一阵腿酸肚胀，并且觉着不便所在热辣辣、潮渍渍的，不由暗诧道："那会子那麻厮虽曾拉把俺，却不曾没人样，这是怎么了呢？"略一沉吟，不由好笑，也顾不得旋奔茅厕，便向外瞅瞅，直奔榻脚儿。

　　原来她自店中没作闹时业已内急，及至闹毕，又忙碌着收拾货物，摒挡一切，所以竟自忘掉。当时那媳妇既醒过腔来，顷刻觉一股温泉就要迸流。于是急不暇择，就榻脚下掏出一个面盆，方褪下裤儿蹲向面盆之间，忽听二门外哗哗哗一阵声响，那媳妇略一倾耳，不由呐喊站起，登时闹得淋淋浪浪。正是：

　　　　淅淅暖谷流方畅，汩汩惊涛响又来。

　　欲知后事如何，且听下回分解。

第十八回

傻二领苦力养亲
德阿普刀圭赠客

且说那媳妇倾耳一听，料是公公在二门外方便，百忙中虽要站起，无奈那开闸之水已有些收拾不住，只下体一松之间，哗的声已是半小盆儿。正在着急，却闻公公履声走动，竟似乎跫入二门。这一来那媳妇慌了手脚，也不顾掇开盆儿，提了裤子站起便跑。闹得腿夹内淋淋浪浪，那余势收拾不迭，还只管浸淫而出。亏得正房后离茅厕不远，当时她三脚两步抢入去，更不暇去坐恭凳，一扭脸儿，脱出雪白的臀儿，正在略为掀纵，欲蹲未蹲，忽觉后尻上毛茸茸地刷了一下。那媳妇以为是恭凳上的破蒲垫茬儿挨了屁股，因当儿刻不容缓，不暇回顾。方才向下一蹲，恰好那毛物件又是一刷，这次却不好了，直觉着似乎人的头顶。于是站起来回身一瞧，不由吓得失声大叫。

原来那恭凳后面正有个长发四披鬼怪似的脑袋时探时缩，那毛茸茸的东西就是他的头发。当时店主闻闹，以为满兵又来搅乱，便拉向坚飞步赶来。方穿过正室，向坚一眼便望见那媳妇两手提裤，正在厕外瑟瑟地抖，一张脸儿业已通红，望见店主等只管向厕内努嘴儿，却言语不得。

这一来向坚大怒，以为定是满兵不定又来闹出什么把戏，方和店主抢到厕外。只听里面哗的一声，登时跑出个细高条子穷汉。生得尖头袅项，削颊缩腮，晃晃荡荡，便如纸扎人儿一般。瞧那光景，不过二十多岁。满脸上灰尘狼藉，戗起毛刷子似的一头短发，后拖小辫，赛如曲蟮，穿一身蓝布破衣裤，胸腰间却鼓蓬蓬的。

一见向坚等，瞅个冷子向外便跑，却并没惶恐之色，反向店主龇牙一笑道："今天咱们爹病咧，他老人家想口鲜笋肉丝汤吃。不瞒你老说，咱们爹既想吃，只得从你后园中掘些笋儿，俺方想拿笋向李屠户家换肉去，不想俺们营坊中那干宝贝前来搅闹。"说着，索性站住，向向坚道，"你想俺这穷样儿，若被他们张见，准要打个臭死，因为俺给营坊中塌台，所以俺悄悄地藏了一霎儿。如今没别的，咱们再见吧，等咱爹病好了，或是咱的甲粮发下来，咱哥儿们再闹一壶（谓酒也）吧。"说着，丢秀秀一扭身段，向向坚等左右开弓便是两个单腿儿安，一面哈着腰儿，就想转身趄去。

这一来向坚且诧且笑，方要向前拦他，只见店主攒着眉道："领大哥，咱们今天是这么办，俺不敢说是拦你掘笋，但是你怀中鼓蓬蓬的都是笋吗？"穷汉道："你瞧，这要含糊了还算朋友吗？"说着，由怀中掏出一串毛笋，尚挂泥土，果然是新掘的。

店主恐其中还有藏掖，一只只用手检查毕，倒闹了两手湿泥，于是拱手道："就是吧，我的领大哥，你快请着吧。"穷汉夷然道："俺也是没法儿，谁让咱爹生病呢，俺这就寻李屠户去。"说着，提起毛笋，便从园后门从容而去。

向坚见状，十分诧异，因见店主呼穷汉为领大哥，必系认识之人，急欲听其缘故，便信步跟店主趄入正室。这时那媳妇和老太婆正在室内说笑方才的光景，那店主不待向坚来问，便拍手道："你瞧他们满营坊中真是什么人物都有。此人名为傻二领，在营坊中还吃着一份甲粮，无奈他老子不成材，吃喝玩乐，越来越穷，如今就靠儿子度命。这傻二领专以是偷摸园圃，凡百菜蔬，时新的没上市，他那里先自叫卖起来。他又天生的两条快腿、一条亮嗓，不怕一只南瓜、两把辣椒，他老远地喊将来，一转眼便是半趟长街。当他偷摸或被人捉住捶打，他绝不讨饶，只咧开大嘴喊咱们爹，就像他老子是个公共物儿一般。

"久而久之，也便没人理他，就有人和他开玩笑，戏呼为'孝子傻二领'，他公然居之不疑，越发得意。偶逢岁时令节，他便趄向各家敲门打户，自称孝子傻二领前来叩喜，不把与他几文钱，他算是不去定咧。你瞧方才他又来作闹。"

向坚道："如此说，此人孝心倒有可取，比方才那班满兵就强得多了。"店翁笑道："您真是实心眼儿。依我看，他是拿他老子做幌子，胡混罢了。他孝与不孝，哪里有考究去呀？"说着一捻须，却闹了一嘴巴滋泥，于是趋就面盆，即便洗手。慌得那媳妇道："哟！那面水不中用咧！"

店主道："这温和水滑溜溜的，怎的不中用呢？你们小人儿就知泼撒水子,你可知这点子水儿经多少周转,方才温和得叫人舒服,怎的不中用呢?这比你婆婆夜来温的水强得多了。"说着,索性掬起盆水,洗起脸来。

那媳妇红着脸儿,一掩小嘴,方要跑出,只见店主呸呸地唾了两口,却向老太婆道:"这准是你干的营生,以懒就懒,不知向面盆里洗什么物件,不然好端端的面水怎会有些葱胡子味儿呢?"老太婆一怔道:"你没得说,你不说是你嘴中臭气喷得水变味道,却来怨我!"老两口儿这一讲究水的味道不打紧,却将那媳妇子笑得前仰后合,赶忙一扭头跑将出去,于是向坚也便趁势告辞。

不提老两口儿一直地送出店门,还只管称谢不迭,且说向坚出得店门,又趱过一条长街,忽得一空阔所在。只见四外价林木萧疏,中夹着不少的绿萼短梅,披离掩映,始作蓓蕾,已饶寒艳。向前一望,百余步外却是一片砥平的空场儿,场尽处照壁巍然,十分气概,却从壁后隐隐现出一片高耸房舍,并有一面大旗,飘现于房舍之前老高的斗竿上。向坚一路瞻望,不知是什么所在,便信步儿由空场转过照壁,抬头一望,不由恍然,只见照壁后却是大大的一片营房,大门首八字排墙,俨如衙署的规模。四条朱标告谕赫然在望,是"营防重地,禁止喧哗。如敢故违,定惩不贷",但是气派儿虽然十足,却有不伦不类。

正当门首却挂了几十只鸟笼儿,什么画眉咧、白翎咧,八哥咧,甚而至于麻雀、树喳(山雀名),一概都有。那上马石上正有两个老兵相与闲坐。一个是白胖子,那一个生得干筋瘦骨,大眼珠儿,正在那里端相一个琥珀烟壶儿,连连点头,嘴里却衔一根短竹烟管,抽得烟锅儿热气腾腾,吱吱山响。

胖子道:"喂,老倭呀,你瞧昨儿晚上旋当了您侄儿媳妇一件蓝布衫,买了二百钱豆糕、一百钱白糖,我这么一冲,这么一喝,您说怎么着哪?索(即甚为之意)不甜!"(以上须以京语顿挫摇曳读之,方得神理。)

那瘦子听了,只管颠那手中的烟壶儿,却不答语。胖子又笑道:"倭老哥,过两天咱就该关饷咧。五柳居隔壁新开了一所京作的羊肉馆,好体面的馅儿饼,外挂着红焖黄牛肉。咱哥儿俩瞅个冷子去闹两壶关东老白干,你道好吗?"瘦子听了,依然不语,却颠弄着烟壶,举向日影,歪着一颗脑袋,一面价点头咂嘴。

那胖子又笑道:"得咧,你不要害怕破钞,明儿是我的请儿如何?"那瘦子听了,这才用一手由嘴中拔出烟筒,却如鸭子屙屎一般,先由牙缝中

404

渍出一口臭唾，然后笑道："不是的呀。这两天我应酬多，吃得人腻脂脂的，咱倒是到五柳居尝尝醋熘鱼吧。"胖子笑道："由你，由你。但是你瞧这琥珀烟壶怎么样呢？够得上'轻润空亮'四字格吗？"瘦子点头道："也还可以，但是这种红绿石货毕竟是太火气，不雅致，您瞧我这倭瓜壶儿如何？"说着，递过那琥珀壶，却由缺襟得胜马褂下掏出个不及寸长的烟壶儿，其色沉绿，挂着丝丝的黑纹，制作朴雅，果然可爱。喜得那胖子一把夺过，只管反复赏鉴，却笑道："好俊样物儿！这路货说是如今已经断了庄咧，你从哪里得的？"

瘦子扑哧一笑道："你且别充董（与'懂'同音）二姥姥，你估估这壶儿，值多少呢？"胖子正色道："这等古玩似稀罕物，少说着百十两银子能到手，就是便宜货。"瘦子大笑道："傻哥哥！若用这么些银子，我房后篱笆上多种些倭瓜秧，不发了财吗？我这物儿是一钱不费，你瞧多么便宜着。"

胖子笑道："如此说来，你是炸的瑞老二的酱（俗谓巧取曰炸酱）咧！不错的，瑞老二很有两个可以的壶儿，我记得他有个茶叶末色的老瓷壶儿，也委实好的！"

瘦子笑道："你别瞎说咧，等我教给你个乖吧。要玩这壶儿，却须破费些功夫，便是拣那将罢园的倭瓜纽儿（纽儿者，似干不干，如桃奴也），连蒂摘落，用文武手劲儿将它搓捻得内瓤溃烂，渐次价悉化为水。然后从蒂间开盖，将瓤水倾净，即便阴干起来，待至那空瓜坚如木石，就算成功。"

胖子欣然道："如此说很容易，费不了什么功夫。等明年秋后，我一定捏几个玩玩。"瘦子吐舌道："啊呀，我的老哥，你说得倒妙相，抄起来就捏几个。你准能从百十个倭瓜中捏出一个？就算你手儿妙相，捏这物儿，总须连外皮儿都软得面剂似的，方能随心所欲，捏作壶儿形。手上功夫、软硬火候一差些，便整个地烂掉咧！我这个壶儿，也是从十来个倭瓜中方闹了一个。若说起捏这物儿，真拿得人性儿火冒钻天，但是成了功，叫人瞧着也真是个乐子哩！"

胖子听了，越发赏鉴那壶儿，啧啧不已。两人这一阵高谈阔论，向坚听了，简直地一字不懂，正想信步蹓去，只见那瘦子笑道："这倭瓜壶儿就有一宗好处，盛起烟来，分外地滋润有趣，你不信，闻闻便知。"胖子听了，真个由壶中倾出少许烟来，抽的一家伙，便是一鼻子。正在瞑目晃脑，细品风味，忽然啊嚏连连，涕泪交下，却一面噪道："好霸道家伙！这准是两对两的西洋酸（鼻烟名）吧？"招得瘦子大笑道："不瞒你说，这两日我委实手头素，没买烟去。今天早晨，我把您弟媳妇抽的关东老烟梗磨成细末，便装上咧。虽是霸道点儿，倒可以过过足瘾哩。"

向坚听了，颇觉好笑，正要踅去，忽觉脚底下又一阵辣痒痒的，不由暗忖道："俺行路心急，偏偏这脚只管不愈，却也累人。"逡巡间，只见营垣左边有两株老梅，枝柯盘郁，十分奇古，因奔就树根下少坐歇足。正在瞻望那一片营垣颇深感想，只听树前奔马似一阵脚步响，接着有人嘟念道："这块肉真不错，好体面里脊！妈拉巴子李屠户真够朋友，他就知道咱爹好吃个里脊丝儿。"向坚从树后偷张去，却正是那傻二领，一手提筹，一手提了块鲜肉，嘻天哈地地奔将来，还没转眼之间，早嗖嗖地奔过树去。

这里向坚心下一动，连忙尾随其后。只见他一路上手舞足蹈，须臾望见距营垣不远的一所草房儿，他便越发地连蹿带跳，未入篱门，却大叫道："爹呀！咱那小锅儿水开了不曾？您把作料儿整治好了吗？"说着，跑将进去，一阵价说说笑笑，便闻得厨刀响动，并噪道，"你老人家快歇会儿等用汤吧，这里都有我哩！"又闻有老人语音道："你须仔细点儿火候儿，肉丝儿老了，却不中吃。"向坚见此光景，不由暗笑道："怪不得袜店主人说他老子不成材，穷得如此，还要讲讲火候滋味。"思忖间，悄从篱外向内一瞅，只见院中小地灶上业已肉香发越，傻二领正在灶边细切笋片。须臾都放入锅中，忙忙地添了一把紧火，不大的工夫，居然用大碗盛出肉笋汤来，即便狗颠似的送入屋内，便闻他老子道："领儿呀，你忙碌会子，快倒些汤去吃，这馒头你也拿两个去。"

傻二领道："你老快吃吧，别惦着儿子咧，锅中还有的是汤哩。你老不够用，只管言语声，我也要赶热吃去咧。"说着一径踅出，又从锅内盛出一碗汤，放在灶旁食笼内盖好，却从破食厨内摇出许多糊饭锅巴，用灶壶内的滚水泡了便吃。这一来张得向坚顿有所感，逡巡之下，不由暗叹道："看来此人颇尽孝道，虽是满人，却也难得。俺向坚远隔亲居，淹留客途，不知何日才能稍尽孝养哩。"

一时间想得怔怔的，恰好足下又一阵痒辣，向坚身儿略晃，扑嚓声却撞在篱门上。吓得那傻二领略怔之间，这里向坚即便含笑踅入，不容分说，一把拉住二领道："失敬，失敬，原来你却是位孝子，若非俺暗中张见你，就当面错过了。"二领一听，倒登时十分局促，因噪道："你老来得正好，快尝尝这鲜笋肉丝汤吧。"说着，要揭食盒，却被向坚含笑拖住。

　　正这当儿，从屋内趑出个六十多岁的老头，虽是病容寒俭，却颇颇意态文雅，穿一件补缀长袍，十分洁净，乍望去竟不似贫人模样。并且疏眉大目，很有伉爽之概。一见向坚，正在拱手逊客，那二领已指着老头儿向向坚道："这便是咱们爹，你二位且自见个礼儿。"

　　这一来，招得向坚哈哈大笑，便前揖老头儿，一述方才所见并那会子在袜店中的所见一切。慌得老头儿连称惭愧不迭，又谢道："老汉此子倒还知养活于我，皆因邻里街坊们特煞厚道，又搭着可怜我，所以没人肯计较他罢了。尊客竟夸他为孝子，岂非笑谈。"说着，肃客入室。

　　里面是草榻木几，虽四壁空空，却收拾得十分干净，那木几上还有几套古书。向坚略瞅去，却是医书之类，于是宾主落座，互询邦族。向坚方知那老头儿名叫德阿普，中年时光还有个佐领职分，后因酗酒伤人革掉职分，只剩了一份甲粮。家既中落，老伴儿又死掉，所以如今这般光景。那德阿普谈吐之下，委实不俗，又熟谙满洲的事故，想他当年定是个漂亮人物。

　　须臾德阿普询知向坚的行踪，好生起敬。正这当儿，只听院中二领叫道："你老人家且自陪客谈天儿，俺要卖笋去咧！"向坚向外一瞧，不由好笑。正是：

　　　　菽水养亲方落落，刀圭赠客又匆匆。

　　欲知后事如何，且听下回分解。

第十九回

满兵肆扰剿玉山
向坚山村逢浣妇

且说向坚见那傻二领背了那串余笋，匆匆价径出篱门。转瞬之间，已听他一路叫卖，迤逦渐远，不由笑顾德阿普，一述二领蹲藏茅厕的样儿，彼此价相与一笑。

德阿普因叹道："您瞧满洲人这当儿为势方盛，业已笑话百出，将来运气一败，还不知是何光景。"向坚听了，颇觉傻二领父子在满人中很有道理，又见那四壁萧然的光景，不由心下恻然。因怀中带有三二两碎银，方想把出持赠，哪知脚底下又一阵微痛，接着便转了脚筋，这股子劲儿真比什么都难过。

诸公若有转过脚筋的，当能知其滋味。当时向坚臀儿略欠，腰儿略哈，一只腿儿向外略撇，满脸上挂着笑容儿，却又须龇牙咧嘴，顷刻间动也不敢动。少时竟呼吸急促，脑门上汗珠淫淫，闹得个德阿普十分惊诧，忙道："黄爷您这是怎样咧？且歪倒歇一霎吧。"

向坚听了，连连摇手，好容易筋方转过，复其常态，因一说脚底创泡之故。德阿普拊掌道："黄爷有些贵症，何不早说？倒吓了我一跳。"说着起身，由木几抽屉中拣出一包药面，递与向坚道："此名'脚疾百治散'，用温水调敷，系几种草药所配合，专治脚泡、脚湿等症，其效如神。黄爷敷上此药，安稳稳睡一觉，马上就好咧。"向坚接了，连忙称谢，因顾几上医书道："原来你先生还通医道。"

德阿普笑道："俺哪里通什么医道，不过因俺贫窭以来，多逢厌贱，昔日同辈都不来搭理我。我钻在这草窝中没得消遣，便弄几本医书闲玩破闷，随便价记些成方，配些草药罢了。"说着，又从抽屉内拿了一两个药包与向坚瞧，一个是"避瘴丸"，一个是"去毒散邪丹"，上面注着凡蛇咬行距兽伤，祟侵失神，一概都治。

向坚见了，方在仔细审视，德阿普却道："这两样药您也带去。此去南游，正是瘴疠最胜、蛇虎出没之地，此等药物倒也不可不备。"于是向坚致谢，并前药都揣起来，随手把出那包碎银，即便相赠。德阿普哪里肯受，向坚道："俺非敢以此酬赠药之惠，实因令郎孝思可念，些许微赠，不过略表寸心之爱罢了。"德阿普听了，这才称谢收起。

不提他殷勤送客，且掩篱门，且说向坚一径地踅回客寓，业已日色平西。须臾用过晚饭，只觉脚底越发痛痒，情知是今天奔走游逛之故。待至天晚，便老早地准备歇息，命店人掇来温水，将脚洗净，如法将那百治散敷向脚底，才一着脚，便觉清爽异常。于是沉沉一梦，好不安适。

次日醒来，居然如常，喜得向坚忙将余药珍重收起，结束已毕，开过店账，即便匆匆登程。这次却优游前进，一路上深感德阿普之惠。便渡过那钱塘大江，历严州，经衢州，折入广信之玉山。恰值山中村民有所集会，三不知被当地驻兵查知，愣说其中有遗民健者商量举事，便火杂杂入山剿捕，各山口断绝行人。向坚没法儿，只得就山下且觅宿处，偏偏那山下村儿只得数户人家。向坚望门借宿，走过两家儿，人家见他雄赳赳地佩着短剑，口音又异，都推辞没得闲屋。

那西下的残阳业已渐渐晚将下来，向坚徘徊一会儿，只得踅向村头小溪边，掬饮了两口水，姑且歇坐。这时溪边磐石上正有两个娘儿相与浣衣，每人跟前都已洗出一大提篮。一个有三十多岁，生得伶眉俐眼，高颧骨，两片子薄嘴，鸡精似的；那一个只有二十来岁，生得圆脸盘儿，白白细细，意态间带些憨状，正勒出两只又白又胖的胳膊，大把价搓揉湿衣，咕唧唧地响成一片。

那大些的妇人便笑道："你这蹄子，怪不得你婆婆常嘟囔你干什么没正形儿，你瞧你咕唧的，像什么呀？"小些的妇人笑唾道："你就会浪怙悷，像什么呢？就像弄你那……"忽一眼望见向坚，不由笑得前仰后合，一举衣杵，却咍的声略碰额角。大些的妇人忙笑道："该！该！天报咧！谁叫你昨天晚上还推你婆婆个硌碌子呢！"

小些的道："她跌个硌碌子犹算便宜，俺那时气头儿上真想捶她一顿。人家驴子似的挣一天命，饭也熟咧，汤也热咧，敬老佛爷似的端到她跟前。她倒嫌好道歹，又说饭硬，又说那汤没滋搭味，吃俺恶狠狠指戳她的脑门道：'你要当老太太，享福分，快寻你能挣钱的儿子去，却没来由向俺媳妇说！你如今张口待喂，俺做媳妇的凭气力养活你，又没做贼，又没养汉，就算一百个够瞧的！你不吃便罢，等我拿去喂狗！'"

向坚听了，正在好笑，又是慨然，便见那大些的妇人道："说了半天，你昨晚给你婆婆饭吃不曾呢？这若是我，定要饿她个前腔贴后腔，一下子准把她那穷挑眼的毛病治好了。逢当婆婆的老物儿，都是得一步进一步，你若不给她个牙爪瞧瞧，她就能给你个'侉车子不倒——只管推'，竟是些鸡蛋里找骨头的事由儿。及至嘣一头撞到南墙上，她也就立刻拿出笑容儿来，向着你谈笑咧。俺家里那老物就是这样，俺做媳妇多年，有什么不晓得，如今却好，早就叫俺变着法儿治过来咧。如今见了我，没说强说，没笑强笑，就像个汤勤儿似的，我还不待价理她哩。"

向坚听了，正在暗笑这两个泼悍货不孝婆婆，无独有偶，只见那小些妇人笑道："你这蹄子倒会摆布人。真也是呀，逢当婆婆的，再不可惯着她。虽如此说，也是你当家的好性儿，所以才由你施为。像俺那天杀的可不成功，俺若当他的面待他娘不周到，他也不哼不哈，也不打你，也不骂你，就是夜晚来睡在一头，任你怎样地着老辈子急，他就是淹搭搭地不来理你。这个软刑法，倒比什么都难受。"

大些的妇人笑唾道："呸！不害臊，你还是不会拿筋儿。那男人们那股子劲儿犯上来，总比咱女人家要紧，你只消熬一霎儿，不用你去寻他，他就会来寻你咧。若熬着再不成功，还有法儿哩，俺且教你个乖。有一天，俺那天杀的也是嗔俺摆擅了他娘，到晚上气得呼呼的，上榻去脱衣便睡。俺问他饿，也不搭腔；俺问他渴，只眨眨眼。俺心里有个老主意，索性地不去理他，及至俺也脱光，钻入被，熄了灯，他却呼一声翻身朝里。俺当时暗笑之下，静待了一个更次，他居然不来理会。"

这时，那小些的妇人衣也忘搓，只挓挲着两只胳膊，不错眼珠地瞅定人家，憨态可掬。大些的妇人接说道："你说那时俺怎么着？俺倾耳听听他的呼吸，知他是勉强装睡，俺便只作一伸腿，却将脚儿搭在他腿腕上，趁势向前一蹭，俺的小肚儿方挨他屁股，他却猛一回身，尽力子将俺一推。虽是如此，俺却偏不恼他，只略一歪身，彼此便安静下来。谁知还没一顿饭时，俺略拳腿儿，只用脚尖向他那要紧所在勾了两下。说句不怕你见笑的话，他那没人样的猴形儿就说不得咧。从此，俺就当面摔扯他娘，他还笑面虎似的哩。"说着，抿嘴一笑，甚是得意。

小些的妇人笑道："还是你拉的劲儿长，俺却不成功。俺又是个嘴似刀子、心似豆腐的性儿，就见不得人哭天抹泪。便像昨晚，俺婆婆只跌一小跤，她就挤起猴儿屎（谓哭也）来咧。俺一见，心里又受不得，不但与她重新做饭，又巴巴地向隔壁借了些荤腥儿来填操她哩。"

大些的妇人冷笑道："若是我，可没那大工夫，她嫌饭不济，就饿着她。真个的呀，你如今傻忙一天，回家去还念经拜佛吗？"

向坚听了，几乎失笑。便见那小些的妇人正色道："不瞒你说，俺无论怎样忙碌，总要念两遍观世音经，给菩萨奶奶磕个头儿。俺不修今生还修来世哩。"正说着，那大些的妇人一回头，却笑道："俺婆婆提衣篮来咧，咱们过几天再见吧。"说着，收衣站起。向坚望去，果见个老太婆踅将来，用手中拐杖穿起衣篮，和那大些的妇人一前一后昇起来。方要走，小些的妇人却吵道："你们从俺门首经过，唤俺婆婆快来，她就像个死木头疙瘩，真个没有的。"

大些的妇人笑道："就是吧。你明天到张大姊家道恼儿（即吊唁之意）去不呢？"小些的妇人一撇嘴儿道："俺可是闲得没干，她不过死掉一个爹，算甚鸟事！"

这时向坚半晌价一旁倾耳，真是闻所未闻，倒觉着甚是有趣。又见那小些的妇人喜眉笑眼，便似个憨嬉的孩子一般，不像那大些的面挂泼悍之气，不由暗想道："此妇意态不像是没天性的，不孝如此，想是没听过人的教训。"沉吟间忽见天色将暮，正想站起再觅宿处，只见那妇人站起来，一面价收拾衣篮，一面价向村路上张望，并自语道："这个老货儿，准是又在家挺尸哩，连衣篮都不帮我来提，少时咱们再见！"说着，将衣篮收拾停当，尽力子提离地，只挣了三两步，却累得脚下一蹶，几乎人篮都倒。

原来那篮儿既是头号荆篮，又满满地装了湿衣，所以十分沉重。当时那妇人气得蹾下衣篮，没作理会处，忽望见向坚负装踅近，便笑道："哟！你这位行路客人且慢走两步，给俺看一霎篮儿好吗？等俺去唤俺婆婆来抬篮儿！"

向坚笑道："一个篮儿何须如此费事？娘子那里如有宿处，俺想借住一宵，就势与你携了篮儿去，且是便当。"

妇人喜道："好好！你这客人，性儿倒痛快。俺那里有的是宿处，俺那个天杀的也没在家，只有俺和婆婆占着挺宽绰的两大床，哪个床上挤不下你呢。但是俺婆婆夜间好咳嗽，讨厌得很，那么咱俩就挤着睡吧。你若有择席的毛病，睡不着，咱们便拉嗑（即闲谈）儿玩，你道好吗？"说着，竟笑嘻嘻来拖向坚道，"你这长柄伞正好做抬棍，俺在前面与你引道儿，你在后面悠着点儿使劲儿，可不要紧似溜地只管拱送。一来俺脚上有鸡眼，走不快；二来，俺这两天只管想酸物吃，想是肚儿内有作怪的咧！"

向坚听了，忍不住扑哧一笑。妇人一怔道："你笑什么，谁家女人不揣孩子、下孩子呢？"向坚忙道："娘子说得是。你且闪开，这轻松篮儿不须抬的。"说着，单手提起，拔步便走。喜得那妇人一面引路，一面噪道："还是你男人家，不拘干什么，都比俺女人家劲头儿大。怪不得一个大公鸡便咕咕咕地掐把一大群母鸡呢。"说着，梗起脖儿，两只半大脚倒跑得飞快。向坚见状，料她是天真烂漫的一流人，一路上唯有好笑。

须臾趁至村坊中间，便见她直奔一家门儿，啪啪地捶了几下，却回头笑道："你瞧俺家这牢门，大天白日便关得紧紧的。不消说，俺婆婆又挺尸哩，怎么人老了便这么没出息！"说着，恨恨地一咬牙，两只耳环登时乱荡，啪啪啪又是几下。

于是向坚放下篮儿道："想是尊姑忙碌家务，也未可知。"妇人笑道："你倒会俊样着她说，少时你瞧瞧，俺院内柴横草竖，她就会吃饱了蹬臁儿，晓得什么忙碌家务。"向坚笑道："上年纪的人，应当享这份福才是。有你这能干的媳妇，她也是前世修来的呀。"

妇人一听，登时咯咯地笑道："你这等会说话法，倒像她儿子一般，俺那个天杀的也是这样，说话就向着她，但是却不如你说得委婉好听。"向坚暗笑道："有因儿。"便趁势道："娘子要听好听的话，少时消停了，俺就讲给你听。"正说着，却见那门儿通没动静，于是妇人大喊道："娘啊！俺回来咧！难道你死就成了吗？"说着啪啪啪一阵乱捶。

不想里面还是没人搭腔。这一来妇人大怒，登时嫩脸儿气得通红，不容分说，提起半大脚便去乱踹。哪知一下子扛了脚尖儿，只痛得一面咬牙，一面乱喊，并骂道："这个老东西！真要不得咧！"

正这当儿，只听里面急应道："来咧！来咧！"声尽处，门儿一启，闪出来个破衣拉撒的老妈妈。这里向坚料是妇人的婆婆，方要向前施礼，自陈求宿之意，只见那媳妇恶狠狠一指戳向老妈妈的脑门道："难道你才魂归旧壳吗？由人捶破手，喊破嗓，你才慢腾腾地滚出来。看起来俺就欠……"说着一回手，由向坚腰下唰一声拔出短剑，明晃晃白光一闪。那老妈妈啊呀一声，慌忙一躲，顷刻将向坚搂得实胚胚的。正是：

　　憨态未除余美质，会看法语警顽心。

欲知后事如何，且听下回分解。

第二十回

钱招弟憨态留宾
黄向坚奇观出浴

且说那媳妇逗起性儿，举起短剑便奔她婆婆，吓得那老妈妈啊呀一声，趁那躲势，便从向坚背后一把抱住道："了不得咧！你快拦住她！"闹得向坚又惊又笑，一面左右地遮掩老妈妈，一面笑道："娘子快放下剑，那锋快的兵器可不是玩的！"

那媳妇咬着牙道："恨煞人的！你等我割她块肉，出出气再说！"说着一腆肚儿，冷不防向前一闯，恰好向坚也略耸身儿，想去夺她那高举之剑，噗一声碰个正着。可巧向坚腰囊中装着银两、铁镖之类，一下子却碰在她肚儿上。那媳妇哟了一声，当啷啷剑落于地，就势向下一蹲，又是好笑，又是皱眉，待了半晌却跳起来，向向坚腰间便摸道："你这硬邦邦的是什么物儿呀？"吓得向坚连忙后退，趁势拾剑归鞘。

这时那老妈妈业已吓怔在那里，妇人便喝道："俺不看客人在此，就给你两耳光！你还不去快烧汤水，难道都等着我吗？"老妈妈道："俺方才在后院唰唰地净香炉，所以不曾听见你拍门。"妇人道："我的妈，你快干你的去吧！那菩萨奶奶怎不显个灵，叫你早死早托生呢？你还净香炉哩！"老妈妈略瞅向坚，溜边鱼似的向内便跑之间，这里向坚已提起衣篮，跟那妇人逡巡而入。

里面是小小院落，正房三间，倒也干净。那妇人更不客气，直领向坚到自己所住的西间内，忙忙地掌上灯火，接过篮儿，啪嚓声蹾在壁角，却望向坚咪地一笑，道："今天俺活该晦气，那会子在溪边洗衣，只觉腿裆里痒刷刷的，用手一摸，却是个挺硬的盖子虫。如今又因这老物儿撅了脚尖子。"说着，由床下拖出双褪旧鞋，没事人似的。忙忙换毕道："你累了就歪在床上歇息，等我帮那老物儿抓瞎去。"说着，匆匆跑出，便听得后院中婆媳两个一壁价添水折柴，一壁价言三语四。

向坚且不暇细听，便略拂衣尘，且坐歇息。只见室中虽是什物凌杂，但是却也位置妥帖，并且有衾具纺机之类。床上是朴素衾枕，十分洁净，看光景倒是个作家妇人。向坚一面闲瞧，一面估愬妇人待她婆婆的情形，正在心下纳罕，只听她婆媳两个业已吱吱喳喳顶起嘴来。那老妈妈只有气没力地抓个空儿一言半语，但听那妇人一张嘴便似翻花一般，末后却赌气子道："你快到你屋内等着□攘（俗谓吃也）饱，挺你的尸去吧！这里不用你咧！"便闻啪的声一摔饭勺。

老妈妈道："你自家料理，可要小心火烛呀！"妇人道："罢，罢，你快歇着心去吧，这是怎么说呢！"向坚听了，正在暗笑，便闻那老妈妈摸摸索索蹭入东间，却长长地出了一口气。

不多时帘儿一拱，倒将向坚吓了一跳。只见妇人双揎玉臂，端了挺大的大托盘，里面是茶水、汤饭、菜蔬之类，一股脑儿都有，并有热腾腾的白米饭、香喷喷的鲜鱼炙、烂烘烘的大盘煨肉，看光景是特意盛设。

向坚见了，十分不安，忙笑道："娘子为何这般客气？俺打搅贵府已然不安，又劳盛馔，何以克当？"妇人眼儿一愣，却笑道："你老实说话，别向我文绉绉地嚼念。不瞒你说，今天是俺生日，俺自己痛自己，一年到晚地支撑日月，所以弄些酒肉吃吃。方才俺那不开眼的婆婆还啷念费了钱，吃我抢白了她一顿，她才不吱声咧。如今你赶得巧，就吃顿吧。俺哪那么大工夫特特地款待你哩！"说着，将盘中诸物就案上摆设停当。

向坚一瞧，却没得酒，因笑道："如今倒是有肴无酒了。"妇人笑道"哟！真个的哩，方才俺也被俺婆婆吵糊涂咧！"说着由壁橱中取出一瓶酒，寻了杯子，一面斟给向坚，一面笑道，"这瓶酒还是他出门时吃剩的哩！说也作怪，俺有时吃两杯，便觉脸蛋子上热烘烘，不知怎的，不禁不由便想起他来，歪在床上翻来覆去，成夜价睡不安生。就是觉着没着没落，浑身上软洋洋的，眼皮儿也懒抬，胳膊腿也伸伸缩缩没处安顿。更不妙的是心头扑噔，那个所在并且热辣辣、潮渍渍的，总须爬起来吃两口凉茶，方略觉好些。因此这瓶一向置在那里，俺不去吃它。酒这东西真是作怪，不知你们男人们吃了酒，也像俺女人家一样吗？"这时向坚因奔驰燥渴，正大碗价斟茶来吃，一听此话，扑哧声喷了一地。

妇人拍手道："哟哟！不须说咧，你准是吃了酒也像我一般不舒服，就如此，你只吃一杯算数吧。"说着，要拿开酒瓶。向坚忙按住，忍笑道：

"不打紧的,俺们男人家吃了酒是越长精神,越添气力,不会像你的哩。"妇人听了,凝着眼儿略为倾想,忽笑道:"你这话不差,怪不得他在家时吃了酒,也便是另一个样儿哩。"

向坚至此,不敢再笑,便搭讪着回敬妇人一杯。妇人笑道:"哟!俺还吃吗?吃下去不得劲儿,怎么好呢?"说着,端起杯一饮而尽,便道,"你且自家吃喝,俺还须打发俺婆婆塞嚼哩。"说罢,便取了两个空碗,单拣那鱼肉菜蔬精细的拨作一碗,那一碗满盛了白米饭,却笑道,"俺婆婆就像个老小孩,先堵上她的嘴,省得她吱吱喳喳。"向坚故意道:"你既嫌她讨厌,好歹地给她些饭锅巴吃不结了吗?怎还精心加意地伺候她呢?"

妇人听了,忽然咯咯地笑,便道:"你可说吧,俺也不知是怎么股子劲儿。俺若瞧她不顺眼起来,休说是甩拉她,堵搡她,便是牵过她来咬两口的心肠都有。只是一会儿气头过了,俺就是呷口米汤也要想起她来。"

向坚听了,点点头儿,越发知此妇天性不差。正要拿话点醒她的当儿,那妇人业已端起两碗跫入东间,便闻啪的声向案上一蹾,道:"你快赶热填搡吧,俺可没工夫喂你咧!"

这里向坚方自斟了一杯,妇人已慌花似的跑过来,一见向坚还没动箸儿,便笑道:"怎么你还等着俺让吗?"于是侧身坐定,只拣那大块鱼肉流水似布将过来。向坚一面谦逊,一面又回敬一杯,那妇人也不推辞,于是两人杯来盏去,彼此地狼吞虎咽,倒吃得十分痛快。

少时,妇人一根鱼刺嵌入牙缝,歪着头掏了半晌,倒弄得一张小嘴合不拢来。正这当儿,东间内老妈妈却唤道:"媳妇呀,还有鱼汤没有?你再给俺些。"妇人听了,登时如飞跑过去。向坚便闻得噗噗两声,老妈妈颤巍巍地道:"没有便罢,你累了这半晌,又生气怎的?"妇人道:"俺气煞算活该!你真是吃了五谷想六谷,人家客人还没吃完,难道都把来填塞你吗?"

向坚听了,方在停杯倾耳,只见她又已跑回,嘴儿一张,直凑向向坚眼上道:"你瞧瞧,这根浪刺扎得人生痛,你且给俺拔出来再说。"说着一歪脖儿,恰好背了灯亮。向坚方要站起,侧取光势哪知她身儿一扭,不但一下子竟自坐向自己膝头,并且一搭手搂住后背,一歪脸儿直贴到自己嘴唇。慌得向坚略向后仰,趁了光亮,一瞧她雪白碎牙缝中果然有根三棱子鱼脊刺,于是好歹地轻用指甲与她剔出。

那妇人向地下唾了两口,一时间也不下膝头,却噪道:"今天都是俺婆婆妨的,又扎了牙床儿。少时吃饱了困大觉,还不定扎哪里哩!"向坚道:"娘子快自去歇坐,这等坐法,却不雅相!"妇人道:"哟!你们男人家真没法搭理!俺那口子在家时也和你似的,你远了他,他说你不喜欢他,你近了他,他就说你不雅相。莫非你们男人们都有这歪脾气吗?"

向坚听了,只好暗笑,便搭讪着推她就座。须臾彼此价又吃过两杯,那妇人醇酒落肚,登时烘得两片嫩腮上花瓣似的鲜艳,便张家子长、李家子短地乱噪一阵。向坚一来见她憨态可掬,倒颇可下酒,二来也委实没法,不由随口道:"俺真个的还没请教娘子贵姓哩。"妇人道:"俺就姓百家姓上第二个字。"向坚笑道:"如此说,钱娘子青春几何呢?"

妇人笑道:"你那文绉绉的劲儿又来咧,俺索性都说与你吧。俺姓钱,小名儿就叫招弟,但是俺娘家依然是个老绝户。俺今年二十三岁,嫁到这里方两年多。不知怎的,俺两口儿也自知痛着热,却就是至今也没个喜信儿,依我想来,准是俺婆婆妨的哩。"向坚笑道:"岂有此理,子息有早晚罢了,但是你丈夫做何生理呢?性格、容貌和你还般配吗?"妇人听了,登时乐得眉欢眼笑,便道:"提起他,又叫人恼得慌,又叫人痛得慌。他整年在外贩布卖,冷清清地丢下俺还不要紧,只是他轻易不寄钱到家,弄个老不死的娘都靠俺工作养活。可也倒好,把人累得没工夫去思念他,这是他可恼处。

"再说他那可痛处,他一个人儿推了个布车儿,也不管三伏六九,也不管山南海北,风吹日晒,雨里雪里去挣命。夜晚来宿在小店冷炕上,吃股子半生不熟的粗米饭,哪里有人来温煦他个一言半语呢?俺想到这里,心里便似针扎的一般。每逢俺和邻佑老婆们念诵两句,你说那群浪蹄子,她不说俺是痛他,她倒说俺是想他哩!不是俺说句粗话,俺想了他来,难道把他生嚼了当饭吃吗?不过因他弄个老不死的娘,只管累着俺,哪里累得起呢?他的性儿、貌儿也都好的。"

向坚听了,方想趁势进言,恰好妇人业已饭毕起出,又听她和老婆婆吵了两句,似乎是撤出饭具,老妈妈自行安歇。

不多时,妇人又提了滚水来对茶。向坚也自饭毕,便道:"娘子且自歇息,待俺收拾这饭具,与你送入厨下吧。"妇人笑道:"你别蝎蝎螫螫咧,你困了且自歪卧,俺收拾一切罢,还有念经拜佛的功课哩。"说着,将案上所有饭具收入盘中,刚要端起就走,向坚忙道:"娘子且慢,俺和你同此一榻,却不仿佛,怎的俺另寻个宿处才好。"妇人道:"你这可难住俺咧。俺只有这屋子，反正将就一夜的勾当，俺还没觉不仿佛，你怕的是什么呀？"说着，匆匆趄去。

　　向坚没奈何，只得略缓结束，就榻上和衣而卧。这时，窗外忽飒飒地落起细雨，便闻妇人一面在后院中收拾柴草，一面笑道："雨落天留客，你明天还许不能上路哩。你瞧俺婆婆只知闷吃死睡，她就不起来帮我料理。"向坚忙应道："等俺去帮你。"妇人笑道："你快歇着吧。"说话间脚步细碎，似乎是趄入后院厢房。

　　这里向坚对了一盏孤灯，听着潇潇细雨，一时间思潮起落，忽念及觉民等人，又暗叹回黄萧的行径。逡巡之间，又想到自己不久的拜亲膝下之乐，登时觉胸中一团至性达天的乐趣融融然直涌上来。不由暗想这钱氏妇人举动意态间浑然天真，若得人来警悟她，此等人天性既厚，向善最易，顿然地变为孝妇，都未可知。正在想得没头没脑，忽闻清磬一声经声徐作，一阵价曼声悠扬，又似秧歌，又似瞽目女先生哼唧小曲。向坚料是妇人焚诵起来，倾耳之间，略为朦胧。须臾经声既歇，雨声亦止，却闻妇人唧唧哝哝，似乎祷告什么。

　　那厢房本离西间不远，向坚句句听得明白，便闻妇人道："老佛爷，你老人家受人香火，就这么白不拉搭的，难道过意得去吗？俺也不图希你别的，第一桩，保佑俺那口子发财回家，还须叫他又白又胖，俺瞧了才欢喜；第二桩，便是你老人家暗中使些劲儿，叫俺早早地养个玉娃娃似的大小子；那第三桩越发好办，你只叫俺婆婆早死早托生就得咧。你若依我的话，俺是向你晨昏三叩首，早晚一炉香。你若只管没应验，你慢说想俺香花供养你，俺将你卷巴卷巴（菩萨像也），单将你搁在灶眼上，熏得你像灶王奶奶一般！"说着，啪的一声，似乎是放下磐槌，招得向坚暗笑不已。

　　又蒙眬了一会儿，正在微有倦意，只见妇人头绾懒髻，端了热腾腾一盆水趄进，一面置在榻前，剔亮灯火，一面道："你老睡了吗？快起来洗洗脚再睡。"向坚听了，故意价姑且装睡。妇人回头瞅瞅，却笑道："这客人倒不择席，俺巴巴地与他温了水，他却睡咧。这两日俺身上只管紧巴巴地不舒适，且待我洗个澡儿。"说着一蹭身，向坚只当她是掇出盆去洗，哪知她哧一声由案底拖出个矮凳，竟自坐在那里一阵脱衣拉裤，顷刻间赤条精光。向坚从灯影中只见那高鼓鼓的玉乳酥胸，白生生的粉臀雪股，一股脑儿一览无遗。正在诧笑之间，那妇人业已腿儿叉开，掇近水盆，咕咕唧唧搓洗起来，闹得向坚更不敢稍为转动，连呼吸都须仔细。亏得她还是脊背朝榻，向坚正要趁她不见稍为转侧，方慢慢地由侧卧正过身儿，闹了个四脚哈天的架势。不想妇人忽地站起，一转身儿，向坚等闲不曾见过这个阵仗，当时赶忙闭目，便闻她狠狠地又咕唧一阵，接着便摆洗浴巾，掇出浴盆。

向坚趁势方想转动，只听帘儿一响，那妇人又已趔入，窸窣声中似乎是业已登榻，良久良久却没动静。向坚只当她业已就卧，只一偷瞅之间，赶忙又紧闭两目。原来她披着短袄，正箕踞在榻头铺上拭抹那裆中水气，却一面价倾听那一点一滴的雨声，憨憨地若有所思。少时却自语道："你看出门的人都似舍哥儿一般，这等凉天雨夜，俺那口子不知在哪里睡冷床。如今这个，有被也不知盖，仰拉着就困着咧，穿一身皱巴巴的衣裤，如何能解乏呢？待俺悄悄地与他脱光，盖上被是正经。"向坚听了，不由着忙，略一睁目，就见她业已穿上裤儿，一手引被，笑嘻嘻地爬将过来。

这一来，向坚装睡不得，只得呼的一声蹶然坐起。便听妇人哟了一声，碰得一头撞在向坚后胯上。正是：

　　　　欲将正论分明说，偏有闲情次第来。

欲知后事如何，且听下回分解。

第二十一回

谈老佛一言感憨妇
走山径二憾逞奸谋

且说妇人一手引被，刚爬到向坚身边，一长身儿放下被，方要伸手去解衣扣，不想向坚撒睡怔一般猛然坐起，吓得她向下一爬，正撞在向坚后胯。

这里向坚方故作欠伸初醒之状，妇人已爬起来道："你倒吓俺一大跳。你怎的不脱光盖被睡呢？"向坚道："不须咧，俺穿睡惯，娘子请自便吧。"说着盘膝坐好，却引被来盖上。

妇人笑道："你这会子盘腿打坐，不像个老和尚吗？"向坚趁势道："娘子如今说起和尚来，像那和尚是佛家弟子，念经拜佛的还罢了，娘子在家做媳妇，不说是在婆婆跟前尽孝，无端地拜那佛爷做甚？"妇人笑道："你说的好笑，人不敬佛没饭吃，俺怎的不拜佛呢？"向坚道："娘子既敬佛，可知佛在哪里吗？"妇人合掌道："佛在南海灵山，远得很哩。"向坚笑道："那么俺再问你，那佛是只一个佛呢，还是无量数的佛呢？"妇人拍掌道："哎哟，你真会怄人。那佛从古至今，十方世界，只有一个如来佛，难道还家家有一个不成？"

向坚正色道："你说得不对，那佛并不在什么南海灵山，近得很，就在人的家中，并且是家家有一个。你只要认得明白，尽心供养，保管你一生如意。只怕将来你还一定要做佛，有人照样儿来供养你呢。"

妇人听了，睬着眼只管发怔，少时却笑得什么似的道："你敢是没睡醒说梦话吗？若家家都钻出佛来，还要那庙宇做什么呢？"向坚道："娘子你不信，且待俺讲段古事你听。"妇人欣然道："妙，妙，有趣得很，俺就喜欢听古迹儿。俺那口子在家时，俺两人钻在被窝内，有时睡不着，便讲古迹哩。"说着，索性地引过自己的被来，也如向坚似的盘腿坐定，对厮面儿瞧了向坚。

向坚便道："有这么一家子……"妇人笑道："你这哄孩子困的古迹儿俺替你说了吧！底下准是两口子，西锅里贴饼子，东锅里熬鸭子，脚丫子一扎叉，吓煞一家子。（吾乡至今有此谚。）对不对呀？"向坚失笑道："娘子不要打趣，你且听吧。有这么一家子，家中没多人口，只有娘儿两个，并且家宽业大，广有资财。这儿子别无所好，就是好吃斋念经，斋僧修庙，总想诚心感动，和老佛爷见个面儿，他才是甘心。于是东也朝山，西也拜庙，什么南海咧，普陀咧，一切佛迹著名的所在，差不多他都踏遍。自二十岁上拜别他娘，直闹到五十多岁，气力也渐渐地不济咧，家业也渐渐地花光咧，抛下个七十多岁的贫苦老娘在家，他也不管，但是他想见的那位老佛爷始终也没影儿。

"这儿子回得家来，一见那败落光景，涕泪伤心之下，未免心头火起，从此便焚经拆庙，见了和尚非骂则打，一反从前所为。不想这一来却感动了老佛爷，前来点化他。

"一日，这儿子穷无聊赖，正在草堂中和他娘吵了两句嘴，横虎虎似的没好气，只听大门外化斋的木鱼响亮。于是他大怒奔出，抬头一看，便见个慈眉善眼的老和尚正趺坐门首。当时他大喝道：'你这秃厮就赶快去，莫要惹俺性起，捶你一顿！你们释教连老佛爷都是骗人的，何况你这秃厮！'那老和尚合掌道：'居士如此谤佛，岂非罪过，怎见得我佛是骗人呢？'

"那儿子盛气之下，便诉自己一片诚心求佛不见之故。老和尚笑道：'佛就在人心头，并且家家有个老佛在，可惜你舍近求远，自家不认识他罢了。你如不信，从此回头，一直走去，数得五十步，然后再抬头一看，定见我佛了。'那儿子听了哪里肯信，便道：'你这秃厮却会捣鬼，等俺见不着老佛爷再说。'于是真个返身回头，一步步地数到五十步，恰好踅进草堂，还未及抬头寻佛之间，只听他娘和声悦气地道：'儿呀，不要只管在外边寻佛，且随为娘用饭去吧。'那儿子一听，俨如乍闻狮子吼一般，当时抬头，见他娘在草堂上坐定，那一番慈祥气象，不是老佛爷是什么呢？

"从此那儿子恍然大悟，做了一个大大的孝子，寿登百岁，家业又起，并且名传万古。如今娘子怎放着家中活佛不去尽孝，却焚香诵经，拜那画上的佛儿做甚？你想人自孩提以至成人，那父母的罔极深恩只怕比老佛爷还深得多哩。娘子你为人性质深厚，只是不明这点儿道理。如今你快快拿你婆婆当活佛供养，管保你丈夫又白又胖地发财回家，不消一两年，你准还添个玉娃娃似的大小子哩！"

那妇人初听向坚说，本是嬉皮笑脸，后来却渐渐地目定口呆，及至听毕，不由玉项低垂，闭目沉吟，少时却张目点头道："你这番话也有些道理，只是俺不信父母便是佛。"

向坚笑道："娘子你且仔细想想，便能悟会了。如今时光不早，咱也该歇困咧。"于是一引被儿，和衣卧倒，趁势一翻身，转面向壁。却闻妇人嘟念道："好没来由，俺只当是什么新鲜古迹儿哩，原来他却编了这么一大套。"逡巡之间，也似乎就榻头和衣卧倒，却微笑道，"今晚这个闷葫芦打不开，怎的能困觉呢？"向坚听了，只给她个装睡不理，但闻妇人一会儿辗转反侧，一会儿微微太息，静了半晌，忽然嘤嘤地啜泣起来。向坚听了，方暗喜她悟会过来，正想趁势再劝导她一番，哪知她蹶然坐起，即便下榻，跑将出去。

这里向坚翻身坐起，略一倾耳的当儿，早听得那老妈妈在东间失惊道："儿呀，你快些起来！那冰凉的湿地皮冰了你的膝盖不是耍处！你从今要孝顺为娘，是再好没有的，还请的是什么罪呢？但你为何忽然这般光景呢？"便闻妇人低低数语，老妈妈惊道："这位客人好生难得！人家这是借此故事感化于你，难得吾儿言下觉悟，且随为娘安歇，明晨再为致谢人家吧。"向坚听了，心下大悦，又暗叹孝本天性，本是人人都具的，当时歪倒身，这一觉儿好不神清梦稳。

次日起身，方结束罢，便闻妇人至帘外笑语道："客人，你的话端的不虚，俺今便撮得一尊活佛来咧！"说着，帘儿一启，早扶了老妈妈拜倒在地，慌得向坚搀挽不迭，哈哈大笑。

那老妈妈问知向坚行踪，不由越发起敬。正这当儿，妇人拔脚便跑道："娘且与客人准备早饭，俺且将客人这番话告诉李大嫂，叫她快得个家中老佛不好吗？"向坚问其缘故，方知那李大嫂就是她昨天浣衣的女伴，于是欣然道："娘子向善如此之勇，将来定成孝妇，但是俺赶路事忙，就此告辞了。"说着，向她婆媳深深致谢。

不提她婆媳殷勤送客，直望得向坚影儿不见，方才念着佛儿，欣然趑转。且说向坚一番话感化过钱氏，一路上心下畅快，直奔玉山。这时入山剿捕的清兵虽已退去，但是山中沿道上的村落业已抢掠焚毁得不像模样。

向坚问起村人来，方知山中有个浑浑闷闷的落拓秀才，专好咬文嚼字，显弄才情，动不动便是一首歪诗，偶然作了首遣兴诗，中有"欲把心肠洗浊清"之句。过了几天，他又出头聚集村人，商量办什么会事，既商会事，吃喝当先，他便传笺撒简，杀猪牢牛，克期地闹将起来。其实不过是三杯水酒，抹抹油嘴头子，吃打扒（俗谓醵金取利）的局面。哪里晓得左近有个混账地保，往日因借官事入山诈财，山中老哥儿们倔性发作，不但一顿拳头将地保捶了个屁滚尿流，并且牵了他赤膊游街，一条裤子被撕扯得破荷叶一般，那老大的石块只管向尊臀奉敬。

那地保怀恨在心，正找不着邪岔儿来报复，既见秀才如此一闹，他便张大其辞，飞禀官中，便呈上那首遣兴的诗。县官儿不知轻重，飞禀上宪，竟登时发兵捕杀起来。

向坚听了，慨然之下，又深一番异族凌压之感，也没高兴浏览山景，出得玉山，直奔抚州临江，渡过章江，由袁州入长沙之醴陵。小憩一日，便渡湘江，从宝庆以达武冈。只这八九十日之间，饶是向坚如此体格，如此精壮，也闹得面目黧黑，憔悴不堪。原来一路上水陆数易，那触冰雪，冒风雨，阻于崎岖，陷于泥淖，自不消说，更须涉及不测之深溪，越及极天之峻岭，一只手常持雨盖，酸楚不堪，两只脚业已重茧，痛不可忍。亏得有德阿普所赠的妙药时时地敷向脚底，才能强勉支持，又因避免关隘上盘诘之累，每每地取道僻途，只身孤影，或终日不逢一人，以致一飱时也有，枵腹露宿时也有。

每当困惫之极，歇卧道旁，凡问知向坚行踪的人，无不惊叹之下，极力劝阻道："如今云南道路虽说是粗粗可通，却依然兵马塞途，群盗出没，转眼间时交春令，瘴气正盛，豺虎成群，你便是金刚似的汉子，也恐去不得哩！"向坚笑谢道："俺未出门时，早知是如此困难，但俺一念及晤亲日近，便登时精神陡健，今俺身体虽劳苦，心中却舒泰得很哩。"大家听了，相顾价称叹不绝，也有笑他是呆汉的。那向坚却略为歇足，依然前进。

这日由武冈西路行抵靖州地面，正是残年已过，新岁开春，只见那沿道上村庄人家家家爆竹，户户桃符，更有老人辈携了小儿女，穿了簇簇新衣，彼此价拜年嬉游。向坚见状，顿忆自己总角时新岁拜亲之乐，悯悯然行抵一处村墟，依山成聚，颇颇热闹。

那村头上有座很宽敞的社公庙儿，向坚足倦，方就庙台上少为歇坐，只见一个中年妇人手舞足蹈，且笑且唱，风也似跑来。向坚瞧那妇人俏手俐脚，只就是两眼锐直，神色微异，正想起身躲避，那妇人已跑到跟前，不容分说，笑嘻嘻便是一个万福道："你老过年煞好的呀，俺给你拜新年呀！"说着插烛似拜将下去。

向坚大诧，站起来方要回礼，只见妇人背后早赶到三四村人，逢见向坚便摆手道："你这位老客还不闪开她，她有些痰迷症儿哩！"向坚听了，连忙闪身，那妇人嗖一声跳起来便奔社庙。众村人一阵赶到，不暇和向坚说话，也便一拥而入。有的便嚷道："快把她拖转去是正经！"向坚见状，不由信步跟入，抬头一看，越发诧异。只见妇人对厮面儿正冲着社公爷，一壁价连哭带笑，一壁价数数落落，老大的耳光向社公两颊直批，末后竟揪得白胡儿纷纷坠地，并骂道："你这受人香火不保佑人的神道，要你何用！你就还我儿来是正经！"说着，便号啕大哭。于是众人拥上，连推带拉地撮了妇人，竟自出庙。

向坚就一村人问其缘故，方知那妇人姓尹，便是本村人，有个儿子，年方五六岁，因年前祀灶之日自己溜出去买糖瓜儿，竟自不见。尹娘子寻求不得，所以急得发起疯癫。说罢，赶上众村人，也便趁去。

这里向坚起行入村，微觉肚腹空虚，仔细一望，恰值村中集市。一条长街摆满了各种摊贩，随便的食物更多，油炸脍啊，大面饼啊，米粉白粥，以及烧饼猪头肉之类，一概都有。还有席棚地摊儿，里面居然是刀勺乱响，酒炙纷纭。许多的趁墟人攒三聚五地箕踞而坐，你喊来个炸丸子，我喊来个大杂烩，每人跟前一个"黑小子"（砂酒壶也），不时地嘴对嘴咂两口。

原来这山村人们百样俭省，就是口头馋，到了集市上必要大吃二喝的。向坚趁过一段街，只见市上朱橘最多，一颗颗霜红夺目，甚是可爱。向坚正走到一所卖橘的小摊上，只一只小篮儿中有数十头橘，一个贫家童子在那里叫卖。向坚正在口燥，便买吃了两枚，随手儿将皮掷地，那童子赶忙拾起，丢入篮中向坚笑道："你这小哥，倒不作践弃物。"

小童道："俺小本生意，只仗赚几文钱养活老娘。这橘皮另有收买的客人，若积攒多了，敢好也卖几文，给俺娘买两个肉包吃也是好的。"向坚笑道："好好！你这小哥知道孝顺老娘，是再好没有。"说罢，多掏了几十文钱把与小童。方要趁去，只见一个三十多岁的壮汉，生得歪眉邪眼，满脸儿横丝儿肉，手提一大篮朱橘，气吼吼地趁来，一瞪凶睛，向小童大喝道："你这厮怎不睁眼睛，难道不晓得这摊场是老子占就的吗？"小童道："噫，奇哩！大家地，大家占，凡事有个先来后到，怎便是你占就的呢?"壮汉怒道:"好嘛,你这厮还敢分说!"说着,嗖的一脚,登时将小童篮儿踹翻。

向坚见了,好生不平,正要向前与他两人排解,只见小童嘴儿一撇,一面哭骂,一面去拾橘子。那壮汉越发大怒,置下篮儿,方捻起油钵似的大拳头,这里向坚忙拱手趋上道:"朋友,你这就不是咧,有话好生讲,何必动粗呢?况且你这么大个的汉子,欺凌孩子家,未免也不够瞧的。这么宽摊场,你二人搭个伙计,都在此叫卖,岂不甚好?"

那壮汉一瞧向坚是个寻常外路客,便冷笑道:"你休管闲事!这泼皮孩子可恶得……"说着一举拳头,却被向坚一把托住手腕,因托劲稍重,登时将那汉掀了个仰八叉,招得街上人正在哈哈一笑,那壮汉早如飞跳起,破口大骂,百忙中拳脚齐上。这一来向坚亦怒,只用右臂略为挥霍,那壮汉早已跌跌滚滚,须臾爬起来,恶狠狠乱骂着提篮跑去。

便有人对向坚道:"你这位客人也就早些去吧。这个汉子不知是哪里来的地痞,每逢到集市,不断地酗酒寻事,也没得一定的生意,不像什么好人。你一个外路客,须防他约人寻你的晦气哩!"

向坚听了,付之一笑,便趑就一处食摊上稍用食物,即便起行。须臾转入山径,那道路十分崎岖,四外望望,许多的蚰蜒岔路。向坚驻步,正在略为徘徊,只见从背后趑过一个挑担的小贩,向坚道:"借问老兄,从此赴靖州走哪条岔路呢?"小贩更不瞅向坚,便笑道:"巧咧,俺正向州城去贩货,咱们一道走吧。"说着,转向一条曲径。向坚哪知就里,便贸贸然跟他趑去。不多时,趑过一条平冈儿,从草树丛杂中却现出孤零零数间草房儿。那门首正有个愁眉不展的妇人和一个哭天抹泪的孩子,相与坐在门槛上,唧唧哝哝地讲话。

孩子道:"大婶呀,他说给俺找娘去,怎么只管娘不来呢?俺家就姓尹,难道他到村中找不着门儿吗?"妇人叹道:"你这孩子好没记性,为你说姓尹,吃了他多少打,等见了你娘再说姓尹,还不迟哩。"

向坚听了,忽想起那会子在来途村中社公庙所见之事,正要趋去问问那孩子,便见那小贩回头一笑,却溜溜瞅瞅地说出一片话来。正是:

方在山村逢地痞,又从歧路遇奸人。

欲知后事如何,且听下回分解。

第二十二回

壮士戏贼显内功
逸客读书觇雪夜

且说那小贩望见草房儿，忽回头向向坚道："这所在有俺个同贩的伙计，咱且到他家歇歇腿儿，寻杯水吃，俺本约会他同赴州城哩。"

向坚正想起社庙中所见之事，便欣然跟去。那妇人望见小贩，越发地苦得脸子待滴水，便携了那孩子逡巡趑入，却又回头望望向坚，微叹一口气。这时小贩已和向坚趑到门首，便唤道："张大嫂哇，快些烧壶热水，俺吃了还同张大哥进城去哩。"

那妇人听了，也不搭腔，一径地趑入里院。这里向坚方暗怪主人待客冷落，那小贩已在前引路，进得大门，直入前室。里面除草榻、木几之外，别无所有。于是小贩放下挑担，便让向坚落座，又笑道："咱索性自在歇一霎儿，你老兄何妨放下行装等物，就榻上歪歪呢？"说着，一径入内，少时却匆匆出来道，"俺伙计张大哥却向邻村借挑担去咧。等俺寻去，寻他来咱就上路。少时张大嫂送出水来，您只管先吃，不要客气。"说着，瞟了向坚一眼，即便趑去。

这里向坚静坐半晌，颇颇焦躁，正想拼着冒昧唤那妇人，问问那孩子的来历，以释心下疑团。恰好那妇人提了一壶热水送来，向坚赶忙站起道："有劳娘子。"那妇人见向坚雄赳赳地佩着短剑，便搭讪着斟了一杯水，置在几上，一面目视短剑道："客官行路佩剑，想是武功了得吗？"向坚惶然道："好叫娘子见笑，俺虽习武功，哪里敢说了得，但是若遇着十来个蟊贼子，大约还不够俺一顿料理的哩！"

那妇人听了，登时愁眉立展，面带喜色，重新地端相向坚半晌，及问知向坚的行踪，不由越发大悦。正含睇沉吟、欲语未语的当儿，不想向坚一伸手儿便去端那杯水，慌得妇人赶行两步，啪的一掌，杯碎水流。这一来向坚大诧,方怔怔地立向几旁,但见妇人两行痛泪直滚下来,便哽咽着如此这般,一述所以。

向坚一听,登时剑眉剔起,少时却欣然道:"合该这两贼晦气。娘子但入内,不必惊恐,等俺料理毕两贼再讲。"妇人听了,连忙闪入内院,却一面回头道:"客官仔细,这两个贼徒从先本是惯盗出身,须防他手脚了得。"向坚听了,哈哈一笑,因诚心要戏耍两贼,便一径地登榻侧卧,又将短剑解下来压在身底,一手掩额,似乎是昏晕光景。

正这当儿,早闻大门外隐隐履声,接着又喊喳两句,这里向坚从指缝瞅去,便见小贩和那卖橘的壮汉悄手蹑脚,一径地掀帘而入。每人手中提了一把短刀,一见向坚光景,登时乐得乱跳。

小贩拍手道:"怎么样,你瞧俺这条妙计不含糊吧?依了你在途中做手脚,就凭咱们这两块料,打得过他吗?"说着,一摆短刀,直奔向坚。好向坚,并不慌忙,方潜气内转,暗做准备,只见那壮汉拖住小贩道:"慢着,他既受了蒙药,还怕他跑上天去不成?少时咱两人抬起他掼向深涧,一来省得屋中血迹肮脏,二来咱给他个全尸,多少也积点儿阴功。"

向坚暗笑道:"好小子!少刻俺就叫你阴功现报哩!"便见小贩等都置下刀,那壮汉便去提了行装颠了颠,喜形于色,向小贩道:"论理说,咱今天分这彩兴,你老兄定计有功,须多分些,但是俺那桩张口货(指被拐的孩子)至今还未出脱,倒闹得俺手头儿紧紧的。没别的,你老兄抱点儿委屈,咱们就三一三十一,老老实实地平分吧。"

小贩笑道:"你好不开眼,咱们老哥儿们还分什么?你都拿去。你只叫俺大嫂脱得光光的,洗得滑溜溜,陪俺睡一觉儿就得咧。"壮汉吐舌道:"哟,你可别找没意思。她虽是勉强从我,但是每逢她想起家来,便哭天抹泪哩。"小贩耸肩道:"你是没本事叫她喜欢罢了。你瞧着,俺和她睡一觉,保管她就嘻开嘴合不拢来咧。"说着,和壮汉趋就草榻。

那壮汉不容分说,先去抽向坚的短剑,不想那剑竟自纹丝不动,招得小贩失笑道:"张大哥,你可怎么好?连这点儿劲儿都没得,怪不得俺大嫂哭天抹泪哩。"说着,跑向前,推开壮汉,作势便抽。这里向坚只悄悄地略一沉气,那柄剑哪里动得分毫。

好笑这两个浑蛋怯贼,见此光景居然不悟。小贩便噪道:"这牛子好重身骨,但是咱们也真发呆,咱先抬起他来,那剑还用抽吗?"壮汉赞道:"真有你的,你心眼真来得快,怪不得你能出妙计哩。"向坚偷瞅两贼浑到如此地步，又气又笑，便见壮汉道："且待我搊起他上身儿，你下面抬他的腿。"说着，竟来搊向坚肩头，忽然失惊道，"这小子莫非死就成吗，怎这等硬邦邦地死沉呢？"于是尽力向上一扛。

向坚趁势合着眼儿随手仰卧，一运内功，登时将壮汉下面的一只手压在背底，只这么全力一注之间，那壮汉一只手便如压上块千斤铁板。可巧手下面正垫在剑鞘上，这一来两下加工，壮汉那只手骨节欲碎，痛彻心髓，便一面价尽力拔手，一面价杀猪似的乱叫起来。

那小贩不知就里，便骂道："你真是死废物，扛个人都不成功！"说着一跃登榻，顷刻来了个骑马式，跨在向坚身上，一伸两手，便去撮向坚肩头。他本想撮起向坚上身，先叫壮汉拔出手来。哪知手未伸到，忽见向坚张目一笑，只猛地双腿一蜷，尽力子用膝盖向他裆中一触。这一来不打紧，不但小贩大叫一声，一个筋斗翻栽下榻，顷刻了账，便连那壮汉也登时手腕压脱，虽趁势一下拔出，啊呀一声，也便昏去。原来向坚暗用了全力的内功，那膝盖便如铁铸，你想小贩的肾囊如何当得。当时向坚一跃下榻，先将壮汉捆缚停当，然后从里院唤出那妇人。那妇人见此光景，战兢之下，唯有叩头不迭。

原来那壮汉姓张，和那扮小贩的从先本是滚了马的伙盗，近来却捎带着劫拐人口。那妇人也是壮汉从左近村中劫拐来的，去年腊月底，又诱拐了尹姓孩子，一向价还没暇卖出，因为尹姓村人们寻搜繁急之故。这日那壮汉以卖橘为名，原是到尹姓村中探探动静，既被向坚折辱之后，他便寻那小贩，想在途劫杀向坚。小贩却与他出计策，引向坚到此，嘱咐妇人将蒙药下在热水中，待向坚昏倒，他们好杀个妥当。哪里晓得那妇人见向坚雄伟不凡，料能收拾两贼，竟自泄其奸计呢！

当时向坚忙道："娘子不必如此，你家既距此不远，俺便送你归去，就势约得村人来，送贼赴官吧。"正说着，壮汉已苏，见此光景，只好乱眙两眼。于是那妇人匆匆进内，唤出那尹姓孩子。这里向坚也便负起行装，佩了短剑，方要举步之间，不想那孩子奔过去，啪啪地照着壮汉脸上便是两脚，并骂道："你每日诳俺寻娘去，如今俺自家会寻去咧！"

不提那壮汉长叹一声，自知晦气，且说向坚跟了那妇人出得草房，一径地偏东南趱去，只过得两处村落，早望见前面现出很气概的一片镇聚。妇人遥指道："客官请看，俺家下便在那镇上。"向坚道："那贼徒住处既距此不甚远，娘子为何不潜逃回家呢？"妇人听了，不由羞惭满面，却泪下道："俺若拼得一死，便再远些也敢潜逃，如今真是愧对家人了。"

向坚听了，好生自悔出言冒昧，暗想道："死之一字，谈何容易？便看而今鼎革之交，有多少须眉男子，还一个个悚于虏威，败节辱身，何况她一个荏弱妇人呢？"逡巡之间，行抵镇聚，那妇人抬头一望，且悲且喜，引向坚方入村坊，早有一群村人望见，便登时惊唤道："某娘子吗？你家中因你不见，简直都闹塌天唎！"说着，呼一声都围上来。

这时妇人呜咽声、村人乱噪声，百忙中尹姓孩子吃了一惊，咧着嘴怪哭声，直闹了个锅滚豆烂。向坚插不下嘴，索性地趋就道旁人家的门石上姑且歇坐。正这当儿，妇人已止住呜咽，详述一切。众村人初闻是咬牙切齿，继而是失惊打怪，所有目光齐集向坚。及至听毕，早呼啦一声，竟将向坚困在中心，乱噪道："壮士！壮士！"

噪声未已，其中有两少年掉臂而前，不容分说，向向坚纳头便拜道："咱今遇着这等好朋友，还不该都来先磕个头儿，只管乱噪的什么！"众村人听了，一声喝彩，顷刻间环跪于地，许多的头竟自起落上下起来。慌得向坚一面价乱挽众人，一面笑道："些许小事，不算什么。如今那位娘子业已还村，诸位也尽知底细，便请偕同贵村的地保去提取贼徒，送案到官。俺黄某赶路事忙，不便耽搁了。"说着一拱手儿，就要拔步。

众人忙道："岂有此理，俺们虽不敢因报官等事误您行程，但是这一宿东道之谊总须尽的。"正乱着，恰好一人排众而入，众人拍手道："许爷来得正好，你的公事寻来唎！"于是匆匆地向那人一说缘故。

那人听了，忙向向坚长揖道："既如此，您须屈尊一宿，容俺村众稍尽谢意。"因一望天色道，"如今日已西矬，前途也没得近店道哩。"向坚听了，不便再辞。

原来此人姓许，便是本村的地保。当时众村人一半儿拥了那妇人，送她回家，一半儿跟了许地保拥向坚便奔社庙。那社庙却是村众们的一处公所，房屋宽敞，并有个七十多岁的老先生在内教书，凡村中有外来的重客都住在那里。

当时向坚被大家簇拥，直奔社庙，又搭着送那妇人的一帮人沿路一哄，早闹得全镇男女奔走聚观。见了向坚一表堂堂，无不啧啧赞叹。须臾向坚等入庙歇定，自有三两父老和那教书先生款待一切，展询邦族，并询知向坚的行踪，大家越发称叹不已。那妇人的家属前来叩谢，并派人送那尹姓孩子回家，和那许地保自领人去提贼送官，一切之事，这都不必细表。

且说向坚被村众等款留一宿，本想次日登程，哪知一夜里北风怒吼，飘飘地落起大雪，直至午后方才稍息。向坚出庙一望，远近价一片皓白，向坚情知起程不得，只得闷闷踅转。须臾村人父老等次第毕集，谈笑之下，又设盛筵，倒闹得向坚十分不安。不多时，天色将暮，村众各散，那教书先生自去关了庙门，和向坚周旋数语，便就书塾。这里向坚静坐一回，又用了导息内功，心想拂榻就寝，忽闻书声琅琅起于书塾，须臾音调转变，又似梵唱，又似步虚，清朗之中又挂些沉郁苍凉之韵，仔细一听，却是读的楚辞《九歌》。

向坚暗想道："这位教书先生倒也不俗，雪夜读楚辞，颇有些雅人深致。如今国变以来，隐士正多，这位先生也许是愤世嫉俗之士哩。"怙惚间，忽闻书声顿止，便听得庙佣道："先生还用茶水吗？若不用时，小人与黄客人泡上茶水，便去熄灶火咧。"先生道："不用茶咧，我且问你，你父亲的病怎样了呢？"庙佣笑道："真个的哩，俺糊涂得还没向先生说。先生那卦真是灵验极咧！先生说今天该退灾，果然俺爹的病今天就轻减许多，那会子只管嚷饿，竟吃了一大碗粥哩！"先生笑道："卦象如此，本没奇处。你别仗着卦好，你还是少吃些酒，多备甘旨，将养你父亲是正经。"庙佣道："先生说得是，俺今天连俺那只下蛋的老草鸡都给俺爹煮汤用咧！"

向坚听了，越发觉着这先生意趣不俗。正这当儿，庙佣提壶踅入，一面泡茶，一面道："黄爷还没安歇吗？"向坚道："少时就睡。俺且问你，那位教书先生还会占卦吗？他就是本村人吗？"庙佣道："他占卦好不灵验，性儿更和气，见了俺们都有说有笑，却是有些古怪脾气。至今村中人都不晓他姓什么，他自号'草衣'，大家便称他作'草衣先生'。他并不是本地人，还是上年间杭州大乱后（即画江之战），有许多逃离的人撞到这里，其中便有这先生。既到这里，穷困不堪，便在此庙前卖卜糊口。

"他有个同伴的朋友，生得方面大耳，举止言谈间很是不俗。每逢人问起他清兵入杭并鲁王手下一班臣僚逃败的光景，他便眼泪唰唰地落。他只僾在屋内，由这先生去卖卜得钱，好歹度日。有时两人在屋内，唧唧哝哝地或哭或笑，村中人见他两人行踪离奇，便疑惑着是鲁王手下的遗臣。但是这先生还有草衣为号，他那朋友连号儿都不肯向人说。过得个把月，并且踪迹不见，只剩这先生一个人儿，村中人因他卦既灵验，并且文字很

430

好,便与他凑了个学馆儿。今天早晨,俺因俺爹闹病,去问了他一卦,他说病应轻减,如今俺爹果然好多咧。这先生谈说起来很有意思,你老怎不和他谈谈去呢?"说着,泡上茶匆匆自去。

向坚听了,好不诧异,料这先生定是遗民隐士之流,参与"画江之役"的人物,于是整整衣便赴书塾。只见那草衣先生正对着一穗孤灯,危坐观书,着一件深蓝大布袍,秃着头儿,飘萧着几茎白发,意态间很是翛然。

当时宾主厮见,相与落座。先生起拨炉灯,与向坚斟上一杯茶,却笑道:"今寒夜客来,只好茶当酒了。"向坚忙笑谢,举杯饮尽。这时方将草衣仔细一瞧,只见他面目清癯,眉棱深蕴,望而知为是个曾经世变、饱尝忧患的人,因笑道:"先生耄年,还这等勤学,适闻楚辞,真是韵同金石。"草衣笑道:"衰朽之人,哪里还有心情勤学,不过爱其藻旨,借那美人香草聊寄怀抱罢了。人生性情,当有所托,即如灵均之托志于忠,与足下之托志于孝,真可谓寄托得所了。"

向坚一听,不由肃然起敬,因笑道:"先生见示之语颇含深意,但俺久违亲居,哪里敢说托志于孝。方才俺由那庙佣略悉先生梗概,向坚自揣,当非俗士,不知先生肯以姓氏平生见示吗?"

草衣哈哈大笑,少时却慨然道:"俺平生只有愧负君亲,愆尤丛集,不祥姓氏,何必提它?足下已知俺叫草衣,只此两字也就够了。"说着,目注壁上,微微一叹。

向坚随他目光望去,那壁上居然还挂着柄陆离长剑,因笑道:"先生真是文武兼资,这柄长剑想是常用的了。"草衣失笑道:"俺手无缚鸡之力,哪里晓得剑术?人家说得好来,'但识琴中趣,何劳弦上声',俺这长剑也就是这等寄兴。"说着,起身摘剑,扑啦声抽剑出鞘,却是一把儿童玩的木剑。向坚见了,不禁抚掌大笑。正是:

燕筑吴箫同寄兴,何妨木剑气千寻。

欲知后事如何,且听下回分解。

第二十三回

草衣论卦得婚象
少妇乘船遭恶骗

且说向坚见草衣扑啦声抽出木剑，大笑之下便又道："俺颇闻先生寄迹此间系来自杭州变乱之后，那么先生想是张煌言（奉鲁王，以海监国，杭州主持画钱塘江以抗清人者）先生一辈人了。"草衣不待向坚辞毕，便笑道："这定是庙佣饶舌，述及俺的来踪，那过眼前尘何必谈及，咱今夕且谈风月何如？"向坚情知草衣不肯露姓氏，也便不再问，于是两人闲谈一会儿，十分款洽。那草衣殚见洽闻，各种学术甚是阔博，倒闹得向坚有时节不知所对，须臾更及占卜之事。

向坚心有所触，因肃然前请道："俺此行寻亲，道路辽远，又当这等荒乱时光，便请先生为卜此行吉凶何如？"草衣笑道："足下此行，是天性之正，人心之事，据理说，定然大吉，更不必求之于数了。君子论理不论数，足下岂不晓得？"向坚道："虽如此说，还求先生为之指示吉凶，以便趋避，也是人子爱身，不敢毁伤之意。"

草衣起敬道："足下此话，端的不差。既如此，足下安坐，待俺来献薄技。"于是站起身来，由书架上取过一本《周易》，却不用蓍草古法，只用六枚金钱，错综布好，用笔来记了每次的阴阳字幕，一连布了三次，须臾卦成。向坚静坐一旁，但见草衣端相卦象，沉吟点首，一面价口中啧啧，忽又望望向坚，闭目沉吟。这一来，闹得向坚心头十分怙惙，以为是卦象不吉。

正这当儿，忽见草衣双目一张，喜形于色，便拱手道："足下此卦委实可贺，不但安然奉亲而还，并能遂家室之好。不过道途中多经险厄，然而亦能逢凶化吉哩。"向坚笑道："先生所示，必然不错，但是所谓'家室之好'一节，俺想必无其事。如今向坚奔走长途，但求奉父母安返故乡，已是万幸，哪里来的婚姻之事呢?"草衣笑道："卦象如此，人事难测，这只好存而不论了。"向坚听了，也没在意，两人又清谈半晌，方各安歇。

次日，向坚起行，村众毕集，父老等又出银两为谢，向坚哪里肯受。正在推让之间，恰好那妇人家属送到一身棉布衣裤，系妇人亲手赶制，略尽微意。向坚还待推辞，当不得村众等便硬与向坚打入行装。

不提大家殷殷送客，且说向坚一路上怙惙那草衣先生所说卦象，虽有多经险厄之语，然自恃本领，也不为意。这当儿，南省天气虽是温暖，但是雪后晴风十分寒冽，向坚加穿上那妇人所赠的棉衣，不由又申游子之感。当日经过靖州，便取旱路，循沅江而上，行了数日，已到贵州之晃州地面。那贵州自国变以后，累遭兵灾，逐处残破，又因边远省份群盗如麻，向坚一路所经城郭村墟，大半是蒿莽蔽野，往往数十里不见人烟，鸡鸣都绝。虽是新年开始，绝没有春光明媚的风光，向坚触目之处，无非是伤心惨目。

这日跫过洪江驲，取路偏西，却须行百余里的水程。当日向坚落在小店中，一问店翁水路船只，店翁道："俺这里是小河道，没得单载船，只有一种夜行航船揽载搭客，虽是杂乱点儿，倒也便利。今客官来得正好，掌灯时分就可上船。"说着，又笑道，"客官年轻人儿到船上须要老成，不要管闲事，不要贪便宜，因为航船上男女混杂，丢包作圈的坏人们是免不掉的。您既落在俺店中，俺不能不嘱咐一声。"向坚笑道："不劳盼咐，便烦快些与俺来饭，俺用过也好上船咧。"店翁唯唯趑去。

不多时，向坚饭毕，业已将暮的时光，于是向坚开过饭钱，又问明泊船之所，即便匆匆地奔到码头。只见航船内已上灯光，正在人客纷纷，也有占妥舱位高谈大笑的，也有摒挡行李往来乱挤的，其中还夹着个大脚艄婆，一面价指挥众男客，一面价照应女客，只管吱喳。

那艄婆有三十来岁，生得伶伶俐俐，忙碌之间，还和厮熟的客人逗笑儿。这时有个老客人却倚在舱门上，衔了一筒烟，只管瞅艄婆的两只大红鞋的脚。向坚见状，正在好笑，便见老客道："喂！某大嫂哇，你今天穿这红鞋儿，穿得人心头痒刷刷的。如今船内挤嚓嚓，俺正没有舱位，那么今夜俺陪你向后舱睡个体已觉儿吧。"艄婆笑唾道："老王八，你不怕我一下子要了你的命，难道我还怕你那淹搭东西不成？"

众客听了，正在哄然一笑，只见一个斜眉瞪眼的少年，敞披棉袍，歪戴帽子，满脸的轻薄狡猾的样儿，一面目注艄婆哼唧小曲，一面斜刺着靠向船桅，挡得众客人提取行装碍手碍脚，他却纹丝不动。少时，有一女客来提行李，身儿偶然一晃，那少年忙伸手，只借一扶之势，早将人家乳头儿触了一下，亏得那女客只顾忙碌，不曾理会。暗地里却将向坚气得什么似的，正暗想店主之言不虚，这种航船果然混杂得过分，忽闻少年喝道："你这老婆子敢是瞎咧，就踹人这么一脚！"

向坚望去，却是个白发老妈妈子，在那里弯着腰子提行李，脚下一滑，却碍着那少年。向坚暗笑道："这少年好不可恶，倘若方才那女客踹他一脚，他还许喜笑不迭哩。"正这当儿，恰好艄公踅过，少年便道："少时夜饭，你与俺另来些精致食物，你那打发他们吃的东西，俺是吃不下去的。"说着，由腰中掏出个碎银包儿，颠弄道，"俺有的是这物件儿，你且收去，咱们下船时再算。"说着嗖一声抛与艄公。

艄公接了，忙笑道："你老在典当铺里享用惯咧，如何能吃寻常客饭呢。你这趟去讨账准可观吧？"少年一撇嘴儿道："不过一壶子醋钱的勾当，二百银子罢了。"说着摇头晃脑，又哼唧起小曲。

向坚不耐烦瞧他俗态，忙随艄公踅入舱中，去寻宿卧铺。前面两舱虽是宽大，然而人客已满，直踅入第三舱中，里面颇狭窄，只对面两个客铺，一铺上已有卧具，并有个很齐整的大包裹置在那里。向坚知已有客，便就那一铺上置下行装，方才坐定，不想那少年随后踅入，用眼角瞟得自己一眼，却向艄公耸肩道："你瞧，俺带着款子，要占个独舱儿，满想着自在睡一夜，如今说不得，只好睁着眼熬一夜咧！"向坚大怒，方要答话，只听第四舱内有客人唤艄公道："俺家适有要事唤俺回去，俺这就下船，你把这舱门锁上吧。"于是由船尾跳板上一径下船。

这里艄公忙笑向向坚道："你老赶的真俏皮，也闹个宽绰独舱吧。"于是引向坚便入第四舱中。向坚且喜离开俗物，待艄公踅出，随手儿掩上舱门，就灯光下安置好行装。方才坐定少息，又听得那少年怪声妖气地唱起什么"姐在南园拔韭菜"来，闹得向坚又气又笑，只得踅出，向船尾上望望夜景。

这时岸上灯火错落，有许多赶夜船的小贩正在热闹，只见由人丛中转过一个挟小包裹的青年媳妇子。虽是一身素布衣裳，农家打扮，却生得丢丢秀秀，长身段，小脚儿，十分俊俏。随后有个半大孩子，跳钻钻地道："阿姐，你再住家来，把俺姐夫也带来，不好吗？"妇人笑道："傻兄弟，别瞎三话四咧，过些日俺再来瞧你。你也快回去，看黑魆魆的不好走。"

那孩子听了，唱一声跳跃而去。

这里向坚逡巡一回，进舱来方坐定，却听得艄公在第三舱中道："您怎么不可以将就一夜呢？您只当是看顾俺，叫俺多揽个座儿，哪些不好？真个地叫人家大黑夜里白奔来吗？"便又闻少年道："你那算白说，好容易走了一个，又塞上一个，实在讨厌！白奔来，他算活该！"艄公道："得咧，您只当行好吧！这种寒天黑夜，叫人家小男女妇的只管呆等在岸上，什么道理呢？你若一定不搭座，俺向第四舱中通融去。"

向坚听了，正在怯惙，忽闻少年怪笑道："娘儿们客人吗？你有此话，何不早说明，叫人家呆等这半天，真是岂有此理了！俺们经商创业的人是与人方便，开通不过的，这好办的事，快请进来吧。"说着，似乎站起来手舞足蹈，招得向坚暗笑道："这小子真是份贱骨头，不然怎听得是女客，他便登时高兴呢！"思忖之间，已听得那艄公匆匆趱去。

不多时，小脚响动，即有娇滴滴的女客声音道："你老快歇着吧，俺这会子来惊动您，本来就过意不去呢。"便闻少年笑道："娘子，快别客气，俗语云'同船如家人'，你嫌那铺上狭窄，咱便换换座位，都使得。"妇人道："哟，可了不得，俺只一个小包裹，在这铺上就很好哩。"

向坚悄就舱门缝瞅去，只见那女客就是方才在岸的那年轻媳妇，业已和那少年对铺坐定，打开小包裹，舒展卧具，又跷起尖生生的一只脚儿，用簪儿剔那鞋底上的沾泥。那少年嘻开一张嘴，乜起两只眼，忽然稀溜一声，口涎拖下，接着便猫着腰子笑道："娘子，你夜间害冷，只管言语，俺包裹内还有棉衣可以压盖。"即又笑道，"河岸上就是湿泥讨人嫌，好端端的鞋脚都给沾污了。"

妇人听了，抿嘴一笑，慢抬眼皮，只瞟得少年一眼。哈哈，那少年顷刻间那副神情儿可就大咧，一阵价抓耳挠腮，又如狮子蹭痒一般，直不知怎样才好。张得向坚正在好笑，恰好船上传梆用饭。于是向坚趱向食舱，匆匆用毕，及至趱回，却听得那妇人道："这是怎么说呢？却叫您破费饭食，谢谢您，俺吃饱咧。"

少年笑道："娘子总是客气，若这饭不对口味，咱叫船上另来，不费事的。"妇人笑道："哟，可是罪过，不瞒你说，俺们庄户人家，便是大秋里吃犒劳，也没得这等饭食。"说着，脚步转动，似乎是放落窗帘。少年忙道："夜里河风大，俺包裹内有被单儿，你挂在窗上，便严实咧。"说着，窸窣一阵，似寻被单，又闻嘣的一声，似重物声音。少年便道："娘子你瞧，出门人真不易。俺因带这点儿累赘银两，连夜价不敢困觉，如今有娘子同舱，俺可要放心睡咧。"向坚听了，想起那会子他说睁着眼熬一夜的话，不由暗笑得肚痛。

须臾众船客喧谈渐息，鼾声继作。向坚趺坐一回，但听得那少年瞎三话四向妇人只管兜搭，妇人却待理不理，有时哧地一笑。少年又笑道："像娘子这庄户人家，才是修来的哩。不必说安居乐业，多少享受处，便是两口儿一辈子热剌剌地厮并团圆，永不晓得别离滋味，也就快活似神仙了。像俺们这商人，整年价在外奔波，只好睡梦中到家瞧瞧，若和你比较起来，真是'几家夫妇同罗帐，几个飘零在外头'了。"

妇人道："哟！你说得倒好笑，像俺庄户家有什么好处？终年价黑汗白流，土壤刨食吃，一遇旱涝不收成，还免不了扒裤子当袄，虽两口儿厮并着，难道还能当饭吃吗？"

少年忙笑道："娘子真个薄福，只要两口儿亲热，吃饭什么打紧。"妇人接说道："哪里如你们商人，大钱大钞只管往家里挣呢。"少年笑道："这死巴巴的劳什子什么稀罕！娘子，你稀罕这东西，你就拿去。"说着，嘣的声似乎是颠掷银包，滚到铺下。

这里向坚方笑少年炫弄银两，俗不可耐，忽闻妇人啊哟道："你拾银包，怎么向人家脚上摸索呢？"少年悄笑道："娘子莫怪，这铺下黑影中，俺是走了手咧，该打！该打！"说着，脆生生一记小耳光，登时招得妇人咯咯乱笑，接着便舱门闭好，灯光亦熄。向坚倾耳，但闻两人在对面铺上彼此价窸窣卧倒，少年还只管没说强笑，无非是些拿丈母叫大嫂的淡话，直待好久，方才各自安静。向坚听了，以为那少年是个半吊子的俗物，也没在意。自家趺坐功罢，也便和衣卧倒，但觉得船行迅速，并河流汤汤。那艄公艄婆一面价弄篙摇橹，一面价一言半语地偶话家常，柔橹声中，梦魂摇曳，向坚不觉沉沉睡去。

正在酣适之间，忽微闻三舱中脚步作响，须臾竟略闻扯曳并少年喘促之声，接着又闻妇人急颤颤地低唾道："你快放手，什么样儿呢！哟哟，你再掀人腿儿，俺就嚷咧！俺不瞧你是个体面商人，俺就……俺是好人家娘儿……你休……"于是那妇人铺上只管咯吱。少年低语道："快些儿，俺那二百银都把给你咧，你怎么还想不开？咱人不知鬼不觉地乐够了，明天下船，各自东西，有什么害羞的呢？"

这里向坚正在骇笑，便闻妇人咪的一声，顷刻间声息全无，略待了一霎儿,不好了,饶是向坚如此沉静,也自被他两人闹得睡思都无。原来他两人都怕船客们觉察了,虽是哑声儿厮揉,但是越掩抑得凶,那春声偶露,越发使人当不得。直至那少年喘促促回到自铺上,妇人这里窸窣良久,方才一时间耳根清净。向坚知妇人已着人手,不由想起那店翁说这种夜航船十分混杂的话来,正在暗笑那少年和妇人一个慕色,一个贪财,暗地里交易而退,各得其所之间,忽听那妇人铺上又是一阵辗转反侧。正是:

　　好女忽然成荡妇,都缘遭骗遇淫徒。

　　欲知后事如何,且听下回分解。

第二十四回

黄壮士游戏惩淫
杜老者颓唐对客

且说向坚暗笑之下正要睡去，只听那妇人在铺上辗转惹窣，似乎是收拾包裹。少时沉甸甸置向铺头，接着却微微一叹，直待好久，方才安静。向坚暗笑道："好笑这妇人，贪财失身，虽事后愧悔又有何益？然而据此看来，她定是好人家妇女，一时为财所动，虽可笑亦复可叹。只是那少年恃财纵淫，败人名节，真正该死哩！"想到这里，竟闹得自己也辗转起来，少时暗笑道，"好没来由，自家放着觉不睡，却思量没要紧怎的。"逡巡之间，也便入梦。

哪知这一觉直睡到次日巳分时方才醒转，赶忙爬起，结束停当。这时船已泊岸，却是一处小小镇聚，四外价烟村稠密，船客至此，都下船改从旱路。这当儿船客纷纷，还有此地乘回船的新客们，大家正在七上八下地乱成一片。向坚负装佩剑，荷起雨盖，正要下船，只听三舱中那妇人猛地喊道："这不是天日在上，你可要讲天理良心！俺真是偷你吗？"接着啪嚓一声，舱门大启。向坚忙望去，早见那妇人两颊飞红，气得身儿乱颤，一壁价乱跺小脚，一壁价向那少年脸上恶狠狠地唾了两口，双手掩面，登时哽咽起来。她那个小包裹已被少年打开在铺上，里面有齐整整的四大封银两。

这时艄公并船客等闻得喧哄，便攒肩叠背地围将来。少年拍手向艄公道："你瞧，俺运气真背晦，偶然搭个船，就遇着女扒手！俺这趟讨账的二百银，你是知得的。"于是一指妇人道，"这位娘子上船时，只一个屁轻的包裹，也是众目共见的，如今俺这银两愣会到她包裹中，这是怎么档子事呢？"说着，笑瞅妇人，甚是得意。那妇人气极之下，方要张口，忽地泪如雨下，索性地伏身于榻，只管呜咽。

向坚见状，有什么不晓得，情知妇人上了那少年天字第一号的恶当，真是蝎子蛰了□——说不得咧。正在怒视少年，没作理会处，只见少年向众人道："如今大家眼目都在这里，俺的银两包内都有某商号的戳记秤码，难道俺诬赖她不成？"于是打开银包，大家望去，果然不错。

但是众客中也颇有明眼的人，一瞧少年那狡黠面目，再瞧瞧妇人哭泣之状，不由心下了然。有的冷笑躲开，有的便调和事儿，并挂着点透他道："你这人也不可以张口就说人偷窃，这总怪你收银不严，不然怎愣会到人家包裹呢？"

又有的笑道："依我说，也许是你老哥睡愣怔咧，半夜里胡摸混抓，再搭着这位娘子也含糊些，不知怎的阴错阳差，你的东西竟塞向人家那里头。如今一切不必掏捡，你的东西还是硬邦邦好端端的，又没有缺头少脑，掉些渣儿毛儿，倒是人家这位娘子，无端地被你这点儿臭银两闹得哭哭啼啼，直透着有些冤透腔咧！如今谁呆谁乖觉更不必提，原物俱在，你老哥也就收拾下船吧！"

又有的向妇人道："你这位娘子也不必哭咧。以后切记着出门小心自己随身的物儿，岂可轻落人手！"说着便趑进舱，替妇人包好包裹。

那少年还一面收拾，一面自语道："俺不瞧她是个妇人家，便不能如此善罢甘休哩！"向坚听了，虽是气往上撞，无奈一来既插言不得，二来正当忙碌碌大家下船，逡巡之间也便随众而出。登岸后忙觅那少年，业已影儿不见。

向坚一肚子没好气，出得那镇聚，无意中四下一望，却见那少年背了大包裹一路歌呼，直奔那大道旁的一条岔路。这当儿，各道下船客四散，络绎不绝，向坚暗想道："这少年可恶已极，且由他先走去，少时人静了，俺赶去再作道理。"于是索性就道旁一片树林中歇下来，坐了半晌，只见各道上人迹都绝，向坚在一株大树后逡巡站起，方想施展飞行法去赶那少年，忽听林外饮泣有声，便见那妇人云鬟不整，眼含痛泪，挟了小包裹一步一懒地趱来。将近树林，忽望着林左边一带烟村只管发怔，那眼泪唰唰直落，便如断线珍珠一般，几次价想奔那村落，却又趑趄不前。少时，竟木偶似的若有所思。

向坚暗想道："看此妇光景，定是抱惭无地。那片村落或就是她家，一时间无面回去，也未可知。那少年害人至此，真正该死。"正在咕惙，忽见妇人长叹一声，直奔树林，一屁股竟坐在大树根前，先随手掷下包裹，然后便扶头沉思。少时，忽咬咬牙关，一翻手儿自批了两记耳光，接着便呆呆地望那村落，猛可地花容顿变。

树后向坚正在暗道"不好"，早见她趁势跪倒在地，向那村落拜了两拜，不容分说，从包裹上解下那条结束的绳儿，一仰脖儿便去端相树杈。这一来向坚大骇，忙从树后转出道："娘子不必如此，你这件事，俺自有道理！"

那妇人乍见向坚，只吓得倒退两步，及至一瞧是同船隔舱的客人，不由羞得一朵红云飞上两颊。情知自家被骗之事人家业已晓得，于是羞急之下，便掩面大哭道："俺如今遭人欺骗，愧对家人，只好寻个自尽。俺一时为生计所迫，满想落注钱财，少纾困苦，不想白白失身，思量起来，只有一死赎赎罪过罢了！"

向坚慨然道："娘子你终归不知轻重，以致如此。困苦事小，失身事大，这是你不加思量之过。但是那混账少年狡恶之至，如此你既痛自愧悔，俺当助你一臂之力。娘子你就在此少待，俺便去与你索回原银就是！"说着，嗖一声蹿出树林，竟自脚不沾地地如飞而去，闹得那妇人呆了半晌。正在疑疑惑惑，心头乱跳之间，早见向坚笑吟吟如飞转来，一封封由怀中掏出银两，置在地下道："娘子快将去，那厮已被俺处置停当，他是没法来跟寻的。"说着转身出林，竟自直奔大道。

不提这里妇人且惊且喜，急匆匆包了银两，含羞带愧地自返家中。且说那大道旁岔路上，这日日西时分，有两个行路的老头儿行经一片草树跟前，忽见一株树上削去很大的一块树皮，上面有锋刃所划的字迹道：

淫恶狡徒，宜受此报。如欲救之，须令自道。

两人见了正在诧异，忽闻深草间喘息有声，循声搜去，却见一个衣服华丽的少年四马攒蹄价被缚在那里。口中塞着土块，干眨着眼睛，业已气息仅属。身旁丢着一个散乱大包裹，里面是衣服行装，夹七杂八还有些散钞碎银。

两人见此光景，好不诧异。一老便道："此人准是行客被劫，咱就解掉他吧。"一老道："慢着，这其中必有缘故。若只是被劫，岂有包裹钱物还在他身旁之理？那树上字迹儿说他是淫恶狡徒，须令他自道过恶，方许救他。我看此人面目狡猾，也不像个好东西，咱先叫他自道过恶再说。"

于是两人近前，给少年掏出塞物。那少年干呕半晌，方才气转，便道："你二位来得恰好，俺是被强盗打劫，请快些解救俺！"两老者听了，一述树上字迹，少年噪道："岂有此理，那是强人乱道，岂可信他！"

一老道："不然，这其间总有缘故。你若不肯说，俺们便不管咧！"说着，就要趱去。少年眼睛一转，忙笑道："实告诉你二位，俺是被伙伴取笑儿咧。俺这趟由商号回家，顺便儿讨了二百银的柜账。俺有个伙伴，是个谐谑鬼，他住在俺家中，瞧俺媳妇子长得不错。行至此间，俺两个就树下歇息，他谐性发作，便一定叫俺细说俺两口儿被窝里的勾当。你老想，谁白不赤地说那个呢？所以他一下子把俺捆倒，拿了银两去，先去交柜，却写了几句瞎话在树上，无非是取笑的意思。"

一老听了，扑哧一笑，方要去解，那一老道："慢着！你这人言语狡狯，说得全不贴理，岂有同行伙伴如此取笑之理？树上字儿有'淫恶狡徒'字样，你准是做了犯淫缺德的事咧，叫你自述过恶，是警戒你以后学好之意。你若不说，对不住，由你在此受用吧！"说着，哈哈一笑，又要转步。这一来，少年无奈，这才红着脸儿，一述怎的骗淫同船女客，怎的被同船客人追将来夺了银两，捆倒在此。二老者一听，只气得连称该死，又在少年屁股上踹了两脚，这才与他胡乱解开。

不提那少年爬起来收拾包裹鼠窜而去，且说向坚夺取了少年银两，交还妇人，心下甚是畅快。一气儿趱过两日，已是晃州驲的地面，所经险峻之处，有"鬼脸峡""鲇鱼坡""摩云岭""九折坂"等地，举目一望，草树连天，处处是重岩绝涧，水鸣如雷，峰势似剑，更加着岚蒸瘴结，阴翳不开，怪禽鸣于上，骇兽蹲于下。那窄径旁的荒菁和陈年的落叶就有尺许来深，真是说不尽的崎岖险阻，喜得向坚气体壮健，涉险如夷，虽在登降疲劳中，还不住地沿途浏览。

这日趱至双流渡地面，那路径越发荒僻，只见行客们都结对持械，便是野田中许多耕者也都一个个带刀负弩。向坚就人一问询，方知过此一往，便有苗獠杂处，并且猛兽出没，所以都持械自保。向坚听了也不理会，一路上穿林拨草，直至天晚时分，却见前面烟树依微中现出一处小小村落，并隐闻鼓乐之声。

向坚望望天色，阴沉欲雨，忽闻湿云中有异鸟鸣声，音如羯鼓，忽地见个大鸟黑影儿直刷过去。向坚一路上所见怪鸟甚多，当时也不以为意，便一径地奔赴前村。只见街坊宽阔，很有富庶气象，并且各家门首都悬灯挂彩,仿佛有甚喜庆事一般,那鼓乐之声也越发吹打热闹。向坚就村人一问店道,却没得的。一瞧天色业已黑将下来,向坚逡巡之间,暨经一家门首,宅舍宽大,像个大家儿,恰有个老仆人从内暨出,于是向坚拱手道:"小可是远方行客,路过贵府,欲求借住一宿,老人家方便则个。"

那老仆抹抹眼睛,一打量向坚,便叹道:"俺主人最好行方便,只是尊客来得不巧,俺宅上现有些事体忙碌,不知俺主人允宿不哩,俺且去问一声。"说罢匆匆回身,须臾含笑暨出,便邀向坚入内,到前院客室中歇坐下来。向坚就灯下安置好行装,细瞧客室内,虽陈设得不伦不类,却像个庄户财主。正这当儿,忽隐闻内院中一阵妇女悲泣甚是呜咽,向坚暗想道:"怪不得那老仆说宅上有事体,想是烦心勾当,俺无端来此打扰,好生令人不安。"怙惙间,主人暨入,却是个五十多岁慈眉善眼的老头儿,那眉睫间还隐隐挂着泪痕。

当时宾主礼罢,匆匆落座,彼此展询起邦族来,向坚方知那老头儿姓杜,老伴儿袁氏妈妈,夫妇过着这份庄户日子,在村中很算个小康人家。当时向坚致谢过容宿之意,由老仆献上茶来,杜老者没精打采地举茶让客,却只管咳声叹气,向坚说话,他也待理不理。

这一来闹得向坚甚是难受,便笑道:"小可冒昧,无端地打搅尊府,今老丈既不耐烦,小可便当另寻宿处。"杜老惶然道:"黄兄莫怪,老汉只因思量琐事,致忘应对,得罪之至。"说着,面色戚然。

正这当儿,一阵风吹过,从鼓乐声中还夹着内院中哭声隐隐。杜老听了,连连太息,便越发地起坐不安。向坚见了,不由一怔。正是:

  客来不速方投辖,事出无稽又异闻。

欲知后事如何,且听下回分解。

第二十五回

用人血食杜老谈神
吞火踏刀妖巫作祟

且说向坚见杜老形色不安，便从容一问其故，杜老叹道："不瞒黄兄说，敝处有一桩相沿的异俗，历年如是。便是俺村中有一个很有法术的神巫，其人能以画符治病，凡祈祷等事，甚有些小小灵验，于是大家日益尊奉信服起他来。他又能求晴祷雨，令他那所奉的神道赐福一方。起初时也没人深信，后来有个无赖之丐，因吃醉了，在他所奉的神前侮慢。说也奇怪，那无赖噪骂未绝，竟自仆地吐血，顷刻死掉。"向坚听了，微微一笑，杜老道，"从此大家越发信服神巫，便在村中与神巫盖了一处神祠，塑了一个青脸红发、金甲仗剑的狰狞神道。一年四季价香火热闹，不但本村中事奉唯谨，便是左近村庄前来叩祷施舍的也就不在少处。那神巫按四季价聚敛本村，自不消说。只是每年今日，据那神巫说，是神道的圣诞，这日须家家挂彩悬灯，以庆神诞，并准备极丰盛的全牲祭筵供献祠中。当晚二鼓以后，那神巫率诸弟子披发持刀，摇铃击鼓，在祠中祷祝祈福，并献踏刀跳火诸技。诸事已毕，大众退出，那神道方降临享用。但是有一节却不妙，每年除供献盛祭之外，还须用童女一人，以合血食一方之意。"

向坚听了，不由眉头一挑。杜老道："这童女都由神巫先期选定，临用时盛装以待，由会首鼓乐迎入祠中，即便关闭祠门。次日，大家进去一瞧，不但童女没影儿，便是筵具福牲等物也一概没得。据说这被选的童女为神所用，是有很大的福气的，说不定也便为神，因此被选之家都须欢天喜地。"说着落下泪来道，"今天恰是老汉的女儿当选，虽说是喜事，但是一时间骨肉生离，怎的不凄惶呢！如今不久会众鼓乐便到，所以老汉关怀，有失酬酢，还望见恕则个！"

向坚听了，不由哈哈大笑道："竟有如此怪事！那么那神道是何妖物，竟敢血食用人，好生荒唐哪！"

杜老惊道："黄兄谨言，得罪神道，不是耍处。据神巫说，这神道名为'九头大王'，便是一只千年的九头怪鸟得道成神。俺贵州地面，深山大泽中本有此种怪鸟，每逢阴雨天黑，它便飞翔空际，那形状好不凶怪怕人，八翼九头，还夹着个滴血的血脖子。人家老辈人谈起来，说是此鸟当初原是十个头，比那如来佛头上的大鹏金翅鸟还厉害十倍，因为和二郎爷斗法，却被二郎爷冷不防撒出那哮天犬来，吭哧一口咬掉一个脑袋，从此才成了九头鸟。它那项血滴到谁家，谁家定有死亡，如今既成了神道，想越发厉害得凶，黄兄如此放言，哪里使得！"

向坚听了这片齐东之语，大笑之下又是纳罕，正这当儿，却微闻窗外窸窣之声，于是便道："俺今但请问老丈，你若愿意令爱此去得福，便没得说。你若舍不得她时，你只与俺准备一席酒，等俺吃饱喝足，暗地里随了令爱去，与那个什么九头大王斗回法术。俺至不济，也撮回令爱来，巧咧还能捉住这个九头大王，叫大家瞧瞧。"

杜老大惊道："那还了得？得罪了神道，不要全村得祸吗？"向坚笑道："什么神道！岂有正直神道血食生人之理？况且闭祠之后，连筵具牲物等全数不见，这其中也情有可疑，那九头大王不定是什么妖物，岂可不觑个明白，以除此患呢？"

杜老听了，只惊得连连摇手道："黄兄你别说梦话咧！得罪大王可是耍处？凭你一个俗体凡人，有甚本领和大王斗法，没的倒惹起祸来，连累老汉！"说着，向四下里毛毛沾沾乱瞅，仿佛怕大王听得一般。

向坚见他愚懦可笑，略一沉吟，便忍笑正色道："老丈你不晓得，俺虽是凡人，却在龙虎山张天师门下学法三年，便是拘神遣祟，捉鬼拿妖，都是手到擒来，何况一个淫昏不堪的九头大王呢！"

杜老听了尚在发怔，只听窗外有人道："阿弥陀佛，你这位法官老爷，快些搭救俺娘儿们吧！"声尽处，踅进个老婆儿，不容分说，向向坚纳头便拜，便是杜老的妻子袁妈妈。慌得向坚正在站起来还礼不迭，那杜老却变貌变色地向袁氏道："你这婆子晓得什么！你不在里边伴着女儿吃喜酒，撞到这里做甚？黄客人虽如此说，难道咱真个的就敢得罪大王吗？"

袁氏听了，恶狠狠地唾道："都是你这天杀的信那神巫的瞎三话四，居然舍出女儿去！如今这位法官爷既有法术，好心救咱女儿，咱为甚还犹疑呢？俺如今五十岁，难道还活五十岁不成？撞出祸来有我哩，不与你这老王八相干何如？"于是不容分说，请向坚直入内室。

只见那室中明灯结彩，铺设得十分整齐，靠窗大炕上正摆着一席盛筵。正面上坐着一个锦衣绣袄十来岁的小女孩，咕嘟着小嘴儿，眼泪汪汪。两旁坐着两个年轻的媳妇子，都也扎括得光头净脸，大约是请来的陪客。一见向坚雄赳赳地跫入，都吓得脸儿通红，一个媳妇子忙要躲避，一欠屁股，却把小鞋儿甩脱一只。那一个媳妇子也要起动，却被袁妈妈按住道："都不要客气，俺这就要借花献佛。这位法官爷用罢酒饭，还有正事哩。"

于是匆匆地将向坚之意一说，两媳妇听了，只吓得哟一声，四只水灵灵的俏眼儿齐注向坚之间。这里袁妈妈已生拖活拽地将向坚让到正面，与那小女孩并坐下来，自己和杜老便坐在下面相陪。向坚这时瞧着满案上的兰羞蜜醴左顾右盼，虽没见罗襦半解，却业已香泽微闻。又见那杜老夫妇，一个是惶悚满面，一个是喜形于色，不由暗想，这场筵席倒也有趣得紧。于是杯箸齐举，顷刻间狼吞虎咽。

那两个媳妇子是羞羞涩涩，袁妈妈便噪道："你两个就这么腼腆，一个法官爷是正人正法，怕什么的，你就不替俺布布菜，还是俺自己来吧！"说着抄起箸儿，先给向坚布过两样，恰好仆妇又端上两样菜，一是圆睁睁的肉丸子，一是长拉拉的炸春卷。袁妈妈不管好歹，便向左右座上各布过去，每人是两个丸子夹着一条春卷。向坚见了，暗暗好笑，偷瞧那两个媳妇时，恰好她们正相视一笑，一瞟自己，这一来彼此眼光碰个正着。那两个媳妇子赶忙扭头匿笑之间，不提防袁妈妈又将春卷布过来，并笑道："你们趁着年轻有牙有口，不受用些好东西，若到俺这般年纪，生吞整进的，还有什么味道呢！"说着，哈哈大笑。

正这当儿，业已村柝二记，那鼓乐声越发地隐隐热闹。向坚知道为时将届，便忙忙饭罢，下炕来向袁妈妈道："妈妈放心，俺这便向那神祠中觇个动静。少时会众来迎令爱，只管放她去，俺在祠中自有道理。"

不提袁妈妈等且惊且喜，伴着那小女专候会众来迎，且说向坚一径地跫到前院客室，佩了短剑，结束停当，向杜老问明神祠的所在，便一径地如言赶去。只见街坊上灯火如画，各家门首都有妇孺们盛装笑语，便如等候瞧什么胜会一般。

有的道："今天夜里连个风丝儿都没得，多么安静，准是大王欢喜，看来今年收成是不错的。"有的道："可不是嘛，人不信神道，是要自己找病的。你瞧北街里玉琐妮子，前两天偶经那神祠前，年轻人儿不知事体。只蹲在祠前草地里撒了一泡溺，回到家下便发疯似的闹将起来。脱得光溜溜各处乱跑，并且胡言乱语，大白日关起房门。有人偷去瞧听，那磕碜样儿就说不得咧！"又有的道："你瞧杜家那黄毛丫头就有这等福分，真是哪里看人去呀！"

向坚听了，暗暗好笑，须臾穿过这条街坊，已是村墟尽头。只见靠荒野林木之间果有一所宽绰大庙，四外是乱草荒冢，十分幽僻。遥望去祠门大开，里面是灯火辉煌，并有摇铃击鼓暨呜呜牛角之声，静夜远聆，十分凄厉。又有许多村众都点着整箍的高香，纷纷出入。那一片香光烛光直照得半天都红。向坚趸近，一瞧那祠额，上书"大王神祠"四字，又有经丈的黄纸长联，上写西瓜大的字，是"血食一方，风调雨顺；作镇千古，国泰民安"。那祠门旁还插着一杆满缀铜铃上画飞火烈焰纹的大黄旗，也不知是做什么用的。

当时向坚漫步趸进，只见庙院左边高搭席棚，里面设着桌椅茶水。有四五个村中父老模样的人都整冠束带地坐在那里，很透着恪恭将事的神色。正中甬道上设着四五尺高的铁香炉，里面整香堆烧得火焰山一般。向坚趸过香炉，便见正殿阶墀下正有许多村人纷纷叩拜。正殿上是明烛高烧，供筵罗列，那神龛黄缎幔里早现出个狰狞神道，果然是青脸红发，金甲仗剑。更奇的是供筵前另设一座，上铺锦茵，满缀纸花，向坚就人一问询，原来此座是为迎来的童女特设的。

这当儿但闻殿后院鼓声如雷，铃声如沸，闹了个锅滚豆烂。向坚忙趸去一瞧，不由且骇且笑。只见靠北面高搭着跳神的坛台，仿佛月台一般，上面正有男女四人婆娑作态。男的是彩衣画面，披发跣足；女的是涂脂抹粉，半拖着漆光也似的长发，头顶上结作个螺旋式的髻，上身裸露，只十字当胸，披一条舞带似的红绸，现出那雪练似一身白肉。腰系彩带，下着搭膝盖的短锦裤，玉胫莹然。腿腕上各御金环，六寸圆肤，踹着平底的绒丝花鞋。那舞势翩跹，趁着她回眸流盼、极尽妖媚之态，或折腰，或踽步，双绸飘瞥，便如一对彩蝶一般。

这当儿，两男子一摇铜铃，一吹画螺，音韵高低，回旋进退，只趁着两女的舞式，并且轻趋巧步，献出许多身段。有时燕掠而起，猛吻女子的香颊，有时蛇游地面，去亲女子的小腿儿。须臾铃声大振，四人又联臂踏歌迎神之曲，于是神坛上微风徐起，烛焰摇摇，真仿佛就有神道要出现似的，瞧得满院的人都目定口呆。

这其间却笑坏向坚，忙向人一询问，方知那男女四人都是神巫的弟子。正这当儿，那男女四人退入台旁一处席幕内，便有台上执事人等另做一番铺设。向坚仔细望去，越发骇怪，只见台左边是红腾腾的一大盆炭火，旁置纸锭之类，台右边是十来口巨刃摩天的大铡刀，用粗绳联结了仰列地上。向坚呆望，正在心下纳罕，却见有人从祠外捐进那面大黄旗，向台旁一卓，旗铃乱响之间，就见台下观众一阵让道，却由席幕内钻出个鬼怪似的神巫，一径地阔步登台。

那神巫年可四十来岁，生得长躯健膊，削颊堆腮，两道磔砢砢的疙瘩眉，一双骨碌碌的鸡子眼，更趁着狰髯血口，好一个凶恶之相。头绾椎髻，余发四披，身穿画色的红彩衣裤，下露毛森森半段赤胫，光着两脚，手足腕上都系铃环，步趋之间琅琅山响。便见他跳上台去，先向空拜祝了一回，似乎是叩请降神之意，须臾瞑目大叱，竟就台上跳跃起来，虽是横蹿乱蹦，向坚暗瞧他步履之间，却似乎很有跟柱。

少时趋就火盆前婆娑作态，便取那纸锭火腾腾地点着，向口直吞，一张嘴儿，火光赫然，喷出多远。瞧得观者正在屏息变色，早又见他趋向台右，倏地一个胡旋舞，竟踏上列刃之上，一阵价腾踔如飞，但见赤足灼灼，如履平地一般。这当儿四弟子重复登台，远立左右，一阵价击鼓摇铃，大吹画螺，便有执事人等一人执叉，一人端定酒盆。那端酒的不容分说，向神巫当头便浇，执叉的急忙趋进，由火盆中挑起一块火炭来，向神巫身上一抛，轰的一声，绿腾腾火焰冒起丈把高，那神巫登时成了个火人儿。正在烈焰飞舞之间，又有人将那大黄旗递与神巫，执叉的急忙后退，用叉撮起那大火盆，便向列刃上这么一倾，这一来白刃森森，又夹火炭乱滚，真赛如刀山烈火地狱一般。

向坚正瞧得诧异，便见那神巫舞动黄旗，就在刀火堆中往来飞去，奇怪的是，他满身烈焰，竟自发肤无伤。向坚不由暗想道："这个邪僻东西定有甚呪禁之术，有那不正的邪神，就有作耗的妖巫，却也可笑得紧。"正这当儿，忽闻祠外鼓乐喧天，业已到门，于是神巫罢舞，只略一抖身，那通身火焰顷刻全无，便率领四弟子迎向前殿。向坚料是杜家小女到来，即便随众转向前院。方到大殿阶下，已是提灯对对，由那几个父老模样的人引着杜女直入殿中。

可怜那小女已吓得面如白纸，知觉全无，由人家撮弄到筵旁的座儿上，只剩了索索乱抖。于是神巫趋进，就那神道跟前焚香叩首，又捣了一回鬼，即便吩咐闭祠熄灯，大众都回避神道。于是一时间，前后院火燎都熄，只剩神座前两条高烛，由神巫率领村众，一阵价滔滔趸出。向坚跟到祠外，便见神巫亲自闭门加锁，一切都毕，方和四弟子掺入村众中，纷纷散去。向坚却趁闹中闪向一株大树后，直待众人去远，方逡巡趸出，抬头一望，那阴翳的薄云中业已微透月色，倾耳村桥，已交四记。

向坚略为沉吟，便由祠坛上一跃而入，一径地奔上大殿。只见那小女猬团似的伏在座上，向坚轻轻拍唤她，全然不觉得，闹得向坚正没作理会处。只听祠外空中肃肃有声，向坚出殿望去，不由大惊。正是：

用人古有次睢社，捣鬼今觊凶狡巫。

欲知后事如何，且听下回分解。

本集世界书局 1930 年 8 月再版。

图书在版编目（CIP）数据

北方奇侠传 / 赵焕亭著. —— 北京：中国文史出版社，2019.3

（民国武侠小说典藏文库·赵焕亭卷）

ISBN 978-7-5205-0820-9

Ⅰ.①北… Ⅱ.①赵… Ⅲ.①侠义小说-中国-现代 Ⅳ.①I246.5

中国版本图书馆 CIP 数据核字（2018）第 264739 号

点　　校：顾　臻　杨　锐
责任编辑：卢祥秋

出版发行：中国文史出版社
社　　址：北京市海淀区西八里庄69号院　邮编：100142
电　　话：010-81136606　81136602　81136603（发行部）
传　　真：010-81136655
印　　装：廊坊市海涛印刷有限公司
经　　销：全国新华书店
开　　本：720×1020　1/16
印　　张：29.75　　字数：503千字
版　　次：2019年3月第1版
印　　次：2019年4月第1次印刷
定　　价：88.00元

文史版图书，版权所有，侵权必究。
文史版图书，印装错误可与发行部联系退换。